Lições de literatura

F✶SF✦R✺

VLADIMIR NABOKOV

Lições de literatura

edição, prefácio e notas
FREDSON BOWERS

introdução
JOHN UPDIKE

tradução
JORIO DAUSTER

7 PREFÁCIO DO EDITOR
Fredson Bowers

18 INTRODUÇÃO
John Updike

35 Bons leitores e bons escritores

43 Jane Austen (1775-1817)
Mansfield Park (1814)

101 Charles Dickens (1812-1870)
A casa soturna (1852-1853)

173 Gustave Flaubert (1821-1880)
Madame Bovary (1856)

230 Robert Louis Stevenson (1850-1894)
O médico e o monstro (1885)

260 Marcel Proust (1871-1922)
No caminho de Swann (1913)

305 Franz Kafka (1883-1924)
A metamorfose (1915)

343 James Joyce (1882-1941)
Ulysses (1922)

439 A arte da literatura e o bom senso
451 L'envoi

453 APÊNDICE
456 ÍNDICE ONOMÁSTICO
465 SOBRE O AUTOR

Prefácio do editor

FREDSON BOWERS

Em 1940, antes de iniciar minha carreira acadêmica nos Estados Unidos, felizmente me dei ao trabalho de escrever cem lições — cerca de 2 mil páginas — sobre literatura russa e, posteriormente, outras cem lições sobre grandes romancistas, de Jane Austen a James Joyce. Isso me manteve feliz em Wellesley e Cornell durante vinte períodos escolares.*

Vladimir Nabokov chegou aos Estados Unidos em maio de 1940. Depois de proferir palestras para o Institute of International Education e de ministrar um curso de verão sobre literatura russa na Universidade Stanford, lecionou no Wellesley College de 1941 a 1948. Inicialmente, fez parte do departamento de russo, dando aulas de língua e gramática, mas também criou o curso Russo 201, em que se estudava a literatura russa em tradução para o inglês. Em 1948 foi nomeado professor assistente de literatura eslávica na Universidade Cornell, ministrando os cursos de Literatura 311-312, Mestres da ficção europeia e Literatura 325-326, Literatura russa em tradução. A descrição no catálogo da universidade do curso de Literatura 311-312 foi quase certamente escrita por Nabokov: "Serão lidos romances e contos selecionados de autores ingleses, russos, franceses e alemães dos séculos 19 e 20. Especial atenção será dada aos talentos individuais e a questões de estrutura. Todas as obras estrangeiras serão lidas em

---

* Nabokov, Vladimir. *Strong Opinions*. Nova York: McGraw-Hill, 1973, p. 5.

tradução para o inglês". Esse curso incluiu *Anna Kariênina*, *A morte de Ivan Ilitch*, *Almas mortas*, "O capote", *Pais e filhos*, *Madame Bovary*, *Mansfield Park*, *A casa soturna*, *O médico e o monstro*, *No caminho de Swann*, *A metamorfose* e *Ulysses*.* Nabokov foi proibido de dar aulas sobre obras norte-americanas em Cornell porque não fazia parte do departamento de inglês. Ele ministrou palestras na Universidade Harvard na primavera de 1952.

Depois que parou de lecionar, em 1958, Nabokov planejou publicar um livro com base em suas lições, mas nunca iniciou o projeto. (As lições sobre *Almas mortas* e "O capote" foram incorporadas à obra *Nikolai Gógol* [1944].) O presente livro preserva suas lições como foram dadas em sala de aula. Além da feliz circunstância de termos aqui um grande autor reagindo a obras-primas de quatro literaturas, suas lições merecem ser amplamente divulgadas porque constituem guias duradouros na arte da ficção. Desprezando a abordagem analítica baseada em escolas e movimentos, bem como os críticos que tratavam a literatura como um veículo para mensagens sociopolíticas, Nabokov buscou revelar como as obras-primas funcionam: "Em meus tempos como professor, procurei fornecer aos estudantes de literatura informações exatas sobre os detalhes e as combinações de detalhes que propiciam a centelha sensual sem a qual um livro é uma coisa morta. Nesse sentido, as ideias gerais não têm a menor importância. Qualquer idiota pode assimilar os principais elementos da posição de Tolstói a respeito do adultério, porém, a fim de apreciar sua arte, o bom leitor deve desejar visualizar, por exemplo, o interior de um vagão do trem noturno que ligava Moscou a São Petersburgo cem anos atrás. Em casos assim, os diagramas são muito úteis. Em vez de perpetuarem a bobagem pretensiosa dos títulos de capítulos homéricos, cromáticos e viscerais, os professores deveriam preparar mapas de Dublin em que estivessem claramente traçados os itinerários entrelaçados de Bloom e Stephen. Sem uma percepção visual do labirinto de lariços em *Mans-*

---

* A sra. Nabokov tem certeza de que Tchekhov foi ensinado no curso 311-312, mas as notas dos alunos que consultamos não incluem esse autor. Talvez Tchekhov não fosse estudado todos os anos.

field Park, aquele romance perde parte de seu encanto estereográfi-co; e, a menos que a fachada da casa do dr. Jekyll seja precisamente reconstruída na cabeça do aluno, o prazer na leitura da história de Stevenson jamais será perfeito".*

As aulas coligidas em *Lições de literatura*, sobre autores de língua inglesa, francesa e alemã, e em *Lições de literatura russa* correspondem à atividade de Vladimir Nabokov nas universidades Wellesley e Cor-nell, a que se somam quatro lições preparadas para ocasiões especiais. No interesse dos leitores, as lições foram separadas em dois volumes.

Na primeira aula do curso de Literatura 311, em setembro de 1953, Vladimir Nabokov pediu aos alunos que explicassem por escrito por que haviam se inscrito. Na aula seguinte, anunciou com satisfação que um aluno respondera: "Porque gosto de histórias".

MÉTODO EDITORIAL

Não se pode ou deve ocultar o fato de que os textos aqui apresentados correspondem às notas de aula escritas por Vladimir Nabokov, não cabendo considerá-las um produto literário acabado como os que ele compôs ao rever as anotações sobre Gógol para publicá-las em for-ma de livro. As notas de aula revelam estágios muito diferentes de preparação e polimento, quando não de estrutura. A maior parte foi escrita a mão, com trechos ocasionais datilografados por sua esposa, Vera, a fim de ajudá-lo a dar as aulas, mas algumas são totalmente manuscritas, como é o caso das aulas sobre Stevenson, Kafka e Joyce em sua maior parte. Embora as lições sobre *A casa soturna* tenham de tudo, nelas predominam as notas manuscritas. Em geral, as páginas escritas a mão dão a impressão de ser apenas um rascunho e, por isso, às vezes são modificadas de modo substancial não somente durante a composição inicial, mas em ocasiões posteriores, quando Nabokov revisou tanto o estilo quanto o conteúdo. No entanto, as alterações, sejam elas substituições ou meras adições, nem sempre se ajustam

---

* Nabokov, Vladimir. *Strong Opinions*, op. cit., pp. 156-7.

perfeitamente ao contexto do ponto de vista sintático, ou o autor não fez, nas leituras subsequentes, os ajustes adicionais que seriam necessários. Em consequência, quando ocorreram muitas modificações, as partes manuscritas dos textos exigiram maior intervenção editorial, a fim de preparar para a leitura o que seria facilmente ajustável ou passaria sem ser notado em uma apresentação oral.

Por outro lado, as páginas datilografadas representam uma parte considerável das aulas sobre *Mansfield Park* e, em particular, *Madame Bovary*. O contraste frequente entre o pouco polimento da maioria do material manuscrito, mesmo quando revisado, e a relativa fluidez das páginas datilografadas sugere que, ao preparar parte das lições do marido, Vera Nabokov fez as revisões editoriais cabíveis para a apresentação na sala de aula. Não obstante, Nabokov em vários casos acrescentou novos comentários nas páginas datilografadas ou reviu frases em busca de melhor formulação.

No tocante tanto à estrutura quanto ao estilo, não seria prático oferecer tais manuscritos ao público leitor de forma literal. Como as lições sobre Stevenson só existem no que poderíamos chamar de notas em estado bruto, a ordenação desse material é quase inteiramente de responsabilidade do editor. Em outras lições, contudo, a ordem geral da apresentação é inquestionável, pois segue normalmente o desenrolar da ação no livro. No entanto, certos problemas exigiram que, no processo editorial, fossem feitas sínteses e adaptações no texto. Está claro que vários conjuntos de páginas incluídas nas pastas representam meras anotações preliminares, feitas nos estágios iniciais de preparação e não utilizadas, ou, quando consideravelmente revistas, incorporadas mais tarde às aulas. Outros desses textos independentes são mais ambíguos, não sendo sempre possível determinar se refletem ampliações feitas ao longo dos anos ou simples anotações para serem incorporadas em futura versão. Certos problemas de organização parecem resultar dos acréscimos ou alternativas em algumas lições, possivelmente destinados a plateias diferentes. Sempre que factível, esse material que não constituiu parte evidente da preparação foi preservado e incluído nos textos das aulas em lugar adequado. Foram omitidas as páginas de citações de críticos que a esposa de Nabokov datilografou para uso do marido nas aulas sobre Proust, Jane Austen, Dickens e Joyce, assim como cronologias da ação nos romances que Nabokov elaborou para sua própria informação.

Entretanto, o problema da estrutura é mais complexo do que essa incorporação do material pertinente encontrado nas pastas de Nabokov. Em várias lições, Nabokov introduziu na narrativa cronológica observações específicas no tocante a temas, estilos ou influências, não sendo minimamente claro onde tais interpolações deveriam ser colocadas; além do mais, elas são em geral incompletas e às vezes representam simples anotações, embora algumas sejam encantadoras per se. Coube ao editor inserir tais observações onde foi possível encaixá-las sem quebra na continuidade do texto ou, quando o material se encontrava em forma fragmentária, separar os diferentes elementos a fim de inseri-los nos lugares apropriados. Por exemplo, o relato da entrevista entre Stephen e o sr. Deasy no capítulo 2 da primeira parte das lições sobre *Ulysses* foi composto a partir de três passagens diferentes do manuscrito. A principal citação (fornecida no presente livro pelo editor) não parece ter sido lida em sala de aula, mas aos alunos, com a obra em mãos, foram indicados os pontos pertinentes tais como mencionados no parágrafo seguinte sobre a concha de vieira (ver pp. 358-9). O restante do texto, contudo, provém de duas partes de uma seção independente que tem início com notas sobre estrutura, prossegue com comentários variados acerca de beldades, defeitos do romance e paralelismo de temas, e termina apresentando as conversas com Deasy como ilustrações do contraponto flaubertiano, além de uma nota acerca do estilo paródico de Joyce em que a carta de Deasy é citada como exemplo. Sempre que o material permitiu, o editor foi capaz de enriquecer a narrativa e preservar o maior número de comentários de Nabokov sobre os autores, suas obras e a arte da literatura em geral.

As citações tinham lugar de destaque no método de ensino de Nabokov como meio de transmitir aos alunos suas ideias acerca da qualidade literária. Ao elaborar a presente edição a partir das aulas, o método de Nabokov foi seguido com raros cortes em casos de citações demasiado longas, pois elas são de fato muito úteis para relembrar o livro ou apresentá-lo a um novo leitor guiado pelas mãos competentes de Nabokov.

Em consequência, as citações obedecem comumente às instruções específicas de Nabokov para que se leiam determinadas passagens (quase sempre também assinaladas na cópia levada por ele à sala de aula), permitindo que o leitor participe como se estivesse presente na condição de ouvinte. Em certos casos, os exemplares de Nabokov dos livros que analisava contêm passagens assinaladas para fins de citação, apesar de não serem mencionadas no texto da aula. A fim de auxiliarmos o leitor, fornecemos essas citações sempre que foi possível inseri-las no texto. Além disso, com o objetivo de ilustrar certos comentários de Nabokov, o editor acrescentou alguns poucos trechos, embora eles não constassem das aulas ou dos exemplares usados em sala de aula. Os alunos de Nabokov deviam acompanhar as aulas com o livro aberto à sua frente, podendo assim ser orientados a atentar para pontos no texto de um modo que não seria factível para o leitor, que necessita ser suprido com essas citações adicionais. O solilóquio final de Molly em *Ulysses* é um exemplo. No entanto, um caso especial ocorre no final das lições sobre Proust. Nabokov havia escolhido *No caminho de Swann*, o primeiro volume de *Em busca do tempo perdido*. A última aula sobre Proust termina com uma longa citação das meditações de Marcel no Bois de Boulogne sobre as recordações do passado que concluem o romance. É um final eficaz para o romance, mas deixa Marcel (e o leitor) ainda longe de compreender perfeitamente as funções e as operações da memória como chave para entender a realidade, que constitui o significado da obra. Na verdade, as reflexões no Bois são apenas um dos diferentes modos de enxergar o passado que, como Marcel gradualmente compreende, o preparam para a experiência final que revela a realidade que ele vinha buscando nos volumes anteriores. Esse evento tem lugar no excelente terceiro capítulo, "A recepção da princesa de Guermantes", do último volume, *O tempo redescoberto*. Uma vez que a revelação encontrada nesse capítulo é a chave para a compreensão cumulativa da série de romances, seria falho qualquer estudo de Proust que não a analisasse explicitamente, a fim de tornar clara a diferença entre seu desenvolvimento pleno e a primeira semente surgida em *No caminho de Swann*. Conquanto as aulas sobre Proust tenham terminado com a citação do episódio no Bois, uma ou duas frases não conectadas diretamente com as lições sugerem que Nabokov deve ter discutido o assunto com os alunos, sobretudo porque as longas citações datilografadas do livro de Derrick Leon sobre Proust tendem a se concentrar nesse episódio final e sua explicação. Segundo Nabokov, "graças a um buquê de sentidos no presente *e* à visão de um evento ou sensação do passado, os sentidos e a memória se unem, e o tempo perdido é recuperado". Essa observação isolada do autor é um excelente resumo do tema de Marcel Proust, mas ela não seria muito esclarecedora para quem não houvesse lido esse volume final sem a explicação completa que o próprio autor fornece em *O tempo redescoberto*. Nesse caso extraordinário, o editor se sentiu justificado em alongar o final de Nabokov, fortalecendo, com uma citação do último volume de *Em busca do tempo perdido*, as notas incompletas de Nabokov a fim de enfatizar a essência da revelação que Marcel teve; isso é feito mediante a reprodução de trechos do relato do próprio Proust acerca da transformação da recordação em realidade e em matéria-prima para a literatura. A adição editorial obedece ao espírito das anotações de Vladimir Nabokov e deve ser útil para permitir a compreensão plena de *No caminho de Swann*, que, de fato, foi planejado como o primeiro de uma série de romances.

O leitor das presentes lições precisa ter em mente que as citações de Flaubert reproduzem as frequentes mudanças introduzidas por Nabokov no exemplar da tradução usado na sala de aula, enquanto as de Kafka e Proust refletem as alterações menos sistemáticas que ele fez nas versões das obras desses autores.

Os exemplares de todos os romances usados em sala de aula foram preservados. Como se observou, Nabokov muitas vezes introduziu sua própria tradução de frases ou palavras diretamente nos textos ou se valendo de anotações nas margens. Todos os livros contêm indicações das citações a serem feitas e notas sobre o contexto; a maior parte dessas notas consta das lições escritas, mas outras apenas indicam onde Nabokov deveria fazer algum comentário oral sobre o estilo ou o conteúdo de determinadas passagens. Sempre que possível, os comentários nos exemplares anotados foram incluídos nas lições.

Nabokov tinha aguda consciência da necessidade de adaptar as lições ao tempo de aula disponível, não sendo raras as anotações da hora em que certo ponto deveria ser alcançado. No texto da aula, diversas passagens e mesmo frases específicas são postas entre colchetes. Alguns desses colchetes parecem indicar que a matéria poderia ser omitida caso o tempo não fosse suficiente. Outros podem representar matérias passíveis de exclusão devido a seu conteúdo ou relevância mais do que às restrições de tempo; na verdade, numerosas dessas dúvidas postas entre colchetes foram depois eliminadas, do mesmo modo que outras tiveram sua condição alterada quando os colchetes foram substituídos por parênteses. Todo esse material não eliminado foi reproduzido com fidelidade sem a utilização dos colchetes, que perturbariam a leitura. Naturalmente, as omissões são respeitadas, exceto em um punhado de casos em que pareceu ao editor que a matéria havia sido removida por questões de tempo ou, às vezes, de posição, quando então o trecho omitido foi transferido para um contexto mais apropriado. Por outro lado, alguns dos comentários de Nabokov dirigidos exclusivamente aos alunos, geralmente acerca de assuntos pedagógicos, foram suprimidos por serem inconsistentes com os objetivos de uma edição dedicada à leitura, mas que, não obstante, preserva o sabor da apresentação verbal do escritor durante as aulas. Entre tais omissões, podem-se mencionar observações demasiado óbvias para uma plateia de alunos universitários, tais como "Trieste (Itália), Zurique (Suíça) e Paris (França)" nas aulas sobre Joyce, ou conselhos para que os estudantes usassem dicionários a fim de buscar palavras desconhecidas, além de outros esclarecimentos similares que só teriam utilidade para os alunos e não fariam sentido em uma página impressa. Vários desses comentários feitos na sala de aula com o uso de "vocês" foram mantidos quando não se mostram inadequados a uma audiência de leitores, porém em certos casos foi usada uma forma mais neutra de endereçamento.

Do ponto de vista estilístico, a maioria desses textos não representa de maneira alguma o que teriam sido a linguagem e a sintaxe de Nabokov caso os tivesse escrito para compor um livro, pois existe uma notável diferença entre o estilo geral das notas de aula e o apuro técnico de suas palestras públicas. Uma vez que a publicação sem revisão não havia sido contemplada quando Nabokov escreveu as lições e as anotações para leitura em classe, seria extremamente pedante tentar transcrever os textos verbatim, em todos os seus detalhes, a partir dos manuscritos às vezes encontrados em forma bruta. O editor de um texto deve ter a permissão de lidar de modo mais livre com inconsistências, enganos ocasionais e transcrições incompletas, inclusive adicionando trechos conectados às citações. Por outro lado, nenhum leitor desejará contar com um texto manipulado que, de modo impertinente, buscasse "aperfeiçoar" aquilo que foi escrito por Nabokov, mesmo nas seções pouco trabalhadas. Assim, uma vez firmemente rejeitada a abordagem sintética, a linguagem de Nabokov foi reproduzida com fidelidade, exceto pela omissão acidental de palavras e repetições descabidas que com frequência resultaram de revisões incompletas. Às vezes, alguns nós em matéria de linguagem ou sintaxe precisaram ser desfeitos, em particular quando Nabokov introduzira adições ou substituições, deixando de eliminar partes do texto original, a fim de adaptá-lo à nova versão. Em poucos casos, construções sintáticas que não seriam notadas na apresentação oral foram reajustadas para o público leitor. Foram corrigidos de modo discreto pequenos erros, como o uso de palavras no singular quando deveriam estar no plural, grafias incorretas, ausência de aspas no começo ou no fim das citações, pontuação faltante, letras maiúsculas indevidas, repetições verbais não intencionais e coisas do gênero. Seria tedioso para o leitor conhecer todas as palavras que Nabokov sublinhou, sobretudo como indicação para que as enfatizasse na apresentação oral, não fazendo sentido reproduzi-las no presente livro.

As correções e as modificações foram efetuadas em silêncio. Por exemplo, não pareceu útil que o leitor soubesse que, em certo ponto de uma aula sobre Joyce, Nabokov erroneamente escreveu "irlandês" em vez de "irlandeses", que em outro trecho esqueceu que Bloom tinha morado na "City Arms" e a chamou de "King's Arms", que reiteradamente grafou "Blaze", quando se referia a Blazes Boylan, e "Steven", em vez de Stephen Dedalus. As poucas notas de pé de página são da autoria de Nabokov ou, vez por outra, comentários editoriais sobre questões relevantes, como a adição ao texto da lição de alguma nota colhida nos manuscritos ou nos exemplares usados na sala de aula. Foram omitidas as recomendações sobre como ministrar as aulas, feitas por Nabokov frequentemente em russo, bem como suas indicações sobre a pronúncia correta das vogais e a acentuação tônica de certos nomes e palavras incomuns. O fluxo da narrativa não é interrompido com notas de pé de página para apenas indicar que certo trecho foi inserido pelo editor.

O ensaio inicial, "Bons leitores e bons escritores", foi reconstituído a partir do manuscrito sem título da aula inaugural que Nabokov ministrou antes de analisar *Mansfield Park*, o primeiro livro do semestre. *L'envoi*, reproduzido no fim do presente livro, é extraído das observações derradeiras de Nabokov aos alunos após ter finalizado o estudo de *Ulysses* e antes de discutir as exigências do exame final.

As edições dos exemplares que Nabokov usou em classe foram selecionadas por seu baixo custo e fácil disponibilidade. Nabokov não admirava as traduções que se viu obrigado a utilizar e, como observou, ao ler passagens dos autores de língua estrangeira, ele as alterava a seu bel-prazer. Os textos dos quais foram extraídas as citações são os seguintes: Austen, Jane. *Mansfield Park*. Londres: Dent; Nova York: Dutton, 1948; Everyman's Library #23; Dickens, Charles. *Bleak House*. Londres: Dent; Nova York: Dutton, 1948; Everyman's Library #236; Flaubert, Gustave. *Madame Bovary*. Tradução para o inglês de Eleanor Marx Aveling. Nova York/Toronto: Rinehart, 1948; Stevenson, Robert Louis. *The Strange Case of Dr. Jekyll and Mr. Hyde and Other Stories*. Nova York: Pocket Books, 1941; Proust, Marcel. *Swann's Way*. Tradução para o inglês de C. K. Scott Moncrieff. Nova York: Modern Library, 1956; Kafka, Franz. *Selected Short Stories of Franz Kafka*. Tradução para o inglês de Willa e Edwin Muir. Nova York: Modern Library, 1952; Joyce, James. *Ulysses*. Nova York: Random House, 1934.

AGRADECIMENTOS

Foi absolutamente fundamental a ajuda prestada na preparação deste livro pela esposa de Vladimir Nabokov, Vera, e pelo filho deles, Dmitri. Desde o início do projeto, ambos investiram um número incalculável de horas orientando o editor do texto e a casa editorial do livro sobre cada faceta do processo de preparação das lições. Responderam paciente e incansavelmente a numerosas perguntas sobre assuntos como a estrutura das aulas de Nabokov e suas preferências em matéria de dicção. O exaustivo aconselhamento que proporcionaram tornou este livro muito melhor do que seria sem o auxílio deles.

São devidos os maiores agradecimentos às seguintes pessoas: Else Albrecht-Carrie, responsável pelas autorizações da New Directions Publishing Corporation; Alfred Appel, professor de inglês da Universidade de Northwestern; Brian Boyd, professor de inglês da Universidade de Auckland; Donald D. Eddy, professor de inglês da Universidade Cornell; Richard Ellman, professor de inglês da Universidade Oxford; Paul T. Heffron, chefe da divisão de manuscritos da Biblioteca do Congresso; Cathleen Jaclyn, da Biblioteca da Universidade Cornell; Joanne McMillan, de The Children's Hospital Medical Center; Nina W. Matheson; Myra Orth; Stephen Jan Parker, editor da *Vladimir Nabokov Research Newsletter*; e Stephanie Welch, da Universidade Wellesley.

Introdução

JOHN UPDIKE

Vladimir Vladimirovich Nabokov nasceu no dia do aniversário de Shakespeare em 1899, na cidade de São Petersburgo (hoje Leningrado),* em uma família rica e aristocrática. Na verdade, o nome da família talvez derive da mesma raiz árabe da palavra *nababo*, tendo sido levado para a Rússia no século 14 pelo príncipe tártaro Nabok Murza. Desde o século 18, os Nabokov ocuparam posições de relevo nas Forças Armadas e no governo. O avô do autor, Dmitri Nikolaevich, foi ministro da Justiça dos czares Alexandre II e Alexandre III; seu filho, Vladimir Dmitrievich, abandonou um futuro garantido na corte a fim de participar, como político e jornalista, da luta vã em prol da democracia constitucional na Rússia. Liberal corajoso e combativo, posto na prisão por três meses em 1908, ele não obstante desfrutou, juntamente com sua família, de uma vida de grande luxo dividida entre a casa construída por seu pai no bairro elegante da Admiralteiskaia, em São Petersburgo, e a propriedade rural, Vyra, parte do dote de casamento de sua esposa, pertencente à muito rica família Rukavishnikov. O primeiro filho que sobreviveu, Vladimir, recebeu, segundo o testemunho dos irmãos, uma parcela extremamente generosa do amor e da atenção de seus pais. Ele se revelou um menino precoce, animado,

---

* Nabokov nasceu em 22 de abril. A cidade se chamava Leningrado na época em que Updike escreveu a Introdução, mas voltou a ser São Petersburgo em 1991. (N.T.)

de início de saúde frágil, mais tarde robusto. Um amigo da família lembrava-se dele como "um garoto esbelto e bem-proporcionado, de rosto vivo e expressivo, olhos inteligentes e inquisitivos que reluziam com centelhas de zombaria".

V. D. Nabokov tinha muito de anglófilo, e seus filhos contaram com tutores em inglês e francês. Na autobiografia *Fala, memória*, Nabokov diz: "Aprendi a ler em inglês antes de saber ler em russo", relembrando em seus primeiros anos "uma sequência de babás e governantas inglesas", assim como uma série de confortáveis artefatos anglo-saxões: "Chegava sem parar da English Shop na Avenida Niévski todo tipo de coisas agradáveis e deliciosas: bolos com frutas cristalizadas, sais aromáticos, cartas de baralho, quebra-cabeças, blazers listrados, bolas de tênis brancas como talco". Dos autores estudados neste volume, Dickens foi provavelmente o primeiro que ele leu. "Papai era um grande conhecedor de Dickens e em certa ocasião leu para nós, as crianças, trechos de Dickens, naturalmente em inglês", Nabokov escreveu para Edmund Wilson quarenta anos depois. "Talvez o fato de ele ter lido *Grandes esperanças* para nós em voz alta, durante noites chuvosas no campo [...], quando eu tinha doze ou treze anos, tenha me impedido mentalmente de reler Dickens mais tarde." Foi Edmund Wilson quem chamou a sua atenção para *A casa soturna* em 1950. De suas leituras na juventude, Nabokov relembrou para um entrevistador da *Playboy*: "Entre os dez e quinze anos, em São Petersburgo, devo ter lido mais ficção e poesia — inglesa, russa e francesa — do que em qualquer período de cinco anos de toda a minha vida. Apreciei em particular as obras de Wells, Poe, Browning, Keats, Flaubert, Verlaine, Rimbaud, Tchekhov, Tolstói e Aleksandr Blok. Em outro nível, meus heróis eram Pimpinela Escarlate, Phileas Fogg e Sherlock Holmes". Esse último nível de leituras pode ajudar a explicar a surpreendente, embora encantadora, inclusão, no curso sobre clássicos europeus, da história de Jekyll e Hyde, uma narrativa vitoriana envolta no nevoeiro típico das histórias de terror.

Uma governanta francesa, a Mademoiselle gorducha tão bem lembrada nas memórias do autor, assumiu suas funções quando Vladimir tinha seis anos, e, embora *Madame Bovary* não conste na lista de romances franceses que ela velozmente ("a voz frágil seguia ligeira, sem jamais esmorecer, sem a menor pausa ou hesitação") lia para as crianças sob seus cuidados — "Não faltou nada: *Os desastres de Sofia*, *A volta ao mundo em oitenta dias*, *A borboleta azul*, *Os miseráveis*, *O conde de Monte Cristo*, muitos outros" —, o livro certamente existia na biblioteca da família. Depois do absurdo assassinato de V. D. Nabokov em um palco de Berlim, em 1922, "um colega seu, com quem ele havia feito uma excursão de bicicleta à Floresta Negra, enviou à minha mãe, recentemente enviuvada, o exemplar de *Madame Bovary* que meu pai tinha em seu poder durante a viagem e em cuja folha em branco no início do livro ele anotara: 'A pérola nunca superada da literatura francesa', uma avaliação que permanece válida". Em outro trecho de *Fala, memória*, Nabokov comenta sua leitura apaixonada da obra de Mayne Reid, autor irlandês de livros sobre o Oeste norte-americano, e diz sobre a *lorgnette* usada por uma das sofridas heroínas de Reid: "Achei aquela *lorgnette* mais tarde nas mãos de Madame Bovary e, mais tarde ainda, de Anna Kariênina, que a passou para a Dama do cachorrinho de Tchekhov, a qual a perdeu no píer de Ialta". Só podemos especular com que idade ele pode ter lido pela primeira vez o estudo clássico de Flaubert sobre o adultério, mas deve ter sido bem cedo, pois leu *Guerra e paz* aos onze, "em Berlim, em um sofá turco, no nosso apartamento sombrio e rococó da Privatstrasse, que dava nos fundos para um úmido jardim com lariços e gnomos que se instalaram naquele livro, como um velho cartão-postal, para todo o sempre".

Ainda aos onze anos, Vladimir, que até então fora educado em casa por tutores, entrou para a escola Tenichev, um educandário relativamente progressista de São Petersburgo onde foi acusado pelos professores "de não [se] adaptar ao ambiente da escola; de '[se] exibir' (sobretudo por salpicar o material escrito em russo com termos em inglês e francês que [lhe] ocorriam de forma natural); de [se] recusar a tocar nas toalhas sujas e encharcadas do banheiro; de lutar com os punhos cerrados em vez de usar o estilo de tapas adotado pelos meninos briguentos na Rússia". Outro aluno da Tenichev, Óssip Mandelstam, caracterizou os alunos da escola como "pequenos ascetas, monges em um mosteiro juvenil". O ensino da literatura russa enfatizava a Rússia medieval — a influência bizantina, as crônicas antigas — e, além de estudar Púchkin em profundidade, abarcava a obra de Gógol, Liérmontov, Fet e Turguêniev. Tolstói e Dostoiévski não faziam parte do currículo. Pelo menos um professor, Vladimir Hippius, "um poeta de primeira grandeza, embora algo esotérico, que [ele] admirava muito", marcou fortemente o jovem aluno. Aos dezesseis anos Nabokov publicou uma coletânea de poemas, e Hippius "levou um exemplar para a sala de aula e provocou a hilaridade delirante da maioria de [seus] colegas ao aplicar seu tórrido sarcasmo (ele era um homem feroz, de cabelos ruivos) a [seus] versos mais românticos".

A formação educacional de Nabokov terminou quando seu mundo entrou em colapso. Em 1919, a família foi obrigada a emigrar. "Ficou decidido que meu irmão e eu iríamos para Cambridge, com uma bolsa dada mais como compensação por nossas atribulações políticas do que por mérito intelectual." Lá, ele estudou literatura russa e francesa, tal como na escola Tenichev, e jogou futebol, escreveu poesia, namorou várias jovens aristocratas e não foi *nem uma só vez* à biblioteca da universidade. Dentre as recordações pouco sistemáticas de sua vida universitária, há uma de "P. M. entrando às pressas em meu quarto com um exemplar de *Ulysses* que acabara de ser contrabandeado de Paris". Em uma entrevista para a *Paris Review*, Nabokov dá o nome de seu colega, Peter Mrosóvski, e admite que só leu o livro por inteiro quinze anos depois, quando "o apreciou intensamente". Em Paris, ele e Joyce se encontraram algumas vezes em meados da década de 1930. Joyce esteve presente certa vez, quando Nabokov fez a leitura pública de escritos seus diante de uma plateia esparsa e heterogênea, substituindo na última hora um romancista húngaro que passara mal. "Uma fonte de consolo inesquecível foi a figura de Joyce, de braços cruzados e com os óculos brilhando, sentado no meio da equipe de futebol da Hungria." Em outra ocasião pouco auspiciosa, em 1938, eles jantaram com os amigos comuns Paul e Lucie Léon; Nabokov não se recorda de nada da conversa que tiveram, mas sua mulher, Vera, lembra que "Joyce perguntou sobre os ingredientes exatos do *myod*, o 'hidromel' russo, e cada um lhe deu uma resposta diferente". Nabokov desconfiava dessas reuniões sociais de escritores e, em uma das primeiras cartas escritas para Vera, recontou uma versão do único e famoso encontro improdutivo entre Joyce e Proust. Quando Nabokov terá lido Proust pela primeira vez? O romancista inglês Henry Green, em suas memórias intituladas *Pack my Bag*, escreveu que, na Oxford do início da década de 1920, "qualquer um que se importasse com a boa literatura e soubesse francês conhecia Proust". Provavelmente, o mesmo acontecia em Cambridge, embora, durante o tempo em que estudou naquela universidade, Nabokov se preocupasse de maneira obsessiva com sua condição de russo: "Meu medo de perder ou corromper, devido à influência estrangeira, a única coisa que eu conseguira salvar da Rússia — sua língua — se tornou realmente mórbido [...]". Seja como for, em 1932, quando concedeu sua primeira entrevista publicada ao correspondente de um jornal de Riga, ele rejeitou a sugestão de uma influência alemã em sua obra durante os anos vividos em Berlim, dizendo: "Pode-se falar mais propriamente de uma influência francesa: adoro Flaubert e Proust".

Apesar de haver morado por mais de quinze anos em Berlim, Nabokov, à luz de seus altos padrões linguísticos, nunca aprendeu alemão. "Falo e leio mal alemão", disse ao entrevistador de Riga. Trinta anos depois, em uma entrevista para a Bayerischer Rundfunk, foi além: "Ao me mudar para Berlim, fiquei em pânico com a possibilidade de arranhar minha preciosa camada de russo se aprendesse a falar alemão fluentemente. A tarefa de oclusão linguística foi facilitada pelo fato de que eu frequentava um círculo fechado de emigrados, com amigos russos, e lia apenas jornais, revistas e livros em russo. Minhas únicas excursões na língua local eram as cortesias trocadas com senhorios e senhorias, além das necessidades rotineiras em matéria de compras: *Ich möchte etwas Schinken* [Eu quero um pouco de presunto]. Hoje, do ponto de vista cultural, lamento que tenha aprendido tão pouco". No entanto, ele conhecia obras sobre insetos em alemão desde criança, e seu primeiro sucesso literário foi a tradução, feita na Crimeia, de canções de Heine para uma cantora lírica russa. Mais tarde, como sua mulher sabia alemão, conferiu, com a ajuda dela, as traduções de seus livros para aquele idioma e se aventurou a aperfeiçoar, nas lições sobre *A metamorfose*, a versão em inglês de Willa e Edwin Muir. Não há razão para duvidar da afirmação, feita na introdução da tradução de seu romance bem kafkiano *Invitation to a Beheading* [Convite para uma decapitação], de que, ao escrevê-lo, em 1935, ele não havia lido Kafka. Em 1969, disse a um entrevistador na BBC: "Não sei alemão e, por isso, não poderia ter lido Kafka antes da década de 1930, quando *A metamorfose* foi publicada em *La Nouvelle Revue Française*"; dois anos depois disse à Bavarian Broadcasting: "Li Goethe e Kafka nas traduções francesas, tal como fiz com Homero e Horácio".

O primeiro autor estudado no presente livro foi o último selecionado por Nabokov. A questão pode ser acompanhada de perto no livro intitulado *The Nabokov-Wilson Letters* (Harper & Row, 1978). Em 17 de abril de 1950, Nabokov escreveu de Cornell, onde começara a trabalhar recentemente como professor, para Edmund Wilson: "No próximo ano vou ministrar um curso chamado Ficção europeia (séculos 19 e 20). Que autores ingleses (romances ou contos) você sugeriria? Preciso de ao menos dois". Wilson respondeu prontamente: "Sobre os romancistas ingleses: na minha opinião, os dois incomparavelmente maiores (deixando Joyce de fora por ser irlandês) são Dickens e Jane Austen. Tente reler, se ainda não o fez, algumas das últimas obras de Dickens, *A casa soturna* e *Little Dorrit* [A pequena Dorrit]. Tudo de Jane Austen merece ser lido — até mesmo seus fragmentos são notáveis". Em 5 de maio, Nabokov escreveu de volta: "Obrigado pelas sugestões a respeito de meu curso de ficção. Não gosto de Jane e, na verdade, tenho parti pris com relação a todas as escritoras. Elas pertencem a outra classe. Nunca consegui ver nada em *Orgulho e preconceito*... Vou selecionar Stevenson em vez de Jane A.". Wilson retrucou: "Você está errado sobre Jane Austen. Acho que deve ler *Mansfield Park* [...]. A meu ver, ela se encontra entre a meia dúzia de maiores escritores ingleses (sendo os outros Shakespeare, Milton, Swift, Keats e Dickens). Stevenson é um escritor menor. Não sei por que você gosta tanto dele, conquanto tenha escrito alguns contos excelentes". E, de maneira pouco característica, Nabokov capitulou, escrevendo em 15 de maio: "Estou no meio de *A casa soturna* — indo devagar por causa das muitas anotações que preciso fazer para a apresentação na sala de aula. Grande livro... Consegui o *Mansfield Park* e acho que também o usarei em meu curso. Obrigado por essas sugestões tão úteis". Seis meses depois, ele escreveu para Wilson com indisfarçável alegria:

> Quero fazer um relatório de meio do ano letivo sobre os dois livros que você sugeriu que deviam constar do curso. Com relação a *Mansfield Park*, fiz os alunos lerem as obras mencionadas pelos personagens do romance — os dois primeiros cantos de "Lay of the Last Minstrel" [Canção do último menestrel], de Walter Scott; "The Task" [A tarefa], de Cowper; passagens de *King Henry the Eighth* [Rei Henrique VIII]; o poema de Crabbe "The Parting Hour" [A hora da partida]; trechos de *The Idler* [O preguiçoso], de Johnson; o poema de Browne dedicado a um cachimbo "A Pipe of Tobacco" (Imitation of Pope); *Uma viagem sentimental*, de Sterne (toda a passagem do "portão sem chave" vem dali, assim como o estorninho); e naturalmente a peça *Lover's Vows* [Juras de amor] na inimitável tradução da sra. Inchbald (uma loucura!) [...]. Acho que me diverti mais que os alunos.

Nos primeiros anos passados em Berlim, Nabokov se sustentou dando aulas de um quinteto improvável de matérias: inglês, francês, boxe, tênis e prosódia. Nos últimos anos do exílio, leituras públicas em Berlim e em outros centros em que havia grande número de emigrados, tais como Praga, Paris e Bruxelas, renderam mais que as vendas de seus livros em russo. Consequentemente, malgrado não contasse com um diploma superior, ao chegar aos Estados Unidos, em 1940, ele estava preparado para assumir o papel de professor que, até a publicação de *Lolita*, constituiria sua principal fonte de renda. Em Wellesley pela primeira vez, em 1941, Nabokov fez uma série de palestras — "Fatos concretos sobre os leitores", "Um século de exílio", "O estranho destino da literatura russa" — entre as quais uma, "A arte da literatura e o bom senso", foi incluída neste livro. Até 1948, ele morou com a família em Cambridge (no número 8 do Craigie Circle, o lugar em que viveu por mais tempo até se instalar para sempre, em 1961, no Palace Hotel de Montreux), dividindo suas horas de trabalho entre dois empregos acadêmicos: professor residente no Wellesley College e pesquisador associado de entomologia no Museum of Comparative Zoology de Harvard. Ele trabalhou muito duro durante esses anos, tendo sido hospitalizado duas vezes. Além de instilar os elementos básicos da gramática russa na mente de jovens mulheres e de analisar as minúsculas estruturas dos órgãos genitais de borboletas, ele estava se transformando em um escritor norte-americano ao publicar dois romances (um escrito em inglês em Paris), um livro excêntrico e espirituoso sobre Gógol, e, nas revistas *The Atlantic Monthly* e *The New Yorker*, contos, reminiscências e poemas caracterizados por uma arrebatadora inventividade e elegância estilística. Entre o número crescente de admiradores de seus escritos em inglês estava Morris Bishop, um virtuoso da poesia ligeira e chefe do departamento de línguas românicas de Cornell; ele montou uma campanha exitosa para recrutar Nabokov, fazendo com que abandonasse Wellesley, onde sua posição como professor não era bem paga nem estável. Segundo as lembranças de Bishop no artigo "Nabokov at Cornell" [Nabokov em Cornell] (*TriQuarterly*, n. 17, inverno de 1970: um número especial dedicado a Nabokov em seu aniversário de setenta anos), o autor foi nomeado professor assistente de línguas eslavas e, no início, ministrou "um curso de nível intermediário de leituras sobre literatura russa e um curso avançado sobre temas específicos, em geral Púchkin ou o movimento modernista na literatura russa [...] Como suas turmas em russo eram inevitavelmente pequenas, quase invisíveis, foi-lhe atribuído um curso em inglês sobre mestres da ficção europeia". Segundo Nabokov, o curso Literatura 311-312 era conhecido como "*dirty lit*" [literatura pornô]: "Uma velha piada aplicada às aulas de meu predecessor, um sujeito triste, gentil e beberrão que estava mais interessado na vida sexual dos autores que em seus livros".

Um ex-aluno, Ross Wetzsteon, contribuiu para o número especial da revista *TriQuarterly* com uma recordação afetuosa de Nabokov como professor. "'Acariciem os detalhes', Nabokov costumava dizer, enrolando o 'r', sua voz era a rude carícia da língua de um gato, 'os detalhes divinos!'." O professor insistia em mudar todas as traduções e desenhava diagramas fantásticos no quadro-negro instruindo jocosamente os alunos a copiá-los com exatidão. Sua pronúncia fazia com que os alunos escrevessem "epidramático", quando ele havia dito "epigramático". Conclui Wetzsteon: "Nabokov era um grande professor não por ensinar bem a matéria, mas porque era o exemplo de uma atitude, que estimulava em seus alunos, de profundo respeito e amor para com ela". Outro sobrevivente do curso Literatura 311-312 lembra-se de como Nabokov iniciava o período escolar com as palavras: "Os assentos são numerados. Gostaria que cada um escolhesse um lugar e o mantivesse em todas as aulas porque desejo associar o rosto ao nome de vocês. Todos estão satisfeitos com seus assentos? Muito bem. É proibido conversar, fumar, fazer tricô, ler jornais e dormir. E, pelo amor de Deus, tomem notas". Antes de uma prova, ele dizia: "Uma cabeça fresca, um caderno azul,* tinta, pensem, abreviem nomes óbvios, por exemplo, Madame Bovary. Não disfarcem a ignorância com a eloquência. A menos que seja apresentado um atestado médico, ninguém terá permissão de ir ao banheiro". Como professor, ele era entusiástico e elétrico. Nabokov ministrou seu último curso na primavera e outono de 1958, antes que, repentinamente enriquecido graças a *Lolita*, entrasse em uma licença que nunca terminou. Minha mulher frequentou esse curso e ficou tão arrebatada por sua magia que assistiu a uma aula com uma febre altíssima, tendo de ir imediatamente à enfermaria. "Achei que ele pudesse me ensinar a melhor maneira de ler, me dar alguma coisa que durasse a vida inteira — e foi o que aconteceu." Até hoje ela não consegue levar Thomas Mann a sério, não tendo se afastado um milímetro do dogma central aprendido no Literatura 311-312: "O estilo e a estrutura são a essência de um livro; grandes ideias são uma bobagem".

No entanto, mesmo uma aluna ideal, coisa que não era tão comum, podia ser vítima das artimanhas de Nabokov. Quando, ao final de uma aula, a moça ingênua de vinte anos foi buscar seu caderno azul em meio a um monte de provas já corrigidas e espalhadas por cima da mesa, não o encontrou e, por fim, dirigiu-se ao professor. Nabokov, de pé sobre o estrado, dava a impressão de estar distraído, mexendo em seus papéis. Ela pediu desculpas e disse que sua prova parecia não estar lá. Ele se inclinou para a frente, erguendo as sobrancelhas. "E qual é o seu nome?" Ela disse e, com a rapidez de um prestidigitador, ele exibiu o caderno azul que vinha mantendo às suas costas. Tinha a

---

* Nas universidades norte-americanas, usa-se tradicionalmente um caderno de capa azul para fazer as provas. (N.T.)

nota 97. "Queria conhecer", ele a informou, "a aparência de um gênio." E a olhou de cima a baixo sem pressa, enquanto ela corava. A conversa parou por ali. Aliás, ela não se lembra de que o curso fosse chamado de "*dirty lit*". No campus, era identificado simplesmente pelo nome do professor, "Nabokov".

Sete anos após sua aposentadoria, Nabokov relembrou as aulas com sentimentos variados:

> Meu método de ensino impedia um contato genuíno com os alunos. Na melhor das hipóteses, eles regurgitavam alguns pedacinhos do meu cérebro nos exames [...]. Tentei em vão substituir minha presença na sala de aula por gravações a serem reproduzidas na rádio da universidade. Por outro lado, me deliciava com as manifestações de aprovação vindas de algum ponto da sala diante de determinado comentário que eu fazia durante a aula. Minha maior recompensa vem daqueles ex-alunos que, dez ou quinze anos depois, me escrevem para dizer que agora entendem o que eu exigia deles quando os ensinava a visualizar o penteado mal traduzido de Emma Bovary ou a disposição dos cômodos na casa de Samsa [...].

Em mais de uma entrevista concedida no Palace Hotel de Montreux, redigidas em cartões de três polegadas por cinco, foi prometida a publicação de um livro baseado nas aulas de Cornell, mas (com outras obras em curso, como seu estudo sobre *As borboletas na arte* e o romance *O original de Laura*) o projeto ainda pairava no ar quando o grande escritor morreu, no verão de 1977.

Agora, maravilhosamente, aqui estão as lições. E ainda com o cheiro de sala de aula que uma revisão autoritária poderia ter eliminado. Nada que se tenha ouvido falar ou lido sobre elas nos prepara para encontrar um material tão calidamente envolvente e com tamanha qualidade pedagógica. A juventude e, de alguma forma, a feminilidade da plateia estão refletidas na palavra imperativa e ardente do professor. "O trabalho com tal grupo constituiu uma associação particularmente agradável entre a fonte de minha voz e um jardim de ouvidos — alguns abertos, outros fechados, muitos bastante receptivos, uns poucos apenas ornamentais, mas todos eles humanos e divinos." Longos trechos nos são lidos, como eram lidos para o jovem Vladimir Vladimirovich por seu pai, sua mãe e Mademoiselle. Durante esses períodos de citações, podemos imaginar a pronúncia, o prazer infeccioso na alocução tonitruante, o poder teatral daquele professor que, agora corpulento e cada vez mais calvo, tinha sido no passado um atleta e que compartilhava da tradição russa de apresentações orais magnificentes. Além disso, a entonação, o piscar de olhos, o sorrisinho sardônico e a tirada surpreendente estão presentes na prosa, que é fluida, tem o ritmo de coisa falada, naturalmente brilhante, inclinada a desembocar em uma metáfora ou em um trocadilho: para aqueles bem-aventurados estudantes de Cornell, na remota e bem-comportada década de 1950, uma exibição estonteante e irresistível de sensibilidade artística. A reputação de Nabokov como crítico literário, até então circunscrita em inglês ao laborioso monumento a Púchkin e ao arrogante repúdio a Freud, Faulkner e Mann, beneficia-se dessas avaliações generosas e pacientes que vão da delineação do estilo "com covinhas" de Jane Austen e de sua calorosa identificação com o entusiasmo de Dickens até a reverente explicação do contraponto de Flaubert e a elucidação encantadoramente maravilhada — como um garoto que desmantela seu primeiro relógio — das complexas sincronizações de Joyce. Como Nabokov desde criança desenvolveu um prazer duradouro no estudo das ciências exatas, as muitas horas felizes que passou curvado sobre um microscópio se refletem no delicado levantamento do tema do cavalo em *Madame Bovary* ou dos sonhos entrelaçados de Bloom e Dedalus; a lepidopterologia o conduziu a um mundo para além do bom senso, onde, na asa posterior de uma borboleta, "uma grande mancha imita uma gota de líquido com tão fantástica perfeição que uma linha é ligeiramente deslocada no ponto exato em que cruza aquela parte da asa", onde, "quando uma borboleta precisa se parecer com uma folha, não apenas os detalhes da folha são belamente reproduzidos, mas certos sinais que imitam os furos feitos por alguma lagarta são generosamente adicionados". Por isso, ele exigia da própria arte e da arte dos outros algo especial — um floreio de mágica mimética ou duplicidade enganadora —, algo sobrenatural e surreal na acepção original dessas palavras tão degradadas. Onde não enxergava esse lampejo do gratuito, do sobre-humano e do não utilitário, ele se tornava muito impaciente ao deparar com a falta de caracterização, com a monotonia peculiar aos objetos inanimados: "Muitos autores bem-aceitos simplesmente não existem para mim. Seus nomes estão gravados em túmulos vazios, seus livros são manequins [...]". Onde ele de fato encontrava tal centelha, que originava um arrepio na medula, seu entusiasmo ia muito além dos limites acadêmicos, e ele se tornava um professor inspirado e, sem dúvida, inspirador.

Lições que se apresentam de maneira tão espirituosa e que não escondem seus preconceitos e premissas dispensam maiores introduções. A década de 1950 — com sua ênfase no espaço privado e seu desdém pelas preocupações públicas, seu sentimento de atividade artística solitária e não engajada, a fé da Nova Crítica de que toda a informação essencial está contida na própria obra de arte — constitui um palco mais adequado às ideias de Nabokov do que as décadas seguintes poderiam ser. No entanto, em qualquer década a sua abordagem seria vista como radical pela profunda separação que propõe entre a realidade e a arte. "A verdade é que grandes romances são grandes contos de fadas, e os romances destas lições são supremos contos de fadas [...]. A literatura nasceu no dia em que um menino chegou gritando 'lobo, lobo', e não havia nenhum lobo atrás dele." Mas o menino que gritou "lobo" se transformou em uma irritação para sua tribo, e permitiram que ele morresse. Outro sacerdote da imaginação, Wallace Stevens, afirmou que, "se desejarmos formular uma teoria precisa da poesia, consideramos necessário examinar as estruturas da realidade porque a realidade é a referência central da poesia", ao passo que, para Nabokov, a realidade tem menos uma estrutura que um desenho, um padrão de comportamento, enganador: "Todo grande escritor é um grande impostor, mas assim é também a natureza, essa trapaceira contumaz. A natureza sempre engana". Em sua estética, pouca atenção é dada ao prazer menor do reconhecimento ou à virtude crua da veracidade. Para Nabokov, o mundo — matéria-prima da arte — constitui ele próprio uma criação artística, tão insubstancial e ilusória a ponto de parecer que uma obra-prima pode ser criada do nada, por um ato puro da vontade imperial do autor. Entretanto, romances como *Madame Bovary* e *Ulysses* brilham com o calor da resistência que a vontade de manipular encontra nos objetos banais do dia a dia. Familiaridade, repugnância e o amor sem esperança que dedicamos a nossos próprios corpos e destinos se unem naquelas cenas transfiguradas de Dublin e Rouen; longe delas, em obras como *Salambô* e *Finnegans Wake*, Flaubert e Joyce se entregam a suas personalidades sonhadoras e afetadas, sendo tragados por seus passatempos. Na sua leitura apaixonada de *A metamorfose*, Nabokov condena a família burguesa e convencional de Gregor Samsa como "a mediocridade circundando o gênio", sem reconhecer, no cerne mesmo da profunda angústia de Kafka, quanto Gregor necessita e adora esses habitantes possivelmente vulgares, mas também vitais e concretos, do mundo cotidiano. A ambivalência onipresente na rica tragicomédia de Kafka não encontra lugar no credo de Nabokov, embora, na prática artística, ela transborde em uma obra como *Lolita* e, com uma formidável densidade de detalhes observados — "informações sensoriais selecionadas, filtradas e agrupadas" —, em sua própria fórmula.

Os anos em Cornell foram produtivos para Nabokov. Depois de lá chegar, ele completou *A pessoa em questão*. Foi em um quintal de Ithaca que sua esposa impediu que ele queimasse o difícil começo de *Lolita*, completado em 1953. As bem-humoradas histórias de *Pnin* foram escritas inteiramente em Cornell, as pesquisas heroicas relativas à tradução de *Evguêni Oniéguin* foram quase todas conduzidas em suas bibliotecas, e Cornell está carinhosamente refletida no ambiente universitário de *Fogo pálido*. Pode-se imaginar que a mudança da costa atlântica para o interior, em uma distância de 360 quilômetros, tenha lhe propiciado um conhecimento mais genuíno do "enorme, adorável, confiante e sonhador país" que ele havia adotado (nas palavras de Humbert Humbert). Nabokov tinha quase cinquenta anos quando chegou a Ithaca e muitas razões para estar artisticamente esgotado. Havia sido exilado duas vezes — expulso da Rússia pelo bolchevismo e da Europa por Hitler —, tendo criado uma brilhante obra no que parecia ser uma língua moribunda para um público de emigrados fadado ao desaparecimento. No entanto, em sua segunda década nos Estados Unidos, ele conseguiu injetar na literatura norte-americana uma audácia e um brio totalmente novos, ajudando a ressuscitar o veio nativo de fantasia e conquistando para si independência financeira e reputação internacional. É prazeroso supor que a releitura exigida pela preparação dessas lições no início da década e as admoestações e as intoxicações reencenadas na sala de aula a cada ano tenham contribuído para a esplêndida redefinição dos poderes criativos de Nabokov; e para que se detectasse, na sua ficção daqueles anos, algo da delicadeza de Austen, da energia de Dickens e do "delicioso gosto de vinho" de Stevenson, que veio se adicionar à inimitável cepa europeia do próprio Nabokov e fortalecê-la. Seus autores norte-americanos preferidos, como certa vez confessou, eram Melville e Hawthorne, e é uma pena que nunca tenha lecionado sobre eles. Mas sejamos gratos pelas lições efetivamente ministradas e que aqui recebem sua forma permanente. Vidraças coloridas que se abrem sobre sete obras-primas, elas proporcionam tanto realce quanto "os losangos de vidros coloridos como o traje de um arlequim" através dos quais Nabokov, quando criança, avistava da varanda o jardim da sua casa de campo enquanto alguém lia para ele um romance.

Meu curso, entre outras coisas, é uma espécie de investigação detetivesca do mistério das estruturas literárias.

VLADIMIR NABOKOV

Bons leitores e bons escritores

"Como ser um bom leitor" ou "Tratem bem os escritores" — algo assim poderia fornecer o subtítulo para este estudo de vários autores, porque meu plano é lidar carinhosamente com diversas obras-primas europeias, examinando seus detalhes sem pressa e com um olhar afetuoso. Cem anos atrás, Flaubert, em uma carta para a sua amante, fez a seguinte observação: "Comme l'on serait savant si l'on connaissait bien seulement cinq à six livres" [Que sábios seríamos se conhecêssemos muito bem apenas cinco ou seis livros].

Quando lemos, devemos reparar nos detalhes e acariciá-los. Não há nada de errado com o luar da generalização se ele vem *depois* que as minúcias ensolaradas do livro tenham sido amorosamente coletadas. Caso parta de alguma generalização banal, o leitor toma o rumo errado e se distancia do livro antes mesmo de começar a entendê-lo. Nada é mais enfadonho ou mais injusto para o autor do que, por exemplo, começar a ler *Madame Bovary* com a noção preconcebida de que se trata de uma denúncia da burguesia. Nunca deveríamos esquecer que, como a obra de arte é sempre a criação de um novo mundo, a primeira coisa a fazer é estudar esse novo mundo tão de perto quanto possível, encarando-o como algo novo em folha, sem nenhuma conexão óbvia com os mundos que já conhecemos. Quando esse novo mundo houver sido minuciosamente estudado, então, e só então, examinaremos seus vínculos com outros mundos, outros ramos do conhecimento.

Outra questão: podemos esperar obter informações sobre lugares e momentos históricos em um romance? Será que alguém é tão ingênuo a ponto de pensar que pode aprender alguma coisa sobre o passado nos corpulentos campeões de vendas comercializados pelos clubes de livros sob o disfarce de romances históricos? Mas e as obras-primas? Podemos confiar no retrato que Jane Austen faz da propriedade rural na Inglaterra com baronetes e paisagens planejadas quando tudo que ela conhecia era a sala de visita de um clérigo? E *A casa soturna*, esse romance fantástico em uma Londres fantástica: seria possível dizer que se trata de um estudo da cidade cem anos atrás? Certamente não. O mesmo se aplica a outros romances neste curso. A verdade é que grandes romances são grandes contos de fadas, e os romances destas lições são supremos contos de fadas.

Tempo e espaço, as cores das estações do ano, os movimentos dos músculos e das mentes, é disso que se servem os escritores talentosos (tanto quanto podemos imaginar, e confio em que estou certo), e não de noções tradicionais passíveis de serem tomadas por empréstimo nas bibliotecas volantes das verdades públicas. Os grandes artistas aprenderam a expressar de maneira peculiar a cada um deles uma série de surpresas especiais. Aos escritores menores resta a ornamentação dos lugares-comuns, pois, não se dando ao trabalho de reinventar o mundo, simplesmente tentam extrair o máximo possível de determinado esquema de coisas, dos padrões tradicionais da ficção. As diversas combinações que os autores menores são capazes de produzir dentro desses limites estreitos podem ser bem divertidas de um modo algo efêmero, uma vez que leitores menores gostam de reconhecer suas próprias ideias sob uma roupagem agradável. Mas o verdadeiro escritor, aquele que faz planetas girarem e, tendo esculpido um homem adormecido, utiliza sua costela, não dispõe de valores pré-fabricados: ele próprio precisa criá-los. A arte da escrita é algo muito inútil se não implicar, antes de tudo, a arte de ver o mundo como uma ficção em potencial. O material desse mundo pode ser bem real (tanto quanto a realidade o permite), porém não existe como um todo bem conhecido: ele é o caos, que o autor ordena que entre em ação, permitindo que o mundo se acenda, bruxuleante, e entre em ignição. Seus átomos então se recombinam, e não apenas nas partes visíveis e superficiais. O escritor é o primeiro a organizá-lo e a modelar os objetos que ele contém. Aquelas frutinhas ali são comestíveis. Aquela criatura de pele sarapintada que atravessou o caminho pode ser domesticada. Aquele lago, em meio às árvores, será chamado de lago Opala ou, mais artisticamente, de lago da Pia da Cozinha. Aquela névoa é uma montanha — e a montanha precisa ser conquistada. O grande artista vai subindo por uma vertente sem trilha, e, chegado ao topo, em um penhasco ventoso, quem vocês pensam que ele encontra? O leitor ofegante e feliz, e lá eles espontaneamente se abraçam e ficam unidos para sempre se o livro durar para sempre.

Certa noite, em uma universidade longínqua de província que por acaso visitei em uma longa série de palestras, sugeri uma pequena pesquisa — dez definições de um leitor, das quais os alunos tinham de escolher quatro que, combinadas, caracterizariam o bom leitor. Não sei onde pus a lista, mas, tanto quanto me recordo, as definições eram as que constam abaixo. Selecionem quatro respostas sobre o que um leitor deve ser a fim de que possamos considerá-lo um bom leitor.

1) O leitor deveria ser membro de um clube do livro.

2) O leitor deveria se identificar com o herói ou a heroína.

3) O leitor deveria concentrar-se no ângulo socioeconômico.

4) O leitor deveria preferir uma história com ação e diálogos a uma que não os tenha.

5) O leitor deveria ter visto um filme sobre o livro.

6) O leitor deveria ser um autor principiante.

7) O leitor deveria ter imaginação.

8) O leitor deveria ter boa memória.

9) O leitor deveria possuir um dicionário.

10) O leitor deveria ter algum senso artístico.

A maioria dos alunos privilegiou a identificação emocional, a ação e o ângulo socioeconômico ou histórico. Obviamente, como vocês terão adivinhado, o bom leitor é aquele que tem imaginação, memória, um dicionário e algum senso artístico — o qual eu me proponho a desenvolver em mim mesmo e em outras pessoas sempre que tenho oportunidade.

Aliás, uso a palavra *leitor* de maneira bastante informal. Curiosamente, ninguém pode *ler* um livro: só pode relê-lo. Um bom leitor, um grande leitor, um leitor ativo e criativo, é um releitor. E vou lhes dizer por quê. Quando lemos um livro pela primeira vez, o próprio processo de mover laboriosamente os olhos da esquerda para a direita, linha após linha, página após página, esse complicado trabalho exigido pelo livro, o processo de aprender em termos de espaço e tempo do que ele trata, tudo isso se interpõe entre nós e a apreciação artística. Quando olhamos para uma pintura, não precisamos mover os olhos de um modo especial mesmo se, como em um livro, o quadro contiver elementos de profundidade e desenvolvimento. O elemento temporal na verdade não está presente no primeiro contato com uma pintura. Ao lermos um livro, necessitamos de tempo para nos familiarizarmos com ele. Não temos um órgão físico (como o olho para a pintura) capaz de abarcar toda a cena e depois apreciar seus detalhes. Mas em uma segunda, terceira ou quarta leitura de certo modo nos comportamos a respeito de um livro como em relação a uma pintura. No entanto, não confundamos o olho físico, essa monstruosa obra-prima da evolução, com a mente, uma conquista ainda mais monstruosa. A fronteira entre uma obra de ficção e um estudo científico não é tão nítida quanto em geral se crê, mas o livro de ficção atrai em primeiro lugar a mente. A mente, o cérebro, o topo da espinha que pode sentir calafrios, é, ou deveria ser, o único instrumento usado em um livro.

Sendo assim, devemos refletir sobre como a mente funciona quando o leitor mal-humorado é confrontado com um livro solar. Primeiro, o mau humor se dissolve e, para o bem ou para o mal, o leitor entra no espírito do jogo. O esforço para começar um livro, em particular se ele foi elogiado por pessoas que o jovem leitor secretamente considera ultrapassadas ou demasiado sérias, é muitas vezes difícil; mas, depois que isso é feito, as recompensas são diversas e abundantes. Uma vez que o grande artista usou sua imaginação ao criar o livro, é natural e justo que seu consumidor também a use.

Contudo, como há pelo menos duas espécies de imaginação no caso do leitor, vejamos qual das duas é a que deve ser usada ao ler um livro.

Primeiro, existe a variedade comparativamente menor que se apoia nas emoções simples e é de natureza pessoal. Há diversas subespécies dessa leitura emocional. Determinada situação em um livro é sentida de modo intenso porque nos lembra algo que aconteceu conosco ou com alguém que conhecemos. Por outro lado, um leitor pode valorizar um livro sobretudo por evocar um país, uma paisagem, um padrão de vida que, nostalgicamente, ele reconhece como parte de seu passado. Ou ainda, e esta é a pior coisa que um leitor pode fazer, ele se identifica com um personagem do livro. Essa variedade inferior não é o tipo de imaginação que eu gostaria que os leitores usassem.

Nesse caso, qual é o instrumento autêntico a ser utilizado pelo leitor? São a imaginação impessoal e o prazer artístico. O que precisa ser criado, acho eu, é um harmonioso equilíbrio artístico entre a mente do leitor e a mente do autor. Precisamos manter certo distanciamento e tirar prazer dele, ao mesmo tempo que desfrutamos intensamente — desfrutamos apaixonadamente, desfrutamos com lágrimas e arrepios — da textura interna de determinada obra-prima. Obviamente, é impossível ser muito objetivo nessas questões. Por exemplo, o fato de vocês estarem sentados aí pode ser apenas um sonho meu, e eu posso ser o pesadelo de vocês. Mas o que desejo dizer é que o leitor precisa saber quando e onde sofrear sua imaginação, o que ele faz tentando entender com clareza o mundo específico que o autor põe ao seu dispor. Devemos ver coisas e ouvir coisas, precisamos visualizar os aposentos, as roupas, o comportamento dos seres criados pelo autor. A cor dos olhos de Fanny Price em *Mansfield Park* e a mobília de seu quartinho frio são importantes.

Todos nós temos temperamentos diferentes, mas creio que o melhor temperamento que um leitor pode possuir, ou desenvolver, é uma combinação do artístico e do científico. O artista entusiástico tende a ser subjetivo demais em sua atitude para com um livro, razão pela qual certa frieza científica abrandará seu ímpeto intuitivo. No entanto, caso um candidato a leitor seja totalmente carente de paixão e de paciência — da paixão do artista e da paciência do cientista —, ele terá dificuldade em sentir prazer com a grande literatura.

✳

A literatura não nasceu no dia em que um menino chegou correndo e gritando "lobo, lobo", vindo de um vale neandertal com um grande lobo cinzento em seus calcanhares: a literatura nasceu no dia em que um menino chegou gritando "lobo, lobo", e não havia nenhum lobo atrás dele. Pouco importa que, por mentir com frequência, o pobre garotinho finalmente tenha sido devorado por um animal de verdade. O importante é que, entre o lobo em meio ao capim alto e o lobo na história pouco crível, há um elo cintilante. Esse vínculo, esse prisma, é a arte da literatura.

Literatura é invenção. Ficção é ficção. Chamar uma história de verdadeira é um insulto tanto à arte quanto à verdade. Todo grande escritor é um grande impostor, mas assim é também a natureza, essa trapaceira contumaz. A natureza sempre engana. Do simples logro da propagação até a ilusão prodigiosamente sofisticada das cores protetoras em borboletas ou pássaros, existe na natureza um sistema maravilhoso de feitiços e ardis. O escritor de ficção se limita a seguir a liderança da natureza.

Voltando por um momento ao nosso menininho cabeludo que grita "lobo, lobo" no bosque, podemos ver a situação sob o seguinte ângulo: a mágica da arte residia na sombra do lobo que ele inventou deliberadamente, seu sonho de um lobo; depois, o logro deu origem a uma história interessante. Quando ele morreu, a história contada sobre ele se transformou em uma boa lição a ser contada em volta da fogueira do acampamento em uma noite escura. Mas ele foi o pequeno mágico. Ele foi o inventor.

Um escritor pode ser considerado de três pontos de vista: pode ser visto como um contador de histórias, como um professor e como um mago. Um grande autor combina os três — contador de histórias, professor e mago —, mas é o mago nele que predomina e o torna um grande escritor.

Procuramos o contador de histórias para nos divertirmos, pela excitação mental do tipo mais simples, pela participação emocional, pelo prazer de viajarmos em alguma remota região do espaço ou do tempo. Uma mente um pouco diferente, embora não necessariamente superior, procura o professor no autor. Propagandista, moralista, profeta — essa é a sequência ascendente. Podemos ouvir o professor para obter não apenas uma educação moral, mas também conhecimento direto, fatos comuns. Infelizmente, conheci gente cujo propósito ao ler romancistas franceses e russos consistia em aprender alguma coisa sobre a vida na alegre Paris ou na triste Rússia. Por fim, e acima de tudo, um grande escritor é sempre um grande mago, e é aqui que chegamos à parte de fato excitante ao tentarmos apreender a mágica individual de seu talento e estudar o estilo, as imagens, o desenho de seus romances ou poemas.

As três facetas do grande escritor — mágica, história, lição — tendem a se mesclar em uma impressão de brilho unificado e único, uma vez que a arte da mágica pode estar presente na própria ossatura da história, na própria medula do pensamento. Há obras-primas de pensamento seco, límpido e organizado que nos provocam um sobressalto artístico tão potente quanto um romance como *Mansfield Park* ou o rico fluxo das imagens sensuais de Dickens. Parece-me que uma boa fórmula para testar a qualidade de um romance é, no longo prazo, uma fusão da precisão da poesia com a intuição da ciência. A fim de usufruir dessa mágica, um leitor sábio lê o livro de um gênio não com o coração, nem mesmo com o cérebro, mas com a coluna vertebral. É de lá que vem o formigamento revelador, embora, ao lermos, devamos nos manter um tanto afastados, em uma postura neutra. Então, com um prazer que é ao mesmo tempo sensual e intelectual, devemos observar o artista construir seu castelo de cartas e ver tal castelo transformar--se em um de vidro e aço.

Jane Austen (1775-1817)

MANSFIELD PARK (1814)

Mansfield Park foi escrito em Chawton, Hampshire. Jane Austen iniciou o livro em fevereiro de 1811 e só o terminou em junho de 1813 — levou, portanto, cerca de 28 meses para compor um romance que contém aproximadamente 160 mil palavras divididas em 48 capítulos. Foi publicado, em três volumes, em 1814 (no mesmo ano de *Waverley*, de Scott, e *The corsair* [O corsário], de Byron). A divisão em três partes, embora correspondesse a um método convencional de publicação naquela época, na verdade enfatiza a estrutura do livro, semelhante à de uma peça teatral: uma comédia de costumes e de estripulias, de sorrisos e suspiros, em três atos compostos, respectivamente, de dezoito, treze e dezessete capítulos.

Sou contrário a distinguir conteúdo e forma e a misturar tramas convencionais com correntes temáticas. Tudo que preciso dizer neste momento, antes de mergulharmos a fundo no livro e nos banharmos nele (e não simplesmente o atravessarmos molhando só as pernas), é que o aspecto superficial de *Mansfield Park* consiste na interação entre duas famílias rurais de alta classe. Uma delas é composta de sir Thomas Bertram e sua esposa, os filhos altos e atléticos Tom, Edmund, Maria e Julia, e a meiga sobrinha Fanny Price, a preferida da autora, a personagem por meio da qual a história é filtrada. Fanny é uma criança adotada, uma sobrinha pobre, uma agregada bondosa (notem que o nome de solteira da mãe dela era Ward).* Essa era uma figura muito popular nos romances dos séculos 18 e 19. Há várias razões pelas quais um romancista se sentiria tentado a usar tal personagem. Primeiro, sua posição no seio tépido de uma família composta essencialmente de estranhos fornece à coitadinha um fluxo permanente de comiseração. Segundo, é fácil fazer a sobrinha pobre e o filho da família terem um relacionamento romântico, com os óbvios conflitos que resultam daí. Terceiro, sua dupla posição de observadora independente e participante na vida diária da família a torna uma representante conveniente do autor. Encontramos a bondosa agregada não apenas em romances de escritoras, mas também de Dickens, Dostoiésvki, Tolstói e muitos outros. O protótipo dessas moças silenciosas, cuja beleza tímida termina por brilhar através dos véus da humildade e do esforço para não se fazer notada — brilhando por inteiro quando a lógica da virtude triunfa sobre a aleatoriedade da vida —, é, naturalmente, Cinderela. Dependente, indefesa, sem amigos, negligenciada, esquecida, mas se casando no fim com o herói.

Mansfield Park é um conto de fadas como, afinal, de certo modo todos os romances o são. À primeira vista, o método e o tema de Jane Austen parecem ultrapassados, artificiais, irreais. Mas essa é a ilusão à qual sucumbe o mau leitor. O bom leitor está ciente de que a busca pela vida real, pessoas reais e coisas do gênero não faz sentido quando se fala de livros. Em um livro, a realidade de uma pessoa, de um objeto ou de determinada circunstância depende exclusivamente do mundo retratado naquele livro específico. Um autor original sempre inventa um mundo original e, se um personagem ou ação se enquadra nos padrões daquele mundo, sentimos o choque prazeroso da verdade artística, não importa quão inverossímil aquela pessoa ou coisa será, caso transferida para aquilo que os críticos literários, pobres trabalhadores braçais, chamam de "vida real". Não existe essa vida real para um autor de talento: ele mesmo deve criá-la e depois criar suas consequências. O encanto de *Mansfield Park* só pode ser devidamente degustado quando adotamos suas convenções, suas regras, seu maravilhoso faz de con-

---

* Uma das acepções de *ward* é "pessoa tutelada". (N.T.)

ta. Mansfield Park nunca existiu, as pessoas que ali habitavam nunca existiram.

A obra-prima da srta. Austen não é violentamente vívida como o são outros romances neste curso. *Madame Bovary* e *Anna Kariênina*, por exemplo, são explosões prazerosas realizadas com admirável controle. Por outro lado, *Mansfield Park* é o trabalho de uma dama e a brincadeira de uma criança. Mas da cesta de costura resulta um excepcional bordado artístico, pois há um veio de maravilhoso talento naquela criança.

✳

"Há cerca de trinta anos [...]" — assim começa o romance. Como a srta. Austen o escreveu entre 1811 e 1813, "há trinta anos" significaria, quando mencionado no começo do livro, 1781. Então, por volta de 1781, "a srta. Maria Ward, de Huntingdon, com apenas 7 mil libras de dote, teve a bem-aventurança de cativar sir Thomas Bertram, de Mansfield Park, no condado de Northampton [...]". A excitação de classe média com relação ao evento ("bem-aventurança de cativar") é gostosamente transmitida aqui e dará o tom certo às páginas seguintes, nas quais as questões financeiras predominam sobre as românticas e religiosas com a modéstia da simplicidade.* Todas as frases nessa introdução são sucintas e afiadas.

Tratemos, porém, de nos livrarmos primeiro dos elementos de tempo e espaço. "Há cerca de trinta anos" — voltemos a essa primeira frase. Jane Austen está escrevendo depois que seus principais personagens, os jovens que figuram no livro, foram postos de lado, mergulharam no esquecimento do matrimônio esperançoso ou no celibato sem esperanças. Como veremos, a principal ação do romance

---

* "Não há dúvida de que existe em Jane Austen um ligeiro convencionalismo burguês, visível em sua preocupação com a renda das pessoas e em sua visão racional das ligações românticas e da natureza. Só quando esses traços de materialismo são grotescos, como no tocante à sovinice da sra. Morris, a srta. Austen acusa sua existência e sobre ele aplica o sarcasmo artístico." Nota de Nabokov na pasta sobre Austen. (N.E.)

ocorre em 1808. O baile em Mansfield Park tem lugar no dia 22 de dezembro, uma quinta-feira, pois, se examinarmos velhos calendários, veremos que somente em 1808 o dia 22 de dezembro caiu em uma quinta-feira. Fanny Price, a jovem heroína do romance, tem dezoito anos à época. Chegou a Mansfield Park em 1800, aos dez anos. Estava então no trono o rei Jorge III, figura bem estranha que reinou de 1760 a 1820, um período bastante longo ao fim do qual o bom homem passava a maior parte do tempo imerso na insanidade, tendo o regente, outro Jorge, assumido o poder. Em 1808, Napoleão estava no auge do poder na França, enquanto Jefferson, nos Estados Unidos, acabara de conseguir que o Congresso passasse a Lei de Embargo, proibindo os navios norte-americanos de zarpar para portos sujeitos ao bloqueio britânico e francês. (Em inglês, lendo "embargo" de trás para a frente se tem "O grab me" [ah, me agarra].) Mas os ventos da História mal são sentidos no isolamento de Mansfield Park, embora algumas fracas lufadas de brisa comercial soprem quando sir Thomas faz negócios nas Antilhas Menores.

Definido o elemento temporal, o que dizer do elemento geográfico? Mansfield Park é o nome da propriedade da família Bertram, local fictício em Northampton (um condado de verdade), no coração da Inglaterra.

"Há cerca de trinta anos, a srta. Maria Ward [...]" Ainda estamos na primeira frase. Há três irmãs Ward e, segundo os costumes da época, a mais velha é chamada simplesmente (e muito formalmente) de srta. Ward, enquanto nas outras duas vem primeiro o nome de batismo. Maria Ward, a mais nova e ao que parece a mais atraente, mulher lânguida e apática, é a que se casa em 1871 com o baronete sir Thomas Bertram e passa a ser chamada de lady Bertram, tendo quatro filhos, duas moças e dois rapazes, que são os companheiros da prima, Fanny Price. A mãe de Fanny, a insípida srta. Frances Ward, também chamada de Fanny, casou-se em 1871 com um tenente pobre e beberrão, tendo ao todo dez filhos, dos quais a heroína do livro, Fanny, foi a segunda. Por fim, a srta. Ward, a mais velha e mais feia das irmãs, também se casou em 1871 com um clérigo que sofria de gota e não teve filhos. Ela é a sra. Norris, uma das personagens mais engraçadas e grotescas do livro.

Tendo definido essas questões, vejamos como Jane Austen as apresenta, pois a beleza de um livro é desfrutada mais completamente quando entendemos seu mecanismo e podemos desmontá-lo. Jane Austen utiliza quatro métodos de caracterização no início do romance. Primeiro, a descrição direta, com pequenas gemas de humor irônico. A maior parte do que ficamos sabendo sobre a sra. Norris se enquadra nessa categoria, porém as pessoas tolas ou maçantes são constantemente expostas. A excursão a Sotherton, propriedade da família Rushworth, fornece a seguinte passagem: "Na verdade, era quase impossível falar de qualquer outra coisa, pois a sra. Norris estava entusiasmada com o assunto; e a sra. Rushworth, uma mulher bem-intencionada, cortês, prosaica e pomposa, que só pensava em suas próprias preocupações e nas do seu filho, ainda não desistira de pressionar lady Bertram a participar da excursão. Lady Bertram havia recusado diversas vezes, mas seu jeito plácido de se expressar fazia a sra. Rushworth crer que ela desejava vir; até que as palavras mais numerosas da sra. Norris e seu tom mais alto de voz a convenceram da verdade".

Outro método é a caracterização por meio de uma fala diretamente citada. O leitor descobre por si só a natureza de quem fala, não apenas pelas ideias expostas, mas também pela maneira como são expressas, por seus maneirismos. Um bom exemplo é dado pela fala de sir Thomas: "Longe de mim criar por mero capricho algum óbice a um plano que seria tão consistente com as situações relativas de ambas". Ele se refere ao plano de trazer sua sobrinha, Fanny, para Mansfield Park, mas o faz de maneira empolada, quando tudo que quer dizer é: "Não quero inventar nenhum obstáculo a esse plano; ele é adequado à situação". Um pouco adiante, diz o cavalheiro em seu estilo paquidérmico: "A fim de torná-lo efetivamente benéfico para a sra. Price e meritório para nós [*vírgula*] precisamos garantir para a criança [*vírgula*] ou nos considerarmos obrigados a lhe garantir mais tarde [*vírgula*] à medida que as circunstâncias assim o exigirem [*vírgula*] as condições dignas de uma senhora de classe superior [*vírgula*] caso nenhum casamento possa fazê-lo [*vírgula*] como a senhora parece tão confiante em crer". Para nossos fins, não interessa saber exatamente o que ele está tentando dizer, mas sua maneira de dizê-lo; o exemplo mostra com que precisão Jane Austen retrata o homem por meio de sua fala. Um homem pesado (e um pai pesado, em termos teatrais).

No entanto, um terceiro método de caracterização se faz por meio da fala retransmitida. Nesse caso, determinada fala é mencionada e citada parcialmente, com uma descrição do estilo do personagem. Um bom exemplo ocorre quando a sra. Norris critica os defeitos do novo pastor, dr. Grant, que substituiu seu falecido esposo. O dr. Grant gostava muito de comer, e a sra. Grant, "em vez de achar uma maneira de satisfazê-lo sem gastar muito, pagava à cozinheira salários tão altos quanto os de Mansfield Park". Segundo a srta. Austen, "a sra. Norris era incapaz de falar com o mínimo de moderação sobre tais despautérios ou sobre a quantidade de manteiga e ovos regularmente consumidos na casa". E então vem a introdução à fala indireta. "Ninguém gostava mais da fartura e da hospitalidade que ela [*diz a sra. Norris — no que é por si só uma caracterização irônica, pois ela adorava essas coisas exclusivamente à custa dos outros*], ninguém odiava mais a mesquinharia, e, na residência paroquial, nunca havia faltado o menor conforto nem fora abrigado nenhum mau-caráter *em seu tempo*, mas ela não podia entender aquele comportamento. A casa de um pastor não era o lugar apropriado para quem se imaginasse uma grande dama. A despensa *que ela mantinha* deveria ter servido perfeitamente à sra. Grant. Por mais que indagasse, nunca alguém lhe dissera que a sra. Grant tinha algum dia possuído quantia superior a 5 mil libras".

Um quarto método de caracterização, que consiste em imitar a fala do personagem ao mencioná-lo, é raras vezes usado, exceto em uma conversa reproduzida de modo literal, como quando Edmund comunica a Fanny a essência dos elogios que a srta. Crawford lhe fez.

✳

A sra. Norris é uma personagem grotesca, mulher futriqueira, muito malvada e intrometida. Não é de todo impiedosa, mas seu coração é um órgão tosco. Suas sobrinhas, Maria e Julia, são as filhas ricas, grandes e saudáveis que nunca teve, e ela as paparica ao mesmo tempo que despreza Fanny. Com um humor sutil, a srta. Austen observa, no começo da história, que a sra. Norris "era incapaz de guardar para si" as referências desrespeitosas sobre sir Thomas que a irmã dela e mãe de Fanny havia feito em uma carta amarga. A personagem da sra. Norris não é apenas um belo produto artístico, mas também possui qualidade funcional porque é devido à sua natureza intrometida que Fanny termina sendo adotada por sir Thomas, um recurso de caracterização que exerce efeito sobre a estrutura do romance. Por que ela estaria tão ansiosa em ver Fanny adotada pela família Bertram? A resposta é: "Tudo foi considerado como havendo sido resolvido, e os prazeres de um plano tão benevolente já se faziam sentir. A rigor, a divisão das sensações gratificantes não deveria ter sigo igual, pois sir Thomas estava totalmente decidido a ser o patrono real e consistente da criança escolhida, enquanto a sra. Norris não tinha a menor intenção de fazer nenhuma despesa para sustentá-la. Em se tratando de andar, falar e fazer maquinações, ela era de uma benevolência ímpar, e ninguém sabia ditar melhor a liberalidade nos outros; mas, como seu amor pelo mando era idêntico a seu amor pelo dinheiro, ela sabia como poupar o seu tão bem quanto fazer os amigos gastarem o deles [...]. Guiada por esse inviolável princípio, em nada mitigado por uma real afeição pela irmã, seu único objetivo era obter o reconhecimento por haver planejado e organizado um gesto de caridade tão custoso. No entanto, ela talvez se conhecesse tão pouco que, ao caminhar de volta para a residência paroquial após aquela conversa, tenha tido a feliz sensação de ser a irmã e a tia mais liberal do mundo". Assim, apesar de não sentir o menor afeto pela irmã, a sra. Price, ela deriva prazer da glória de haver resolvido o futuro de Fanny sem gastar um só tostão e sem fazer nada pela criança, além de forçar o cunhado a adotá-la.

Ela se diz uma mulher de poucas palavras, mas de sua grande boca jorram torrentes de lugares-comuns. Fala muito alto. A srta. Austen encontrou um modo de transmitir isso com grande vigor. A sra. Norris está conversando com o casal Bertram sobre o plano de trazer Fanny para Mansfield Park. "'Verdade', exclamou a sra. Norris, 'essas são considerações muito importantes, e dará no mesmo para a srta. Lee ensinar três meninas ou somente duas — não faz nenhuma diferença. Eu só queria poder ser mais útil, mas sabem que faço tudo ao meu alcance. Não sou dessas pessoas que procuram se poupar dos problemas [...]'." Ela continua por algum tempo, depois fala o casal e então de novo a sra. Norris: "'É exatamente isso que eu penso', exclamou a sra. Norris, 'o que eu estava dizendo a meu marido hoje de manhã'". Pouco antes, em outra conversa com sir Thomas: "'Eu o entendo perfeitamente', exclamou a sra. Norris, 'o senhor é um exemplo de generosidade e consideração [...]'". Mediante a repetição do verbo *exclamar*, Austen sugere a maneira de falar daquela mulher antipática, e é possível notar que, quando a pobre Fanny chega a Mansfield Park, ela se sente incomodada sobretudo pelo vozeirão da sra. Norris.

Ao terminar o primeiro capítulo, todos os aspectos preliminares foram levados em conta. Conhecemos a tagarela, intrometida e vulgar sra. Norris, o néscio sir Thomas, a amuada e carente sra. Price, a indolente e lânguida lady Bertram com seu pug. Foi tomada a decisão de trazer Fanny para viver em Mansfield Park. As caracterizações da srta. Austen frequentemente exercem papel estrutural.* Por exemplo, é a indolência de lady Bertram que a mantém no campo. O casal possui uma casa em Londres, e no início, antes da vinda de Fanny, a família passava a primavera — a estação elegante — em Londres, mas agora "lady Bertram, devido a um pequeno problema de saúde e uma grande dose de indolência, abandonou a casa da cidade, que costumava ocupar na primavera, permanecendo o tempo todo no campo. Com isso, sir Thomas passou a desempenhar suas funções no Parlamento sem a presença dela, não se sabendo se ficou mais ou

---

* Em uma nota constante do maço de Austen, Nabokov define *trama* como "o enredo, a história". *Temas e linhas temáticas* são "imagens ou uma ideia repetida aqui e ali no romance, tal como uma melodia retorna em uma fuga". *Estrutura* é "a composição de um livro, o desenvolvimento dos eventos, um evento causando outro, a transição de um tema a outro, o modo astucioso como os personagens são apresentados ou uma nova e complexa ação tem início, ou quando vários temas são interligados ou utilizados para dar andamento ao romance". *Estilo* é "a maneira de se expressar do autor, suas entonações peculiares, seu vocabulário e aquele toque que faz um leitor, quando confrontado com determinada passagem, exclamar que é de Austen e não de Dickens". (N.E.)

menos confortável por causa disso". Jane Austen, deve-se reconhecer, necessita desse arranjo a fim de manter Fanny no campo sem complicar a situação com idas a Londres.

A educação de Fanny avança tanto que, aos quinze anos, a preceptora já lhe ensinou francês e história, mas seu primo Edmund Bertram, que demonstra certo interesse por ela, "recomendava livros que a encantavam nas horas de lazer; ele a encorajava a desenvolver seu gosto literário e corrigia suas avaliações, tornando as leituras mais úteis ao conversar com ela sobre o que havia sido lido e aguçando seu apetite com elogios judiciosos". O coração de Fanny fica dividido entre seu irmão William e Edmund. Vale notar a educação que era dada às crianças na época de Austen e em sua classe social. Quando Fanny chegou, as filhas do casal Bertram "acharam-na prodigiosamente ignorante, e nas duas ou três primeiras semanas traziam repetidos relatórios à sala de visita. 'Mãezinha, veja só, minha prima não consegue montar o mapa da Europa — ou não conhece os principais rios da Rússia — ou nunca ouviu falar da Ásia Menor — ou não sabe a diferença entre aquarelas e desenhos com crayon! Que estranho! Já ouviu coisa mais boba?'". Um dos pontos a notar aqui são os mapas cortados em pequenas peças como quebra-cabeças, que eram montados como parte do estudo de geografia. E isso há 150 anos! O estudo de História também era muito sólido. As garotas continuam: "'Titia, faz muito tempo desde que costumávamos repetir em ordem cronológica os nomes dos reis da Inglaterra, com as datas em que subiram ao trono e os principais acontecimentos de seus reinados!'. 'Sim', disse a outra, 'e dos imperadores romanos, incluindo até o imperador Severo, além de um bocado de mitologia pagã e todos os metais, semimetais, planetas e filósofos famosos'".

Uma vez que o imperador romano Severo viveu no começo do século 3º, "até o imperador Severo" se refere à escala no tempo.

A morte do sr. Norris resulta em uma mudança importante porque a paróquia fica vaga. Ela fora reservada para Edmund depois de ser ordenado clérigo, mas os negócios de sir Bertram não vão bem, e ele é forçado a instalar não um substituto temporário, e sim um permanente. Isso reduz a renda futura de Edmund, tendo em vista que ele passará a depender de apenas um benefício eclesiástico, o de Thornton Lacey, que também fora doado a sir Thomas. Cabe uma explicação sobre a paróquia de Mansfield Park. O clérigo que conduz uma paróquia em caráter definitivo tem a posse de uma residência e das áreas que a circundam, recebendo uma renda, uma espécie de dízimo, derivada das terras e de certas indústrias situadas dentro dos limites da paróquia. Como fruto de um longo desenvolvimento histórico, a escolha do clérigo se tornou em certas instâncias o privilégio de uma pessoa laica, nesse caso sir Thomas Bertram. A escolha estava sujeita à aprovação do bispo, mas isso não passava de uma formalidade. Sir Thomas, como de costume, esperava receber algum lucro ao conceder a prebenda. Esta é a questão: sir Thomas necessita de um pastor de fora. Se a renda continuasse na família, e Edmund estivesse pronto a assumir a paróquia de Mansfield, seu futuro estaria assegurado. No entanto, Edmund ainda não pode ser ordenado, tornar-se um clérigo. Caso o irmão mais velho, Tom, não tivesse incorrido em dívidas de jogo, sir Thomas, sem auferir nenhum lucro, poderia ter entregado a paróquia temporariamente a algum amigo, que a ocuparia até a ordenação de Edmund. Mas agora não pode se permitir tal arranjo, sendo necessário dar outro destino à paróquia. Tom simplesmente torce para que o dr. Grant "bata as botas", como ficamos sabendo por meio de uma conversa que caracteriza a fala populuresca de Tom e também seu pouco-caso com relação ao futuro de Edmund.

Quanto aos valores de fato envolvidos, sabemos que a sra. Norris, ao se casar, obteve uma renda anual pouco inferior a mil libras. Caso suponhamos que ela possuía, como a irmã casada com Bertram, 7 mil libras, podemos deduzir que sua parcela da renda da família Norris fosse de cerca de 250 libras e que o sr. Norris obtivesse da paróquia 700 libras por ano.

Encontramos aqui outro exemplo de como um escritor introduz certo evento a fim de fazer a história seguir seu curso. O clérigo Norris morre. A chegada da família Grant ao presbitério se torna possível devido à morte do sr. Norris, que é substituído por Grant. E, por sua vez, a chegada de Grant conduz à chegada à vizinhança de Mansfield Park dos jovens membros da família Crawford, parentes de sua mulher, que desempenharão papel de grande relevo no romance. Ademais, o plano da srta. Austen consiste em remover sir Thomas de Mansfield Park de modo que os jovens possam abusar de sua liberdade, e ele retorne durante o ensaio de uma peça de teatro moralmente ousada.

Sendo assim, como ela executa o plano? O filho mais velho, Tom, que herdaria a propriedade, tem esbanjado dinheiro. Os negócios da família não andam bem. A srta. Austen remove sir Thomas já no terceiro capítulo, em 1806, quando ele julga necessário viajar a Antígua para supervisionar melhor seus negócios, esperando ficar por lá durante um ano. Antígua é muito diferente de Northampton. Trata-se de uma ilha nas Índias Ocidentais, então sob domínio inglês, sendo uma das Antilhas Menores, situadas a cerca de oitocentos quilômetros ao norte da Venezuela. Nas plantações, fonte da riqueza dos Bertram, teria sido usada mão de obra escrava mal remunerada.

A família Crawford entra em cena imediatamente depois da partida de sir Thomas. "Essa era a situação no mês de julho, e Fanny acabara de fazer dezoito anos quando à população do vilarejo se somaram o irmão e a irmã da sra. Grant, filhos do segundo casamento de sua mãe. Eram jovens endinheirados. O filho possuía uma boa propriedade em Norfolk, a filha, 20 mil libras. Quando crianças, a irmã sempre gostara muito de ambos; mas, como logo após seu casamento a mãe dos três morrera, as crianças tinham ficado sob os cuidados de um irmão do pai que a sra. Grant não conhecia. Com isso, ela praticamente deixara de vê-los desde então. Na casa do tio haviam encontrado um lar acolhedor. O almirante e a sra. Crawford, embora não concordassem sobre coisa nenhuma, uniam-se no afeto por aquelas crianças, ou pelo menos não entravam em choques maiores além do fato de que cada qual tinha seu preferido, a quem dedicava mais carinho que ao outro. O almirante adorava o menino, e a sra. Crawford paparicava a menina; e foi a morte dela que obrigou sua protegida, após alguns meses de provação na casa do tio, a buscar um novo lar. O almirante era um homem de maus costumes que, em vez de manter a sobrinha, optou por trazer para casa a amante, razão pela qual a sra. Grant ficou grata à irmã por propor mudar-se para sua casa, uma medida tão bem-vinda para uma parte quanto vantajosa para a outra [...]." Vale notar o modo preciso como a srta. Austen cuida das questões financeiras na sequência de eventos que conduz ao aparecimento dos irmãos Crawford. O senso prático se combina com o toque de conto de fadas, como ocorre muitas vezes naquelas histórias fantásticas.

Podemos pular agora para a primeira dor que a recém-chegada Mary Crawford causa a Fanny, envolvendo o tema do cavalo. Um velho pônei de pelo cinza, que Fanny havia cavalgado por razões de saúde desde os doze anos, morre na primavera de 1807, quando ela tem dezessete anos e ainda necessita de exercício. Essa é a segunda morte funcional no livro, a primeira fora a do sr. Norris. Digo *funcional* porque ambas afetam o desenrolar do romance e são introduzidas por motivos estruturais, motivos de desenvolvimento.* A morte do sr. Norris trouxera os Grant, e a sra. Grant traz Henry e Mary Crawford, que muito em breve darão ao romance uma perversa coloração romântica. A morte do pônei no capítulo 4 faz com que, graças a um encantador jogo de caracterização que envolve a sra. Norris, Edmund ofereça um de seus três cavalos para que Fanny o cavalgue, uma égua dócil — uma criatura querida, bela e preciosa, como Mary Crawford a define mais tarde. Tudo isso é parte da preparação de Austen para uma maravilhosa cena emocional que tem lugar no capítulo 7. Mary Crawford — uma bonita moça mignon, de cabelos negros e tez more-

---

* "Ninguém em *Mansfield Park* morre nos braços do autor e do leitor, como acontece com as pessoas nos romances de Dickens, Flaubert e Tolstói. As mortes em *Mansfield Park* acontecem nos bastidores, causando pouca emoção. No entanto, essas mortes em nada excitantes exercem forte influência sobre o desenvolvimento da trama, tendo grande importância estrutural. A morte de um pônei abre o tema do cavalo, que envolve um emaranhado emocional entre Edmund, a srta. Crawford e Fanny. A morte do clérigo, o sr. Norris, conduz à chegada dos Grant e, posteriormente, dos Crawford, os divertidos vilões do romance; e a morte do segundo clérigo no final do livro permite que Edmund se instale na acolhedora paróquia de Mansfield Park, o que lhe garante, nas palavras de Austen, a 'aquisição' do benefício eclesiástico. A morte do dr. Grant ocorre 'logo depois que Edmund e Fanny estavam casados por tempo suficiente para desejarem um aumento de renda', maneira delicada de dizer que Fanny estava grávida. Há também a morte de uma viúva com propriedades herdadas do marido — a avó dos amigos de Yates —, o que faz com que Tom traga Yates para Mansfield e introduz o *tema da peça teatral*, que desempenha função crucial no romance. Por fim, a morte da pequena Mary Price torna possível, no interlúdio de Portsmouth, o vívido incidente da faquinha e das crianças da família Price." Nota de Nabokov na pasta de Austen. (N.E.)

na, tocadora de harpa — decide aprender a montar. É a égua de Fanny que Edmund lhe empresta para suas primeiras lições, ele próprio se apresentando voluntariamente como instrutor e tocando nas mãozinhas alertas de Mary ao fazê-lo. As emoções de Fanny ao observar a cena de longe são descritas de modo delicado. A lição se demora, e a égua não é devolvida a Fanny para sua cavalgada diária. Fanny vai em busca de Edmund. "Embora distantes menos de um quilômetro, uma casa não é visível da outra; entretanto, afastando-se uns cinquenta metros da entrada principal, ela podia ver, para além do parque, a residência paroquial e suas terras que se elevavam ligeiramente do outro lado da estrada que conduzia ao vilarejo; e, na campina que pertencia ao dr. Grant, ela de imediato viu o grupo — Edmund e a srta. Crawford cavalgando lado a lado, enquanto o dr. Grant, sua esposa, o sr. Crawford e uns dois ou três cavalariços os observavam. Pareceu-lhe uma reunião festiva, todos interessados em um único objeto e muito animados, pois sons de alegria subiam até ela. Eram sons que não a deixavam feliz, assim como a ideia angustiante de que Edmund poderia esquecê-la. Ela não conseguia afastar os olhos da campina, não podia deixar de ver tudo que se passava. De início, a srta. Crawford e seu companheiro contornaram a passo toda a área, que não era pequena; depois, aparentemente por sugestão da moça, passaram a um trote largo; e, para Fanny, com seu temperamento tímido, era surpreendente ver quão bem ela montava. Após alguns minutos, pararam de todo. Edmund estava perto dela e, sem dúvida ao instruí-la sobre o uso das rédeas, segurou sua mão; ela viu isso, ou sua imaginação proporcionou o que os olhos não eram capazes de alcançar. Ela não deveria estranhar que isso acontecesse; nada mais natural que Edmund se revelasse prestativo, comprovando sua boa índole. Na verdade, ela achava que o sr. Crawford poderia tê-lo poupado daquele trabalho, sendo perfeitamente justo e adequado que um irmão o fizesse; mas o sr. Crawford, apesar de se gabar de sua boa disposição e de sua perícia na condução de carruagens, provavelmente não sabia nada sobre o assunto e não tinha a bondade de Edmund. Ela começou a pensar que seria uma maldade forçar a égua a trabalhar dobrado. Se ela era esquecida, a pobre égua precisava ser lembrada."

O desenvolvimento, porém, não para por aí. O tema do cavalo conduz a outra questão. Já encontramos o sr. Rushworth, que vai se casar com Maria Bertram. Na verdade, o encontramos quase ao mesmo tempo em que encontramos a égua. A transição se faz agora do tema do cavalo para o que chamaremos de *tema da excursão a Sotherton*. Em seu namorico com Mary, a jovem amazona, Edmund quase privou a pobre Fanny de se valer da infeliz égua. Mary, montando a égua, e Edmund, em seu cavalo estradeiro, fazem um longo passeio ao vilarejo de Mansfield. E aqui vem a transição: "Um plano desses, quando dá certo, quase sempre gera outro; e a excursão ao vilarejo de Mansfield os estimulou a visitar outro lugar no dia seguinte. Havia muitas outras coisas a ver, e, embora o dia estivesse quente, não faltariam alamedas sombreadas aonde quer que desejassem ir. Um grupo de jovens sempre encontra uma alameda sombreada". A propriedade de Rushworth, Sotherton, ficava além do vilarejo de Mansfield. Cada tema abre suas pétalas como uma rosa de jardim.

O tema da mansão Sotherton foi suscitado quando o sr. Rushworth elogiou os "melhoramentos" na propriedade de um amigo e manifestou sua determinação de contratar a mesma pessoa para fazer algo semelhante em sua casa. Na discussão que se segue, aos poucos foi tomada a decisão de que Henry Crawford devia examinar o problema, em vez de algum profissional, e que todos o acompanhariam na visita. Do capítulo 8 ao 10, a inspeção é realizada e a excursão a Sotherton tem início, preparando por sua vez a futura peripécia, a do ensaio teatral. Cada tema gradualmente gera outro, que começa a evoluir de forma independente. É isso que chamo de estrutura.

Voltemos, agora, ao início do tema de Sotherton. Essa é a primeira grande cena de conversação do livro, da qual participam Henry Crawford, sua irmã, o jovem Rushworth, sua noiva, Maria Bertram, o casal Grant e todos os demais. O assunto é a melhoria do terreno da propriedade, de fato um projeto paisagístico com mudanças nas casas e nas áreas externas baseadas em princípios mais ou menos "pitorescos". Dos tempos de Pope aos de Henry Crawford, tais projetos constituíam um dos principais divertimentos de pessoas refinadas nas horas de lazer. O sr. Humphrey Repton, na época a mais destacada figura em sua profissão, é mencionado nominalmente, pois a srta. Austen deve ter visto seus livros nas mesas de centro das mansões rurais por ela visitadas. A autora não perde nenhuma oportunidade de fazer uma caracterização irônica. A sra. Norris relata em detalhes tudo que ela e seu marido teriam feito para aprimorar as propriedades paroquiais, não fosse pela saúde debilitada do sr. Norris.

"— Ele mal conseguia sair, pobre homem, para tirar proveito de qualquer coisa, e *isso* me fez perder a vontade de fazer várias benfeitorias sobre as quais sir Thomas e eu costumávamos conversar. Não fosse por *isso*, teríamos alongado o muro do jardim e faríamos com que a plantação fechasse o terreno em volta da igreja, como fez o dr. Grant. Na verdade, sempre estávamos fazendo alguma coisa. Um ano antes da morte do sr. Norris, ainda plantamos junto ao muro do estábulo o damasqueiro que agora se transformou em uma bela árvore, ficando realmente perfeita, meu senhor — disse ela, tendo se voltado na direção do dr. Grant.

— A árvore sem dúvida continua a prosperar, minha senhora — respondeu o dr. Grant. — O solo é fértil, mas nunca passo por ela sem me sentir penalizado pelo fato de que a fruta não vale o trabalho de ser colhida.

— Meu senhor, trata-se de um damasqueiro de *moor park*, compramos como se fosse genuíno, e nos custou... quer dizer, foi um presente de sir Thomas, mas vi o recibo, e sei que custou 7 xelins porque era um damasco de *moor park*.

— A senhora foi ludibriada — retrucou o dr. Grant —, essas batatas têm mais gosto de damasco de *moor park* que as frutas daquela árvore. Na melhor das hipóteses, as frutas são insípidas, mas um bom damasco deve ser comestível, o que não é o caso de nenhum do meu jardim."

Assim, o damasco incomível, correspondendo lindamente ao estéril sr. Norris, aquele damasco pequeno e amargo, é tudo que a longa e volúvel fala da sra. Norris consegue produzir acerca das melhorias que fez na propriedade e dos esforços de seu falecido marido.

Quanto a Rushworth, o jovem se atrapalha todo ao falar, o que a autora transmite indiretamente por meio de uma descrição mordaz do que ele está tentando dizer. "O sr. Rushworth, desejando ardentemente deixar clara a lady Bertram a sua aquiescência [sobre o plantio de arbustos], tentou exprimir algo lisonjeiro; no entanto, entre sua submissão ao gosto *dela* e o fato de haver sempre tencionado fazer aquilo, confundiu-se ao acrescentar declarações de atenção ao conforto das damas em geral e ao insinuar que havia uma única que ele estava ansioso para agradar. Edmund ficou feliz em acabar com aquela fala desconexa propondo que todos bebessem vinho." Esse é um artifício usado em outras partes do romance, como quando lady Bertram fala sobre o baile. A autora não reproduz suas palavras, mas a elas dedica uma frase descritiva — e o importante é que tal frase transmite a característica especial de determinada fala não apenas por seu conteúdo, mas pelo próprio ritmo, construção e entonação.

A questão dos melhoramentos na propriedade é interrompida pelas observações jocosas de Mary Crawford acerca de sua harpa e do tio almirante. A sra. Grant sugere que Henry Crawford já havia tido alguma experiência em matéria de paisagismo e poderia ajudar Rushworth. Após negar algumas vezes sua capacitação, ele concorda com a proposta de Rushworth, e a ideia da visita coletiva é aceita por sugestão da sra. Norris. O capítulo 6 é um ponto de inflexão no romance. Henry Crawford está flertando com a noiva de Rushworth, Maria Bertram. Edmund, que é a consciência do livro, ouviu todos os planos "e nada disse". Na perspectiva do livro, há algo vagamente pecaminoso naquele plano dos jovens de fazer um passeio ao parque pertencente ao obtuso Rushworth sem que ninguém os supervisione. Todos os personagens foram belamente caracterizados nesse capítulo. A aventura em Sotherton precede e prepara os importantes capítulos 13 a 20, que tratam da peça teatral ensaiada pelos jovens.

✳

Durante a discussão sobre a melhoria das propriedades, Rushworth observa ter certeza de que Repton, a fim de criar uma vista mais aberta, erradicaria a aleia de velhos carvalhos que tinha início na entrada da ala oeste da casa. "Sentada do outro lado de Edmund e exatamente em frente à srta. Crawford, Fanny ouvia com atenção e então olhou para ele, dizendo em voz baixa: 'Erradicar uma aleia! Que pena! Isso não o faz lembrar-se de Cowper? — Alamedas arrasadas, mais uma vez lamento vossa sorte injusta'." Vale notar que o volume de leituras e o conhecimento de poesia de Fanny eram mais naturais, mais comuns e mais disseminados que hoje. Nossos produtos culturais, ou supostamente culturais, talvez sejam mais variados e numerosos que nas primeiras décadas do século 19, mas, quando penso nas vulgaridades do rádio e da televisão ou das revistas femininas incrivelmente banais de hoje, me pergunto se não haveria muito a dizer em favor da imersão de Fanny na poesia, por mais enfadonha e frequentemente simplória que ela fosse.

"O sofá", de William Cowper, que faz parte de um longo poema intitulado *The Task* [A tarefa] (1785), constitui um bom exemplo do tipo de coisa que seria bem conhecida por uma jovem aristocrata do tempo de Jane ou Fanny. Cowper combina o tom didático de um observador de costumes com a imaginação romântica e a reverência à natureza tão características das décadas seguintes. "O sofá" é um poema muito longo. Começa com um relato bastante vigoroso da história do mobiliário e depois descreve os prazeres da natureza. Cumpre observar que, contrastando os confortos, as artes e as ciências e a corrupção das cidades com a influência moral do desconforto encontrado nos campos e florestas, Cowper prefere a natureza. Pode-se ver abaixo uma passagem da primeira seção do poema "O sofá" na qual ele admira as árvores frondosas do parque de um amigo, deplorando a tendência contemporânea de substituir velhas aleias por gramados abertos e arbustos extravagantes.

Não muito distante, uma longa colunata
Convida-nos. Monumento de bom gosto antigo,
Hoje desdenhado, mas merecedor de melhor sorte.
Nossos pais conheciam o valor de se guardar
Contra o sol ardente e, nas aleias sombreadas
E nos caramanchões aconchegantes, desfrutavam ao meio-dia
A obscuridade e o frescor do fim da tarde.
Carregamos nossas sombras conosco e, tendo rejeitado

Qualquer outro anteparo, com o fino para-sol aberto
Percorremos desertos asiáticos sem uma só árvore.

Isso significa que derrubamos as árvores em nossas propriedades rurais e depois precisamos nos valer de para-sóis. É o que Fanny cita quando Rushworth e Crawford discutem o projeto de paisagismo nos terrenos de Sotherton:

Alamedas arrasadas! Mais uma vez lamento
a sorte injusta, mais uma vez me regozijo de que
Ainda sobreviva um vestígio de sua raça.
Quão arejado e quão leve o elegante arco,
Mas também tão horrível quanto o teto sacro
Ao ecoar hinos piedosos! Enquanto, abaixo,
A terra sarapintada parece tão inquieta quanto um lago
Varrido pelo vento. Tão alegre é a luz
Que transpassa os galhos, dançando quando eles dançam,
Sombra e raios de sol se sucedendo velozes [...]

Essa é uma passagem notável, com delicados detalhes de luz raramente encontrados na poesia ou na prosa do século 18.

Em Sotherton, a concepção romântica de Fanny do que deve ser a capela de uma mansão gera desapontamento quando ela depara "apenas com uma sala espaçosa e retangular mobiliada para fins devocionais — sem nada mais digno de nota ou solene que a profusão de mogno e as almofadas de veludo carmesim despontando por cima da balaustrada da galeria da família no andar de cima". Desiludida, ela diz baixinho para Edmund: "Essa não é minha ideia de uma capela. Não há nada assustador aqui, nada melancólico, nada grandioso. Não há corredores nem abóbadas, nenhuma inscrição ou estandarte. Nenhum estandarte, meu primo, que tremule 'soprado pelo vento noturno celestial'. Nenhum sinal de que 'um monarca escocês dorme mais abaixo'". Aqui Fanny está citando, embora não literalmente, a descrição de uma igreja por sir Walter Scott no canto 2 da *Canção do último menestrel* (1805):

10
Muitos escudos e estandartes destroçados
Que o frio vento noturno celestial agita [...]

E aí entra em cena o caldeirão do bruxo:

11
A lua brilhou a leste no vitral por entre
Finas colunas de pedra bem talhada
E o rendado da folhagem [...]

Várias imagens se projetam nos vitrais e

O raio de luar beijou o vidro sacro
Lançando ao solo uma mancha de sangue.

12
Eles se sentaram em um banco de mármore,
Um monarca escocês dormia abaixo de seus pés [...]

O desenho feito pelos raios do sol de Cowper é finamente equilibrado pelo desenho do luar de Scott.

Mais sutil que a citação direta é a *reminiscência*, que tem um significado especial quando utilizada no estudo das técnicas literárias. Uma reminiscência literária denota uma frase ou situação que sugere uma imitação inconsciente por parte do autor. O autor se lembra de alguma coisa que leu e faz uso dela, recriando-a a seu próprio modo. Encontramos um bom exemplo no capítulo 10, em Sotherton. Um portão está trancado, a chave não está disponível, Rushworth vai buscá-la, Maria e Henry Crawford ficam sozinhos, em pleno flerte. Maria diz: "'Sim, sem dúvida o sol está brilhando e o parque parece muito alegre. Mas infelizmente esse portão de ferro e aquele valado me causam um sentimento de restrição e sofrimento. Não posso sair, como disse o estorninho'. Ao falar, dando ênfase a cada palavra, ela caminhou até o portão, seguida por Henry. 'O sr. Rushworth está demorando tanto para trazer essa chave!'". A citação de Maria é extraída de uma famosa passagem do livro de Laurence Sterne *Uma viagem sentimental pela França e pela Itália* (1768) na qual o narrador, Yorick, ouve em Paris um estorninho engaiolado que o chama. A citação expressa fielmente a tensão de Maria e sua infelicidade em estar noiva de Rushworth, embora tencione preservar tal situação. Mas há um elemento adicional, pois a citação do estorninho do livro de Sterne parece estar conectada a um episódio anterior, do qual uma vaga reminiscência viajou do fundo da mente de Austen para o cérebro ativo de sua personagem, lá se transformando em uma lembrança efetiva. Indo da Inglaterra para a França, Yorick desce em Calais e sai para alugar ou comprar uma carruagem que o leve a Paris. O estabelecimento onde se podiam obter carruagens era chamado de *remise*, e é na porta de uma *remise* que ocorre a seguinte cena. O nome do proprietário era monsieur Dessein, uma pessoa real também mencionada em um famoso romance francês do início do século 18, *Adolphe* (1815), de Benjamin Constant de Rebecque. Dessein leva Yorick a sua *remise* a fim de que ele examine as carruagens fechadas de quatro rodas, as diligências. Yorick se sente atraído por uma jovem viajante que usava "luvas de seda preta abertas apenas nos polegares e indicadores". Ele lhe oferece o braço e ambos caminham até a porta da *remise*; entretanto, após maldizer a chave cinquenta vezes, Dessein descobre que saiu levando a chave errada e, diz Yorick, "continuei a segurar sua mão quase sem saber que o fazia: assim, monsieur Dessein nos deixou juntos, com a mão dela na minha e nossos rostos voltados para a porta da *remise*, afirmando que voltaria dentro de cinco minutos". Eis aqui um pequeno tema, caracterizado pela falta de uma chave, que dá a jovens enamorados uma oportunidade de conversarem.

A excursão a Sotherton oferece tanto a Maria e Henry Crawford quanto a Mary Crawford e Edmund a rara oportunidade de uma conversa íntima. Os dois casais se aproveitam dessa chance para se afastarem dos demais: Maria e Henry se esgueiram por uma abertura junto ao portão fechado e passeiam sem ser vistos nos bosques do outro lado da cerca enquanto Rushworth busca a chave; Mary e Edmund perambulam pelo terreno, ostensivamente para medir o bosque, enquanto a pobre Fanny fica sentada em um banco sozinha. Nesse ponto, a srta. Austen já desenhou com precisão a paisagem de seu romance. Além do mais, o romance prosseguirá nos capítulos seguintes como uma peça teatral. Há, por assim dizer, três "equipes", que partem uma após a outra.

1. Edmund, Mary Crawford e Fanny;

2. Henry Crawford, Maria Bertram e Rushworth;

3. Julia, que se afasta das sras. Norris e Rushworth ao procurar por Henry Crawford.

Julia gostaria de passear com Henry; Mary, com Edmund, que também gostaria disso; Maria adoraria caminhar na companhia de Henry, sentimento compartilhado por ele; no terno coração de Fanny, como se sabe, reside a figura de Edmund.

Toda a trama da excursão pode ser dividida em algumas cenas:

1. Edmund, Mary e Fanny penetram na "mata", na realidade um bosque pequeno e com o chão bastante limpo, onde conversam sobre clérigos. (Mary ficou chocada na capela ao ouvir que Edmund espera ser ordenado: ela não sabia que ele tencionava ser um clérigo, não podendo conceber que seu futuro marido tivesse tal profissão.) Chegam a um banco depois que Fanny pede para descansar na primeira oportunidade.

2. Fanny permanece sozinha no banco enquanto Edmund e Mary investigam a extensão do bosque. Ela ficará sentada naquele banco rústico por uma hora inteira.

3. A próxima equipe, formada por Henry, Maria e Rushworth, chega até onde ela se encontra.

4. Rushworth parte em busca da chave do portão. Henry e a srta. Bertram permanecem, mas depois deixam a companhia de Fanny para explorar o bosque mais distante.

5. A srta. Bertram e Henry pulam o portão trancado e desaparecem no parque, deixando Fanny só.

6. Julia — a mais adiantada da outra equipe — entra em cena após se encontrar com Rushworth já voltando para casa, conversa com Fanny e depois pula o portão, "varrendo o parque com um olhar an-

sioso". Crawford prestou atenção nela no caminho para Sotherton, e Julia está com ciúme de Maria.

7. Fanny fica mais uma vez sozinha até que Rushworth chega, ofegante, com a chave do portão — o encontro de dois seres desdenhados.

8. Rushworth entra no parque, e Fanny volta a ficar só.

9. Fanny decide seguir pela trilha tomada por Mary e Edmund, encontrando-os ao voltarem do lado oeste do parque, onde fica a famosa alameda de árvores.

10. Eles retornam à casa e encontram o restante da terceira equipe, as sras. Norris e Rushworth, que se aprestam a começar o passeio.

Do ponto de vista das irmãs Bertram, novembro é "o mês negro", pois é quando deve ocorrer o retorno não desejado do pai delas. Como sir Thomas pretendia embarcar no paquete de setembro, os jovens tinham treze semanas — de meados de agosto a meados de novembro — antes de sua volta. (Na verdade, ele regressa em outubro em um navio particular.) Enquanto a srta. Bertram, juntamente com a srta. Rushworth e a srta. Crawford, arruma velas e candelabros em torno do piano, Mary, Edmund e Fanny estão de pé junto à janela contemplando o pôr do sol, e a srta. Crawford comenta que, depois do retorno do pai dele, ocorrerão "outros acontecimentos interessantes: o casamento de sua irmã, você se ordenando". A essa nova apresentação do tema da ordenação, segue-se uma conversa animada sobre as motivações de um clérigo e a adequação de seu interesse pela prebenda. No final do capítulo 11, a srta. Crawford se une ao coro em torno do piano, Edmund deixa de observar as estrelas em favor da música, e Fanny fica sozinha, tiritando junto à janela, em uma repetição do tema de seu abandono. A hesitação inconsciente de Edmund entre a pequena e ativa Mary Crawford, com sua beleza luminosa e elegante, e a esbelta Fanny, com seu encanto suave e delicado, é demonstrada emblematicamente pela movimentação dos três personagens nessa cena passada no salão de música.

O relaxamento dos padrões de conduta impostos por sir Thomas e os incidentes ocorridos durante a visita a Sotherton levam diretamente à proposta de que se encene uma peça teatral antes de seu regresso. Todo o tema da peça em *Mansfield Park* é um feito extraordinário. Nos capítulos 12 a 20, o tema é desenvolvido obedecendo aos padrões mágicos dos contos de fadas e do destino. O tema tem início com um novo personagem — o primeiro a aparecer e o último a desaparecer em conexão com o tema —, um jovem chamado Yates, amigo de Tom Bertram. "Ele veio nas asas da frustração, só pensando em teatro porque havia acabado de deixar um grupo que se preparava para encenar uma peça na qual ele atuava; faltando dois dias para a encenação, a súbita morte de um parente próximo havia destruído os planos e dispersado os participantes." Em seu relato para o grupo reunido em torno dos irmãos Bertram, ele diz que "da escolha dos atores ao epílogo, tudo pareceu um sortilégio" (notem o toque mágico). Mas Yates lamenta o fato de que um evento rotineiro ou uma morte inesperada houvesse impedido a encenação. "Não adianta reclamar, mas sem dúvida a pobre viúva, dona de grandes propriedades, não poderia ter morrido em pior hora; e é impossível não desejar que a notícia houvesse sido omitida pelo menos durante os três dias de que precisávamos. Eram somente três dias, ela apenas uma avó, e, com tudo acontecendo a quase quatrocentos quilômetros de distância, creio que não haveria nenhum mal, e sei que isso foi sugerido, mas lorde Ravensham, que suponho ser um dos homens mais corretos da Inglaterra, não quis nem ouvir falar do assunto."

Tom Bertram observa que, de certo modo, a morte da avó é uma espécie de "peça depois da peça", referindo-se a seu funeral, de que só seriam protagonistas os membros da família Ravenshaw. (Naquela época, era comum que, à peça principal, se seguisse uma apresentação ligeira e em geral farsesca.) Notem que aqui encontramos um prenúncio da interrupção fatal que sir Thomas Bertram, o pai, causará mais tarde, pois quando *Juras de amor* é ensaiada em Mansfield, o retorno dele será a dramática "peça depois da peça".

O relato mágico feito por Yates de sua experiência teatral incendeia a imaginação dos jovens. Henry Crawford declara que, naquele momento, ele era suficientemente tolo para representar qualquer personagem até hoje inventado, de Shylock ou Ricardo III até o herói cantor de alguma farsa, e é ele que, por se tratar de um "prazer ainda não experimentado", propõe que o grupo encene alguma coisa, uma cena, metade de uma peça, qualquer coisa. Tom observa que precisa haver uma cortina de veludo verde; de modo despreocupado Yates menciona várias partes do cenário que precisam ser providenciadas. Edmund se assusta e tenta jogar água fria no projeto com uma tirada sarcástica: "Não, não vamos fazer nada pela metade. Se vamos encenar a peça, que seja em um teatro completamente equipado com poço de orquestra, camarotes e balcão, e que seja uma peça inteira, do começo ao fim, uma peça alemã, não importa qual, com uma 'peça depois da peça' ardilosa e cheia de surpresas, uma contradança e uma dança folclórica, uma canção entre cada ato. Se não é para superar o que ia ser feito em Ecclesford [local onde a peça abortada seria encenada], melhor não fazermos nada". Essa alusão à "peça depois da peça" ardilosa e cheia de surpresas é uma observação fatídica, uma espécie de invocação mágica, pois é isso exatamente o que vai acontecer: a volta do pai é uma sequela maldosa, uma traiçoeira "peça depois da peça".

Eles procuram um aposento para fazer a encenação, decidindo pelo salão de bilhar, mas para isso precisam remover a estante do escritório de sir Thomas a fim de poder abrir as portas nos dois lados. Mudar a disposição da mobília era uma coisa séria naqueles tempos, e Edmund fica mais e mais assustado. Mas a mãe indolente e a tia, que paparica as duas moças, não objetam. Na verdade, valendo-se de sua mente prática, a sra. Norris assume a obrigação de confeccionar a cortina e supervisionar os acessórios a serem usados. Mas ainda falta a peça. Vale notar aqui mais um toque de mágica, um truque executado pelo destino artístico, pois *Juras de amor*, a peça mencionada por Yates, está aparentemente esquecida, mas de fato se mantém à espreita, um tesouro que passa despercebido. Eles discutem a possibilidade de outras peças, porém se deparam com um número muito grande ou muito pequeno de papéis, além de o grupo estar dividido entre encenar uma tragédia e encenar uma comédia. Então, de repente, o feitiço se faz sentir. Tom Bertram, "pegando um dos muitos volumes de peças espalhados sobre a mesa, volta-se para o grupo e subitamente exclama: '*Juras de amor*! E por que *Juras de amor* não deveria nos servir tanto quanto para os Ravenshaw? Como não pensamos nisso antes?'".

Juras de amor (1798) era uma adaptação feita pela sra. Elizabeth Inchbald de *Das Kind der Liebe* [O filho do amor], de August Friedrich Ferdinand von Kotzebue. A peça é bem tola, mas não mais do que muitos sucessos atuais. O enredo gira em torno da vida de Frederick, filho ilegítimo do barão Wildenheim e de sua mãe, Agatha Friburg. Tendo os amantes se separado, Agatha vive uma vida estritamente virtuosa e cria o filho, enquanto o jovem barão se casa com uma rica moça da Alsácia e vai morar na propriedade dela. Quando a peça se inicia, a mulher alsaciana do barão está morta e ele voltou com a filha única, Amelia, para seu próprio castelo na Alemanha. Enquanto isso, por uma dessas coincidências necessárias para criar situações trágicas ou cômicas, Agatha também retornou à sua aldeia natal nas vizinhanças do castelo, onde a encontramos sendo expulsa da hospedaria local por não poder pagar as contas. Graças a outra coincidência, ela é encontrada por seu filho, Frederick, que passou cinco anos em uma campanha militar, mas agora voltou em busca de emprego. Para isso, necessita de uma certidão de nascimento, e Agatha, aborrecida com o pedido, se vê obrigada a lhe dizer quem era seu pai, o que até então ocultara. Feita a confissão, ela desmaia, e Frederick, tendo encontrado abrigo para a mãe no casebre de um camponês, sai a fim de pedir esmolas com que possa comprar alguma comida. Por sorte, graças ainda a outra coincidência, encontra em um campo o barão e o conde Cassel (um rico e tolo pretendente à mão de Amelia) e, tendo recebido uma quantia insuficiente para suas necessidades, ameaça seu pai (sem saber que era ele) e é posto na prisão do castelo.

A história de Frederick é interrompida por uma cena entre Amelia e seu preceptor, o reverendo Anhalt, que foi contratado pelo barão para defender a causa do conde Cassel; mas Amelia, que ama Anhalt e é amada por ele, consegue, com palavras audaciosas que Mary Crawford pudicamente critica, forçá-lo a declarar seus sentimentos. Então, ao saber da prisão de Frederick, ambos procuram ajudá-lo: Amelia leva comida para ele na cela e Anhalt pede ao barão que receba o prisioneiro. Na conversa com Anhalt, Frederick descobre a identidade de seu pai e, no encontro entre os dois, o segredo da relação entre eles é revelado. Tudo termina bem. O barão se esforça para compensar seu erro juvenil casando-se com Agatha e reconhecendo Frederick como filho; o conde

Cassel sai arrasado porque Amelia se casa com o modesto Anhalt. (Essa sinopse é extraída principalmente do relato contido no livro de Clara Linklater Thomson intitulado *Jane Austen, a Survey*, de 1929.)

A peça foi escolhida não porque a srta. Austen a considerasse particularmente imoral, e sim, sobretudo, porque apresentava um conjunto de papéis conveniente para distribuir entre seus personagens. No entanto, é evidente que ela não aprova o fato de que o círculo de amigos dos irmãos Bertram encenasse tal peça, e isso não apenas por tratar de uma bastardia, não apenas por oferecer a oportunidade de falas e ações românticas mais abertas e francas do que seria apropriado para aqueles jovens, mas também porque a circunstância de Agatha — não importa o quanto se tenha arrependido — haver mantido uma relação amorosa ilícita e dado à luz uma criança bastarda tornava o papel impróprio para uma moça solteira. As objeções nunca são explicitadas, mas sem dúvida exercem grande influência na inquietação de Fanny quando ela lê a peça e, pelo menos no início, quando Edmund considera ofensivos seu conteúdo e sua ação. "O primeiro uso que Fanny fez de sua solidão consistiu em pegar o volume que havia sido deixado sobre a mesa e ler a peça de que tanto ouvira falar. Como sua curiosidade era intensa, percorreu o texto com uma avidez só interrompida por intervalos de perplexidade por a peça ter sido escolhida naquele momento para ser representada em um teatro privado! Agatha e Amelia, apesar de terem comportamentos diferentes, lhe pareciam impróprias para uma encenação em família — a condição de uma e a linguagem da outra eram tão inadequadas para serem interpretadas por qualquer mulher recatada que ela chegava a duvidar que suas primas soubessem onde estavam se metendo, confiando em que se dariam conta de tudo tão logo ouvissem os protestos que Edmund certamente faria."* Não há razão para crer que os sentimentos de Jane Austen fossem diferentes dos de Fanny. Todavia, o importante não é que a peça em si seja condenada como imoral, e sim que só seja apropriada para atores profissionais e totalmente imprópria para o grupo de amigos dos irmãos Bertram.

---

* No exemplar levado à sala de aula, Nabokov acrescenta a esse parágrafo uma nota: "E ela tem toda a razão. Há algo obsceno no papel de Amelia". (N.E.)

Vem agora a distribuição dos papéis. O destino artístico está arranjando as coisas de maneira que as verdadeiras relações entre os personagens do romance serão reveladas por meio das relações dos personagens na peça. Henry Crawford demonstra uma astúcia diabólica em manobrar para que ele e Mary tenham os papéis certos — isto é, Frederick e sua mãe, Agatha —, ganhando a possibilidade de estarem sempre juntos e de se abraçarem constantemente. Por outro lado, Yates, que já se sente atraído por Julia, fica zangado quando é oferecido a ela um papel menor, o qual ela rejeita. "'Mulher do camponês?', exclamou o sr. Yates. 'Do que você está falando? O papel mais trivial, desprezível e insignificante; um simples lugar-comum, sem uma única fala tolerável. Sua irmã desempenhar esse papel? É um insulto propor isso. Em Ecclesford, a preceptora ia fazer isso. Todos concordamos que não poderia ser dado a ninguém mais'." Mas Tom não cede. "Não, não, Julia não pode ser Amelia. Não faz o gênero dela, de forma nenhuma. Ela não ia gostar, não estaria bem nesse papel. É muito alta e robusta. Amelia tem de ser uma figura pequena, leve, com jeito de menina-moça e passos saltitantes. É perfeito para a srta. Crawford, e só para ela. Ela tem o físico certo para o papel, e estou certo de que sua atuação será admirável." Henry Crawford, impedindo que fosse oferecido a Julia o papel de Agatha ao advogar pela adequação de Maria, tenta reparar o estrago atribuindo-lhe o papel de Amelia, porém Julia, enciumada, suspeita de sua motivação. "Por isso, com uma indignação impetuosa e voz trêmula", ela o critica, e, quando Tom continua a insistir que o papel só pode ser desempenhado pela srta. Crawford, diz: "'Não tenha medo de que eu queira esse papel', exclamou Julia, em um acesso de raiva. 'Não serei Agatha e tenho certeza de que não farei nenhum outro papel; quanto a Amelia, de todos os papéis do mundo, é o que mais me repugna. Eu simplesmente a detesto.' [...] Dito isso, ela sai às pressas da sala, causando certo mal-estar entre alguns dos presentes, mas sem despertar muita compaixão exceto em Fanny, que ouvira tudo em silêncio e não podia vê-la tão agitada pelo *ciúme* sem sentir enorme pena".

A discussão sobre os demais protagonistas, em particular o fato de Tom abocanhar todos os papéis cômicos, dá ao leitor uma visão mais clara dos jovens. Rushworth, o bobalhão solene, fica com o papel do conde Cassel, que lhe cai como uma luva, permitindo que, vestido de cetim rosa e azul, ele desabroche, orgulhoso das 42 falas que é incapaz de memorizar. Os jovens parecem dominados por uma espécie de frenesi, o que deixa Fanny muito aflita. A peça será uma orgia de liberação, em especial com respeito à paixão pecaminosa de Maria Bertram e Henry Crawford. Chega-se a um ponto crucial: quem desempenhará o papel de Anhalt, o jovem clérigo e preceptor? Malgrado sua relutância, o destino obviamente está empurrando Edmund para esse papel, no qual terá de se apaixonar por Amelia, interpretada por Mary Crawford. A paixão estonteante que ela inspira em Edmund sufoca seus escrúpulos. Ele concorda porque não pode suportar a ideia de que um jovem conhecido, Charles Maddox, venha a ser convidado para desempenhar o papel de Anhalt e seja amado por Mary. De modo pouco convincente, ele diz a Fanny que aceitará o papel a fim de restringir a publicidade e limitar a exposição, para concentrar a loucura da encenação no seio da família. Tendo-o trazido para o nível deles, o irmão e a irmã recebem sua anuência com alegria, mas ignoram por completo a recomendação de privacidade e começam a convidar todas as famílias aristocráticas das vizinhanças. Uma espécie de peça curta é encenada quando Fanny, a pequena testemunha, é obrigada a ouvir em primeiro lugar Mary Crawford e depois Edmund ensaiando suas falas. Seu quarto é o ponto de encontro, e ela serve como vínculo entre os dois: a cortês e delicada Cinderela, sem a menor esperança, atendendo às necessidades dos outros.

Mais um papel precisa ser preenchido para que os três primeiros atos da peça possam ser completamente ensaiados. De início, Fanny se recusa a aceitar o papel da mulher do camponês que Julia rechaçara; como não confia em sua capacidade de atuar, ela instintivamente prefere manter-se de fora. A sra. Grant aceita o papel, mas na véspera do ensaio anuncia que não poderá participar, e Fanny é convocada, sobretudo por Edmund, a ler as falas no lugar dela. A concordância forçada de Fanny quebra o feitiço. Ao entrar na liça, sua inocência afugenta os demônios dos flertes e das paixões pecaminosas. No entanto, o ensaio nunca termina. "*Enfim* começaram, mas, estando muito envolvidos na barulheira que eles próprios faziam, não ouviram os ruídos incomuns em outra parte da casa, continuando até que a porta da sala fosse aberta de repelão, e Julia, com o semblante repleto de horror e consternação, exclamasse: 'Meu pai voltou! Está no vestíbulo agora mesmo!'." Assim, Julia acaba por ficar com o papel mais importante, e com isso se fecha o primeiro volume do romance.

Sob a direção da srta. Austen, dois pais pesados e pomposos se encontram no salão de bilhar: Yates no papel do sisudo barão Wildenheim e sir Thomas Bertram no papel de sir Thomas Bertram. E, com uma reverência e um sorriso encantador, Yates cede o papel de pai pesadão para sir Thomas. Tudo segundo os padrões de uma "peça depois da peça". "Tom chegou ao teatro justo a tempo de presenciar o primeiro encontro entre seu pai e seu amigo. Sir Thomas havia ficado muito surpreso ao se deparar com velas acesas em seu gabinete; olhando ao redor, viu outros sinais de ocupação recente e um ar generalizado de confusão na mobília. Surpreendeu-se em especial com a remoção da estante de livros que ficava em frente à porta do salão de bilhar, mas mal teve tempo de sentir-se mais estupefato com tudo aquilo antes que sons vindos do salão de bilhar lhe causassem espanto ainda maior. Alguém falava em voz muito alta — uma voz desconhecida mais do que *falando*, quase gritando. Satisfeito por ter aquele acesso direto, caminhou até a porta e, ao abri-la, encontrou-se no palco de um teatro, diante de um jovem que declamava a plenos pulmões e dava a impressão de que o faria cair de costas. No exato momento em que Yates notou a presença de sir Thomas e deu talvez seu melhor olhar de surpresa desde o início dos ensaios, Tom Bertram entrou pelo lado oposto do salão, e nunca lhe foi mais difícil manter a compostura. A expressão de solenidade e assombro de seu pai na primeira vez em que pisava em um palco, combinada à gradual metamorfose do veemente barão Wildenheim no suave e bem-educado sr. Yates, fazendo a reverência e desculpando-se perante sir Thomas Bertram, constituía um espetáculo tão extraordinário de desempenho teatral que ele não o perderia por coisa alguma no mundo. Seria a última — muito provavelmente a última — cena naquele palco, mas ele teve certeza de que não haveria nenhuma melhor. A casa seria fechada com um sucesso esplendoroso."

Sem recriminações, sir Thomas dispensa o pintor do cenário e manda o carpinteiro desfazer tudo que levantara no salão de bilhar. "Um ou dois dias depois, o sr. Yates também se foi. Sir Thomas tinha o maior interesse na partida dele, desejando ficar a sós com sua família [...]. Para sir Thomas, tinha sido indiferente que o sr. Crawford se fosse ou ficasse, mas os votos de que o sr. Yates fizesse uma boa viagem, que deu ao levá-lo à porta de entrada, foram oferecidos com genuína satisfação. O sr. Yates havia testemunhado a destruição de todos os preparativos teatrais em Mansfield, a remoção de tudo que se referia à peça, deixando a casa com sua sobriedade usual. Ao vê-lo partir, sir Thomas esperava livrar-se do pior objeto vinculado ao projeto,* o último que inevitavelmente o fazia lembrar-se de sua existência.

"A sra. Norris deu um jeito de afastar da vista de sir Thomas um objeto que poderia tê-lo aborrecido. A cortina, a cuja confecção ela havia presidido com tamanho talento e sucesso, foi mandada para seu chalé, onde por acaso se verificou uma grande carência de veludo verde."

✳

Henry Crawford abruptamente rompe seu flerte com Maria, partindo para Bath antes de ficar envolvido demais com ela. Sir Thomas de início aprovara Rushworth, mas em seguida se decepcionou com ele, oferecendo a Maria a oportunidade de desfazer o noivado, se assim quisesse, ao ver que ela o tratava com desprezo. No entanto, ela declina: "Ela se sentia alegre por ter garantido seu destino para sempre, por ter se assegurado mais uma vez de Sotherton, por estar a salvo da possibilidade de conceder a Crawford o triunfo de governar suas ações e destruir suas possibilidades de sucesso no futuro; e retirou-se com uma sensação de orgulho, decidida apenas a tratar Rushworth com mais cautela para que seu pai não voltasse a suspeitar dela". Mais adiante, o casamento acontece, e o jovem casal vai passar a lua de mel em Brighton na companhia de Julia.

---

* "Yates, o derradeiro acessório da peça, é removido." Nota de Nabokov no exemplar anotado. (N.E.)

Fanny conquista a aprovação total de sir Thomas e torna-se sua favorita. Abrigando-se de uma chuvarada repentina na residência paroquial, ela inicia uma relação de amizade com Mary Crawford, apesar de algumas reservas de sua parte, e a ouve tocar na harpa a peça predileta de Edmund. Graças aos contatos posteriores, Fanny e Edmund são convidados a jantar no presbitério, onde ela encontra Henry Crawford, que voltou para uma visita de um dia. Nesse ponto, há uma guinada na estrutura do romance porque Henry, sentindo-se atraído pela crescente beleza da moça, decide ficar por duas semanas e divertir-se fazendo com que Fanny se apaixone por ele. Irmão e irmã discutem o projeto alegremente. Henry declara a Mary: "Vocês a veem todos os dias e, por isso, não reparam, mas garanto que se trata de uma criatura bem diferente da que era no outono. Naquela época, tratava-se de uma moça quieta e modesta; não chegava a ser feia, mas agora ficou realmente bonita. Sempre achei que sua tez e seu rosto deixavam a desejar, mas naquela pele macia, tão frequentemente tingida de um leve rubor, como ontem, há uma beleza evidente. E, pelo que pude observar de seus olhos e boca, não perco a esperança de que sejam capazes de se expressar muito bem quando ela tiver algo a expressar. Além disso, seu ar, suas maneiras, o *tout ensemble* melhorou de forma indescritível! Ela deve ter crescido pelo menos uns cinco centímetros desde outubro".

A irmã o repreende por suas fantasias, embora admita que Fanny tem "uma espécie de beleza que cresce dentro de nós com o tempo". Henry confessa que o desafio representado por Fanny é parte significativa da atração. "Nunca passei tanto tempo em minha vida com uma moça, tentando diverti-la, sem conseguir nada! Nunca encontrei uma moça que me olhasse com um ar tão sério! Preciso vencer isso. A expressão dela me diz: 'Não vou gostar do senhor, estou decidida a não gostar do senhor!'. Pois digo que vai gostar." Mary protesta, afirmando que não quer ver Fanny sofrer. "Espero que você não a faça realmente infeliz; um *pouquinho* de amor talvez possa animá-la e lhe fazer bem, mas não vou permitir que você vá além disso." Henry responde que será só durante duas semanas:

"— Não, não vou lhe causar nenhum mal, minha bondosa irmã! Só quero que ela olhe carinhosamente para mim, que me conceda sorrisos e rubores, que guarde uma cadeira para mim a seu lado onde quer que estejamos, que se mostre muito animada quando eu me sentar e conversar com ela, que pense como eu penso e se interesse por todas as minhas posses e prazeres, que tente me manter por mais tempo em Mansfield e sinta, quando eu partir, que nunca voltará a ser feliz. Não quero nada mais.

— Um exemplo de moderação! — disse Mary. — Agora já não posso ter escrúpulos. [...]

E, sem insistir nas suas admoestações, abandonou Fanny à própria sorte — uma sorte que, não fosse o coração de Fanny protegido de um modo insuspeitado pela srta. Crawford, poderia ser mais árdua do que ela merecia. [...]"

Após anos no mar, William, o irmão de Fanny, retorna e, a convite de sir Thomas, vem visitar Mansfield Park: "Sir Thomas teve o prazer de reconhecer, em seu antigo protegido, alguém muito diferente da pessoa a quem ele ajudara sete anos antes: um jovem de semblante franco e agradável, firme e sem afetações, embora exibindo modos sensíveis e respeitosos, atributos que o confirmaram como seu amigo". Fanny fica extremamente feliz com a chegada de seu querido William, que, por sua vez, ama a irmã. Henry Crawford observa com admiração "a radiância nas faces de Fanny, o brilho de seus olhos, o profundo interesse, a atenção extasiada com que ouve o irmão descrever os riscos por que passou e os incidentes terríveis que viveu durante aquele período no mar.

Era uma imagem que Henry Crawford tinha suficiente capacidade moral para apreciar. Sua atração por ela aumentou — duplicou — porque a sensibilidade que embelezava seu rosto e iluminava suas expressões era uma atração em si própria. Ele não tinha mais nenhuma dúvida sobre as qualidades do coração de Fanny. Ela possuía sentimentos fortes, sentimentos genuínos. Seria algo especial ser amado por tal moça, excitar os primeiros ardores de sua mente jovem e não sofisticada! Ele estava mais interessado do que imaginara. Duas semanas não seriam suficientes. Sua permanência se tornou indefinida".

Toda a família Bertram janta na casa paroquial. Depois do jantar, enquanto os mais velhos jogam uíste, os jovens, com lady Bertram, jogam *speculation*.* Por acaso, Henry passou diante da futura paróquia de Edmund em Thornton Lacey e, tendo ficado muito impressionado com a casa e o terreno, insiste com ele para que faça alguns melhoramentos, tal como acontecera no caso da propriedade do sr. Rushworth. É curioso como esse tipo de reforma corre em paralelo aos flertes de Henry Crawford. Ambos são função da ideia de planejamento, de maquinação. Antes, ele devia fazer melhorias na propriedade do sr. Rushworth e planejava seduzir sua noiva, Maria. Agora se trata da futura residência de Edmund, e Henry planeja conquistar a futura mulher dele, Fanny Price. Ele pede que lhe seja permitido alugar a casa, pois assim "estaria preservando e *aperfeiçoando* a amizade e a intimidade com a família de Mansfield Park, cujo valor crescia para ele a cada dia". É rechaçado de maneira amistosa por sir Thomas, que explica que Edmund não morará em Mansfield depois de ser ordenado, dentro de algumas poucas semanas, porque precisa cuidar de seus paroquianos na residência de Thornton Lacey. (Henry jamais imaginara que Edmund não delegaria seus deveres sacerdotais.) Mary Crawford se interessa por sua insistência de que a casa, em vez de ser apenas uma residência paroquial, possa se transformar na mansão digna de um aristocrata. Toda essa conversa é artisticamente interligada ao jogo de cartas chamado *speculation*, e a srta. Crawford, ao apostar, especula se deve ou não se casar com Edmund, o clérigo. Esse eco do jogo em sua mente lembra igual interação entre a ficção e a realidade no capítulo sobre o ensaio quando ela desempenhava o papel de Amelia e Edmund o de Anhalt diante dos olhos de Fanny. O tema do planejamento e da maquinação, ligado ao paisagismo nas propriedades, aos ensaios e aos jogos de cartas, forma um padrão muito bonito no romance. O baile no capítulo 26 é o desenvolvimento estrutural seguinte. Sua preparação envolve diversas emoções e ações que ajudam a dar forma e impulsionar a história. Impressionado com a melhora na aparência de Fanny e ansioso para agradar a ela e a William, sir Thomas planeja organizar um baile em homenagem à moça com o mesmo elã com que seu filho Tom planejara a peça teatral. Edmund está no

---

* Jogo de cartas, com apostas, muito popular no final do século 18 e começo do 19. (N.T.)

momento ocupado com dois eventos iminentes que cristalizarão seu destino para sempre: a ordenação, que ocorrerá na semana de Natal, e o matrimônio com Mary Crawford, que não passa de uma esperança. Pedir à srta. Crawford as duas primeiras danças é um desses planos que dão impulso ao livro e transformam o baile em um evento estrutural. O mesmo pode ser dito das preparações de Fanny. A srta. Austen emprega o mesmo recurso conectivo que observamos no episódio de Sotherton e nas cenas do ensaio. William deu a Fanny o único adorno que ela possui, uma cruz de âmbar trazida da Sicília. Mas, ainda que decidida a usar a cruz, ela só tem um pequeno pedaço de fita para prendê-la e está preocupada em saber se isso será adequado. Há também a questão do vestido, para a qual pede o conselho da srta. Crawford. Ao ouvir sobre o problema da cruz, a srta. Crawford lhe entrega um colar dizendo se tratar de um velho presente do irmão, mas que na verdade fora comprado por Henry para a própria Fanny.* Apesar das sérias dúvidas causadas pela origem do colar, Fanny finalmente é persuadida a aceitá-lo. Descobre então que Edmund havia comprado uma corrente de ouro simples para a cruz. Ela propõe devolver o colar à srta. Crawford, mas Edmund, encantado com a coincidência e com o que imagina ser uma nova prova da bondade da srta. Crawford, insiste em que ela mantenha o presente. Fanny resolve o problema usando os dois no baile ao descobrir, para sua alegria, que o colar é grande demais para passar pela argolinha da cruz. O tema do colar conseguiu reunir cinco pessoas: Fanny, Edmund, Henry, Mary e William.

O baile mais uma vez traz à tona os traços característicos dos personagens: a grosseira e intrometida sra. Norris, que vemos "totalmente ocupada em rearranjar e castigar o nobre arranjo de lenha que o mordomo havia preparado na lareira". O estilo de Austen está bem representado na palavra *castigar* — aliás, a única metáfora de fato original em todo o livro. Há também lady Bertram, afirmando de modo plácido que a bela aparência de Fanny se deve ao fato de que sua aia, a sra. Chapman,

---

* Não é evidente que o colar fora comprado por Henry como presente para Fanny porque Mary Crawford lhe oferece diversas opções, tendo ela escolhido o que de fato foi posto mais vezes diante de seus olhos, mas também o que pareceu menos valioso. (N.T.)

ajudou-a a se vestir (na verdade, a sra. Chapman foi mandada tarde demais, quando Fanny já estava pronta); sir Thomas, como sempre solene, contido, falando devagar; e todos os jovens desempenhando seus papéis. Nunca ocorre à srta. Crawford que Fanny realmente ama Edmund e não se interessa por Henry. Ela comete uma gafe ao perguntar em tom brincalhão se Fanny pode imaginar por que Henry levaria William em sua carruagem para Londres no dia seguinte, uma vez que havia chegado a hora de ele voltar para o navio. A srta. Crawford "desejava fazer com que o coração de Fanny palpitasse feliz, transmitindo-lhe uma sensação deliciosa de orgulho"; mas, quando Fanny declara não saber de nada, ela diz, rindo: "Muito bem, então sou obrigada a supor que é somente pelo prazer de levar seu irmão e conversar sobre a senhorita no caminho". Em vez de ficar contente, Fanny sente-se confusa e aborrecida, "enquanto a srta. Crawford se pergunta por que ela não sorriu, achando-a ansiosa demais, estranha, qualquer coisa menos que fosse insensível ao prazer que devia sentir por merecer as atenções de Henry". Edmund experimenta pouca satisfação no baile. Ele e a srta. Crawford tiveram mais uma discussão sobre a ordenação, e "ela o ferira profundamente pelo modo como tinha se referido à profissão que ele estava prestes a exercer. Eles haviam conversado, depois permanecido em silêncio; ele argumentara de modo racional, ela ridicularizara, e os dois por fim se separaram em um estado de irritação mútua".

Sir Thomas, reparando nas atenções que Henry dedica a Fanny, começa a pensar que essa ligação poderia se revelar vantajosa. Antes da viagem a Londres, que acontecerá no dia seguinte, "após breve consideração, sir Thomas convida Crawford para tomar o café da manhã em sua companhia, em vez de fazê-lo sozinho; ele deveria fazer parte disso; e a presteza com que o convite foi aceito o convenceu de que eram bem fundadas as suspeitas nascidas em grande parte durante o próprio baile. O sr. Crawford estava apaixonado por Fanny. Ele anteviu com agrado o que aconteceria. No entanto, sua sobrinha não lhe agradeceu pelo que acabara de fazer. Ela esperava ter William só para si na última manhã, o que seria um maravilhoso privilégio. Entretanto, apesar de ver seus desejos baldados, ela não guardava no íntimo nenhum rancor. Pelo contrário, como era tão raro que seus anseios fossem consultados ou que algo acontecesse como queria, ela preferiu satisfazer-se com o que teria [tomar café da manhã com eles em vez de dormir] a reclamar do que se seguiu". Sir Thomas manda que ela vá se deitar porque já são três horas da madrugada, embora o baile continue com alguns casais persistentes. "Assim, ao mandá-la embora, sir Thomas talvez não estivesse pensando apenas em sua saúde. Possivelmente lhe ocorreu que o sr. Crawford já se sentara ao seu lado por tempo demais, ou quem sabe quis recomendá-la como esposa ao mostrar como ela era obediente." Uma nota simpática para terminar!

✳

Edmund parte para visitar um amigo em Peterborough por uma semana. Sua ausência angustia a srta. Crawford, que lamenta o que fizera no baile e tenta extrair de Fanny indicações sobre os sentimentos de Edmund. Henry retorna de Londres com uma surpresa para a irmã. Decidiu que está realmente apaixonado por Fanny, e não mais apenas se divertindo, e quer se casar com ela. Traz também uma surpresa para Fanny sob a forma de cartas, confirmando que a influência de seu tio, o almirante Crawford, graças ao pedido que Henry lhe fizera, surtira efeito, e William receberia a promoção a tenente na qual já não acreditava mais. Na sequência, Henry de imediato propõe casamento a Fanny, um gesto tão absolutamente inesperado que só resta a ela se afastar, tomada de perplexidade. A srta. Crawford envia um bilhete: "Querida Fanny — pois a partir de agora só a chamarei assim, para alívio de uma língua que vem tropeçando em *srta. Price* pelo menos nas últimas seis semanas —, não posso deixar que meu irmão saia sem lhe enviar algumas palavras de congratulação e manifestar minha mais alegre concordância e aprovação. Vá em frente sem medo, querida Fanny, não há nenhuma dificuldade que mereça consideração. Acredito que a confirmação de *meu* consentimento significa alguma coisa; por isso você pode lhe oferecer essa tarde seus mais doces sorrisos, mandando-o de volta para mim mais feliz do que ele sai daqui. Afetuosamente sua, M. C.". O estilo da srta. Crawford é superficialmente elegante, mas, se examinado de perto, é banal e cheio de clichês, como a esperança de que Fanny ofereça os "mais doces sorrisos", o que não faz seu gênero. Quando visita Fanny naquela noite, Henry a pressiona a responder à sua irmã; e de pronto, "com um único sentimento definitivo, o de não parecer que admitia nada do que fora sugerido, [Fanny] escreveu com a alma e a mão trêmulas.

'Fico-lhe muito grata, querida srta. Crawford, por suas gentis congratulações no que tange ao meu adorado William. Sei que o restante de seu bilhete nada significa; mas, como pouco entendo dessas questões, peço-lhe o obséquio de não insistir. Conheço o sr. Crawford suficientemente para compreender sua maneira de ser; se ele me compreendesse tão bem quanto eu a ele, ouso dizer que se comportaria de maneira diferente. Não sei bem o que escrevo, mas seria um grande favor de sua parte nunca mais mencionar o assunto. Agradecendo a honra de seu bilhete, subscrevo-me, srta. Crawford etc. etc.'".

Em contraste, seu estilo geral contém elementos de força, pureza e precisão. Com essa carta se encerra o segundo volume.

Novo ímpeto estrutural é dado nesse ponto por sir Thomas, o tio pesadão, ao aplicar todo o seu poder e influência para fazer a frágil Fanny se casar com Crawford: "Dele, que casara uma filha com o sr. Rushworth, certamente não era de esperar nenhuma delicadeza romântica". Toda a cena da conversa de sir Thomas com Fanny no salão leste (capítulo 32) é admirável, uma das melhores do livro. Sir Thomas está extremamente contrariado e demonstra seu desprazer causando profunda ansiedade em Fanny, porém não consegue extrair sua concordância. Ela tem muitas dúvidas com relação à seriedade das intenções de Crawford e tenta se agarrar à ilusão de que a proposta não passa de um gesto galante. Além disso, está certa de que seus temperamentos diferentes tornariam o casamento um desastre. Sir Thomas tem uma ligeira suspeita de que um sentimento especial por Edmund está detendo Fanny, mas trata de afastá-la. Não obstante, Fanny sente toda a força de sua desaprovação. "Ele parou de falar. A essa altura, Fanny chorava tão copiosamente que, malgrado seu rancor, ele decidiu não insistir. O coração de Fanny estava quase partido devido à imagem que sir Thomas fazia dela; pelas acusações, tão graves e tão múltiplas, crescendo em uma gradação pavorosa! Obstinada, teimosa, egoísta e ingrata. Ele pensava tudo isso dela, que havia frustrado suas expectativas e não contava mais com seu apreço. O que seria dela?"

Fanny continua a ser submetida às pressões e à presença frequente de Crawford, encorajado por sir Thomas. Quando Edmund volta, certa noite, há uma espécie de continuação e intensificação do tema da peça teatral, pois Crawford lê passagens de *Henrique VIII*, obviamente uma das piores obras de Shakespeare. Mas, em 1808, seria natural que o leitor comum preferisse suas peças históricas à divina poesia das fantásticas tragédias, como *Rei Lear* e *Hamlet*. O tema da peça é lindamente ligado ao da ordenação (agora que Edmund foi ordenado) pela discussão entre os dois homens sobre a arte da leitura e também sobre a arte de fazer sermões. Edmund conversa com Crawford acerca de seu primeiro serviço religioso e "respondeu a diversas perguntas de Crawford sobre seus sentimentos e sucesso; questões que teve verdadeiro prazer em responder por haverem sido feitas com o interesse e a sensibilidade de um amigo, sem nenhum sinal do espírito jocoso ou do ar frívolo que Edmund sabia serem tão ofensivos para Fanny. Edmund ficou ainda mais satisfeito quando Crawford pediu sua opinião, oferecendo a dele, sobre a maneira mais apropriada de proferir determinadas passagens do sermão, mostrando ter refletido sobre o assunto e exercido seu melhor julgamento. Esse seria o caminho para atingir o coração de Fanny. Ela não seria conquistada com galanteios e tiradas espirituosas, nem com um comportamento alegre; pelo menos, não seria conquistada tão cedo sem a presença de sentimento e compaixão, sem que ele tratasse de assuntos sérios com seriedade".*

Com sua habitual volubilidade, Crawford se vê como um famoso pregador de Londres: "Um sermão realmente bom, realmente bem

---

* "Críticos como Linklater Thomson surpreenderam-se ao descobrir que Jane Austen, tendo na juventude zombado da propensão à 'sensibilidade' que alimentava a admiração pelas emoções excessivas e a sentimentalidade — choros, desmaios, tremores, simpatia indiscriminada por qualquer coisa patética ou considerada moral ou praticamente boa —, pudesse escolher tal sensibilidade para distinguir sua personagem predileta, a quem dera o nome da sobrinha favorita [...]. Mas Fanny exibe esses sintomas da sensibilidade então na moda com tamanho encanto, e suas emoções são tão consistentes com o céu cinzento do romance, que o pasmo de Thomson pode ser ignorado." Nota de Nabokov na pasta de Austen. (N.E.)

proferido, causa imensa satisfação. Não posso ouvir um sermão assim sem sentir enorme admiração e respeito, por pouco não pensando até em me ordenar [...]. Mas, para isso, eu precisaria contar com uma plateia londrina. Só poderia pregar para gente educada, capaz de apreciar minhas palavras. E creio que não gostaria de pregar com frequência; ocasionalmente, quem sabe uma ou duas vezes na primavera, depois de ter sido aguardado com ansiedade por meia dúzia de domingos; mas não de maneira constante, se fosse constante não me serviria". Essa interpretação teatral não chega a ofender Edmund porque Henry é irmão de Mary, mas Fanny sacode a cabeça.

O pesado sir Henry faz então com que o também algo pesado Edmund converse com Fanny sobre Henry Crawford. Edmund começa por admitir que Fanny, por enquanto, não ama Henry, mas argumenta que, caso ela permita sua aproximação, aprenderá a valorizá-lo e amá--lo, afrouxando gradualmente os laços que a prendem a Mansfield e impedem que contemple a possibilidade de um dia afastar-se de lá. A conversa em breve descamba para uma série de elogios a Mary Crawford pelo apaixonado Edmund, que deseja ser concunhado de Fanny. Termina com o que se transformará no tema da espera atenta: a proposta foi inesperada demais e por isso mal recebida. "'Eu disse [aos Grant e aos Crawford] que, de todas as criaturas humanas, você é a mais apegada aos hábitos e a que menos gosta de novidades; e que a simples novidade da proposta de Crawford trabalhou contra ele. A circunstância de tal ideia ser tão nova e tão recente foi desfavorável porque você não tolera nada a que não esteja acostumada. Disse também muitas outras coisas para que conheçam melhor sua personalidade. A srta. Crawford nos fez rir com seus planos para encorajar o irmão. Ela quer incentivá-lo a perseverar na esperança de ser amado com o passar do tempo, para que suas atenções sejam muito bem recebidas depois de uns dez anos de casamento feliz.'

Fanny exibiu com dificuldade o sorriso que dela se esperava naquele momento. Seus sentimentos estavam em ebulição. Ela temia estar cometendo algum erro, falando demais, exagerando na cautela que imaginava necessária ao se proteger de um mal [a revelação de seu amor por Edmund] e se expor a outro; além disso, ter a gracinha da srta. Crawford repetida para ela naquela hora e sobre aquele assunto lhe causava amarga exasperação."

A convicção de Edmund de que Fanny só havia rejeitado Crawford por causa da novidade de toda a situação é uma questão de estrutura, pois o desenvolvimento ulterior do romance exige que Crawford permaneça lá, que possa continuar a fazer a corte a Fanny. Assim, a explicação fácil permite que ele continue a cortejá-la com o pleno consentimento de sir Thomas e Edmund. Muitos leitores, especialmente do sexo feminino, nunca conseguem perdoar a sutil e sensível Fanny por amar um homem tão sem graça quanto Edmund, mas só posso repetir que a pior maneira de ler um livro é se misturar de forma infantil com os personagens como se eles fossem pessoas de carne e osso. Bem sabemos que na vida real moças sensíveis com frequência se apaixonam por pessoas enfadonhas e pedantes. No entanto, cumpre dizer que Edmund, afinal de contas, é um homem bom, honesto, educado e amável. E nada mais precisa ser dito sobre as questões de "interesse humano".

Entre aqueles que tentam converter a pobre Fanny está Mary Crawford, que apela para seu orgulho. Henry é uma conquista maravilhosa, por quem muitas mulheres já suspiraram. A insensibilidade de Mary é tal que ela não se dá conta de que entrega o jogo quando, após confessar que Henry tem o defeito de "gostar de fazer com que as moças se apaixonem um pouco por ele", acrescenta: "Eu creio seriamente, de verdade, que ele sente por você uma atração que nunca sentiu por nenhuma outra mulher até hoje; que a ama de coração e vai amá-la por tanto tempo quanto for possível. Se algum homem amou uma mulher para sempre, creio que Henry fará o mesmo por você". Fanny não consegue evitar um leve sorriso e não responde.

Do ponto de vista psicológico, não é muito claro por que Edmund nunca se declarou à srta. Crawford — mas aqui também a estrutura do romance exige certa lentidão no progresso da corte feita por Edmund. De qualquer maneira, os dois Crawford partem para Londres em visitas previamente combinadas com amigos sem darem satisfação a Fanny ou Edmund.

✳

Em uma de suas "solenes reflexões", ocorre a sir Thomas que pode ser um bom plano fazer com que Fanny visite sua família em Portsmouth durante alguns meses. Estamos em fevereiro de 1809, e ela não vê seus pais há quase nove anos. O velho cavalheiro é decerto astucioso. "Ele sem dúvida queria que Fanny fosse de boa vontade, mas sem dúvida também desejava que antes do fim da visita ficasse muito saudosa da casa: certa abstinência do luxo e da elegância de Mansfield Park contribuiria para instilar sobriedade em sua mente, induzindo-a a fazer uma estimativa mais correta do valor da casa igualmente confortável que lhe era oferecida e onde ficaria por mais tempo." Quer dizer, Everingham, a residência de Crawford em Norfolk. Há uma passagem engraçada sobre a sra. Norris, que imagina que o transporte e as despesas que sir Thomas está custeando poderiam ser aproveitados por ela também, pois não vira a irmã nos últimos vinte anos. Mas "tudo terminou, para a infinita alegria de William e Fanny, quando ela lembrou que sua presença era necessária em Mansfield Park naquele momento. [...]

Na verdade, ocorreu-lhe que, embora levada a Portsmouth de graça, seria praticamente impossível evitar que tivesse de pagar pela volta. Por isso, sua pobre irmã Price teria de sofrer a grande decepção de perder a oportunidade de vê-la, iniciando-se assim, quem sabe, novo período de vinte anos de separação".

Um parágrafo bastante fraco cuida de Edmund: "Os planos de Edmund foram afetados pela viagem de Fanny a Portsmouth. Tanto quanto sua tia, ele tinha um sacrifício a fazer por Mansfield. Tencionara ir a Londres, mas não podia se afastar de seu pai e de sua mãe quando estavam fora todas as outras pessoas que tinham grande importância para o conforto do casal; e, com um esforço real, mas não externado, ele adiou por uma ou duas semanas a viagem que tinha planejado na esperança de que garantiria sua felicidade para sempre". Dessa forma, ele mais uma vez deixa de cortejar a srta. Crawford em obediência às exigências da trama.

Depois de fazer com que sir Thomas, Edmund e Mary Crawford falassem com Fanny sobre Henry, Jane Austen sabiamente elimina qualquer conversa sobre o assunto durante a visita da moça a Portsmouth com seu irmão William. Os dois partem de Mansfield Park em uma segunda-feira, 6 de fevereiro de 1809, e no dia seguinte chegam a Portsmouth, uma base naval no sul da Inglaterra. Fanny não voltará dentro de dois meses, como planejado, mas três meses depois, na quinta-feira, 4 de maio, quando tem dezenove anos. Tão logo chega, William recebe ordens de embarcar, deixando Fanny a sós com a família. "Se sir Thomas pudesse conhecer todos os sentimentos de sua sobrinha quando ela escreveu a primeira carta para a tia, ele não teria perdido a esperança [...].

William se fora, e a casa em que a havia deixado — Fanny não podia esconder de si própria — era em quase todos os aspectos o contrário do que desejara. Lá imperavam o barulho, a desordem, a falta de decoro. Ninguém estava no lugar certo, nada era feito como devia ser. Ela não podia respeitar seus pais como almejara. Já antes não era otimista com relação ao pai, mas ele se provou mais negligente com a família, seus hábitos eram piores e sua conduta mais grosseira do que ela imaginara [...] praguejava e bebia, era sujo e abrutalhado [...], mal reparava em sua presença, a não ser para torná-la alvo de algum gracejo vexatório.

O desapontamento com a mãe foi maior ainda; nela Fanny havia depositado muita esperança e encontrara quase nada [...]. A sra. Price não era má pessoa, porém, em vez de ganhar mais afeto e confiança da filha, fazendo com que gostasse mais dela, só lhe deu algum carinho no dia de sua chegada. O instinto natural foi logo satisfeito, e o relacionamento com a sra. Price não tinha outra origem. Seu tempo e seu coração já estavam por demais ocupados; ela não tinha nem tempo livre nem afeição para dedicar a Fanny [...], seus dias eram gastos em uma espécie de lento alvoroço, sempre atarefada sem terminar nada, sempre atrasada e lamentando o atraso, sem modificar seus hábitos, querendo economizar sem método ou regularidade; insatisfeita com as criadas sem a capacidade de torná-las melhores e, ainda que as ajudasse, repreendesse ou tolerasse, impotente para ganhar o respeito delas."

A cabeça de Fanny dói por causa do barulho e das dimensões da casa, da sujeira, das refeições mal preparadas, da empregada sórdida, das queixas constantes da mãe. "Para alguém com a constituição e o temperamento de Fanny, delicada e nervosa, era um inferno viver em meio àquela algazarra incessante [...]. Lá, todos eram barulhentos, todos falavam alto (exceto, talvez, sua mãe, que ao falar lembrava a suave monotonia de lady Bertram, só que, em seu caso, em um tom mal-humorado). Qualquer pedido era feito aos berros, e as criadas gritavam suas desculpas da cozinha. As portas eram batidas sem cessar, as escadas nunca ficavam silenciosas, nada se fazia sem estardalhaço, ninguém se sentava tranquilamente, ninguém prestava atenção na pessoa que falava." Apenas na irmã Susan, de onze anos, Fanny encontrou alguma promessa para o futuro e dedicou-se a lhe ensinar as regras de cortesia e o hábito da leitura. Susan aprende rápido e logo passa a amá-la.

A remoção de Fanny para Portsmouth afeta a unidade do romance, que até então, a não ser pela natural e necessária troca anterior de mensagens entre Fanny e Mary Crawford, tinha se mantido agradavelmente livre da deprimente característica dos romances ingleses e franceses do século 18, a saber, a informação transmitida por meio de cartas. Entretanto, com Fanny isolada em Portsmouth, estamos nos aproximando de nova mudança na estrutura do romance, cuja ação será desenvolvida por correspondência, pelo intercâmbio de notícias. De Londres, Mary Crawford sugere a Fanny que Maria Rushworth amarrou a cara quando o nome dela foi mencionado. Yates continua interessado em Julia. Os irmãos Crawford irão a uma festa na casa da família Rushworth em 28 de fevereiro. Ela comenta que "Edmund se mostra muito vagaroso", talvez detido no campo por deveres paroquiais. "Deve haver alguma velha senhora em Thornton Lacey que precisa ser convertida. Não estou disposta a me imaginar preterida por alguém *jovem*."

Inesperadamente, Crawford aparece em Portsmouth para fazer uma derradeira tentativa de conquistar Fanny. Para alívio dela, sua família, sob o estímulo do evento, comporta-se razoavelmente bem com o visitante. Fanny observa um grande progresso em Henry, que está se interessando por sua propriedade: "Ele se apresentou a alguns arrendatários que nunca vira antes e começou a conhecer habitações cuja existência, embora estivessem situadas em suas terras, lhe era por completo desconhecida. Fanny constituía o real objetivo dessas ações, e com bons resultados. Era agradável ouvi-lo falar com tanta correção, agir como devia. Mostrar-se amigo dos pobres e oprimidos! Nada poderia agradar-lhe mais, e ela estava prestes a lhe oferecer um olhar de aprovação quando ele pôs tudo a perder ao declarar, de maneira exageradamente incisiva, seu desejo de contar em breve com uma pessoa amiga que o ajudasse e guiasse em todos os planos de utilização e de caridade em Everingham, alguém que tornasse a propriedade, e tudo que ela continha, ainda mais estimada do que havia sido até então.

Ela afastou o rosto, desejando que ele não dissesse tais coisas, embora pronta a admitir que Henry possuía mais boas qualidades do que costumava supor. Começou a sentir a possibilidade de que ele finalmente se revelasse uma pessoa de valor [...]." Ao terminar a visita, "ela o achou muito melhorado desde que o vira; muito mais gentil, prestativo e atencioso para com o sentimento dos outros do que jamais fora em Mansfield; nunca o tinha visto tão agradável — tão *perto* de ser agradável; o tratamento que deu a seu pai não foi ofensivo, e havia algo de especialmente bondoso e adequado no cuidado que dedicou a Susan. Ele certamente havia melhorado [...], não foi tão ruim como ela havia esperado, e o prazer de falar sobre Mansfield foi tão grande!". Henry se mostra muito interessado no estado de saúde dela e insiste que avise sua irmã se houver alguma piora, para que possam levá-la de volta a Mansfield. Aqui e ali há uma insinuação de que, se Edmund houvesse se casado com Mary e Henry perseverado nas manifestações de ternura e no bom comportamento, Fanny teria afinal se casado com ele.

✱

A chegada do carteiro substitui recursos estruturais mais delicados. O romance, que dá sinais de desintegrar-se, passa a apelar mais e mais para o fácil formato epistolar. Quando a autora recorre a um artifício tão simples, há uma segura indicação de fadiga. Por outro lado, estamos nos aproximando do acontecimento mais chocante de toda a história. Em uma carta loquaz de Mary, ficamos sabendo que Edmund esteve em Londres "e que minhas amigas se impressionaram muito com sua aparência aristocrática. A sra. Fraser (que entende dessas coisas) declarou que só conhece três homens na cidade que têm corpo, altura e aspecto geral comparáveis aos dele; devo confessar que, quando jantou aqui outro dia, ninguém se equiparava a ele — e éramos um grupo de dezesseis pessoas. Por sorte, não há atualmente nenhuma diferença significativa em matéria de roupas, mas mesmo assim [...]". Henry vai a Everingham para tratar de algum negócio que ela aprova, embora não antes de comparecer a uma festa que os Crawford estão dando: "Ele vai se encontrar com os Rushworth, coisa que eu não lamento porque tenho um pouco de curiosidade como ele também, embora não admita". Fica claro que Edmund ainda não a pediu em casamento, e sua lentidão ganha um quê de farsa. Sete semanas dos dois meses em Portsmouth se passaram antes que chegue uma carta escrita por Edmund em Mansfield. Ele está aborrecido com a maneira frívola como a srta. Crawford trata de assuntos sérios e com o tom dos amigos dela em Londres. "Minhas esperanças ficaram muito mais débeis. [...] Na verdade, quando penso em sua grande amizade por você e em toda a sua conduta judiciosa e correta como irmã, ela me parece uma criatura muito diferente [do que quando está na companhia de seus amigos londrinos], capaz de gestos tão nobres. Estou pronto a me culpar por interpretar de modo demasiado severo seu comportamento brincalhão. Não consigo desistir dela, Fanny. Ela é a única mulher no mundo que posso imaginar como minha esposa." Ele não consegue decidir se deve propor casamento por carta ou esperar até que ela retorne a Mansfield, em junho. Pensando bem, uma carta não seria algo satisfatório. Ele se encontrou com Crawford na festa da sra. Fraser. "Estou cada vez mais contente com tudo que vejo e ouço sobre ele. Não há nenhum sinal de hesitação. Ele sabe exatamente o que quer e age com base em suas resoluções — uma qualidade inestimável. Não consigo ver na mesma sala a minha irmã mais velha e ele sem me lembrar do que você me contou certa vez e reconheço que os dois não se encontraram como amigos. Havia uma evidente frieza da parte dela. Mal se falaram. Vi que ele se surpreendeu e fiquei triste de que a sra. Rushworth pudesse se ressentir de algum suposto menosprezo sofrido pela srta. Bertram." Ele transmite a notícia desalentadora de que sir Thomas só buscará Fanny depois da Páscoa, quando tem negócios a tratar na cidade (um atraso de um mês em relação ao plano original).

As reações de Fanny às declarações amorosas de Edmund são transmitidas no tom do que chamaremos agora de *fluxo de consciência* ou *monólogo interior*, tão maravilhosamente usado por James Joyce 150 anos depois. "Ela quase se deixou dominar pelo desgosto e pela raiva com relação a Edmund. 'Não há nada de bom nesse atraso', ela disse. 'Por que não está tudo resolvido ainda? Ele está cego, e nada abrirá seus olhos, nada pode fazê-lo ver, apesar de ter tido as verdades expostas diante de si por tanto tempo em vão. Vai se casar com ela e levará uma vida miserável. Deus permita que a influência dela não o faça deixar de ser respeitável!' Passou os olhos pela carta outra vez. 'Ela gosta tanto de você!', quanta bobagem. Ela não gosta de ninguém, exceto dela e do irmão. Suas amigas a desviando do bom caminho durante anos! É também provável que *ela* as tenha desviado do bom caminho. Talvez se tenham corrompido mutuamente; mas, se gostam mais dela do que ela das amigas, é menos provável que tenha sido ferida, a não ser por causa da adulação que lhe devotam. 'A única mulher no mundo que posso imaginar como minha esposa.' Acredito piamente. É uma relação que vai presidir toda a sua vida. Aceito ou rechaçado, seu coração está unido a ela para sempre. 'Devo considerar a perda de Mary como incluindo a perda de Crawford e Fanny.' 'Edmund, você não *me* conhece! As famílias nunca seriam ligadas se você não as ligasse! Ah, escreva, escreva! Acabe com tudo de uma vez. Que termine esse suspense. Decida, comprometa-se, condene-se para sempre!'

Tais sensações, contudo, eram demasiado similares ao ressentimento para guiarem por muito tempo os solilóquios de Fanny. Logo sua ira se abrandou, cedendo lugar à tristeza."

Por intermédio de lady Bertram, ela fica sabendo que Tom está muito doente em Londres e, apesar de seu estado grave, não recebeu o apoio dos amigos e foi removido para Mansfield. A doença de Tom impede Edmund de escrever a carta para a srta. Crawford em que a pede em casamento; o relacionamento entre eles é marcado por obstáculos que ele próprio parece gerar. Uma carta da srta. Crawford sugere que a propriedade da família Bertram estaria em melhores mãos se pertencesse a sir Edmund, e não a sir Thomas. Henry tem se encontrado frequentemente com Maria Rushworth, mas Fanny não deve se alarmar. Fanny fica desgostosa com a maior parte da carta. Mas continuam a chover cartas sobre Tom e também sobre Maria. A srta. Crawford então escreve uma carta de alerta acerca de um horrível boato: "Um rumor terrível e malévolo acaba de chegar aos meus ouvidos, e eu escrevo, querida Fanny, para dizer que não lhe dê o menor crédito caso chegue aí no campo. Fique segura de que há algum equívoco que será esclarecido em um ou dois dias — de qualquer modo, Henry não tem nenhuma culpa e, malgrado uma *étourderie* momentânea, só pensa em você. Não diga uma palavra sobre isso — não ouça nada, não pressuponha nada, não sussurre nada até que eu escreva de novo. Tenho certeza de que tudo será abafado, de que nada será comprovado a não ser o desatino de Rushworth. Se eles saíram mesmo da cidade, aposto minha vida que apenas foram para Mansfield Park, levando Julia com eles. Mas por que não nos deixa ir até aí para pegá-la? Espero que não se arrependa disso. Sua etc.".

Fanny fica confusa, sem entender o que aconteceu. Dois dias depois, está sentada na sala de visitas, onde os raios de sol, "em vez de animá-la, faziam-na ainda mais melancólica, pois o brilho do sol lhe parecia ser algo muito diferente na cidade e no campo. Aqui, seu poder não passava de um clarão, um clarão sufocante e doentio, servindo unicamente para realçar manchas e sujeiras que de outro modo permaneceriam ocultas. Não havia saúde nem alegria nos raios de sol de uma cidade. Ela se sentava envolta por um calor opressivo, em meio a uma nuvem de poeira em movimento, seus olhos vagando entre as paredes marcadas pela cabeça de seu pai e a mesa com cortes e entalhes feitos pelos irmãos, sobre a qual ficava a bandeja de chá nunca de todo limpa, as xícaras e os pires com as marcas do pano em que tinham sido enxugados, o leite com partículas de pó boiando em uma fina crosta azulada, o pão com manteiga se tornando a cada minuto mais gorduroso do que quando trazido por Rebecca". Nessa sala imunda, ela ouve a notícia ignóbil. Seu pai lê no jornal que Henry e Maria Rushworth fugiram juntos. Cumpre notar que o fato de Fanny saber disso por um jornal é essencialmente o mesmo que saber por uma carta. O formato epistolar é mantido.

A ação agora se torna rápida e furiosa. Uma carta enviada por Edmund de Londres informa Fanny de que o par adúltero não foi encontrado, mas que novo dissabor ocorreu: Julia escapou para a Escócia com Yates. Edmund pegará Fanny em Portsmouth no dia seguinte e, juntamente com Susan, irão para Mansfield Park. Ao chegar, ele se sente "particularmente chocado com a mudança na aparência de Fanny e, por ignorar os horrores diários na casa de seu pai, atribui de modo indevido *toda* a mudança aos acontecimentos recentes. Tomou então suas mãos e disse em um tom de voz baixo, porém muito expressivo: 'Não admira que você se sinta assim, que sofra tanto. Como um homem que já a amou pôde abandoná-la? Mas a *sua*... sua estima era nova quando comparada a... Fanny, pense em *mim*!'". É claro que ele sente ser necessário se afastar de Mary Crawford por causa do escândalo. No momento em que chegou a Portsmouth "ela se sentiu muito perto de seu coração apenas com as palavras que Edmund então pronunciou: 'Minha Fanny, minha única irmã, meu único alívio agora'".

O interlúdio de Portsmouth — três meses na vida de Fanny — termina então com o formato epistolar do romance. Por assim dizer, estamos de volta ao lugar onde estávamos antes, mas os irmãos Crawford foram eliminados. A srta. Austen praticamente precisaria escrever outro volume de quinhentas páginas se desejasse narrar essas fugas do mesmo modo direto e detalhado que usou para relatar as travessuras e os flertes em Mansfield Park antes da partida de Fanny para Portsmouth. O formato epistolar ajudou a sustentar a estrutura do romance nesse ponto, mas não há dúvida de que coisas demais aconteceram nos bastidores e que essas trocas de correspondência são um atalho sem grande mérito artístico.

✳

Só restam agora dois capítulos, e o restante não passa de uma limpeza do terreno. Destroçada pela atitude de Maria, sua sobrinha favorita, e pelo divórcio que encerra um casamento que ela se orgulhava de haver instigado, a sra. Norris é apresentada de modo indireto como alguém que se transformou em outra pessoa: silenciosa e indiferente a tudo, ela parte para dividir uma casa remota com Maria. Como essa mudança não nos é mostrada de maneira explícita, só nos lembramos dela como a criatura constantemente grotesca da maior parte do livro. Edmund enfim se desilude com a srta. Crawford. Ela não dá o menor sinal de compreender as questões morais envolvidas, pois só fala da "loucura" de seu irmão e de Maria. Ele fica horrorizado. "Ouvir a mulher que não sabe usar palavra mais severa que desatino! Analisar tudo aquilo tão voluntariamente, tão abertamente, de modo tão frio! Nenhuma relutância, nenhum horror, nenhum pudor feminino! É isso que o mundo faz. Pois onde, Fanny, poderemos encontrar uma mulher com quem a natureza tenha sido mais dadivosa? Corrompida, corrompida!"

"Não é o crime que ela condena, e sim o fato de tudo haver sido descoberto", diz Edmund, sufocando um soluço. Repete para Fanny a frase da srta. Crawford: "Por que Fanny não o aceitou? Foi tudo culpa dela. Garota boba, nunca vou perdoá-la. Se ela o tivesse aceitado, como devia, eles estariam prestes a se casar, e Henry feliz e ocupado demais para querer qualquer outra coisa. Ele não faria nenhum esforço para voltar às boas graças da sra. Rushworth. Tudo se resumiria a um simples flerte inconsequente, a encontros anuais em Sotherton e Everingham". Edmund acrescenta: "Mas o encanto foi quebrado. Meus olhos se abriram". Ele comenta com a srta. Crawford o espanto que sente com sua atitude, especialmente com sua esperança de que, caso sir Thomas não interfira, é possível que Henry se case com Maria. A resposta dela encerra o conflito acerca da ordenação: "Seu rosto ficou rubro. [...] Ela teria rido se pudesse, mas foi com uma espécie de ricto facial que respondeu: 'Uma lição muito boa, pode crer. Fez parte de seu último sermão? Seguindo nesse ritmo, o senhor em breve terá regenerado todas as almas em Mansfield e Thornton Lacey; e, quando eu voltar a ouvir o senhor, talvez seja como um famoso pregador em uma grande comunidade de metodistas, ou como um missionário em terras estrangeiras'". Ele se despede dela e dá meia-volta. "Eu tinha caminhado alguns passos, Fanny, quando ouvi a porta se abrir às minhas costas. 'Senhor Bertram', ela disse. Olhei para trás. 'Senhor Bertram', repetiu, sorrindo — embora fosse um sorriso pouco adequado à conversa que havíamos tido, um sorriso impudente e jocoso, parecendo convidativo para me subjugar; ao menos foi a impressão que tive. Resisti, meu impulso naquele momento foi resistir, e continuei a caminhar. Desde então, às vezes — por um instante —, lamento não ter voltado, mas sei que fiz a coisa certa, e assim terminou nosso relacionamento!" Ao final do capítulo, Edmund pensa que nunca se casará, mas o leitor sabe da verdade.

No último capítulo, o crime é punido, a virtude recebe a justa recompensa e os pecadores se redimem.

Yates tem mais dinheiro e menos dívidas do que sir Thomas suspeitava, sendo recebido no seio da família.

A saúde e o comportamento moral de Tom melhoram. Ele sofreu. Aprendeu a pensar. Há aqui uma última alusão ao tema da peça de teatro. Ele entende ter contribuído para o caso entre sua irmã e Crawford "por causa de toda a perigosa intimidade de sua injustificável encenação teatral, e isso, aos 26 anos de idade, calou fundo em sua mente, permitindo que, com suficiente bom senso e boas companhias, exercesse efeitos duradouros. Ele se tornou o que devia ser: útil para o pai, firme e sereno, não mais vivendo para si mesmo".

Sir Thomas se dá conta de quanto suas avaliações falharam em muitas ocasiões, especialmente na educação dos filhos: "Faltaram princípios, princípios efetivos".

O sr. Rushworth é punido por sua estultícia e pode ser enganado outra vez caso volte a se casar.

Maria e Henry, os adúlteros, separam-se, ambos infelizes.

A sra. Norris deixa Mansfield para "se devotar à desafortunada Maria em uma residência remota e sem acesso que está sendo preparada para elas em outro condado, onde, confinadas em um relacionamento estéril — de um lado nenhuma afeição, do outro, nenhuma perspicácia —, se pode supor razoavelmente que seus temperamentos se transformaram em punição mútua".

Como estava simplesmente copiando Maria, Julia é perdoada.

Henry Crawford "arruinado por uma independência prematura e mau exemplo em casa, permitiu-se por tempo demais as indulgências de uma vaidade insensível. [...] Caso houvesse perseverado, e com retidão, Fanny teria sido sua recompensa — e uma recompensa concedida voluntariamente — passado um período razoável após o casamento de Edmund e Mary". Mas a aparente indiferença de Maria quando se encontraram em Londres o mortificou. "Ele não podia suportar ser rejeitado pela mulher cujos sorrisos antes comandara por inteiro; precisava se esforçar para subjugar aquela demonstração tão orgulhosa de ressentimento, a raiva que sentia por causa de Fanny; e cumpria vencer aquela resistência fazendo com que a sra. Rushworth voltasse a tratá-lo como quando era Maria Bertram." Os homens envolvidos nesse tipo de escândalo são tratados pelo mundo de maneira mais branda do que as mulheres, porém "podemos razoavelmente supor que alguém com a inteligência de Henry Crawford fosse capaz de infligir a si próprio muito desgosto e arrependimento — desgosto que às vezes poderia se transformar em autocondenação, arrependimento que se transformaria em desgraça — por haver tão mal retribuído a hospitalidade recebida, ofendido tanto a paz de uma família, perdido de forma tão absoluta seu melhor e mais estimado amigo, assim como a mulher que amara de maneira tanto racional quanto passional".

A srta. Crawford vai morar com o casal Grant, que se mudou para Londres. "Nos últimos seis meses, Mary tinha tido uma dose mais do que suficiente de contato com as amigas, assim como de vaidade, ambição, amor e desapontamento, necessitando agora da bondade genuína de sua irmã e da tranquilidade racional de seu estilo de vida. Viveram juntas mesmo depois que o dr. Grant teve uma apoplexia e morreu devido a três grandes jantares institucionais em uma semana. E porque Mary, embora de todo resolvida a não voltar a se prender a um irmão mais moço, não encontrou, em meio aos galantes admiradores e herdeiros ociosos que eram presa de sua beleza e de suas 20 mil libras, alguém capaz de satisfazer os requintes a que se habituara em Mansfield, cujo temperamento e boas maneiras pudessem autorizar a esperança de uma felicidade doméstica como a que lá aprendera a valorizar, alguém capaz de tirar Edmund de sua cabeça."

Edmund encontra em Fanny a esposa ideal, com uma leve sugestão de incesto: "Ele mal havia acabado de sentir a perda de Mary Crawford e de comentar com Fanny como era impossível achar outra mulher igual a ela, quando começou a lhe ocorrer que um tipo totalmente diferente de mulher poderia lhe servir muito bem — ou mesmo bem melhor; que a própria Fanny estava se tornando tão querida, tão importante para ele em todos os seus sorrisos e seus modos quanto Mary jamais fora; e que talvez fosse uma empreitada possível, uma empreitada repleta de esperança, persuadi-la de que seu sentimento caloroso e fraterno para com ele serviria como alicerce para um amor conjugal. [...] Que ninguém presuma saber transmitir os sentimentos de uma jovem mulher ao receber a garantia de um afeto ao qual ela praticamente nunca se permitira aspirar".

Lady Bertram tem agora Susan para substituir Fanny como a "sobrinha residente", e o tema da Cinderela continua. "Com tanto mérito verdadeiro e amor verdadeiro, e nenhuma carência de recursos e amigos, a felicidade dos primos recém-casados deve parecer tão segura quanto pode ser a felicidade terrena. O lar do casal, inclinados ambos à vida doméstica e acostumados aos prazeres do campo, era feito de afeição e conforto; e, para completar o cenário de bem-aventurança, a aquisição do benefício eclesiástico de Mansfield devido à morte do dr. Grant ocorreu logo depois de estarem casados por tempo suficiente para começarem a desejar um aumento de renda e sentirem que o afastamento da casa paterna era um inconveniente.

Com isso, mudaram-se para a residência paroquial de Mansfield, a qual, enquanto ocupada pelos dois proprietários anteriores, sempre despertara em Fanny uma dolorosa sensação de constrangimento ou temor. Logo ela se apaixonou pela casa, tão absolutamente perfeita a seus olhos, como tudo em Mansfield Park já era havia muito tempo."

É curioso notar que, uma vez contada a história pela autora em pormenores, a vida de todos os personagens segue um curso tranquilo. Deus, por assim dizer, assume o controle.

✳

A fim de considerar uma questão de método no livro da srta. Austen, cumpre notar que veremos certos aspectos de *Mansfield Park* (também encontrados em seus outros romances) grandemente expandidos em *A casa soturna* (e outros romances de Dickens). Isso não pode ser entendido como uma influência direta de Austen sobre Dickens, porque tais aspectos pertencem ao domínio da comédia — para sermos exatos, a comédia de costumes —, sendo típicos do romance sentimental dos séculos 18 e 19.

O primeiro aspecto comum a Jane Austen e Dickens é a escolha de uma moça que serve como filtro — o tipo Cinderela, uma menina dependente, uma órfã, uma governanta ou coisa parecida — por meio da qual ou por quem os demais personagens são vistos.

No segundo aspecto, o ponto de contato é bem peculiar e notável: o método de Jane Austen de dar a seus personagens desagradáveis, ou menos agradáveis, alguma pequena característica grotesca de atitude, maneiras ou comportamento, a qual é suscitada cada vez que o personagem aparece. Dois exemplos óbvios são a sra. Norris e as questões financeiras, ou lady Bertram e seu cachorro. A srta. Austen introduz alguma variedade nessa abordagem mediante mudanças de luz, por assim dizer, fazendo com que as ações que se sucedem no livro emprestem alguma coloração nova à atitude usual desta ou daquela pessoa; no entanto, de modo geral esses personagens de comédia carregam seus defeitos risíveis de uma cena para outra ao longo do romance, como o fariam em uma peça de teatro. Verificaremos que Dickens utiliza o mesmo método.

O terceiro ponto que desejo mencionar refere-se às cenas de Portsmouth. Se Dickens houvesse precedido Austen, diríamos que a família Price é positivamente dickensiana e que os filhos da família Price se coadunam à perfeição com o tema da criança tal como desenvolvido em *A casa soturna*.

Vale mencionar alguns dos elementos mais proeminentes do estilo de Jane Austen. Suas imagens são pouco vívidas. Embora aqui e ali ela pinte graciosos quadros verbais com seus delicados pincéis em um pedacinho de marfim (como ela própria afirmou), as imagens relativas a paisagens, gestos, cores e coisas do gênero são bastante limitadas. É um grande choque dar de cara com um Dickens que fala alto, rubicundo e robusto, depois de nos encontrarmos com a delicada, elegante e pálida Jane. Ela raras vezes usa comparações sob a forma de símiles e metáforas. Em Portsmouth, o mar "dançando alegremente e se jogando contra os baluartes" é incomum. Também infrequentes são as metáforas convencionais ou rotineiras, como a gota d'água ao comparar a casa dos Price com a dos Bertram: "E, quanto às irritações vez por outra causadas pela tia Norris, elas eram curtas, eram insignificantes, eram como uma gota d'água no oceano se comparadas ao tumulto incessante na casa onde agora se encontrava". Austen faz bom uso do gerúndio (tais como *sorrindo, olhando* etc.) na descrição de atitudes e gestos, ou frases como *com um sorriso condescendente*, mas os introduzindo de maneira parentética, sem *ele disse* ou *ela disse*, como se fossem instruções para uma representação teatral. Esse truque ela aprendeu com Samuel Johnson, mas em *Mansfield Park* ele constitui um artifício muito apropriado porque o romance todo se parece com uma peça. Possivelmente também por influência de Johnson, a construção e a entonação de determinadas falas são apresentadas de modo indireto sob a forma de uma descrição, como ao serem relatadas a lady Bertram as palavras de Rushworth no capítulo 6. A ação e a caracterização se fazem por meio de diálogos ou monólogos. Um exemplo excelente é dado pela fala de Maria, já com ares de proprietária, quando o grupo se aproxima de Sotherton, sua futura residência: "Agora não mais teremos estradas ruins, srta. Crawford, nossos problemas terminaram. O restante do caminho é como deveria ser, e isso foi feito pelo sr. Rushworth quando herdou a propriedade. Aqui começa o vilarejo. Esses casebres são uma desgraça. A torre da igreja é considerada muito bonita. Fico feliz que a igreja não seja tão perto da casa grande como acontece frequentemente nas mansões antigas. O incômodo dos sinos deve ser terrível. Lá está o presbitério, bem-arrumadinho, e fiquei sabendo que o clérigo e sua esposa são pessoas muito decentes. Aqueles são asilos de pobres, construídos por gente da família. À direita fica a casa do administrador, um homem muito digno. Agora estamos chegando aos portões principais e à casa do guarda, mas ainda temos de percorrer 1,5 quilômetro através do parque".

Austen utiliza um recurso, em especial ao lidar com as reações de Fanny, que chamo de *movimento do cavalo*, termo derivado do jogo de xadrez que descreve uma guinada para um lado ou outro no tabuleiro das emoções variegadas dela. No momento da partida de sir Thomas para Antígua, "o alívio de Fanny, bem como sua consciência de tal desafogo, eram iguais aos de seus primos, mas uma natureza mais terna sugeriu que seus sentimentos eram ingratos, e [*o movimento do cavalo*:] ela realmente se afligiu por não ser capaz de se afligir". Antes de ser convidada a participar da excursão a Sotherton, Fanny deseja ardentemente ver a alameda de árvores na propriedade antes que seja alterada, mas, como é longe demais para ir, ela diz: "Ah, não importa! Quando eu a vir, [*agora vem a guinada do cavalo*] você [Edmund] me dirá como foi alterada" pelos melhoramentos discutidos. Em outras palavras, ela verá a alameda em seu estado original por meio das recordações dele. No momento em que Mary Crawford observa que seu irmão Henry escreve cartas curtas de Bath, Fanny comenta: "'Quando estão distantes de toda a família', diz Fanny [*movimento do cavalo*:] explicando a William, 'eles sabem escrever cartas longas'". Ela não está consciente de sentir ciúme quando Edmund corteja Mary e não se permite nenhuma autocomiseração, mas, quando Julia abandona a distribuição de papéis em um acesso de raiva devido à interferência de Henry em favor de Maria, Fanny "não podia vê-la tão agitada pelo *ciúme* sem sentir uma enorme pena". Ao hesitar em participar da peça por razões de verdade e pureza, ela está "inclinada a suspeitar [*movimento do cavalo*:] da verdade e da pureza de seus próprios escrúpulos". Ela fica "muito feliz" por aceitar um convite para jantar na casa dos Grant, mas de pronto se pergunta [*movimento do cavalo*:] "Mas, afinal, por que eu deveria me sentir feliz? Não estou certa de que não verei ou ouvirei lá alguma coisa que vai me entristecer". Ao escolher um colar, reflete que "havia um colar que era posto diante de seus olhos mais frequentemente do que os outros", e "esperou, ao selecionar aquele, estar escolhendo [*movimento do cavalo*:] o que a srta. Crawford menos desejava manter".

Um dos mais marcantes elementos do estilo de Austen é o que gosto de chamar de *covinha especial*, obtida pela introdução furtiva na frase de alguma ironia sutil em meio a determinada declaração informativa. Vou pôr em itálico o que considero serem as frases-chave. "Por sua vez, a sra. Price ficou ofendida e irritada; e todas as relações entre elas cessaram por longo tempo graças a uma resposta *que a sra. Norris não foi capaz de sufocar* e que abrangia as duas irmãs em sua amargura, além de conter observações muito desrespeitosas ao orgulho de sir Thomas." A narrativa das duas irmãs continua: "Suas casas eram tão distantes, e os círculos em que se moviam tão diferentes, que praticamente impediam que cada qual soubesse da existência da outra nos onze anos que se seguiram, *parecendo surpreendente para* sir *Thomas que a sra. Norris ainda fosse capaz de lhes informar de tempos em tempos, em tom zangado,* que Fanny tinha tido outro filho". Quando a Fanny mais moça é apresentada às meninas da família Bertram, "elas estavam por demais acostumadas a ter a companhia de outras pessoas e a receber elogios para sentirem qualquer timidez natural; por isso, *com sua confiança crescendo devido à total falta de confiança da prima*, puderam examinar calmamente seu rosto e seu vestido com absoluta indiferença". No dia seguinte, as duas irmãs "não puderam deixar de avaliá-la com menosprezo ao verificarem que ela só tinha duas faixas de cintura e nunca aprendera francês; e, ao perceber que ela pouco se impressionara com o dueto *que fizeram o favor de executar*, trataram apenas de lhe dar *generosamente alguns de seus brinquedos menos valiosos* e deixá-la a sós [...]". Lady Bertram "era uma mulher que passava os dias sentada em um sofá, vestida nos trinques e fazendo intermináveis trabalhos de bordado *de pouca utilidade e nenhuma beleza*, pensando mais em seu cachorro que nos filhos [...]". Podemos dizer que essas são frases "com covinhas", uma covinha delicadamente irônica na pálida face de virgem da autora.

Outro elemento é o que chamo de *entonação epigramática*, um formato compacto para exprimir de modo espirituoso um pensamento ligeiramente paradoxal. Esse tom de voz é lacônico e terno, seco sem deixar de ser musical, conciso mas límpido e leve. Um exemplo é a descrição da chegada a Mansfield de Fanny, então com dez anos: "Ela era baixa para sua idade, sem viço na pele ou qualquer outro traço de beleza; excessivamente tímida e insegura, procurando passar despercebida; mas seu porte, embora desajeitado, não era vulgar, sua voz era doce, e, ao falar, seu semblante se iluminava". Nos primeiros tempos após sua chegada, Fanny "não tinha nada de pior para suportar da parte de Tom do que o tipo de brincadeira que um jovem de dezessete anos sempre considerará correto para uma criança de dez. Ele estava desabrochando para a vida naquele momento, cheio de energia, com todo o condicionamento mental generoso de um primogênito. [...] Sua bondade para com a priminha era consistente com sua própria situação e com seus direitos: dava-lhe alguns belos presentes, e ria dela". Contudo, a srta. Crawford ao chegar tem em mente as atrações de outro filho: "Em reconhecimento à senhorita, pode-se acrescentar que, sem [Edmund] ser um homem com traquejo social ou um primogênito, sem nenhuma das artes do galanteio ou os encantos das conversas ligeiras, ele começou a lhe agradar. Ela sentiu isso, embora não o houvesse previsto e mal pudesse compreender a razão, pois ele não era agradável segundo qualquer padrão convencional, não falava bobaginhas, não fazia elogios, tinha opiniões inflexíveis e suas atenções eram simples e tranquilas. Talvez houvesse algum charme em sua sinceridade, firmeza e integridade que a srta. Crawford podia sentir, conquanto fosse incapaz de compreender totalmente. Todavia, ela não pensou muito sobre o assunto: ele no momento lhe agradava, ela gostava de tê-lo por perto — e isso era o bastante".

Esse tipo de estilo não é uma invenção de Austen nem uma invenção inglesa. Suspeito que venha de fato da literatura francesa, onde está profusamente representado nos séculos 18 e 19. Austen não lia em francês, mas captou o ritmo epigramático no tipo de estilo ousado, preciso e refinado que estava na moda. Seja como for, ela o utiliza com perfeição.

O estilo não é um artefato, não é um método, não é apenas uma escolha de palavras. Sendo muito mais que tudo isso, o estilo constitui um componente ou uma característica intrínseca da personalidade do autor. Assim, ao falarmos de estilo, nos referimos à natureza peculiar de cada artista, à maneira como ele se expressa em sua produção artística. É essencial lembrar que, embora todas as pessoas possam ter seu estilo próprio, é somente o estilo peculiar a determinado escritor de talento que nos interessa estudar. E esse talento não pode se exprimir no estilo literário de um escritor a menos que esteja presente em sua alma. O modo de expressão pode ser aperfeiçoado por um escritor. Não é incomum que, no curso de uma carreira literária, o estilo de um escritor se torne cada vez mais preciso e impressionante, como ocorreu de fato com Austen. Mas um escritor sem talento é incapaz de desenvolver um estilo literário digno de consideração; na melhor das hipóteses, será um mecanismo artificial deliberadamente criado e destituído da centelha divina.

Por isso, creio que ninguém possa ser ensinado a escrever ficção, a menos que já possua talento literário. Apenas nesse caso pode o autor ser ajudado a se encontrar, a limpar sua linguagem de clichês, a eliminar deselegâncias, a se habituar a buscar com inabalável paciência a palavra certa, a única palavra que transmitirá com o máximo de perfeição a tonalidade exata e a intensidade de um pensamento. Nessas matérias, há professores piores do que Jane Austen.

Charles Dickens (1812-1870)

A CASA SOTURNA (1852-1853)

Estamos agora prontos para lidar com Dickens. Prontos para abraçar Dickens. Prontos para saborear Dickens. Em nossa relação com Austen, foi necessário fazer certo esforço para nos juntarmos às senhoras na sala de visitas. No caso de Dickens, permanecemos à mesa com nosso vinho do Porto cor de âmbar. Tivemos de encontrar uma forma de chegar a Jane Austen e seu *Mansfield Park*. Acho que conseguimos e nos divertimos com seus desenhos delicados, com sua coleção de cascas de ovo envoltas em algodão. Mas a diversão foi forçada. Foi preciso adotar determinado estado de espírito, focalizar nossos olhos de um modo especial. Pessoalmente, não gosto de porcelanas e de produtos de artesanato, mas muitas vezes me obriguei a examinar uma bela peça de porcelana translúcida por meio dos olhos de um perito e consegui ter prazer "por procuração" ao fazê-lo. Não nos esqueçamos de que há pessoas que dedicaram a Jane Austen toda a sua vida acadêmica. Tenho certeza de que alguns leitores possuem um ouvido melhor do que o meu para apreciar as entonações da srta. Austen. No entanto, tentei ser muito objetivo. Meu método consistiu, entre outras coisas, em enxergar o livro pelo prisma da cultura do século 18 e dos primórdios do 19 em que seus jovens aristocratas haviam se abeberado. Seguimos também a forma de escrever de Jane, que se parece com o trabalho de uma aranha: vale lembrar ao leitor das seções centrais do livro que um ensaio teatral foi apanhado na teia de *Mansfield Park*.

Com Dickens, nossa visão se alarga. Tenho a impressão de que a ficção de Austen foi um rearranjo encantador de valores tradicionais. No caso de Dickens, os valores são novos. Os autores modernos ainda se embriagam com seu vinho. Aqui não há nenhum problema de abordagem, como em Jane Austen, nenhuma necessidade de fazer a corte, nenhuma delonga. Simplesmente nos entregamos à voz de Dickens — isso é tudo. Se possível, gostaria de devotar os cinquenta minutos de cada aula à meditação em silêncio, concentrando-me na admiração por Dickens. Entretanto, minha função consiste em dirigir e racionalizar essas meditações, essa admiração. Tudo que precisamos fazer ao ler *A casa soturna* é relaxar, deixando que nossa coluna vertebral assuma o controle. Conquanto leiamos com nossa mente, a fonte do prazer artístico se situa entre as escápulas. Aquele pequeno calafrio nas costas é sem dúvida a mais alta forma de emoção que a humanidade atingiu graças à evolução da arte pura e da ciência pura. Tratemos de idolatrar nossas medulas e seus frissons. Tenhamos orgulho de ser vertebrados, pois somos vertebrados cuja cabeça possui uma chama divina. O cérebro é mera continuação da espinha: o pavio percorre toda a extensão da vela. Se não somos capazes de desfrutar daquele arrepio, se não podemos extrair prazer da literatura, então devemos abandonar tudo isso e nos concentrar nas histórias em quadrinhos, nos vídeos, nos "livros da semana". Mas acho que Dickens vai se comprovar mais forte.

Ao discutirmos *A casa soturna*, logo observaremos que a trama romântica é uma ilusão e não tem grande importância artística. Há coisas melhores no livro que o triste caso de lady Dedlock. Vamos necessitar de alguma informação sobre os processos judiciais, mas de resto tudo será um passeio.

À primeira vista, poderia parecer que *A casa soturna* é uma sátira. Vejamos. Se a sátira tiver pouco valor estético, ela não alcança seu objetivo, por mais válido que ele seja. Por outro lado, se a sátira estiver impregnada de talento artístico, então seu objetivo tem pouca importância e desaparece com o passar do tempo, enquanto a sátira deslumbrante permanece para sempre como uma obra de arte. Sendo assim, por que falar de sátira aqui?

O estudo do impacto sociológico ou político da literatura tem como alvo, sobretudo, aqueles que, por temperamento ou formação, se revelam imunes à vibração estética da verdadeira literatura, aqueles que não sentem o calafrio revelador entre as escápulas. (Repito sem parar que não vale a pena ler um livro se isso não for feito com o uso da espinha.) Pode ser correto argumentar que Dickens estava ansioso para condenar as iniquidades dos tribunais superiores. Casos como o de Jarndyce de fato ocorreram vez por outra em meados do século 19, embora, como mostram os historiadores do Direito, o grosso da informação do autor em matérias jurídicas remonte às décadas de 1820 e 1830, de modo que muitos de seus alvos já haviam deixado de existir quando *A casa soturna* foi escrito. Mas, se o alvo desapareceu, tratemos de desfrutar da beleza da arma bem esculpida. Como condenação da aristocracia, cabe repetir, a descrição da família Dedlock e seu círculo não tem o menor interesse ou importância porque o conhecimento e as noções de nosso autor sobre essa camada social eram extremamente escassos e simplórios; além disso, sinto dizer, como realização artística a família Dedlock está tão morta quanto uma fechadura.* Por isso, devemos ficar gratos por causa da teia e ignorar a aranha; admiremos as qualidades estruturais do tema do crime e ignoremos a fraqueza da sátira e seus gestos teatrais.

Por fim, o sociólogo, se quiser, pode escrever um livro inteiro sobre os maus-tratos que as crianças sofreram em um período que o historiador chamará de aurora nebulosa da era industrial — trabalho infantil e tudo o mais. Mas, para ser muito franco, as crianças em *A casa soturna* não vivem as circunstâncias sociais da década de 1850, e sim de um passado mais distante. Do ponto de vista da técnica

---

* Trocadilho com o nome da família de aristocratas. *Ded* e *dead* ("morto", "morta") têm pronúncia idêntica, e *lock* significa "fechadura". (N.T.)

literária, a conexão se faz na verdade com as crianças de livros anteriores, os romances sentimentais dos fins do século 18 e começo do 19. Deve-se ler mais uma vez as páginas de *Mansfield Park* referentes à família Price em Portsmouth a fim de identificar essa linhagem artística bem definida, o nítido vínculo entre as crianças pobres de Austen e as crianças pobres de *A casa soturna*, havendo obviamente outras fontes literárias. Isso explica a ligação técnica. Do ponto de vista emocional, aqui, mais uma vez, não estamos na década de 1850, e sim durante a infância do próprio Dickens, com o que a moldura temporal é de novo rompida.

Como já deixei claro, o mago me interessa mais que o contador de histórias ou o pregador. No caso de Dickens, essa atitude me parece ser a única maneira de manter Dickens vivo, acima do pregador, acima do autor de romances populares, acima das tolices sentimentais, acima dos absurdos teatrais. Ele brilha para sempre no alto de uma cordilheira de que conhecemos a altitude exata, os recortes e a formação geológica, assim como as trilhas íngremes que nos levam até lá em meio ao nevoeiro. É nas imagens que ele revela sua grandeza.

✳

Aqui estão algumas coisas que cumpre notar ao ler o livro.

1. Um dos temas mais notáveis do romance se refere às crianças — seus problemas, suas inseguranças, suas modestas alegrias e o prazer que causam, mas em especial como sofrem. "Eu, um estranho amedrontado em um mundo que não criei", para citar Housman. Também são dignas de interesse as relações entre pais e filhos, envolvendo o tema dos "órfãos": a criança ou um dos pais dela está desaparecido. A boa mãe cuida de um bebê morto ou ela própria morre. E há crianças que tomam conta de outras crianças. Tenho uma simpatia secreta pela história sobre Dickens segundo a qual, em sua difícil juventude em Londres, ele seguia nos calcanhares de um operário que carregava nos ombros uma criança de cabeça grande. Enquanto o homem caminhava sem se voltar para trás, a criança sobre seus ombros olhou para ele, e Dickens, que estava comendo cerejas tiradas de um saco de papel, passou a enfiá-las,

uma após a outra, na boca silenciosa da criança, sem que ninguém se desse conta de nada.

2. Outro tema tem a ver com Alta Corte—nevoeiro—loucura.

3. Cada personagem tem seu atributo, uma espécie de sombra colorida que aparece sempre que ele entra em cena.

4. As coisas participam — quadros, casas, carruagens.

5. O lado sociológico, brilhantemente enfatizado por Edmund Wilson em sua coletânea de ensaios *The Wound and the Bow*, não é interessante nem importante.

6. A trama policialesca (com um tipo de detetive pré-sherlockiano) da segunda parte do livro.

7. O dualismo que permeia toda a obra: o mal, quase tão potente quanto o bem, representado pela Alta Corte de Justiça, uma espécie de inferno que tem dois demônios como emissários, Tulkinghorn e Vholes, além de uma horda de diabinhos em trajes pretos e mal-ajambrados. No lado bom, temos Jarndyce, Esther, Woodcourt, Ada e a sra. Bagnet; entre os dois lados estão os que sentem a tentação, às vezes redimidos pelo amor, como sir Leicester, cuja paixão conquista de maneira bem artificial sua vaidade e preconceitos. Richard também é salvo porque, conquanto tenha errado, é essencialmente bom. Lady Dedlock é redimida pelo sofrimento, com Dostoiévski aplaudindo de forma frenética na retaguarda. O mais ínfimo gesto de bondade pode trazer a salvação. Skimpole e, claro, a família Smallweed e Krook são aliados inquestionáveis dos demônios. Assim como os filantropos, a sra. Jellyby, por exemplo, que espalham a miséria enquanto se iludem de que estão fazendo o bem, embora na verdade gratificando seus instintos egoísticos. A ideia central é que essas pessoas — as sras. Jellyby, Pardiggle etc. — devotam seu tempo e sua energia a todo tipo de projetos fantásticos (ecoando o tema da inutilidade do Tribunal, perfeita para os advogados, mas terrível para as vítimas) quando seus filhos são abandonados e infelizes. Talvez haja esperança para Bucket e "Coavinses" (cumprindo seu dever sem crueldade desnecessária), mas nenhuma para os falsos missionários, os Chadband etc. Os "bons" são frequentemente vítimas dos "maus", porém aí reside a salvação para os primeiros e a perdição para os

últimos. Todas essas pessoas em conflito (muitas vezes englobadas no tema do Tribunal) simbolizam forças mais potentes e universais, mesmo a morte de Krook pelo fogo (por ele induzido, mas que constitui o meio natural do demônio). Tais conflitos formam o "esqueleto" do livro, porém Dickens era um artista grande demais para fazer tudo isso impertinente ou óbvio. Suas pessoas vivem, não são apenas manequins em que se penduram ideias e símbolos.

✳

A casa soturna consiste em três temas principais:

1. O tema da Alta Corte de Justiça, que gira em torno da lamentável ação de Jarndyce versus Jarndyce e tem como símbolos o odioso nevoeiro londrino e os pássaros engaiolados da srta. Flite. Os advogados e os demandantes loucos dão corpo ao tema.

2. O tema das crianças miseráveis, bem como sua relação com as que elas ajudam e seus pais, a maioria dos quais não vale nada. A mais infeliz das crianças é o sem-teto Jo, que vegeta nas imediações asquerosas da Alta Corte e é um agente involuntário da trama de mistério.

3. O tema do mistério, um emaranhado de trilhas românticas percorridas por três detetives, um depois do outro, Guppy, Tulkinghorn e Bucket, assim como seus assistentes, levando à morte da infeliz lady Dedlock, mãe ilegítima de Esther.

O truque mágico que Dickens executa implica equilibrar essas três bolas, fazendo malabarismos com elas e mantendo-as em um estado de unidade coerente sem deixar que nenhuma caia ao chão.

Tentei mostrar, por meio de linhas em meu diagrama, as maneiras como esses três temas e seus agentes se ligam no curso coleante da história. Somente alguns poucos personagens são mostrados aqui, mas a lista é imensa: só de crianças, há umas trinta. Eu talvez devesse ligar Rachael, a ex-babá de Esther que conhece o segredo de seu nascimento, a um dos impostores, o reverendo Chadband, com quem Rachael se casou. Hawdon é o antigo amante de lady Dedlock (também chamado de Nemo no livro) e pai de Esther. Tulkinghorn, o advogado de sir Leicester Dedlock, e Bucket, o detetive, são os investigadores que tentam, com algum sucesso, desvendar o pequeno mistério, levando mais tarde à morte de lady Dedlock. Eles contam com diversas ajudas, como a de Hortense, a criada francesa da lady, e do velho salafrário Smallweed, cunhado de Krook, o personagem mais estranho e mais nebuloso do livro.

Meu plano é seguir cada um desses três temas, começando com o da Alta Corte—nevoeiro—pássaro—demandante louco; além disso, examinaremos, como representantes desse tema, outras coisas e criaturas, inclusive uma mulherzinha maluca, a srta. Flite, e o estranho Krook. Analisarei depois o tema da criança em todos os seus pormenores, mostrando o pobre Jo no que ele tem de melhor e também um repugnante impostor, o sr. Skimpole, que se passa por criança. Por fim, cuidaremos do tema do mistério. Atentem, por favor, para o fato de que Dickens é um mago, um artista, ao lidar com o nevoeiro da Alta Corte; um reformador combinado com um artista no tema da criança; e um contador de histórias muito competente no tema do mistério, que impulsiona e governa a história. É o artista que nos atrai; por isso, depois de esboçar os três temas centrais e a personalidade de alguns de seus agentes, analisarei a forma do livro, sua estrutura, seu estilo, suas imagens, sua mágica verbal. Vamos nos divertir muito com Esther e seus amantes, com o improvavelmente bom Woodcourt e o quixotesco John Jarndyce, bastante convincente na sua caracterização, além de algumas pessoas ilustres, como sir Leicester Dedlock e outros.

É bem simples a situação básica em *A casa soturna* em relação ao tema do Tribunal. Uma ação judicial, Jarndyce versus Jarndyce, arrasta-se há anos. Numerosos demandantes esperam por fortunas que nunca chegam. Um dos membros da família, John Jarndyce, é um bom homem que encara toda a questão com serenidade e não espera nada da ação, que a seu ver dificilmente chegará ao fim enquanto ele estiver vivo. Ele protege uma jovem, Esther Summerson, que não está envolvida de modo direto na questão do Tribunal, mas constitui o filtro do livro. John Jarndyce é também o tutor de Ada e Richard, que são primos e estão no lado oposto ao de John na ação judicial. Richard tem um envolvimento psicológico tão grande com o processo que termina louco. Dois outros demandantes, a idosa srta. Flite e o sr. Gridley, já são loucos.

O tema da Alta Corte abre o livro, mas antes de examiná-lo desejo chamar a atenção para uma particularidade interessante do método dickensiano. A ação interminável e o Lorde Chanceler são assim descritos: "Seria difícil dizer quantas pessoas foram arruinadas e corrompidas pelos deletérios tentáculos da ação Jarndyce versus Jarndyce; do meirinho, em cujos arquivos resmas de poeirentos mandados foram empalados e se enrugaram inexoravelmente tomando muitas formas distintas, até o amanuense que copiou dezenas de milhares de páginas sob aquele título eterno. Ninguém ficou melhor por causa dela. No embuste, no subterfúgio, na procrastinação, no esbulho, na exasperação, sob falsos pretextos de todo tipo, não há influências que possam se revelar positivas. [...]

Assim, em meio à lama e no coração do nevoeiro, o Lorde Chanceler preside a Alta Corte de Justiça".

Voltemos agora ao primeiro parágrafo do livro: "Londres. Terminados os feriados forenses de São Miguel, o Lorde Chanceler preside a sessão no Lincoln's Inn Hall.* O implacável tempo de novembro. Tanta lama nas ruas como se as águas tivessem há pouco se retirado da face da Terra. [...] Cães, indistinguíveis em meio ao lamaçal. Cavalos, pouco mais visíveis, enlameados até os antolhos. Pedestres, seus guarda-chuvas se chocando, contagiados todos de mau humor, resvalando nas esquinas onde dezenas de milhares de outros pedestres vinham escorregando e deslizando desde que o sol nasceu (se é que nasceu naquele dia), acrescentando novas crostas de barro que se aferravam tenazmente ao pavimento e se acumulavam como juros compostos". Acumulando-se como juros compostos, uma metáfora que liga a lama e a névoa reais ao lodo e à mixórdia do Tribunal. Presidindo as sessões em meio à lama, ao nevoeiro e à confusão, o Lorde Chanceler é chamado de *Mlud* pelo sr. Tangle. Cercado de lama e nevoeiro, Meu

---

* Uma das quatro Inns of Court de Londres, que serviram durante séculos como escolas de direito e residência de advogados. O Lincoln's Inn Hall também abrigou a Court of Chancery na época em que a obra foi escrita. (N.T.)

Lorde [*milord*] é reduzido a *mud* [lama] uma vez removido o ligeiro ceceio do advogado ao pronunciar *Mlud*. Cumpre notar, logo no começo de nosso estudo, que esse é um artifício típico de Dickens: o jogo de palavras, fazendo com que objetos ganhem vida e executem truques que transcendem seu significado imediato.

Há outro exemplo de jogo verbal nas primeiras páginas. No parágrafo inicial, a fumaça que desce das chaminés é comparada a "um leve chuvisco escuro". Mais tarde, o homem chamado Krook se dissolverá nesse chuvisco escuro [*black drizzle*]. Porém, mais cedo, no parágrafo sobre o Tribunal e a ação Jarndyce versus Jarndyce, encontram-se os nomes emblemáticos dos advogados "Chizzle e Mizzle, que adquiriram o hábito de prometer vagamente a si mesmos que darão uma olhada naquela questãozinha em aberto e verão o que pode ser feito por Drizzle, que não foi bem utilizado, quando a ação Jarndyce versus Jarndyce sair do escritório". Chizzle, Mizzle, Drizzle, uma lúgubre aliteração. E então, logo depois: "Safadeza e malvadeza [*shirking and sharking*], em todas as suas muitas variedades, foram difundidas de forma ampla por causa daquele desventurado processo. [...]". Safadeza e malvadeza significa viver de estratagemas tal como aqueles advogados vivem na lama e no chuvisco do Tribunal; e, se voltarmos ao primeiro parágrafo, veremos que essa expressão aliterante ecoa o "escorregando e deslizando" dos pedestres na lama.

Tratemos agora de seguir as pegadas da mulherzinha louca, a srta. Flite, que aparece como uma demandante fantástica logo no começo e sai do Tribunal vazio ao final da sessão diária. Pouco depois, os três jovens do livro, Richard (cujo destino se ligará de modo singular ao da mulher louca), Ada (a prima com quem ele se casará) e Esther, visitam o Lorde Chanceler e se encontram debaixo da colunata com a srta. Flite: "uma velhinha de aspecto curioso, com uma touca amarrada debaixo do queixo e trazendo uma bolsa de fios trançados, aproximou-se de nós sorrindo e fazendo reverências, com um ar muito cerimonioso.

— Ah! — ela disse. — Os tutelados do processo Jarndyce. Estou muito feliz, sem dúvida, de ter a honra de conhecê-los! É um bom prenúncio para os jovens, com sua esperança e beleza, quando se encontram neste lugar e não sabem o que vai acontecer.

— Louca — sussurrou Richard, imaginando que ela não podia ouvi-lo.

— Certo! Louca, meus jovens — ela retrucou tão rapidamente que o deixou embaraçado. — Eu mesma fui uma tutelada. Não era louca naquela época — continuou, fazendo reverências e sorrindo ao fim de cada pequena frase. — Tinha juventude e esperança. E também beleza, creio. Pouco importa agora. Nenhuma dessas três coisas me serviu ou me salvou. Tenho a honra de assistir com regularidade às sessões do Tribunal. Com meus documentos. Espero pelo julgamento. Em breve. No dia do Juízo Final. [...] Aceitem, por favor, a minha bênção.

Como Ada estava um pouco assustada, para agradar a pobre velhinha eu disse que ficávamos muito gratos por sua bênção.

— Muito obrigada — ela disse, com ar afetado. — Imagino que sim. E aqui vem Kenge Conversinha. Com os documentos *dele*! Como está, excelência?

— Muito bem, muito bem. Agora, não crie problemas, seja boazinha! — disse o sr. Kenge, caminhando de volta à nossa frente.

— De forma alguma — disse a pobre velhinha, mantendo-se ao lado de Ada e de mim. — Nenhum problema. Vou dar propriedades para os dois, o que não me parece ser um problema. Espero pelo julgamento. Muito em breve. No dia do Juízo Final. Esse é um bom augúrio para vocês. Aceitem minha bênção!

Ela parou ao pé das largas e íngremes escadarias; mas olhamos para trás ao subir e vimos que ela continuava ali, dizendo, ainda com uma reverência e um sorriso entre cada pequena frase: 'Juventude. E esperança. E beleza. E a Alta Corte de Justiça. E Kenge Conversinha! Ha! Aceitem minha bênção!'".

Como veremos adiante, as palavras que ela repete — *juventude, esperança, beleza* — são relevantes. No dia seguinte, durante uma caminhada em Londres, os três jovens, acompanhados de outra pessoa jovem, voltam a se encontrar com a srta. Flite. Aqui um novo tema é introduzido de modo gradual por meio de sua fala — o tema dos pássaros, com cantos, asas e voos. A srta. Flite tem interesse em voos e cantos, nos pássaros melodiosos dos jardins da Lincoln's Inn. Visitamos então seus aposentos, em cima de onde Krook mora. Há também outro hóspede, Nemo, de quem saberemos mais a seguir, outra importante figura do livro. A srta. Flite mostra umas vinte gaiolas de pássaros. "'Comecei a guardar essas criaturinhas', ela disse, 'por uma razão que os tutelados vão compreender facilmente. Com a intenção de lhes devolver a liberdade. Quando o julgamento terminasse. Isso mesmo! Mas eles morrem aprisionados. A vida deles, pobres coitados, é tão curta em comparação com os procedimentos do Tribunal que, um a um, todos morreram. Duvido que qualquer um desses aí, embora sejam todos bem novinhos, viva o suficiente para ser livre! Muito mortificante, não é?'."

Ela deixa entrar a luz a fim de que os pássaros cantem para os visitantes, mas não diz seus nomes. A frase "Em outra ocasião, digo o nome deles" é muito significativa, pois contém um mistério patético. Ela mais uma vez repete as palavras *juventude, esperança, beleza.* Elas agora estão vinculadas aos pássaros, e as sombras lançadas pelas grades da gaiola parecem já bloquear os símbolos da juventude, esperança e beleza. Para ver ainda melhor como a srta. Flite está ligada a Esther, pode-se observar que, ao sair de casa para a escola aos treze ou catorze anos, Esther tem como única companhia um pássaro engaiolado. Faço questão de lembrar-lhes neste ponto outro pássaro engaiolado que mencionei em conexão com *Mansfield Park* ao me referir à passagem do livro de Stern *Uma viagem sentimental,* sobre um estorninho, a liberdade e o cativeiro. Estamos aqui seguindo a mesma linha temática. Jaulas, gaiolas, as barras e as grades, suas sombras eliminando, por assim dizer, toda a felicidade. Os pássaros da srta. Flite, cumpre notar por fim, são cotovias, pintarroxos e pintassilgos, que correspondem, respectivamente, à juventude, à esperança e à beleza.

Quando os visitantes passaram diante da porta do estranho hóspede chamado Nemo, a srta. Flite os alertou para que não fizessem nenhum ruído. Depois, esse estranho morador é silenciado, morre por suas próprias mãos; a srta. Flite chama um médico e mais tarde é vista tremendo, junto à porta, mas dentro dos aposentos do suicida. Ficaremos sabendo que o morador morto era o pai de Esther e o amante de lady Dedlock. Essas linhas temáticas, como a da srta. Flite, são fascinantes e instrutivas. Algum tempo depois, uma das muitas crianças pobres e cativas do livro, a menina chamada Caddy Jellyby, é mencionada ao se encontrar com seu amante, Prince, no quarto da srta. Flite. Mais tarde ainda, em uma visita à srta. Flite que os jovens fazem na companhia do sr. Jarndyce, ficamos sabendo por intermédio de Krook os nomes dos pássaros: Esperança, Alegria, Juventude, Paz, Descanso, Vida, Poeira, Cinzas, Refugo, Carência, Ruína, Desespero, Loucura, Morte, Esperteza, Insensatez, Palavras, Perucas, Trapos, Pele de Carneiro, Pilhagem, Precedente, Jargão, Gamão e Espinafre. Mas o velho Krook deixa de fora Beleza — a beleza que, aliás, Esther perde no correr do romance quando fica doente.

O vínculo temático entre Richard e a srta. Flite, entre a loucura de ambos, começa quando ele se apaixona pelo processo judicial. Esta é uma passagem muito importante: "Ele agora havia atingido a essência do mistério, assim nos disse; nada poderia ser mais claro que o testamento graças ao qual ele e Ada receberiam não sei quantos milhares de libras, o qual deveria ser finalmente confirmado caso existisse bom senso ou justiça no Tribunal do Chanceler [...] e esse final feliz não poderia mais ser postergado. Ele provou isso a si próprio pela leitura de todos os enfadonhos argumentos daquele lado, e cada um só serviu para aumentar sua paixão pelo caso. Ele havia até começado a rondar o Tribunal. Disse-nos como via a srta. Flite lá todos os dias; como conversavam e como ele lhe fazia pequenos agrados; e como, embora rindo dela, sentia uma pena enorme da criatura. Mas nunca pensou — nunca, meu pobre, querido e otimista Richard, capaz de tamanha felicidade naquela época e com tantas coisas melhores em seu futuro! — no elo fatal que estava unindo firmemente o frescor de sua juventude com a decrepitude dela; entre suas esperanças sem amarras e os pássaros engaiolados, o sótão esfomeado e a mente tresvariada dela".

A srta. Flite se dá com outro demandante louco, o sr. Gridley, que é apresentado logo no começo. "Outro demandante arruinado que periodicamente vem de Shropshire e faz esforços desesperados para falar com o Chanceler ao fim das sessões diárias, sem conseguir entender que o Chanceler ignora legalmente sua existência após torná-la miserável por um quarto de século. O sr. Gridley se planta em um bom lugar e presta atenção no Juiz, pronto a gritar "Meu Lorde!" em voz queixosa tão pronto ele se ponha de pé. Alguns assistentes dos advogados que o conhecem de vista se demoram na esperança de que ele propicie algum divertimento e mitigue um pouco as pavorosas condições climáticas. "Mais tarde, o sr. Gridley dirige ao sr. Jarndyce uma longa arenga sobre sua situação. Ele foi arruinado por causa de uma herança em que os custos já haviam consumido três vezes o valor do legado sem que a ação tivesse sido resolvida. Seu sentimento de injustiça foi elevado à condição de um princípio que ele se recusa a abandonar: "'Já fui preso por desacato à autoridade. Já fui preso por ameaçar um advogado. Já tive todo tipo de problema e terei outros. Sou o homem de Shropshire e às vezes vou além de diverti-los — embora eles tenham achado engraçado me ver receber a ordem de prisão, ser preso e tudo o mais. Seria melhor para mim, assim dizem, que me controlasse. Eu lhes digo que, se me controlasse, eu me tornaria um debiloide. Creio que já fui um homem calmo. Gente que mora nas minhas vizinhanças diz que se lembra de mim como um homem tranquilo, mas atualmente preciso de uma válvula de escape para meu sentimento de injustiça, ou ficaria doido. [...] Além disso', ele acrescentou, em tom feroz, 'vou envergonhá-los. Até o último momento vou me apresentar naquele Tribunal para fazer com que se sintam envergonhados'". Como Esther observa: "Sua paixão era assustadora. Eu não acreditaria em tamanha raiva se não a tivesse visto com meus próprios olhos". Mas ele morre na casa do sr. George, diante do policial e de Bucket, Esther, Richard e da srta. Flite. Quando cai pesada e calmamente de costas para soltar o último suspiro, ela exclama: "Ah, não, Gridley! Não sem a minha bênção. Depois de tantos anos!".

Em uma passagem muito fraca, o autor usa a srta. Flite para relatar a Esther a nobre conduta do dr. Woodcourt durante um naufrágio nos mares das Índias Orientais. A coisa não sai muito bem. Trata-se de uma corajosa tentativa do autor para ligar a mulherzinha louca não apenas à trágica doença de Richard, mas também à futura felicidade de Esther. A relação entre a srta. Flite e Richard se torna crescentemente tensa até que, quando por fim Richard morre, Esther escreve:

"Estava tudo em silêncio, já tarde da noite, quando a pobre e louca srta. Flite se aproximou de mim chorando e disse que soltara todos os seus pássaros".

Outro personagem ligado ao tema do Tribunal é apresentado quando Esther e seus amigos param por um momento diante da loja de Krook, acima da qual morava a srta. Flite, a quem iam visitar: "uma loja em cuja fachada estava escrito KROOK, DEPÓSITO DE TRAPOS E GARRA-FAS. Além disso, em letras longas e finas, KROOK, NEGOCIANTE DE PROVISÕES NAVAIS. Em uma parte da vitrine havia um desenho em vermelho de uma fábrica de papel diante da qual eram descarregados de uma carroça numerosos sacos de trapos velhos. Em outra parte, havia a inscrição COMPRAM-SE OSSOS. Em outras, COMPRAM-SE UTEN-SÍLIOS DE COZINHA, COMPRA-SE FERRO-VELHO, COMPRA-SE PAPEL USADO, COMPRAM-SE ROUPAS DE CAVALHEIROS E DE SENHORAS. Parecia que tudo ali era comprado e nada vendido. Na vitrine havia todo tipo de garrafas sujas: garrafas com graxa preta para sapatos, frascos de remédios, garrafas de soda e de cerveja de gengibre, vidros de picles, garrafas de vinho e garrafas de tinta. Ao mencionar essas últimas, lembro-me de que a loja tinha, por várias pequenas peculiaridades, o ar de pertencer a uma vizinhança dedicada a assuntos legais, sendo, por assim dizer, um parente sujo e repudiado da Justiça. Havia um grande número de garrafas de tinta e, do lado de fora, um banquinho cambaleante com uma pilha de velhos e sebosos volumes encimados pela tabuleta que dizia: 'Livros de direito, todos por 9 *pennies*'".

Aqui se estabelece a conexão entre o tema de Krook e do Tribunal com seus símbolos jurídicos e leis podres. Atentem para a justaposição de COMPRAM-SE OSSOS e COMPRAM-SE ROUPAS DE CAVALHEIROS E DE SENHORAS. Pois o que é um demandante em uma ação perante a Alta Corte de Justiça senão ossos e roupas esfarrapadas? E Krook compra os trapos das túnicas da Justiça — os farrapos da lei — assim como o papel usado. Isso, na verdade, é assinalado pela própria Esther, com certa ajuda de Richard Carstone e Charles Dickens: "Pendurada a uma viga do teto, havia uma balança de madeira, com um único prato sem contrapeso do qual jorrava uma cascata de trapos, possivelmente os restos das túnicas e cintas dos advogados. Para completar a imagem, bastava imaginar, como Richard sussurrou para Ada e para mim, que eram de clientes dos advogados os ossos totalmente escarnados que se empilhavam em um canto da loja". Richard, que sussurra isso, está ele próprio fadado a se transformar em uma vítima do Tribunal quando um defeito de temperamento faz com que abandone uma a uma as várias profissões que exercia por breves períodos antes de ser completamente possuído pela louca confusão e pelas visões venenosas da herança discutida no Tribunal — a qual nunca receberá.

Krook emerge, por assim dizer, do fundo do nevoeiro (lembrem-se de seu truque de chamar o Lorde Chanceler de irmão — irmão na ferrugem e na poeira, na loucura e na lama): "Ele era baixo, cadavérico e ressequido, com a cabeça tombada para um lado e enfiada nos ombros; o ar por ele expirado escapava como fumaça de sua boca, como se pegasse fogo por dentro. A garganta, o queixo e as sobrancelhas estavam salpicadas de tantos pelos brancos, e sua pele era tão enrugada e enodoada com veias que, do peito para cima, ele dava a impressão de ser uma velha raiz depois da nevada". Esse é Krook, o encruado Krook. O símile da raiz retorcida na neve deve ser adicionado à coleção de comparações dickensianas que examinaremos mais tarde. Outro pequeno tema que nasce aqui, e crescerá, é a alusão ao fogo: "como se pegasse fogo por dentro". Um *como se* de mau agouro.

Já foi mencionada a passagem posterior em que Krook lista os nomes dos pássaros da srta. Flite — símbolos do Tribunal e da miséria. Agora é apresentada sua gata horrorosa, rasgando uma trouxa de trapos com garras de tigre e fazendo um som que causa arrepios em Esther. Aliás, o velho Smallweed, que faz parte do tema do mistério com seus olhos verdes e garras afiadas, não é apenas cunhado de Krook, mas também um representante humano da gata. Os temas dos pássaros e do gato gradualmente se fundem — tanto Krook quanto seu tigre cinzento de olhos verdes estão esperando que os pássaros deixem as gaiolas. Aqui, o toque simbólico depende da ideia de que só a morte pode liberar o demandante que tem uma ação no Tribunal. Assim, Gridley morre e fica livre. Assim, Richard morre e fica livre. Krook horroriza seus ouvintes com o relato do suicídio de certo Tom Jarndyce, um demandante que ele cita: "é como ser triturado em pedacinhos por uma mó lenta, é como ser cozinhado em fogo baixo". Atentem para o "fogo baixo". O próprio Krook, com seu jeito evasivo e mal-humorado, é do mesmo modo uma vítima do Tribunal — e ele também será queimado. Na verdade, recebemos uma sugestão de como será seu fim. O homem está perpetuamente encharcado de gim, que os dicionários nos dizem ser uma bebida forte feita pela destilação de grãos moídos, em especial grãos de centeio. Krook parece carregar consigo, aonde quer que vá, uma espécie de inferno portátil. Inferno portátil — essa é uma expressão do sr. Nabokov, e não do sr. Dickens.

Krook não apenas está ligado ao tema do Tribunal, mas também ao tema do mistério. Depois da morte de Nemo, a fim de obter de Krook certas cartas referentes ao antigo caso de amor de lady Dedlock, Guppy (um assistente de advogado tomado por um frenesi de romance e chantagem) e seu amigo Tony Jobling (também chamado de Weevle) visitam Krook. Reenchem sua garrafa de gim, que ele recebe "em seus braços como uma adorada netinha". Infelizmente, a netinha poderia ser mais propriamente descrita como um parasita interno. Chegamos então às páginas maravilhosas do capítulo 32 que lidam com a estupenda morte de Krook, símbolo tangível do fogo baixo e do nevoeiro que cerca o Tribunal. Cumpre lembrar as imagens nas primeiras páginas do livro — neblina, chuvisco negro, partículas de fuligem — que constituem a ideia central, o caldo de cultura em que o tema horripilante será desenvolvido, com a adição de gim, até seu fim lógico.

Guppy e Weevle estão indo para os aposentos deste último (o quarto em que Hawdon, o amante de lady Dedlock, se suicidou, no mesmo prédio em que moram a srta. Flite e Krook) a fim de esperar pela meia-noite, quando Krook deve lhes entregar as cartas. No caminho, encontram o sr. Snagby, o dono de uma papelaria especializada em materiais de escritório de uso jurídico. Há um cheiro e um sabor curiosos no denso nevoeiro.

"— Tomando um pouco de ar antes de ir dormir, como estou fazendo? — pergunta o dono da papelaria.

— Ora, não há muito ar para se tomar aqui, e o que resta não é tão refrescante — responde Weevle, varrendo o pátio com o olhar.

— Verdade, meu senhor. Não lhe parece, sr. Weevle — diz o sr. Snagby parando para farejar o ar —, que, para ser franco, há um forte cheiro de gordura?

— Isso mesmo, também reparei que há um cheiro estranho aqui esta noite — retruca o sr. Weevle. — Acho que estão cozinhando costeletas no Sol's Arms.

— Costeletas, o senhor acha? Ah, costeletas, hem? — O sr. Snagby fareja de novo. — Bem, senhor, suponho que sejam. Mas essa cozinheira do Sol está precisando de alguma supervisão. Não lhe parece que as costeletas estão queimando, meu senhor? E, para ser franco, nem creio — o sr. Snagby fareja outra vez, depois cuspindo e enxugando os lábios — que estavam muito frescas ao serem levadas à grelha."

Os dois amigos sobem para o quarto de Weevle e conversam sobre o misterioso Krook, assim como o horror que Weevle sente por viver naquele quarto e naquela casa. Weevle se queixa com Guppy da atmosfera — física e mental — naquele aposento. Notem a vela acesa ao lado de "um repolho e uma comprida mortalha". Não vale a pena ler Dickens sem visualizar essas coisas.

Guppy olha por acaso para a manga de seu casaco e pergunta:

"— Ora, Tony, que diabos está acontecendo hoje de noite nesta casa? A chaminé está pegando fogo?

— Chaminé pegando fogo!

— Ah! — responde o sr. Guppy. — Veja como está caindo fuligem. Veja aqui, no meu braço! Olhe ali na mesa! Com os diabos, fica grudada, como uma mancha de gordura preta!"

Weevle dá uma olhada nas escadas, porém, como tudo parece tranquilo, "repete a observação feita há pouco ao sr. Snagby sobre as costeletas que estão sendo cozinhadas no Sol's Arms.

'E foi então', recomeçou o sr. Guppy, ainda olhando com notável repugnância para a manga de seu casaco enquanto conversam diante da lareira em lados opostos da mesa, com as cabeças bem próximas, 'que ele lhe disse ter retirado o maço de cartas do armário do seu hóspede?'".

A conversa prossegue por algum tempo, mas, quando Weevle atiça o fogo, Guppy recua com um sobressalto.

"'Cáspite! Tem mais dessa fuligem horrível no ar', ele diz. 'Vamos abrir um pouco a janela e respirar o ar fresco. Está muito abafado aqui.'" Continuam a conversar apoiando-se no peitoril da janela até que ele afasta rapidamente a mão, dizendo:

"— Com mil demônios, o que é isso? Olhe só meus dedos!

Sobre eles havia um líquido grosso e amarelado, repugnante ao toque e ainda mais ao olfato. Um óleo viscoso e repelente, com um quê naturalmente repulsivo que os faz estremecer.

— O que você fez aqui? O que é que anda jogando pela janela?

— Eu, jogando pela janela? Nada, juro. Nunca, desde que cheguei aqui! — exclama o hóspede.

E, no entanto, quando Weevle traz o candeeiro se vê o líquido escorrendo lentamente de uma ponta do peitoril pela parede de tijolos, enquanto em outro ponto forma uma grossa poça nauseabunda.

— Esta casa é horrível — diz o sr. Guppy, fechando a janela. — Me dê um pouco de água ou vou arrancar fora minha mão.

Lava as mãos, esfregando bem, cheira e volta a lavar. Sentado em silêncio diante da lareira, já havia se recuperado com um copo de conhaque quando o campanário da catedral de Saint Paul soou doze horas, seguindo-se os sinos de outras igrejas de alturas diferentes e em timbres diferentes."

Weevle desce as escadas para cumprir o compromisso de se encontrar e recolher o maço de cartas que lhe havia sido prometido, porém retorna aterrorizado.

"— Não consegui fazer com que ele me ouvisse, abri devagarzinho a porta e olhei para dentro. E o cheiro de queimado está lá, e a fuligem está lá, e o óleo está lá, mas ele não está! — diz Tony, terminando com um gemido.

O sr. Guppy pega o candeeiro. Os dois descem, mais mortos do que vivos, e, amparando-se um no outro, abrem a porta dos fundos da loja. A gata, que tinha vindo para perto da porta, rosna, mas não para eles, e sim para alguma coisa que está no chão, diante da lareira. Embora o fogo estivesse quase extinto, o cômodo estava tomado por um vapor quente e sufocante, enquanto as paredes e o teto se encontravam cobertos por uma camada de gordura negra." O casaco e o boné do velho estão pendurados em uma cadeira. O barbante vermelho que amarrava as cartas está no chão, mas não se vê nenhum papel, apenas uma coisa preta e amarrotada.

"— O que é que há com a gata? — diz o sr. Guppy. — Olhe para ela!

— Acho que enlouqueceu. O que não é de surpreender em um lugar ruim como este.

Eles avançam lentamente, olhando para tudo. A gata permanece onde a encontraram, rosnando ainda para alguma coisa no chão em frente à lareira e entre duas cadeiras. O que é aquilo? Levante a vela.

Aqui um pequeno pedaço do assoalho queimado; acolá o pavio feito com um pequeno feixe de papel chamuscado, mas não tão leve como é comum, parecendo ter sido embebido em algum líquido; além o resto carbonizado de um pedacinho de pau coberto de cinzas brancas, ou seria um carvão? Ah! Que horror! Ele está aqui! E aquela coisa de que fugimos, apagando a luz e nos atropelando um ao outro na rua, é tudo que sobrou dele.

Socorro, socorro, socorro! Venham aqui, pelo amor de Deus!

Muitos virão, mas ninguém poderá ajudar. O Lorde Chanceler daquele Tribunal, confirmando suas credenciais em um gesto derradeiro, morreu como morrem todos os lordes chanceleres em todos os tribunais, assim como todas as autoridades com todos os títulos e em todos os lugares onde se exerça o poder sob falsos pretextos e onde se cometam injustiças. Dê à morte o nome que Vossa Excelência quiser, a atribua a quem quiser ou diga quanto quiser que ela poderia ser evitada, mas é eternamente a mesma morte — nascida, criada e desenvolvida nos fluidos pervertidos do próprio corpo malevolente, e apenas a combustão espontânea foi, de todas as mortes, aquela que o matou."

E assim a metáfora se transforma em um fato físico, e o mal que reside dentro de um homem é aquilo que o destrói. O velho Krook é espalhado no nevoeiro do qual emergiu, misturando-se a ele — do nevoeiro ao nevoeiro, da lama à lama, da loucura à loucura, ao chuvisco negro e aos óleos gordurosos da bruxaria. Sentimos tudo isso fisicamente, e, como é óbvio, não importa em nada se é ou não uma possibilidade científica que um homem pegue fogo desse modo por estar saturado de gim. Dickens, com seu verbo eloquente e barba cerrada, ao apresentar o livro e no curso da narrativa, relaciona o que diz serem casos verdadeiros de combustão espontânea, o gim e o pecado pegando fogo e reduzindo o homem a cinzas.

Há algo aqui mais importante do que saber se isso é possível ou não. Cumpre contrastar dois estilos nessa longa passagem: o estilo rápido e coloquial de Guppy e Weevle, repleto de movimentos espasmódicos, e o estilo eloquente e apostrófico do final, semelhante ao dobre de sinos. O termo *apostrófico* deriva de *apóstrofe*, que na retórica significa "uma mudança artificial do discurso feito perante uma plateia para que o orador se dirija diretamente a alguém ou algo, real ou fictício". A pergunta então é: essa passagem apostrófica e veemente de Dickens lembra o estilo de que autor? A resposta é Thomas Carlyle (1795-1881), e penso em particular na sua *História da Revolução Francesa*, publicada em 1837. É divertido mergulhar naquela obra magnífica e lá encontrar o recurso apostrófico aplicado de modo inflamado às ideias de destino, futilidade e nêmesis. Dois exemplos devem bastar: "Serena Excelência, que de seu elevado trono dita regras, lança manifestos e consola a humanidade! O que ocorreria se, só por uma vez em mil anos, seus pergaminhos, formulários e razões de Estado fossem varridos da face da Terra [...] e a própria humanidade se dissesse o que a consolaria?" (capítulo 4, "A Marselhesa").

"Infeliz França; infeliz em matéria de rei, rainha e constituição; difícil saber qual o mais infeliz. O único significado de nossa tão gloriosa Revolução Francesa foi que, quando as pretensões e ilusões do assassinato de almas se transformaram no assassinato de corpos, [...] um grande povo se ergueu" etc. (capítulo 9, "Varennes").

Estamos agora em condições de resumir o tema do Tribunal. Ele começou com um relato do nevoeiro mental e físico que cerca as atividades da corte. Nas primeiras páginas, "meu Lorde" foi reduzido à lama, e a vimos, escorregadia e ardilosa, nos engodos do Tribunal. Descobrimos o significado simbólico, a provação simbólica, os nomes simbólicos. A louca srta. Flite e seus pássaros estão ligados aos apuros de dois outros demandantes perante o Tribunal, os quais morrem no curso do livro. Temos então Krook, um símbolo do denso nevoeiro e fogo lento do Tribunal, da lama e da loucura, que adquire uma qualidade tangível no horror de seu prodigioso fim. Mas qual o destino da ação propriamente dita, daquele caso em que membros da família Jarndyce se enfrentam ao longo de anos e anos, gerando demônios e destruindo anjos? Bem, assim como o fim de Krook foi de todo lógico no mundo mágico de Dickens, da mesma maneira a ação perante o Tribunal tem um final lógico nos termos da lógica grotesca de seu mundo grotesco.

Certo dia em que a ação voltaria a ser discutida, Esther e seus amigos se atrasaram e "chegando a Westminster Hall, descobrimos que a sessão já havia começado. Pior que isso, deparamos com uma multidão tão grande no Tribunal da Chancelaria que chegava até a porta, impedindo que víssemos ou ouvíssemos o que se passava lá dentro. Parecia ser algo engraçado, pois ocasionalmente se ouviam uma risada e um grito de 'Silêncio!'. Parecia ser algo interessante, pois todos se empurravam buscando chegar mais perto. Parecia ser algo que dava grande alegria aos profissionais, pois havia diversos jovens advogados usando peruca e exibindo bastas suíças apartados da multidão e, quando um contava aos outros o que estava acontecendo, eles enfiavam as mãos nos bolsos, dobravam-se de tanto rir e saíam batendo com os pés no assoalho.

Perguntamos a um cavalheiro próximo de nós se ele sabia qual a ação que estava sendo julgada. Ele respondeu que era Jarndyce versus Jarndyce. Perguntamos se sabia o que estava ocorrendo. Disse que, de fato, não sabia, ninguém jamais sabia; mas, tanto quanto podia entender, tinha acabado. Acabado por hoje?, perguntamos. Não, ele disse, acabado de vez.

Acabado de vez!

Quando ouvimos a inexplicável resposta, nós nos entreolhamos, absolutamente pasmos. Seria possível que o testamento havia por fim resolvido a situação e que Richard e Ada ficariam ricos?* Parecia bom demais para ser verdade. Infelizmente, era!

---

* Pouco antes, por pressão do sr. Bucket, o velho Smallweed entregara uma cópia do testamento de Jarndyce que encontrara em uma das pilhas de papéis usados de Krook. Esse testamento era posterior aos que constavam do processo e dava a maior parte da herança para Ada e Richard. Pareceu, então, que esse novo testamento em breve resolveria a ação. (N.E.)

Nosso suspense durou pouco porque logo depois a multidão começou a se dispersar, e as pessoas que saíam, com o rosto vermelho e dando a impressão de terem sentido muito calor, traziam lá de dentro um ar fétido. Não obstante, pareciam ter se divertido a mais não poder, como quem acaba de assistir a uma farsa ou a um espetáculo de malabaristas, em vez da sessão de um Tribunal de Justiça. Ficamos de lado, tentando localizar algum rosto conhecido; em breve, enormes montanhas de papel começaram a ser levadas para fora — em sacos ou em pilhas grandes demais para caberem nos sacos, massas imensas de documentos de todos os formatos, ou sem formato algum, sob cujo peso os carregadores cambaleavam; tudo aquilo era jogado no chão do vestíbulo e lá deixado temporariamente, enquanto os funcionários voltavam para pegar mais papéis, eles próprios rindo às claras. Demos uma olhada nos papéis e, vendo Jarndyce versus Jarndyce por toda parte, perguntamos a um indivíduo com ares de autoridade plantado em meio à papelada se o processo estava encerrado. 'Está, sim', respondeu, 'finalmente acabou!', e caiu no riso também".

As custas haviam absorvido toda a fortuna que era objeto da ação. E assim se dissipou o nevoeiro fantástico da Alta Corte de Justiça — e só os mortos não acham graça.

✳

Antes de lidarmos com as verdadeiras crianças que compõem o importante tema do livro de Dickens, faz-se necessário examinar o impostor Harold Skimpole. Figura falsamente brilhante, ele nos é apresentado por Jarndyce no capítulo 6, quando diz: "Aqui [em minha casa] só há a criatura mais perfeita na face da Terra — uma criança". Essa definição é relevante para a compreensão do romance, que, na sua parte mais essencial, trata principalmente do sofrimento das crianças e da comiseração que isso provoca — áreas em que Dickens mostra seus melhores dotes como escritor. Assim, a definição proposta pelo bondoso e honesto John Jarndyce é bastante correta em si: uma criança era, do ponto de vista de Dickens, a criatura mais perfeita na face da Terra. Todavia, agora vem um ponto interessante: a definição de criança não pode ser de fato aplicada a Skimpole, um homem-feito. Ele engana o mundo e o sr. Jarndyce fazendo-se passar por alguém inocente, ingênuo e despreocupado como uma criança. Na verdade, não é nada disso, porém sua falsa infantilidade põe em esplêndido relevo a genuína infância em outras partes do livro.

Jarndyce explica para Richard que Skimpole é um adulto, pelo menos da idade dele próprio, "'mas é uma perfeita criança em termos de simplicidade, frescor, entusiasmo e sincera inaptidão para as coisas do dia a dia. É um músico — amador, mas poderia ter sido um profissional. Também um artista — amador, mas poderia ter sido um profissional. Um homem de talento e de modos cativantes. Tem sido infeliz em seus negócios, infeliz em suas pretensões, infeliz com a família. Mas pouco se importa — ele é uma criança'.

— O senhor quer dizer que ele tem filhos? — indagou Richard.

— Sim, Rick. Meia dúzia. Mais! Quase uma dúzia, creio eu. Mas nunca cuidou deles. Como poderia? Ele precisava de alguém que cuidasse *dele*. Porque não passa de uma criança!".

Somos apresentados ao sr. Skimpole pelos olhos de Esther: "Era uma criaturinha vivaz, com a cabeça bem grande, mas o rosto delicado, de voz suave, compondo uma figura de todo encantadora. Falava sem fazer o menor esforço, de maneira tão espontânea e com tamanha jovialidade que era fascinante ouvi-lo. Mais esbelto que o sr. Jarndyce, e com a tez mais morena e os cabelos de um castanho mais escuro, ele parecia ser o mais moço dos dois. Na verdade, tinha mais a aparência de um rapaz envelhecido que de um velho bem conservado. Havia uma negligência natural em suas maneiras e até em seus trajes (os cabelos algo desgrenhados e um lenço esvoaçante, como se costuma encontrar nos autorretratos de pintores), trazendo à minha mente a ideia de um jovem romântico que houvesse sofrido algum processo extraordinário de deterioração. Nada em seus modos e em seu semblante correspondia ao que se esperava ver em alguém que houvesse vivido ao longo dos anos as preocupações e experiências de um homem normal". Ele não tivera sucesso como médico na corte de um príncipe alemão porque, "tendo sido sempre uma mera criança no que concerne aos pesos e às medidas, nada sabia sobre o assunto senão que lhe causava aversão".

Quando convocado a cumprir suas obrigações, tal como administrar remédios ao príncipe e a seus súditos, "encontrava-se em geral deitado na cama, lendo os jornais ou fazendo desenhos curiosos a lápis, não podendo assim atender ao chamado. Tendo o príncipe finalmente reclamado contra isso — 'no que', disse o sr. Skimpole com toda a franqueza, 'tinha absoluta razão' —, o contrato foi terminado e, como acrescentou com admirável jovialidade, por não ter 'nada com que viver senão o amor, apaixonou-se, casou-se e se viu cercado de rostinhos rosados'. Seu bom amigo Jarndyce e alguns outros o ajudaram, proporcionando, em uma sucessão mais rápida ou mais lenta, várias oportunidades na vida. Mas foi em vão, porque, forçoso reconhecer, ele sofria das duas enfermidades mais antigas que existem no mundo: não tinha a menor noção de tempo e não tinha a menor noção de dinheiro, motivo pelo qual nunca compareceu a um encontro, nunca fechou um negócio e nunca soube o valor de coisa alguma! [...] Tudo que pedia da sociedade era que o deixasse viver. *Isso* não era muito. Tinha poucas necessidades. Que lhe dessem jornais, conversa, música, carne de carneiro, café, paisagens, frutas da estação, algumas folhas de papel de desenho e um pouco de vinho clarete — e nada mais pediria. Era uma mera criança no mundo, mas não desejava algo impossível. Dizia ao mundo: 'Siga seus muitos caminhos em paz! Use casacos vermelhos, casacos azuis, mangas de cambraia, aventais, ponha canetas atrás das orelhas, persiga a glória, a santidade, o lucro, o comércio, o que quer que deseje — mas deixe Harold Skimpole viver!'.

Tudo isso e muito mais ele nos disse, não apenas com extraordinário brilhantismo e prazer, mas com certa candura vibrante — falando de si próprio como se não se tratasse dele, como se Skimpole fosse outra pessoa, como se soubesse que Skimpole possuía suas peculiaridades mas também suas reivindicações, que representavam um encargo da comunidade e não podiam ser ignoradas. Foi absolutamente encantador", embora Esther ficasse algo confusa quanto à razão pela qual ele estava livre de todas as obrigações e responsabilidades da vida.

Na manhã seguinte, ao tomarem café, Skimpole faz uma deliciosa preleção sobre as abelhas e os zangões, exprimindo com franqueza a opinião de que estes últimos são a corporificação de um conceito mais sábio e mais agradável que o das abelhas. Mas Skimpole não é realmente um zangão sem o ferrão, e esse é o segredo de sua personalidade: ele possui um ferrão que permanece oculto por muito tempo. Suas reiteradas manifestações de criancice e despreocupação davam grande prazer ao sr. Jarndyce, que se sentia aliviado por encontrar alguém que considerava um homem sincero em um mundo repleto de desonestidade. Mas o cândido sr. Skimpole utilizava o bom coração de Jarndyce para seu próprio benefício. Pouco mais tarde, em Londres, torna-se mais e mais evidente que algo duro e malvado se esconde por trás das tiradas bem-humoradas de Skimpole. Um meirinho chamado Neckett, empregado pela firma de Coavinses, certo dia vem prender Skimpole por causa de suas dívidas e morre. Skimpole se refere a isso de um modo que choca Esther: "'Coavinses foi preso pelo Meirinho--Mor', disse o sr. Skimpole. 'Nunca mais ofenderá a luz do sol'". O sujeito deixara três órfãos de pai e mãe, e Skimpole faz piadas sobre isso enquanto dedilha as teclas do piano diante do qual está sentado. "'E ele [o sucessor do meirinho morto] me disse', continuou Skimpole fazendo pequenos acordes onde [*diz a narradora*] porei pontos finais, 'que Coavinses havia deixado. Três crianças. Sem mãe. E aquela profissão de Coavinses. Nada popular. Os rebentos do Coavinses. Ficaram em uma situação bem ruim.'" Vale notar o recurso aqui usado: o alegre salafrário tocando acordes musicais em meio às tiradas banais.

Agora Dickens vai fazer algo bem inteligente. Vai nos levar à casa do falecido e nos mostrar as vicissitudes das crianças órfãs de pai e mãe; e, à luz dessas agruras, a suposta infantilidade do sr. Skimpole se revelará uma falsidade. A narradora é Esther: "Bati à porta, e uma vozinha aguda disse: 'Estamos trancados. A sra. Blinder levou a chave!'.

Ouvindo isso, usei a chave para abrir a porta. Em um quarto pobre, com um teto inclinado e poucos móveis, deparei com um menininho de cinco ou seis anos acalentando uma pesada criança de dezoito meses. [*Gosto do adjetivo 'pesada', que sobrecarrega a frase no ponto necessário.*] A lareira não estava acesa, apesar do tempo frio. Ambas as crianças estavam envoltas em velhos xales e estolas para se aquecerem. Mas isso não era suficiente, pois o nariz delas estava vermelho e apertado, o corpinho de cada um deles encurvado enquanto o menino andava de um lado para outro, ninando a criança, que descansava a cabeça sobre seu ombro.

— Quem trancou vocês aqui sozinhos? — perguntamos, como era natural.

— Charley — disse o menino, parando e nos olhando fixamente.

— Charley é seu irmão?

— Não, é minha irmã. Charlottte. Papai a chamava de Charley. [...]

— Onde é que Charley está agora?

— Lá fora, lavando roupa.

Estávamos nos entreolhando e observando as duas crianças, quando entrou no quarto uma menina bem pequena, com um corpo infantil, mas um rosto inteligente e de aspecto mais velho — até mesmo bonito —, usando uma espécie de touca de mulher, grande demais para ela, e enxugando os braços nus em um avental também de mulher adulta. Com os dedos brancos e enrugados, retirava a espuma de sabão da qual ainda se desprendia algum vapor. Exceto por isso, poderia ser uma criança brincando de lavar roupas e imitando com grande verossimilhança uma pobre trabalhadora". Assim, Skimpole é uma paródia desprezível de uma criança, enquanto aquela menininha é a imitadora patética de uma mulher adulta. "A criança que vinha sendo acalentada [pelo menino] estendeu os braços e pediu chorando que Charley a pegasse. A menina fez isso com um jeito maternal que combinava à perfeição com a touca e o avental e continuou a olhar para nós por cima da criaturinha que se agarrara a ela com extrema afeição.

— Será possível — sussurrou o sr. Jarndyce [...] — que essa criança trabalhe para as outras? Vejam isso! Pelo amor de Deus, vejam isso!

Era digno de ver. As três crianças bem juntinhas, e duas delas dependendo exclusivamente da terceira, e a terceira, apesar de tão moça, com um ar de maturidade e firmeza que se mesclava de modo muito estranho com seu corpinho infantil."

Agora, por favor, reparem na entonação de pena, ternura e assombro que estão presentes na fala do sr. Jarndyce:

"— Charley, Charley! — disse meu tutor. — Que idade você tem?

— Mais de treze anos, meu senhor — respondeu a criança.

— Ah, que bela idade! — disse meu tutor. — Que linda idade, Charley!

Não consigo descrever o carinho com que ele lhe dirigiu a palavra, com um ar brincalhão, mas, nem por isso, menos carregado de compaixão e tristeza.

— E você vive aqui sozinha com esses bebês, Charley? — perguntou o tutor.

— Sim, senhor — retrucou a menina, encarando-o com absoluta confiança —, desde que papai morreu.

— E como você se sustenta, Charley? Ah, Charley — continuou meu tutor afastando o rosto por um instante. — Como você se sustenta?".

Não gostaria de ouvir nenhuma denúncia de sentimentalismo no tocante a esse veio que corre ao longo de *A casa soturna*. Sou de opinião que as pessoas que denunciam o sentimentalismo em geral desconhecem o que é o sentimento. Não há dúvida de que, digamos, a história de um estudante que se torna pastor por causa de uma donzela é sentimental, tola, sem graça e vulgar. Mas devemos nos perguntar se não existe alguma diferença entre a técnica de Dickens e a dos antigos escritores. Por exemplo, quão diferente é esse mundo de Dickens do mundo de Homero ou do mundo de Cervantes. Será que um herói de Homero realmente sente uma pontada divina de comiseração? Horror, sim — e uma espécie de compaixão rotineira, mas será esse sentimento intenso de pena específica que sentimos hoje o mesmo que existiu no passado dos poemas épicos? Pois uma coisa é certa: malgrado todas as nossas pavorosas decaídas na barbárie, o homem moderno é, em geral, melhor que o homem de Homero, *Homo homericus*, ou que o homem da era medieval. Na batalha imaginária entre o *americus* e o *homericus*, o primeiro ganha o prêmio humanitário. Claro que conheço as pontadas pouco nítidas de compaixão que ocorrem na *Odisseia*, que Ulisses e seu velho pai, quando se reencontram depois de muitos anos, após alguns comentários banais de repente erguem a cabeça e emitem um lamento que vem do fundo da alma, um urro desconexo contra o destino, como se não tivessem plena consciência de seus infortúnios. Sim, essa compaixão não tem uma consciência própria; repito que é uma emoção generalizada naquele velho mundo com suas poças de sangue e montes de esterco sobre o mármore, cuja única redenção, afinal de contas, é nos ter deixado um punhado de épicos magníficos, um horizonte imortal de poesia. Bem, vocês já ouviram de mim o suficiente sobre os espinhos e as garras daquele mundo. Dom Quixote de fato interfere para evitar que uma criança seja chicoteada, mas ele é um louco. Cervantes convive bem com a crueldade do mundo, e há sempre uma gargalhada um momento depois da menor manifestação de piedade.

Aqui, nessa passagem sobre a prole de Neckett, a grande arte de Dickens não deve ser confundida com uma manifestação sentimentaloide das classes baixas de Londres: aqui vemos a verdadeira compaixão, vigorosa, sutil, específica, com nuances que se interpenetram, com a intensidade da pena profunda refletida nas palavras pronunciadas, com a escolha de um artista dos adjetivos mais visíveis, mais audíveis, mais tangíveis.

Nesse ponto, o tema de Skimpole esbarra de frente em um dos mais trágicos temas do livro, o do pobre menino Jo. Esse órfão, uma criança muito doente, é trazido por Esther e pela menina Charley, agora sua empregada,* para a casa de Jarndyce a fim de se abrigar em uma noite fria e tempestuosa. Jo é visto encolhido no canto de um banco de janela no vestíbulo da casa de Jarndyce, contemplando com uma indiferença passível de ser interpretada como assombro o conforto e o brilho de tudo que o cercava. Esther é mais uma vez a narradora.

"— Este é um caso bem triste — disse meu tutor após lhe fazer uma ou duas perguntas e tocá-lo, examinando seus olhos. — O que você acha, Harold?

— Seria melhor pô-lo para fora — disse o sr. Skimpole.

— O que você quer dizer com isso? — indagou meu tutor quase asperamente.

— Meu caro Jarndyce — disse o sr. Skimpole —, você sabe o que eu sou: uma criança. Fique zangado comigo, se eu merecer. Mas tenho uma objeção fundamental a esse tipo de coisa. Sempre tive, mesmo quando exerci a medicina. Ele é um perigo. Está com uma febre bem ruim.

---

* Nos papéis de Nabokov há uma anotação no sentido de que "o fato de Charley servir a Esther como empregada é a 'doce e pequena sombra', em vez da sombra escura de Hortense", que oferecera seus serviços a Esther após ser despedida por lady Dedlock, mas não fora aceita. (N.E.)

Tendo passado de novo do vestíbulo para a sala de visitas, o sr. Skimpole disse isso do seu jeito despreocupado, sentado no banco do piano, enquanto nos mantínhamos ali por perto.

— Dirão que é criancice — observou o sr. Skimpole, olhando alegremente para nós. — Muito bem, concordo que seja. Mas eu *sou* uma criança e nunca fingi ser outra coisa. Se o puserem na rua, vão simplesmente mandá-lo para onde estava antes. E, como bem sabem, não estará pior do que já estava. Podem até melhorar sua situação. Deem-lhe 6 *pennies*, ou 5 xelins, ou 5 libras e 10 xelins... vocês sabem matemática, eu não... mas se livrem dele!

— E o que ele vai fazer depois? — perguntou meu tutor.

— Juro que não tenho a menor ideia do que ele vai fazer — disse o sr. Skimpole, sacudindo os ombros com seu sorriso encantador. — Mas não tenho dúvida de que fará alguma coisa."

Isso significa que tudo que resta ao pobre Jo é morrer como um animal enfermo em uma vala de estrada. No entanto, Jo é levado para dormir em um quarto de sótão bem limpo, mas, como o leitor fica sabendo muito depois, Skimpole é facilmente subornado por um detetive para mostrar o quarto onde Jo se encontra. O menino é levado e permanece desaparecido por um longo tempo.

O tema de Skimpole se relaciona então com Richard. Skimpole começa a explorá-lo financeiramente e até mesmo, após receber uma propina, lhe apresenta um novo advogado para trabalhar no inútil processo. O sr. Jarndyce, fazendo-se acompanhar de Esther, visita a moradia de Skimpole para adverti-lo, acreditando ainda em sua pureza e ingenuidade. "Era bem esquálida e suja, mas mobiliada com um curioso tipo de luxo decrépito, um grande banco para apoio dos pés, um sofá com muitas almofadas, uma chaise longue com diversos travesseiros, um piano, livros, material de desenho, partituras, jornais, alguns bosquejos e quadros. O vidro quebrado de uma janela fora coberto com várias camadas de papel, porém havia sobre a mesa um pratinho com nectarinas cultivadas em estufa, outro com uvas e um terceiro com pão de ló, além de uma garrafa de vinho tinto leve. O sr. Skimpole, vestindo um robe, estava reclinado no sofá e bebia um café muito aromático em uma taça de porcelana antiga — era quase meio-dia —, enquanto contemplava uma coleção de goivos na varanda.

Ele não ficou nem um pouco embaraçado com nossa presença, levantando-se para nos receber com seu ar normal de despreocupação.

— Aqui estou, como podem ver! — disse depois que nos sentamos, não sem alguma dificuldade, pois a maioria das cadeiras estava quebrada. — Aqui estou! Este é o meu desjejum frugal. Alguns homens exigem nessa refeição carne de boi ou de carneiro; eu não. Deem-me um pêssego, uma taça de café e meu clarete, é o que basta para me contentar. Não quero essas coisas pelo que são, mas porque me fazem lembrar o sol. Não há nada de solar na carne de boi ou de carneiro. Uma mera satisfação animal!

— Este é o consultório de nosso amigo (ou seria, se ele receitasse algum remédio), seu refúgio, seu gabinete de trabalho — disse meu tutor para nós. [*A menção às receitas é uma paródia do tema do médico representado no livro pelo dr. Woodcourt.*]

— Sim — disse o sr. Skimpole, voltando o rosto alegre em nossa direção —, esta é a gaiola do passarinho. Onde ele vive e canta. Às vezes arrancam as penas dele e cortam suas asas. Mas ele canta, como canta!

Ele nos ofereceu as uvas, repetindo em um tom radiante: 'Ele canta! Não busca as notas audaciosas, mas ainda canta'. [...]

— Este dia — disse o sr. Skimpole — será lembrado aqui para sempre. Vamos chamá-lo de dia de Santa Clara e de São Summerson. Vocês precisam ver minhas filhas. Tenho uma de olhos azuis que representa a Beleza [Arethusa], uma que representa o Sentimento [Laura] e a terceira que representa a Comédia [Kitty]. Precisam ver todas. Elas vão ficar encantadas."

Algo muito significativo está acontecendo aqui do ponto de vista temático. Assim como em uma fuga musical um tema pode ser imitado como uma paródia de outro, temos aqui uma paródia do tema do pássaro engaiolado em conexão com a srta. Flite, a velhinha maluca. Skimpole não está realmente em uma gaiola. Ele é um pássaro artificial com um mecanismo de relógio que produz uma canção mecânica. Sua gaiola é uma imitação, assim como sua criancice é uma imitação. Há também uma paródia temática nos nomes que ele dá às filhas, quando comparados com os nomes dos pássaros no tema da srta. Flite. A criança Skimpole é na verdade uma fraude, e dessa maneira extremamente artística Dickens revela a natureza genuína de Skimpole. Se vocês entenderam bem o que venho procurando mostrar, então demos um passo bem importante no caminho da compreensão do mistério da arte literária, pois deve ficar claro que meu curso é, entre outras coisas, uma espécie de investigação detetivesca do mistério das estruturas literárias. Mas lembrem-se de que não posso esgotar o assunto. Há muitas coisas — temas e aspectos de temas — que vocês devem descobrir por conta própria. Um livro é como uma mala grande repleta de coisas. O funcionário da alfândega se limita a enfiar a mão dentro dela sem maiores cuidados, porém aquele que procura por tesouros precisa examinar cada fio da meada.

Lá para o fim do livro, Esther se preocupa com o fato de que Skimpole está parasitando Richard e o visita para pedir que rompa o relacionamento entre os dois, com o que ele concorda alacremente ao saber que Richard está sem um tostão. No curso da conversa, fica-se sabendo que foi ele quem ajudou para que Jo fosse retirado da casa de Jarndyce depois de haver sido posto na cama, um desaparecimento que até então fora um mistério total. Ele se defende de modo característico: "Pense bem no caso, querida srta. Summerson. Aqui está um menino recebido na casa e posto na cama em um estado de saúde a que me opus fortemente. Depois que o menino se deitou, chega um homem — como na casa que Jack construiu.* Este é o homem que quer o menino que foi recebido na casa e posto na cama em um estado de saúde a que me opus fortemente. Este é o cheque oferecido pelo homem que quer o menino que foi recebido na casa e posto na cama em um estado de saúde a que me opus fortemente. Este é o Skimpole que aceita o cheque oferecido pelo homem que quer o menino que foi recebido na casa e posto na cama em um estado de saúde a que me opus fortemente. Estes são os fatos. Muito bem. Skimpole deveria ter recusado o

---

* Versos infantis muito populares na Grã-Bretanha que contam uma história cumulativa: "Esta é a casa que Jack construiu/ Este é o queijo que estava na casa que Jack construiu/ Este é o rato que comeu o queijo/ Que estava na casa que Jack construiu", e assim por diante. (N.T.)

dinheiro? *Por que* Skimpole deveria ter recusado o dinheiro? Skimpole protesta a Bucket: 'Para que isso? Não compreendo, não preciso disso, pode levar'. Bucket insiste com Skimpole para que aceite. Há razões pelas quais Skimpole, que não se sente impedido por nenhum preconceito, deveria aceitar? Sim, Skimpole se dá conta delas. Quais são?".

As razões têm a ver com o fato de que, como agente policial encarregado de aplicar a justiça, Bucket deposita grande fé no dinheiro, a qual seria abalada caso Skimpole recusasse o cheque, fazendo com que ele não prestasse mais como detetive. Além disso, se é condenável que Skimpole tenha aceitado o dinheiro, mais condenável foi Bucket tê-lo oferecido: "Ora, Skimpole deseja ter um bom conceito de Bucket; em sua humilde posição, Skimpole julga essencial que, para o bem-estar geral da nação, ele tenha um bom conceito de Bucket. O Estado exige expressamente que ele confie em Bucket. E ele confia. É só o que faz!".

Skimpole, por fim, é caracterizado com perfeição por Esther: "Surgiu uma frieza entre ele e meu tutor baseada em especial nas questões que vimos antes e por ele ter desapiedadamente ignorado os pedidos de meu tutor (como soubemos mais tarde por intermédio de Ada) com respeito a Richard. O fato de ele dever somas enormes ao meu tutor não teve nada a ver com a separação. Ele morreu uns cinco anos depois, deixando um diário, cartas e outros materiais que compunham uma autobiografia, que veio a ser publicada e mostrava como ele fora vítima de uma conspiração da humanidade contra uma criança encantadora. Foi considerada uma leitura bem agradável, mas não passei da frase que me saltou aos olhos ao abrir o livro: 'Jarndyce, como quase todos os homens que conheci, é a encarnação do egoísmo'". Na verdade, Jarndyce é um dos seres humanos mais dignos e bondosos retratados em um romance.

Resumindo, no arranjo em contraponto de nosso livro o sr. Skimpole é mostrado de início como uma pessoa infantilizada, alegre e despreocupada, uma criança encantadora, franca e ingênua. O bondoso John Jarndyce, sendo em certos aspectos a verdadeira criança do livro, é totalmente enganado e dominado pela falsa criança que é Skimpole. Dickens faz com que Esther descreva Skimpole de modo a mostrar seu humor banal porém agradável, assim como seu encanto barato porém divertido; logo logo começamos a perceber, sob todo aquele charme, a crueldade essencial, a vulgaridade e a profunda desonestidade do indivíduo. Como paródia de uma criança, ele também serve ao propósito de realçar lindamente as crianças de verdade que estão presentes no livro executando trabalhos domésticos e assumindo as responsabilidades de adultos como imitações patéticas de pais e tutores. No desenvolvimento interno da história, é de especial importância o encontro entre Skimpole e Jo; Skimpole trai Jo, a falsa criança traindo a genuína. Dentro do tema de Skimpole há a paródia do tema dos pássaros engaiolados. Richard, o infeliz demandante, é de fato um pássaro na gaiola. Skimpole, que abusa dele, é na melhor das hipóteses uma ave pintada e, na pior delas, um abutre. Por fim, embora sem ser muito desenvolvido, há o contraste entre o doutor verdadeiro, Woodcourt, que usa seu conhecimento para ajudar a humanidade, e Skimpole, que se recusa a praticar a medicina e, na única ocasião em que é consultado, diagnostica corretamente a febre de Jo como perigosa, mas recomenda que ele seja posto para fora da casa, sem dúvida para morrer.

As páginas mais tocantes do livro são dedicadas ao tema das crianças. Vocês notarão o relato estoico da infância de Esther, com sua madrinha (na verdade tia) Barbary inculcando nela o tempo todo o sentimento de culpa. Temos os filhos abandonados da filantropa sra. Jellyby, os filhos órfãos de Neckett fazendo os serviços da casa, "as menininhas sujas e sem energia vestindo roupas de gaze" (e o menininho que dança sozinho na cozinha) que frequentam aulas de balé na escola Turveydrop para aprender uma profissão. Na companhia da friamente filantrópica sra. Pardiggle, visitamos a família de um oleiro e vemos um bebê morto. No entanto, entre todas essas pobres crianças, mortas, semimortas ou vivas, entre essas "pobres crianças entorpecidas pela dor", a mais infeliz criaturinha é o menino Jo, que se vê profundamente envolvido por mero acaso no tema do mistério.

No inquérito policial sobre a morte do hóspede Nemo, foi lembrado que ele fora visto conversando com o menino que varria a encruzilhada. Ele é trazido. "Ah! Aqui está o menino, meus senhores! Aqui está ele, muito enlameado, muito rouco, maltrapilho. Vamos, menino! Mas esperem um momento. Cuidado. Esse menino precisa passar pelas fases preliminares. Nome, Jo. É tudo que ele sabe. Não sabe que todo mundo tem dois nomes. Nunca ouviu tal coisa. Não sabe que Jo é a abreviação de um nome mais longo. Acha que é suficientemente longo para ele. Não vê nada de errado nisso. Soletrar? Não. Não sabe soletrar seu nome. Nenhum pai, nenhuma mãe, nenhum amigo. Nunca foi à escola. Não sabe o que é um lar. Sabe que uma vassoura é uma vassoura, sabe que é errado contar mentiras. Não se lembra de quem lhe falou sobre a vassoura ou sobre a mentira, mas sabe essas duas coisas. Não sabe dizer com certeza o que vai lhe acontecer depois que morrer se contar uma mentira aos senhores aqui reunidos, mas acredita que será alguma coisa muito má e merecida — e por isso vai dizer a verdade."

Depois do inquérito, no qual não permitem que Jo deponha, ele é interrogado pelo próprio advogado, o sr. Tulkinghorn. Jo sabe apenas o seguinte: "Que certa noite fria de inverno, quando ele, o menino, estava tiritando no recesso de uma porta perto de sua encruzilhada, um homem virou o rosto para vê-lo e voltou, perguntando se ele não tinha nenhum amigo no mundo. Ouvindo sua resposta, ele disse: 'Eu também não. Nem um!', e lhe deu dinheiro para jantar e passar a noite em um albergue. Que a partir de então o homem falou com ele várias vezes, indagando se dormia bem à noite, como suportava o frio e a fome, se algum dia tinha tido vontade de morrer; e outras perguntas igualmente esquisitas. [...]

'Ele era muito bom pra mim', disse o menino, enxugando as lágrimas com a manga encardida. 'Quando vi ele assim estirado, queria que tivesse me ouvido dizer isso. Ele era muito bom pra mim, era mesmo!'".

Dickens então assume o estilo de Carlyle, com repetições que soam como carrilhões de sinos. O cadáver do hóspede, "o corpo de nosso caro irmão falecido [é levado] para um adro murado, pestilento e assqueroso, de onde doenças malignas são transmitidas aos corpos de nossos caros irmãos e irmãs que ainda não se foram. [...] Rumo a um repugnante pedacinho de terra, que qualquer infiel rejeitaria como uma abominação brutal e um negro veria com repulsa, eles carregam nosso caro irmão falecido para receber uma sepultura cristã.

Cercado de casas por todos os lados, exceto onde uma fétida passagem coberta, qual um túnel, dá acesso a um portão de ferro — com todas as vilanias da vida conspirando com a morte e todos os elementos venenosos da morte conspirando contra a vida —, ali depositam o corpo de nosso caro irmão a uns cinquenta centímetros de profundidade; ali o plantam apodrecendo para que se erga podre; fantasma vingativo na cabeceira de muitos enfermos; testemunho vergonhoso para eras futuras de como a civilização e a barbárie caminhavam juntas nesta ilha tão vaidosa".

E lá desponta o vulto pouco nítido de Jo em meio ao nevoeiro e à escuridão. "Com a noite chega até o portão de ferro uma figura recurvada através da passagem em forma de túnel. Agarra as barras do portão e olha para dentro, permanecendo assim algum tempo.

Então, com uma velha vassoura que trouxe consigo, varre sem pressa o degrau e deixa bem limpa a passagem abobadada. Faz isso com muito empenho e cuidado. Olha de novo para dentro por alguns minutos e se vai.

És tu, Jo? [*Mais uma vez a grandiloquência de Carlyle.*] Muito bem, muito bem! Embora testemunha rechaçada, que 'não sabe dizer com precisão' o que lhe será feito por mãos mais poderosas que as dos homens, não estás perdido em meio às trevas mais profundas. Há algo similar a um distante raio de luz em tua balbuciante explicação para o que fazes:

'Ele era muito bom pra mim, era mesmo!'."

Constantemente obrigado a mudar de lugar pela polícia, Jo parte de Londres e, nos primeiros estágios da varíola, é abrigado por Esther e Charley, a quem transmite a doença. Depois, desaparece de forma misteriosa e só volta a ser visto em Londres quando, abatido pela doença e por muitas privações, está à beira da morte, prostrado na galeria de tiro que pertence ao sr. George. Seu coração é comparado a uma pesada carroça. "Porque a carroça é difícil de puxar, está perto do fim da viagem e se arrasta sobre um caminho pedregoso. Gasta e quebrada, labuta dia e noite subindo a ladeira. O sol não nascerá muitas vezes para vê-la ainda seguindo pela lúgubre estrada. [...] Lá está o sr. Jarndyce muitas vezes, assim como Allan Woodcourt, ambos pensando de que maneira tão estranha o destino [*com a ajuda genial de Charles Dickens*] enredou aquele pobre coitado na teia de muitas vidas diferentes. [...] Hoje, Jo dorme ou se encontra em um estado de estupor, e Allan Woodcourt, que acaba de chegar, está de pé a seu lado, olhando o corpinho devastado sobre a cama. Depois de algum tempo, senta-se na beira do leito olhando para o menino [...] e toca seu peito e o coração. A carroça havia quase entregado os pontos, mas continua a trabalhar um pouco mais. [...]

— Muito bem, Jo! O que é que há? Não fique assustado.

— Pensei — diz Jo, que acorda sobressaltado e olha ao seu redor —, pensei que estava de novo em Tom-all-Alone's [*o pavoroso bairro de cortiços em que morava*]. Só tem aqui o senhor, dr. Woodcot? [*Notem o simbolismo na mudança especial que ele faz no nome do médico, transformando-o em 'Woodcot', isto é, uma cabaninha de madeira, um caixão.*]

— Só eu, mais ninguém.

— E não me levaram de volta para Tom-all-Alone's. Levaram, meu senhor?

— Não.

Jo fecha os olhos bem apertados por certo tempo, sussurrando:

— Muito obrigado.

Depois de observá-lo durante alguns minutos, Allan chega a boca bem perto de seu ouvido e diz em uma voz baixa mas clara:

— Jo! Alguma vez você aprendeu a rezar?

— Nunca aprendi essas coisas, meu senhor.

— Nem uma rezinha curta?

— Não, senhor. Nada mesmo. [...] Nunca soube como era rezar. [...] — Depois de breve recaída no sono ou no estupor, ele de repente faz um grande esforço para se levantar da cama.

— Fique quieto, Jo! O que houve?

— Está na hora de eu ir praquele cemitério, meu senhor — ele responde com um olhar tresloucado.

— Fique deitado e me diga. Que cemitério, Jo?

— Onde puseram aquele homem que era muito bom pra mim, muito bom mesmo, de verdade. Está na hora de eu ir lá naquele cemitério, meu senhor, e pedir pra me botarem ao lado dele. Eu quero ir pra lá e ser enterrado...

— Tudo no seu devido tempo, Jo. Calma.

— Obrigado, meu senhor. Obrigado, meu senhor. Vão ter que pegar a chave do portão antes de me levar, está sempre trancado. E tem um degrau lá que varri com minha vassoura. Ficou muito escuro, meu senhor. Está chegando alguma luz?

— Está chegando logo, Jo.

Logo. Os solavancos despedaçaram a carroça, a estrada esburacada já chega ao fim.

— Jo, meu pobre menino!

— Estou ouvindo o senhor, no escuro, mas estou tentando... tentando... deixa eu pegar sua mão.

— Jo, você consegue repetir o que eu disser?

— Digo qualquer coisa que o senhor quiser, sei que é pro meu bem.

— PAI NOSSO.

— Pai nosso! Sim, isso é muito bom, meu senhor. [*'Pai', uma palavra que ele nunca usara.*]

— QUE ESTAIS NOS CÉUS.

— Estás nos céus... A luz está chegando, meu senhor?

— Já está bem pertinho. SANTIFICADO SEJA O VOSSO NOME!

— Santificado seja... o Vosso...”

Ouçam agora o sino tonitruante do estilo apostrófico de Carlyle: “E se fez a luz sobre o caminho envolto em trevas. Morto!

Morto, Majestade. Morto, excelentíssimos dignitários. Morto, reverendíssimos prelados de todas as ordens. Morto, senhores e senhoras, que nasceram com a compaixão divina em vosso coração. E vão morrendo assim à nossa volta dia após dia”.

Essa é uma lição em matéria de estilo, não em emoção participativa.

✳

O tema do crime-mistério constitui a espinha dorsal do livro, seu elemento de coesão, gerando a maior parte das ações. Estruturalmente, é o mais importante dos temas de mistério e miséria, tribunal e sorte.

Um dos ramos da família Jarndyce consistia em duas irmãs. Uma delas, a mais velha, fora noiva de Boythorn, o excêntrico amigo de

John Jarndyce. A outra teve um caso com o capitão Hawdon do qual resultou uma filha ilegítima. A irmã mais velha enganou a jovem mãe, fazendo-a crer que a criança morrera no parto. Depois, rompendo todas as ligações com o noivo Boythorn, a família e os amigos, ela vai residir com a menininha em um vilarejo, criando-a com a austeridade e a dureza que, em sua opinião, eram merecidas devido ao modo pecaminoso como viera ao mundo. Mais tarde, a jovem mãe se casa com sir Leicester Dedlock. Depois de muitos anos de um casamento confortável porém enfadonho, o advogado da família, Tulkinghorn, está mostrando alguns depoimentos pouco importantes do processo Jarndyce à então lady Dedlock quando ela é afetada de modo significativo pela caligrafia em um dos documentos que haviam sido copiados. Ela tenta atribuir suas perguntas à simples curiosidade, mas quase imediatamente depois desmaia. Isso basta para que o sr. Tulkinghorn inicie uma investigação por conta própria.

Ele localiza a pessoa que escreveu, um homem chamado Nemo (que significa "ninguém" em latim), mas já o encontra morto em um quarto miserável na casa de Krook vítima de uma dose excessiva de ópio, que era então muito mais fácil de obter do que hoje. No quarto não é encontrado nenhum pedaço de papel, porém um pacote de cartas de grande importância já fora retirado por Krook antes de levar Tulkinghorn ao quarto de seu hóspede. No inquérito realizado sobre a morte, apura-se que ninguém sabe nada acerca de Nemo. A única testemunha com quem Nemo costumava trocar algumas palavras amistosas, o pequeno varredor de rua Jo, é rejeitada pelas autoridades. Mas o sr. Tulkinghorn lhe faz perguntas em particular.

Lady Dedlock sabe da existência de Jo por intermédio das notícias de jornal e vem vê-lo sob disfarce, vestindo as roupas de sua criada francesa. Dá-lhe algum dinheiro quando ele mostra os locais associados a Nemo, pois ela sabe, pela caligrafia, que se tratava do capitão Hawdon; em especial, Jo a leva para conhecer o pestilento cemitério com o portão de ferro onde Nemo foi sepultado. A história de Jo é divulgada e chega a Tulkinghorn, que o confronta com Hortense, a criada francesa, que veste as roupas que emprestou a lady Dedlock para a visita secreta ao menino. Jo reconhece as roupas, mas os anéis na mão da mulher que agora está diante dele não são os pertencentes à outra. Para Tulkinghorn, isso confirma que a misteriosa visitante de Jo foi lady Dedlock. Tulkinghorn continua assim sua investigação, porém Jo é obrigado pela polícia a ir embora do local em que ficava, pois o advogado não quer que outras pessoas saibam de nada por meio dele. (Esse é o motivo pelo qual Jo se encontra em Hertfordshire quando fica doente e pelo qual Bucket, com a ajuda de Skimpole, o leva da casa de Jarndyce.) Tulkinghorn aos poucos descobre a identidade de Nemo, o capitão Hawdon. Conseguir que o soldado George lhe entregue uma carta escrita pelo capitão é parte desse processo. Quando Tulkinghorn monta as peças todas, conta a história diante de lady Dedlock como se fizesse referência a outras pessoas. Vendo seu segredo revelado e sabendo-se à mercê de Tulkinghorn, lady Dedlock vai ao quarto dele na mansão de campo, Chesney Wold, a fim de discutir as intenções do advogado. Ela está pronta a abandonar a casa e o marido, a desaparecer. Tulkinghorn resolve que ela deve permanecer em seu papel como dama da alta sociedade e esposa de sir Leicester até que ele tome uma decisão no momento em que julgar mais conveniente. Tempos depois, quando lhe diz que está prestes a revelar seu passado ao marido, lady Dedlock sai à noite para fazer uma longa caminhada, e naquela mesma noite Tulkinghorn é assassinado em seu quarto. Terá ela matado o advogado?

O detetive Bucket é contratado por sir Leicester para descobrir o assassino de seu advogado. Bucket de início suspeita de George, que sabidamente ameaçara Tulkinghorn, fazendo com que o soldado fosse preso. Mais tarde, muitos indícios parecem incriminar lady Dedlock, mas se comprovam pistas falsas. A verdadeira assassina é Hortense, a criada francesa, que voluntariamente ajudou o sr. Tulkinghorn a desencavar o segredo de sua ex-patroa, lady Dedlock, mas se volta contra o advogado quando ele deixa de recompensá-la suficientemente por seus serviços e além do mais a ofende, ameaçando-a de prisão e expulsando-a de casa.

No entanto, um oficial de Justiça chamado Guppy também conduzia uma investigação paralela. Por razões pessoais (estava apaixonado por Esther), tenta obter de Krook algumas cartas que suspeitava terem caído nas mãos do velho após a morte do capitão Hawdon. Quase consegue, porém Krook morre de repente de maneira estranha. Assim, as cartas, e com elas o segredo do caso de amor com lady Dedlock e do nascimento de Esther, caem nas mãos de uma quadrilha de chantagistas chefiada pelo velho Smallweed. Embora Tulkinghorn houvesse comprado as cartas, os Smallweed, após a morte do advogado, tentam extorquir dinheiro de sir Leicester. O detetive Bucket, nosso terceiro perseguidor e homem experimentado, busca fazer um acerto que beneficie os Dedlock, porém, para isso, precisa contar ao aristocrata o segredo de sua esposa. Sir Leicester ama a esposa demais para não perdoá-la. Mas lady Dedlock, alertada por Guppy sobre o que será feito com suas cartas, imagina-se entregue à vingança do destino e sai de casa para sempre sem saber da reação de seu marido ao "segredo".

Sir Leicester manda Bucket buscá-la a qualquer preço. Bucket leva Esther, a qual ele sabe ser filha da fugitiva. No meio de gélida nevasca, juntos localizam lady Dedlock na choupana de um oleiro em Hertfordshire, não longe da Casa Soturna, para a qual lady Dedlock fora em busca de Esther, que, sem que ela soubesse, estivera o tempo todo em Londres. Bucket descobre que duas mulheres partiram da casinha pouco antes de sua chegada, uma rumo ao norte, e a outra rumo a Londres, no sul. Bucket e Esther seguem por longo tempo a que rumou para o norte, até que o astuto detetive de repente decide enfrentar a tempestade e voltar para seguir a pista da outra mulher. A que rumava para o norte usava as roupas de lady Dedlock e a que ia para Londres vestia as roupas da pobre mulher do oleiro, mas subitamente Bucket se convence de que as duas haviam trocado de vestimentas. Ele tem razão, porém chega com Esther tarde demais. Lady Dedlock, vestida como uma mulher pobre, chegou a Londres e foi à sepultura do capitão Hawdon. Ela morre de exaustão e exposição ao frio agarrada às barras do portão de ferro após caminhar 160 quilômetros em meio a uma terrível tempestade, praticamente sem descanso.

Como se pode ver nesse breve resumo, a trama de mistério não está à altura da poesia do livro.

✳

O ideal de um escritor de ficção foi vividamente expresso por Gustave Flaubert ao observar que, como Deus em Seu mundo, o autor em seu livro deve estar em lugar nenhum e em toda parte, invisível e onipresente. Há várias grandes obras de ficção em que a presença é tão discreta quanto Flaubert desejava, embora ele próprio não tivesse atingido esse ideal em *Madame Bovary*. No entanto, mesmo naqueles livros em que o autor assume um perfil idealmente baixo, ele está ativo ao longo da obra de modo difuso, de tal forma que sua própria ausência se torna uma espécie de presença radiosa. Como dizem os franceses, *il brille par son absence* — "ele brilha por sua ausência". Em se tratando de *A casa soturna*, estamos lidando com um desses autores que, por assim dizer, não são divindades supremas, etéreas e distantes, mas semideuses que se movem de um lado para outro, amigáveis e compreensivos, que penetram em seus livros sob vários disfarces ou enviam em seu lugar diversos intermediários, representantes, agentes, pelegos, espiões e serviçais.

Grosso modo, há três tipos desses representantes. Tratemos de analisá-los.

Primeiro, o narrador quando fala na primeira pessoa, o "eu" fundamental da história, aquele que a conduz. O narrador pode aparecer de várias maneiras: pode ser o próprio autor ou um personagem que se expressa na primeira pessoa; ou o escritor pode inventar um autor que cita, como faz Cervantes com seu historiador árabe; ou um dos personagens que falam na terceira pessoa pode ser um narrador em tempo parcial, após o qual a voz do mestre volta a predominar. O importante é que, independentemente do método, há um certo "eu" que conta determinada história.

Segundo, um tipo de representante do autor que serve como filtro. Esse agente pode ou não coincidir com o narrador. Na verdade, os mais típicos "filtros" que eu conheço, tal como Fanny Price em *Mansfield Park* ou Emma Bovary na cena do baile, não são narradores na primeira pessoa, mas personagens tratados na terceira pessoa. Além disso, eles podem ou não ser representativos das ideias do próprio autor. No entanto, o traço fundamental é que, aconteça o que acontecer no livro, todos os eventos, imagens, paisagens e protagonistas são vistos pelos olhos ou percebidos pelos sentidos de um personagem central, o homem ou a mulher que serve como filtro, que faz com que a história seja "coada" através de suas emoções e de seus conceitos.

O terceiro tipo é algo que eu chamo de "periscópio" e denota a espécie de serviçal mais reles do autor: o personagem ou os personagens que, ao longo do livro, ou ao menos em certas partes dele, se encontram, por assim dizer, de prontidão; cujo único propósito, cuja única *raison d'être*, é visitar os lugares que o autor deseja que o leitor visite e encontrar os personagens que o autor deseja que o leitor encontre. Em tais capítulos, o periscópio quase não tem uma identidade própria. Não tem vontade, não tem alma nem coração, nada — é um mero peregrino, embora naturalmente possa recuperar sua identidade em outra parte da obra. O periscópio visita certas casas apenas porque o autor deseja descrever seus moradores. Ele é muito útil, o periscópio. Sem ele, às vezes é difícil conduzir e impulsionar uma história; mas é melhor matar a história do que permitir que um periscópio rasteje ao longo dela puxando um fio como um inseto avariado que arrasta um pedaço poeirento de teia de aranha.

Ora, em *A casa soturna* Esther é tudo isso: é a narradora em tempo parcial, uma espécie de baby-sitter do autor que o substitui, como explicarei a seguir. É também, ao menos em determinados capítulos, um filtro, vendo coisas por conta própria, de seu modo peculiar, embora a voz do mestre tenda a se sobrepor à dela mesmo quando fala na primeira pessoa; e, em terceiro lugar, o autor com frequência a utiliza, infelizmente, como um periscópio para ir a um ou outro local quando certo personagem ou acontecimento precisa ser descrito.

Oito características estruturais são dignas de nota em *A casa soturna*.

1. *O livro de Esther*

No capítulo 3, Esther, criada por uma madrinha (a irmã de lady Dedlock), aparece pela primeira vez como narradora, e aqui Dickens comete um pequeno engano pelo qual terá de pagar caro. Ele inicia a história de Esther no estilo de uma mocinha, usando uma linguagem algo infantil ("minha bonequinha querida" é um truque fácil), mas logo se dá conta de que se trata de um instrumento inviável para contar uma história robusta. Como veremos, de imediato seu estilo vigoroso e vibrante se faz sentir: "Minha bonequinha querida! Fui uma menina tão tímida que poucas vezes ousei abrir a boca e nunca ousei abrir meu coração para ninguém mais. Quase choro ao pensar no alívio que costumava ser para mim quando vinha da escola, corria escada acima para meu quarto e dizia: 'Ah, minha querida e fiel Dolly, eu sabia que você estaria à minha espera!', sentando depois no chão, encostada na poltrona, para lhe contar tudo que acontecera desde que nos tínhamos separado! Sempre fui muito observadora — não de maneira brilhante, ah, não! —, mas sempre reparando em silêncio no que se passava e pensando que gostaria de entender melhor tudo que via. Não que eu tenha uma capacidade de compreensão rápida. Quando de fato gosto muito de alguém, acho que fico mais esperta. Mas pode ser uma simples vaidade minha". Notem que nessas primeiras páginas da história de Esther não há quase nenhuma figura de linguagem, nenhuma comparação vívida etc. No entanto, certos traços da fala infantil começam a se decompor, como na frase tipicamente dickensiana "o relógio tiquetaqueava, o fogo crepitava", quando Esther e sua madrinha estão sentadas diante da lareira, o que não condiz com o estilo colegial de Esther.

Porém, quando sua madrinha, a srta. Barbary (na realidade sua tia), morre, e o advogado Kenge entra em cena, o estilo da narrativa de Esther volta a ter as características de Dickens. Por exemplo, quando Kenge manipula sua caixa de óculos: "'Não do processo Jarndyce versus Jarndyce?', disse o sr. Kenge me olhando por cima das lentes e girando lentamente a caixa de óculos, como se estivesse acariciando alguma coisa". Pode-se ver o que está ocorrendo. Dickens começa a pintar um delicioso retrato de Kenge, suave e envolvente, apelidado de Kenge Conversinha, e simplesmente esquece que aquilo supostamente estava sendo escrito por uma moça ingênua. E, poucas páginas depois, já encontramos exemplos das imagens de Dickens penetrando de modo sorrateiro em sua narrativa, com ricas comparações e coisas do gênero. "Quando [a sra. Rachael] deu um frio beijo de despedida na minha testa, como um pingo de neve derretida que cai do telhado da varanda — era um dia gélido —, me senti tão infeliz", ou "me sentei [...] olhando as árvores cobertas de geada, que pareciam belos mastros de navios, os campos todos lisos e brancos com a neve que caíra na noite anterior. E o sol, bem vermelho mas emitindo tão pouco calor; e o gelo, escuro como se feito de metal, no qual os patinadores e os que brincavam com trenós haviam varrido a neve". Ou ainda a descrição das vestimentas desmazeladas da sra. Jellyby: "não pudemos deixar de reparar que seu vestido não cobria as costas por inteiro e que o espaço aberto era ocupado por um espartilho quadriculado — tal qual uma treliça de chalé de veraneio". A entonação e a ironia com que Esther descreve a cabeça de Peepy Jellyby presa entre as barras é totalmente dickensiana: "Aproximei-me da pobre criança, um dos infelizes mais sujos que já vi até hoje, e o encontrei muito vermelho e assustado, chorando alto, porque sua cabeça estava presa entre duas barras de ferro, enquanto um leiteiro e um bedel, com as melhores intenções, tentavam arrastá-lo para trás pelos pés, imaginando que seu crânio era passível de ser comprimido graças àquela manobra. Como descobri (depois de acalmá-lo) que ele era um menino pequeno com uma cabeça extraordinariamente grande, pensei que, talvez, onde sua cabeça era capaz de entrar seu corpo podia ir também, e por isso mencionei que o melhor modo de libertá-lo poderia consistir em empurrá-lo para a frente. Isso foi tão bem recebido pelo leiteiro e pelo bedel que ele teria sido imediatamente empurrado para o quintal se eu não o houvesse agarrado pelo avental, enquanto Richard e o sr. Guppy atravessaram a cozinha correndo para pegá-lo quando fosse solto".

A eloquência mágica de Dickens ocupa lugar de destaque em passagens como aquela em que Esther descreve o encontro com lady Dedlock, sua mãe: "Expliquei, tão bem quanto pude naquele momento, ou quanto posso me recordar hoje, pois meu estado de agitação e agonia era tão grande que mal compreendi minhas próprias palavras, embora cada palavra pronunciada na voz de minha mãe — tão estranha e melancólica para mim; que, na infância, eu nunca aprendera a reconhecer e amar, que nunca me acalentara para dormir, nunca me abençoara, nunca me inspirara alguma esperança — tenha ficado para sempre gravada em minha memória, expliquei, ou tentei explicar, como havia imaginado que Jarndyce, que fora um ótimo pai para mim, poderia aconselhá-la e lhe dar algum apoio. Porém mamãe disse que não, que era impossível, ninguém seria capaz de auxiliá-la. Ela teria de atravessar sozinha o deserto que se abria à sua frente".

Lá pela metade do livro, Dickens, manifestando-se por intermédio de Esther, consegue conduzir a narrativa em um estilo mais fluente, ágil e convencional do que sob seu próprio nome. Isso e a ausência de detalhes vividamente descritivos no início dos capítulos são os únicos elementos de diferenciação entre seus estilos. Esther e o autor de certo modo se acostumam a sustentar diferentes pontos de vista tais como refletidos em seus respectivos estilos: de um lado, Dickens com todos os seus poderosos efeitos musicais, cômicos, metafóricos e oratórios, além das variações no próprio estilo; de outro, Esther, iniciando os capítulos com frases longas e conservadoras. Entretanto, na descrição anteriormente citada de Westminster Hall ao término do processo Jarndyce, quando se determina que toda a herança foi absorvida pelos custos, Dickens por fim se funde quase por completo com Esther. Estilisticamente, todo o livro representa um gradual deslizamento rumo à união dos dois. E quando há retratos falados ou reproduções de conversas, não há diferença entre eles.

Como ficamos sabendo no capítulo 64, só sete anos após o evento é que Esther escreve seu livro, que corresponde a 33 dos capítulos, ou metade de toda a obra, composta de 67 capítulos. Que memória extraordinária! Devo dizer que, malgrado o soberbo planejamento do romance, o principal erro foi permitir que Esther contasse parte da história. Eu não a teria deixado chegar nem perto!

2. *A aparência de Esther*

Esther se parecia tanto com sua mãe que o sr. Guppy se impressiona muito com uma semelhança que de início não consegue situar, até que, em uma excursão ao campo, visita Chesney Wold, em Lincolnshire, e vê um retrato de lady Dedlock. O sr. George também tem a atenção despertada pelo semblante dela sem se dar conta de que percebe uma semelhança com seu falecido amigo, o capitão Hawdon, pai de Esther. E Jo, quando o fazem mudar de cidade e enfrenta uma tempestade para ser recebido na Casa Soturna, mal pode ser persuadido, em meio a seus temores, de que Esther não é a dama desconhecida a quem mostrara a casa de Nemo e o cemitério. Mas ela é vítima de uma tragédia. Em retrospecto, ao escrever o capítulo 31, Esther menciona que teve uma premonição no dia em que Jo ficou doente, a qual se comprova de todo justificada porque Charley é infectada pela varíola de Jo e, ao cuidar da menina até que recupere a saúde (sem que sua fisionomia seja afetada), a própria Esther se contagia e não tem igual sorte: quando vence a enfermidade, seu rosto está desfigurado por feias cicatrizes que lhe arruínam a beleza. Durante a recuperação, ela se dá conta de que foram removidos de seu quarto todos os espelhos, sabendo bem o porquê. No entanto, quando vai para a casa de campo do sr. Boythorn em Lincolnshire, perto de Chesney Wold, ela por fim se vê. "Porque até então não me olhara no espelho e nunca pedira que devolvessem o meu. Sabia que essa era uma fraqueza que deveria ser superada; porém, sempre dizia a mim mesma que começaria do zero quando chegasse ao ponto em que agora me encontrava. Por isso queria estar sozinha, e disse em meu quarto, sem que ninguém me ouvisse: 'Esther, se você quer ser feliz, se deseja ter o direito de rezar para ser firme, precisa manter sua palavra, minha querida'. Estava decidida a mantê-la; mas primeiro me sentei por algum tempo para refletir sobre quão abençoada eu era. Fiz então minhas orações e pensei por um pouco mais de tempo.

Meus cabelos não tinham sido cortados, embora tivessem corrido tal risco mais de uma vez. Eram longos e espessos. Soltei-os, sacudi a cabeça e me aproximei do espelho que ficava na penteadeira. Uma pequena cortina de musselina o cobria. Puxei-a para o lado e, por um momento, me olhei através do véu formado por meus próprios cabelos, mas nada pude ver. Afastei então os cabelos e encarei o espelho, encorajada ao reparar com que placidez meu reflexo reagia. Eu estava muito mudada — ah, muito, muito mesmo. De início, meu rosto pareceu tão estranho que acho que deveria tê-lo coberto com as mãos e recuado, não fosse pelo encorajamento que mencionei. Logo, logo se tornou mais familiar, e por fim me dei conta da extensão das mudanças que sofrera. Não era o que havia esperado. Porém, não esperara nada bem definido, e ouso dizer que qualquer coisa definida me teria surpreendido.

Nunca fui uma beldade e nunca imaginei sê-lo; todavia, tinha sido diferente daquilo. Tudo se fora. Os céus foram tão bondosos comigo que pude aceitar aquilo com algumas lágrimas que nada tinham de amargas, e lá fiquei arrumando os cabelos para dormir sentindo enorme gratidão."

Ela confessa a si própria que teria podido amar Allan Woodcourt e se dedicar a ele, mas que isso já não era mais possível. Preocupada com algumas flores que ele lhe dera e que ela deixara secar: "Por fim cheguei à conclusão de que poderia guardá-las caso as entendesse apenas como a recordação de algo que pertencia irrevogavelmente ao passado e nunca voltaria a ser visitado sob outra luz. Espero que não pareça trivial. Foi feito com muita sinceridade". Isso prepara o leitor para que ela aceite a proposta de Jarndyce tempos depois. Ela abandonara com firmeza todos os sonhos com relação a Woodcourt.

Dickens cuidou espertamente do problema nessa cena, pois cumpre manter um véu cobrindo suas feições alteradas a fim de que a imaginação do leitor não se sinta ludibriada quando no final do livro ela fica noiva de Woodcourt e, mais ainda, quando nas últimas páginas se lança uma dúvida, formulada de modo encantador, quanto ao fato de que sua beleza tenha de fato desaparecido. Desse modo, embora Esther veja seu rosto no espelho, o leitor não o vê nem toma conhecimento mais tarde de nenhum detalhe. Quando, na inevitável reunião entre mãe e filha, lady Dedlock a aperta contra o peito, a beija, chora etc., o tema da semelhança culmina na curiosa reflexão feita por Esther: "Senti-me imensamente grata à providência divina por estar tão mudada a ponto de não poder desgraçá-la com nenhum traço de semelhança: olhando para mim e para ela, ninguém jamais poderia nem remotamente pensar que houvesse alguma ligação entre as duas". Tudo isso é muito artificial (dentro dos limites do romance), e podemos nos perguntar se era de fato necessário desfigurar a pobre moça a fim de alcançar um objetivo tão abstrato; na verdade, será que a varíola pode eliminar as semelhanças entre parentes? Porém, o mais perto que o leitor pode chegar em relação ao semblante modificado de Esther é quando Ada aproxima seu adorável rosto da "face marcada [com bexigas]" de Esther.

Tem-se a impressão de que o autor termina por ficar algo enfarado com sua invenção da fisionomia modificada, pois Esther logo diz, falando por ele, que não voltará a mencionar aquilo. Assim, quando ela se encontra de novo com os amigos, sua aparência só suscita "algumas referências" a seu efeito sobre outras pessoas, do espanto de uma criança da aldeia diante da mudança até a delicada observação de Richard — "Sempre a mesma moça querida" — quando ela levanta o véu que inicialmente usa em público. Mais tarde, o tema exerce um papel estrutural porque o sr. Guppy deixa de amá-la depois que a vê, fazendo assim parecer que, afinal de contas, Esther se tornara notavelmente feia. Entretanto, será que sua aparência vai melhorar? Será que as cicatrizes desaparecerão? Ficamos imaginando. Mais tarde ainda, quando ela e Ada visitam Richard na cena que conduz à revelação por esta última de seu casamento secreto, Richard diz que o rosto piedoso de Esther é como o de outrora; quando ela sorri e sacode a cabeça, ele repete: "Exatamente como antes", com o que ficamos sem saber se a beleza de sua alma talvez esteja ocultando as cicatrizes. É aqui, acho eu, que de uma maneira ou de outra sua fisionomia começa a melhorar — ao menos na mente do leitor. Ao se aproximar o término dessa cena, ela fala sobre seu "velho e despretensioso rosto" — e despretensioso, vamos convir, não é o mesmo que mutilado. Além do mais, ainda creio que no final do romance, depois que se passaram sete anos e ela tem 28, as cicatrizes gradualmente desapareceram. Esther está muito ocupada ao se preparar para receber Ada, seu filhinho Richard e o sr. Jarndyce, mas então se senta tranquilamente na varanda. Quando Allan volta e pergunta o que ela faz ali, Esther responde que estava pensando:

"— Quase sinto vergonha de dizer, mas vou. Estava pensando na minha antiga aparência, em como eu era.

— E o que você estava pensando sobre *ela*, minha abelhinha atarefada? — disse Allan.

— Estava pensando que era impossível você ter me amado mais, mesmo que eu a tivesse mantido.

— Como era antes? — perguntou Allan, rindo.

— Como era antes, claro.

— Minha querida madame Durden — disse Allan, me dando o braço —, a senhora alguma vez se olha no espelho?

— Você sabe que sim, me vê fazer isso.

— E não sabe que está mais bonita do que nunca?

Não sabia disso; não estou segura de que o saiba agora. Mas sei que meus filhinhos são lindos, que minha querida [Ada] é muito bela, que meu marido é bonito e que meu tutor tem o rosto mais inteligente e bondoso que vi em toda a minha vida. E que todos eles podem se dar muito bem sem minha beleza — mesmo supondo [...]".

3. *Allan Woodcourt e as coincidências*

No capítulo 11, aparece pela primeira vez "um jovem de tez morena", um cirurgião, no leito em que jaz morto Nemo (o capitão Hawdon, pai de Esther). Dois capítulos depois, ocorre uma cena muito terna e séria em que Richard e Ada se apaixonam. E nesse mesmo ponto — para ligar as coisas belamente — o jovem e moreno cirurgião Woodcourt surge no final do capítulo como convidado em um jantar, e Esther, quando perguntada se não o achou "sensato e agradável", diz que sim, talvez com um quê de desejo na voz. Mais tarde, quando há uma sugestão de que Jarndyce, apesar de seus cabelos grisalhos, está apaixonado por Esther sem o declarar, Woodcourt reaparece antes de ir para a China. Ficará longe por muito tempo. Deixa algumas flores para Esther. Posteriormente, a srta. Flite mostra a Esther um recorte de jornal sobre o heroísmo de Woodcourt durante um naufrágio. Depois que o rosto de Esther foi arruinado pela varíola, ela renuncia a seu amor por Woodcourt. Quando Esther e Charley viajam para o porto de Deal a fim de transmitir a oferta de Ada a Richard de sua pequena herança, Esther esbarra em Woodcourt, que voltou da Índia. O encontro é precedido de uma saborosa descrição do mar, um feito de imagens artísticas que, acho eu, nos obriga a perdoar a coincidência. Diz Esther sobre o rosto que não é descrito: "Ele sentiu tanta pena de mim que mal conseguiu falar". E, no final do capítulo: "Em seu último olhar, quando nos afastamos, vi que ele estava muito penalizado por mim. Fiquei feliz em perceber isso. Senti saudade do que fui antes como um morto pode sentir caso revisite cenas de sua vida prévia. Fiquei contente de ser lembrada com ternura, de ser objeto de uma doce comiseração, de não ter sido esquecida de todo". Um toque lírico aqui, algo reminiscente de Fanny Price.

Graças a uma segunda e notável coincidência, Woodcourt dá de cara com a esposa do oleiro dormindo em Tom-all-Alone's e, graças a ainda outra coincidência, lá se encontra com Joe na presença daquela mulher que também estava buscando conhecer o paradeiro do menino. Woodcourt leva o enfermo Jo para a galeria de tiro de George. Ali, a maravilhosa cena da morte de Jo mais uma vez faz com que o leitor seja leniente com o modo bem artificial de nos levar ao leito de Jo pelas mãos de Woodcourt, o periscópio. No capítulo 51, Woodcourt visita o advogado Vholes e depois Richard. Há um truque curioso aqui: é Esther quem escreve o capítulo, mas ela não está presente aos encontros entre Woodcourt e Vholes ou Woodcourt e Richard, ambos relatados em pormenores. Como ela sabe o que aconteceu nos dois lugares? O leitor astuto é forçado a concluir que Esther obteve todos aqueles detalhes do próprio Woodcourt depois de ter se tornado sua esposa: ela não teria condições de conhecer de modo tão preciso esses eventos ocorridos no passado se não existisse suficiente intimidade entre os dois. Em outras palavras, o bom leitor deveria ter a suspeita de que ela se casará finalmente com Woodcourt para ouvir dele tais informações.

4. *A curiosa corte conduzida por John Jarndyce*

Quando Esther está sendo levada de carruagem para Londres depois da morte da srta. Barbary, um cavalheiro anônimo procura alegrá-la. Ele parece conhecer e reprovar a sra. Rachael, a enfermeira contratada pela srta. Barbary que se despedira de Esther com escassas manifestações de afeto. Quando oferece a Esther uma fatia de um bolo de ameixa muito açucarado e uma torta feita com o fígado de gansos gordos, e ela declina dizendo serem muito pesados, ele murmura "Derrotado mais uma vez!", e atira tudo pela janela com a mesma tranquilidade com que mais tarde jogará fora sua própria felicidade. Ficamos sabendo depois que se tratava de John Jarndyce, homem bondoso, amável e bem rico que serve como imã para toda espécie de gente — crianças miseráveis e canalhas, charlatães e imbecis, loucos e mulheres que fingem se devotar à filantropia. Se Dom Quixote visitasse a Londres de Dickens, sugiro que seu bom e nobre coração teria atraído o mesmo tipo de pessoas.

Já no capítulo 17 temos a primeira pista de que Jarndyce, apesar de seus cabelos grisalhos, está apaixonado por Esther, de 21 anos, embora nada diga sobre isso. O tema de Dom Quixote é mencionado especificamente quando lady Dedlock é apresentada ao grupo de jovens que está em visita a um vizinho, o sr. Boythorn. Isso é feito de maneira delicada quando a adorável Ada é apresentada: "'Só mesmo alguém com sua aura de Dom Quixote', diz lady Dedlock para o sr. Jarndyce por cima do ombro, 'para reparar uma injustiça com tamanha beleza'". Ela está se referindo ao fato de que, a pedido de Jarndyce, o Lorde Chanceler o nomeou tutor de Richard e Ada apesar de o principal contencioso no processo ter a ver com as parcelas da herança que caberia a cada um deles. Assim, como lady Dedlock insinua de modo elogioso, ele estava sendo quixotesco ao proteger e apoiar dois jovens que eram legalmente seus adversários. Seu papel como tutor de Esther decorreu de uma decisão pessoal tomada após receber uma carta da srta. Barbary, irmã de lady Dedlock e na verdade tia de Esther.

Algum tempo depois da doença de Esther, Jarndyce decide lhe escrever uma carta propondo casamento. No entanto, e eis aqui o ponto importante, nela parece ser sugerido que ele, trinta anos mais velho, propõe o casamento a fim de protegê-la de um mundo cruel, pois não mudará seu comportamento, permanecendo como amigo sem se tornar seu amante. Se é correto o que eu suspeito, não apenas essa atitude é quixotesca, mas todo o plano de prepará-la para receber a carta, cujo teor Esther pode presumir, se ela mandar Charley buscar a missiva depois de refletir durante uma semana:

"— Você causou mudanças em mim, sua mocinha, a partir daquele dia de inverno na carruagem. Desde então você me fez um grande bem.

— Ah, meu tutor, quanto o senhor fez por mim desde então!

— Mas — disse ele — isso não deve ser lembrado agora.

— Nunca pode ser esquecido.

— Sim, Esther — disse em tom severo porém carinhoso —, deve ser esquecido agora, esquecido por algum tempo. Agora, você deve se lembrar apenas que eu não mudarei em nada com relação à pessoa que você conhece. Você pode ter certeza disso, minha querida?

— Posso, tenho certeza disso — afirmei.

— Isso é muito — ele respondeu. — Isso é tudo. Mas não posso aceitar assim de imediato. Não vou escrever aquilo que tenho em mente até que você haja decidido que nada mudará no meu comportamento que você conhece. Se você tiver a menor dúvida sobre isso, nunca escreverei o que penso. Se tiver certeza, depois de refletir o suficiente, mande Charley me procurar daqui a uma semana para pegar uma carta. Porém, se não estiver certa de todo, nunca a mande lá. Saiba que confio em seu julgamento, nisso e em tudo o mais. Se não estiver absolutamente convencida, não a mande.

— Tutor — eu disse —, já estou certa. Essa minha convicção não pode ser mudada tanto quanto não pode ser mudada sua atitude com relação a mim. Vou mandar que Charley pegue a carta.

Ele me deu um aperto de mão e nada mais disse".

Para um homem idoso, profundamente apaixonado por uma jovem mulher, uma proposta naqueles termos era sem dúvida um grande ato de renúncia, autocontrole e trágica tentação. Esther, por outro lado, aceita-a com a impressão inocente de que "sua generosidade superou minha deformação e minha herança pecaminosa", um defeito físico que Dickens tratará de minimizar completamente nos últimos capítulos. Na verdade, contudo, e isso não parece haver passado na cabeça de nenhuma das três pessoas envolvidas — Esther Summerson, John Jarndyce e Charles Dickens —, o casamento não teria sido tão justo para Esther quanto parecia, uma vez que, dada a sugestão de que não se consumaria sexualmente, tal união a impediria de ter filhos, como seria natural, ao mesmo tempo que tornaria ilegal e imoral que ela viesse a amar qualquer outro homem. Talvez haja aí um eco do tema do pássaro engaiolado quando Esther, chorando apesar de feliz e agradecida, fala consigo própria diante do espelho: "Quando você for a senhora da Casa Soturna, será tão alegre quanto um passarinho. De fato, você vai ser sempre feliz. Por isso, vamos começar agora mesmo".

A interação entre Jarndyce e Woodcourt tem início quando Caddy Turveydrop fica doente: "'Bem, você sabe', retrucou meu tutor, 'há o Woodcourt'". Gosto do modo oblíquo como isso é dito: alguma vaga intuição de sua parte? Nesse ponto, Woodcourt planeja ir para os Estados Unidos, destino de muitos amantes rechaçados nos romances franceses e ingleses. Uns dez capítulos depois ficamos sabendo que a sra. Woodcourt, mãe do jovem doutor que anteriormente suspeitara do interesse de seu filho por Esther e tentara impedi-lo, mudou para melhor, é menos grotesca e fala menos acerca de seu pedigree. Dickens está preparando uma sogra aceitável para suas leitoras femininas. Observem a nobreza de Jarndyce ao sugerir que, se a sra. Woodcourt vier passar uns dias com Esther, Woodcourt poderá visitar ambas. Também somos informados de que, afinal, Woodcourt não irá para os Estados Unidos e ficará trabalhando como médico de gente pobre nas áreas rurais da Inglaterra.

Esther então sabe que Woodcourt a ama, que seu "rosto com as cicatrizes" continua o mesmo para ele. Tarde demais! Ela está noiva de Jarndyce e supõe que o casamento ainda não teve lugar apenas porque está de luto pela morte da mãe. Mas Dickens e Jarndyce têm um truque delicioso na manga de irmãos siameses que dividem. Toda a cena é bem fraca, porém pode agradar aos leitores sentimentais. Não fica claro para o leitor se, àquela altura, Woodcourt sabe do noivado, pois, em caso positivo, ele não deveria ter se intrometido, por mais elegante que tenha sido seu comportamento. No entanto, Dickens e Esther (narrando posteriormente os acontecimentos) estão nos tapeando — eles sabem o tempo todo que Jarndyce terá uma saída honrosa e, por isso, resolvem se divertir um pouco à custa do leitor. Ela diz a Jarndyce que está pronta para ser a "senhora da Casa Soturna". "No próximo mês", diz Jarndyce. Agora, Esther e Dickens estão preparados para brindar o bom leitor com uma surpresinha. Jarndyce vai a Yorkshire a fim de ajudar Woodcourt a encontrar uma casa para ele e depois convida Esther a inspecionar a que foi escolhida. A bomba explode.

O nome da residência é também Casa Soturna, e ela será a senhora do lugar, uma vez que o nobre Jarndyce abre mão de Esther em favor de Woodcourt. Isso foi preparado com eficiência e há até mesmo um elogio à sra. Woodcourt, que sabia de tudo e agora aprova a união. Por fim, ficamos sabendo que, quando Woodcourt declara seu amor a Esther, ele o faz com o consentimento de Jarndyce. Depois da morte de Richard, há talvez uma levíssima sugestão de que John Jarndyce pode ainda encontrar uma jovem esposa em Ada, a viúva de Richard. Mas, pelo menos, ele é o tutor simbólico de todas as pessoas infelizes no romance.

5. *Imitações e disfarces*

A fim de descobrir se foi lady Dedlock quem perguntou a Jo sobre Nemo, Tulkinghorn faz com que o menino veja Hortense, a criada francesa que ela mandara embora, usando um véu, mas ele reconhece as roupas. No entanto, não é a mesma mão com anéis nem a mesma voz. Mais tarde, Dickens encontrará certa dificuldade em tornar plausível o assassinato de Tulkinghorn por Hortense, porém a conexão, de qualquer modo, é feita nesse ponto. Agora o detetive sabe que foi lady Dedlock quem tentou descobrir coisas acerca de Nemo por meio de Jo. Outro disfarce ocorre quando a srta. Flite, visitando Esther na Casa Soturna enquanto ela se recupera da varíola, a informa de que uma senhora usando véu (lady Dedlock) perguntou sobre a saúde de Esther na choupana do oleiro. (Estamos cônscios de que lady Dedlock agora sabe que Esther é sua filha — o conhecimento gera ternura.) A senhora com o véu levou, como uma pequena lembrança, o lenço que Esther deixara lá quando com ele cobriu o bebê morto, um gesto simbólico. Essa não é a primeira vez que Dickens usa a srta. Flite para matar dois coelhos com uma só cajadada: primeiro, para divertir o leitor; segundo, como uma fonte de informação, uma lucidez que não se coaduna com a condição da velha senhora.

O detetive Bucket usa vários disfarces, inclusive se fazendo de bobo na casa da família Bagnet (nesse caso fingindo uma simpatia extrema) enquanto observa cuidadosamente George e depois o leva preso ao saírem. Bucket, sendo um perito em matéria de disfarces, é capaz de descobrir os disfarces dos outros. Quando ele e Esther encontram lady Dedlock morta junto ao portão do cemitério, no seu melhor estilo Sherlock Holmes ele descreve como veio a suspeitar que ela havia trocado de roupa com Jenny, a mulher do oleiro, e retornado a Londres. Esther não entende até que levanta "a pesada cabeça": "E era mamãe, fria e morta". Melodramático, mas encenado com competência.

6. *Pistas falsas e verdadeiras*

Tendo em vista a prevalência do nevoeiro nos capítulos anteriores, poderia parecer que a Casa Soturna, onde morava John Jarndyce, fosse um local sombrio e desolado ao extremo. Mas não — graças a um recurso estrutural de grande qualidade artística, penetramos em uma área ensolarada, deixando para trás a névoa por algum tempo. A Casa Soturna é uma bela e clara mansão. O bom leitor recordará a pista para esse recurso dada anteriormente no Tribunal:

"— Esse Jarndyce de que estamos tratando — disse o Lorde Chanceler, ainda folheando o maço —, é o Jarndyce da Casa Soturna.

— Jarndyce da Casa Soturna, excelência — disse o sr. Kenge.

— Um nome deprimente — disse o Lorde Chanceler.

— Mas não é atualmente um lugar deprimente, excelência — disse o sr. Kenge."

Enquanto os tutelados esperam em Londres antes de serem levados para a Casa Soturna, Richard diz a Ada que se lembra vagamente de Jarndyce como um "sujeito extrovertido, de cara rosada". Mesmo assim, a luz do sol e a alegria da casa constituem para eles uma esplêndida surpresa.

As pistas com respeito à pessoa que matou Tulkinghorn são embaralhadas de modo magistral. Habilmente, Dickens faz com que o sr. George observe por acaso que a francesa frequenta sua galeria de tiro. (Hortense necessitará das lições de tiro, mas a maioria dos leitores não notará a conexão.) E sobre lady Dedlock? "Antes estivesse!", pensa lady Dedlock depois que sua prima Volumnia revela que, de tanto ignorá-la, "eu quase havia decidido que ele estava morto". Isso é o que lady Dedlock precisa dizer a si própria a fim de preparar o suspense e a suspeita quando Tulkinghorn é assassinado. Pode levar o leitor a pensar que lady Dedlock o matará, porém os aficionados das histórias de detetive adoram ser tapeados. Após a entrevista de Tulkinghorn com lady Dedlock, ele vai dormir enquanto ela, angustiada, anda de um lado para outro no seu quarto durante horas. Há uma sugestão de que ele em breve morrerá ("E, na verdade, quando as estrelas se apagam e a luz pálida do dia penetra sorrateiramente no quarto da torre, vendo-o tão velho quanto jamais o veria, ele dá a impressão de que a sepultura e a pá tinham sido encomendadas e em breve se começaria a cavar"), de modo que sua morte deveria estar agora firmemente ligada na mente do leitor enganado a lady Dedlock, enquanto de Hortense, a verdadeira assassina, não se ouve falar faz algum tempo.

Hortense então visita Tulkinghorn e manifesta seu desagrado. Não foi suficientemente recompensada por se ter feito passar por lady Dedlock; odeia lady Dedlock; quer ter um emprego semelhante ao que tivera. Essa passagem é um pouco fraca, e as tentativas de Dickens de fazê-la falar inglês como uma francesa são ridículas. Entretanto, ela é uma tigresa, muito embora, naquele momento, não sejam conhecidas suas reações às ameaças de Tulkinghorn de prendê-la caso ela continue a importuná-lo.

Após avisar lady Dedlock de que o fato de haver mandado embora sua criada Rosa violou o acordo que tinham de manter o status quo, razão pela qual ele deveria revelar o segredo dela a sir Leicester, Tulkinghorn vai para casa — para morrer, como sugere Dickens. Lady Dedlock sai para fazer uma caminhada ao luar, como se o seguisse. O leitor pode pensar: "Ahá! Isso está fácil demais. O autor quer me enganar, o verdadeiro assassino é outra pessoa". Talvez o sr. George? Apesar de ser um homem bom, ele tem um temperamento violento. Além disso, durante uma tediosíssima festa de aniversário da família Bagnet, o amigo deles, sr. George, aparece muito pálido. ("Ahá!", diz o leitor.) Ele explica sua palidez por Jo ter morrido, mas o leitor fica com a pulga atrás da orelha. Então ele é preso e Esther, Jarndyce e os Bagnet o visitam na prisão. Aqui se vê um belo artifício: George descreve a mulher que viu na escada de Tulkinghorn perto da hora em que ele morreu. Ela parecia — de corpo e na altura — com... Esther. Usava uma capa preta e larga com franja. Agora o leitor pouco inteligente imediatamente pensará: "George é bom demais para ter feito aquilo. Sem dúvida foi lady Dedlock, que se parece tanto com a filha". Porém o leitor arguto retrucará: "Já tivemos outra mulher imitando lady Dedlock muito eficazmente".

Um pequeno mistério está prestes a ser resolvido: a sra. Bagnet sabe quem é a mãe de George e sai para buscá-la, caminhando até Chesney Wold. (Duas mães estão no mesmo lugar, um paralelo entre a situação de Esther e a de George.)

O funeral de Tulkinghorn é um grande capítulo, uma onda que sobe depois dos capítulos bem pouco agitados que o precedem. O detetive Bucket está em uma carruagem fechada, observando sua mulher e sua inquilina (quem é sua inquilina? Hortense!) durante o enterro. Bucket está crescendo em seu papel estrutural. É engraçado segui-lo até o fim do tema do mistério. Sir Leicester ainda é um bobalhão pomposo, embora um derrame cerebral vá mudá-lo. Há uma divertida conversa sherlockiana entre Bucket e um lacaio alto, pela qual se fica sabendo que lady Dedlock, na noite do crime, quando ficou fora de casa por algumas horas, usava a mesma capa que George havia descrito como sendo usada pela mulher que ele vira descendo as escadas da casa de Tulkinghorn justamente quando o crime foi cometido. (Uma vez que Bucket sabe que foi Hortense e não lady Dedlock quem matou Tulkinghorn, essa cena representa um engodo deliberado ao leitor.) O fato de o leitor acreditar ou não a essa altura que lady Dedlock seja a assassina constitui outra questão, que depende só dele. No entanto, nenhum escritor de mistério faria com que alguém apontasse para o verdadeiro assassino usando as cartas anônimas que são recebidas (e, como se vê adiante, enviadas por Hortense) acusando lady Dedlock do crime. Hortense por fim cai na rede de Bucket. A mulher dele, que a seu pedido vem espionando Hortense, descobre em seu quarto uma descrição impressa de Chesney Wold com um pedaço faltando que corresponde ao chumaço de papel da pistola, a qual é posteriormente encontrada em um laguinho que Hortense e a sra. Bucket tinham visitado em uma excursão durante as férias. Há outra instância de logro deliberado quando na entrevista com sir Leicester, depois que havia se livrado da família de chantagistas Smallweed, Bucket declara dramaticamente: "A pessoa a ser presa está agora nesta casa [...] e vou detê-la em sua presença". A única mulher em que o leitor pensa é lady Dedlock, mas Bucket se refere a Hortense, que, sem que o saiba o leitor, veio com ele e aguarda para ser chamada pensando que receberá alguma recompensa. Lady Dedlock, sem saber que o crime foi solucionado, foge, com Esther e Bucket em seu encalço, até ser achada morta em Londres, agarrada às barras de ferro atrás das quais Hawdon está sepultado.

7. *Relações inesperadas*

Um ponto curioso que ocorre ao longo do romance — e constitui uma característica dos livros de mistério — é o das "relações inesperadas". Assim:

    a) A srta. Barbary, que criou Esther, vem a ser a irmã de lady Dedlock e, mais tarde, a mulher que Boythorn amara.

    b) Esther vem a ser a filha de lady Dedlock.

    c) Nemo (capitão Hawdon) vem a ser o pai de Esther.

    d) O sr. George vem a ser o filho da sra. Rouncewell, a governanta dos Dedlock. George, como se vê adiante, também era amigo de Hawdon.

    e) A sra. Chadband vem a ser a sra. Rachael, a ex-babá de Esther.

    f) Hortense vem a ser a inquilina misteriosa de Bucket.

    g) Krook vem a ser o irmão da sra. Smallweed.

8. *A melhoria dos personagens maus ou não tão bons*

Constitui um ponto estrutural o momento em que Esther diz a Guppy para não mais "lutar por meus interesses, promover minha riqueza, fazer descobertas que me concernem [...]. Estou familiarizada com minha história". Acho que a intenção do autor foi eliminar a linha do personagem Guppy (já bem reduzida pela perda das cartas) de modo a não interferir no tema de Tulkinghorn. Ele "parecia envergonhado", o que não se coaduna com a personalidade de Guppy. Dickens o faz aqui um homem melhor que aquele patife de fato era. É curioso que, embora seu choque e seu recuo ao ver o rosto marcado de Esther mostrem que ele realmente não a amava (ponto contra), o fato de não querer se casar com uma moça feia mesmo que fosse rica e aristocrata é um ponto a seu favor. Não obstante, trata-se de uma passagem fraca.

Sir Leicester então fica conhecendo a terrível verdade contada por Bucket: "Sir Leicester, que cobrira o rosto com as mãos após emitir um único gemido, lhe pede que faça uma pausa. Gradualmente, afasta as mãos, e o sr. Bucket fica algo perplexo ao ver como ele preserva sua dignidade e sua aparente tranquilidade, embora em sua face não haja mais cor que em seus cabelos brancos". Esse é um ponto de inflexão para sir Leicester, onde, para o bem ou para o mal em termos artísticos, ele deixa de ser um manequim e se torna um ser humano em agonia. Na verdade, sofreu um derrame no processo. Depois do choque, o perdão que sir Leicester dá a lady Dedlock demonstra que ele é um ser humano digno de ser amado e que está se comportando com nobreza, sendo muito emocionantes sua cena com George e a espera pela volta da esposa. "Suas palavras formais" ao dizer que nada mudou em sua atitude para com ela são agora "sérias e tocantes". Ele está quase no ponto de se transformar em outro John Jarndyce. O nobre passa a ser tão bom quanto um bom plebeu!

✳

O que queremos dizer quando falamos da forma de um romance? Uma coisa é sua estrutura, que implica o desenvolvimento de determinada história, porque esta ou aquela linha é seguida; a escolha dos personagens, o uso que o autor faz desses personagens; a interação entre os protagonistas, os vários temas de cada qual, as linhas temáticas e suas interseções; os diversos lances na história introduzidos pelo autor a fim de produzir tal ou qual efeito direto ou indireto; a preparação dos efeitos e das impressões. Em uma palavra, queremos nos referir ao projeto planejado de uma obra de arte. Isso é a estrutura.

Outro aspecto da forma é o estilo, que tem a ver com o modo como a estrutura funciona; constitui o jeito do autor, seus maneirismos, vários truques especiais; e, se o estilo for vívido, que tipo de imagens, de descrições ele usa, como avança; e, caso utilize comparações, como as emprega e varia os recursos retóricos da metáfora e do símile, assim como de suas combinações. O efeito do estilo é a chave para se entender a literatura, uma chave mágica para penetrar em Dickens, Gógol, Flaubert e Tolstói, em todos os grandes mestres.

Forma (estrutura e estilo) = assunto: o porquê e o como = o o quê.

A primeira coisa que notamos no estilo de Dickens são suas imagens intensamente sensuais, a arte de suas vívidas evocações sensoriais.

1. *Evocações vívidas com ou sem o uso de figuras de linguagem*

As explosões de imagens vívidas são espaçadas — não ocorrem por longo tempo até que surge de novo um acúmulo de ótimos detalhes descritivos. Quando Dickens tem alguma informação que deseja transmitir ao leitor por meio de uma conversa ou de uma reflexão, as imagens em geral não são muito chamativas. Mas há passagens magníficas, como a apoteose do tema do nevoeiro na descrição da Alta Corte: "Em uma tarde assim, o Lorde Chanceler deve estar sentado ali — como está — com uma auréola nebulosa em torno da cabeça, docemente protegido por tecidos e cortinas carmesins, ouvindo um corpulento advogado com imensas suíças, vozinha débil e um interminável arrazoado, mas dando a impressão de dirigir seu olhar contemplativo para o lustre no teto, onde não pode ver nada senão o nevoeiro".

"O pequeno réu, a quem foi prometido um novo cavalo de pau de brinquedo quando o caso Jarndyce versus Jarndyce fosse resolvido, havia crescido, comprado um cavalo de verdade e trotado rumo ao Além." O Tribunal ordena que os dois tutelados residam com o tio. Esse é o resumo ou resultado totalmente inflado da maravilhosa aglomeração de nevoeiros naturais e humanos no primeiro capítulo. Desse modo, os principais personagens (os dois tutelados e Jarndyce) são apresentados, ainda anônimos e abstratos a essa altura. Parecem ter surgido do nevoeiro, o autor os pega antes que submerjam outra vez, e o capítulo se encerra.

A primeira descrição de Chesney Wold e de sua dona, lady Dedlock, é uma passagem simplesmente genial: "Parece que houve um dilúvio em Lincolnshire. Um arco da ponte do parque foi minado e desmoronou. O terreno em volta, em um raio de um quilômetro e meio, transformou-se em um rio estagnado, pontilhado de árvores como ilhas melancólicas, sua superfície permanentemente fustigada pelos pingos incessantes. A mansão de lady Dedlock se tornou extremamente lúgubre. Ao longo de muitos dias e noites o tempo tem sido tão chuvoso que as árvores estão empapadas por inteiro, a tal ponto que os golpes de machado do lenhador não as fazem retumbar nem mesmo estalar quando caem ao solo. Os veados, encharcados, deixam poças por onde passam. O estampido de um tiro de espingarda se desvanece no ar úmido, e a fumaça se desloca lentamente rumo ao morro coberto de densos arbustos que serve como pano de fundo para a chuva que continua a cair. O que se vê da janela de lady Dedlock é uma paisagem plúmbea ou desenhada com tinta nanquim. Logo à sua frente, os vasos no pátio recebem a chuva durante todo o dia, enquanto, à noite, os pesados pingos ressoam nas pedras irregulares do calçamento, desde muito tempo chamado de Passeio dos Fantasmas. Nos domingos, a capelinha no parque cheira a mofo; o púlpito de carvalho parece suar frio, e pairam no ar o odor e o gosto dos antigos membros da família em seus túmulos. Lady Dedlock, que não tem filhos e se sente acabrunhada, olhando de seu quarto para a casinha do guarda do parque, vê, no lusco-fusco, os reflexos do fogo na lareira através dos vidros da janela e a fumaça que sobe da chaminé, enquanto uma criança, perseguida pela mãe, corre para a chuva a fim de abraçar o homem envolto em uma capa de chuva reluzente que atravessa o portão. Lady Dedlock diz que está 'mortalmente entediada'". Essa chuva em Chesney Wold é a contrapartida rural do nevoeiro em Londres, e o filho do guarda do parque é parte do tema da criança.

Temos a imagem admirável de uma cidadezinha letárgica e ensolarada onde o sr. Boythorn se encontra com Esther e seus companheiros: "No final da tarde, chegamos à cidadezinha onde se realizava a feira e descemos da carruagem — uma cidadezinha com um campanário, uma praça central adornada por um obelisco, uma rua extremamente ensolarada e um laguinho com um cavalo refrescando as patas dentro d'água, além de alguns poucos homens sonolentos, deitados ou de pé nos estreitos fiapos de sombra. Depois do farfalhar das folhas e das ondulações dos milharais ao longo da estrada, o lugar era tão quente e imóvel quanto pode ser qualquer cidadezinha na Inglaterra".

Esther sofre uma experiência terrível quando é infectada de varíola: "Será que ouso mencionar aqueles tempos horríveis em que, em um grande espaço negro, havia um colar ou anel flamejante, ou mesmo certo círculo de estrelas escaldantes, do qual eu era uma das contas? Quando só rezava para me destacar das outras contas, quando sentia uma agonia e uma dor inexplicáveis por fazer parte daquela coisa horrível?".

Quando Esther manda Charley buscar a carta do sr. Jarndyce, a descrição da casa tem um efeito funcional, como se ela *atuasse*: "Ao chegar a noite aprazada, disse a Charley tão logo me vi sozinha: 'Charley, bata na porta do sr. Jarndyce e diga que foi em meu nome para buscar a carta. Charley subiu algumas escadas, desceu outras, percorreu corredores — seus zigue-zagues pela casa antiquada pareceram a meus ouvidos atentos muito longos naquela noite —, até que voltou percorrendo corredores, descendo e subindo escadas, para trazer a carta. 'Ponha sobre a mesa, Charley', eu disse. Charley assim fez e foi dormir, enquanto eu contemplava a carta sem pegá-la, pensando em muitas coisas".

Quando Esther visita a cidade portuária de Deal a fim de se encontrar com Richard, temos uma descrição do porto: "Então o nevoeiro começou a se erguer como uma cortina, deixando à vista numerosos navios que nem tínhamos ideia de estarem tão próximos. Não sei quantos veleiros o garçom nos disse que estavam ancorados nos Downs. Alguns eram de grande porte, entre os quais um que fazia o comércio com a Índia e acabara de aportar. Foi uma beleza quando o sol brilhou por entre as nuvens e, projetando manchas prateadas no mar escuro, fez com que aqueles navios se iluminassem e escurecessem alternadamente, em meio a inumeráveis botes que iam e vinham entre eles e a costa, em um turbilhão de vida e movimento que agitava toda a paisagem".*

---

* Em uma página solta, Nabokov compara, de maneira desfavorável para Jane Austen, a descrição que ela faz do porto de Portsmouth quando Fanny Price visita sua família: "'O dia estava excepcionalmente bonito. Embora ainda corresse o mês de março, parecia estarmos em abril por causa do clima ameno, do vento vigoroso mas cálido,

Alguns leitores podem supor que esses tipos de evocação constituem ninharias que não merecem maior atenção; no entanto, a literatura é feita dessas ninharias. Na verdade, a literatura não consiste em ideias gerais, e sim em revelações particulares; não em escolas de pensamento, e sim em indivíduos talentosos. A literatura não é *sobre* alguma coisa: é a *própria* coisa, a essência. Sem a obra-prima, a literatura não existe. A passagem em que é descrito o porto de Deal ocorre no momento em que Esther viaja para aquela cidade a fim de se encontrar com Richard, quando ela deseja ajudá-lo por estar preocupada com sua atitude diante da vida, com os traços esdrúxulos na sua natureza em princípio nobre, com o sombrio destino que paira sobre ele. Olhando por cima do ombro de Esther, Dickens nos mostra o porto. Ali há muitos navios e uma multidão de botes que surgem, como em um passe de mágica, quando o nevoeiro começa a se dissipar. Entre eles, como foi mencionado, há um grande veleiro que faz o comércio com a Índia e que acaba de chegar de lá: "Quando o sol brilhou por entre as nuvens [...] criando manchas prateadas no mar escuro [...]". Façamos uma pausa: podemos visualizar isso? Claro que podemos, e o fazemos com um tremor de reconhecimento ainda mais forte porque, comparadas ao mar azul da tradição literária convencional, aquelas manchas prateadas no mar escuro oferecem algo em que Dickens reparou pela primeiríssima vez com o olhar inocente e sensual do verdadeiro artista e de imediato expressou em palavras. Ou, mais exatamente, sem as palavras não teria havido a visão, e as várias imagens que compõem a descrição exigem que ela tenha uma voz a fim de viverem. E então Dickens indica o modo como aqueles navios se iluminavam e escureciam alternadamente — e acho impossível descobrir e combinar palavras melhores para transmitir a qualidade delicada das sombras e do brilho prateado daquela bela paisagem. Para os que

---

→ do sol brilhante às vezes ocultado por uma nuvem passageira; e tudo parecia tão belo [e *algo repetitivo*] sob a influência daquele céu, os efeitos das sombras se perseguindo por sobre os navios na Spithead e as ilhas mais ao longe, com as nuances sempre cambiantes do mar, agora na maré alta, dançando alacremente e se jogando contra os baluartes' etc. As cores não são descritas, o 'alacremente' é poesia barata, todo o trecho é convencional e flácido". (N.E.)

pensam que toda essa mágica é uma mera brincadeira — uma brincadeira bonitinha, mas algo que pode ser eliminado sem prejudicar a história —, permito-me dizer que aquilo é a história: o navio da Índia que está naquele cenário único trouxe o jovem dr. Woodcourt de volta para Esther, e de fato eles se encontrarão logo depois. De modo que a paisagem de sombras prateadas, com aquelas trêmulas manchas de luz e a azáfama de botes reluzentes, adquire em retrospecto uma vibração maravilhosamente excitante, uma nota gloriosa de boas-vindas, uma espécie de ovação longínqua. E é assim que Dickens desejou que seu livro fosse apreciado.

2. *Listagem repentina de detalhes descritivos*

Esse tipo de listagem parece saído do caderno de notas do autor, observações esparsas e mais tarde expandidas. Há também aqui um toque de fluxo de consciência sob a forma de anotações desconexas de pensamentos passageiros.

O romance se abre assim, com a passagem já citada: "Londres. Terminados os feriados forenses de São Miguel. [...] Cães, indistinguíveis em meio ao lamaçal. Cavalos, pouco mais visíveis, enlameados até os antolhos. [...] Nevoeiro por toda parte". Quando Nemo é encontrado morto: "O meirinho entra em várias lojas e cafés, examinando os que lá estão. [...] O policial parece sorrir para o ajudante de garçom. Os assistentes perdem o interesse, reagem. Provocam o meirinho em estridentes vozes juvenis. [...] O policial por fim julga necessário manter a ordem". (Carlyle também usava esse tipo de relato entrecortado.)

"Surge Snagsby: seboso, acalorado, desgrenhado, mastigando. Engole um pedaço de pão com manteiga. Diz: 'Deus me guarde, meu senhor! Sr. Tulkinghorn!'." (Aqui se combina um estilo abrupto e eficiente com adjetivos vívidos, também na linha de Carlyle.)

3. *Figuras de linguagem: símiles e metáforas*

Símiles são comparações diretas, usando a palavra *como*: "Dezoito dos doutos amigos do sr. Tangle [o advogado], cada qual armado com um breve resumo de 1.800 páginas, levantam-se como dezoito martelos em um piano, fazem dezoito reverências e voltam a se sentar em dezoito lugares obscuros".

A carruagem que leva os jovens para passar uma noite na casa da sra. Jellyby entra "em uma rua estreita de casas altas, como uma cisterna retangular para conter o nevoeiro".

No casamento de Caddy, os cabelos despenteados da sra. Jellyby são como "a crina do cavalo de um lixeiro".

Ao raiar do dia, o encarregado dos lampiões "faz suas rondas e, como o carrasco de um rei despótico, corta as cabecinhas de fogo que tinham se esforçado para reduzir a escuridão".

"O sr. Vholes, calado e tranquilo como deve ser um homem de tamanha dignidade, descalça suas luvas apertadas como se estivesse arrancando a pele das mãos, ergue seu chapéu bem justo na cabeça como se estivesse se escalpelando e senta diante de sua mesa de trabalho."

Uma metáfora anima alguma coisa que deve ser descrita evocando outra sem o vínculo do *como*. Dickens às vezes a combina como um símile.

O advogado Tulkinghorn usa trajes respeitáveis, em geral corretos para um empregado da família. "Eles, por assim dizer, compõem a imagem do administrador dos mistérios, do mordomo dos porões jurídicos dos Dedlock."

"Os filhos [de Jellyby] viviam caindo e exibiam os relatórios dos acidentes nas pernas, que eram pequenos e eficientes calendários de seus sofrimentos."

"A solidão, com suas asas poeirentas, paira melancólica sobre Chesney Wold."

Quando Esther, na companhia do sr. Jarndyce, visita a casa onde o demandante Tom Jarndyce estourou os miolos, ela escreve: "É uma rua de casas cegas e moribundas, com seus olhos apedrejados, sem um vidro nas janelas, sem nem mesmo as molduras das janelas [...]".

Snagsby, tendo assumido o negócio de Peffer, instala um novo letreiro pintado "que substitui o nome quase apagado do ex-dono, que lá era exibido por muitos e muitos anos. Isso porque a fumaça, que é a hera de Londres, tinha se enroscado tanto em volta daquele nome e da própria casa que o adorável parasita dominara por completo a árvore que lhe dera amparo".

4. *Repetição*

Dickens aprecia uma espécie de fórmula mágica recitada de modo repetitivo e com ênfase crescente, um recurso de oratória forense. "Em uma tarde assim, o Lorde Chanceler deve estar sentado ali — como está. [...] Em uma tarde assim, dezenas de advogados da Alta Corte da Chancelaria devem estar ali — como estão — nebulosamente envolvidos em um dos milhares de etapas de um caso interminável, uns tentando desequilibrar os outros com escorregadios precedentes, mergulhados até o pescoço em tecnicalidades, batendo em paredes de palavras com suas cabeças protegidas por perucas de pelo de bode ou de cavalo, com fisionomias sérias fingindo ser equânimes e honestos. Em uma tarde assim, os muitos advogados que cuidam do caso [...] devem estar — e não estão? — alinhados em um longo poço atapetado (mas você procurará em vão pela verdade no fundo desse poço), entre a mesa vermelha do escrivão e as togas de seda [...] montanhas de coisas insensatas e custosas empilhadas à frente deles. Não bastasse o fato de que o Tribunal fosse escuro, com algumas velas acesas aqui e ali; não bastasse o fato de que o nevoeiro o invadia como se jamais viesse a retirar-se; não bastasse o fato de que os vitrais houvessem perdido a cor e não admitissem que a luz do dia penetrasse no aposento; não bastasse o fato de que os leigos das ruas, que olhavam pelos vidros das portas, se sentissem impedidos de entrar pelo aspecto sorumbático do lugar e pela cantilena que ecoa languidamente do teto e provém do estrado almofadado de onde o Lorde Chanceler contempla a lanterna apagada, e as perucas dos assistentes estão envoltas em denso nevoeiro!" Cabe notar aqui o efeito das três tonitruantes *em uma tarde assim* e os quatro chorosos *não bastasse o fato de que*. Às vezes é um mesmo som que se repete em palavras diferentes, constituindo a assonância e a aliteração: *luz — lanterna* etc.

Pouco antes que sir Leicester e seus parentes se reúnam em Chesney Wold durante a eleição, reverberam os sonoros *assim*: "A velha casa parece tristonha e solene com tantos objetos que denotam habitação e nenhum habitante, exceto pelos retratos pendurados nas paredes. Assim esses vieram e se foram, um Dedlock senhor da casa poderia refletir ao passar pelos corredores; assim viram este corredor silencioso como o vejo agora; assim terão pensado, como penso agora, no vazio que deixariam nessa propriedade ao se irem; assim teriam dificuldade, como tenho agora, de crer que ela poderia existir sem eles; assim saio do meu mundo, como saio do deles, fechando agora a porta que reverbera; assim não deixo nenhum vazio para sentir a falta deles, e assim morro".

5. *Perguntas e respostas retóricas*

Esse recurso é bastante empregado juntamente com a repetição. "Quem por acaso está na corte do Lorde Chanceler naquela tarde encoberta além do Lorde Chanceler, o advogado envolvido na causa, dois ou três advogados que nunca estão envolvidos em causa alguma e o poço antes mencionado cheio de outros causídicos? Há o escrivão abaixo do juiz, de peruca e toga; e há dois ou três cetros ou bolsas com dinheiro ou seja lá o que for nas ações judiciais."

Quando Bucket espera que Jarndyce traga Esther para acompanhá-lo na procura da fugitiva lady Dedlock, Dickens imagina-se dentro da mente do detetive. "Onde está ela? Morta ou viva, onde estará? Se, ao dobrar o lenço e erguê-lo cuidadosamente, fosse possível, com um poder mágico, lhe revelar o lugar onde ela o encontrara, assim como a paisagem noturna perto da choupana onde o lenço recobrira o bebê, ele a veria ali? No mato, onde ficam os fornos para fabricar os tijolos [...] atravessando aquele local deserto e execrável, há uma figura solitária carregando o triste mundo consigo, fustigada pela neve e impelida pelo vento, despojada, assim pareceria, de qualquer companhia. É a figura de uma mulher, sim, mas vestida miseravelmente, em roupas que jamais entraram no vestíbulo ou saíram pela grande porta da mansão dos Dedlock."

Na resposta que dá aqui a essas perguntas, Dickens fornece ao leitor uma pista sobre a troca de vestimentas entre lady Dedlock e Jenny que deixará Bucket perplexo por algum tempo até que adivinhe a verdade.

6. *O estilo apostrófico de Carlyle*

As apóstrofes podem ser dirigidas a uma audiência estupefata, a um grupo escultural de grandes pecadores, a alguma força primária da natureza ou à vítima de uma injustiça. Quando Jo se aproxima encurvado do cemitério a fim de visitar a sepultura de Nemo, Dickens apostrofa: "Venha, noite! Venha, escuridão! Pois vocês não poderão vir suficientemente cedo ou ficar por tempo demais em um lugar como este! Venha, chama de gás, que brilha tão funereamente acima do portão de ferro e no qual o ar envenenado deposita seu unguento de bruxa tão pegajoso ao toque!". Também deve ser notada a apóstrofe já citada quando Jo morre e, antes disso, a apóstrofe quando Guppy e Weevle correm em busca de ajuda ao descobrirem o fim extraordinário de Krook.

7. *Epítetos*

Dickens gosta de usar um rico adjetivo, verbo ou substantivo como epíteto, um pré-requisito básico no caso das imagens vívidas: a semente pujante da qual cresce a metáfora que desabrocha e gera ramos. No início do livro, vemos as pessoas debruçadas sobre o parapeito do Tâmisa e contemplando o rio "em um céu de nevoeiro sob seus pés". Os assistentes na Chancelaria "dão asas a seu humor" em um caso ridículo. Ada descreve os olhos saltados da sra. Pardiggle como "olhos de estrangulado". Quando Guppy tenta persuadir Weevle a permanecer em seus aposentos na casa de Krook, ele está "mordendo o polegar com o apetite da irritação". Enquanto sir Leicester espera pela volta de lady Dedlock, não se ouve nas ruas à meia-noite nenhum som tardio, a menos que algum homem "nomadicamente bêbado" passe por elas aos berros.

Como acontece com todos os grandes escritores que têm uma aguda percepção visual das coisas, um epíteto banal pode às vezes adquirir novo frescor e vitalidade devido ao pano de fundo contra o qual é empregado. "A luz bem-vinda brilha na parede enquanto Krook [que descera em busca de uma vela acesa e agora retorna] sobe lentamente com o gato de olhos verdes em seus calcanhares." Todos os gatos têm olhos verdes — mas reparem como esses olhos são ainda mais verdes devido ao fato de que a vela acesa sobe lentamente as escadas. Com frequência, é a posição do epíteto, e o reflexo nele projetado pelas palavras vizinhas, que lhe dá seu verdadeiro encanto.

8. *Nomes evocativos*

Naturalmente, temos Krook [trocadilho com *crook*, escroque]; Blaze and Sparkle, Jewellers [Brilho e Lampejo, Joalheiros]; os srs. Blower [Fanfarrão] e Tangle [Nó], advogados; Boodle [Propina], Coodle [Abraço, via *cuddle*] e Doodle [Garatuja], políticos. Esse é um recurso empregado nas velhas comédias.

9. *Aliteração e assonância*

Esse recurso já foi observado em conexão com a repetição. Mas podemos degustar um exemplo de assonância quando o sr. Smallweed diz para sua mulher: "Você, hem? Dançando, saracoteando, arrastando os pés, batendo as asas — meu papagaio no poleiro". A aliteração está presente na frase "lady Dedlock desde logo", enquanto Jarndyce versus Jarndyce pode ser visto como o exemplo do recurso levado ao absurdo.

10. *Uso reiterado da conjunção "e"*

Isso é utilizado para caracterizar o estilo emocional de Esther, como quando ela descreve seu companheirismo com Ada e Richard na Casa Soturna: "Estou certa de que, me sentando com eles, e caminhando com eles, e conversando com eles, e vendo como se apaixonam mais e mais com o passar dos dias, e não fazendo nenhum comentário sobre isso, e cada um deles timidamente pensando que esse amor é o maior dos segredos. [...]". Em outro exemplo, quando Esther aceita Jarndyce: "Passei os dois braços por seu pescoço e o beijei; e ele perguntou se aquilo vinha da dona da Casa Soturna, e eu disse que sim; e em pouco tempo não fez a menor diferença, e nós todos saímos juntos, e não contei nada à minha queridinha [Ada]".

11. *Toques humorísticos, curiosos, alusivos e fantásticos*

"Sua família é tão velha quanto as colinas e infinitamente mais respeitável"; ou: "O peru no galinheiro, sempre preocupado com uma questão de classe (provavelmente o Natal)"; ou: "o cocoricó do enérgico
galo no porão da pequena leiteria da Cursitor Street, cujas ideias sobre
a luz do sol seria interessante conhecer uma vez que sua experiência
pessoal sobre o assunto é praticamente nula"; ou: "uma sobrinha baixa
e astuta, comprimida de forma demasiado violenta na cintura, com
um nariz tão cortante como uma tarde de outono em que há um toque
de geada no ar".

12. *Jogos de palavras*

O livro contém diversos trocadilhos, bem distantes ainda dos jogos de
palavras excessivamente elaborados de *Finnegans Wake*, de Joyce, mas
que apontam na direção correta.

13. *Descrição indireta de falas*

Esse é um desenvolvimento do estilo de Samuel Johnson e Jane Austen,
com um número maior de falas no contexto de uma descrição. A sra.
Piper depõe no inquérito sobre a morte de Nemo mediante um relato
indireto: "Ora, a sra. Piper tem muito a dizer, sobretudo entre parênteses e sem pontuação, mas não muito para contar. A sra. Piper mora
no prédio (seu marido é marceneiro), e há muito tempo (desde um dia
antes do meio batizado de Alexander James Piper quando tinha dezoito meses e quatro dias porque não se esperava que sobrevivesse, meus
senhores, tal era o sofrimento daquela criança por causa das gengivas)
os vizinhos o chamavam de Queixoso — assim a sra. Piper insiste em
chamar o falecido — que, conforme se dizia, tinha se vendido. Acha
que era pela aparência do Queixoso que ele ganhou esse nome. Via o
Queixoso com frequência e considerava que, por sua fisionomia feroz,
não se deveria deixar que ele chegasse perto de crianças medrosas (e se
tivessem dúvidas sobre isso esperava que chamassem a sra. Perkins que

estava lá e não deixaria mal seu marido e ela própria e a família). Viu o Queixoso sendo zombado e importunado pelas crianças (pois crianças são assim mesmo e não se pode esperar sobretudo se forem brincalhonas que sejam bem-comportadinhas como o senhor mesmo não foi)" etc.

O emprego da fala indireta é usado diversas vezes, representando personagens menos excêntricos, para acelerar ou concentrar determinado estado de espírito, ocasionalmente acompanhado, como aqui, por uma repetição lírica quando Esther está persuadindo Ada, casada em segredo, a acompanhá-la em uma visita a Richard:

"— Minha querida — eu disse —, você não teve nenhum problema com Richard enquanto passei todo esse tempo fora?

— Não, Esther.

— Nem conversou com ele? — perguntei.

— Sim, conversei com ele — disse Ada.

Aquelas lágrimas em seus olhos, tanto amor em seu rosto. Será que eu deveria visitar Richard sozinha?, perguntei. Não, Ada achou melhor que eu não fosse sozinha. Ela iria comigo? Sim, Ada achou melhor ir comigo. Devíamos ir já? Sim, vamos já. Bem, eu não conseguia entender minha querida, com lágrimas nos olhos e amor no rosto!"

✳

Um escritor pode ser um bom contador de histórias ou um bom moralista, porém, a menos que seja um mago, um artista, não será um grande escritor. Dickens é um bom moralista, um bom contador de histórias e um soberbo mago, mas como contador de histórias deixa algo a desejar em relação a suas outras virtudes. Em outras palavras, ele é supremamente bom ao retratar seus personagens e seus habitats em qualquer situação específica, mas há falhas em seu trabalho quando tenta estabelecer diversos vínculos entre tais personagens em um determinado curso de ação.

Qual é a impressão conjunta que uma grande obra de arte produz em nós? (Com "nós", quero me referir ao bom leitor.) A Precisão da Poesia e a Excitação da Ciência. E esse é o impacto de *A casa soturna* no que o livro tem de melhor. Aí surge por inteiro Dickens, o mago;

Dickens, o artista. Um pouco abaixo do melhor, o professor moralista está em grande evidência em *A casa soturna*, geralmente de forma também artística. No que tem de pior, *A casa soturna* revela o contador de histórias tropeçando vez por outra, embora a estrutura geral ainda se mantenha excelente.

Malgrado certas falhas ao contar a história, Dickens permanece um grande escritor. O controle sobre uma considerável constelação de personagens e temas, a técnica de manter os protagonistas e os eventos bem costurados ou de evocar personagens ausentes por meio do diálogo — em outras palavras, a arte não apenas de criar pessoas, mas também a de mantê-las vivas na mente do leitor no curso de um longo romance —, isso, obviamente, é o sinal inconfundível de grandeza. Quando o avô Smallweed é levado em sua poltrona até a galeria de tiro de George para tentar obter uma amostra da caligrafia do capitão Hawdon, o cocheiro da carruagem e outro indivíduo servem como carregadores. "'Essa pessoa [o outro carregador, ele diz] nós contratamos na rua por um quartilho de cerveja. Que custa 2 *pennies* [...]. Judy, minha filha [ele diz à sua filha], lhe dê o dinheiro. É muito pelo que ele fez.'

O indivíduo, um desses espécimes de fungos humanos que brotam espontaneamente nas ruas da parte oeste de Londres, vestindo um velho casaco vermelho e sempre pronto a segurar cavalos e chamar carruagens de aluguel, recebe sua moeda sem demonstrar nenhuma gratidão, a joga para o alto, pega ao cair com a palma da mão para baixo e vai embora." Esse gesto, esse único gesto e seu epíteto "com a palma da mão para baixo" são uma ninharia, mas o indivíduo viverá para sempre na mente de um bom leitor.

O mundo de um grande escritor é na verdade uma democracia mágica onde mesmo um personagem menor, até mesmo um personagem incidental como o sujeito que joga a moeda para o alto, tem o direito de viver e se reproduzir.

Gustave Flaubert (1821-1880)

MADAME BOVARY (1856)

Vamos começar agora a degustar outra obra-prima, outro conto de fadas. De todos os contos de fadas destas lições, o romance de Flaubert *Madame Bovary* é o mais romântico. Do ponto de vista estilístico, sua prosa faz o que a poesia supostamente deve fazer.*

Uma criança para quem lemos uma história pode perguntar se ela é verdadeira. E, se não for, a criança pode exigir uma que seja. Mas não devemos perseverar nessa atitude infantil com relação aos livros que lemos. Obviamente, se alguém lhe disser que o sr. Smith viu um disco voador azul com um piloto verde passar a toda a velocidade, você perguntará: "Isso é verdade?". Porque, de certo modo, o fato de ser verdade alteraria toda a sua vida, teria consequências práticas infinitas para você. Não pergunte, no entanto, se um poema ou um romance é verdadeiro. Não nos façamos de tolos: lembremos que a literatura não tem o menor valor prático, exceto no caso muito especial de alguém querer se tornar, imaginem, um professor de literatura. A moça chamada Emma Bovary nunca existiu: o livro *Madame Bovary* existirá para todo o sempre. Um livro tem vida mais longa que uma moça.

---

* Com relação a alguns aspectos do estilo de Flaubert, ver as Notas de Nabokov ao final desta seção. (N.E.)

O romance tem a ver com adultério, contendo situações e alusões que chocaram o governo puritano e convencional de Napoleão III. Na verdade, o livro foi julgado por obscenidade em uma Corte de Justiça. Vejam só! Como se o trabalho de algum artista alguma vez pudesse ser obsceno. Apraz-me informar que Flaubert ganhou a causa. Isso aconteceu faz mais de um século. Em nossos dias, nossos tempos... Mas deixem-me voltar ao assunto.

✳

Vamos analisar *Madame Bovary* como Flaubert desejava que fosse analisado: em termos de estruturas (*mouvements*, em suas palavras), linhas temáticas, estilo, poesia e personagens. O romance consiste em 35 capítulos, cada qual com dez páginas, sendo dividido em três partes situadas respectivamente em Rouen e Tostes, em Yonville, e em Yonville, Rouen e Yonville, lugares inventados, com exceção de Rouen, cidade do norte da França que possui uma famosa catedral.

A ação principal supostamente ocorre nas décadas de 1830 e 1840, no reinado de Luís Filipe (1830-48). O capítulo 1 começa no inverno de 1827 e, em uma espécie de posfácio, a vida de alguns personagens é seguida até 1856, no reinado de Napoleão III e, de fato, até a data em que Flaubert concluiu o livro. *Madame Bovary* foi iniciado em Croisset, perto de Rouen, no dia 19 de setembro de 1851, terminado em abril de 1856, entregue em junho e publicado de forma seriada a partir do final do ano na *Revue de Paris*. Cento e sessenta quilômetros ao norte de Rouen, Dickens, em Boulogne, terminava *A casa soturna* no verão de 1853 quando Flaubert chegou à segunda parte do romance; um ano antes, na Rússia, Gógol tinha morrido e Tolstói publicava *Infância*, sua primeira obra importante.

Três forças fazem e moldam um ser humano: hereditariedade, meio ambiente e o agente desconhecido X. Dessas, a segunda, o meio ambiente, é de longe a menos importante, enquanto a terceira, o agente X, é de longe a mais influente. No caso dos personagens que vivem nos livros, é obviamente o autor quem controla, dirige e aplica as três forças. A sociedade em torno de Madame Bovary foi fabricada por Flaubert de modo tão deliberado quanto a própria Madame Bovary foi criada por ele, e dizer que essa sociedade flaubertiana agiu sobre aquela personagem flaubertiana é dizer o óbvio. Tudo que acontece no livro acontece exclusivamente na mente de Flaubert, qualquer que tenha sido o impulso trivial no seu início, quaisquer que tenham sido as condições existentes — ou que lhe pareciam existir — naquele momento na França. É por isso que me oponho aos que insistem na influência das condições sociais objetivas sobre a principal personagem, Emma Bovary. O romance de Flaubert cuida das delicadas probabilidades do destino humano, e não da aritmética do condicionamento social.

Costuma-se dizer que os personagens de *Madame Bovary*, em sua maioria, são burgueses. Mas uma coisa que cumpre esclarecer de uma vez por todas é o significado que Flaubert dá ao termo *bourgeois*. Quando não significa apenas habitante de uma cidadezinha, como é comum na língua francesa, o termo *bourgeois* tal como empregado por Flaubert quer dizer "filisteu", uma pessoa preocupada com o lado material da vida e que só crê em valores convencionais. Ele nunca usa a palavra com alguma conotação marxista político-econômica. O burguês de Flaubert é uma questão de estado de espírito, não de conta bancária. Em uma famosa cena do livro, uma mulher velha e trabalhadora recebe uma medalha por haver labutado como uma escrava para seu patrão fazendeiro e se vê diante de um comitê de burgueses felizes da vida que riem para ela: pois bem, aqui os dois lados são filisteus; os políticos sorridentes e a supersticiosa velha camponesa são burgueses na acepção de Flaubert. Penso esclarecer totalmente o termo se disser que, por exemplo, na Rússia comunista de hoje [década de 1950] a literatura soviética, a arte soviética, a música soviética e as aspirações soviéticas são essencial e presunçosamente burguesas. É a cortina de renda por trás da cortina de ferro. Um funcionário soviético, de alto ou baixo escalão, tem a mente típica de um burguês, de um filisteu. A chave para compreender o termo de Flaubert é o "filistinismo" de seu monsieur Homais. Deixe-me acrescentar, para maior clareza, que Marx teria chamado Flaubert de burguês no sentido político-econômico, enquanto Flaubert teria chamado Marx de burguês no sentido espiritual. E ambos estariam corretos, pois Flaubert era um senhor de posses na vida física e Marx, um filisteu em sua atitude para com as artes.

*

O reinado de Luís Filipe, o rei cidadão (*le roi bourgeois*), de 1830 a 1848, foi uma era placidamente sem brilho quando comparada com os fogos de artifício de Napoleão no início do século e nossos próprios tempos variegados. Na década de 1840, "os anais da França eram tranquilos sob a fria administração de Guizot". Mas "1847 se abriu com aspectos sombrios para o governo francês: irritação, carências, o desejo por um comando mais popular e talvez mais brilhante. [...] A trapaça e o subterfúgio pareciam reinar nas altas esferas". Uma revolução estourou em fevereiro de 1848. Luís Filipe, "assumindo o nome de William Smith, encerrou um reinado inglório com uma fuga inglória em uma carruagem qualquer" (*Enciclopédia Britânica*, 9ª edição, 1879). Mencionei esse pouquinho de história porque o bom Luís Filipe, com sua carruagem e seu guarda-chuva, era um perfeito personagem flaubertiano. Outro personagem, Charles Bovary, de acordo com meus cálculos nasceu em 1815; entrou para o colégio em 1828; tornou-se um "oficial de saúde" (um grau abaixo de doutor) em 1835; casou-se no mesmo ano com sua primeira mulher, a viúva Dubuc, em Tostes, onde começou a praticar a medicina. Depois da morte dela, casou-se com Emma Rouault (a heroína do livro) em 1838; mudou-se para outra cidade, Yonville, em 1840; e, tendo a segunda mulher falecido em 1846, morreu em 1847, com 32 anos.

Essa é, em resumo, a cronologia do romance.

*

No primeiro capítulo encontramos nossa linha temática inicial: o tema das camadas ou do bolo de camadas. Estamos no outono de 1828. Charles tem treze anos e, no primeiro dia de escola, ainda segura o boné em cima dos joelhos na sala de aula. "Era um desses chapéus de tipo composto, em que se podem encontrar elementos dos gorros de pele de urso e de pele de lontra, das *shapskas* usadas pelos lanceiros [um tipo de quepe com a parte de cima reta], dos chapéus redondos de feltro e das toucas de algodão caseiras; em suma, uma dessas coisas patéticas que são tão profundamente expressivas em sua muda feiura quanto o rosto de um débil mental. Ovoide, sustentada por barbatanas, começava com uma espécie de linguiça circular repetida três vezes. Depois, mais acima, havia duas faixas de losangos. Uma de veludo, a outra de pele de coelho, separadas por uma banda vermelha; vinha a seguir um tipo de bolsa que terminava em um polígono de papelão com complexos passamanes; e lá se pendurava, por uma cordinha longa e fina, uma borla feita com fios dourados. O boné era novo, a viseira reluzia."* (Podemos comparar isso à descrição que faz Gógol em *Almas mortas* da mala de viagem de Tchitchikov e da carruagem de Korobotchka — também um tema de camadas!)

Aqui, e em três outros exemplos a serem analisados, a imagem é desenvolvida camada por camada, fileira por fileira, aposento por aposento, caixão fúnebre por caixão fúnebre. O boné é uma peça patética e de mau gosto: simboliza toda a vida futura de Charles — igualmente patética e de mau gosto.

Charles perde a primeira mulher e, em junho de 1838, aos 23 anos de idade, casa-se com Emma em uma grande cerimônia no campo. Um bolo em camadas — também algo patético e de mau gosto — é preparado por um confeiteiro novo na região e que, por isso, se esforçou muito. "Começava na base com um quadrado de papelão azul [tendo início, por assim dizer, onde terminava o boné, cuja parte de cima era um polígono de papelão]; sobre esse quadrado se erguia um templo com pórticos, colunatas e pequenas estátuas de gesso em nichos crivados de estrelas de papel dourado; na segunda camada havia um castelo feito de suspiro e circundado por minúsculas fortificações compostas de angélicas, amêndoas, passas e gomos de laranja cristalizados; por fim, na plataforma mais alta, que representava uma campina verdejan-

---

* As citações nesta seção provêm da edição da Rinehart de 1948, mas muito modificadas por Nabokov no seu exemplar, ainda existente, com abundantes anotações. (N.E.)

te com pedras, lagos de geleia e botes de chocolate, estava sentado um pequeno cupido em um balanço de chocolate cujos suportes laterais exibiam no topo dois botões de rosa naturais."

O lago de geleia aqui é uma espécie de sinal premonitório dos românticos lagos suíços sobre os quais, ao som dos versos líricos de Lamartine então na moda, Emma Bovary, a futura adúltera, desliza nos seus sonhos; e vamos voltar a encontrar o pequeno cupido em um relógio de bronze em meio ao esplendor degradado do quarto de hotel em Rouen, onde Emma se encontra com Léon, seu segundo amante.

Estamos ainda em junho de 1838, mas em Tostes. Desde o inverno de 1835-36, Charles morava naquela casa, primeiro com sua primeira mulher, até ela morrer, em fevereiro de 1837, depois lá permanecendo sozinho. Ele e sua nova esposa Emma passarão dois anos em Tostes (até março de 1840) antes de se mudarem para Yonville. [*Primeira camada*:] "A parede de tijolos da frente ficava rente à rua, ou melhor, estrada. [*Segunda camada*:] Atrás da porta estava pendurada uma capa com pequena pelerine, uma brida e um bonezinho de couro; em um canto do chão, um par de perneiras ainda com uma crosta de lama ressecada. [*Terceira camada*:] À direita ficava a sala de visitas, que também servia como sala de jantar. O papel de parede amarelo-canário, aliviado no alto por uma grinalda de flores pálidas, tremulava ligeiramente onde já se desprendia da parede; nas janelas havia cortinas entrecruzadas de calicô branco e, em um estreito consolo de lareira, um relógio com o busto de Hipócrates resplandecia entre dois castiçais folheados a prata com quebra-luzes ovais. [*Quarta camada*:] Do outro lado do corredor ficava o consultório de Charles, um cubículo com seis passos de largura, contendo uma mesa, três cadeiras e uma poltrona de escritório. As seis estantes de tábuas de pinho eram quase inteiramente ocupadas pelos volumes do *Dicionário de Ciência Médica*, com as páginas ainda não cortadas, mas as capas bastante sovadas devido às vendas sucessivas a que tinham sido submetidos. [*Quinta camada*:] Era possível sentir o cheiro de manteiga frita penetrando através das paredes nas horas de consulta, assim como na cozinha se podiam ouvir os pacientes tossindo no consultório e relatando todos os seus achaques. [*Sexta camada*:] Vinha a seguir ['*venait ensuite*', re-

petindo exatamente a fórmula usada na descrição do boné] um grande e dilapidado aposento com um forno. Ele se abria diretamente para o pátio com o estábulo, sendo agora usado para guardar lenha, garrafas de vinho e outros objetos."

Em março de 1846, após oito anos de casada, incluindo dois tempestuosos casos que seu marido desconhecia por completo, Emma Bovary assume uma montanha pavorosa de dívidas que é incapaz de pagar e suicida-se. No seu único momento de fantasia romântica, o pobre Charles faz os seguintes planos para seu funeral: "Ele se trancou no consultório, tomou uma caneta e, depois de um acesso de soluços, escreveu: 'Quero que ela seja enterrada no vestido de noiva, com sapatos brancos e uma coroa de flores. Seus cabelos deverão estar espalhados sobre os ombros. [*Agora vêm as camadas.*] Três caixões: um de carvalho, um de mogno e um de chumbo. [...] Cobrindo tudo, uma grande peça de veludo verde'". Todos os temas das camadas culminam aqui. Com absoluta lucidez, somos lembrados da lista de elementos que compunham o patético boné de Charles em seu primeiro dia de escola, assim como das camadas do bolo de noiva.

✳

A primeira madame Bovary é viúva de um juiz. De certo modo, pode-se dizer que é a primeira e falsa madame Bovary. No capítulo 2, enquanto a primeira esposa ainda está viva, a segunda surge no horizonte. Assim como Charles se instala defronte do velho médico antes de sucedê-lo, a futura madame Bovary aparece igualmente antes que a primeira morra. Flaubert não podia descrever seu matrimônio com Charles porque isso teria estragado a festa de casamento com a madame Bovary seguinte. Flaubert chama a primeira esposa de madame Dubuc (nome de seu primeiro marido), depois de madame Bovary, mais tarde de madame Bovary jovem (para distingui-la da mãe de Charles) e, mais tarde ainda, de Héloïse; no entanto, a chama de viúva Dubuc quando um tabelião foge com o dinheiro dela e, finalmente, de madame Dubuc.

Em outras palavras, vista pela mente simples de Charles, Héloïse começa a retornar à sua condição inicial quando ele se apaixona por

Emma Rouault, passando pelos mesmos estágios em direção contrária. Após sua morte, quando Charles Bovary se casa com Emma, a coitada da Héloïse volta a ser a madame Dubuc do começo. É Charles quem fica viúvo, porém sua viuvez é de algum modo transferida à traída e agora falecida Héloïse. Emma nunca parece ter se apiedado do destino patético de Héloïse Bovary. Aliás, um choque financeiro contribui para a morte das duas.

✳

O termo *romântico* tem várias acepções. Ao analisar *Madame Bovary* — o livro e a própria mulher —, usarei o termo com o seguinte sentido: "Caracterizado por um hábito mental sonhador e imaginativo, com a tendência a se concentrar em possibilidades pitorescas derivadas em particular da literatura". (Mais para o romanesco do que para o romântico.) Uma pessoa romântica, que vive mental e emocionalmente na irrealidade, é rasa ou profunda dependendo da qualidade de sua mente. Emma Bovary é inteligente, sensível, comparativamente bem-educada, mas tem uma mente rasa: seu encanto, sua beleza e seu refinamento não impedem que possua um veio fatal de filistinismo. Seus devaneios extravagantes não a eximem de ser, no fundo, uma burguesa do interior, aferrando-se às convenções ou cometendo uma ou outra violação convencional das regras convencionais, sendo o adultério um modo bem convencional de escapar ao convencional. E sua paixão pelo luxo não evita que ela exiba uma ou duas vezes o que Flaubert chama de rigor camponês, certa praticidade rústica. No entanto, seu extraordinário encanto físico, sua graça excepcional, a vivacidade digna de um pássaro ou beija-flor — tudo isso é irresistivelmente atraente e charmoso para três homens que aparecem no livro: seu marido e os dois amantes que ela tem em sucessão, ambos canalhas — Rodolphe, que nela encontra uma ternura infantil e sonhadora em bem-vindo contraste com as prostitutas com quem costuma se relacionar; e Léon, indivíduo medíocre e ambicioso que se sente lisonjeado por ter como amante uma verdadeira dama.

E que tal o marido, Charles Bovary? Trata-se de uma pessoa maçante e pesadona, sem nenhum charme, nenhuma inteligência, nenhuma cultura e com um conjunto completo de noções e hábitos convencionais. É um filisteu, mas também um ser humano patético. Os dois pontos seguintes são de suma importância. O que o seduz em Emma, e o que ele encontra nela, é exatamente o que Emma está buscando e não encontra em seus devaneios românticos. Charles, de forma vaga mas intensa, percebe na personalidade dela um encanto iridescente, um luxo, um afastamento sonhador, poesia, romance. Esse é o primeiro ponto, que exemplificarei adiante. O segundo ponto é que o amor que Charles desenvolve quase sem querer por Emma é um sentimento real, profundo e verdadeiro, em contraste absoluto com as emoções brutais e frívolas de Rodolphe e Léon, seus amantes vulgares e satisfeitos consigo mesmos. Eis aqui o paradoxo agradável do conto de fadas de Flaubert: a pessoa mais enfadonha e inepta do livro é a única redimida por algo divino no amor todo-poderoso, magnânimo e inquebrantável que devota a Emma, viva ou morta. Há uma quarta figura no livro que tem paixão por Emma, mas é apenas uma criança dickensiana, Justin. Não obstante, recomendo que lhe seja dada uma atenção carinhosa.

Voltemos ao tempo em que Charles ainda estava casado com Héloïse Dubuc. No capítulo 2, o cavalo de Bovary — os cavalos ocupam um papel enorme nesse livro, formando um tema próprio* — o conduz em um trote sonhador até Emma, a filha de um fazendeiro que é seu cliente. Emma, contudo, não é uma filha de fazendeiro qualquer: trata-se de uma graciosa senhorita, uma *demoiselle*, criada em um bom colégio interno com moças da aristocracia. Por isso, aqui está Charles Bovary, posto para fora de seu frio e úmido leito conjugal (ele nunca amara sua infeliz primeira mulher, velhusca, de peito chato e com tantas espinhas quanto a primavera tem brotos —, viúva de outro homem, como Flaubert faz Charles se lembrar dela). Por isso, aqui está Charles, o jovem médico do interior, obrigado a sair de sua cama insossa por um

---

* Para mais informações acerca do tema do cavalo, ver as anotações de Nabokov ao fim desta seção. (N.E.)

mensageiro e seguir para a fazenda de Les Bertaux a fim de cuidar da perna fraturada de um fazendeiro. Ao se aproximar da fazenda, seu cavalo manso de repente refuga violentamente, uma sutil premonição de que a vida tranquila do jovem será destroçada.

Vemos a fazenda e Emma pelos olhos dele ao lá chegar pela primeira vez, casado ainda com a infeliz viúva. A meia dúzia de pavões no pátio da frente parece uma promessa vaga, uma lição em iridescência. Podemos seguir o pequeno tema da sombrinha de Emma mais para o fim do capítulo. Alguns dias depois, durante um dia de degelo, quando os troncos das árvores reluziam com a umidade e a neve nos telhados derretia, Emma se encontra no umbral da porta, e depois vai buscar a sombrinha e a abre. A sombrinha, feita de uma seda prismática através da qual o sol brilhava, iluminou a pele branca de seu rosto com cores cambiantes. Ela sorriu sob a amena cobertura enquanto pingos de água caíam com uma nota precisa de percussão, um a um, no tecido de seda bem retesado. Vários componentes da graça sensual de Emma são mostrados pelos olhos de Bovary: o vestido azul com três babados, as unhas elegantes, o penteado. Esse penteado tem sido tão horrivelmente traduzido em todas as versões que a descrição correta precisa ser dada a fim de visualizá-lo corretamente: "Seus cabelos eram partidos ao meio em dois bandós negros que, de tão macios, pareciam constituir cada qual uma peça única; a linha delicada no centro acompanhava a curvatura do crânio [*essa é a visão de um jovem médico*], e os bandós apenas deixavam à mostra os lobos das orelhas [*lobos, e não as 'pontas de cima', como querem todos os tradutores: as partes superiores das orelhas estavam obviamente encobertas por aquelas densas ondas negras*], todo o cabelo preso atrás em um grosso coque. Suas faces eram rosadas".

A impressão sensual que ela causa em nosso jovem é reforçada pela descrição de um dia de verão visto de dentro, da sala de visitas: "Os batentes externos estavam fechados. Através das frestas na madeira, o sol projetava no chão de pedra longos e finos raios que se quebravam ao atingir os móveis e dançavam no teto. Nas mesas, as moscas passeavam pelos copos usados, zumbindo ao se afogarem nos restos da sidra. A luz que penetrava pela chaminé transformava em veludo a fuligem no fundo da lareira, dando um toque azulado às cinzas frias. Entre a janela e a lareira, Emma bordava sentada em uma cadeira; não usava lenço de cabeça; ele podia ver gotas de suor em seus ombros nus".

Reparem nos longos e finos raios que penetram através das frestas nos batentes fechados, assim como as moscas passeando pelos copos (e não "rastejando", como querem os tradutores: as moscas não rastejam, elas andam e esfregam as patas dianteiras) e se afogando nos restos de sidra. E notem a insidiosa luz do dia que transforma em veludo a fuligem no fundo da lareira e dá um toque azulado às cinzas frias. As gotas de suor nos ombros de Emma (ela usava um vestido sem alças) também merecem ser notadas. Isso é o que há de melhor em matéria de criação de imagens.

O cortejo nupcial que percorre os caminhos rurais deve ser comparado ao cortejo fúnebre, levando a falecida Emma por outras estradinhas ao final do livro. No casamento: "O cortejo, que de início lembrava um longo lenço colorido ondulando através dos campos pelo estreito caminho que serpenteava em meio ao verdejante trigal, logo se tornou mais longo, dividindo-se nos vários grupos que iam ficando para trás a fim de conversarem. O violinista caminhava na frente com seu instrumento, enfeitado com fitas amarradas na voluta. Vinham depois o casal, os parentes e os amigos, todos seguindo em uma grande barafunda; as crianças vinham na traseira, arrancando os brotos em forma de sino nas hastes de carvalho ou brincando sem serem vistas. O vestido de Emma, longo demais, arrastava-se um pouco pelo chão; vez por outra, ela parava para levantar a bainha e, delicadamente, com os dedos enluvados, pinçava os pedacinhos de capim e pequenos espinhos de cardos, enquanto Charles, de mãos abanando, esperava até ela terminar. O velho Rouault, com um novo chapéu de seda e os punhos do casaco preto cobrindo as mãos até as unhas, dava o braço à madame Bovary mãe. Monsieur Bovary pai — que, na verdade desprezando toda aquela gente, vestia simplesmente uma sobrecasaca de corte militar com uma fileira de botões — dirigiu gracejos chulos a uma jovem camponesa de cabelos claros. Ela fez uma reverência, corou e não soube o que responder. Os convidados ao casamento falavam de seus negócios ou faziam gracinhas pelas costas dos outros, preparando-se para a diversão que estava por vir. Se alguém prestasse bastante atenção, sempre conseguiria ouvir os sons rangentes [dignos de um grilo] do violinista, que não parou de tocar enquanto atravessava os campos".

Emma está sendo enterrada. "Os seis homens, três de cada lado, caminhavam lentamente, algo ofegantes. Os padres, os membros do coral e dois sacristãos recitavam o *De profundis*, e suas vozes ecoavam nos campos, subindo e descendo. Às vezes eles desapareciam nos meandros do caminho; mas a grande cruz de prata era sempre visível entre as árvores. [*Comparem com o violonista no casamento.*]

As mulheres vinham atrás vestindo capa preta com o capuz abaixado; cada uma delas levava nas mãos um grande círio aceso, e Charles se sentiu tonto com a repetição contínua das preces e as velas, com o cheiro opressivo da cera e das batinas. Soprava uma leve brisa. O centeio e a colza estavam verdes, gotas de orvalho tremelicavam na beira da estrada e nas sebes de pilriteiros. Todos os tipos de sons festivos enchiam o ar: os solavancos de uma carroça vencendo ao longe os sulcos da estrada, o cantar de um galo repetido diversas vezes, o cabriolar de um potro fugindo sob as macieiras. O céu puro estava enfeitado de nuvens luminosas; uma tênue neblina azulada pairava sobre as choupanas cobertas de íris. Charles, ao passar, reconhecia todos os quintais. Relembrava manhãs como aquela, quando, depois de visitar algum paciente, saía de uma das casas e voltava para Emma. [*Curiosamente, ele não se recorda do casamento; o leitor está em uma posição melhor que a dele.*]

O tecido negro salpicado de contas brancas era de tempos em tempos soprado pelo vento, deixando à mostra o caixão. Os homens que o carregavam, cansados, caminhavam mais devagar, e o avanço se fazia com movimentos bruscos, como um bote que sacoleja a cada onda."

Depois do casamento, a bem-aventurança de nosso jovem médico em sua vida cotidiana é retratada em outro parágrafo sutilmente sensual. Aqui, mais uma vez, somos obrigados a aprimorar as traduções insatisfatórias. "Na cama, pelas manhãs, ao lado dela, com o cotovelo apoiado no travesseiro, ele observava a luz do sol ao tocar o frescor dourado de suas faces semiocultas pelo crenulado da touca de dormir. A curta distância, seus olhos pareciam estranhamente grandes, em especial quando, ao despertar, ela os abria e fechava. Negros à sombra, azul-escuros em plena luz do dia, eles tinham, por assim dizer, camadas de cores sucessivas, as quais, mais densas no fundo, clareavam ao se aproximar da superfície da córnea." (Pequeno eco do tema das camadas.)

✳

No capítulo 6, a infância de Emma é vista em retrospecto com base na cultura romântica pouco profunda em que foi criada, nos livros que leu e no que deles absorveu. Emma é uma leitora voraz de romances mais ou menos exóticos, de poesia romântica. Alguns dos autores que ela conhece são de primeira qualidade, como Walter Scott ou Victor Hugo; outros não são tão bons, como Bernardin de Saint-Pierre ou Lamartine. Mas, bons ou maus, não é isso que importa. O importante é que ela é uma má leitora. Lê os livros emocionalmente, de modo juvenil e pouco profundo, pondo-se no lugar de uma ou outra personagem feminina. Flaubert faz algo bem sutil: em várias passagens, ele lista todos os clichês românticos caros ao coração de Emma, mas sua escolha arguta dessas imagens baratas e seu arranjo cadenciado ao longo do arco da frase produzem um efeito de harmonia e arte. No convento, os romances que ela lia "eram todos sobre amor, amantes, mulheres perseguidas desmaiando em pavilhões solitários, postilhões assassinados a cada estação de muda, cavalos extenuados em cada página, florestas sombrias, desilusões amorosas, promessas, soluços, lágrimas e beijos, barquinhos ao luar, rouxinóis em bosques sombreados, *cavalheiros* corajosos como leões, gentis como carneirinhos, virtuosos como ninguém jamais o foi, sempre bem-vestidos e chorando como chafarizes. Assim, durante seis meses, Emma, então com quinze anos, teve as mãos encobertas pelo pó dos livros de velhas bibliotecas onde os tomava por empréstimo. Mais tarde, com Walter Scott, ela se apaixonou por eventos históricos, sonhando com velhas arcas, salas de guarda e menestréis. Gostaria de viver em uma mansão antiga, como aquelas castelãs de torso longo que, sob ogivas e arcos pontiagudos, passavam os dias debruçadas sobre um parapeito de pedra, o queixo sustentado na mão, vendo se aproximar a galope, vindo de campos longínquos, um cavaleiro com um chapéu de pluma branca em sua montaria negra".

Ele usa o mesmo truque artístico ao listar as vulgaridades de Homais. O sujeito pode ser grosseiro e repugnante, porém sua descrição é modulada e equilibrada artisticamente. Isso se chama estilo. Isso é arte. Isso é a única coisa que realmente interessa nos livros.

O tema dos devaneios de Emma tem algumas relações com a sua cadelinha galga que lhe foi presenteado por um guarda-florestal "durante uma caminhada [em Tostes]. Às vezes ela fazia passeios para ficar a sós por algum tempo e deixar de ver o eterno jardim e a estrada poeirenta. [...] Seus pensamentos, a princípio sem nexo, se desdobrariam ao acaso, assim como sua galga, que corria em grandes círculos no campo aberto, latindo para as borboletas amarelas, caçando camundongos ou mordiscando papoulas nas beiras dos campos de trigo. Gradualmente suas ideias tomavam forma definitiva e, sentada no capim que arrancava com pequenos golpes da sombrinha, Emma repetia para si própria: 'Meu Deus, por que fui me casar?'.

Ela se perguntava se, por alguma jogada da sorte, não teria sido possível encontrar outro homem; e tentava imaginar como teriam sido aqueles acontecimentos não realizados, aquela vida diferente, aquele marido desconhecido. Nada, sem dúvida, seria como agora. Ele poderia ser bonito, espirituoso, distinto, atraente, como certamente o eram os maridos de suas ex-colegas de escola. O que estariam fazendo agora? Na cidade, com o barulho das ruas, a algaravia nos teatros, as luzes nos salões de baile: estariam vivendo vidas em que o coração se expande, os sentidos desabrocham. Mas sua vida era tão fria quanto uma água-furtada com a lucarna voltada para o norte, e o enfado, aquela aranha silenciosa, furtivamente tecia sua teia em cada cantinho de seu coração".

A perda da galga na viagem de Tostes para Yonville simboliza o fim dos devaneios elegíacos e levemente românticos em Tostes, bem como o começo de experiências mais apaixonadas na fatídica Yonville.

No entanto, mesmo antes de Yonville, a ideia romântica e fantasiosa de Paris tem origem no estojo de charutos feito de seda que ela encontra em uma estrada rural deserta ao voltar de Vaubyessard,* assim como no livro de Proust *Em busca do tempo perdido*, o maior romance da primeira metade do século 20, a cidadezinha de Combray com seus jardins (uma memória) emerge de uma xícara de chá. Essa visão de Paris faz parte de uma série de devaneios de Emma que aparecem ao longo do livro. Um desses, bem cedo destruído, é o de que ela pode fazer o nome Bovary famoso por intermédio de Charles: "Ora, pelo menos não era seu marido um desses homens dotados de grande e apaixonada determinação, que passam as noites debruçados sobre seus livros e que por fim, aos sessenta anos, quando o reumatismo se instala, usam uma cruz de honra em seus casacos pretos e mal cortados? Ela queria que o nome de Bovary, que era também seu, fosse ilustre, desejava vê-lo nas livrarias, repetido nos jornais, conhecido em toda a França. Porém Charles não tinha a menor ambição".

O tema do devaneio se liga com bastante naturalidade ao do logro. Ela esconde o estojo de charutos com o qual sonha; tapeia Charles desde o começo a fim de fazer com que a leve para outro lugar. Fingindo-se de doente, é responsável pela mudança para Yonville, onde o clima era supostamente melhor: "Será que aquele sofrimento duraria para sempre? Que nunca escaparia dele? No entanto, ela estava tão bem quanto todas as outras mulheres, que viviam felizes. Vira as duquesas em Vaubyessard com cintura menos elegante e maneiras de plebeias, e execrou a injustiça de Deus. Encostava a cabeça nas paredes para chorar: invejava as vidas agitadas; desejava ardentemente frequentar bailes a fantasia, sentir prazeres violentos com um abandono que desconhecia, mas que certamente poderia encontrar naqueles ambientes.

Foi ficando pálida e passou a ter palpitações no coração. Charles receitou valeriana e banhos de cânfora. Tudo que era tentado apenas a irritava ainda mais. [...]

---

* Nabokov observa que Emma encontrou o estojo, o qual se torna seu símbolo de uma vida romântica e elegante em Paris, quando Charles parou para consertar os arreios do cavalo. Mais tarde, Rodolphe também vai consertar uma brida quebrada após a sedução que dá início a seu relacionamento romântico com Emma. (N.E.)

Como se queixava constantemente de Tostes, Charles imaginou que sua enfermidade era devida a alguma causa local e, concentrando-se nessa ideia, começou a pensar com seriedade em se instalar noutro lugar.

A partir de então, ela passou a beber vinagre para ficar mais magra, contraiu uma tossezinha severa e perdeu por completo o apetite".

É em Yonville que o destino a alcançará. O que acontece com seu buquê de casamento representa uma espécie de premonição ou sinal do suicídio que cometeria alguns anos mais tarde. Ao encontrar as flores de noiva da primeira mulher de Bovary, ela refletiu sobre o que seria feito com seu buquê. Agora, ao deixar Tostes, Emma o queima em uma maravilhosa passagem: "Certo dia, quando arrumava uma gaveta já se preparando para a partida, algo espetou seu dedo. Era um arame de seu buquê de noiva. Os brotos cor de laranja estavam amarelos por causa da poeira, as fitas de cetim com bordas prateadas se esgarçavam nas beiradas. Ela o jogou no fogo. As frutinhas de papelão se romperam em diminutas explosões, o arame se retorceu, o laço dourado derreteu; e as folhas de papel engelhadas, adejando como negras borboletas no fundo do forno, por fim partiram voando pela chaminé". Em uma carta escrita por volta de 22 de julho de 1852, Flaubert registrou o que poderia ser aplicado a essa passagem: "Uma frase realmente boa em prosa deveria ser como um bom verso na poesia, alguma coisa que você não pode mudar, e igualmente rítmico e sonoro". O tema do devaneio ressurge nos nomes românticos que pensa dar à sua filha. "Primeiro, ela repassou todos os que tinham finais italianos, tais como Clara, Luísa, Amanda, Atala; gostava muito de Galsuinda e ainda mais de Yseult ou Leocádia." Os outros personagens são fiéis a suas personalidades nos nomes que propõem: "Charles queria que a criança tivesse o nome de sua mãe, ao que Emma se opunha". Monsieur Léon, diz Homais, "se pergunta por que você não escolhe Madeleine. Está muito na moda.

Porém, madame Bovary mãe se manifestou violentamente contra esse nome de pecadora. Quanto a monsieur Homais, ele tinha uma preferência por nomes que evocavam algum grande homem, um fato relevante, uma ideia humanitária. [...]". Cumpre notar por que Emma finalmente se decide por Berthe. "Por fim, Emma se lembrou de que, no castelo de Vaubyessard, ouvira a marquesa chamar uma jovem dama de Berthe; a partir desse momento o nome estava escolhido. [...]"

As considerações românticas ao dar nome à criança contrastam com as condições nas quais ela foi entregue para ser amamentada, um costume extraordinário daquela época. Emma faz um passeio com Léon a fim de visitar a criança. "Reconheceram a casa por causa de uma velha nogueira que lhe dava sombra. Baixa e coberta com telhas marrons, exibia uma fieira de cebolas pendurada debaixo da janela da mansarda. Paus amarrados e encostados a uma cerca de espinheiros circundavam um canteiro de alfaces, alguns metros quadrados plantados com lavanda e ervilhas-de-cheiro presas a varetas. Corria água suja aqui e ali pelo capim, em cima da sebe estavam pendurados vários panos, meias remendadas, um casaco vermelho de algodão e um grande lençol de tecido grosseiro. Graças ao ruído feito pelo portão, a ama de leite apareceu, segurando com um braço um bebê que estava sendo amamentado. Com a outra mão ela puxava um pobre garoto franzino coberto de escrófulas no rosto, que, filho de um negociante de malha de Rouen, havia sido deixado no campo por seus pais, muito ocupados com seus negócios."

As flutuações das emoções de Emma — os desejos ardentes, as paixões, as frustrações, os amores, os desapontamentos — formam uma série muito acidentada, terminam em uma morte autoinfligida, tão violenta quanto caótica. No entanto, antes de dispensarmos Emma, é necessário enfatizar a dureza essencial de seu temperamento, de certo modo simbolizada por um pequeno defeito físico, a magreza áspera de suas mãos: elas eram tratadas com cuidado, delicadas e brancas, talvez elegantes, mas não bonitas.

Ela é falsa, enganadora por natureza: engana Charles desde o início, antes mesmo de cometer o adultério. Vive em um meio de filisteus e é ela própria uma filisteia. Sua vulgaridade mental não é tão óbvia quanto a de Homais. Pode ser excessivamente rigoroso para com Emma dizer que os aspectos banais, estereotipados e pseudo-progressivos da natureza de Homais são duplicados nela de um modo feminino e pseudorromântico; porém, não se pode deixar de sentir que Homais e Emma não apenas constituem um eco fonético, mas têm algo em comum — e esse algo é a crueldade vulgar da natureza deles. Em Emma, a vulgaridade, o filistinismo, é encoberto por sua graça, sua astúcia, sua beleza, sua inteligência sinuosa, seu poder de idealização, seus momentos de ternura e compreensão, assim como pelo fato de que sua curta vida de passarinho termina em uma tragédia humana.

O mesmo não pode ser dito de Homais. Ele é o filisteu exitoso. E no final, já morta, Emma é atendida por ele, o intrometido Homais, e pelo prosaico padre Bournisien. Há uma cena deliciosa em que esses dois — o crente em drogas e o crente em Deus — dormem em duas poltronas perto do cadáver de Emma, um de frente para o outro, ambos roncando com a barriga protuberante e o queixo caído, irmanados no sono, unidos por fim na fraqueza humana do sono. E que insulto para o destino da pobre Emma o epitáfio que Homais descobre para sua sepultura! Sua mente está entupida de sentenças triviais em latim, mas de início ele fica perplexo por não ser capaz de encontrar coisa melhor que *sta viator* — pare, viajante (ou fique, passageiro). Pare onde? O final desse chavão latino é *heroam calcas* — tu pisas no pó de heróis. Mas por fim Homais, com sua habitual temeridade, substitui o pó de heróis pelo pó de sua amada esposa. Fique, passageiro, você pisa em sua amada esposa —, a última coisa que se poderia dizer do pobre Charles, que, malgrado sua burrice, amava Emma com uma adoração profunda e patética, um fato de que ela teve consciência por um breve instante antes de morrer. E onde ela morre? No mesmo caramanchão em que costumava fazer amor com Rodolphe.

(Incidentalmente, nessa última página de sua vida, não são abelhas que visitam os lilases daquele jardim, e sim besouros de um verde vívido. Ah, esses tradutores ignóbeis, traidores e filisteus! Como se monsieur Homais, que sabia um pouquinho de inglês, fosse o tradutor de Flaubert para o inglês.)

Homais tem várias fendas em sua armadura:

1. Seu conhecimento científico provém de panfletos, sua cultura geral, de jornais; seu gosto em matéria de literatura é pavoroso, em particular na combinação de autores que cita. Em sua ignorância, ele comenta em determinado momento: "'Eis a questão', como eu li recen-

temente em um jornal", não sabendo que estava citando Shakespeare, não um jornalista de Rouen — se é que o autor do artigo político conhecia a origem da frase.

2. Ele ainda sente vez por outra aquele medo horrível que teve quando quase foi preso por exercer a medicina.

3. Ele é um traidor, um canalha, um verme, e não se importa de sacrificar sua dignidade para servir aos interesses mais sérios de seu negócio ou para obter uma condecoração.

4. Ele é um covarde e, malgrado suas palavras corajosas, tem medo de sangue, de morte e de cadáveres.

5. Ele é impiedoso e cruelmente vingativo.

6. Ele é um idiota pomposo, um charlatão cheio de si, um magnífico filisteu e um esteio da sociedade, como são muitos filisteus.

7. Ele de fato recebe sua condecoração ao final do romance, em 1856. Flaubert considerava que vivia na era do filistinismo, que ele chamava de *muflisme*. Entretanto, esse tipo de coisa não é peculiar a nenhum governo ou regime; pelo contrário, o filistinismo é mais evidente durante as revoluções e nos Estados policiais do que sob os regimes mais tradicionais. O filisteu agindo com violência é sempre mais perigoso do que o filisteu que se senta tranquilamente diante da televisão.

Tratemos de recapitular rapidamente os amores de Emma, platônicos ou não:

1. Como colegial, ela pode ter tido uma paixonite pelo professor de música, que passa com seu violino no estojo em um dos parágrafos retrospectivos do livro.

2. Como uma jovem mulher casada com Charles (por quem no começo não sente nenhum amor), ela desenvolve uma amizade amorosa, perfeitamente platônica do ponto de vista técnico, com Léon Dupuis, funcionário de um cartório.

3. Seu primeiro caso é com Rodolphe Boulanger, o fidalgo local.

4. No meio desse caso, uma vez que Rodolphe se revela mais brutal que a idealização romântica a que ela aspirava, Emma procura descobrir as virtudes de seu marido; tenta vê-lo como um grande médico e começa uma curta fase de ternura e orgulho incipiente.

5. Depois que o pobre Charles fracassa inteiramente ao operar o pé torto de um desafortunado jovem cavalariço — um dos grandes episódios do livro —, ela volta a Rodolphe com mais paixão do que antes.

6. Quando Rodolphe destrói seu último devaneio romântico de fugirem juntos para viver uma vida de sonhos na Itália, após uma doença séria ela encontra em Deus um objeto de adoração romântica.

7. Ela tem alguns minutos de devaneio com o cantor de ópera Lagardy.

8. Seu caso com o insípido e covarde Léon depois que volta a encontrá-lo é uma materialização grotesca e patética de todos os seus sonhos românticos.

9. Pouco antes de morrer, ela descobre em Charles seu lado humano e divino, o amor perfeito que ele lhe devota — tudo de que ela carecera.

10. O corpo de Jesus Cristo na cruz, feito de marfim, que ela beija alguns minutos antes de morrer, mas pode-se dizer que esse amor termina de maneira parecida com seus trágicos desapontamentos anteriores, uma vez que toda a infelicidade de sua vida reaparece quando ela ouve ao morrer a horrorosa canção de um repugnante vagabundo.

Quem são as pessoas "boas" no livro? Obviamente, o vilão é Lheureux, mas quais outros personagens, além de Charles, são pessoas boas? De forma mais ou menos óbvia, o pai de Emma, o velho Rouault; de maneira pouco convincente, o menino Justin, que entrevemos chorando junto ao túmulo de Emma, uma nota lúgubre. E, falando de notas dickensianas, não nos esqueçamos de duas outras crianças infelizes, a filhinha de Emma e, claro, aquela outra menina de treze anos saída das páginas de Dickens, corcunda, criadinha soturna e ninfeta esquálida, que serve de secretária a Lheureux, uma figura vista de passagem, mas marcante. Quem mais no livro podemos considerar pessoas boas? A melhor é o terceiro médico, o grande Larivière, embora eu sempre tenha odiado a lágrima transparente que ele verte diante da moribunda Emma. Alguns poderiam dizer: como o pai de Flaubert era médico, por isso ele lá está, chorando devido aos infortúnios sofridos pela personagem que seu filho criou.

✳

Uma pergunta: podemos dizer que *Madame Bovary* é um romance realista ou naturalista? Não sei.

Um romance no qual, noite após noite, um marido jovem e saudável nunca acorda para encontrar vazio o lado da cama onde dorme sua cara-metade; nunca ouve as pedrinhas atiradas nos batentes da janela por um amante; nunca recebe uma carta anônima de algum intrometido local;

Um romance em que a pessoa mais intrometida de todas — monsieur Homais, de quem deveríamos esperar que mantivesse um olhar estatístico sobre todos os cornos de sua adorada Yonville — na verdade nada percebe e nada sabe sobre os casos de Emma;

Um romance em que o pequeno Justin — um garoto emotivo de catorze anos que desmaia ao ver sangue e quebra louças por mero nervosismo — vai chorar no meio da noite (onde?) em um cemitério junto à sepultura de uma mulher cujo fantasma pode repreendê-lo por não haver se recusado a lhe dar a chave para a morte;

Um romance em que uma jovem que não cavalga há muitos anos — se é que algum dia cavalgou quando morava na fazenda do pai — agora galopa rumo aos bosques com uma postura perfeita e depois não sente nenhuma dor nas juntas;

Um romance repleto de inúmeros outros detalhes implausíveis — como a inacreditável ingenuidade de certo cocheiro de carruagem de aluguel —, pois bem, esse romance foi considerado um marco na história do assim chamado realismo, o que quer que isso signifique.

Na verdade, toda ficção é uma ficção. Toda arte é um engodo. O mundo de Flaubert, como todos os mundos dos grandes escritores, é um mundo de fantasia com sua própria lógica, suas próprias convenções, suas próprias coincidências. As curiosas impossibilidades que listei não estão em conflito com os padrões do livro — na realidade, só são descobertas por tediosos professores universitários ou estudantes de talento. E vocês terão em mente que todos os contos de fadas que examinamos carinhosamente depois de *Mansfield Park* são enquadrados de modo flexível em suas molduras históricas. Toda realidade é comparativa, uma vez que qualquer realidade específica — a janela que você vê, os cheiros que sente, os sons que ouve — não depende apenas de um grosseiro toma lá dá cá dos sentidos, mas também de vários níveis de informação. Flaubert pode ter parecido realista ou naturalista mais de um século atrás para leitores formados pelas senhoras e pelos senhores sentimentais que Emma admirava. Mas o realismo e o naturalismo não passam de noções comparativas. O que determinada geração considera naturalismo em um escritor será visto por uma geração posterior como um exagero de detalhes banais, por outra geração mais recente como não contendo suficientes detalhes banais. Os *ismos* se vão, o *ista* morre. A arte permanece.

Reflitam cuidadosamente sobre o seguinte fato: um mestre com o poder artístico de Flaubert consegue transformar o que ele concebeu como um mundo sórdido, habitado por pessoas falsas, filisteus, mediocridades, gente cruel e senhoras rebeldes, em uma das mais perfeitas obras de ficção poética de que se tem conhecimento e faz isso ao harmonizar todas as partes, graças à força interna do estilo, utilizando todos os recursos formais como o contraponto na transição de um tema para outro, com prenúncios e ecos. Sem Flaubert não haveria um Marcel Proust na França, um James Joyce na Irlanda. Tchekhov na Rússia não teria sido o mesmo. Isso basta para indicar a influência literária de Flaubert.

✳

Flaubert tinha um recurso especial que podemos chamar de *método de contraponto*, ou método das interligações e interrupções paralelas de duas ou mais conversações ou correntes de pensamento. O primeiro exemplo surge depois que Léon Dupuis foi apresentado. Léon, um jovem que trabalha como assistente de tabelião, é apresentado descrevendo Emma como ele a vê, com o reflexo avermelhado de uma lareira na hospedaria que parece ganhar em fulgor por causa dela. Mais adiante, outro homem, Rodolphe Boulanger, chega à presença dela, porém Emma, vista pelos olhos dele, tem uma qualidade mais sensual que a imagem em geral pura percebida por Léon. Aliás, o cabelo de Léon é mais tarde descrito como castanho (*chatain*); aqui ele é louro, ou assim parece a Emma iluminado pelo fogo especialmente aceso para realçar sua beleza.

Surge então o tema do contraponto na conversa que tem lugar na hospedaria, quando Emma e Charles chegam pela primeira vez a Yonville. Exatamente um ano após ter iniciado o livro (oitenta a noventa páginas em um ano — é de um autor assim que eu gosto), Flaubert escreveu para sua amante Louise Colet em 19 de setembro de 1852: "Que transtorno é minha Bovary. [...] Pelo jeito, essa cena na hospedaria pode me tomar três meses. Às vezes fico à beira das lágrimas, tamanha minha impotência. Mas prefiro que meu cérebro exploda a eliminar essa cena. Tenho que fazer participar simultaneamente da conversa cinco a seis pessoas (que falam), várias outras que são mencionadas, toda a região, descrições de pessoas e coisas — e, em meio a isso tudo, preciso mostrar um cavalheiro e uma dama que começam a se apaixonar porque têm gostos em comum. Se eu ainda tivesse todo o espaço do mundo! Mas o fato é que a cena deve ser rápida sem ser seca, ampla sem ser descosida".

Assim, uma conversa tem início na grande sala de estar da hospedaria. Quatro pessoas participam. O diálogo entre Emma e Léon, que ela acabou de conhecer, é interrompido por monólogos e observações variadas de Homais, que se dirige sobretudo a Charles Bovary por estar ansioso para estabelecer uma boa relação com o jovem médico.

Nessa cena, o primeiro movimento consiste em uma troca rápida entre os quatro: "Homais pediu licença para manter o chapéu com medo de pegar um resfriado; depois, voltando-se para quem estava a seu lado, disse:

— A senhora sem dúvida está um pouco cansada. Essa nossa *Hirondelle* nos faz sacolejar de maneira abominável.

— É verdade — retrucou Emma —, mas me diverte viajar. Gosto de mudar de ares.

— É tão deprimente — suspirou o assistente — ficar sempre preso aos mesmos lugares.

— Se o senhor fosse como eu — disse Charles —, que sou constantemente obrigado a estar em cima de uma sela. [...]

— Mas — continuou Léon, dirigindo-se a Madame Bovary — nada, acho eu, é mais agradável [do que andar a cavalo], quando se pode — acrescentou". (O tema do cavalo aqui entra e sai furtivamente.)

O segundo movimento consiste em uma longa fala de Homais, terminando com sugestões a Charles sobre a casa que deveria comprar. "'Além do mais', disse o farmacêutico, 'a prática da medicina não é um trabalho duro por aqui [...] porque as pessoas ainda recorrem a novenas, relíquias e ao padre antes de irem procurar o doutor ou o farmacêutico. O clima, porém, cumpre confessar, não é mau, e temos até homens de mais de noventa anos em nossa paróquia. O termômetro (como já pude observar) cai no inverno a 4 graus e, na estação mais quente, sobe a 25 ou 30 graus centígrados do lado de fora, o que, no máximo, corresponde a 24 graus Réaumur ou 54 graus Fahrenheit (na escala inglesa), não mais. E, de fato, estamos abrigados dos ventos do norte pela floresta de Argueil e, dos ventos do oeste, pelas colinas de Saint-Jean, e esse calor, além de tudo, por causa dos vapores emitidos pelo rio e do considerável número de cabeças de gado nos campos, que, como o senhor sabe, exalam muita amônia, quer dizer, nitrogênio, hidrogênio e oxigênio (não, só nitrogênio e hidrogênio), e que, bombeando o húmus do solo e misturando todas essas diferentes emanações, cria um pacote, por assim dizer, que, combinado com a eletricidade espalhada na atmosfera, quando existe alguma, pode, a longo prazo, como em países tropicais, gerar um miasma insalubre — esse calor, como eu ia dizendo, é perfeitamente temperado do lado de onde vem, ou devia vir, quer dizer, o lado sul, pelos ventos que sopram do sudeste e que, tendo se refrescado ao passar por cima do Sena, chegam até nós de uma vez como brisas vindas da Rússia.'"

No meio desse discurso, ele comete um erro: sempre há uma pequena fenda na armadura do filisteu. Seu termômetro deveria marcar 86 graus Fahrenheit, e não 54: ele se esqueceu de somar 32 ao passar de um sistema para o outro. Quase tropeça de novo ao falar do ar exalado, mas recupera o equilíbrio. Tenta juntar todo o seu conhecimento de física e de química em uma frase paquidérmica; tem boa memória para miudezas colhidas em jornais e panfletos, mas isso é tudo.

Assim como a fala de Homais é uma torrente de pseudociência e retalhos de jornal, no terceiro movimento a conversa entre Emma e Léon é um riacho de poetização rançosa.

"— Seja como for, vocês têm alguns lugares para se passear nas redondezas? — continuou Madame Bovary falando com o jovem.

— Ah, muito poucos — ele respondeu. — Há um lugar que chamam de La Pâture, no topo da colina e na beira da floresta. Às vezes, nos domingos, vou até lá levando um livro para contemplar o pôr do sol.

— Acho que não há nada mais admirável que um pôr do sol — ela recomeçou —, mas sobretudo à beira-mar.

— Ah, eu adoro o mar! — disse monsieur Léon.

— Não lhe parece — continuou Madame Bovary — que a mente viaja com mais liberdade naquela vastidão sem limites, cuja contemplação eleva a alma, nos traz ideias do infinito, do ideal?

— Acontece o mesmo com as paisagens de montanha — acrescentou Léon."

É muito importante notar que a dupla Léon-Emma é tão trivial, tão cheia de clichês e sem originalidade em suas emoções pseudoartísticas quanto o pomposo e em essência ignorante Homais no tocante à ciência. A falsa arte e a falsa ciência se encontram aqui. Em uma carta para sua amante (9 de outubro de 1852), Flaubert indica a sutileza dessa passagem. "Estou no momento compondo uma conversa entre um jovem e uma moça sobre literatura, o mar, montanhas, música e todos os demais assuntos supostamente poéticos. Pode parecer ao leitor médio que estou dizendo algo sério, porém na verdade minha intenção é mostrar o grotesco dos comentários. Acho que será a primeira vez que, em um romance, se faz zombaria com a protagonista principal e seu jovem companheiro. Mas a ironia não impede o sentimento de comiseração — pelo contrário, a ironia reforça o lado patético."

Léon revela sua inépcia, a fenda em *sua* armadura, quando menciona o pianista: "Um primo meu, que viajou pela Suíça no ano passado, me contou que é impossível descrever a poesia dos lagos, o encanto das cachoeiras, o efeito avassalador das geleiras. Veem-se pinheiros de altura incrível na outra margem dos rios que descem velozes, cabanas de troncos suspensas na borda de precipícios e, centenas de metros abaixo do observador, vales inteiros quando as nuvens se abrem. Esses espetáculos devem inspirar um grande entusiasmo, nos levar a rezar, a entrar em êxtase; e não me surpreende mais aquele pianista famoso que, buscando maior inspiração, costumava tocar diante de alguma paisagem imponente". Como as vistas da Suíça podem levar alguém a rezar, a entrar em êxtase! Não admira que um famoso pianista costumasse tocar diante de alguma paisagem magnífica a fim de estimular sua imaginação. Isso é soberbo!

Logo depois deparamos com toda a bíblia do mau leitor — tudo que um bom leitor não faz.

"— Minha mulher não liga para isso [jardinagem] — disse Charles. — Embora tenha sido aconselhada a fazer exercício, sempre prefere ficar sentada no quarto lendo.

— Como eu — retrucou Léon. — E, para dizer a verdade, o que é melhor do que se sentar ao lado da lareira com um livro, de noite, enquanto o vento bate contra a janela e o lampião está brilhando?

— O quê, realmente? — ela disse, fixando nele seus grandes olhos negros.

— A gente não pensa em nada — ele continuou —, as horas passam voando. Sem mexermos um músculo, atravessamos países que temos a impressão de estar vendo, e nosso pensamento, misturando-se à ficção, brinca com detalhes ou segue a linha geral das aventuras, mistura-se aos personagens a ponto de parecer que estamos pulsando sob suas vestimentas.

— É verdade! Verdade! — ela exclamou."

Os livros não são escritos para quem gosta de poemas que fazem alguém chorar ou, em prosa, adora personagens nobres, como é o caso de Léon e Emma. Somente crianças podem ser desculpadas por se identificarem com os personagens de um livro ou sentirem prazer com histórias de aventuras mal-escritas. Mas é isso que Emma e Léon fazem.

"— Já lhe aconteceu — prosseguiu Léon — de se defrontar com alguma vaga ideia sua em um livro, uma imagem pouco nítida que lhe vem de longe como a mais completa expressão de seu próprio sentimento, por mais tênue que ele seja?

— Já senti isso — disse ela.

— É por isso — disse Léon — que eu amo em especial os poetas. Acho os versos mais ternos que a prosa, e me fazem chorar com muito mais facilidade.

— Mas, no longo prazo, é fatigante — continuou Emma. — Eu, pelo contrário, adoro histórias que se passam a toda a velocidade, sem deixar a gente respirar, que me assustam. Detesto heróis comuns e sentimentos moderados, como existem no mundo real.

— Sim, é verdade — observou o assistente de tabelião —, obras que não tocam nosso coração, a meu juízo, não atingem o verdadeiro objetivo da arte. Em meio a todo o desencanto da vida, é muito agradável ser capaz de conviver com nobres personagens, afeições puras e imagens de felicidade."

✳

Flaubert se propôs a dar ao livro uma estrutura altamente artística. Além do contraponto, um de seus truques foi fazer as transições de um assunto para outro dentro dos capítulos de modo tão elegante e suave quanto possível. Em *A casa soturna*, essa transição se faz, em geral, de capítulo para capítulo — por exemplo, do Tribunal para os Dedlock, e assim por diante. Chamo a isso transição estrutural, da qual vamos analisar alguns exemplos. Se as transições em *A casa soturna* podem ser comparadas a degraus, com a história subindo uma escada, em *Madame Bovary* temos um sistema fluido de ondas.

A primeira transição, bastante simples, ocorre no começo mesmo do livro. A história tem início com a premissa de que o autor, aos sete anos, é colega de escola em Rouen, em 1828, de certo Charles Bovary, com treze anos. Trata-se de um relato subjetivo, na primeira pessoa do plural, mas obviamente esse é simplesmente um recurso literário, uma vez que Flaubert inventou Charles da cabeça aos pés. A narração pseudossubjetiva ocupa cerca de três páginas e depois se torna um relato objetivo, passando de uma impressão direta do presente para um relato do passado de Bovary em um estilo tradicional nos romances. A transição é assinalada pela frase: "Foi o vigário da aldeia quem lhe deu as primeiras lições de latim". Voltando atrás, somos informados sobre seus pais e seu nascimento, acompanhando depois sua infância até chegar ao presente na escola, em que dois parágrafos, em um retorno à primeira pessoa do plural, o levam até o terceiro ano. Depois disso, não se ouve mais o narrador, e flutuamos até o tempo em que Bovary cursa a universidade e estuda medicina.

Em Yonville, pouco antes de Léon ir para Paris, ocorre uma transição estrutural mais complexa, de Emma e seu estado de espírito, para Léon e o estado de espírito dele, culminando com sua partida. Ao fazer isso, Flaubert, como acontece várias vezes ao longo do livro, aproveita-se dos meandros estruturais da transição para passar em revista alguns dos personagens, selecionando e, por assim dizer, conferindo rapidamente algumas de suas características. Começamos com Emma voltando para casa depois de sua entrevista frustrante com o padre (em que buscava minorar a febre que lhe causara Léon), aborrecida por estar tudo calmo na casa enquanto ela vive um tumulto interior. Irritada, empurra Berthe, sua filhinha, quando ela tenta se aproximar, e a menina corta o rosto ao cair. Charles corre até o farmacêutico Homais para comprar um esparadrapo, com o qual cobre o ferimento. Ele assegura a Emma que o corte não é grave, mas ela prefere não descer para jantar, ficando na companhia de Berthe até que a criança pegue no sono. Depois do jantar, Charles leva de volta o resto do esparadrapo para a farmácia, onde conversa com Homais e a mulher dele sobre os perigos da infância. Puxando Léon de lado, Charles lhe pede que se informe em Rouen quanto custaria um daguerreótipo com seu retrato, que ele, em sua patética vaidade, tenciona dar a Emma. Homais suspeita que Léon tenha algum caso amoroso em Rouen, e a dona da hospedaria, madame Lefrançois, faz perguntas sobre ele ao coletor de impostos Binet. A conversa de Léon com Binet talvez sirva para cristalizar sua angústia em amar Emma sem nenhum resultado prático. Reconhecendo sua covardia por não mudar de comportamento, ele decide ir para Paris. Flaubert conseguiu o que desejava ao estabelecer a transição impecável do estado de espírito de Emma para o de Léon, que resolve se ausentar de Yonville. Mais tarde, encontraremos outra transição cuidadosa quando Rodolphe Boulanger entra em cena.

✳

Em 15 de janeiro de 1853, prestes a iniciar a parte 2, Flaubert escreveu para Louise Colet: "Levei cinco dias para redigir uma página. [...] O que me preocupa no livro é a falta de coisas animadas. Há pouca ação. Mas sustento que as imagens constituem a ação. É difícil manter o interesse pelo livro desse modo, porém, se ocorrer um fracasso, a culpa é do estilo. Alinhei agora cinco capítulos de minha segunda parte em que nada acontece. É um retrato continuado da vida em uma cidadezinha do interior e de um romance inativo, um romance especialmente difícil de descrever porque é ao mesmo tempo tímido e profundo, mas, infelizmente, sem uma paixão interna desenfreada. Léon, o jovem amoroso, tem um temperamento ameno. Já na primeira parte do livro eu tinha algo semelhante: o marido ama sua mulher mais ou menos como o amante em potencial. Ambos são mediocridades vivendo no mesmo meio, mas ainda assim precisam ser diferenciados. Se eu tiver êxito, será algo maravilhoso porque significa pintar tom sobre tom sem uma cor bem definida". Tudo, segundo Flaubert, é uma questão de estilo ou, mais exatamente, da forma específica e do aspecto que são dados às coisas.

A vaga promessa de felicidade que decorre de seus sentimentos por Léon conduz Emma inocentemente a Lheureux (por ironia, um nome bem escolhido, "o felizardo", pelo motor diabólico do destino). Lheureux, vendedor de tecidos e agiota, chega com os sinais da felicidade. Em uma catadupa de palavras, diz a Emma confidencialmente que empresta dinheiro, pergunta sobre a saúde do dono de um café, Tellier, que presume estar sendo tratado por Charles, e diz que ele também terá de consultar o doutor algum dia por causa de uma dor nas costas. Tudo isso são premonições — do ponto de vista artístico. Flaubert planeja as coisas de tal modo que Lheureux emprestará dinheiro a Emma, como emprestou a Tellier, e a arruinará como arruinou o dono do café antes que ele morresse; além disso, vai levar seus achaques para o famoso médico que, em um esforço vão, é chamado para cuidar de Emma depois que ela ingere veneno. Esse é o planejamento por trás de uma obra de arte.

Desesperada devido a seu amor por Léon: "a mediocridade doméstica lhe provocou fantasias voluptuosas, a ternura matrimonial dando lugar a desejos adúlteros". Perdida em devaneios sobre seus tempos de escola no convento, "ela se sentiu indefesa e muito só, como a penugem de um pássaro agitada pela tempestade, e inconscientemente se dirigiu à igreja, pronta a cumprir quaisquer devoções para que sua alma e toda a sua existência nelas se perdessem". Sobre a cena com o padre, Flaubert escreveu para Louise Colet em meados de abril de 1853: "Por fim começo a ver uma fresta de luz nesse miserável diálogo durante a cena do padre. [...] Quero apresentar a seguinte situação: minha mulherzinha, em um acesso de emoção religiosa, vai à igreja da aldeia e na porta encontra o padre da paróquia. Embora pouco inteligente e vulgar, esse meu padre é bom, até mesmo uma pessoa excelente; mas na sua mente só cabem coisas materiais (dificuldades dos pobres, falta de comida e lenha), e ele não tem consciência das tormentas morais, de aspirações vagamente místicas; é muito casto e cumpre todos os seus deveres. O episódio deve ter no máximo seis ou sete páginas sem uma única reflexão ou explanação vinda do autor (tudo em diálogo direto)". Vale notar que esse episódio é composto seguindo o método do contraponto: o cura respondendo ao que pensa estar sendo dito por Emma ou, antes, respondendo a perguntas imaginárias que ocorreriam em uma conversa de rotina com qualquer paroquiano, enquanto ela está fazendo soar uma nota interna de dor que ele não capta — e o tempo todo há crianças brincando na igreja e distraindo a atenção do padre do pouco que ele tem a lhe dizer.

A aparente virtude de Emma assusta Léon e o afasta dela, de modo que, ao partir para Paris, abre-se espaço para um amante mais ousado. A transição se fará da doença de Emma depois da partida de Léon para seu encontro com Rodolphe, seguido da cena relativa à feira do condado. O encontro é um excelente exemplo de transição estrutural que Flaubert levou muitos dias escrevendo. Sua intenção consiste em apresentar Rodolphe Boulanger, um fidalgo da região e, essencialmente, um indivíduo tão vulgar quanto seu antecessor, porém dotado de um encanto brutal e arrebatador. A transição se dá da seguinte maneira: Charles convidou sua mãe para vir a Yonville a fim de decidir o que fazer sobre o estado de saúde de Emma, que está definhando. A mãe de Charles chega, decide que Emma lê um número muito grande de romances perniciosos e, ao passar em Rouen de volta para casa, empenha-se em suspender a assinatura que a nora tinha em uma biblioteca que lhe emprestava os livros. A mãe parte em uma quarta-feira, dia de mercado em Yonville. Debruçando-se para fora da janela para ver a multidão que lá se reúne às quartas-feiras, Emma observa um cavalheiro vestindo um casaco de veludo verde (a mortalha que Charles escolhe para ela também era de veludo verde) que traz, para a casa de Bovary, um menino do campo que precisa ser submetido a uma sangria. No consultório do andar de baixo, Charles pede aos gritos que Emma desça quando o menino desmaia. (Cumpre notar que Charles, de uma forma realmente fatídica, é sempre o responsável por apresentar Emma a seus amantes ou por ajudá-la a continuar a se encontrar com eles.) É Rodolphe quem observa (junto com o leitor) a seguinte cena deliciosa: "Madame Bovary começou a retirar a sua gravata. Como os fios da camisa tinham feito um nó, durante alguns minutos seus dedos leves ficaram tocando o pescoço do garoto. Depois, ela derramou um pouco de vinagre no lenço de cambraia, umedeceu as têmporas do menino com toques delicados e por fim soprou ligeiramente sobre elas. O pequeno campônio recuperou os sentidos. [...]

Madame Bovary pegou a bacia e a pôs debaixo da mesa. Com o movimento que fez ao se agachar, o vestido (um vestido de verão com quatro babados, amarelo, longo na cintura e largo na saia) se abriu a seu redor no piso de pedra; e, quando Emma, curvada para a frente, balançou um pouco as cadeiras ao esticar os braços, o tecido inflado da saia acompanhou as inflexões de seu corpo".

O episódio da feira rural é utilizado para unir Rodolphe e Emma. Em 15 de julho de 1853, Flaubert escreveu: "Hoje à noite fiz um esboço preliminar de minha grande cena na feira rural. Vai ser longa — umas trinta páginas manuscritas. Quero fazer o seguinte: enquanto descrevo o evento (onde todos os personagens secundários do livro estão presentes, falam e atuam), vou manter, [...] além dos detalhes e na frente do palanque, um diálogo contínuo entre uma dama e um cavalheiro que está despejando seu charme sobre ela. No meio há o discurso solene de um conselheiro municipal e, no fim, algo que já terminei de redigir, isto é, um artigo de jornal escrito por Homais relatando a festa em seu melhor estilo filosófico, poético e progressista". As trinta páginas do episódio levaram três meses para serem escritas. Em outra carta, de 7 de setembro, Flaubert observou: "Como é difícil. [...] Um capítulo duro. Misturei todos os personagens do livro em ação e falando [...] em um vasto cenário. Se houver êxito, será um grande efeito sinfônico". Em 12 de outubro: "Se alguma vez os valores de uma sinfonia tiverem sido transferidos para a literatura, isso terá ocorrido neste capítulo do meu livro. Ele precisa conter uma totalidade vibrante de sons. É necessário se ouvirem simultaneamente o mugir dos bois, os murmúrios amorosos e as frases dos políticos. O sol brilha, rajadas de vento deslocam as grandes toucas brancas das camponesas. [...] Obtenho o movimento dramático apenas por meio do diálogo e do contraste entre os protagonistas".

Como se isso fosse um espetáculo em homenagem ao amor de jovens, Flaubert junta todos os personagens na praça do mercado para dar uma demonstração de estilo: é disso que trata realmente o capítulo. O casal — Rodolphe (símbolo da falsa paixão) e Emma (a vítima) — é relacionado a Homais (o guardião fraudulento do veneno que a matará) e a Lheureux (que representa a ruína financeira e a vergonha que a empurrarão para o pote de arsênico), havendo ainda Charles (o conforto conjugal).

Ao agrupar os protagonistas no começo da feira rural, Flaubert faz algo especialmente significativo a respeito do agiota e vendedor de tecidos Lheureux e de Emma. Vale lembrar que algum tempo antes, quando lhe ofereceu seus serviços — tecidos, roupas e, se necessário, dinheiro —, Lheureux estava curiosamente preocupado com as doenças de Tellier, o proprietário do café situado defronte à hospedaria. Agora a dona da hospedaria conta a Homais, sem esconder sua satisfação, que o café vai fechar. Fica claro que Lheureux descobriu que a saúde do proprietário está piorando sem cessar e que é hora de receber de volta as quantias a cada dia mais volumosas que lhe emprestava, com isso levando o pobre Tellier à bancarrota. "Que tragédia horrível!", exclama Homais, que, diz Flaubert ironicamente, descobre expressões adequadas para todas as circunstâncias. Mas há algo por trás dessa ironia. Pois justo no momento em que Homais exclama "Que tragédia horrível!", com seu jeito tolo, exagerado e pomposo, a dona da hospedaria aponta alguém do outro lado da praça e diz: "E lá vai Lheureux, ele está cumprimentando Madame Bovary, que deu o braço a monsieur Boulanger". A beleza dessa linha estrutural reside no fato de que Lheureux, que arruinou o proprietário do café, é aqui tematicamente vinculado a Emma, que morrerá tanto por causa dele quanto de seus amantes — e sua morte será de fato uma "tragédia horrível". O irônico e o patético estão lindamente entrelaçados no romance de Flaubert.

Na feira rural, a *interrupção paralela* ou *método do contraponto* é mais uma vez utilizado. Rodolphe pega três tamboretes e os junta para formar um banco, no qual ele e Emma se sentam na varanda da prefeitura a fim de verem o espetáculo no palanque, ouvirem os oradores e se entregarem a um flerte em forma de conversa. Tecnicamente, ainda não são amantes. No primeiro movimento do contraponto, o conselheiro municipal fala, cometendo uma pavorosa mistura de metáforas e, por mero automatismo verbal, contradizendo-se: "Meus senhores! Permitam-me de início (antes de me pronunciar sobre o motivo de nossa reunião de hoje, e esse sentimento sem dúvida será compartilhado por todos), permitam-me, repito, prestar uma homenagem às altas administrações, ao governo, ao monarca, meus senhores, nosso soberano, a esse bem-amado rei, a quem nenhum ramo da prosperidade pública ou privada é indiferente, e que conduz com mão firme e sábia a biga do Estado em meio aos perigos incessantes do mar tempestuoso, sabendo, além do mais, como fazer a paz respeitada assim como a guerra, a indústria, o comércio, a agricultura e as belas-artes".

A primeira etapa da conversa entre Rodolphe e Emma se alterna com trechos da oratória oficial.

"— Eu preciso — disse Rodolphe — me sentar um pouco mais para trás.

— Por quê? — perguntou Emma.

Mas, naquele instante, a voz do conselheiro atingiu um volume extraordinário. Ele declamou:

— Já não vivemos mais aqueles tempos, meus senhores, em que a discórdia civil fazia jorrar sangue em nossos logradouros públicos, quando os proprietários rurais, os homens de negócios, até mesmo os trabalhadores, indo dormir pacificamente à noite, tremiam de medo por não saber se seriam acordados de repente pelos desastres do fogo e sinos dobrando nas igrejas, quando as mais subversivas doutrinas audaciosamente minavam as instituições.

— Bem, alguém lá embaixo pode me ver — Rodolphe recomeçou —, e então eu teria que passar duas semanas inventando desculpas. Com minha má reputação...

— Você próprio está se difamando — disse Emma.

— Não, é horrorosa, posso lhe assegurar.

— Mas, meus senhores — continuou o conselheiro —, se, banindo da memória a lembrança daquelas tristes cenas, dirijo meu olhar para a situação atual de nosso amado país, o que vejo?"

Flaubert se vale de todos os clichês possíveis da oratória política. Porém, é muito importante notar que, se os discursos oficiais são cópias banais de matéria jornalística, a conversa romântica entre Rodolphe e Emma é feita igualmente de lugares-comuns encontrados na literatura de segunda categoria. Toda a beleza da coisa está em que não se trata de uma alternância entre o bem e o mal, mas um tipo de mal entremeado com outro tipo de mal. Como Flaubert observou, ele pintava tom sobre tom.

O segundo movimento começa quando o conselheiro Lieuvain se senta e monsieur Derozerays toma a palavra. "Seu discurso não era talvez tão floreado quanto o do conselheiro, mas merecia elogios por exibir um estilo mais direto, isto é, por revelar um conhecimento mais específico e considerações mais elevadas. Assim, a louvação ao governo tomou menos tempo; a religião e a agricultura, mais. Mostrou a relação entre essas duas últimas e como sempre tinham contribuído para a civilização. Rodolphe conversava com Madame Bovary sobre sonhos, pressentimentos, magnetismo." Em contraste com o movimento anterior, de início a conversa entre os dois e o discurso feito no palanque são apresentados de forma descritiva, até que, no terceiro movimento, a citação direta é retomada, e fragmentos das exclamações durante a entrega dos prêmios, trazidas do palanque pelo vento, alternam-se rapidamente sem comentários ou descrições. "Do magnetismo, pouco a pouco Rodolphe passara para as afinidades e, enquanto o presidente citava Cincinato e seu arado, Diocleciano cultivando repolhos e os imperadores da China abrindo o novo ano ao plantar sementes, Rodolphe explicava a Emma aquelas atrações irresistíveis que têm origem em uma existência prévia.

— É assim conosco — disse ele. — Por que nos conhecemos? Mero acaso? Foi porque, no infinito, como dois rios que só existem para se unirem, as características especiais de nossas mentes fizeram com que nos aproximássemos um do outro.

E tomou a mão dela, que não a retirou.

— Viva a produção agrícola! — gritou o presidente.

— Agora há pouco, por exemplo, quando fui à sua casa...

— Para monsieur Bizet, de Quincampoix.

— ... eu teria como saber que a acompanharia?

— Setenta francos.

— Cem vezes eu quis ir embora. E a segui... fiquei.

— Estrume!

— E vou ficar hoje à noite, amanhã, todos os dias pelo resto da minha vida!

— Para monsieur Caron, de Argueil, uma medalha de ouro!

— Porque nunca na companhia de qualquer outra pessoa me senti tão encantado.

— Para monsieur Bain de Givry-Saint-Martin.

— E vou levar comigo a recordação de sua presença.

— Por um carneiro merino!

— Mas você vai se esquecer de mim. Vou passar como uma sombra.

— Para monsieur Belot de Notre-Dame.

— Ah, diga que não! Que vou ser alguma coisa em seus pensamentos, em sua vida, não é verdade?

— Raça suína: prêmios iguais para os senhores Lehérissé e Cullembourg, 60 francos!

Rodolphe apertava sua mão, a qual sentia quente e trêmula como uma pomba aprisionada desejosa de seguir voando; porém não sabia se ela estava tentando afastá-la ou reagindo à sua pressão, até que Emma fez um movimento com os dedos. Ele exclamou:

— Ah, muito obrigado! Você não me rejeita! Você é boa! Entende que sou todo seu! Deixe-me olhar para você, contemplá-la!

Uma rajada de vento penetrou pela janela e agitou a toalha da mesa; lá embaixo, na praça, as grandes toucas de todas as camponesas se ergueram como as asas esvoaçantes de borboletas brancas.

— Uso de tortas de óleo — continuou o presidente. Ele estava acelerando o discurso: — Esterco holandês... plantação de linho... drenagem... arrendamentos de longo prazo... serviço doméstico."

O quarto movimento começa aqui, quando os dois ficam em silêncio e as palavras vindas do palanque — onde está sendo realizada uma premiação especial — são ouvidas na sua totalidade e comentadas: "Rodolphe havia parado de falar. Os dois se olharam. Um desejo supremo fez tremer seus lábios secos, e mansamente, sem esforço, entrelaçaram os dedos.

— Catherine Nicaise Elizabeth Leroux, de Sassetot-la-Guerrière, por 54 anos de serviço na mesma fazenda, uma medalha de prata que vale 25 francos!

Então se aproximou do palanque uma velhinha de jeito tímido, que parecia se encolher dentro das roupas pobres. [...] Um quê de rigidez monástica enobrecia seu rosto. Nenhuma tristeza ou emoção enfraquecia aquela visão pálida. Graças à sua proximidade constante com o gado, ela aprendera a ser calma e taciturna. [...] E assim, diante daqueles burgueses sorridentes, se apresentou meio século de servidão. [...]

— Chegue mais perto! Mais perto!

— Você é surda? — perguntou Tuvache, pulando em sua poltrona e começando a berrar junto ao ouvido dela: — Cinquenta e quatro anos de serviço. Uma medalha de prata! Vinte e cinco francos! Para você!

Então, recebida a medalha, ela a examinou, enquanto um sorriso de beatitude se espalhava pelo rosto. Ao se afastar, foi possível ouvi-la murmurar:

— Vou dar para o meu cura quando chegar em casa, para ele rezar algumas missas por minha alma!

— Que fanatismo! — exclamou o farmacêutico, curvando-se na direção do tabelião".

A apoteose desse esplêndido capítulo em contraponto é o relato do evento e do banquete publicado por Homais em um jornal de Rouen: "Por que essas grinaldas, essas flores? Para onde corre essa multidão como as vagas de um mar furioso sob o sol tropical que despeja seu calor sobre nossas campinas?" [...].

Ele citou a si mesmo como um dos principais membros do júri e até chamou a atenção, em uma nota, para o fato de que monsieur Homais, farmacêutico, enviara à sociedade agrícola um ensaio sobre a sidra. Descrevendo a distribuição dos prêmios, retratou a alegria dos agraciados em estrofes ditirâmbicas. "O pai abraçou o filho, o irmão abraçou o irmão, o marido abraçou sua cara-metade. Muitos exibiram a humilde medalha com orgulho e sem dúvida, quando voltaram para casa e para suas queridas esposas, penduraram-na, chorando, na parede modesta da choupana.

Por volta das seis horas, um banquete preparado no gramado de monsieur Liegeard reuniu as principais figuras do festivo evento. Reinou um espírito de grande cordialidade. Foram propostos inúmeros brindes: ao rei, por monsieur Lieuvain; ao prefeito, por monsieur Tuvache; à agricultura, por monsieur Derozerays; à indústria e às belas-artes, essas irmãs gêmeas, por monsieur Homais; às melhorias, por monsieur Leplichey. À noite, fulgurantes fogos de artifício iluminaram os céus. Poder-se-ia dizer que víamos um verdadeiro caleidoscópio, cena digna de uma ópera. E por um momento nosso pequeno vilarejo se poderia imaginar transportado para um sonho das *Mil e uma noites*."

De certo modo, a indústria e as belas-artes, essas irmãs gêmeas, simbolizam os criadores de porcos e o terno casal em uma espécie de síntese burlesca. Trata-se de um capítulo maravilhoso. Exerceu enorme influência sobre James Joyce, e não acho que, malgrado algumas inovações superficiais, Joyce tenha avançado um centímetro além de Flaubert.

✳

"Hoje [...] um homem e uma mulher, amantes [em pensamento], estou cavalgando através de uma floresta em uma tarde de outono, debaixo das folhas amarelas, e sou os cavalos, as folhas, o vento, as palavras que foram trocadas e o sol rubro [...] e meus dois amantes." Assim Flaubert, a 23 de dezembro de 1853, escreveu para Louise Colet sobre o famoso capítulo 9 da segunda parte, a sedução de Emma por Rodolphe.

Dentro da moldura geral e do esquema dos romances do século 19, esse tipo de cena era tecnicamente conhecido como a queda da mulher, a queda da virtude. No curso dessa cena deliciosamente bem escrita, o comportamento do longo véu azul de Emma — por si próprio um personagem serpenteante — merece consideração especial.* Após apearem dos cavalos, eles caminham. "Então, uns cem passos adiante, ela parou de novo, e através do véu, que caía diagonalmente do chapéu masculino até os quadris, apareceu seu rosto em uma transparência azul, como se ela estivesse flutuando em ondas da cor do céu." Por isso, quando volta a seu quarto, perdida em devaneios sobre o acontecimento: "Ela então se viu no espelho e examinou com atenção o rosto. Nunca seus olhos tinham sido tão grandes, tão negros, tão profundos. Algo sutil sobre sua fisionomia a transfigurava. Ela repetiu: 'Tenho um amante! Um amante!', deliciando-se com a ideia como se estivesse vivendo uma segunda puberdade. Afinal, conheceria as alegrias do amor, aquela febre de felicidade que julgara jamais alcançar! Estava entrando em um espaço maravilhoso onde tudo seria paixão, êxtase, delírio. Um infinito azul-celeste a envolvia, píncaros de sentimento brilhavam em sua mente, e a existência cotidiana surgia apenas ao longe, nos vales profundos e escuros situados entre aqueles cumes de emoção". Não se deve esquecer que, mais tarde, o arsênico estava em um pote azul, assim como era azul a neblina que pairava sobre os campos no dia de seu funeral.

O acontecimento que deu origem a seu devaneio é descrito de maneira breve, mas com um detalhe extremamente significativo: "O tecido de seu vestido se prendeu ao veludo do casaco dele. Ela atirou para trás o pescoço branco, que se inflamava com um suspiro, e hesitante,

---

* Ao listar os detalhes do tema do cavalo (ver as Notas ao final da presente seção), Nabokov escreveu que "pode-se dizer que a cena é vista através do longo véu azul de sua roupa de montaria". (N.E.)

banhada em lágrimas, com um longo frisson e escondendo o rosto, entregou-se a ele.

Caíam as sombras da noite; os raios horizontais do sol atravessavam as ramagens e lhe ofuscavam os olhos. Aqui e ali, ao seu redor, nas folhas mortas sobre o chão, tremulavam manchas luminosas quais beija-flores em fuga* cujas asas houvessem se desprendido. Silêncio por toda parte; algo ameno parecia fluir das árvores; ela sentiu o coração, que voltara a bater, e o sangue correndo por seu corpo como uma corrente de leite. Então, muito ao longe, para além do bosque, em outras colinas, escutou um grito pouco nítido mas prolongado, uma voz que tardava a morrer, e em silêncio o ouviu se fundir, como uma melodia, às últimas vibrações de seus nervos pulsantes. Rodolphe, um charuto entre os dentes, consertava com um canivete uma das rédeas que haviam se rompido".

Observem, por favor, quando Emma se recupera de seu esmorecimento amoroso, a nota longínqua que lhe chega de algum lugar para além das colinas silenciosas — um gemido musical a distância —, pois todo o encanto daquele som nada mais é que o eco embelezado da canção estridente de um horrível vagabundo. E, logo depois, Emma e Rodolphe voltam do passeio a cavalo — com um sorriso no rosto do autor. Porque aquela canção estridente, aqui e em Rouen, se mesclará pavorosamente aos estertores de Emma menos de cinco anos depois.

Após o fim do caso de Emma com Rodolphe, que a abandonou no exato momento em que ela esperava que ambos fugissem juntos rumo às névoas azuis de seus sonhos românticos, duas cenas interligadas são escritas por Flaubert usando sua estrutura contrapontista predileta. A primeira é na noite em que Emma assiste à ópera *Lucia di Lammermoor* e volta a se encontrar com Léon depois de seu retorno de Paris.

---

* "Esse é um símile que supostamente ocorreu a Emma, mas não há beija-flores na Europa. Talvez o tivesse achado em Chateaubriand." Observação de Nabokov em seu exemplar anotado. (N.E.)

Os jovens elegantes que ela vê se pavoneando na plateia do teatro, apoiando-se com a palma das mãos enluvadas no cabo reluzente de suas bengalas, servem como uma introdução para o bulício preliminar dos vários instrumentos que se preparam para tocar.

No primeiro movimento da cena, Emma está extasiada com os lamentos melodiosos do tenor, que a fazem lembrar-se de seu amor por Rodolphe, que havia muito se fora. Charles interrompe o fluxo musical de seu estado de espírito com observações banais. Ele vê a ópera como uma mixórdia de gestos imbecis, mas ela entende a trama porque leu o romance em francês. No segundo movimento, acompanha o destino de Lucia no palco enquanto seus pensamentos se ocupam com sua própria sorte. Ela se identifica com a moça em cena e está pronta para fazer amor com qualquer um que identifique com o tenor. Mas, no terceiro movimento, os papéis se invertem. São a ópera e o canto que criam as interrupções indesejadas, e sua conversa com Léon se torna a realidade. Charles estava começando a se divertir quando é arrastado para um café. Em um quarto movimento, Léon sugere que ela volte no domingo para ver a última cena, que não tinham presenciado. As equações são de fato esquemáticas: para Emma, de início a ópera é idêntica à realidade; o cantor inicialmente é Rodolphe, e depois o próprio Lagardy, um amante em potencial; o amante em potencial se transforma em Léon; e por fim Léon é equacionado com a realidade, e ela perde o interesse pela ópera a fim de ir com ele a um café para escapar ao calor do teatro.

Outro exemplo do método de contraponto é dado pelo episódio na catedral. Temos algumas refregas preliminares quando Léon visita Emma na hospedaria antes de se encontrarem na catedral. Essa conversa preliminar traz ecos da mantida com Rodolphe na feira rural, mas dessa vez Emma está muito mais sofisticada. No primeiro movimento da cena na catedral, Léon entra no templo a fim de esperar por Emma. O jogo é agora entre o assistente de sacristão no seu uniforme de servente (guia sempre à espreita de turistas) e Léon, que não deseja conhecer as atrações. O que ele vê da catedral — a luz iridescente salpicando o chão e coisas do gênero — é compatível com sua concentração em Emma, que ele visualiza como as damas espanholas cuidadosamente vigiadas que, tais como descritas pelo poeta francês Musset, vão à igreja e lá passam bilhetes amorosos para seus galantes cavalheiros. O assistente de sacristão fica furioso ao deparar com um turista em potencial que toma a liberdade de admirar a igreja por conta própria.

O segundo movimento se abre quando Emma entra e de modo abrupto entrega um papel a Léon (uma carta de recusa) e vai rezar na capela da Virgem Maria. "Ela se levantou, prestes a sair, quando o assistente de sacristão se aproximou, dizendo rapidamente:

— Madame sem dúvida não mora aqui na cidade. Madame gostaria de conhecer as curiosidades da igreja?

— Ah, não — gritou Léon.

— Por que não? — disse ela. Pois, com a virtude em perigo, ela se agarrava à Virgem, às esculturas, aos túmulos... qualquer coisa."

Agora, a torrente de eloquência descritiva do assistente de sacristão corre paralela à tempestade de impaciência que tumultua a mente de Léon. O sujeitinho está pronto a lhes mostrar até o campanário, quando Léon tange Emma para fora da igreja. Mas — terceiro movimento —, já na rua, o assistente de sacristão consegue mais uma vez interferir ao trazer uma pilha de grandes tomos encadernados para vender, todos sobre a catedral. Por fim, o frenético Léon tenta encontrar uma carruagem de aluguel e depois fazer com que Emma entre. É assim que se faz em Paris, ele reage quando ela objeta — para ela, a Paris do estojo de charutos de seda verde —, e, diante desse argumento irresistível, Emma se decide. "No entanto, a carruagem não chegava. Léon temia que ela voltasse para a igreja. Finalmente, a carruagem apareceu.

— Pelo menos saiam pelo pórtico norte — gritou o assistente de sacristão, que fora deixado sozinho no umbral da porta — para verem a Ressurreição, o Juízo Final, o Paraíso, o rei Davi e os condenados às chamas do inferno.

— Para onde, meu senhor? — perguntou o cocheiro.

— Para onde quiser — disse Léon, empurrando Emma para dentro da carruagem.

E a pachorrenta geringonça se pôs em marcha."

Assim como os assuntos agrícolas (porcos e estrume) na feira rural prenunciaram a lama que o menino Justin retira dos sapatos de Emma após suas caminhadas até a casa do amante Rodolphe, o último jorro de eloquência do assistente de sacristão, que soa como um papagaio, pressagia as chamas do inferno a que Emma ainda poderia ter escapado caso não houvesse entrado na carruagem com Léon.

Com isso chega ao fim o contraponto na parte da catedral. Seus ecos são ouvidos na cena seguinte sobre a carruagem fechada.* Aqui, mais uma vez, a primeira ideia que ocorre ao cocheiro é mostrar ao casal, que na simplicidade de sua mente limitada ele toma por turistas, os pontos mais interessantes de Rouen, por exemplo, a estátua de um poeta. Depois, há um esforço automático de sua parte para rumar garbosamente para a estação ferroviária, ocorrendo outras tentativas da mesma natureza. Mas, em todas as vezes, uma voz que vem do misterioso interior da carruagem manda que ele siga. Não há necessidade de entrar em detalhes sobre esse passeio de carruagem notavelmente divertido, pois uma citação falará por si só. Entretanto, cumpre notar que uma grotesca carruagem de aluguel, com as cortinas das janelas arriadas e circulando em plena vista dos cidadãos de Rouen, está bem distante do passeio com Rodolphe nos bosques amarelados e em meio às urzes roxas. O adultério de Emma está se barateando. "E a pachorrenta geringonça se pôs em marcha. Desceu a Rue Grand-Pont, cruzou a Place des Arts, o Quai Napoléon, a Pont Neuf, e parou bem defronte à estátua de Pierre Corneille.

— Continue — gritou uma voz vinda do interior.

A carruagem voltou a andar e, tão logo chegou ao Carrefour Lafayette, começou a descer a ladeira e entrou na estação a galope.

— Não, siga em frente! — gritou a mesma voz.

A carruagem saiu pelo portão e, tendo em breve atingido as Cours, trotou tranquilamente sob os olmos. O cocheiro secou a testa, pôs o

---

* Todo o trecho da carruagem, desde as palavras do cocheiro "Para onde?" até o final do capítulo, foi suprimido pelos editores da *Revue de Paris* em que *Madame Bovary* estava sendo publicado em forma seriada. No exemplar de 1º de dezembro de 1856, no qual a passagem deveria constar, há uma nota de pé de página informando o leitor da omissão.

chapéu de couro entre os joelhos e conduziu a carruagem para além da aleia lateral, percorrendo as margens relvosas do rio. [...]

De repente, contudo, disparou pela Quatremares, Sotteville, La Grande-Chaussée e Rue d'Elbeuf, fazendo sua terceira parada defronte ao Jardin des Plantes.

— Siga em frente, entendeu? — gritou a voz com maior fúria.

E, pondo-se em marcha imediatamente, passou por Saint-Sever. [...] Subiu o Boulevard Bouvreuil, tomou o Boulevard Cauchoise e percorreu toda a Mont-Riboudet até as colinas de Deville.

Fez a volta e então, sem nenhum plano ou rumo certos, passou a vagar ao acaso. A carruagem foi vista em Saint-Pol, Lescure, Mont Gargan, La Rouge-Mare e na Place du Gaillard-bois; na Rue Maladrerie e na Rue Dinanderie, diante das igrejas de Saint-Romain, Saint-Vivien, Saint-Maclou e Saint-Nicaise; na frente da Alfândega, da 'Vieille-Tour', da 'Trois Pipes' e do Cemitério Monumental. Vez por outra o cocheiro lançava da boleia olhares desesperados na direção das tavernas. Ele era incapaz de entender o desejo indomável de locomoção que impelia aquelas pessoas a nunca quererem parar. Perguntou algumas vezes e logo ouvia manifestações de raiva às suas costas. Voltava então a chicotear seus pangarés, que suavam profusamente, e seguia em frente, indiferente aos solavancos, raspando em coisas aqui e ali, sem se importar, desmoralizado e quase chorando de sede, cansaço e depressão.

No porto, em meio a carroças e tonéis, e nas esquinas das ruas, os pacatos transeuntes esbugalhavam os olhos de pasmo ao ver algo tão extraordinário nas províncias, uma carruagem de aluguel com as cortinas arriadas e que reaparecia constantemente, mais fechada que um túmulo e balançando como um navio.

Em certo momento, já fora da cidade, quando o sol batia mais ferozmente sobre as velhas lanternas niqueladas, uma mão sem luva passou por baixo das pequenas cortinas de lona amarela e jogou fora alguns pedacinhos de papel rasgado que o vento espalhou e que pousaram mais tarde, como borboletas brancas, em um campo de trevos vermelhos em plena floração. [*Essa era a carta de recusa que Emma entregara a Léon na catedral.*]

Por volta das seis horas, a carruagem parou em uma ruazinha do quarteirão Beauvoisine, e dela saltou uma mulher que se afastou a pé com o véu abaixado e sem voltar a cabeça para trás."

✳

Ao voltar para Yonville, Emma é recebida pela criada, portadora de uma mensagem segundo a qual sua presença era exigida de imediato na casa de monsieur Homais. Há uma curiosa atmosfera de desastre quando ela entra na farmácia — por exemplo, a primeira coisa que vê é a grande poltrona caída —, mas a desordem só se deve ao fato de que a família Homais está furiosamente engajada na produção de geleias. Emma sente uma vaga preocupação com a mensagem; Homais, contudo, esqueceu-se de todo do que gostaria de lhe dizer. Mais tarde se fica sabendo que ele fora solicitado por Charles a informar Emma, com todas as precauções possíveis, sobre a morte de seu sogro, notícia que ela recebe com a mais absoluta indiferença quando Homais por fim consegue transmiti-la, após um monólogo furioso contra o pequeno Justin, que, tendo sido instruído a buscar uma panela adicional para a geleia, pegou uma no depósito perto de perigoso pote azul com arsênico. A parte sutil dessa cena maravilhosa, sua verdadeira mensagem, consiste em informar Emma da existência daquele pote de veneno, de onde ele se encontra e de que Justin mantém a chave do depósito; e, embora nesse momento ela esteja envolta no deslumbramento do adultério e não pense na morte, aquela informação, acompanhada da notícia da morte do velho Bovary, ficará gravada em sua memória.

✳

Não é necessário seguir em detalhes as manobras de que se vale Emma a fim de fazer com que seu pobre marido concorde com sua ida a Rouen para os encontros com Léon no quarto de hotel predileto dos dois, que em breve lhes parece um lar. Nesse ponto, Emma atinge o mais alto grau de felicidade com Léon: seus sonhos sentimentais sobre os lagos, suas fantasias juvenis embaladas pelas modulações de

Lamartine, tudo isso é preenchido — há água, um bote, um amante e um barqueiro. Uma fita de seda é encontrada no bote. O barqueiro menciona alguém — Adolphe, Dodolphe —, um sujeito alegre que estivera recentemente no barquinho com companheiros e moças. Emma sente um calafrio.

Porém, gradualmente, como velhas paredes de um cenário teatral, sua vida começa a balançar e vir abaixo. A partir do capítulo 4 da terceira parte, o destino, encorajado por Flaubert, começa a destruí-la com uma bela precisão. Do ponto de vista técnico da composição, essa é a passagem mais estreita em que a arte e a ciência se encontram. De alguma forma, Emma consegue sustentar a falsidade periclitante de suas aulas de piano em Rouen; por algum tempo também consegue conviver com as contas avassaladoras de Lheureux fazendo novas dívidas. No que pode ser definido como outra cena de contraponto, Homais interfere ao insistir em que Léon o acompanhe em Rouen no exato momento em que Emma o espera no hotel, uma cena grotesca e divertida que traz à memória o episódio da catedral, com Homais no lugar do assistente de sacristão. Um baile a fantasia algo dissoluto não é um sucesso para a pobre Emma, que percebe estar se dando com gente sórdida. Por fim, seu próprio lar começa a ruir. Certo dia, ao voltar da cidadezinha, encontra um aviso de que seus móveis serão vendidos a menos que, em 24 horas, seja paga uma dívida que soma 8 mil francos. Aqui começa sua última viagem, de uma pessoa a outra em busca de dinheiro. Todos os personagens estão presentes nesse trágico clímax.

Sua primeira tentativa consiste em ganhar mais tempo.

"— Eu lhe imploro, monsieur Lheureux, somente alguns dias a mais! Ela soluçava.

— Muito bem! Agora temos lágrimas!

— O senhor está me levando ao desespero!

— Quero que se dane se estou — disse ele, fechando a porta."

Depois do encontro com Lheureux, Emma vai a Rouen, mas Léon agora está ansioso para se ver livre dela. Emma chega a sugerir que ele roube dinheiro do cartório: "Uma ousadia infernal iluminou seus olhos ardentes, as pálpebras se semicerraram em uma expressão lasciva e encorajadora; Léon se sente enfraquecer diante da vontade muda daquela mulher que o incentivava a cometer um crime". Suas promessas se revelam vãs e ele não comparece ao encontro que marcara para a tarde. "Ele apertou a mão dela, que lhe pareceu sem vida. Emma não tinha mais forças para entreter nenhum sentimento.

O relógio marcou quatro horas, e ela se ergueu para voltar a Yonville, obedecendo mecanicamente à força de velhos hábitos."

Ao sair de Rouen, Emma foi forçada a abrir espaço para a passagem do visconde de Vaubyessard — ou quem sabe outra pessoa — que montava um cavalo saltitante. Viaja na mesma carruagem em que estava Homais após um encontro virulento com o horrível mendigo cego. Em Yonville, ela procura o notário, monsieur Guillaumin, que tenta fazer sexo com ela. "Apesar de estar usando um robe, ele se arrastou na direção dela de joelhos.

— Por favor, fique! Eu te amo!

Pegou-a pela cintura. O rosto de Madame Bovary ficou rubro. Ela recuou com uma expressão horrorizada, dizendo entre soluços:

— O senhor está se aproveitando sem um pingo de vergonha de minha infelicidade! Devia ter pena de mim, e não querer me comprar.

E ela foi embora."

Vai então ao encontro de Binet, e Flaubert altera seu ângulo de visão: nós e duas mulheres observamos a cena através de uma janela, embora nada possa ser ouvido. "O coletor de impostos parecia estar escutando com os olhos esbugalhados, como se não compreendesse. Ela continuou com um jeito terno e suplicante. Aproximou-se dele, os seios subindo e descendo; pararam de se falar.

— Será que ela está se oferecendo a ele? — perguntou madame Tuvache.

Binet estava vermelho até as orelhas. Ela tomou suas mãos.

— Ah, é demais!

E sem dúvida ela estava lhe sugerindo alguma coisa abominável, pois o coletor de impostos — embora fosse corajoso, tendo lutado em Bautzen e em Lutzen, feito toda a campanha na França e até sido citado para receber uma condecoração — de repente, como se defrontado com uma serpente, afastou-se o mais que pôde, exclamando:

— Madame! O que a senhora quer dizer com isso?

— Mulheres assim tinham que ser chicoteadas — disse madame Tuvache."

Em seguida, ela procura a velha babá Rollet para gozar de alguns minutos de descanso e, após sonhar acordada que Léon chegou com o dinheiro, "subitamente deu uma palmada na testa e soltou um gritinho quando, qual relâmpago em noite escura, lhe veio à mente a memória de Rodolphe. Ele era tão bom, tão delicado, tão generoso! E, além do mais, caso hesitasse em lhe prestar aquele favor, ela saberia muito bem como obrigá-lo reacendendo em um instante o amor que tinham partilhado. Partiu assim rumo a La Huchette, sem se dar conta de que estava se apressando a fazer aquilo que pouco antes tanto a contrariara, sem se conscientizar de que se prostituía". A história falsa que conta para o vaidoso e vulgar Rodolphe se assemelha ao episódio relatado no início do livro, em que um notário foge e causa a morte da primeira madame Bovary, a antecessora de Emma. As carícias de Rodolphe cessam subitamente quando ela lhe pede 3 mil francos. "'Ah!', pensou Rodolphe, de repente muito pálido, 'é por isso que ela veio'. Por fim, respondeu com ar calmo:

— Cara senhora, não tenho essa quantia.

Não mentia. Se tivesse, sem dúvida a daria, conquanto geralmente seja desagradável praticar esses gestos delicados: de todos os ventos que sopram sobre um amor, o pedido de dinheiro é o mais frio e destrutivo.

Primeiro ela o olhou por alguns momentos.

— Você não tem essa quantia! — repetiu ela várias vezes. — Não tem essa quantia! Eu deveria ter me poupado essa última vergonha. Você nunca me amou. Não é melhor que os outros [...].

— Não tenho essa quantia — retrucou Rodolphe, com aquela calma absoluta que a raiva resignada utiliza como escudo.

Ela foi embora. [...] O chão sob seus pés estava mais instável que o mar, os sulcos na estrada lhe parecendo imensas ondas marrons que se quebravam em espuma branca. Tudo em sua cabeça, de memórias a ideias, estourou de uma só vez como fogos de artifício. Viu seu pai, o escritório de Lheureux, o quarto do casal em casa, outra paisagem. A loucura a invadia; amedrontada, conseguiu se recuperar — de um modo confuso, é verdade, porque não se recordava da causa de sua situação terrível, isto é, do problema financeiro. Sofria apenas por amor, sentindo que sua alma escapava junto com aquela memória, assim como os soldados feridos e agonizantes sentem que a vida se escoa pelo sangue que jorra de seus ferimentos.

Então, em um êxtase de heroísmo que quase a fez alegre, desceu correndo a colina, atravessou o mata-burro, a trilha, a alameda, a praça do mercado e chegou à farmácia." Lá, engambelou Justin para que lhe desse a chave do depósito. "A chave girou na fechadura, e ela foi direto à terceira prateleira, guiada com perfeição pela memória, pegou o pote azul, arrancou a rolha, enfiou a mão no pote e, trazendo-a cheia de um pó branco, começou a comê-lo.

— Pare! — gritou [Justin], correndo na direção dela.

— Fale baixo, alguém pode vir.

Ele estava desesperado, pedindo ajuda.

— Não diga nada, senão toda a culpa vai recair sobre seu patrão.

Emma foi para casa, de repente acalmada, com a serenidade de alguém que cumpriu um dever."

A progressiva agonia de sua morte é impiedosamente descrita em detalhes clínicos até o fim: "A respiração logo se acelerou; toda a língua saiu da boca; os olhos, rolando nas órbitas, perderam a cor, como dois bulbos de uma lâmpada que vai se apagar, dando a impressão de que ela já estava morta, não fosse pelo assustador movimento de suas costelas ao acompanhar a respiração violenta, como se a alma estivesse pulando para fugir. [...] Bournisien voltara a rezar, o rosto inclinado sobre a borda da cama, a longa batina se arrastando pelo chão às suas costas. Charles estava do outro lado, de joelhos, os braços estendidos na direção de Emma. Tomara suas mãos e as apertara, sentindo um tremor a cada batida do coração dela, como se acompanhasse os abalos de uma ruína prestes a desmoronar. Quando os estertores se tornaram mais ruidosos, o padre passou a rezar mais depressa, suas preces se misturando aos soluços abafados de Bovary, tudo às vezes parecendo perdido nos murmúrios velados das sílabas latinas que lembravam o repicar de sinos.

De repente, ouviu-se um barulho vindo da calçada, o som alto de tamancos e as batidas de um bastão. Uma voz roufenha cantou:

Quando brilha o céu quente do verão,
Uma rapariga sonha com o amor.

Emma se ergueu como um cadáver galvanizado, os cabelos desgrenhados, os olhos fixos, imóveis.

Para colher cuidadosamente
As espigas de milho que tombaram,
Nanette se curva até a terra
De onde elas brotaram.

— O cego! — exclamou ela. E Emma começou a rir, um riso atroz, frenético, desesperado, imaginando ver, como uma pavorosa ameaça, o rosto horrível do pobre coitado se destacando contra o negror da noite eterna.

O vento forte daquele dia de verão
Levantou sua saia, que era curta.

Ela caiu de volta na cama em convulsões. Todos se aproximaram. Emma havia partido".

NOTAS

Estilo

Gógol chamou seu livro *Almas mortas* de um poema em prosa. O romance de Flaubert também é um poema em prosa, mas com uma composição melhor, uma textura mais densa e delicada. Mergulhando de vez no assunto, desejo chamar a atenção inicialmente para o uso feito por Flaubert da palavra *e* precedida de um ponto e vírgula. (O ponto e vírgula é às vezes substituído por uma débil vírgula nas traduções inglesas, mas o recolocaremos de volta.) Essa sequência *ponto e vírgula-e* vem depois de uma enumeração de ações, estados de espírito ou objetos; o ponto e vírgula cria então uma pausa e o *e* serve para arrematar o parágrafo, introduzindo uma imagem culminante ou um vívido detalhe descritivo, poético, melancólico ou engraçado. Esse é um traço peculiar do estilo de Flaubert.

No começo do casamento: "[Charles] não se continha, tocando constantemente o pente dela, os anéis, o lenço de pescoço; às vezes lhe dava grandes beijos ruidosos no rosto, ou beijinhos em fila indiana ao logo do braço nu, da ponta dos dedos até o ombro; e ela o afastava, sorrindo de leve, meio envergonhada, como se faz com uma criança que se pendura na gente".

Emma cansada do casamento no final da primeira parte: "Ela escutou com uma espécie de concentração aturdida cada som estridente do sino da igreja. Em um telhado, um gato caminhava sob o sol pálido com as costas encurvadas. O vento na estrada levantava cortinas de pó. Vez por outra se ouvia o latido distante de um cão; e o sino, dando as horas, propagava seu bimbalhar monótono através dos campos".

Depois da partida de Léon para Paris, Emma abre a janela e observa as nuvens: "Elas se acumulavam a oeste, na direção de Rouen, e rapidamente espalharam seus rolos negros que os longos raios do sol transformavam nas setas douradas de um troféu suspenso, enquanto o resto do céu vazio brilhava como uma porcelana branca. Mas uma rajada de vento forçou os álamos a se curvarem, e de repente a chuva caiu, tamborilando nas folhas verdes. O sol então reapareceu, as galinhas cacarejaram, pardais bateram as asas nos arbustos empapados; e a água da chuva, correndo sobre o cascalho, carregou as pétalas rosa de uma acácia".

Emma jaz morta: "A cabeça de Emma estava voltada para o ombro direito, o canto da boca aberta parecia um buraco negro na parte de baixo de seu rosto; os polegares estavam dobrados sobre a palma das mãos; uma espécie de pó branco salpicava seus cílios, e os olhos começavam a desaparecer em uma palidez gelatinosa semelhante a uma fina teia, como se aranhas houvessem trabalhado por ali. O lençol a cobria dos seios aos joelhos sem nenhuma dobra, só se erguendo ao atingir os dedos dos pés; e pareceu a Charles que uma massa infinita, um enorme peso, se abatia sobre ela".

Outro aspecto de seu estilo, cujos rudimentos podem ter sido vistos em alguns exemplos do uso da palavra *e*, consiste no gosto que tem Flaubert pelo que poderíamos chamar de método do desdobramento, o desenvolvimento sucessivo de detalhes visuais, uma coisa depois da outra, com a acumulação desta ou daquela emoção. Um bom exemplo pode ser visto no início da parte 2, em que uma câmera parece se deslocar e nos levar até Yonville através de uma paisagem que vai se revelando aos poucos: "Deixamos a estrada principal em La Boissière e seguimos reto até o topo da colina de Leux, de onde se descortina o vale. O rio que corre através dele o separa em duas regiões de aspecto distinto — à esquerda, apenas pastagens, à direita, terras cultivadas. A campina se estende pelo sopé de morros baixos até se encontrar, no fundo, com as pastagens do condado de Bray, enquanto, do lado oriental, a planície, que sobe suavemente, se alarga e exibe, até onde os olhos alcançam, os louros campos de trigo. A faixa branca do rio separa a cor das campinas da cor das terras cultivadas, e o campo se assemelha a um grande manto aberto com uma pelerine de veludo verde e borda prateada.

Diante de nós, na linha do horizonte, erguem-se os carvalhos da floresta de Argeuil, com os degraus das colinas de Saint-Jean que exibem de alto a baixo cicatrizes vermelhas em formato irregular; trata-se de lugares por onde escorre a chuva, e os tons cor de tijolo nas riscas estreitas, contrastando com o cinzento das encostas, devem-se às numerosas fontes de água que contém ferro e que desembocam em uma região mais afastada".

Uma terceira característica — que pertence mais propriamente à poesia que à prosa — reside no método de Flaubert de descrever as emoções ou estados de espírito mediante uma troca de palavras sem sentido. Charles acaba de perder a esposa, e Homais lhe faz companhia. "Para fazer alguma coisa, Homais pegou uma jarra em uma das prateleiras e regou os gerânios.

— Ah, obrigado — disse Charles. — Você é tão...

Ele não terminou, sufocado pela profusão de recordações que o gesto de Homais lhe trazia. [*Emma costumava regar aquelas flores.*]

Então, para distraí-lo, Homais achou que seria apropriado falar um pouco sobre horticultura; as plantas, ele disse, precisavam de umidade. Charles inclinou a cabeça, concordando.

— Além disso — continuou Homais —, em breve teremos de novo lindos dias.

— Ah — disse Bovary.

Tendo esgotado seu suprimento de tópicos, Homais gentilmente abre as cortinas da pequena janela.

— Hum! Lá vai monsieur Tuvache.

Charles repetiu mecanicamente:

— ... lá vai monsieur Tuvache."

Palavras sem nexo, mas como são sugestivas!

Outro ponto relevante ao se analisar o estilo de Flaubert tem a ver com o uso do pretérito imperfeito em francês, que expressa uma ação ou um estado continuado, algo que está acontecendo de maneira habitual. Em inglês, isso pode ser mais bem expresso com o uso de *would* [condicional] ou de *used to* [costumava]: em dias chuvosos, ela costumava fazer isto ou aquilo. Então os sinos da igreja tocariam; a chuva pararia etc. Proust disse certa vez que o domínio de Flaubert sobre o tempo e a passagem do tempo é manifestado por seu uso do *imparfait*. Esse imperfeito, segundo Proust, permite a Flaubert exprimir a continuidade do tempo e sua unidade.

Os tradutores [para o inglês] não se importaram com isso. Em numerosas passagens, o senso de repetição, de monotonia na vida de Emma, por exemplo no capítulo referente à sua vida em Tostes, não é corretamente transmitido em inglês porque o tradutor não se deu ao trabalho de inserir aqui e ali um *would* ou um *used to*, ou uma sequência de *woulds*.

Em Tostes, Emma sai para passear com sua galga: "She would begin [*not 'began'*] by looking around her to see if nothing had changed since last she had been there. She would find [*not 'found'*] again in the same places the foxgloves and wallflowers, the beds of nettles growing round the big stones, and the patches of lichen along the three windows, whose shutters, always closed, were rotting away on their rusty iron bars. Her thoughts, aimless at first, would wander [*not 'wandered'*] at random [...]".*

Flaubert não usa muitas metáforas, mas, quando o faz, elas traduzem emoções em termos compatíveis com a personalidade dos protagonistas.

Emma depois da partida de Léon: "E a tristeza logo invadiu sua alma vazia, gemendo baixinho como o vento do inverno ao penetrar nas mansões abandonadas". (Obviamente, é assim que Emma teria descrito seus sentimentos caso possuísse talento artístico.)

Rodolphe se cansa das reclamações apaixonadas de Emma: "Como lábios libertinos e venais lhe haviam murmurado tais palavras, ele pouco confiava na honestidade do que ela dizia; achava que era necessário ignorar as declarações exageradas que ocultavam afeições medíocres; como se toda a carga da alma às vezes não transbordasse nas metáforas mais corriqueiras, já que ninguém jamais é capaz de transmitir a medida exata de suas necessidades, nem de suas concepções, nem de suas tristezas; pois o discurso humano é como uma chaleira rachada, na qual martelamos canções para fazer os ursos dançarem no momento em que gostaríamos de fazer as estrelas chorarem". (Posso ouvir Flaubert reclamando sobre as dificuldades de escrever.)

Rodolphe folheia velhas cartas de amor antes de escrever para Emma rompendo o relacionamento um dia antes de fugirem juntos: "Por fim,

---

* Esse problema de tradução não existe no português, uma vez que a língua tem, assim como o francês, o pretérito imperfeito: "Começava olhando tudo à sua volta para ver se alguma coisa mudara desde a última vez que viera. Encontrava nos mesmos lugares as dedaleiras e os goiveiros, as moitas de urtigas rodeando as grandes pedras e as placas de liquens ao longo das três janelas cujos postigos, sempre fechados, descascavam sua poeira sobre suas barras de ferro enferrujadas. Seu pensamento, a princípio sem alvo, vagabundeava ao acaso [...]" (*Madame Bovary*. Tradução de Fúlvia M. L. Moretto. São Paulo: Nova Alexandria, 2007, p. 52). (NOTA DA EDIÇÃO BRASILEIRA)

entediado e exausto, Rodolphe pôs a caixa de volta no armário, dizendo a si mesmo: 'Quanta porcaria!'. O que bem resumia sua opinião; pois os prazeres, como meninos no pátio de recreio da escola, tinham pisoteado tanto seu coração que nada verde brotava ali, e o que por lá passava, mais desatento que qualquer garoto, nem mesmo, como eles, deixava um nome gravado na parede". (Vejo Flaubert revisitando seu velho colégio em Rouen.)

Imagens

Aqui estão algumas passagens descritivas que mostram Flaubert no que tem de melhor ao lidar com informações dos sentidos selecionadas, filtradas e agrupadas pelo olho de um artista.

Uma paisagem de inverno que Charles atravessa a cavalo para engessar a perna quebrada do velho Rouault: "O campo plano se estendia até onde os olhos alcançavam, e os solitários capões de árvores no perímetro das fazendas eram manchas de um roxo-escuro contrastando com a vasta superfície cinzenta que, na linha do horizonte, se confundia com os tons lúgubres do céu".

Emma e Rodolphe se encontram para fazer amor: "As estrelas brilhavam através dos galhos sem folhas do jasmim. Atrás deles, ouviam-se o rio correr e, de tempos em tempos, o estalido dos juncos secos nas margens. Sombras maciças aqui e ali se destacavam na obscuridade e por vezes, despertando em um movimento súbito, erguiam-se e oscilavam como imensas ondas negras prestes a engoli-los. A friagem da noite fazia com que os abraços se estreitassem mais; os suspiros que escapavam de seus lábios lhes pareciam mais profundos; os olhos, que mal podiam ver, lhes pareciam maiores; e, em meio ao silêncio, as palavras pronunciadas baixinho chegavam à alma deles como um som musical, cristalinas, reverberando em ecos múltiplos".

Emma tal como vista por Léon no quarto da hospedaria um dia depois da ópera: "Emma, em um robe de fustão, encostou o coque nas costas da velha poltrona; o papel de parede amarelo servia como um pano de fundo dourado às suas costas, e o espelho refletia a cabeça descoberta com a risca branca do repartido e os lobos das orelhas apenas visíveis sob as dobras dos cabelos".

O *tema do cavalo*

Apontar as aparições do tema do cavalo é o mesmo que fazer uma sinopse de *Madame Bovary*. Curiosamente, os cavalos desempenham um papel importante no romance.

O tema tem início com "certa noite, [Charles e sua primeira mulher] foram acordados pelo som de um cavalo sendo contido diante da porta". Um mensageiro havia sido enviado pelo velho Rouault, que quebrara a perna.

Quando Charles se aproxima da fazenda, onde um minuto depois conhecerá Emma, seu cavalo empina violentamente, como se assustado pela sombra do destino de ambos.

Procurando por seu chicote, ele se curva sobre Emma em um movimento desajeitado, enquanto a ajuda a apanhá-lo atrás de um saco de farinha. (Freud, aquele charlatão medieval, teria explorado lindamente essa cena.)

Quando os convidados regressam bêbados da festa de casamento sob o luar, carruagens descontroladas e em alta velocidade caem nas valas de irrigação.

Seu velho pai, ao se despedir do jovem casal, recorda como levou sua própria esposa a cavalo, sentada em uma almofada atrás da sela.

Quando Emma deixa escapar da boca uma flor ao se debruçar para fora da janela, uma pétala cai sobre a crina do cavalo de seu marido.

Recordando-se dos tempos de escola no convento, Emma lembra que as freiras tinham dado conselhos tão bons sobre a modéstia com relação ao corpo e sobre a salvação da alma que ela fizera o mesmo que fazem "os cavalos ao serem sofreados violentamente — parou de chofre, e o bocal do freio escapou de seus dentes".

Seu anfitrião em Vaubyessard lhe mostra os cavalos que possui.

Quando ela e o marido saem do castelo, veem o visconde e outros cavaleiros passando a galope.

Charles se acomoda ao trote de seu velho cavalo quando vai visitar os pacientes.

A primeira conversa de Emma com Léon em Yonville começa com o assunto do cavalo. "Se o senhor fosse como eu", disse Charles, "que sou constantemente obrigado a estar em cima de uma sela..." "Mas", diz Léon, dirigindo-se a Emma, "nada [...] é mais agradável [do que andar a cavalo], quando se pode..." Muito agradável mesmo.

Rodolphe sugere a Charles que cavalgar poderia fazer muito bem a Emma.

Pode-se dizer que a famosa cena da cavalgada amorosa de Rodolphe e Emma pela floresta é vista através do véu azul de sua roupa de montaria. Vale notar que ela ergue o chicote em resposta ao beijo que sua filha sopra da janela antes que inicie a cavalgada.

Mais tarde, quando lê a carta que seu pai lhe mandou da fazenda, Emma se recorda das coisas de lá — os potros que relinchavam e galopavam sem cessar.

Encontramos uma variante grotesca do mesmo tema na espécie de deformação do pé do cavalariço, semelhante a um casco, que Bovary tenta curar.

Emma presenteia Rodolphe com um chicote elegante. (O velho Freud dá umas risadinhas no escuro.)

O sonho de Emma de levar uma nova vida com Rodolphe começa com um devaneio: "Puxada por quatro cavalos a galope, ela foi levada" à Itália.

Um tílburi azul leva Rodolphe em um trote rápido quando ele se afasta da vida dela.

Outra cena famosa: Emma e Léon na carruagem fechada. O tema equino se torna consideravelmente mais vulgar.

Nos últimos capítulos, a *Hirondelle*, a diligência que liga Yonville a Rouen, começa a ocupar uma parte importante em sua vida.

Em Rouen, ela vê de relance o cavalo negro do visconde, uma recordação.

Durante sua última e trágica visita a Rodolphe, que responde a seu pedido por dinheiro dizendo que nada tem para lhe dar, ela aponta com observações sarcásticas os caros ornamentos de seu chicote. (As risadinhas no escuro agora se tornam diabólicas.)

Depois da morte de Emma, quando certo dia Charles foi vender seu velho cavalo — e último recurso —, ele se encontra com Rodolphe. Sabe que Rodolphe foi amante de sua mulher. Aqui termina o tema do cavalo. Em termos de simbolismo, talvez não seja mais simbólico do que seria hoje um carro conversível.

Robert Louis Stevenson (1850-1894)

O MÉDICO E O MONSTRO (1885)

O médico e o monstro foi escrito na cama em 1885, em Bournemouth, no Canal da Mancha, entre uma e outra hemoptise, tendo sido publicado em janeiro de 1886. Dr. Jekyll é um médico gordo e bonachão, não isento de fraquezas humanas, que vez por outra, usando uma poção, se projeta (ou se concentra, se precipita) em um indivíduo malévolo e brutal chamado Hyde, sob cuja personalidade comete uma série de crimes. Durante algum tempo, é capaz de retomar a personalidade original de Jekyll — há uma droga para ir e outra para voltar —, porém gradualmente a parte melhor de sua natureza se enfraquece, até que, por fim, a poção que lhe permite tornar a ser Jekyll falha, e ele se envenena quando está prestes a ser descoberto. Essa é a essência da história.

Em primeiro lugar, caso vocês possuam a edição de bolso que eu tenho, cuidem de esconder sua capa monstruosa, abominável, atroz, criminosa, indecente, depravadora de jovens, pois ela mais parece uma camisa de força. Além disso, ignorem o fato de que canastrões dirigidos por incompetentes já parodiaram o livro em filmes exibidos em lugares chamados teatros. Sou de opinião que chamar um cinema [*movie house*] de teatro [*theatre*] é o mesmo que chamar um agente funerário de maquiador de cadáveres.

E eis aqui minha principal recomendação: por favor, tratem completamente de esquecer, deslembrar, apagar, desaprender e jogar no lixo qualquer noção que possam ter de que *O médico e o monstro* seja alguma espécie de história ou filme de mistério ou de detetive. Não há a menor dúvida de que o pequeno romance de Stevenson, escrito em 1885, é um dos ancestrais das modernas histórias de mistério. Essas narrativas modernas, porém, são a própria negação do gênero, constituindo, na melhor das hipóteses, exemplos de literatura convencional. Francamente, não sou um desses professores universitários que fazem questão de fingir que gostam de histórias policiais — para meu gosto, são todas muito mal-escritas e me matam de tédio. A história de Stevenson — Deus guarde sua alma pura — é defeituosa como história de detetive. Nem é uma parábola ou alegoria, pois seria de mau gosto como uma ou outra. Ela tem, contudo, um encanto próprio se a considerarmos um fenômeno estilístico. Não é apenas uma boa "história de terror", como Stevenson exclamou ao despertar de um sonho em que a visualizara da mesma forma, creio eu, que um processo mental misterioso propiciara a Coleridge a visão do mais famoso de todos os poemas inacabados. É também, e com maior importância, "uma fábula que está mais próxima da poesia que da prosa comum",* com o que pertence à mesma categoria artística, por exemplo, de *Madame Bovary* ou *Almas mortas*.

Lê-se esse livro como quem bebe um bom vinho; na verdade, ao longo da história se bebe um volume notável de vinho de boa qualidade, bastando lembrar como Utterson vai tomando com toda a tranquilidade seus goles da bebida. Cintilante e reconfortante, esse líquido é muito diferente do reagente mágico que Jekyll prepara em seu poeirento laboratório e que, ao provocar o efeito camaleônico, causa pontadas gélidas de dor. Tudo é relatado de modo muito apetitoso. Gabriel John Utterson, que mora na Gaunt Street,** pronuncia as frases de maneira voluptuosa; há um toque gostoso no friozinho matinal de Londres e certa riqueza de tons na descrição das horríveis sensações que Jekyll

---

* Segundo Nabokov, as citações de natureza crítica nesta seção são da obra de Stephen Gwynn intitulada *Robert Louis Stevenson* (Londres: Macmillan, 1939). (N.E.)

** *Gaunt* significa em português "macilento, magro ao extremo, geralmente por falta de comida". (N.T.)

sofre durante o processo de metamorfose. Stevenson dependeu muito de seu poder estilístico para executar o truque que lhe permitiu superar as duas dificuldades principais com que se defrontava: 1) fazer da poção mágica uma droga plausível com base em ingredientes usados por qualquer químico; e 2) dar credibilidade ao lado mau de Jekyll antes e depois das "hydeizações".* "Estava bem adiantado em minhas reflexões, quando, como disse, uma luz lateral começou a incidir sobre o assunto com base no que eu aprendia na mesa do laboratório. Passei a perceber, mais profundamente do que até então se afirmara, a trêmula imaterialidade, a transitoriedade diáfana deste corpo aparentemente tão sólido que cobrimos de roupas e com o qual nos deslocamos. Descobri que certos agentes têm o poder de abalar e remover essa cobertura carnal, tal como o vento faz tremular as cortinas de um pavilhão. [...] Não somente reconheci que meu corpo natural era apenas a aura e a radiância de alguns poderes que compõem meu espírito, como ainda consegui preparar uma poção com a qual tais poderes, destronados de sua supremacia, davam lugar a uma segunda forma e fisionomia, não

---

* Na pasta de Nabokov sobre Stevenson há quatro páginas de citações datilografadas do livro de Stevenson *Essays in the Art of Writing* (Londres: Chatto & Windus, 1920), que ele lia para seus alunos. Nessas páginas consta a seguinte citação, que parece apropriada neste ponto: "Na passagem dos relatos descosidos e superficiais dos antigos autores de crônicas para o fluxo denso e luminoso das narrativas altamente sintéticas está implícito um grande volume tanto de filosofia quanto de engenhosidade. A filosofia, identificamos com facilidade, reconhecendo no autor sintético uma visão da vida muito mais profunda e estimulante, assim como um sentido muito mais apurado na geração e correlação de eventos. Podemos imaginar que a engenhosidade se perdeu, mas isso não ocorre, pois é justamente essa engenhosidade, esses eternos e agradáveis artifícios, a superação das dificuldades, a consecução de objetivos duplos, aquelas duas laranjas mantidas simultaneamente no ar que, conscientemente ou não, proporcionam o prazer do leitor. E essa engenhosidade, tão pouco reconhecida, é o instrumento necessário da filosofia que tanto admiramos. E o estilo mais perfeito não é, como dizem os tolos, o mais natural — pois o mais natural é o palavrório sem nexo do autor de crônicas antigas —, mas sim aquele que atinge o mais alto grau de implicações elegantes e significativas de forma discreta. Ou, se de modo ostensivo, com o máximo de proveito em termos do sentido e do vigor. Até mesmo o embaralhamento das frases, eliminando sua suposta ordem natural, é algo luminoso para a mente; pois é mediante essas inversões intencionais que os elementos de um juízo de valor podem ser alinhavados com maior pertinência, ou os estágios de uma ação complexa mais lucidamente integrados em um todo. Assim, a teia é o modelo: uma teia ao mesmo tempo sensual e lógica, uma textura elegante e rica em significado — isso é o estilo, esse é o fundamento da arte literária." (N.E.)

menos naturais para mim por serem a expressão dos elementos inferiores da minha alma, trazendo a marca de tal subordinação.*

Hesitei muito antes de testar na prática essa teoria. Eu bem sabia que me expunha ao risco de morrer, pois qualquer substância que, com tamanha potência, controlava e abalava a própria fortaleza da identidade poderia, graças a um diminuto erro de dosagem ou à sua aplicação em momento impróprio, destruir para sempre aquele invólucro imaterial que, com a ajuda dela, eu buscava modificar. Mas a tentação de uma descoberta tão excepcional e profunda por fim superou os indícios de perigo. Havia muito eu tinha preparado a solução; comprei imediatamente, de uma firma de atacadistas farmacêuticos, grande volume de certo sal que, com base em meus experimentos, eu sabia ser o último ingrediente exigido. E bem tarde, em uma noite maldita, misturei os elementos, observei-os ferver e fumegar ao se mesclarem no copo e, terminada a ebulição, bebi a poção em um arroubo de coragem.

Seguiram-se as dores mais atrozes; os ossos sendo triturados, uma náusea doentia, um horror espiritual que não pode ser superado na hora do nascimento ou da morte. Tais agonias começaram a ceder logo e me senti como se houvesse vencido uma grave enfermidade. Havia algo estranho em minhas sensações, algo indescritivelmente novo e, graças à sua própria novidade, incrivelmente agradável. Senti-me mais jovem, mais leve, fisicamente mais feliz. Dentro de mim, tomei consciência de uma ousadia embriagadora, de uma torrente de imagens sensuais passando aos borbotões diante de meus olhos, da dissolução dos laços do dever, de uma maldita liberdade da alma, mas em nada inocente. Ao primeiro sopro dessa nova vida, eu me sabia mais perverso, dez vezes mais perverso, escravizado à minha maldade original; e esse pensamento, naquele instante, me revigorou e deliciou como um bom vinho. Entusiasmado com a novidade de tais sensações, estendi os braços e, de pronto, me dei conta de que havia diminuído de estatura. [...] Assim como o bem iluminava o rosto de um, o mal estava clara e decisivamente estampado na face do outro. Além disso,

---

* "O dualismo, portanto, não é 'corpo e alma', mas 'bem e mal'." Observação de Nabokov em seu exemplar anotado. (N.E.)

o mal (que ainda acredito ser a parte letal do homem) deixara naquele corpo uma marca de deformidade e degenerescência. No entanto, ao contemplar a feia imagem no espelho, não senti nenhuma repugnância, e sim o impulso de lhe dar boas-vindas. Aquele também era eu. Parecia natural e humano. Aos meus olhos, constituía uma representação mais vivaz do espírito, parecia mais categórica e genuína que a fisionomia imperfeita e dividida até então identificada comigo. E, até esse ponto, eu sem dúvida estava certo. Observei que, quando portava as feições de Edward Hyde, ninguém era capaz de se aproximar sem demonstrar de imediato uma visível apreensão corporal. A meu juízo, isso se devia ao fato de que todos os seres humanos que conhecemos são uma mescla do bem e do mal, enquanto Edward Hyde, exceção nas fileiras da humanidade, era o puro mal."

Os nomes Jekyll e Hyde são de origem escandinava, e suspeito que Stevenson os tenha extraído da mesma página de um velho livro sobre nomes de família em que também fui procurá-los. Hyde vem do anglo-saxão *hyd*, que corresponde ao dinamarquês *hide*, ou *haven* em inglês.* Jekyll vem do nome dinamarquês *Jökulle*, que significa "pingente de gelo". Desconhecendo tais derivações simples, seria natural encontrar todo tipo de significados simbólicos nesses sobrenomes, especialmente em Hyde, sendo o mais óbvio o de que se trataria de um local onde o dr. Jekyll se escondia, no qual o alegre médico e o assassino se combinavam.

Como o livro é pouco lido, três pontos importantes costumam se perder completamente nas versões popularescas da história, a saber:

1. Jekyll é bom? Não, ele é um ser compósito, uma mescla do bem e do mal, um preparado com 99% de "jekyllita" e 1% de "hydita" (ou "hidátide", do grego "água", que em zoologia significa um cisto no corpo de um homem e outros animais contendo um fluido límpido com larvas de vermes — arranjo delicioso ao menos para os vermes. Assim, o sr. Hyde é de certo modo um parasita do dr. Jekyll, porém devo deixar claro que Stevenson não sabia disso ao escolher o nome). A postura moral de Jekyll é sofrível quando julgada pelos padrões vitorianos. Trata-se

---

* Em português, porto, abrigo, refúgio. (N.T.)

de um hipócrita, que oculta cuidadosamente seus pecadilhos. É vingativo, jamais perdoando o dr. Lanyon, de quem discorda em matérias científicas. E imprudente. Hyde está misturado a ele, está dentro dele. Nessa mistura de bem e de mal, que existe no dr. Jekyll, o mal pode ser separado sob a forma de Hyde, que é um precipitado de maldade pura, precipitado no sentido químico, uma vez que algo do Jekyll composto permanece presente quando ele se horroriza com as ações de Hyde.

2. Jekyll realmente não se transforma em Hyde, mas projeta um concentrado de maldade pura que se torna Hyde — mais baixo que Jekyll, um homem grandalhão, para indicar o maior volume de bem que Jekyll possui.

3. Na verdade, existem três personalidades: Jekyll, Hyde e uma terceira, o resíduo de Jekyll quando Hyde assume o controle.

Essa situação pode ser representada graficamente:

Henry Jekyll (grande)   Edward Hyde (pequeno)

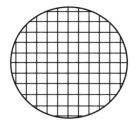

No entanto, olhando-se com atenção, é possível ver que, dentro do grande, luminoso e agradável Jekyll, caracterizado pelos quadradinhos do tecido de tweed usado em seus ternos, há rudimentos esparsos de maldade.

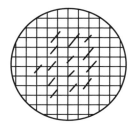

Quando a poção mágica entra em ação, começa a se formar um escuro concentrado de maldade

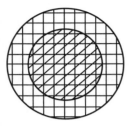

que é projetado ou expelido como

Não obstante, olhando-se Hyde mais de perto, é possível notar que acima dele flutua, horrorizado mas em posição dominante, um resíduo de Jekyll, uma espécie de anel de fumaça ou halo, como se aquele concentrado negro de maldade houvesse se separado do anel remanescente de bondade. Mas esse anel de bondade permanece: Hyde ainda deseja se transformar de novo em Jekyll — e esse é o ponto realmente relevante.

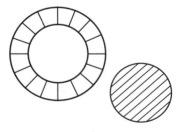

Segue-se que a transformação de Jekyll implica uma concentração do mal que já reside nele, não sendo por isso uma metamorfose completa. Jekyll não é o bem puro, assim como Hyde (malgrado a afirmação em contrário de Jekyll) não é o mal puro, pois, tal como certas partes do inaceitável Hyde estão presentes no aceitável Jekyll, igualmente sobre Hyde paira um halo de Jekyll, horripilado com as iniquidades de sua metade maligna.

As relações entre os dois são exemplificadas pela casa de Jekyll, que é dividida entre ambos. Quando Utterson e seu amigo Enfield passeiam certo domingo por um quarteirão movimentado de Londres, chegam a uma travessa que, embora pequena e calma, abrigava um comércio muito ativo nos dias de semana. "Mesmo aos domingos, quando ocultava seus maiores encantos e o número de transeuntes era comparativamente menor, a rua brilhava como um incêndio na floresta, destoando da vizinhança esquálida, e os olhos de quem passava eram imediatamente atraídos e se deliciavam com as venezianas recém-pintadas, os bronzes bem polidos, a limpeza geral e o ar alegre do lugar.

A duas portas da esquina e à esquerda de quem segue para leste, a sequência de lojas era interrompida pela entrada de um pátio; e, bem nesse ponto, o sinistro frontão de um prédio se projetava sobre a calçada. Tinha dois andares, nenhuma janela e apenas uma porta no térreo; com a parede desbotada na parte superior exibindo todos os sinais de prolongada e sórdida negligência. A pintura da porta, sem campainha ou aldrava, estava descascada e manchada. Vagabundos se recostavam no nicho da entrada e riscavam fósforos nos painéis da porta; crianças vendiam quinquilharias nos degraus; um estudante testara seu canivete no batente, mas, durante quase uma geração, ninguém aparecera para afugentar aqueles visitantes indesejáveis ou reparar seus estragos."

Foi essa porta que Enfield apontou para Utterson com a bengala como sendo aquela usada pelo homem de uma maldade repugnante que pisoteara deliberadamente uma menina que corria pela rua; agarrado por Enfield, ele concordara em recompensar os pais da garota com 100 libras. Abrindo a porta com uma chave, voltara com 10 libras em ouro e um cheque cobrindo o restante. O cheque, que provou ter fundos, era assinado pelo dr. Jekyll. Chantagem, pensava Enfield, dizendo para Utterson:

"Nem parece uma casa. Não há outra porta, e por aquela ninguém entra ou sai, exceto, de tempos em tempos, o cavalheiro que participou da minha aventura. No primeiro andar há três janelas que dão para o pátio, nenhuma no térreo; as janelas estão sempre fechadas, mas são limpas. Como há uma chaminé da qual geralmente sai fumaça, alguém deve morar lá. No entanto, não dá para ter certeza, as casas se amontoam de tal maneira que é difícil saber onde acaba uma e começa outra".

Dobrando a esquina da travessa, entra-se em um largo circundado de casas antigas e elegantes, em sua maioria agora decadentes e divididas em apartamentos e quartos alugados para gente de todo tipo e situação social: desenhistas de mapas, arquitetos, advogados de reputação duvidosa e agentes de empresas obscuras. "Uma casa, entretanto, a segunda a partir da esquina, ainda não fora desmembrada, exibindo um ar imponente de riqueza e conforto." Utterson bate à porta e pergunta por seu amigo, o dr. Jekyll. Ele sabe que a porta do prédio pela qual o sr. Hyde passara era a de um velho anfiteatro de anatomia do cirurgião que possuíra a casa antes que fosse comprada pelo dr. Jekyll, fazendo assim parte da elegante residência que dava frente para o largo. O anfiteatro fora adaptado como laboratório, onde o médico conduzia suas experiências químicas, e era lá (como ficamos sabendo muito depois) que ele se transformava no sr. Hyde, morador daquela ala.

Assim como Jekyll é uma mescla do bem e do mal, sua casa também é uma mistura, o símbolo muito claro e a vívida representação da relação entre Jekyll e Hyde. O desenho na próxima página mostra onde, voltada para o leste, a distante e luxuosa porta da frente da residência de Jekyll se abre para o largo. Mas é na travessa, do outro lado do bloco de casas cuja geografia é curiosamente deformada e ocultada por uma aglomeração de vários prédios e pátios, que fica a misteriosa porta lateral de Hyde. Desse modo, no prédio compósito de Jekyll, além de seu imponente e agradável hall de entrada, há corredores que levam a Hyde, ao velho anfiteatro, agora o laboratório de Jekyll, onde as dissecções foram substituídas por experiências químicas. Stevenson lança mão de todos os recursos possíveis — imagens, entonações, sequências de palavras e também pistas falsas — para construir gra-

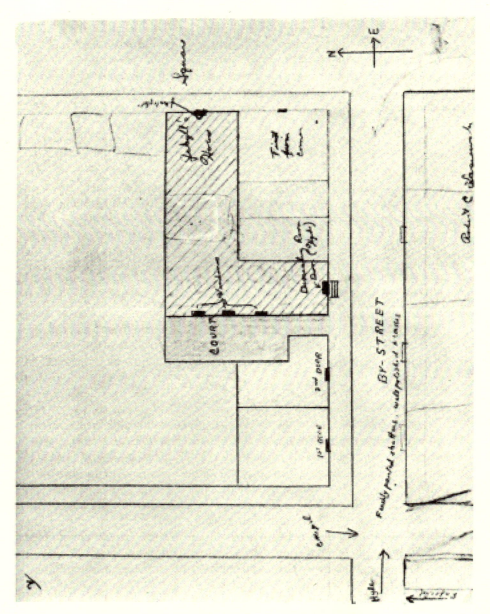

Desenho da casa de dr. Jekyll feito por um aluno, com alterações de Nabokov.

dualmente um mundo em que a estranha transformação a ser descrita nas próprias palavras de Jekyll terá sobre o leitor o impacto de uma realidade aceitável e artística. Em outras palavras, conduzirá o leitor a um estado de espírito em que ele não se perguntará se aquela transformação é ou não possível. Resultado similar ao obtido por Dickens em *A casa soturna*, em que, em um milagre de abordagem sutil e prosa variada, ele consegue tornar crível o caso do velho encharcado de gim que literalmente pega fogo por dentro e se transforma em cinzas.

✳

O propósito artístico de Stevenson é fazer com que "um drama fantástico transcorra diante de homens comuns e dotados de bom senso", e isso na atmosfera familiar aos leitores de Dickens, um cenário marcado pelo soturno nevoeiro de Londres, por senhores idosos e solenes bebendo vinho do Porto envelhecido, casas com fachadas lúgubres, advogados de família e mordomos devotados, vícios anônimos florescendo no respeitável largo em que Jekyll mora, manhãs frias e carruagens de aluguel. O sr. Utterson, advogado de Jekyll, é um cavalheiro decente, reticente, agradável, confiável, corajoso e ríspido: o que pessoas como ele podem aceitar como "real", os leitores também devem poder aceitar como real. O amigo de Utterson, Enfield, é definido como "pouco impressionável", um robusto e insípido homem de negócios (na verdade, é essa combinação de falta de brilho intelectual e solidez física que o une a Utterson). E é o enfadonho Enfield, indivíduo pouco imaginativo e pouco observador, que Stevenson escolhe para contar o começo da história. Enfield não se dá conta de que a porta na travessa usada por Hyde para trazer o cheque assinado por Jekyll é a do laboratório na casa do médico. No entanto, Utterson percebe a conexão imediatamente, dando início ao relato.

Conquanto para Utterson a história de Enfield tenha parecido fantasiosa e imodesta, ao chegar em casa ela o faz tirar do cofre o testamento de Jekyll escrito de próprio punho (pois Utterson se recusara a prestar qualquer auxílio em sua redação) e ler outra vez a seguinte cláusula: "No caso de morte do dr. Henry Jekyll, médico, doutor em direito canônico e em direito civil, membro da Academia Real de Ciências, todas as suas posses passarão às mãos do seu amigo e benfeitor Edward Hyde", e ainda que, "no caso de desaparecimento ou da ausência inexplicável do dr. Jekyll por prazo superior a três meses, o referido Edward Hyde deverá de imediato assumir o lugar de Henry Jekyll, livre de qualquer ônus ou obrigação, excetuado o pagamento de pequenas quantias aos empregados domésticos do médico". Utterson havia muito detestava esse testamento, tendo sua indignação reforçada pelo fato de não conhecer o sr. Hyde: "agora, graças a uma inversão repentina, era justamente ter conhecimento dele [graças à história de Enfield sobre o homenzinho malvado e a criança] que aumentava a ojeriza. Já era bastante ruim quando conhecia apenas um nome, do qual nada mais podia saber. Pior neste momento, porém, quando tal nome se revestia de atributos odiosos; e, afastado o véu ambíguo e irreal que lhe velara os olhos durante tanto tempo, aparecia agora o imprevisto e definido pressentimento de um inimigo mortal.

'Pensei que fosse loucura', disse ele, repondo o repugnante documento no cofre, 'mas agora passo a temer que seja uma desgraça'".

O relato de Enfield sobre o acidente começa a se desenvolver na cabeça de Utterson depois que ele vai para a cama. Enfield dissera: "Eu voltava para casa vindo de algum fim de mundo por volta das três horas de uma escura madrugada de inverno, tendo que atravessar uma parte da cidade em que literalmente só se viam os lampiões. Rua após rua, e todo mundo dormindo — rua após rua, todas iluminadas como para uma procissão e todas tão vazias quanto uma igreja [...]". (Enfield era um homem prático e pouco emotivo, porém o artista em Stevenson simplesmente não consegue deixar de lhe atribuir essa frase sobre as ruas iluminadas, com as pessoas dormindo e tudo tão vazio quanto uma igreja.) Essa frase cresce, ecoa, se reflete e se reproduz na mente sonolenta de Utterson: "[...] Revia a história do sr. Enfield em uma sequência de imagens iluminadas. Tomou consciência da enorme sucessão de lampiões na cidade adormecida; depois, da figura de um homem andando ligeiro e de uma criança correndo ao voltar da casa de um médico; os dois se esbarram, e o espírito maligno então pisoteia a menina, seguindo adiante sem se importar com seus gritos.

Ou visualizava um quarto na casa luxuosa onde seu amigo dormia a sono solto, sonhando e sorrindo; então abre-se a porta do quarto, o cortinado da cama é afastado, acordando a pessoa que dormia — e lá está a seu lado uma figura a quem ele concedera muito poder, e mesmo àquelas altas horas o médico precisava se levantar e fazer o que lhe era exigido. A figura nessas duas cenas assombrou o advogado durante toda a noite; e, se cochilou uma ou outra vez, foi para vê-la esgueirar-se ainda mais furtiva em meio às casas silenciosas ou se mover mais e mais rápido, vertiginosamente, por meio dos múltiplos labirintos da cidade iluminada por lampiões, pisoteando uma criança em cada esquina e a deixando aos gritos. E, mesmo então, a figura não tinha um rosto pelo qual pudesse identificá-la; mesmo em sonhos, não possuía uma face [...]".

Utterson decide procurá-lo. Em horas incertas, quando está livre, instala-se perto da porta, até que por fim vê o sr. Hyde. "Ele era baixo, estava vestido de maneira bastante simples, e sua aparência, mesmo ao longe, lhe causou imediata repulsa." (Enfield observara: "Porém, houve uma circunstância curiosa. Eu havia me tomado de aversão ao indivíduo à primeira vista".) Utterson se aproxima dele e, utilizando alguns pretextos, pede para ver o rosto de Hyde, que Stevenson tem o cuidado de não descrever. No entanto, Utterson diz aos leitores outras coisas: "O sr. Hyde era pálido e quase um anão, dava a impressão de ser aleijado sem nenhuma deformidade identificável, possuía um sorriso incômodo, comportara-se diante do advogado com um misto execrável de timidez e ousadia, e falava com uma voz rouca, sussurrante e entrecortada; todos esses pontos depunham contra ele, mas nem todos juntos podiam explicar a repugnância, o ódio e o medo que inspirava no sr. Utterson. [...] Ah, meu pobre Henry Jekyll, se alguma vez li a assinatura de Satã em um rosto, foi no de seu novo amigo".

Utterson vai até o largo, toca a campainha e pergunta ao mordomo, Poole, se o dr. Jekyll está em casa, mas é informado de que ele saiu. Utterson pergunta se está certo que Hyde saia pela porta do antigo anfiteatro quando o doutor está fora de casa, porém o mordomo lhe assegura que Hyde tem uma chave com a permissão do doutor e que todos os criados foram instruídos a lhe obedecer.

"— Não creio que já tenha encontrado o sr. Hyde — disse Utterson.
— Ah, não, meu senhor. Ele nunca *janta* aqui — respondeu o mordomo. — De fato, é visto muito pouco neste lado da casa. Em geral entra e sai pelo laboratório."

Utterson suspeita de chantagem e resolve ajudar Jekyll caso ele o permita. Em breve surge uma oportunidade, mas Jekyll não quer ser ajudado. "'Você não compreende minha posição', retrucou o médico de maneira algo hesitante. 'Estou em uma situação dolorosa, Utterson; minha posição é muito estranha, realmente muito estranha. É um desses assuntos que não podem ser resolvidos com uma conversa.'" No entanto, acrescenta: "'E, apenas para tranquilizar seu bom coração, vou lhe dizer uma coisa: na hora em que quiser posso me livrar do sr. Hyde. Palavra de honra que posso'". O encontro termina com Utterson concordando relutantemente com a súplica de Jekyll de que os direitos de Hyde sejam respeitados "quando eu não estiver mais aqui".

O assassinato de Carew é o evento que dá foco à história. Uma empregada doméstica, com inclinações românticas, está perdida em devaneios em uma noite de luar quando nota um distinto e idoso senhor pedindo orientações a um certo sr. Hyde, que havia tempos visitara seu patrão e por quem sentira uma antipatia imediata. "Portava uma grossa bengala, com a qual brincava, sem, no entanto, responder ao outro, parecendo ouvi-lo com mal disfarçada impaciência. Até que, de repente, ele explodiu em um violento acesso de ira, batendo os pés, brandindo a bengala e se comportando (segundo a descrição da criada) como um louco. O cavalheiro idoso recuou um passo, com ar muito surpreso e algo ofendido, ao que o sr. Hyde perdeu de todo o controle e bateu nele com a bengala até jogá-lo ao chão. No momento seguinte, com a fúria de um macaco, pisoteou a vítima e lançou sobre ela uma chuva de golpes, a ponto de se ouvirem ossos sendo quebrados, até que o corpo foi atirado no meio da alameda. Horrorizada por essas imagens e esses sons, a criada desmaiou."

O senhor idoso trazia uma carta endereçada a Utterson, que, por isso, é convocado por um inspetor de polícia e identifica o corpo como sendo o de sir Danvers Carew. Reconhece também os restos de madeira como uma bengala que dera de presente ao dr. Jekyll muitos anos antes e se oferece para conduzir o policial ao endereço do sr. Hyde no Soho, um dos piores bairros de Londres. Há alguns belos efeitos verbais, em especial a aliteração,* no parágrafo: "Já eram nove da manhã, e o primeiro nevoeiro da estação baixou dos céus qual uma grande mortalha cor de chocolate. Como o vento continuamente atacava e punha em debandada aquelas massas belicosas de vapor, o sr. Utterson pôde apreciar um número incrível de graus e tons de penumbra enquanto o cabriolé avançava lentamente pelas ruas; isso porque, se em um lugar estava escuro como nas profundezas da noite, mais acolá havia um brilho soturno e intenso de marrom, como a luz de estranha conflagração; mais adiante, por um momento o nevoeiro se dispersava de todo, e um débil raio de sol despontava através das nuvens em rodopio. O lúgubre Soho — deixando entrever em cenas cambiantes seus caminhos lamacentos, transeuntes mal-ajambrados e lampiões que nunca se apagavam ou tinham sido acendidos de novo para combater aquela funérea retomada da escuridão — parecia, aos olhos do advogado, o bairro de alguma cidade vista em pesadelos".

Hyde não estava em casa, que, deixada em grande desordem, evidenciava que o assassino fugira. Naquela tarde, Utterson visita Jekyll e é recebido no laboratório. "O fogo crepitava na lareira, sobre a qual havia um lampião aceso porque o denso nevoeiro penetrava até mesmo dentro das casas; e lá, junto ao calor, estava sentado o dr. Jekyll,

---

* Entre as citações datilografadas de *Essays in the Art of Writing* presentes na pasta de Nabokov sobre Stevenson, encontra-se a seguinte: "Era comum aconselhar-se a todos os jovens escritores que evitassem a aliteração, e o conselho era válido para evitar seu uso exagerado. Não obstante, era em essência um disparate abominável, mero delírio do mais cego dos cegos. A beleza do conteúdo de uma frase depende implicitamente da aliteração e da assonância. A vogal exige ser repetida; a consoante exige ser repetida; e ambas clamam para serem eternamente variadas. O leitor pode seguir as aventuras de uma letra ao longo de qualquer passagem que lhe tenha agradado de modo particular; talvez a veja suprimida por algum tempo para provocar o ouvido; mais adiante será por ela atingido como por uma bala de canhão; ou a verá transmudada em sons congêneres, um som líquido ou labial se fundindo. E encontrará outra circunstância ainda mais estranha. A literatura é feita por e para dois sentidos: uma espécie de ouvido interno, pronto a perceber 'melodias não ouvidas', e o olho, que dirige a pena e decifra a frase impressa". Nabokov acrescenta a isso: "E, como leitor, digo também que o olho interno visualiza a cor e o significado da frase". (N.E.)

dando a impressão de se encontrar mortalmente enfermo. Não se levantou para receber o visitante, limitando-se a lhe estender uma mão fria e dar as boas-vindas com uma voz diferente do normal." Utterson pergunta se Hyde está escondido ali. "'Utterson, juro por Deus', exclamou o médico, 'juro por Deus que nunca mais vou pôr os olhos nele. Dou-lhe minha palavra de honra, não quero mais saber dele. Está tudo acabado. E na verdade ele não quer minha ajuda, você não o conhece como eu. Ele se encontra em segurança, em absoluta segurança. Tome nota do que eu digo: nunca mais se ouvirá falar nele.'" Mostra a Utterson uma carta assinada por "Edward Hyde" na qual informa a seu benfeitor que não se preocupe, pois dispõe de meios de fuga totalmente confiáveis. Questionado por Utterson, Jekyll admite que foi Hyde quem ditou os termos do testamento, e Utterson lhe dá parabéns por ter escapado, ele próprio, de ser assassinado. "'Mais que isso', retrucou o médico em tom solene, 'aprendi uma lição — ah, meu Deus, que lição eu aprendi, Utterson!' E por um instante cobriu o rosto com as mãos." No entanto, por seu principal escrivão, Utterson fica sabendo que as letras na carta de Hyde, embora inclinadas na direção oposta, são muito parecidas com as de Jekyll. "'Como é possível!', pensou. 'Henry Jekyll forjar a mensagem de um assassino!' E o sangue congelou em suas veias."

✳

Stevenson se propôs um difícil problema artístico, e nos perguntamos se terá capacidade de resolvê-lo. O problema pode ser dividido nas seguintes partes:

1. A fim de tornar sua fantasia plausível, ele quer que ela seja relatada por pessoas práticas, Utterson e Enfield, os quais, apesar de sua lógica simplória, precisam ser afetados por algo bizarro e amedrontador em Hyde.

2. Essas duas almas imperturbáveis devem transmitir ao leitor algo do horror de Hyde, porém, ao mesmo tempo, não sendo artistas ou cientistas, como o dr. Lanyon, estão impedidas pelo autor de reparar em pormenores.

3. No entanto, se Stevenson fizer de Enfield e Utterson pessoas excessivamente simples e insensíveis, eles não serão capazes de exprimir o menor desconforto que Hyde lhes causa. Por outro lado, o leitor tem curiosidade não apenas com relação às reações dos dois, mas quer também conhecer o rosto de Hyde.

4. Todavia, nem o próprio autor vê o rosto de Hyde com suficiente clareza, e só poderia tê-lo descrito por Enfield ou Utterson de uma forma oblíqua, imaginativa e sugestiva, o que não corresponderia ao tipo de expressão utilizado por figuras tão pouco perceptivas.

Sugiro que, nessa situação e com tais personagens, a única maneira de resolver o problema consistiria em fazer com que a aparência de Hyde provocasse em Enfield e Utterson algo mais do que um mero sobressalto de asco, forçando o surgimento do artista que estaria oculto neles. De outro modo, as brilhantes percepções que iluminam a narrativa de Enfield sobre sua caminhada pelas ruas iluminadas e vazias antes de assistir ao ataque do sr. Hyde à menina, ou o vívido conteúdo dos sonhos de Utterson depois de ouvir aquela narrativa, só poderiam ser explicados pela repentina intromissão do autor com seus próprios valores artísticos, sua própria dicção e entonação. Um problema de fato curioso.

Há ainda outro problema. Stevenson nos oferece as descrições factuais e realistas dos eventos por cavalheiros londrinos pouco brilhantes, mas, em contraste com isso, há alusões vagas, conquanto sinistras, a prazeres e vícios pavorosos por trás dos panos. De um lado existe a "realidade"; de outro, "um mundo de pesadelo". Se o autor realmente tenciona que haja um forte contraste entre ambos, então poderíamos nos sentir algo desapontados. Se de fato nos está sendo dito que "não procure saber em que consistia esse mal, basta saber que era algo muito ruim", então poderíamos nos sentir enganados e maltratados. E isso porque a parte mais interessante da história se torna vaga diante do cenário demasiado realista e trivial onde ela se passa. A questão está em saber se Utterson, o nevoeiro, as carruagens de aluguel e o mordomo pálido são mais "reais" do que as estranhas experiências e aventuras inconfessáveis de Jekyll e Hyde.

✳

Alguns críticos, como Stephen Gwynn, apontaram uma curiosa falha no cenário supostamente familiar e corriqueiro da história. "O relato evita algo, pois, à medida que se desenvolve, parece se passar em uma comunidade de monges. O sr. Utterson é solteiro, como o próprio Jekyll e, ao que se saiba, Enfield, o jovem senhor que fala pela primeira vez a Utterson sobre as brutalidades de Hyde. Também é um celibatário o mordomo de Jekyll, Poole, cujo papel na história não é insignificante. Excetuadas duas ou três vagas criadas, a velha convencional de maus bofes e uma menininha sem rosto que corre em busca de um médico, o sexo feminino não participa da trama. Já foi sugerido que Stevenson, 'sujeito às restrições vitorianas em seu trabalho', e não querendo introduzir elementos estranhos à história de cunho monástico, evitou conscientemente colocar uma máscara feminina sobre os prazeres secretos a que Jekyll se entregava."

Se, por exemplo, Stevenson tivesse ido tão longe quanto, digamos, Tolstói, que também era vitoriano e não ia muito longe, havendo assim narrado os amores superficiais de Oblónski, a garota francesa, a cantora, a bailarina etc., seria artisticamente muito difícil fazer emergir um Hyde de seu Jekyll-Oblónski. O espírito amigável, jovial e alegre que preside os prazeres de um rapaz mulherengo dificilmente poderia ser reconciliado artisticamente com a imagem medieval de um negro espantalho que se ergue contra o céu lívido, representada por Hyde. Era mais seguro para o autor não ser específico e deixar sem descrição os prazeres de Jekyll. Mas será que essa segurança, essa opção pelo caminho mais fácil, não denota certa fraqueza no artista? Penso que sim.

Antes de tudo, essa reticência vitoriana estimula o leitor moderno a buscar conclusões que talvez Stevenson não desejasse que fossem buscadas. Por exemplo, Hyde é caracterizado como "protegido" e "benfeitor" de Jekyll, mas causa espécie a implicação de outro epíteto a ele aplicado, o de "favorito" do doutor, o que soa quase como "amante". O esquema exclusivamente masculino que Gwynn mencionou pode sugerir, visto de outro ângulo, que as aventuras secretas de Jekyll eram as práticas homossexuais muito comuns em Londres sob o véu vitoriano. A primeira suposição de Utterson é que Hyde está chantageando o bom doutor — e é difícil imaginar que pretexto para a chantagem haveria no fato de um solteirão manter relações com senhoras de vida airada. Ou será que Utterson e Enfield suspeitam ser Hyde filho ilegítimo de Jekyll? "Um homem honesto pagando uma fortuna por causa de algum mau passo na mocidade" é o que Enfield sugere. Mas a diferença de idade implícita na diferença entre a aparência de um e a de outro não parece ser suficiente para que Hyde seja filho de Jekyll. Além do mais, em seu testamento Jekyll chama Hyde de "amigo e benfeitor", uma escolha de palavras curiosa, talvez amargamente irônica, porém não aplicável a um filho.

Seja como for, o leitor não pode se satisfazer com a névoa que envolve as aventuras de Jekyll. E isso é tanto mais irritante porque as aventuras de Hyde, igualmente anônimas, são, pelo que se supõe, monstruosas exacerbações das fantasias e dos caprichos de Jekyll. A única coisa que se pode depreender acerca dos prazeres de Hyde é que eles têm um cunho sádico — ele sente prazer ao infligir a dor. "O que Stevenson desejava transmitir na pessoa de Hyde era a presença do mal totalmente divorciado do bem. De todas as iniquidades do mundo, a que Stevenson mais odiava era a crueldade; e a entidade brutal e desumana que ele cria nos é mostrada não por meio de seus desejos bestiais, quaisquer que eles fossem, mas em sua indiferença selvagem" para com os seres humanos que ele fere e mata.

✳

Em seu ensaio "A Gossip on Romance", Stevenson diz o seguinte sobre a estrutura narrativa: "A coisa certa deve surgir no local certo, seguida por outra coisa certa; e [...] todas as circunstâncias em um relato devem se relacionar como as notas em uma melodia. Vez por outra, os fios de uma história se reúnem e formam um desenho na teia, os personagens assumem de tempos em tempos certas atitudes para com os outros ou com a natureza que oferece o pano de fundo da história como uma gravura. Crusoé recuando ao descobrir a pegada [*Emma sorrindo sob a sombrinha iridescente; Anna lendo os letreiros das lojas a caminho da morte*], esses são os momentos culminantes da narrativa, e cada qual ficou para sempre gravado na retina mental. Outras coisas nós podemos esquecer; [...] podemos esquecer o comentário do autor, por mais inteligente ou verdadeiro que fosse; mas essas cenas cruciais, que apõem o derradeiro selo de verdade [artística] a uma história e, de um golpe, preenchem nossa capacidade de prazer [artístico], são guardadas tão fundo em nossa mente que nem o tempo nem as marés podem apagar ou diluir a impressão. Esta, pois, é a parte plástica [e a mais elevada] da literatura: integrar personagens, pensamentos ou emoções em um ato ou atitude capaz de marcar indelevelmente os olhos da mente".

A história de Stevenson passou a ser tão conhecida justamente devido a uma cena crucial, cuja impressão não pode ser apagada. Trata-se, é óbvio, da transformação de Jekyll no sr. Hyde, a qual, curiosamente, tem mais impacto por ser apresentada sob a forma de explicação em duas cartas após o término da narrativa cronológica, quando — alertado por Poole de que alguém que não é o médico se encontra há dias trancado no laboratório — Utterson derruba a porta e se depara com Hyde caído ao chão, morto, vestindo as roupas largas demais de Jekyll e exalando ainda o odor da cápsula de cianureto que acabara de romper com os dentes. A breve passagem narrativa entre o assassinato de sir Danvers por Hyde e essa descoberta apenas abre caminho para a explicação. O tempo passou e Hyde havia desaparecido. O doutor parecia ser o homem de antes e, no dia 8 de janeiro, oferece um pequeno jantar, ao qual comparecem Utterson e o dr. Lanyon, com quem Jekyll se reconciliara. No entanto, quatro dias depois, Jekyll não recebeu Utterson, embora ambos se vissem diariamente por mais de dois meses. Quando é impedido de entrar na casa pela sexta vez, ele procura se aconselhar com o dr. Lanyon, mas encontra um homem com a morte estampada no rosto, que se recusa até mesmo a ouvir o nome de Jekyll. Depois de cair de cama, o dr. Lanyon morre dentro de uma semana, e Utterson recebe um envelope com a caligrafia do doutor e a recomendação de que não seja aberto antes da morte ou do desaparecimento de Henry Jekyll. Um ou dois dias depois, Utterson está passeando com Enfield, que mais uma vez entra na história, e, ao passarem pelo pátio na travessa, conversam brevemente com um Jekyll de aparência doentia sentado junto à janela do laboratório; o encontro termina quando "o sorriso foi varrido de seu rosto e substituído por uma expressão de tão abjeto terror e desespero que gelou o sangue dos dois cavalheiros. Eles a viram tão só por um segundo, pois a vidraça foi empurrada de imediato para baixo; mas aquela visão de relance tinha sido suficiente: deram meia-volta e saíram do pátio sem nada dizer".

Pouco depois desse episódio, Poole visita o sr. Utterson, e tem início a ação que leva à entrada forçada.

"— Utterson — disse a voz —, pelo amor de Deus, tenha piedade!

— Ah, essa não é a voz de Jekyll, é a de Hyde! — gritou Utterson. — Derrube a porta, Poole!

Poole levantou o machado por cima do ombro e, ao baixá-lo, o golpe sacudiu o prédio quando a porta recoberta de feltro vermelho se chocou contra a fechadura e os gonzos. Do gabinete veio um guincho soturno, uma manifestação de puro terror animal. O machado voltou a ser erguido, mais uma vez os painéis e umbrais da porta vibraram violentamente; quatro golpes em sucessão, mas a madeira era dura e os encaixes bem resistentes; só no quinto a fechadura foi arrebentada, e o que restou da porta caiu sobre o carpete."

A princípio, Utterson imagina que Hyde matou Jekyll e ocultou o corpo, porém a busca se revela infrutífera. Entretanto, ele encontra um bilhete de Jekyll sobre a escrivaninha lhe pedindo que leia a carta do dr. Lanyon e então, se ainda tiver curiosidade, a confissão anexada, que Utterson verifica estar em um volumoso pacote selado. A narrativa propriamente dita termina quando Utterson, de volta a seu escritório, rompe os selos e começa a leitura. A explicação contida na "narrativa dentro da narrativa" das duas cartas conclui a história.

Em resumo, a carta do dr. Lanyon descreve como ele recebeu uma missiva registrada urgente de Jekyll solicitando-lhe que fosse ao laboratório, retirasse uma caixa que continha vários produtos químicos e a entregasse a um mensageiro que chegaria à meia-noite. Ele pega a caixa (Poole também recebera uma carta registrada permitindo sua entrada) e, retornando à casa, examina seu conteúdo: "Em um dos embrulhinhos que abri havia o que me pareceu ser apenas um sal cristalino de cor branca. O pequeno frasco, que examinei a seguir, estava cheio até quase a metade com um líquido cor de sangue, de forte cheiro acre e parecendo conter fósforo e algum éter volátil. Não tenho ideia do que fossem os demais ingredientes". À meia-noite, o mensageiro chega. Tratava-se de um homem baixo, como disse anteriormente; impressionaram-me suas feições espantosas, assim como a notável combinação de grande agilidade muscular e aparente debilidade física, e — não menos extraordinário — a estranha perturbação subjetiva causada por sua presença. Era algo semelhante ao início de um estado de choque, acompanhado por uma acentuada queda da pulsação cardíaca. O homem vestia roupas muito largas. Quando o dr. Lanyon lhe mostrou a caixa, "ele saltou na direção dela e em seguida se deteve, pondo a mão no coração. Ouvi seus dentes rangendo com o movimento convulsivo dos maxilares, o rosto tão horripilante de ver que temi por sua vida e sanidade mental.

— Controle-se — disse eu.

Ele me lançou um sorriso medonho e, como se movido pelo desespero, arrancou o pano. Examinando o conteúdo, soltou um grito alto e sufocado, demonstrando um alívio tão imenso que me deixou petrificado. No momento seguinte, em uma voz já razoavelmente controlada, perguntou:

— O senhor tem uma pipeta?

Levantei-me com esforço de meu assento e lhe entreguei o que desejava.

Agradeceu-me, sorridente, com um aceno de cabeça, mediu algumas gotas do líquido vermelho e acrescentou um dos pós. A mistura, que tinha de início uma coloração avermelhada, começou a clarear à medida que os cristais se dissolveram, efervescendo de maneira audível e lançando algumas exalações de vapor. De repente, a ebulição cessou, e a poção assumiu um tom roxo-escuro, que lentamente se transformou em um verde-água. Meu visitante, que observara com atenção essas metamorfoses, sorriu, descansou o copo sobre a mesa e, voltando-se para trás, me encarou com ar de interrogação".

Lanyon é convidado a se retirar ou ficar, se tiver curiosidade, desde que mantenha "o sigilo da nossa profissão" em relação a tudo que ocorrer. Lanyon fica.

"— Muito bem — retrucou meu visitante. — Lanyon, lembre-se do seu juramento... E agora, você, que por tanto tempo se restringiu às opiniões mais estreitas e materialistas, você, que negou as virtudes da medicina transcendental, que zombou dos que sabiam mais do que você, veja!

Levou o copo aos lábios e bebeu de um gole. Seguiu-se um grito; ele balançou, cambaleou, agarrou-se à mesa para se manter de pé, olhando fixamente para a frente com os olhos injetados de sangue, arfando de boca aberta; e, enquanto eu o observava, tive a impressão de que se processava uma mudança: ele pareceu inchar, o rosto de repente ficou negro e as feições pareceram se derreter e se alterar. Um momento depois, levantei-me de um salto e me encostei à parede, os braços erguidos a fim de me proteger daquele fenômeno sobrenatural, meu cérebro inundado de terror.

— Oh, Deus! — gritei. — Oh, Deus! — repeti várias vezes, pois ali, diante de meus olhos, pálido e trêmulo, quase desfalecendo e tateando à sua frente, estava Henry Jekyll!

Não consigo me decidir a pôr no papel o que ele me contou na hora seguinte. Vi o que vi, ouvi o que ouvi, e minha alma adoeceu por causa disso; agora, no entanto, quando aquela visão se apagou de meus olhos, me pergunto se creio nela, e não sei responder. Minha vida foi abalada até as raízes, o sono me abandonou; os terrores mais mortais me acompanham a qualquer hora do dia e da noite, sinto que meus dias estão contados, mas não obstante morrerei incrédulo. Quanto à torpeza moral que ele me revelou, ainda que com lágrimas de remorso, não posso, nem em pensamento, revisitar sem um sobressalto de horror. Direi apenas uma coisa, Utterson, que será suficiente caso você esteja em condições de acreditar nela. A criatura que se arrastou até minha casa naquela noite, conforme confessou o próprio Jekyll, era conhecida pelo nome de Hyde e vinha sendo caçada em todos os quadrantes do país como o assassino de Carew."

A carta do dr. Lanyon cria um grande suspense a ser preenchido pelo "Relato completo do caso de Henry Jekyll", que Utterson então lê concluindo a história. Jekyll conta como seus prazeres juvenis, que sempre ocultou, resultaram em uma profunda duplicidade existencial. "Desse modo, foi a natureza exigente de minhas aspirações, mais do que qualquer degradação peculiar de caráter, que fez de mim o que sou e que, cavando uma vala mais profunda do que na maioria dos homens, separou dentro de mim as províncias do bem e do mal que caracterizam a condição dual do ser humano." Seus estudos científicos privilegiaram uma visão mística e transcendental e o conduziram sistematicamente rumo à verdade de que "o homem não é de fato uno, e sim duplo". E, antes mesmo que suas experiências científicas houvessem "começado a sugerir a mais remota possibilidade de tal milagre, aprendi a contemplar com prazer, como se em um devaneio predileto, a ideia de separar esses elementos. Se cada um, pensei, pudesse ocupar identidades distintas, a vida seria aliviada de tudo que é insuportável; o injusto seguiria seu caminho, livre das aspirações e do remorso de seu gêmeo mais digno; e o justo poderia percorrer com passos fortes e seguros seu caminho ascendente, praticando as boas ações que lhe dão prazer, não mais exposto à desgraça e à penitência causadas por obra daquele mal extrínseco. A maldição da humanidade foi que esses dois feixes incongruentes tivessem sido amarrados juntos — que no ventre angustiado da consciência aqueles gêmeos opostos lutem continuamente. Como, então, foram dissociados?".

Segue-se a vívida descrição da descoberta da poção e, ao testá-la, a emergência do sr. Hyde, "exceção nas fileiras da humanidade, era o puro mal". "Demorei-me só por um momento diante do espelho, pois o segundo e conclusivo experimento ainda precisava ser levado a termo: cabia verificar se eu perdera minha identidade de modo irreversível, precisando fugir antes de o sol raiar de uma casa que já não me pertencia; e, regressando às pressas a meu gabinete, mais uma vez preparei a poção e a bebi, de novo sofri o tormento da dissolução, porém voltei a assumir a natureza, a estatura e o rosto de Henry Jekyll."

Durante algum tempo, tudo corre bem. "Fui o primeiro capaz de desfilar diante dos olhos do público exibindo uma respeitabilidade cordial e, momentos depois, como um jovem estudante, me despir de tal aparato e mergulhar de cabeça no mar da liberdade. Para mim, sob meu manto impenetrável, a segurança era total. Pense bem: eu nem mesmo existia! Bastava escapar para o laboratório e, em um ou dois segundos, misturava e bebia a poção que sempre mantinha à mão; e, o que quer que ele houvesse feito, Edward Hyde desapareceria como a marca de um bafo no espelho; e lá, em seu lugar, tranquilamente em casa, trabalhando até tarde em seu gabinete, estaria um homem capaz de se dar ao luxo de rir de qualquer suspeita: Henry Jekyll." Os prazeres que Jekyll sente ao assumir a personalidade do sr. Hyde enquanto sua própria consciência dorme não são descritos de maneira pormenorizada. No entanto, aqueles que em Jekyll haviam sido "indignos; dificilmente usaria um termo mais duro", na pessoa de Hyde "logo se tornaram monstruosos. [...] Esse ser que eu fazia surgir de minha própria alma e liberava para buscar seus prazeres era inerentemente maligno e perverso; todos os seus atos e pensamentos centravam-se em si mesmo, extraindo prazer com avidez animal dos sofrimentos de outrem, implacável como se feito de pedra". Assim se estabelece o sadismo de Hyde.

As coisas então começam a desandar. Torna-se cada vez mais difícil regressar à personalidade de Jekyll. Às vezes se faz necessária uma dose dupla do elixir e, certa feita, com risco de vida, uma dose tripla. Em uma ocasião, a poção não surtiu efeito. E, então, Jekyll acordou certa manhã em sua cama na casa que tinha frente para o largo e, preguiçosamente, se entregou ao devaneio de que se encontrava na casa de Hyde no Soho. "Em um dos momentos em que me senti mais desperto, atentei para minha mão. Ora, como você várias vezes comentou, a mão de Henry Jekyll era a de um médico pelo formato e pelo tamanho: grande, firme, branca e bem-proporcionada. Mas a que vi naquele instante, com bastante clareza na luz amarelada de uma manhã londrina, descansando entreaberta sobre o lençol, era magra, com veias salientes, nodosa, de uma palidez sombria, coberta por espessos pelos negros. A mão de Edward Hyde. [...] Sim, eu fora dormir como Henry Jekyll e acordara como Edward Hyde." Ele consegue ir até o laboratório e retomar a forma de Jekyll, mas o choque da transformação inconsciente penetra fundo, e ele decide abandonar aquela existência dupla. "Sim, preferi o doutor idoso e insatisfeito, cercado de amigos e acalentando esperanças honestas; e dei um adeus resoluto à liberdade, à relativa mocidade, aos passos ágeis e aos prazeres secretos que gozara disfarçado de Hyde."

Durante dois meses Jekyll mantém sua decisão, conquanto não abandone a casa no Soho ou as roupas de tamanho menor de Hyde que permanecem disponíveis no laboratório. Então ele fraqueja. "Meu demônio, enjaulado por demasiado tempo, saiu trovejando. Ainda enquanto ingeria a poção, fiquei consciente de uma propensão à mais desenfreada, à mais furiosa malevolência." Em um surto de fúria mata sir Danvers Carew, incitado pela cortesia do velho cavalheiro. Após o êxtase que lhe vem ao espancar a vítima, um calafrio de terror afasta o nevoeiro. "Senti que perdera o controle de minha vida; e fugi da cena de tais excessos ao mesmo tempo exultante e trêmulo, minha sede de maldade gratificada e estimulada, meu amor pela vida elevado ao máximo. Corri para a casa no Soho e, em um excesso de zelo, destruí meus documentos; saí depois pelas ruas iluminadas por lampiões no mesmo estado de divisão mental, extasiado com meu crime e planejando despreocupadamente outros no futuro, embora ao mesmo tempo escapando às pressas e prestando atenção para ouvir às minhas costas os passos do vingador. Hyde cantarolava ao preparar a poção e, ao bebê-la, brindou o homem morto. As dores da transformação não haviam terminado de dilacerá-lo quando Henry Jekyll, com lágrimas de gratidão e remorso, caiu de joelhos e juntou as mãos em uma prece a Deus."

Com um sentimento de alegria, Jekyll vê que seu problema foi resolvido e que jamais ousará assumir a forma de Hyde, do assassino procurado pela polícia. Durante vários meses leva uma vida impecável, dedicando-se a obras de caridade, mas estava ainda amaldiçoado pela duplicidade de propósitos, e "a parte mais baixa de mim, por tanto tempo gratificada e só recentemente acorrentada, começou a rosnar para ser libertada". Não podendo mais se arriscar a assumir a personalidade Hyde, é como Jekyll que ele começa a perseguir seus vícios secretos. Essa breve incursão no mal por fim destrói o equilíbrio de sua alma. Sentado certo dia no Regent's Park, "fui acometido de uma vertigem, uma náusea horrível e um tremor mortal. Essas sensações passaram, deixando-me à beira de um desmaio; depois, quando também a tonteira se dissipou, comecei a tomar consciência de uma mudança na natureza de meus pensamentos, uma maior audácia, um desprezo pelo perigo, uma dissolução dos laços do dever. Olhei para baixo, minhas roupas pendiam disformes sobre os membros encolhidos; a mão pousada no joelho tinha veias saltadas e era peluda. Mais uma vez eu era Edward Hyde. Um instante antes contava com o respeito de todos, um homem rico e estimado, a mesa posta na sala de jantar de minha casa esperando por mim; e agora eu não passava de alguém caçado pela sociedade, sem teto, um conhecido assassino, condenado à forca". Como Hyde ele não pode retornar à casa, sendo por isso forçado a pedir o auxílio do dr. Lanyon, tal como descrito na carta do médico.

O fim agora chega rápido. Na manhã seguinte, atravessando o quintal de sua própria casa, é mais uma vez tomado pela vertigem da transformação, sendo necessária uma dose dupla para recuperar sua identidade. Seis horas depois voltaram as ânsias, e ele teve de beber a poção de novo. A partir de então, nunca voltou a ficar seguro, necessitando recorrer constantemente ao estímulo da droga para manter a forma de Jekyll. (Foi em um desses momentos que Enfield e Utterson conversaram com ele à janela do pátio, um encontro interrompido abruptamente pelo início da transformação.) "A qualquer hora do dia ou da noite, vinha o estremecimento premonitório; se dormia ou mesmo cochilava por minutos em minha poltrona, era sempre como Hyde que eu acordava. Sob a tensão desse desastre iminente e devido à falta de sono a que então estava condenado, superior à que eu imaginara possível qualquer homem suportar, tornei-me, em minha própria pessoa, uma criatura dominada pela febre, débil de corpo e de mente, movida por um único pensamento: o horror de meu oposto. No entanto, quando dormia, ou quando acabava o efeito da poção, eu caía quase sem transição (pois as dores da transformação se tornaram a cada dia menos intensas) nas garras de uma imaginação transbordante de imagens de terror, uma alma fervendo com ódios imotivados, e um corpo que não dava a impressão de ser suficientemente forte para suportar a energia furiosa que abrigava. Os poderes de Hyde pareciam haver crescido com a debilidade de Jekyll. E sem dúvida o ódio que agora os dividia era igual em ambos os lados. Com Jekyll, tratava-se de um instinto vital. Ele agora vira toda a deformação daquela criatura que com ele compartilhava alguns fenômenos da consciência e a certeza da morte. E, além da comunhão desses vínculos, que em si mesmos compunham a parte mais lancinante de sua angústia, pensava em Hyde, malgrado toda a sua energia vital, como algo não apenas diabólico mas inorgânico. Este era o dado chocante: que o lodo do poço parecesse emitir sons e gritos, que a poeira amorfa gesticulasse e pecasse; e que o que era morto e não tinha forma pudesse usurpar as funções da vida. E mais ainda: que o horror subversivo fosse tão unido a ele quanto uma esposa, mais próximo que um olho; que ficasse enjaulado em sua carne, onde o ouvia resmungar e lutar para vir ao mundo; e em todos os momentos de fraqueza, na confiança do sono, o conquistava e o despojava da vida. O ódio de Hyde por Jekyll era de natureza diferente. Seu terror do cadafalso o levava continuamente a se suicidar por algum tempo e regressar à condição subordinada de ser somente uma parte, e não uma pessoa por inteiro; mas detestava essa necessidade, o desespero a que Jekyll sucumbira, ressentindo-se da repulsa com que era considerado. Daí as brincadeiras simiescas que fazia comigo, escrevendo em minha caligrafia blasfêmias nas páginas dos livros, queimando cartas e destruindo o retrato de meu pai; e, na verdade, não fosse por seu medo da morte, ele havia muito ter-se-ia arruinado para me arrastar à ruína. Mas seu amor pela vida é maravilhoso; vou além: eu, que me enojo e fico gelado apenas em pensar nele, quando relembro a abjeção e a paixão de seu apego à vida, e quando sei como teme meu poder de acabar com ele por meio do suicídio, termino por sentir pena de Hyde."

A calamidade derradeira ocorre quando começa a se esgotar o estoque do sal especial usado na poção. Uma nova remessa produz a primeira mudança de cor, mas não a segunda, impedindo que a transformação tenha lugar. Poole relatara a Utterson a procura desesperada por outro fornecimento.

"— Durante toda a última semana, o que quer que seja que vive no gabinete, e o senhor deve conhecê-lo, tem implorado dia e noite por algum tipo de medicamento que não sai de sua cabeça. Às vezes... ele costumava... quero dizer, o patrão... escrever suas encomendas em um pedaço de papel e deixá-lo na escada. Esta semana não veio nada de lá, só papéis e a porta fechada, as refeições que lá deixei sendo recolhidas quando ninguém está olhando. Bem, meu senhor, todos os dias, e duas ou três vezes por dia, só ouvi ordens e reclamações, e já fui mandado a todos os atacadistas de produtos químicos da cidade. Cada vez que volto com as coisas, aparece outro papel ordenando que eu devolva tudo porque não é puro, junto com nova encomenda para uma firma diferente. Essa droga é extremamente necessária, meu senhor, qualquer que seja seu uso.

— Você tem algum desses papéis? — perguntou o sr. Utterson.

Poole procurou no bolso e lhe passou um bilhete amassado, que o advogado, abaixando-se para ficar mais perto da vela, examinou cuidadosamente. Lá constava: 'Dr. Jekyll apresenta seus cumprimentos aos srs. Maw. Ele pode lhes assegurar que esta última amostra é impura e totalmente inútil para seus fins atuais. Em 18... o dr. Jekyll adquiriu um volume bastante grande de sua firma. Ele agora solicita que verifiquem com todo o afinco se sobrou algum produto da mesma qualidade, que lhe deve ser enviado imediatamente, quaisquer que sejam os custos. Essa remessa é de grande importância para o dr. Jekyll'. Até aqui a carta fora composta de forma decorosa, porém nesse ponto, com um solavanco da pena, a emoção de quem escrevia se tornara incontrolável. 'Pelo amor de Deus', acrescentou, 'encontrem o que sobrou do antigo produto.'

— Este bilhete é muito estranho — disse o sr. Utterson. Em seguida, em tom ríspido, perguntou: — Por que ele foi aberto?

— O sujeito na Maw estava indignado, meu senhor, e jogou-o de volta em cima de mim como se fosse alguma porcaria — respondeu Poole."

Enfim convencido de que a primeira remessa era impura, que essa impureza desconhecida é que dera eficácia à poção e que jamais poderia recriá-la, Jekyll começa a escrever a confissão, terminando-a uma semana mais tarde sob a influência da última porção do antigo sal. "Esta, portanto, é a última vez, exceto se ocorrer um milagre, em que Henry Jekyll pode pensar seus próprios pensamentos ou ver seu próprio rosto (hoje tão tristemente modificado!) no espelho." Ele se apressa em concluir, temendo que Hyde possa de repente assumir o controle e rasgar os papéis em pedacinhos. "Dentro de meia hora, quando mais uma vez e para sempre hei de reassumir aquela odiada personalidade, sei como ficarei sentado em minha poltrona, trêmulo e choroso, ou então, em um arrebatamento de tensão e pavor, continuarei a caminhar para cima e para baixo neste cômodo (meu derradeiro refúgio terreno) enquanto aguço os ouvidos para detectar qualquer som ameaçador. Será que Hyde morrerá no patíbulo? Ou encontrará coragem para se libertar no último instante? Deus sabe; para mim é indiferente, chegou a hora verdadeira de minha morte, e o que virá no futuro diz respeito a outro que não eu. Aqui, pois, ao descansar a pena e lacrar minha confissão, ponho fim à vida infeliz de Henry Jekyll."

✳

Gostaria de dizer algumas palavras sobre os últimos momentos de Stevenson. Como já devem saber, não sou muito chegado a dar valor às questões de interesse humano ao falar de livros. Como Vrónski costumava dizer, o interesse humano não faz meu gênero. Mas, segundo o clichê romano, os livros têm seu destino, e às vezes o destino dos autores segue o de suas obras. Veja-se o velho Tolstói, que em 1910 abandona a família para vagar ao léu e morre no quarto de um chefe de estação ferroviária ouvindo o ribombar dos trens que mataram Anna Kariênina. E há algo na morte de Stevenson, em 1894, em Samoa, que de maneira curiosa imita os temas do vinho e da transformação presentes em sua fantasia. Ele acabara de apanhar no porão e abrir na cozinha uma garrafa de seu Borgonha predileto quando de repente gritou para a mulher: "O que há comigo? Que coisa estranha é essa? Minha cara mudou?". E caiu no chão. Uma veia estourara em seu cérebro, tudo terminou em poucas horas.

O quê? Minha cara mudou? Há um curioso vínculo temático entre o último episódio na vida de Stevenson e as transformações fatais em seu mais maravilhoso livro.

Marcel Proust (1871-1922)

NO CAMINHO DE SWANN (1913)

São as seguintes as sete partes do grande romance de Marcel Proust *Em busca do tempo perdido*:

No caminho de Swann
À sombra das raparigas em flor
O caminho de Guermantes
Sodoma e Gomorra
A prisioneira
A fugitiva
O tempo redescoberto

Moncrieff morreu enquanto traduzia as obras para o inglês, o que não chega a surpreender, e o último volume foi vertido por um indivíduo chamado Blossom, que se desincumbiu muito bem da tarefa. Essas sete partes, publicadas em francês em quinze volumes entre 1913 e 1927, correspondem a 4 mil páginas em inglês ou cerca de 1,5 milhão de palavras. O romance abarca mais de meio século, de 1840 a 1915, já durante a Primeira Guerra Mundial, e tem um elenco de mais de duzentos personagens. Grosso modo, a sociedade que Proust inventa pertence ao início da década de 1890.

Proust iniciou a obra no outono de 1906, em Paris, e terminou o primeiro rascunho em 1912; reescreveu então quase tudo e continuou a reescrever e corrigir até morrer, em 1922. No conjunto, trata-se de uma caça ao tesouro, em que o tesouro é o tempo, e o lugar onde foi escondido é o passado: esse é o significado implícito do título *Em busca do tempo perdido*. A transmutação das sensações em sentimentos, as marés cheias e vazantes da memória, as ondas de emoção como o desejo, o ciúme e a euforia artística — esses são os ingredientes da obra enorme em tamanho e, não obstante, extraordinariamente leve e translúcida.

Na mocidade Proust havia estudado a filosofia de Henri Bergson. As ideias fundamentais de Proust em relação ao fluxo do tempo têm a ver com a evolução constante da personalidade em termos de duração, as riquezas insuspeitadas de nossa mente subliminar que só podemos recuperar mediante um ato de intuição, de recordação, de associações involuntárias; mas também por meio da subordinação da mera razão ao gênio da inspiração interna e da consideração da arte como única realidade no mundo; esses conceitos proustianos são edições coloridas do pensamento bergsoniano. Jean Cocteau chamou a obra de "uma grande miniatura, cheia de miragens, de jardins sobrepostos, de jogos entre o espaço e o tempo".

Uma coisa precisa ficar inteiramente clara para vocês: a obra não é uma autobiografia; o narrador não é o próprio Proust, e os personagens nunca existiram exceto na mente do autor. Por isso, não nos importemos com a vida do autor. Ela não tem importância nesse caso e só serviria para tornar a questão nebulosa, sobretudo porque o narrador e o autor de fato se assemelham em muitos aspectos e circulam em um meio similar.

Proust é um prisma. Seu único objetivo consiste em refratar, e, ao fazê-lo, criar um mundo em retrospecto. O mundo propriamente dito e os habitantes desse mundo não têm a menor relevância social ou histórica. Por acaso são aquilo que os cronistas chamam de café-soçaite, homens e mulheres ociosos, gente rica e sem ocupações. As únicas profissões que vemos ser praticadas, ou cujos resultados conhecemos, são de cunho artístico ou acadêmico. As pessoas prismáticas de Proust não têm emprego: o trabalho delas consiste em divertir o autor. Dispõem de tantas possibilidades para conversar ou desfrutar de outros prazeres quanto os mitológicos personagens que vemos tão belamente recostados em volta de mesas repletas de frutas ou caminhando sobre assoalhos pintados enquanto se falam, mas que jamais visualizamos nos escritórios de contabilidade ou nos estaleiros.

Em busca do tempo perdido é uma evocação, e não uma descrição do passado, como bem observou Arnaud Dandieu, um crítico francês. Essa evocação, continua ele, se torna possível ao trazer à tona diversos momentos lindamente selecionados que constituem uma sucessão de ilustrações, de imagens. Na verdade, toda a imensa obra, ele conclui, não passa de uma longa comparação que gira em torno das palavras *como se.** Verifica-se que a chave para o problema de restabelecer o passado é a chave da arte. A caça ao tesouro chega a um final feliz em uma caverna cheia de música, em um templo rico em vitrais. Os deuses das religiões padronizadas estão ausentes ou, talvez mais corretamente, foram dissolvidos na arte.

Para um leitor superficial da obra de Proust — uma grande contradição em termos, uma vez que um leitor superficial ficará tão entediado, tão tomado por seus próprios bocejos, que nunca terminará o livro —, para um leitor sem experiência, digamos, pode parecer que uma das maiores preocupações do narrador consiste em explorar as ramificações e as alianças que unem várias casas nobres, e que ele sente um estranho prazer ao descobrir que uma pessoa que imagina ser um modesto homem de negócios circula no grand monde, ou que um casamento importante uniu duas famílias de alguma forma que nunca sonhara ser possível. O leitor comum provavelmente concluirá que a ação principal do livro se resume a uma série de festas; por exemplo, um jantar ocupa 150 páginas, uma soirée, meio volume. Na primeira parte da obra, vemos o salão filisteu da sra. Verdurin na época em que era frequentado por Swann, e a festa noturna na casa da sra. de Saint-Euverte, quando Swann pela primeira vez se dá conta de como é vã sua paixão por Odette; nos livros seguintes, há outras salas de

---

* Middleton Murry escreveu que, se você tenta ser preciso, tem obrigatoriamente de ser metafórico.

estar, outras recepções, um jantar na casa da sra. de Guermantes, um concerto na casa da sra. Verdurin, e a festa final, à tarde, na mesma casa da mesma dama que agora se casou e ganhou o título de princesa de Guermantes. Nessa derradeira festa, que consta do último volume — *O tempo redescoberto* —, o narrador se conscientiza das mudanças que o tempo causou em todos os seus amigos e recebe um choque de inspiração — ou, antes, uma série de choques — que o leva a se lançar de imediato na composição de seu livro, a reconstrução do passado.

Nesse ponto final, portanto, o leitor pode se sentir tentado a dizer que Proust é o narrador, que é os olhos e ouvidos do livro. Mas a resposta ainda é não. O livro supostamente escrito pelo narrador no romance de Proust ainda é um livro-dentro-do-livro, e não *Em busca do tempo perdido* — assim como o narrador não é Proust. Aqui há uma mudança de foco que produz uma nesga de arco-íris: esse é o notável cristal proustiano através do qual lemos o livro. Não se trata de uma crônica de costumes nem de uma autobiografia ou de um relato histórico. É pura fantasia da parte de Proust, tal como *Anna Kariênina* é uma fantasia, tal como *A metamorfose* de Kafka é uma fantasia — e tal como a Universidade Cornell será uma fantasia se algum dia eu escrever sobre ela em retrospecto. O narrador na obra é um dos personagens, chamado Marcel. Em outras palavras, existe um Marcel que ouve tudo à socapa, e existe o autor Proust. Dentro do romance, o narrador Marcel contempla, no último volume, o romance ideal que escreverá. A obra de Proust é apenas uma cópia daquele romance ideal — mas que cópia!

✳

No caminho de Swann deve ser visto do ângulo correto, relacionado à obra completa, como Proust queria que fosse. Para compreendermos totalmente o volume inicial precisamos antes acompanhar o narrador à festa que consta do último volume. Isso será feito em maiores detalhes mais tarde, mas aqui cumpre ouvir o que Marcel diz quando começa a entender os choques que sofreu. "O que chamamos de realidade é uma determinada relação entre as sensações e as recordações que nos envolvem ao mesmo tempo, a única relação verdadeira, aquela que o escritor deve recapturar a fim de ligar para sempre em sua frase os dois elementos distintos. Pode-se fazer uma lista interminável dos objetos que figuravam no lugar descrito, mas a verdade só se mostra quando o escritor toma dois objetos diferentes, estabelece a relação entre ambos e os envolve nos anéis necessários de seu estilo (arte), ou mesmo quando, como a própria vida, comparando qualidades similares em duas sensações, ele faz com que sua natureza essencial se torne nítida ao uni-los em uma metáfora de modo a removê-los das contingências do tempo, vinculando-os mediante o emprego de palavras eternas. A partir dessa perspectiva de encarar o caminho certo na arte [Marcel se pergunta], não seria a própria natureza uma primeira manifestação da arte, ela que muitas vezes me permitiu conhecer a beleza de algo só muito tempo depois e apenas por meio de outra coisa — meio-dia em Combray por meio do som relembrado dos sinos e dos aromas das flores."

Essa menção a Combray introduz o importante tema dos dois caminhos. No decorrer do romance, ao longo de todas as suas sete partes (sete partes como os sete dias de uma criativa semana inicial sem descanso no domingo), por meio de todos esses volumes, o narrador mantém em seu campo de visão os dois caminhos que costumava percorrer quando criança na cidadezinha de Combray: o caminho na direção de Méséglise passando pela casa de Swann, Tansonville, e o caminho na direção da mansão rural da família Guermantes. Toda a história, ao longo dos quinze volumes da edição francesa, é uma investigação das pessoas relacionadas de uma forma ou de outra aos dois caminhos de sua infância. Em especial, a angústia do narrador por causa do beijo de sua mãe é um prenúncio das aflições e do amor de Swann, assim como o amor de Marcel quando criança por Gilberte e seu principal caso amoroso com uma moça chamada Albertine são amplificações do relacionamento que Swann tem com Odette. Mas os dois caminhos têm um significado adicional. Como diz Derrick Leon em sua *Introduction to Proust* (1940): "Até ver os dois caminhos de sua infância unidos na neta de Swann (filha de Gilberte), Marcel não se dá conta de que os segmentos nos quais dividimos a vida são puramente arbitrários e não correspondem a nenhum aspecto da própria existência, mas apenas à visão deficiente com a qual a percebemos. Os mundos separados de sra. Verdurin, sra. Swann e sra. de Guermantes são essencialmente o mesmo mundo, e só o esnobismo ou algum acidente de costumes sociais pode separá-los. Não são o mesmo mundo porque a sra. Verdurin enfim se casa com o príncipe de Guermantes, não porque a filha de Swann eventualmente se casa com o sobrinho da sra. de Guermantes e não porque a própria Odette coroa sua carreira ao se tornar amante do sr. de Guermantes, mas porque cada um deles evolui em uma órbita que é formada por elementos similares — e essa é a qualidade automática, superficial e mecânica da existência" que já conhecíamos desde a obra de Tolstói.*

✳

O estilo, lembro mais uma vez, é a maneira como um autor escreve, o modo peculiar que o distingue de qualquer outro escritor. Se eu selecionar três passagens de três diferentes autores cujas obras vocês conhecem de tal forma que nada no assunto tratado forneça qualquer pista, e se depois vocês exclamarem com uma certeza deliciosa: "Isso é do Gógol, isso é do Stevenson e isso, puxa vida, isso é de Proust" — tal escolha será baseada nas notáveis diferenças de estilo entre eles. O estilo de Proust contém três elementos diferenciadores:

1. Grande riqueza de imagens metafóricas, camada após camada de comparações. É por meio desse prisma que enxergamos a beleza de sua obra. Para Proust, o termo metáfora é com frequência empregado de modo amplo, como sinônimo da forma híbrida,** ou para comparações em geral, porque nele o símile constantemente se transforma em metáfora e vice-versa, com o movimento metafórico predominando.

---

* Aqui e em outros trechos Nabokov por vezes inclui ou interpola suas próprias observações nas passagens citadas. (N.E.)

** Nabokov exemplifica um símile simples como "a névoa era como um véu"; uma metáfora simples como "havia um véu de névoa"; e um símile híbrido como "o véu da névoa era como o sono do silêncio", combinando o símile e a metáfora. (N.E.)

2. A tendência a encher e esticar uma frase até o limite máximo, fazendo nela caber um número milagroso de orações, períodos parentéticos, cláusulas subordinadas e subsubordinadas. De fato, em termos de generosidade verbal, ele é um verdadeiro Papai Noel.

3. Nos autores antigos era comum haver uma distinção muito precisa entre as passagens descritivas e os diálogos: surgia um trecho descritivo e depois vinha o diálogo, e assim por diante. Naturalmente, esse método ainda é usado na literatura convencional, que é servida em garrafas, e na literatura de baixa qualidade, servida em baldes. Mas as conversações de Proust e suas descrições se fundem, criando uma nova unidade onde flor, folha e inseto pertencem à mesma árvore em floração.

"Durante muito tempo eu costumava ir cedo para a cama." Essa frase inicial da obra é a chave para o tema, centrado no quarto de dormir de um menino sensível. O menino tenta dormir. "Podia ouvir o apito dos trens que, às vezes mais próximo e depois mais distante, marcando as distâncias como o canto de um pássaro no bosque, me fazia visualizar um campo deserto através do qual um viajante estaria correndo para a estação ferroviária mais próxima, o caminho que ele percorria ficando gravado para sempre na memória graças à excitação por se encontrar em um lugar estranho fazendo coisas incomuns, pelas últimas palavras da conversa, pelas despedidas trocadas sob um lampião que não lhe era familiar e ainda ecoavam em seus ouvidos em meio ao silêncio da noite; assim também como pela expectativa deliciosa de voltar para casa." O apito do trem marca a distância como o canto de um pássaro trazido pelo vento, um símile adicional e uma comparação interna, o que constitui um artifício tipicamente proustiano com o objetivo de imprimir toda cor e força possíveis a uma imagem. Segue-se depois o desenvolvimento lógico da ideia do trem, a descrição de um viajante e de suas sensações. Esse desdobramento de uma imagem é um recurso típico de Proust. Difere das comparações divagantes de Gógol por sua lógica e poesia. As comparações de Gógol são sempre grotescas, uma paródia de Homero, e suas metáforas são pesadelos, enquanto em Proust são sonhos.

Um pouco mais tarde temos a criação metafórica de uma mulher no sono do menino. "Às vezes, também, assim como Eva foi criada a partir de uma costela de Adão, uma mulher ganhava vida enquanto eu dormia, concebida por alguma tensão na posição de minha coxa. [...] Meu corpo, consciente de que seu próprio calor estava passando para o dela, buscava unir-se àquele outro corpo, e então eu acordaria. O resto da humanidade parecia muito remoto em comparação com essa mulher cuja companhia eu abandonara um momento antes: meu rosto ainda estava quente com o beijo dela, meu corpo dobrado sob o peso de seu corpo. Se, como por vezes ocorria, ela se parecesse com alguma mulher que eu tivesse conhecido no mundo real, me entregaria por inteiro à busca por ela, como aquelas pessoas que saem em viagem para ver com seus próprios olhos alguma cidade que sempre desejaram visitar imaginando que podem provar na realidade o que estimulou suas fantasias. Aos poucos, a recordação dela se dissolvia e desaparecia, até que eu esquecesse de todo a filha de meu sonho." Mais uma vez temos aqui o recurso do desdobramento: a busca pela mulher comparada às pessoas que viajam, e por aí vai. Buscas, visitas e desapontamentos incidentais formarão um dos temas principais de toda a obra.

O desdobramento pode abarcar vários anos em uma mesma passagem. Do menino sonhando e voltando a cair no sono, passamos imperceptivelmente para seus hábitos de dormir e acordar como adulto no tempo presente da narrativa. "Quando dorme, um homem tem, em um círculo ao seu redor, a corrente das horas, a ordem dos anos e dos mundos. Ao despertar, olha instintivamente para essas coisas e, em um instante, identifica sua posição na superfície da Terra e o tempo que passou dormindo. [...] Mas para mim [como adulto], embora dormisse em minha própria cama, bastava que o sono fosse tão pesado a ponto de obliterar minha consciência, porque então eu perderia por completo o senso do lugar onde fora dormir e, ao acordar à meia-noite, sem saber onde estava, no primeiro momento também não podia ter certeza de quem eu era; possuía apenas um senso muito rudimentar de existência, como aquele que pode se esconder e bruxulear nas profundezas da consciência de um animal; eu estava mais desprovido de bens que um homem das cavernas; mas então a lembrança — não ainda de onde eu me encontrava, mas de vários lugares onde tinha morado e poderia estar agora — chegava como uma corda baixada do céu a fim de me salvar do abismo do não ser, do qual jamais teria podido escapar por conta própria. [...]"

A memória do corpo então assumiria o controle e "faria um esforço para deduzir inicialmente, da forma de seu cansaço, a posição dos vários membros, concluindo assim onde ficavam a parede e os móveis, compondo e dando nome à casa que ele deveria estar habitando. A memória do corpo, a memória composta de suas costelas, joelhos e ombros, lhe oferecia uma série de quartos em que dormira em alguma ocasião, enquanto as paredes invisíveis se modificavam sem cessar, adaptando-se ao formato de cada quarto sucessivo de que se recordavam e que girava através da escuridão. E mesmo antes que, hesitando no limiar do tempo e das formas, meu cérebro houvesse coletado um número suficiente de impressões que o capacitasse a identificar o quarto, ele, meu corpo, se lembraria, de cada quarto em sucessão, como era a cama, onde ficavam as portas, como a luz do dia penetrava pelas janelas, se havia ou não um corredor do lado de fora, o que eu pensava ao cair no sono e encontrara ao despertar". Atravessamos uma série de quartos e suas metáforas. Por um momento, ele voltava a ser uma criança em uma grande cama com dossel, "e de imediato me dizia: 'Ora, devo finalmente ter caído no sono, e mamãe nunca veio me dar boa-noite!'". Nesse instante, ele teria regressado ao campo com seu avô, que tinha morrido anos antes. Depois se encontra na casa de Gilberte (que é agora a sra. de Saint-Loup), na velha casa de Swann em Tansonville, em diversos quartos no inverno e no verão. Por fim, acorda no tempo presente (como adulto) na sua própria casa em Paris, mas tendo sua memória sido acionada: "Em geral eu não tentava voltar a dormir imediatamente, acostumado que estava a passar a maior parte da noite relembrando nossa vida nos tempos de Combray com minha tia-avó, em Balbec, Paris, Doncières, Veneza e outras cidades, recordando todos os lugares e pessoas que conhecera, o que vira realmente ou o que outros me haviam contado sobre eles".

Então, com a referência a Combray, ele está de volta à infância no tempo da narrativa: "Em Combray, no final de cada tarde, bem antes da hora em que tinha de ir para a cama e lá ficar deitado, sem dormir, longe de mamãe e de minha avó, o quarto de dormir se tornava o ponto fixo no qual se centravam minha melancolia e meus pensamentos ansiosos". Quando ele se sentia especialmente triste, a hora antes do jantar era ocupada por uma lanterna mágica que contava a história medieval do malévolo Golo e da bondosa Geneviève de Brabant (uma precursora da duquesa de Guermantes). Esse "evento" da lanterna mágica se relaciona posteriormente, por intermédio da lâmpada da sala de jantar, com a pequena sala de estar onde a família se reunia depois do jantar nas noites chuvosas, quando a chuva serve para reintroduzir sua avó — a personagem mais nobre e patética do livro —, que insistia em passear no jardim molhado. Swann é apresentado: "Ouvíamos, dos fundos do jardim, não o tilintar renitente e estridente da sineta que aturdia com seu som gélido, enferrujado e interminável todas as pessoas da casa que a acionassem ao passar, e sim o duplo toque — tímido, oval, dourado — da sineta dos visitantes [...] e logo meu avô diria: 'Ouvi a voz de Swann'. [...] Embora bem mais moço, Swann tinha grande afeição por meu avô, que tempos antes fora amigo íntimo de seu pai, homem excelente mas excêntrico em quem qualquer ninharia era aparentemente capaz de fazer cessar seu bom humor e o fluxo de seus pensamentos". Swann é um dândi, perito em arte, um fino parisiense muito requisitado pela alta sociedade; mas seus amigos de Combray, a família do narrador, não fazem a menor ideia de sua posição e pensam nele apenas como o filho do velho amigo, o corretor de valores. Um dos elementos do romance são as várias maneiras como uma pessoa é vista por olhos diferentes, como, por exemplo, Swann através do prisma nas noções da tia-avó de Marcel: "Certo dia, quando veio nos visitar em Paris depois do jantar e se desculpou pelos trajes a rigor, Françoise [a cozinheira], após sua partida, nos disse ter sabido pelo cocheiro que ele jantara 'na casa de uma princesa'. 'Alguma princesa do demi-monde, uma cortesã', resmungou minha tia com uma ironia serena, dando de ombros sem erguer os olhos do tricô".

Existe uma diferença essencial entre o método proustiano e o joyciano de lidar com seus personagens. Joyce toma um personagem completo e absoluto, conhecido por Deus e conhecido por Joyce, e depois o transforma em fragmentos que são espalhados pelo espaço-

-tempo do livro. O bom releitor coleta essas peças do quebra-cabeça e gradualmente as combina. Por outro lado, Proust postula que um personagem, uma personalidade, nunca é passível de ser conhecido de maneira absoluta, mas apenas de modo comparativo. Proust não o corta em pedaços, e sim mostra que ele existe por meio das noções que dele têm outros personagens. E, depois de oferecer uma série dessas visões prismáticas em meio às sombras, tem a esperança de combiná--las em uma realidade artística.

A apresentação termina com a descrição do desespero de Marcel quando os visitantes o obrigaram a se despedir no térreo e sua mãe não pôde ir a seu quarto lhe dar o beijo de boa-noite; e a história propriamente dita começa com a chegada de Swann: "Estávamos todos no jardim quando se ouviu o modesto toque duplo da sineta do portão. Sabia-se que se tratava de Swann, e, no entanto, todos se entreolharam interrogativamente, e minha avó foi ver quem era". A metáfora do beijo é complexa e atravessará toda a obra. "Não desviava os olhos de mamãe. Quando foram para a mesa, sabia que não me deixariam ficar lá durante todo o jantar, e mamãe, para não aborrecer papai, não permitiria que eu lhe desse diante de todos a sequência de beijos que receberia em meu quarto. Por isso, na sala de jantar, prometi a mim mesmo que, quando começassem a comer e beber e eu sentisse que se aproximava a hora, eu poria naquele bei-jo, que seria inevitavelmente breve e furtivo, toda a força possível: antes escolheria com muito cuidado o ponto exato em sua face onde o plantaria, preparando assim meus pensamentos de forma a ser ca-paz, graças a essas preliminares mentais, de consagrar todo o minuto que mamãe me concederia para sentir sua pele contra meus lábios, tal como um pintor cujo retratado só posa por alguns minutos e por isso precisa preparar sua palheta com antecedência e, de memória ou com base em anotações precárias, pinta tudo que pode na ausência de seu modelo. Mas, naquela noite, antes que houvesse soado a sine-tinha que chamava para o jantar, meu avô disse com uma crueldade inconsciente:

— O menino parece cansado. Melhor que suba e vá para a cama. Além do mais, hoje vamos jantar mais tarde.

Eu estava prestes a beijar mamãe, mas naquele instante a sinetinha tocou.

— Não, não, deixe sua mãe em paz. Vocês já se despediram bastante. Essas manifestações são absurdas. Trate de subir."

A agonia que sofre o jovem Marcel, o bilhete que escreve para a mãe, sua expectativa e as lágrimas quando ela não aparece prenunciam o tema do ciúme desesperador que ele experimentará, estabelecendo-se assim uma relação direta entre suas emoções e as de Swann. Ele imagina que Swann teria rido gostosamente caso lesse o conteúdo de seu bilhete para a mãe, "embora, pelo contrário, como vim a saber mais tarde, uma angústia semelhante o tivesse martirizado por muitos anos, e talvez ninguém tivesse podido compreender meus sentimentos naquele momento melhor do que ele; para Swann, a angústia que existe em se saber que a criatura amada está se divertindo em um lugar onde você não está e não pode estar — em seu caso essa angústia nasceu do amor, em certo sentido predestinada, devendo ser admitida e singularizada [...]. Fui invadido por uma alegria de principiante quando Françoise voltou para me dizer que o bilhete seria entregue, mas Swann também sentira essa alegria enganadora que um amigo ou algum parente da mulher amada nos oferece quando, ao chegar para algum baile, festa ou 'primeira noite' na casa ou no teatro onde ela será encontrada, nos vê vagando do lado de fora, aguardando desesperadamente alguma oportunidade de nos comunicarmos com ela. Ele nos reconhece, cumprimenta com afeto e pergunta o que estamos fazendo ali. E, como inventamos trazer uma mensagem urgente para lhe entregar, o amigo ou parente nos assegura de que nada é mais simples, nos leva até a porta e promete que a veremos dentro de cinco minutos [...]. Infelizmente, Swann aprendera que as boas intenções de um terceiro nada podem sobre uma mulher irritada por se ver perseguida até em um salão de baile por um homem que ela não ama. No mais das vezes, o bom amigo aparece de volta sozinho.

Mamãe não apareceu e, sem consideração pelo meu amor-próprio (empenhado em que não fosse desmentida a história do que ela estaria esperando de minha parte a propósito de um suposto pedido seu), mandou Françoise me dizer simplesmente 'Não tem resposta' — palavras que, desde então, ouvi serem ditas em muitas ocasiões por serventes em cabarés e criados em cassinos a alguma pobre moça, que retruca, surpresa: 'O quê? Ele não disse nada? Não é possível. Entregou a ele meu bilhete, não entregou? Muito bem, vou esperar mais um pouco'. E, assim como ela sempre declina o oferecimento do servente de acender mais uma lâmpada enquanto continua lá sentada [...], eu, tendo recusado a oferta de Françoise de me preparar uma tisana ou ficar comigo, deixei-a voltar para as dependências dos empregados e, deitado na cama de olhos fechados, tentei não ouvir as vozes de meus familiares que, no jardim, tomavam café após o jantar".

Esse episódio é seguido por uma descrição do luar e do silêncio que ilustra perfeitamente a geração por Proust de metáforas dentro de metáforas.

O menino abre a janela e se senta ao pé da cama, receoso de se mover e ser ouvido pelos que estão lá embaixo. 1) "As coisas do lado de fora também pareciam imóveis, em muda expectativa." 2) Elas davam a impressão de "não querer perturbar o luar". 3) E o que estava fazendo o luar? O luar duplicava cada objeto e parecia empurrá-lo para trás graças ao alongamento para a frente de sua sombra. Que tipo de sombra? Uma sombra que parecia "mais densa e concreta que o objeto". 4) Ao fazer tudo isso, o luar "tornava a vista da janela mais plana e maior, como [*símile adicional*] um mapa aberto e esticado sobre a mesa". 5) Havia algum movimento: "O que precisava se mover — por exemplo, a folhagem de um castanheiro — se movia. Mas seu meticuloso fremir [*que tipo de fremir?*], levado até a última nuance de cor, até o mais delicado detalhe [*que fremir mais exigente*], não violava a cena, não avançava sobre ela, permanecendo claramente delimitado" — uma vez que era iluminado pelo luar e todo o resto se encontrava em sombra. 6) O silêncio e os sons distantes. Sons distantes se comportavam em relação à superfície do silêncio do mesmo modo que as manchas enluaradas da folhagem se moviam em relação ao veludo das sombras. O som mais longínquo, vindo de "jardins nos confins da cidadezinha, podia ser ouvido com tamanha clareza que a impressão de distância [*segue-se um símile adicional*] parecia se dever apenas à sua execução em pianíssimo [*segue-se outro símile*] como aqueles movimentos de cordas em surdina" no Conservatório. Essas cordas em surdina são então descritas: "embora não se perca uma só nota", elas vêm "de fora, de bem longe da sala de concertos, de modo que [*e nos encontramos agora na sala de concertos*] todos os antigos assinantes, inclusive as irmãs de vovó quando Swann lhes cedia seu assento, costumavam aguçar os ouvidos como se [*símile final*] houvessem captado a aproximação distante de um exército em marcha que ainda não dobrara a esquina".

Os efeitos do luar em termos de imagem mudam com o momento histórico e o autor. Há uma semelhança entre Gógol escrevendo *Almas mortas* em 1840 e Proust compondo essa descrição por volta de 1910. Mas a descrição de Proust torna o sistema metafórico ainda mais complicado, além de ser poética e não grotesca. Ao descrever um jardim sob o luar, Gógol usaria imagens ricas, mas suas comparações divagantes tenderiam ao exagero grotesco e teriam algum belo toque de irracionalidade. Por exemplo, ele poderia ter comparado o efeito do luar com os lençóis caídos de um varal de roupa sobre o chão, como faz em *Almas mortas*; e então divagaria, dizendo que o luar projetado no chão era como lençóis e camisas que o vento espalhara enquanto a lavadeira dormia pacificamente, sonhando com espuma de sabão, goma para roupas e o lindo vestido novo comprado por sua cunhada. No caso de Proust, o ponto peculiar é que ele desliza da ideia da luz pálida para a de música remota — o sentido da visão aos poucos se transforma no sentido da audição.

Proust, porém, tinha um precursor. Na parte 6, capítulo 2, da obra de Tolstói *Guerra e paz* (1864-69), o príncipe Andrei se hospeda na mansão rural de um conhecido, o conde Rostov. Não consegue dormir. "O príncipe Andrei saiu da cama e abriu a janela. Afastadas as persianas, o luar penetrou no quarto como se houvesse esperado muito tempo do lado de fora para ter aquela oportunidade. Descerrou as vidraças. A noite era fria e luminosa, sem uma aragem que a agitasse. As árvores podadas que formavam uma fileira em frente à janela eram pretas de um lado e prateadas do outro. [...] Para além delas havia uma espécie de teto que o orvalho fazia reluzir. À direita erguia-se uma grande árvore com densa folhagem, seu tronco e seus galhos de um branco vibrante, e mais ao alto, quase cheia, a lua viajava no céu primaveril sem uma única estrela.

Pouco depois, junto à janela do andar de cima, ele ouviu duas jovens vozes femininas — uma das quais pertencente a Natasha Rostov — cantando seguidamente uma frase musical. [...] Um pouco mais tarde, Natasha se debruçou para fora da janela, e ele ouviu o farfalhar de seu vestido e o som de sua respiração." E "os sons silenciaram como a lua e as sombras".

Cumpre notar três coisas nos prenúncios de Proust que encontramos em Tolstói:

1. A expectativa do luar esperando à socapa (uma falácia patética). A beleza pronta a se precipitar, uma criatura servil e querida no momento em que é percebida pela mente humana.

2. A qualidade límpida da descrição, uma cena firmemente delineada em prata e negro, sem frases convencionais e nenhuma lua tomada por empréstimo. Tudo é real, autêntico, visto com a plenitude dos sentidos.

3. A associação íntima do que é visto e ouvido, da luz sombreada e do som sombreado, de ouvidos e olhos.

Comparem isso à evolução da imagem em Proust. Reparem na elaboração do luar que ele faz, as sombras que se destacam da luz como gavetas em um armário, assim como a grande distância da música.

As várias camadas e níveis de significado nas metáforas de Proust são exemplificados de modo interessante pela descrição do método de sua avó de selecionar presentes. [*Primeira camada*]: "Ela gostaria que eu tivesse em meu quarto fotografias de monumentos antigos ou das mais belas paisagens. Mas, ao comprá-las, e por mais que o objeto da gravura tivesse um valor estético próprio, considerava que ali havia um conteúdo ostensivo demais de vulgaridade e utilidade devido à natureza mecânica da reprodução fotográfica. [*Segunda camada*:] Graças a uma artimanha, ela tentava, se não eliminar de todo sua banalidade comercial, pelo menos minimizá-la, dela extraindo o que ainda havia de artístico ao introduzir por assim dizer várias 'camadas' de arte; em vez de fotografias da catedral de Chartres, das fontes de Saint-Cloud ou do Vesúvio, ela perguntava a Swann se algum grande pintor não retratara aqueles lugares, preferindo me dar uma foto da 'catedral de Chartres vista por Corot', das 'fontes de Saint-Cloud vistas por Hubert Robert' e do 'Vesúvio visto por Turner', com o que seus presentes galgavam um degrau adicional na escala da arte. [*Terceira camada*:] No entanto, embora o fotógrafo houvesse sido impedido de reproduzir diretamente as obras-primas ou as maravilhas da natureza, sendo substituído por um grande artista, ele ressurgia, na plena posse de seus direitos, quando se tratava de reproduzir a interpretação do pintor. Por conseguinte, devendo lidar mais uma vez com a vulgaridade, minha avó tentava afastá-la ainda mais. Perguntava a Swann se fora feita uma gravura a partir do quadro, [*quarta camada*:] preferindo, quando possível, gravuras antigas com alguma associação interessante que lhes desse um valor adicional, exibindo, por exemplo, uma obra-prima em um estado em que não mais podemos vê-la, como a gravura de Morghen da *Última ceia* de Leonardo antes que o afresco fosse desfigurado por uma restauração." O mesmo método foi seguido quando ela presenteou móveis antigos ou quando deu a Marcel romances antigos de George Sand (1804-1876), escritos cinquenta anos antes.

Com sua mãe lendo para ele um desses romances de George Sand, termina o primeiro tema da hora de dormir. Essas sessenta primeiras páginas da tradução para o inglês são completas e contêm a maior parte dos elementos estilísticos encontrados no curso do romance. Como observa Derrick Leon: "Enriquecida por sua cultura notável e abrangente, por seu profundo amor e compreensão da literatura clássica, da música e da pintura, toda a obra exibe uma riqueza de símiles derivados de igual aptidão e facilidade no trato da biologia, da física, da botânica, da medicina e da matemática, a qual nunca deixa de nos surpreender e deliciar".

As seis páginas seguintes também formam um episódio ou tema completo, que de fato serve como prefácio para a parte de Combray da narrativa. Esse episódio, que pode ser intitulado "O milagre do chá de flor de tília", é a famosa recordação da madeleine. Essas páginas começam com um resumo metafórico do tema inicial, o da hora de dormir. "E foi assim que, por muito tempo, quando ficava acordado durante a noite e me recordava de Combray, não via mais que uma espécie de triângulo luminoso, nitidamente definido contra um pano de fundo vago e sombrio, como aqueles criados por um fogo de artifício ou algum anúncio luminoso ao se dividir em dois na frente de um prédio enquanto o resto permanece às escuras: na base mais larga do triângulo ficava a salinha de estar; a sala de jantar; a excitação da aleia escura por onde chegava o sr. Swann, causador inconsciente de meus sofrimentos; o vestíbulo que eu atravessava para alcançar o primeiro degrau da escada, tão difícil de subir, e que constituía, por si só, a parte que se estreitava da pirâmide irregular; e, no topo, meu quarto, com o pequeno corredor por cuja porta envidraçada mamãe costumava entrar. [...]"

É importante reconhecer que o significado dessas recordações naquele momento, mesmo enquanto se acumulam, não é bem avaliado pelo narrador. "É um trabalho vão tentar recapturar [o passado]: todos os esforços de nossa mente se comprovarão inúteis. O passado se encontra escondido em algum lugar fora de seu domínio, fora do alcance do intelecto, em algum objeto material (na sensação que esse objeto nos proporcionará) do qual nada suspeitamos. Depende apenas do acaso se vamos ou não encontrar tal objeto antes de morrermos." É somente na última festa, no volume final de toda a obra, que o narrador, então um homem de cinquenta anos, recebe em rápida sucessão três choques, três revelações (aquilo que os críticos atuais chamariam de uma *epifania*) — as sensações combinadas do presente e relembranças do passado — as lajes irregulares, o tinido de uma colher, a rigidez de um guardanapo. E pela primeira vez ele se dá conta da *importância artística* dessa experiência.

No curso de sua vida, o narrador experimentara vários desses choques, sem, contudo, lhes reconhecer a importância. O primeiro deles é dado pela madeleine. Certa feita, quando tinha uns trinta anos, muito depois de sua infância em Combray, "em um dia de inverno, ao voltar para casa, mamãe viu que eu estava com frio e me ofereceu um chá, bebida que eu normalmente não tomava. De início recusei, mas depois, nem sei por quê, mudei de ideia. Ela mandou trazer um daqueles bolinhos pequenos e cheios chamados *petites madeleines*, que parecem ter sido moldados na concha estriada de uma vieira. E logo, maquinalmente, exausto depois de um dia tedioso e com a perspectiva de um amanhã deprimente, levei à boca uma colher de chá na qual mergulhara um pedacinho do bolo. Tão logo o líquido quente e as migalhas tocaram o céu da boca, senti um tremor percorrer meu corpo e parei, atentando para as mudanças que estavam ocorrendo em mim. Um prazer delicioso invadira meus sentidos, mas algo individual, à parte, sem sugestão de onde se originava. E de imediato as vicissitudes da vida se tornaram indiferentes para mim, seus desastres inócuos, sua brevidade ilusória — pois essa nova sensação tinha o mesmo efeito que tem o amor de me impregnar de uma essência preciosa. Ou, melhor dizendo, tal essência não estava em mim, era eu próprio. Deixara naquele instante de me sentir medíocre, fortuito, mortal. De onde teria vindo essa imensa alegria? Tinha consciência de que estava ligada ao gosto do chá com o bolinho, mas que transcendia infinitamente esses sabores, não podendo, na verdade, ter a mesma natureza deles. De onde vinha? O que poderia significar? Como eu poderia me apropriar daquilo e defini-lo?".

Outros bocados começam a perder sua mágica. Marcel descansa a xícara e obriga sua mente a examinar a sensação até que se sente fatigado. Após um descanso, volta a concentrar toda a sua energia. "Fixo minha atenção no gosto ainda recente daquele primeiro bocado e sinto que algo tem início dentro de mim, algo que sai de seu refúgio e tenta se erguer, algo que se solta como uma âncora que estivesse encravada a uma grande profundidade; não sei ainda o que é, mas posso sentir que sobe lentamente; sou capaz de medir a resistência, posso ouvir o eco confuso dos grandes espaços que vão sendo atravessados." Há uma luta adicional para esclarecer, a partir da sensação gustativa, a memória visual da ocasião no passado que deu origem à experiência. "E de repente vem a recordação. Era o gosto daquele pedacinho de madeleine que, quando eu ia dizer adeus a minha tia Léonie em seu quarto nas manhãs de domingo em Combray (porque naquelas manhãs eu não saía antes da hora da missa), ela costumava me dar, mergulhando-o primeiro na sua própria xícara de chá ou de infusão de tília. [...]

E, tendo reconhecido o gosto do pedacinho de madeleine embebido no chá de tília que titia costumava me dar (embora eu ainda não soubesse por que a descoberta me deixava tão feliz, o que só vim a saber muito depois), logo a velha casa cinzenta que tinha frente para a rua, onde ficava seu quarto, se levantou como um cenário teatral e se uniu ao pequeno pavilhão que se abria para o jardim. [...] Os japoneses se divertem enchendo uma bacia de porcelana com água e nela mergulham pedacinhos de papel até então disformes, mas que, embebidos de água, se estiram e se contorcem, ganhando cores e um formato especial ao se transformarem em flores, casas ou pessoas, permanentes e reconhecíveis; e, assim, naquele momento todas as flores de nosso jardim e do parque do sr. Swann, e os nenúfares do Vivonne, e os moradores da pequena cidade em suas casinhas, e a igreja paroquial, e toda Combray e suas redondezas, assumindo suas formas normais e adquirindo substância, ganharam vida, a cidade e os jardins, saindo da minha xícara de chá."

Assim terminam o segundo tema e a introdução mágica à seção de Combray do volume. No entanto, para os fins mais amplos da obra como um todo, deve-se atentar para a confissão "embora eu ainda não soubesse por que a descoberta me deixava tão feliz, o que só vim a saber muito depois". Outras lembranças do passado surgirão às vezes, também o fazendo feliz, mas sua importância nunca é compreendida até que, extraordinariamente, no volume final, os choques em seus sentidos e suas recordações se fundem em uma grande apreensão e, de maneira triunfal, ele percebe — vale repetir — a relevância artística de sua experiência, podendo por isso começar a escrever o grande relato de *Em busca do tempo perdido*.

✳

A seção intitulada "Combray" aparece em uma parte do livro dedicada à sua tia Léonie — o quarto dela, o relacionamento com a cozinheira Françoise, o interesse na vida da cidadezinha da qual não podia participar fisicamente por ser inválida. Essas páginas são de fácil leitura. Notem o sistema de Proust. Ao longo de 150 páginas antes de sua morte acidental, tia Léonie é o centro de uma teia da qual correm filamentos para o jardim, a rua, a igreja e os caminhos nos arredores de Combray, regressando vez por outra a seu quarto.

Deixando a tia em mexericos com Françoise, Marcel acompanha os pais à missa, seguindo-se a famosa descrição da igreja de Saint-Hilaire em Combray, com todos os seus reflexos iridescentes, suas fantasias de vidro e de pedra. Quando o nome Guermantes é mencionado pela primeira vez, essa família romanticamente nobre emerge das cores internas da igreja. "Duas tapeçarias de trama vertical representavam a coroação de Ester (e, segundo a tradição, o tecelão dera a Assuero a fisionomia de um dos reis da França, e a Ester a de uma dama da família Guermantes que fora amante dele); suas cores, fundindo-se, conferiram maior expressão, relevo e luminosidade aos desenhos." Escusado repetir que, tendo inventado toda a família Guermantes, Proust não podia especificar o rei. Inspecionamos o interior da igreja e depois estamos mais uma vez do lado de fora; aqui tem início o belo tema do campanário — que é visto de toda parte, "inscrevendo sua silhueta inesquecível no horizonte onde Combray ainda não havia aparecido", como quando se chegava de trem. "E, em um dos mais longos passeios que fazíamos em Combray, chegávamos a um lugar em que a estradinha estreita desembocava de súbito em um imenso vale, fechado no horizonte por faixas de bosques acima das quais se erguia solitária a fina agulha do campanário de Saint-Hilaire, mas tão delgada e tão rosada que parecia ter sido apenas esboçada à unha por um pintor ansioso em dar àquela paisagem, a um cenário tão puro da natureza, um pequeno toque de arte, uma mínima indicação da existência humana." Toda a descrição merece um estudo cuidadoso. Há uma vibração poética intensa em toda a passagem, no campanário purpúreo surgindo acima dos tetos irregulares, uma espécie de marcação para uma série de lembranças, um ponto de exclamação da mais terna memória.

Uma transição simples nos apresenta um novo personagem. Estivemos na igreja e, na volta para casa, frequentemente nos encontramos com sr. Legrandin, um engenheiro que costuma visitar sua casa em Combray nos fins de semana. Ele não é apenas um engenheiro, mas também um homem de letras e gradualmente aparecerá no livro como o mais perfeito espécime de esnobe vulgar. Já em casa, reencontramos tia Léonie, que está recebendo a visita de Eulalie, uma solteirona muito ativa mas surda. Estamos prontos para a refeição. A competência culinária de Françoise é lindamente justaposta às entalhaduras artísticas de quadrifólios nos pórticos das catedrais do século 13. Em outras palavras, o campanário ainda está conosco, pairando acima das comidas sofisticadas. O creme de chocolate merece atenção especial. As papilas gustativas desempenham um papel muito importante no sistema de reconstrução do passado de Proust. Esse creme de chocolate era tão "leve e fugaz como um fiapo de melodia, e nele [Françoise] havia posto todo o seu talento. [...] Deixar um pouquinho que fosse no prato significaria mostrar tanta descortesia quanto abandonar uma sala de concerto enquanto a música ainda estivesse sendo tocada — e sob os olhos do próprio compositor".

Um tema importante é tratado nas páginas seguintes, conduzindo a uma das principais personagens femininas do livro, aquela que será mais tarde conhecida como Odette Swann, a esposa de Swann, mas que aqui aparece como uma lembrança anônima no passado de Marcel — a dama do vestido cor-de-rosa. Ela é apresentada da seguinte maneira. Houve uma época em que na casa de Combray morava um tio chamado Adolphe. Na juventude, o narrador o visitava em Paris e gostava de conversar com ele sobre assuntos de teatro. Nomes de grandes atrizes são mencionados, entre elas uma personagem inventada, Berma. Tio Adolphe era aparentemente mulherengo, e, em uma ocasião embaraçosa, Marcel lá encontra uma jovem em um vestido de seda cor-de-rosa, uma *cocotte*, uma rapariga de vida airada cujo amor pode ser comprado com um diamante ou uma pérola. Trata-se da mulher encantadora que vai se tornar esposa de Swann, mas sua identidade permanece um segredo cuidadosamente oculto do leitor.

Voltamos a Combray e à tia Léonie, que, como uma espécie de deusa do lar, domina essa parte do livro. É uma inválida, de certa forma grotesca, mas também muito patética, afastada do mundo pela doença, porém intensamente curiosa em relação a todos os mexericos de Combray. De certa maneira, é um tipo de paródia, uma sombra deformada do próprio Marcel que, na qualidade de autor doente, tece sua teia e nela captura a vida que fervilha ao seu redor. Uma criada grávida é retratada em traços breves e comparada com uma figura alegórica em um quadro de Giotto, assim como a sra. de Guermantes apareceu em uma tapeçaria da igreja. Vale notar que, ao longo de todo o romance, o narrador ou Swann sempre vê a aparência física desse ou daquele personagem em termos de pinturas dos mestres famosos, muitos dos quais da escola florentina. Há uma razão principal e uma secundária para que ele empregue tal método. A mais importante é, naturalmente, que para Proust a arte constituía a realidade essencial da vida. A outra tem uma natureza mais privada: ao descrever homens jovens, ele escondia sua aguda apreciação da beleza masculina sob as máscaras das figuras representadas em quadros reconhecíveis; e, ao descrever mulheres jovens, ele ocultava sob as mesmas máscaras sua indiferença sexual em relação ao sexo feminino e a incapacidade de descrever seus encantos. No entanto, a essa altura não nos deve preocupar o fato de que a realidade é uma máscara em Proust.

Segue-se uma quente tarde de verão, um verdadeiro concentrado de cores de verão e calor com um jardim e um livro no meio; reparem como o livro se funde com o ambiente ao redor de Marcel, que o lê. Lembrem-se de que, decorridos 35 anos, Marcel procura sem cessar novos métodos para reconstruir a cidadezinha dos primórdios de sua adolescência. Em uma espécie de parada, passam soldados para além do jardim, e logo depois o tema da leitura traz à baila o autor de um livro que Proust chama de Bergotte. Esse escritor tem certas afinidades com Anatole France, um escritor de verdade que é mencionado à parte, mas em geral Bergotte constitui uma criação completa de Proust. (A morte de Bergotte é lindamente descrita nas páginas de um volume posterior.) Mais uma vez nos encontramos com Swann, ocorrendo uma primeira alusão à filha dele, Gilberte, por quem Marcel mais tarde se apaixonará. Gilberte é ligada a Bergotte, amigo de seu pai, que lhe explica as belezas de uma catedral. Marcel se impressiona com o fato de que seu autor predileto serve como guia da menina em seus estudos e interesses: aqui se vê uma das projeções e relações românticas de que participam tantos personagens de Proust.

É apresentado um amigo de Marcel, um jovem chamado Bloch, sujeito algo pomposo e extravagante no qual se combinavam cultura, esnobismo e um temperamento explosivo, vindo com ele o tema da intolerância racial. Swann é judeu, assim como Bloch, e Proust pelo lado materno. Daí por que Proust se preocupava tanto com as tendências antissemíticas nas esferas burguesas e aristocráticas de seu tempo, tendências que culminaram historicamente no caso Dreyfus, o principal evento político discutido nos volumes posteriores.

De volta à tia Léonie, que recebe a visita de um padre erudito. Surge de novo o tema do campanário, e, como as badaladas de um relógio, o tema de Eulalie, Françoise e da criada grávida reverbera à medida que se estabelecem as relações entre essas mulheres. Encontramos Marcel na verdade penetrando de modo sub-reptício nos sonhos de sua tia — um evento excepcional nos anais da literatura. Naturalmente, ouvir alguma coisa à socapa é um dos mais antigos artifícios literários, mas aqui o autor atinge os limites desse recurso. O almoço sai mais cedo aos sábados. Proust dá grande valor a essas pequenas tradições familiares, esses padrões curiosos de comportamento doméstico que diferenciam alegremente uma família de outra. Nas páginas seguintes, tem início o lindo tema das flores de pilriteiro, que será mais desenvolvido depois. Estamos mais uma vez na igreja, onde essas flores adornam o altar: "elas ficaram ainda mais belas devido ao contorno recortado das folhas escuras, sobre as quais, como na cauda de um vestido de noiva, se espalhava uma profusão de pequenos buquês de botões de uma alvura estonteante. Embora eu só ousasse olhar para elas através dos dedos, podia sentir que o desenho formal se compunha de coisas vivas, e era a própria natureza que, ao recortar as folhas naquele formato e coroar a ornamentação com aqueles brotos brancos como a neve, tinha feito a decoração digna do que era ao mesmo tempo um ato público de regozijo e um mistério solene. Mais acima no altar, algumas flores haviam se aberto com uma graça casual, amparando sem a menor preocupação, em um toque final e quase vaporoso, o punhado de diáfanos estames que envolviam a flor em uma névoa branca. Observando-as, tentando imitar dentro de mim aquele processo de floração, eu o imaginei como um movimento rápido e inconsciente da cabeça de uma jovem vestida de branco, serena e vivaz, com as pupilas contraídas em um olhar aliciante".

Na igreja encontramos certo sr. Vinteuil, aceito por todos naquela cidade provinciana de Combray como uma pessoa um pouco excêntrica que lida com música, e nem Swann nem o menino Marcel se dão conta de que, na verdade, sua música é muito famosa em Paris. Esse é o início do importante tema da música. Como se observou antes, Proust tem imenso interesse nas várias máscaras sob as quais o mesmo indivíduo é visto por diversas outras pessoas. Assim, Swann não passa do filho de um corretor de ações para a família de Marcel, mas, para os Guermantes, é uma figura encantadora e romântica da sociedade parisiense. Ao longo desse livro cintilante há muitos outros exemplos desses valores mutáveis nas relações humanas. Vinteuil não apenas introduz o tema de uma nota musical recorrente, o "pequeno tema" como veremos adiante, mas também o da relação homossexual que se desenvolve ao longo do romance, lançando uma luz nova sobre este ou aquele personagem. Nesse caso, é a filha homossexual de Vinteuil que está envolvida no tema.

Marcel é um fantástico Sherlock Holmes, tendo tremenda sorte ao captar gestos e retalhos de conversas que vê e ouve. (A propósito, os primeiros homossexuais a aparecer na literatura moderna são descritos em *Anna Kariênina*, na parte 2 do capítulo 19, quando Vrónski está tomando o café da manhã em seu regimento. Dois oficiais são descritos rapidamente mas de modo vívido — e a descrição não deixa dúvida alguma sobre o relacionamento de ambos.) A casa de Vinteuil ficava no fundo de um estreito vale, cercada pelas encostas de um morro; ali, escondido entre os arbustos, o narrador estava a poucos metros da janela da sala de estar quando viu Vinteuil abrir uma partitura — de sua própria lavra — a fim de que ela atraísse a atenção dos visitantes que se aproximavam, os pais de Marcel; mas, no último momento, a guardou para que os visitantes não suspeitassem de que estava feliz em vê--los apenas porque isso lhe daria uma chance de tocar para eles suas composições. Cerca de oitenta páginas depois o narrador está mais uma vez escondido e observa a mesma janela. Vinteuil já morrera. A filha está de luto cerrado. O narrador a vê colocar a fotografia do pai em uma mesinha, com o mesmo gesto com que ele preparara a partitura. O objetivo dela, como se verá, é bastante sinistro e sádico: sua amiga lésbica ofende o retrato quando elas se preparam para fazer amor. Incidentalmente, toda a cena deixa a desejar em termos das ações que se seguem, com a observação às escondidas contribuindo para torná-la mais canhestra. No entanto, seu propósito consiste em dar início à longa série de revelações homossexuais e reavaliações dos personagens que ocupam tantas páginas nos volumes posteriores e produzem tamanhas mudanças na caracterização de diversos protagonistas. Além disso, mais tarde as possíveis relações entre Albertine e a filha de Vinteuil se transformam em uma fixação ciumenta de Marcel.

No entanto, tratemos de regressar ao caminho de volta da igreja e à tia Léonie, a aranha no centro da teia, assim como às preparações de Françoise para o jantar em que se revela sua crueldade vulgar para com as galinhas e as pessoas. Legrandin reaparece um pouco depois. Trata-se de um filisteu e um esnobe, bajulando uma duquesa e não querendo que ela veja seus amigos humildes, a família do narrador. É interessante observar como o falso e pomposo Legrandin canta loas às belezas de uma paisagem.

✳

O tema dos dois caminhos que a família costuma percorrer a passeio nas redondezas de Combray atinge agora seu estágio máximo de desenvolvimento. O que leva a Méséglise é chamado de caminho de Swann porque passava pelos limites de sua propriedade, Tansonville; o outro, o caminho de Guermantes, conduz aos domínios do duque e da duquesa de mesmo nome. É durante o passeio no caminho de Swann que o tema dos pilriteiros e o tema do amor, da filhinha de Swann chamada Gilberte, unem-se em uma esplêndida explosão de arte pictórica. "Descobri que toda a alameda pulsava com a fragrância das flores de pilriteiro. A sebe parecia uma sequência de capelas cujas paredes não eram mais visíveis debaixo das montanhas de flores empilhadas sobre seus altares [*relembrando a primeira apresentação do tema do pilriteiro na igreja*]; enquanto o sol projetava uma faixa de luz no chão debaixo delas como se as iluminasse através de um vitral, o aroma que me invadia era tão rico, e tão circunscrito em seu alcance, como se eu estivesse diante do altar da Virgem. [...]

Porém, foi em vão que me demorei em frente aos pilriteiros, para lhes aspirar o perfume, para organizá-los na minha mente (que não sabia como reagir àquilo), para perder e voltar a seu odor invisível e imutável, para me deixar absorver pelo ritmo em que suas flores estavam dispostas aqui e ali com despreocupação juvenil e em um espaçamento tão inesperado quanto certos intervalos musicais; eles me ofereciam uma continuação indefinida do mesmo encanto, em uma profusão inesgotável, mas sem permitir que eu nele penetrasse mais profundamente, como as melodias que podemos tocar cem vezes seguidas sem por isso chegar mais perto de seu segredo. Dei-lhes as costas por um instante a fim de poder voltar a eles com força renovada."

Contudo, ao voltar a vê-los, os pilriteiros não lhe oferecem nenhuma revelação (pois Marcel não entenderá a relevância dessas experiências até que lhe venha o clarão de entendimento no último volume), porém seu êxtase aumenta quando o avô lhe aponta uma planta em particular. "E era na verdade um pilriteiro, mas com flores cor-de-rosa, mais lindas mesmo que as brancas. Ele, também, vestia roupas de festa [...] mas em trajes mais ricos que os demais, pois as flores que pendiam de seus ramos, uma sobre a outra, tão adensadas a ponto de não deixar nenhuma parte da árvore sem decoração, [*primeira comparação*:] como as borlas no cajado de uma pastora antiga, eram coloridas e consequentemente de qualidade superior à das 'comuns' conforme os padrões estéticos de Combray, [*segunda comparação*:] a julgar pela tabela de preços na praça ou na loja Camus, onde os biscoitos mais caros eram aqueles com cobertura de açúcar cor-de-rosa. E eu mesmo [*terceira comparação*:] dou maior valor ao creme de queijo se ele é cor-de-rosa, quando me deixavam tingi-lo com morangos amassados. E aquelas flores [*agora a combinação de todos os sentidos*:] haviam escolhido precisamente a cor de algo comestível e delicioso, ou de algum retoque elegante no vestido de gala de alguém, cor essa que, por tornar óbvia sua superioridade, é aquela cuja beleza se faz mais evidente aos olhos das crianças. [...] Nos ramos mais altos, como muitas daquelas roseiras pequenas em vasos envoltos em papel rendado cujas finas hastes se erguem em profusão no altar durante os grandes festivais, milhares de brotos se dilatavam e se abriam, em tons mais pálidos, mas cada qual revelando ao florescer, como no fundo de uma taça de mármore rosado, as manchas cor de sangue que sugerem, até mesmo mais fortemente que as flores já abertas, a qualidade especial e irresistível do pilriteiro que, onde quer que entre em floração, onde quer que esteja prestes a florir, só poderia gerar flores cor-de-rosa."

Chegamos então a Gilberte, que na mente de Marcel estará associada para sempre à glória das flores do pilriteiro. "Uma menininha com cabelos arruivados, que parecia estar regressando de um passeio e segurava uma pá de jardinagem, nos olhava, erguendo em nossa direção um rosto salpicado de sardas cor-de-rosa. [...]

Observei-a atentamente, de início com aquele olhar que não é apenas um mensageiro dos olhos, mas em cujo foco todos os sentidos se reúnem e se debruçam para fora de nossa janela mental, petrificados e ansiosos, aquele olhar desejoso de tocar, capturar e levar em triunfo o corpo que tem como alvo, e com ele a alma [...] um olhar inconscientemente aliciante, cujo objetivo consistia em forçá-la a prestar atenção em mim, me ver, me conhecer. Ela olhou de relance para a frente e para o lado a fim de avaliar meu avô e meu pai, e sem dúvida ficou com a impressão de que éramos ridículos, porque afastou a vista com um ar de indiferença e desdém, retraindo-se a fim de poupar seu rosto da indignidade de permanecer no campo visual deles; e, enquanto os dois continuaram a caminhar sem reparar nela e me ultrapassaram, ela permitiu que seus olhos vagassem no espaço que nos separava em minha direção, sem nenhuma expressão definida, sem parecer haver me visto, mas com uma intensidade, um sorriso dissimulado que eu só podia interpretar, segundo as instruções que recebera em matéria de boas maneiras, como um sinal de infinito desprazer; e, ao mesmo tempo, sua mão desenhou no ar um gesto indelicado para o qual, quando dirigido em público a uma pessoa que não conhecemos, só pode significar, no pequeno dicionário de bom-tom que eu carregava em minha mente, um insulto deliberado.

'Gilberte, venha logo, o que você está fazendo aí?', falou em um tom agudo e autoritário uma senhora de branco que eu não vira até então, enquanto, um pouco além, um senhor vestindo um terno de brim de linho, que eu também não conhecia, me fitava com olhos que pareciam saltar das órbitas; o sorriso da menina se desfez repentinamente, e, pegando sua pá de jardinagem, ela se afastou sem olhar de novo em minha direção, com um ar de obediência inescrutável e matreiro.

E assim chegou a meus ouvidos o nome de Gilberte, a mim conferido como um talismã [...] com o mistério de sua vida que aquelas sílabas significavam para as felizes criaturas que viviam, passeavam e viajavam na companhia dela; revelando, ao passar voando pelo pilriteiro cor-de-rosa que se abria à altura de meu ombro, a quintessência da familiaridade de que eles desfrutavam — tão estranhamente dolorosa para mim — e com todo aquele mundo desconhecido que cercava sua existência e no qual eu jamais penetraria." Naturalmente, Marcel penetrará naquele mundo, não apenas no mundo de Odette, mas também no de Charlus, que mais adiante será visto como o mais fino retrato de um homossexual na literatura. No entanto, na inocência que lhe era peculiar, a família de Marcel acredita que ele é o amante da sra. Swann e se sente enojada de que a criança viva naquela atmosfera. Só muito depois Gilberte confessa para Marcel que se ofendera com a imobilidade dele ao encará-la sem um gesto de amizade, ao qual ela teria correspondido.

O passeio no caminho de Guermantes margeia durante algum tempo um rio encantador, o Vivonne, que corre entre tufos de nenúfares. O tema de Guermantes ganha corpo quando Marcel vê a duquesa em uma cerimônia na própria igreja em que sua imagem prototípica aparecia em uma tapeçaria. Ele acha que o nome é maior que sua portadora. "De repente, durante a missa nupcial, o ajudante do sacristão, movendo-se para o lado, permitiu que eu visse, sentada na capela, uma dama loura de nariz comprido, olhos azuis penetrantes, um lenço de cabeça esvoaçante de seda cor de malva, novo e lustroso, e uma pequena espinha no canto do nariz. [...] Meu desapontamento foi total. Isso porque, ao pensar na sra. de Guermantes, eu não havia considerado que a visualizava nas cores de uma tapeçaria ou de um vitral, como vivendo em outro século, como feita de outra substância que o restante da raça humana. [...] Eu estava contemplando essa imagem, que, naturalmente, em nada se assemelhava às que com tanta frequência, sob o mesmo título de 'sra. de Guermantes', me haviam aparecido em sonhos, uma vez que aquela, ao contrário das outras, não fora criada por mim, e sim vista pela primeira vez, um instante antes, ali na igreja; uma imagem que não era da mesma natureza, não era passível de ser colorida à vontade como as demais, que se deixavam impregnar pelo matiz alaranjado de uma sílaba sonora [*Marcel via os sons em cores*], mas que era tão real que tudo, até mesmo a flamejante espinha no canto do nariz, garantia sua sujeição às leis da vida, como se, em uma cena teatral, um vinco no vestido de uma fada ou um tremor em seu dedo mindinho indicassem a presença material de uma atriz viva diante de nossos olhos, enquanto, até então, estávamos incertos se não observávamos apenas uma projeção luminosa. [...] Mas essa sra. de Guermantes, com quem eu tanto sonhara, agora que podia ver que ela possuía uma existência real independente de mim, adquiria um poder maior sobre minha imaginação, que, paralisada momentaneamente pelo contato com uma realidade tão diferente de tudo que eu havia esperado, começou a reagir e dizer dentro de mim: 'Grande e gloriosa antes dos dias de Carlos Magno, a família Guermantes tinha o poder de vida e de morte sobre seus vassalos; a duquesa de Guermantes descende de Geneviève de Brabant'. [...] E, tendo meu olhar se fixado em seus cabelos louros, nos olhos azuis e nas linhas do pescoço, enquanto desprezava os traços que poderiam me fazer lembrar outros rostos de mulher, exclamei no meu íntimo ao admirar esse esboço deliberadamente incompleto: 'Como é encantadora! Que nobreza! É mesmo uma digna Guermantes, a descendente de Geneviève de Brabant, que tenho diante de mim!'."

Depois da cerimônia, quando se encontrava de pé fora da igreja, a duquesa olhou de relance para Marcel. "E de imediato me apaixonei por ela... Seus olhos azuis como uma flor de pervinca pareceram se dilatar, totalmente fora de meu alcance, mas por ela dedicados a mim; e o sol, voltando a refulgir depois de ameaçado por uma nuvem, lançou seus raios com toda a força sobre a praça e a sacristia, projetando um brilho cor de gerânio no tapete vermelho que fora estendido para o casamento e sobre o qual avançava sorridente a sra. de Guermantes; o clarão do sol cobria a textura lanosa do tapete de uma penugem aveludada e rosada, conferindo-lhe o tipo de suavidade, de encanto solene na pompa de uma celebração jubilosa, que caracteriza certas páginas de *Lohengrin*, certos quadros de Carpaccio, e nos fazem entender como Baudelaire foi capaz de aplicar ao som do clarim o epíteto 'delicioso'."

É durante os passeios na direção de Guermantes que Marcel reflete acerca de seu futuro como escritor e fica desencorajado por sua falta de qualificação, pela "sensação de impotência que sentia sempre que procurava um tema filosófico para alguma grande obra literária". As sensações mais vívidas lhe ocorrem, porém ele não compreende sua importância literária. "Então, bem distante de todas essas preocupações literárias, e sem estar claramente ligado a nada, eis que de repente um teto, um reflexo do sol em uma pedra, o cheiro de uma alameda me fariam parar de chofre a fim de desfrutar do prazer especial que cada um deles me proporcionava, mas também porque pareciam estar escondendo, para além do que meus olhos eram capazes de ver, algo que me convidavam a pegar, e que eu, malgrado todos os meus esforços, nunca conseguia alcançar, nunca possuía. Sentindo que o objeto misterioso ali seria encontrado, eu ficava postado diante deles, imóvel, olhando fixamente, respirando fundo, tentando penetrar com minha mente além da coisa vista, ouvida ou cheirada. E, se depois devesse correr para alcançar meu avô ou seguir meu próprio caminho, ainda tentaria recuperar a sensação que haviam me causado fechando os olhos; me concentraria em relembrar exatamente o perfil do teto e a cor da pedra, os quais, sem que eu pudesse entender a razão, pareciam estar vibrando, prestes a se abrirem para me revelar o tesouro secreto do qual representavam apenas o envoltório. Certamente não eram impressões desse tipo que poderiam restaurar a esperança, já perdida, de me tornar um escritor, pois cada uma delas estava associada a um objeto concreto desprovido de valor intelectual e que não sugeria nenhuma verdade abstrata." Aqui são contrastadas a literatura dos sentidos, arte verdadeira, e a literatura das ideias, que não produz uma arte verdadeira a menos que derive dos sentidos. Marcel não enxerga essa conexão profunda. Pensa erroneamente que precisa escrever sobre coisas de valor intelectual quando, na realidade, era esse sistema de sensações que ele experimentava que, sem que soubesse, estava fazendo dele um escritor autêntico.

Algumas sugestões lhe ocorrem, como quando o tema do campanário ressurge em forma tripla durante uma viagem: "Em uma curva da estrada, senti de repente aquele prazer especial, que não se assemelhava a nenhum outro, ao ver as torres gêmeas de Martinville banhadas pelo sol poente enquanto o movimento da carruagem e os meandros da estrada faziam com que elas mudassem continuamente de posição; e então vi um terceiro campanário, o de Vieuxvicq, que, embora separado das torres por um morro e um vale, e situado em um ponto mais elevado e longínquo, parecia estar ao lado delas.

Notando e fixando o formato de suas flechas, as mudanças de aspecto, o calor do sol em suas superfícies, senti que não estava penetrando suficientemente fundo em minhas impressões, de que algo mais se ocultava sob aquela mobilidade, aquela claridade, algo que os objetos pareciam ao mesmo tempo conter e esconder".

Proust faz então uma coisa muito interessante: ele confronta o estilo de seu presente com o estilo de seu passado. Marcel toma emprestada uma folha de papel e compõe uma descrição daqueles três campanários, que o narrador passa a reproduzir. É a primeira vez que Marcel tenta escrever, e o produto é encantador, embora algumas comparações, como a das flores e das mocinhas, sejam propositadamente bem juvenis. No entanto, a comparação surge entre as torres que o narrador acaba de descrever de seu ponto de observação atual e a tentativa literária de Marcel, que constitui uma mera descrição superficial sem a importância que ele pressentia quando pela primeira vez experimentou a sensação das três torres. É duplamente significativo que escrever aquilo "aliviou minha mente da obsessão pelos campanários".

A parte sobre Combray do volume, que cuida das impressões de infância, termina com um tema visto no início — a reconstrução de seu quarto em Combray no qual ficava acordado durante a noite. Mais tarde, ao se manter acordado, ele sentia que voltava àquele quarto: "Todas essas recordações, umas se seguindo às outras, eram condensadas em uma substância única, mas que não se misturara completamente, pois eu era capaz de distinguir três camadas: minhas lembranças instintivas e mais antigas; aquelas inspiradas mais recentemente por um gosto ou 'perfume'; e as que eram na verdade recordações de outras pessoas que eu adquirira de segunda mão. Não se tratava de fissuras, de falhas geológicas, mas ao menos daqueles veios, daqueles traços de cor que em certas rochas e em certos mármores indicam diferenças de origem, idade e formação". Proust está aqui descrevendo três camadas de impressões: 1) a recordação simples como um ato deliberado; 2) uma lembrança antiga acionada por uma sensação no presente que repete uma sensação no passado; e 3) o conhecimento memorizado da vida de outrem, conquanto adquirido de segunda mão. Mais uma vez, o ponto relevante é que não se pode confiar na recordação simples para reconstruir o passado.

A seção de Combray foi dedicada às duas primeiras categorias de Proust; a terceira constitui o objeto da segunda seção do volume, intitulada "Um amor de Swann", na qual a paixão de Swann por Odette leva à compreensão do amor de Marcel por Albertine.

✳

Vários temas importantes ocupam essa parte final do volume. Um deles é "a pequena frase musical". No ano anterior, Swann ouvira uma peça musical para violino e piano tocada em uma festa noturna. "E tinha sido uma fonte de intenso prazer quando, por baixo da delicada, persistente e substancial parte para violino que comandava a peça, ele de repente percebera, subindo em um marulho, a parte para o piano, harmônica, coerente e precisa, mas entrechocando-se internamente como o tumulto arroxeado do mar, que, sob o feitiço do luar, assume um tom menor." E "mal se esvaíra a deliciosa sensação que Swann experimentara, antes que sua memória lhe fornecesse uma transcrição imediata, sem dúvida sumária e provisória, mas que ele acompanhara com os olhos enquanto a peça continuava a ser tocada, quando a mesma impressão subitamente voltou, já não mais impossível de ser capturada. [...] Dessa vez ele distinguiu, com total clareza, uma frase que emergira por alguns momentos das ondas de som. Ela de imediato lhe oferecera um convite para compartilhar volúpias que nunca imaginara antes de ouvi-la, e nas quais somente poderia ser iniciado por essa frase, pois ela o enchera de amor, de um novo e estranho desejo.

Com um movimento lento e ritmado, ela o levava para um lado e para o outro, por toda parte, rumo a um estado de felicidade nobre e incompreensível, porém claramente indicado. E então, havendo de repente atingido certo ponto a partir do qual ele estava disposto a segui-la, após uma pausa momentânea ela mudava de direção abruptamente, e em um novo movimento, mais rápido, multiforme, melancólico, incessante e suave, o conduzia em direção a um cenário de alegrias desconhecidas".

Essa paixão por uma frase musical trouxe para a vida de Swann a possibilidade de uma espécie de rejuvenescimento, de renovação, pois ele se tornara pouco sensível; no entanto, incapaz de descobrir o nome do compositor e obter a música, ele por fim parou de pensar nela. Mas na festa da sra. Verdurin, à qual fora apenas para estar com Odette, um pianista toca uma peça que ele reconhece e fica sabendo se tratar do andante de uma sonata para piano e violino de Vinteuil. Com isso, Swann tem a sensação de possuir a frase musical, assim como o narrador sonhou em possuir as paisagens que via. A mesma frase não apenas comove Swann mais tarde na obra, mas também causa enorme prazer ao narrador em certo momento de sua vida. Cumpre notar que Swann é uma espécie de espelho fantástico do próprio narrador. Swann estabelece o padrão, o narrador o segue.

Outro episódio importante, e bom exemplo do modo como Proust revela aos poucos um incidente, é o de Swann na janela de Odette. Ele veio visitá-la depois das onze da noite, mas ela, cansada e inerte, pede que ele se vá em meia hora. "Ela lhe pediu que apagasse a luz antes de sair; ele cerrou o cortinado em volta de sua cama e a deixou." Mas, em uma crise de ciúme, cerca de uma hora depois lhe ocorre que talvez ela houvesse se livrado dele porque esperava alguém. Pegou uma carruagem de aluguel e se postou quase em frente à casa dela. A metáfora de Proust é a do fruto de ouro. "Em meio à escuridão de toda a fileira de janelas, havia muito apagadas, ele viu uma, e só uma, da qual jorrava, por entre as frestas das persianas fechadas como uma prensa de uvas sobre sua misteriosa polpa dourada, a luz que banhava o quarto por dentro, uma luz que em tantas noites, tão logo a via de longe, ao dobrar a esquina, alegrara seu coração com a mensagem: 'Ela está aqui — aguardando por você', e agora o torturava com: 'Ela está aqui com o homem que esperava'. Precisava saber quem era; caminhou na ponta dos pés junto à parede até alcançar a janela, mas entre as tábuas oblíquas das persianas nada podia ver; só podia ouvir, no silêncio da noite, o murmúrio de uma conversação."

Apesar da dor, ele deriva um prazer intelectual, o prazer da verdade: a mesma verdade sobreposta à emoção a que Tolstói tanto aspirava. Ele sente "a mesma sede por conhecimento que sentira quando estudara história. E tudo aquilo que até então teria rechaçado com vergonha — espionar naquela noite pela janela, quem sabe amanhã fazer perguntas habilmente provocantes a testemunhas acidentais, subornar serviçais, escutar às portas — lhe parecia agora similar à decifração de manuscritos, à análise de provas e à interpretação de velhos textos, isto é, os muitos métodos de investigação científica, cada qual tendo um valor intelectual definido e sendo legitimamente utilizável na busca da verdade". A metáfora seguinte combina a ideia da luz dourada com a busca pura pelo conhecimento erudito: o segredo da janela fechada e a interpretação de algum texto antigo. "Mas o desejo de conhecer a verdade era mais forte, e lhe parecia mais nobre, que seu desejo por ela. Sabia que a história verdadeira de certos eventos, que daria a vida para ser capaz de reconstruir de maneira precisa e completa, devia ser lida dentro daquela janela, com estrias luminosas, como sob a capa dourada de um daqueles valiosos manuscritos com iluminuras que, por sua riqueza artística, não podem deixar de emocionar os estudiosos que os consultam. Ele ansiava pela satisfação de conhecer a verdade que tanta paixão lhe inspirava naquele texto breve, efêmero e precioso, naquela página translúcida, tão cálida, tão bela. E, além disso, sentia ter sobre os estudiosos — ou desejava desesperadamente sentir — a vantagem não tanto de saber como de ser capaz de lhes mostrar que sabia."

Ele bate à janela e depara com dois homens idosos, que o observam de dentro. Era a janela errada. "Tendo o hábito, quando visitava Odette tarde da noite, de identificar sua janela pelo fato de ser a última ainda acesa em uma fileira de janelas idênticas, enganara-se dessa feita e batera à janela que ficava além, na casa vizinha." Esse engano de Swann pode ser comparado ao do narrador quando, baseado apenas na memória, tentou reconstituir seu quarto a partir de brilhos no escuro ao final da seção de Combray, descobrindo ao despertar que dispusera tudo de forma errada.

✳

Em Paris, no parque de Champs-Élysées, "uma menina de cabelos arruivados brincava com uma raquete e uma pequena peteca quando, da aleia, outra garota, que vestia o casaco e encapava a raquete de badminton, disse em tom agudo: 'Até logo, Gilberte, vou indo agora; não esqueça que esta noite vamos à sua casa depois do jantar'. O nome de Gilberte passou rente a mim, evocando ainda com mais força quem o portava porque não se referia apenas a alguém ausente, e sim lhe fora dirigido diretamente"; por isso, carregava na memória da menina toda a existência compartilhada que ela possuía e da qual Marcel estava excluído. A metáfora da trajetória do nome que dá início à descrição é seguida por uma sobre o perfume do nome: a amiga de Gilberte "o lançou em pleno ar com um grito alegre: deixando pairar na atmosfera o perfume delicioso que a mensagem exalara, tocando as duas meninas com precisão a partir de certos pontos invisíveis na vida da srta. Swann". Em sua passagem, a qualidade celestial do nome é comparada à "pequena nuvem de Poussin, delicadamente colorida, aquela que, dobrando-se sobre um dos jardins pintados por ele, reflete minuciosamente, como uma nuvem de cenário operístico, com bigas e cavalos, algum instante na vida dos deuses". A essas imagens é então acrescentada a do espaço-tempo entre parênteses, cujo conteúdo deve ser notado pela presença de uma parte do relvado e de alguns minutos na tarde da menina, com a peteca marcando o tempo: a nuvem projeta uma luz "na relva gasta exatamente onde ela se encontrava (ao mesmo tempo uma porção de grama murcha e um momento na tarde da jogadora de cabelos louros que continuou a atirar para cima e pegar a peteca até que sua preceptora, com uma pluma azul no chapéu, a chamou para irem embora)". A luminosidade que o nome projeta em Marcel, como uma nuvem passageira, foi "uma maravilhosa faixa de luz, da cor do heliotrópio", que depois, em um símile interno, transforma o gramado em um tapete mágico.

Essa faixa de luz era cor de malva, o tom violáceo que está presente em todo o livro, a própria cor do tempo. Esse malva rosa-arroxeado, um lilás-rosado, um matiz violeta, está associado na literatura europeia a certas sofisticações do temperamento artístico. É a cor de uma orquídea, *Cattleya labiata* (a espécie sendo assim chamada em homenagem a William Cattley, um solene botanista britânico), a qual nos dias de hoje, aqui nos Estados Unidos, enfeita regularmente o busto das matronas nas festas de clube. Na década de 1890, em Paris, essa orquídea era uma flor muito incomum e cara. Ela adorna as relações sexuais de Swann em uma cena famosa, mas não muito convincente. Entre esse tom de malva e o rosa delicado dos pilriteiros nos capítulos sobre Combray encontramos numerosas nuances no prisma róseo de Proust. Cumpre lembrar o vestido cor-de-rosa usado muitos anos antes pela bela senhorita (Odette de Crécy) no apartamento do tio Adolphe, e agora a associação com Gilberte, sua filha. Reparem, contudo, como uma espécie de ponto de exclamação marca a passagem, a pluma azul no chapéu da preceptora da menina — coisa que não tinha a velha babá do garoto.

Outras metáforas dentro de metáforas podem ser observadas na passagem após Marcel ficar conhecendo Gilberte e brincar com ela no parque. Se ameaça chover, ele teme que Gilberte não terá permissão para ir aos Champs-Élysées. "Por isso, se o céu estivesse nublado, desde cedo não parava de interrogá-lo, observando todos os augúrios." Se vê uma senhora em frente pondo o chapéu, ele tem a esperança de que Gilberte pode fazer o mesmo. Mas o dia escurece e continua assim. Fora da janela, a varanda estava cinzenta. Temos então uma série de comparações internas: (1) "De repente, na pedra sombria [da varanda], não via francamente uma cor menos negativa, mas sentia que havia certo esforço para fazê-la mais positiva [2] graças à pulsação de um raio hesitante que lutava para emitir sua luz. [3] Um momento depois a varanda ficou tão pálida e luminosa como água parada ao nascer do dia, e mil sombras da balaustrada de ferro vieram pousar no chão". E mais comparações internas: uma leve rajada de vento dispersa as sombras e a pedra volta a escurecer, (1) "mas [as sombras] regressaram como feras domadas; começaram imperceptivelmente a ficar mais claras [2] e, devido a um desses crescendos contínuos como temos na música ao final de uma abertura, que levam uma nota ao fortíssimo extremo depois de passar rapidamente por todos os estágios intermediários, eu notava que a varanda atingira aquele dourado inalterável dos dias de bom tempo [3] em que os contornos perfeitamente nítidos das sombras da balaustrada eram desenhados com nanquim como uma vegetação caprichosa. [...]". As comparações terminam com uma promessa de felicidade: "com uma precisão no delineamento dos menores detalhes que parecia trair uma aplicação deliberada, o prazer de um artista, e com tal relevo, com um brilho tão aveludado na tranquilidade de suas massas escuras e afortunadas, que na verdade aquelas sombras grandes e frondosas projetadas em um lago de sol davam a impressão de saber que eram promessas de felicidade e paz de espírito". Por fim, as sombras do trabalho filigranado em ferro, semelhantes à hera, tornam-se "como a própria sombra da presença de Gilberte, que talvez já estivesse nos Champs-Élysées e que, tão logo eu chegasse, me diria: 'Vamos começar logo. Você joga no meu lado'".

A visão romântica de Gilberte é transferida para os pais dela. "Tudo que se referia a eles era objeto de uma preocupação tão constante de minha parte que, quando, como naquele dia, o sr. Swann (a quem eu costumava ver com tanta frequência sem despertar minha curiosidade no tempo em que ele ainda se dava bem com meus pais) vinha buscar Gilberte nos Champs-Élysées, uma vez serenadas as palpitações em meu coração causadas pelo aparecimento daquele chapéu cinzento e da pelerine, sua visão ainda me impressionava como se ele fosse um personagem histórico sobre o qual estivéssemos estudando em uma série de livros e cuja vida, em seus mais insignificantes detalhes, era aprendida com entusiasmo. [...] Swann se tornara proeminentemente para mim o pai [de Gilberte], e não mais o Swann de Combray; uma vez que as ideias agora associadas a seu nome nada tinham a ver com as de outrora, que eu deixava de utilizar quando tinha ocasião de pensar nele, Swann se transformara em outra pessoa, em uma nova pessoa. [...]" Marcel até mesmo tenta imitar Swann: "Em minhas tentativas de me parecer com ele, passava o tempo todo na mesa alisando o nariz e esfregando os olhos. Papai costumava exclamar: 'Esse menino é um perfeito idiota, está ficando impossível'".

A dissertação sobre o amor de Swann que ocupa a parte central do volume demonstra o desejo do narrador de encontrar uma semelhança entre Swann e si próprio: as pontadas de ciúme que Swann sente serão repetidas no volume do meio da obra completa em relação ao amor de Marcel por Albertine.

✳

No caminho de Swann termina quando o narrador, já então um adulto de pelo menos 35 anos, revisita o Bois de Boulogne bem cedo em um dia de novembro, oferecendo-nos um registro extraordinário de suas impressões e recordações. Contra o pano de fundo dos bosques escuros e distantes, algumas árvores ainda com folhas e outras já com os galhos nus, uma fileira dupla de castanheiros com folhas de um vermelho alaranjado "pareciam, como em um quadro apenas iniciado, as únicas coisas até então pintadas por um artista que não aplicara cores ao resto [...]". A visão é falsa: "E o Bois tinha a aparência temporária, inacabada e artificial de um viveiro de mudas ou de um parque no qual, por razões botânicas ou em preparação para um festival, entre as árvores mais comuns se erguiam alguns espécimes raros, ainda não arrancados e levados para outra parte, com folhagens fantásticas que davam a impressão de abrir ao seu redor um espaço vazio, alargando a vista, arejando o ambiente, difundindo a luz". Os raios horizontais do sol àquela hora matinal faziam com que os topos das árvores, como aconteceria mais tarde no crepúsculo, "se acendessem como lampiões, projetando nas folhagens um brilho quente e artificial, incendiando alguns dos ramos mais altos de alguma árvore que, de resto, permanecia inalterada, um candelabro escuro e incombustível debaixo de sua copa flamejante. Em certo ponto a luz se tornou sólida como um muro de tijolos e, como um pedaço de alvenaria persa com desenhos azuis sobre o fundo amarelo, desenhou contra o céu, em rápidos traços, as folhas dos castanheiros; em outro ponto, foram eliminadas as folhas que tentavam alcançar o céu com seus dedos encrespados e dourados".

Como em um mapa colorido, os diferentes locais do Bois podiam ser identificados. Durante muito tempo as árvores haviam participado da vida de lindas damas que caminharam debaixo delas: "forçadas havia muitos anos, graças a uma espécie de enxerto, a compartilhar da vida do mundo feminino, elas me trouxeram à mente a figura da dríade, a mundana de cabelos louros, caminhando com passos rápidos e vestida em cores alegres, a quem abrigavam sob os galhos, mas também obrigada a reconhecer, assim como as árvores, o poder do inverno; fui lembrado dos dias felizes de minha juventude quando era confiante e corria com avidez para os locais onde obras-primas da elegância feminina se corporificavam por alguns momentos debaixo dos ramos inconscientes e acolhedores". As pessoas deselegantes por quem ele agora passa no Bois o fazem relembrar o que conheceu antes. "Será que alguma vez eu poderia fazê-los entender a emoção que costumava sentir nas manhãs de inverno quando encontrava a sra. Swann a pé, vestindo um casaco de pele de foca com um gorro de lã do qual se projetavam duas penas de perdiz, retas como espadas, mas também envolta no calor deliberado e artificial de sua casa, o que era sugerido apenas pelo ramalhete de violetas apertado contra seus seios, essas flores que, vívidas e azuis contra o céu cinzento, o ar gélido e os galhos nus, produziam o mesmo efeito encantador ao usar a estação do ano e o tempo frio como um mero cenário, e ao viverem na verdade em uma atmosfera humana, na atmosfera daquela mulher tal como os vasos e jarras na sua sala de estar, junto à lareira acesa e diante do canapé de seda, contemplando através das janelas fechadas a neve que caía."

O volume se encerra com a visão do narrador acerca do passado no tempo e no espaço. "O sol já se escondera. A natureza começou de novo a reinar sobre o Bois, do qual desaparecera qualquer indício de que fosse os Campos Elíseos das Mulheres. [...]" A volta a uma aparência de realidade, em comparação com aquele bosque artificial, "ajudou-me a compreender a contradição de procurar na realidade as imagens que estão guardadas em nossas memórias, as quais devem inevitavelmente perder o encanto que lhes é impresso pela própria memória e por não serem apreendidas pelos sentidos. A realidade que eu conhecera não mais existia. Bastava que a sra. Swann não aparecesse, nos mesmos trajes e no mesmo momento, para que toda a alameda se alterasse. Os lugares que conhecemos pertencem não apenas ao pequeno mundo no espaço em que os situamos por conveniência própria. Nenhum deles nunca foi mais que uma fina camada entre as impressões contíguas que compuseram nossa vida em determinado momento; a recordação de certa imagem não passa da saudade de um instante particular; e, infelizmente, as casas, as estradas e as alamedas são tão fugidias quanto os anos".

✳

O argumento de Proust é que a simples memória, o ato de visualizar algo em retrospecto, não constitui o método correto: ele não recria o passado. O final de *No caminho de Swann* é apenas um dos diferentes modos de enxergar o passado que, na evolução gradual da compreensão de Marcel, prepara a experiência derradeira em que se revela a realidade que ele vinha buscando ao longo de toda a obra. Esse evento ocorre no grande capítulo terceiro, "A recepção da princesa de Guermantes", no último volume, *O tempo redescoberto*, quando ele percebe por que a memória simples é insuficiente, e o que, em vez disso, se faz necessário. O processo começa quando Marcel, ao entrar no pátio do palacete do príncipe de Guermantes a caminho da festa final, se desvia agilmente de um automóvel que vinha em sua direção "e, dando um passo atrás, bati com o pé contra algumas lajes irregulares que levavam à cocheira. Ao recuperar o equilíbrio, firmei o pé em uma pedra um pouco mais baixa que a anterior; imediatamente todo o meu desalento desapareceu diante de uma sensação de felicidade que eu já sentira em momentos diferentes de minha vida, ao ver árvores que achava ter reconhecido nas vizinhanças de Balbec, ou os campanários de Martinville, ou o sabor de uma madeleine mergulhada no chá, ou das muitas outras sensações que mencionei e me pareciam estar sintetizadas nas últimas composições de Vinteuil. Assim como, ao provar a madeleine, todas as ansiedades acerca do futuro e todas as dúvidas intelectuais haviam sido eliminadas, as inquietações que me perturbavam um minuto antes em relação ao meu talento literário, e até mesmo à própria literatura, foram de repente banidas como em um passe de mágica. Mas dessa vez decidi com firmeza que não me resignaria a deixar sem resposta (como no dia em que provei a madeleine embebida de chá) por que razão, sem que eu tivesse desenvolvido nenhum novo raciocínio ou encontrado algum argumento decisivo, as dificuldades que me haviam parecido insolúveis pouco tempo antes haviam perdido agora toda a importância. O sentimento de felicidade que me invadia era, na verdade, exatamente o mesmo que eu sentira ao comer a madeleine. Mas naquela ocasião eu havia deixado para mais tarde a descoberta de suas causas profundas".

O narrador é capaz de identificar a sensação que tem origem no passado como a que sentira quando pisou sobre duas lajes de altura diferente no batistério de São Marcos em Veneza, "e com essa sensação vieram todas as outras associadas a ela naquele dia, as quais haviam esperado em seu lugar certo na fila de dias esquecidos até que um acontecimento repentino lhes ordenasse imperiosamente que dessem um passo à frente. Da mesma forma que o sabor da pequena madeleine me fizera lembrar de Combray". Dessa vez ele decide ir à raiz da questão e, enquanto aguarda para entrar no salão, com suas sensações já bem despertas, o tilintar de uma colher contra um prato, o toque de um guardanapo engomado e até o ruído do cano de água quente lhe trazem torrentes de recordações de experiências similares no passado. "Mesmo naquele momento, no palacete do príncipe de Guermantes, ouvi o som dos passos de meus pais ao acompanharem o sr. Swann, seguido do reverberante tilintar ferruginoso, interminável, agudo e desafinado da pequena sineta me dizendo que, por fim, Swann tinha ido embora e mamãe subiria — ouvi esses sons de novo, exatamente os mesmos sons, embora situados no passado tão distante."

Porém, o narrador sabe que isso não basta. "Não seria na Piazza San Marco nem na minha segunda visita a Balbec, ou mesmo no regresso a Tansonville para ver Gilberte, que eu recapturaria o Tempo perdido, e a viagem sugerida mais uma vez pela ilusão de que essas velhas impressões existiam fora de mim, no canto de certa praça, não podia ser o meio que eu buscava. [...] Impressões do tipo que eu me esforçava para analisar e definir estavam fadadas a se esvanecer ao contato com uma alegria material que era incapaz de fazê-las ganhar vida. A única maneira de extrair mais alegria delas consistia em conhecê-las de modo mais profundo ali onde podiam ser encontradas, isto é, dentro de mim mesmo, e esclarecê-las tão precisamente quanto possível." O problema a resolver é como impedir que essas impressões desapareçam sob a pressão do presente. Uma solução está no seu reconhecimento recente da continuidade do presente e do passado. "Eu tinha de mergulhar outra vez em minha própria consciência. O fato é que aquele tilintar [da sineta anunciando a partida de Swann] ainda estava lá, assim como, entre ele e o momento presente, todo o passado, em seu infinito desdobramento, que eu vinha carregando dentro de mim. Quando a sineta tocou, eu já existia e, desde aquela noite, para que ouvisse o som outra vez não poderia haver uma quebra na continuidade, nem um instante de descanso para mim, nenhuma cessação da existência, do pensamento, da consciência de mim mesmo, uma vez que esse momento distante ainda se agarrava a mim e eu podia recapturá-lo, voltar a ele, simplesmente ao descer mais fundo dentro de mim. Foi esse conceito do tempo como algo corporificado, do passado como algo bem guardado dentro de nós, que eu agora estava decidido a expor com grande ênfase em meu livro."

No entanto, algo mais que a memória, por mais vívida e contínua que seja, está envolvido. O significado interior precisa ser buscado. "Pois as verdades que a inteligência capta de forma direta e aberta no mundo plenamente iluminado são de certa maneira menos profundas, menos indispensáveis que aquelas que a vida nos comunicou sem nosso conhecimento sob a forma de impressões, impressões essas de natureza material porque nos chegaram por intermédio dos sentidos, porém dotadas de um significado interno que somos incapazes de discernir. Em suma, nesse caso como nos outros, quer se tratasse de impressões objetivas como as que recebi ao ver os campanários de Martinville, ou recordações subjetivas como a irregularidade das lajes ou o sabor da madeleine, devo tentar interpretar as sensações como uma indicação das leis e ideias a elas correspondentes; isto é, devo tentar pensar, retirar da obscuridade o que havia sentido, convertendo-o em um equivalente espiritual." O que ele aprendeu é que por si só o escrutínio intelectual de recordações ou sensações do passado não lhe revelou sua importância. Durante muitos anos tentou: "Mesmo quando estava em Combray eu costumava contemplar atentamente algum objeto que exigira minha atenção — uma nuvem, um triângulo, um campanário, uma flor, um pedregulho — porque sentia poder haver por trás desses sinais alguma coisa bem diversa que me cabia decifrar, algum pensamento que eles transcreviam como aqueles hieróglifos que imaginamos sejam meras representações de objetos materiais".

A verdade que agora reconhece é que, mediante um esforço intelectual de recuperação, ele não tem a liberdade de escolher as recordações do passado a fim de analisá-las, pois "elas vêm à minha mente totalmente misturadas. E acho que esse deve ser sem dúvida o atestado de sua autenticidade. Eu não havia me proposto a procurar as duas lajes que golpeei com os pés no pátio. Mas foi precisamente o modo fortuito e inescapável como tive aquela sensação que garantiu a verdade tanto do passado por ela revivido quanto das imagens mentais então liberadas, pois sentimos o esforço que elas fizeram para virem à tona e também a excitação de recapturar a realidade. Essa sensação é a garantia da verdade de todo o quadro composto de impressões contemporâneas que a sensação traz no seu bojo, com aquela proporção exata de luz e sombra, ênfase e omissão, relembrança e esquecimento que a memória e a observação conscientes jamais conhecerão". A memória consciente apenas reproduz "a cadeia de todas as impressões inexatas nas quais nada sobrou daquilo que de fato experimentamos, constituindo nossos pensamentos, nossa vida, a realidade; e uma suposta 'arte recolhida da vida' simplesmente reproduziria essa mentira, uma arte tão esquálida e pobre quanto a própria vida, sem nenhuma beleza, uma repetição do que nossos olhos veem e nossa inteligência registra", enquanto "pelo contrário, a grandeza da verdadeira arte [...] consiste em redescobrir, recapturar e expor diante de nós aquela realidade da qual vivemos muito distantes e da qual nos separamos mais e mais à medida que o conhecimento formal com que a substituímos se torna mais espesso e impenetrável — aquela realidade que corremos o grave risco de morrer sem jamais a termos conhecido e que, no entanto, nada mais é que nossa vida, a vida como realmente é, a vida por fim revelada e tornada clara. [...]".

A ponte entre o passado e o presente então descoberta por Marcel é que "o que chamamos de realidade constitui uma determinada relação entre sensações e recordações que nos envolvem simultaneamente". Em resumo, para recriar o passado deve ocorrer algo mais que a operação de lembrar: deve haver a combinação de uma sensação presente (em especial sabores, aromas, contatos e sons) com uma recordação, uma lembrança, do passado dos sentidos. Citando Leon: "Contudo, se no momento dessa ressurreição [como a de Veneza a partir das lajes irregulares do pátio do palacete dos Guermantes], em vez de apagar o presente continuamos a ter consciência dele: se pudermos reter o senso de nossa própria identidade e ao mesmo tempo viver intensamente aquele momento que havia muito considerávamos extinto, então, e só então, estamos por fim de posse do tempo perdido". Em outras palavras, graças a um buquê de sentidos no presente *e* a visão de um evento ou sensação do passado, os sentidos e a memória se unem, e o tempo perdido é recuperado.

A revelação se completa quando o narrador percebe que uma obra de arte é nosso único meio de recapturar o passado, e ele se dedica a tal fim: pois "recriando por intermédio da memória impressões que então precisam ser analisadas exaustivamente, trazidas à tona e transformadas em equivalentes intelectuais, não seria esse um dos pré-requisitos, quase a essência mesma de uma obra de arte tal como eu a concebera [...]?". E por fim descobre que "todos aqueles ingredientes para a obra literária nada mais eram que meu passado, tendo vindo a mim em meio aos prazeres frívolos e à indolência, através de afeições ternas e do sofrimento, e que eu os acumulara sem antecipar seu uso final ou mesmo sua sobrevivência, assim como faz a semente ao fornecer toda a nutrição que alimentará a nova plantinha".

"Não parecia", ele escreve em conclusão, "que eu tivesse força suficiente para carregar por muito mais tempo, preso a mim, aquele passado que já se prolongava tanto e que me causava tamanha dor! Se, enfim, me fosse concedido o tempo necessário para completar minha obra, eu não deixaria de marcá-la com o selo daquele conceito de Tempo cuja compreensão fora tão intensamente impressa em mim nesse dia, e a partir de então eu descreveria os homens — mesmo se isso os fizesse parecer criaturas monstruosas — como ocupando no Tempo um lugar bem mais considerável que o que lhes fora concedido no espaço, um lugar, pelo contrário, que se estenderia ao infinito, uma vez que, como gigantes, ao alcançar o passado remoto eles tocam ao mesmo tempo várias épocas em suas vidas — com incontáveis dias entre elas — malgrado as imensas distâncias que as separam no Tempo."

Franz Kafka (1883-1924)

A METAMORFOSE (1915)

Naturalmente, por mais que um conto, uma composição musical ou um quadro seja discutido e analisado com sutileza e talento, haverá mentes que permanecerão desinteressadas e espinhas dorsais, insensíveis. "Assumir o mistério das coisas" — é o que tão nostalgicamente o rei Lear diz para si e para Cordélia — e essa é também minha sugestão para quem quer encarar a arte com seriedade. Um homem pobre tem seu casaco roubado ("O capote", de Gógol), outro infeliz é transformado em um besouro (*A metamorfose*, de Kafka) — e daí? Não há resposta racional para "e daí?". Podemos desmembrar o conto, ver como as partes são costuradas; mas você precisa ter alguma célula, algum gene, algum germe que vibre ao reagir a sensações que não é capaz de definir ou de descartar. Beleza mais compaixão — isso é o que melhor se pode dizer ao buscar definir a arte. Onde há beleza há compaixão pelo simples motivo de que a beleza deverá morrer: a beleza sempre morre, o estilo morre com a matéria, o mundo morre com o indivíduo. Se *A metamorfose* de Kafka impressiona alguém como sendo algo mais que uma fantasia entomológica, eu me congratulo com tal pessoa por haver entrado para as fileiras dos bons e grandes leitores.

Quero falar sobre a fantasia e a realidade, assim como a relação mútua das duas. Se considerarmos *O médico e o monstro* uma alegoria — a luta entre o Bem e o Mal dentro de cada ser humano —, tal alegoria é insossa e pueril. O tipo de inteligência que veria ali uma alegoria também postularia eventos físicos que o senso comum sabe serem impossíveis; mas, na verdade, no cenário da história, tal como visto por uma mente dotada de senso comum, à primeira vista nada vai de encontro à experiência humana cotidiana. Eu gostaria de sugerir, no entanto, que um segundo olhar mostra que o cenário da história efetivamente se choca com a experiência do dia a dia, e que Utterson e os outros homens em torno de Jekyll são, de certa maneira, tão fantásticos quanto Hyde. A menos que os vejamos sob uma óptica fantástica, não há magia. E, se o mágico se vai e ficam apenas o contador de histórias e o professor, estamos em pobre companhia.

A história de Jekyll e Hyde é lindamente construída, porém é bem antiga. Sua moral é absurda, pois nem o bem nem o mal são efetivamente retratados: em geral, são assumidos como um dado, e a luta se trava entre duas silhuetas vazias. A magia reside na habilidade artística de Stevenson, mas sugiro que, sendo inseparáveis a arte e o pensamento, o estilo e a substância, também deve haver algo da mesma natureza na estrutura do romance. Mas sejamos cautelosos. Ainda acho que há um defeito na realização artística do romance — se considerarmos a forma e o conteúdo separadamente —, falha essa que não está presente no conto de Gógol "O capote" nem no de Kafka *A metamorfose*. O lado fantástico dos cenários — Utterson, Enfield, Poole, Lanyon e a Londres onde vivem — não possui a mesma qualidade do lado fantástico da "hydeização" de Jekyll. Há uma rachadura no quadro, uma falta de unidade.

"O capote", *O médico e o monstro* e *A metamorfose* são comumente considerados fantasias. Em minha opinião, toda obra de arte notável é uma fantasia na medida em que reflete o mundo único de um indivíduo único. Mas quando as pessoas chamam tais obras de fantasias, apenas indicam que o objeto das histórias se afasta daquilo que cotidianamente chamamos de realidade. Por isso, tratemos de examinar o que é a realidade a fim de descobrir de que maneira e em que grau as chamadas fantasias se distanciam da chamada realidade.

Tomemos três tipos de homens atravessando a mesma região. O Número Um é um morador da cidade gozando de merecidas férias.

O Número Dois é um botânico profissional. O Número Três é um fazendeiro local. O Número Um, o citadino, é daquele tipo que chamamos de pragmático, realista, pé no chão. Vê árvores como árvores e, graças ao mapa que está consultando, sabe que a ótima estrada que tomou é nova e leva a Newton, onde existe um simpático restaurante que lhe foi recomendado por um colega de trabalho. O botânico olha ao seu redor e vê a natureza que o cerca nos termos exatos da ciência das plantas, com as unidades biológicas precisas em que se classificam as diferentes árvores, gramíneas, flores e samambaias. Isso é a realidade para ele, e o mundo do fleumático turista (incapaz de distinguir um carvalho de um olmo) lhe parece um mundo fantástico, vago, sonhador, irreal. Por fim, o mundo do fazendeiro local difere dos outros dois por ser intensamente emocional e pessoal, já que ele nasceu e cresceu ali, conhecendo cada trilha e cada árvore, e cada sombra de cada árvore em cada trilha, tudo em íntima conexão com seu trabalho diário, sua infância e mil pequenas coisas e padrões de comportamento que os dois outros — o turista insípido e o taxonomista botânico — simplesmente não podem conhecer naquele local específico e em um momento específico. Nosso fazendeiro não conhecerá a relação entre a vegetação que o cerca e um conceito botânico do mundo, e o botânico nada saberá sobre a importância que o outro atribuiu àquele estábulo, àquele velho campo ou àquela casa antiga sob os choupos, tudo por assim dizer boiando em um lago de recordações pessoais de alguém que nasceu ali.

Assim, aqui temos três mundos diferentes — três homens comuns que experimentam *realidades* diversas — e, obviamente, poderíamos incluir muitíssimos outros seres: um cego com seu cachorro, um caçador com seu perdigueiro, um cachorro com seu dono, um pintor circulando à procura de um pôr do sol, uma moça cujo carro ficou sem gasolina. Em todos os casos esse seria um mundo totalmente diferente dos outros porque as palavras mais objetivas — árvore, estrada, flor, céu, estábulo, polegar, chuva — têm, para cada uma das pessoas, conotações subjetivas de todo diferentes. De fato, essa vida subjetiva é tão poderosa que transforma em uma casca vazia e quebrada a chamada existência objetiva. O único caminho de volta para a realidade objetiva é o seguinte: pegamos esses vários mundos individuais, misturamos muito bem, coletamos uma gota dessa mistura e a chamamos de *realidade objetiva*. Será possível sentir nela o gosto de uma partícula de loucura caso um lunático houver passado por aquele local, ou uma partícula de belo e completo absurdo caso um homem haja contemplado o lindo campo e imaginado plantar nele uma linda fábrica para produzir botões ou bombas; mas, de modo geral, essas partículas loucas estariam bem diluídas na gota de realidade objetiva que examinaríamos em nosso tubo de ensaio. Além disso, essa *realidade objetiva* conterá algo que transcende as ilusões ópticas e os testes de laboratório. Terá elementos de poesia, de valoração moral, de energia e esforço (onde até o rei dos botões pode ser encontrado), de pena, orgulho, paixão — e o desejo de comer um bom bife no restaurante de beira de estrada com tão boas recomendações.

Por isso, quando falamos em *realidade*, estamos na verdade pensando nisso tudo — em uma gota, uma amostra média da mistura de 1 milhão de realidades individuais. E é nesse sentido (de realidade humana) que emprego o termo *realidade* quando o coloco contra determinado pano de fundo, tal como os mundos de "O capote", *O médico e o monstro* e *A metamorfose*, que constituem fantasias específicas. Em "O capote" e em *A metamorfose*, há uma figura central dotada de emotividade humana em meio a personagens grotescos e impiedosos, figuras ridículas ou figuras de horror, asnos desfilando como zebras, ou híbridos de coelhos e ratos. Em "O capote", a qualidade humana do protagonista central é de um tipo diferente do de Gregor no conto de Kafka, mas essa qualidade humana patética está presente em ambos.

Em *O médico e o monstro* não há semelhante carga de emotividade humana, nenhum nó na garganta, nenhum eco do "'Não posso escapar, não posso escapar', disse o estorninho" (tão comovedor na fantasia de Sterne *Uma viagem sentimental*). Com efeito, Stevenson dedica muitas páginas ao horror da situação em que se encontra Jekyll, porém a coisa, afinal de contas, não passa de um espetáculo de fantoches. A beleza dos pesadelos privados de Kafka e Gógol está em que seus principais protagonistas humanos e os personagens desumanos que os cercam pertencem ao mesmo mundo fantástico

privado, porém a figura central tenta escapar desse mundo, livrar-
-se da máscara, transcender o capote e a carapaça. No entanto, na
história de Stevenson falta essa unidade e não há nenhum contraste.
Pessoas como Utterson, Poole e Enfield supostamente deveriam ser
personagens comuns, que encontramos todos os dias; todavia, de
fato são personagens derivados de Dickens e por isso constituem
fantasmas que não fazem parte integral da realidade artística de
Stevenson, assim como o nevoeiro de Stevenson é produzido em um
estúdio dickensiano a fim de cobrir uma Londres convencional. Para
ser preciso, acredito que a poção mágica de Jekyll seja mais real que a
vida de Utterson. Por outro lado, o tema fantástico da dupla Jekyll-e-
-Hyde supostamente deveria contrastar com a Londres convencional,
porém é de fato a diferença entre um tema gótico medieval e um tema
dickensiano. Não é o mesmo tipo de diferença entre um mundo absurdo e o pateticamente absurdo Bachmátchkin, ou entre um mundo
absurdo e o tragicamente absurdo Gregor.

O tema da dupla Jekyll-e-Hyde não chega a formar uma unidade
com o cenário porque sua fantasia é de um tipo diferente da fantasia do cenário. Não há nada especialmente patético ou trágico acerca de Jekyll. Degustamos cada detalhe do maravilhoso malabarismo,
dos belos estratagemas, mas não identificamos um único impulso de
emoção artística, tanto que, para o bom leitor, pouco importa se Jekyll
ou Hyde termine como o vencedor. Estou me referindo a distinções
muito tênues, e é difícil exprimi-las de modo simples. Quando certo
filósofo francês, de mente aguda mas algo superficial, pediu a Hegel,
um filósofo alemão muito profundo mas obscuro, que expressasse seus
pontos de vista de maneira concisa, Hegel respondeu asperamente:
"Essas coisas não podem ser discutidas nem de maneira concisa nem
em francês". Vamos ignorar a questão de saber se Hegel tinha razão ou
não, e ainda tentar resumir a diferença entre o tipo de conto de Kafka
e Gógol, e o de Stevenson.

Em Gógol e Kafka, o protagonista central absurdo pertence ao
mundo absurdo que o cerca, mas, patética e tragicamente, tenta lutar
para escapar dele e chegar ao mundo dos humanos — morrendo em
desespero. Em Stevenson, o personagem central irrealista pertence a

uma espécie de irrealidade diferente do mundo que o cerca. Trata-se de um protagonista gótico em um cenário dickensiano; e, quando luta e por fim morre, seu destino só inspira uma emoção convencional. Não quero dizer com isso que a história de Stevenson seja um fracasso. Não, em seus termos convencionais é uma obra-prima menor, porém só tem duas dimensões, enquanto os contos de Gógol e Kafka têm cinco ou seis.

*

Nascido em 1883, Franz Kafka descendia de uma família de judeus germanófonos que vivia em Praga. É o maior escritor de língua alemã de nossos tempos. Em comparação a ele, poetas como Rilke e romancistas como Thomas Mann são anões ou ídolos dos pés de barro. Estudou direito na universidade alemã de Praga e, a partir de 1908, trabalhou como funcionário subalterno no escritório muito gogoliano de uma companhia de seguros. Pouquíssimas de suas obras hoje famosas, como os romances *O processo* (1925) e *O castelo* (1926), foram publicadas enquanto ele vivia. Seu maior conto, *A metamorfose*, em alemão *Die Verwandlung*, foi escrito no outono de 1912 e publicado em Leipzig em outubro de 1915. Em 1917, Kafka sofreu hemoptises, e o resto de sua vida, um período de sete anos, foi marcado por estadas em sanatórios da Europa Central. Nesses últimos anos de sua breve existência (morreu aos 41 anos), teve um romance feliz e viveu com sua amante em Berlim, em 1923, não muito longe de onde eu morava. Na primavera de 1924, foi para um sanatório perto de Viena, onde faleceu em 3 de junho de tuberculose laríngea. Foi enterrado no cemitério judeu de Praga. Pediu a seu amigo Max Brod que queimasse tudo que escrevera, até mesmo os trabalhos publicados. Felizmente, Brod não cumpriu o desejo do amigo.

Antes de começarmos a analisar *A metamorfose*, desejo rechaçar duas opiniões. Em primeiro lugar, rejeito totalmente a opinião de Max Brod de que a categoria da santidade, e não a da literatura, é a única que pode ser aplicada na compreensão dos escritos de Kafka. Kafka era, acima de tudo, um artista, e, embora possa se sustentar que todo artista é uma espécie de santo (eu próprio sinto isso muito claramente), não acho que se possa ler nenhuma implicação religiosa no talento de Kafka. Em segundo lugar, rejeito o ponto de vista freudiano. Seus biógrafos freudianos, como Neider em *The Frozen Sea* (1948), alegam, por exemplo, que *A metamorfose* se baseia na complexa relação de Kafka com o pai e no sentimento de culpa que o acompanhou por toda a vida; sustentam, ademais, que, no simbolismo mítico, as crianças são representadas por animais e insetos nocivos — coisa de que eu duvido —, partindo daí para dizer que Kafka usa o símbolo do inseto a fim de representar o filho segundo tais postulados freudianos. O inseto, dizem eles, caracteriza precisamente seu sentimento de falta de valor diante do pai. Como aqui estou interessado em insetos e não em insultos, descarto essa idiotice. O próprio Kafka tinha uma postura extremamente crítica com relação às ideias freudianas. Considerava a psicanálise "um triste erro" e achava as teorias de Freud muito especulativas, imagens bastante preliminares que não faziam justiça aos detalhes ou, o que é pior, à essência das questões. Essa é outra razão pela qual gostaria de desconsiderar a abordagem freudiana e, em vez disso, me concentrar no elemento artístico.

O escritor que mais influenciou Kafka foi Flaubert. Ele, que odiava a prosa "bonitinha", teria aplaudido a atitude de Kafka em relação a seu ofício. Kafka gostava de extrair seus termos da linguagem da lei e da ciência, conferindo-lhes uma precisão irônica, sem a intrusão dos sentimentos privados do autor; esse era exatamente o método de Flaubert por meio do qual ele alcançou um efeito poético singular.

O principal protagonista de *A metamorfose* é Gregor Samsa (pronuncia-se *Zamza*), filho de um casal de classe média em Praga, filisteus flaubertianos, gente de gostos vulgares, interessada apenas no lado material da vida. Uns cinco anos antes, o velho Samsa perdera quase todo o seu dinheiro, e o filho então se empregou com um dos credores do pai como caixeiro-viajante de tecidos. Seu pai parara de trabalhar, a irmã Grete era moça demais para isso, a mãe sofria de asma. Assim, o jovem Gregor não somente sustentava toda a família, mas também encontrara o apartamento em que moravam. Parte de um prédio residencial na rua Charlotte, esse apartamento é dividido em segmentos como o será o próprio Gregor. Estamos em Praga, na Europa Central, em 1912; como os empregados domésticos são baratos, a família tem condições de manter uma criada, Anna, de dezesseis anos (um ano mais moça que Grete), e uma cozinheira. Gregor passa a maior parte do tempo viajando, porém, quando a história começa, está passando uma noite em casa entre duas viagens a negócios, e é então que a coisa pavorosa acontece. "Ao acordar pela manhã de um sonho angustiante, Gregor Samsa se viu na cama transformado em um inseto monstruoso. Estava deitado sobre o dorso duro como se revestido de metal e, levantando um pouco a cabeça, pôde ver o ventre marrom dividido em segmentos abaulados sobre os quais a colcha mal se mantinha no lugar e estava prestes a escorregar. As inúmeras perninhas, tristemente finas em comparação com o resto do corpo, tremelicavam inutilmente diante de seus olhos.

'O que me aconteceu?', ele pensou. Não era nenhum sonho [...].

Os olhos de Gregor se voltaram então para a janela — podiam-se ouvir as gotas de chuva na beirada de estanho do peitoril —, e o tempo ruim o deixou bem melancólico. Que tal dormir um pouquinho mais e esquecer todo aquele absurdo, ele pensou, mas seria impossível, pois estava acostumado a dormir sobre o lado direito e, em sua condição atual, era incapaz de se virar. Por mais violentamente que tentasse se jogar para o lado direito, tornava sempre a ficar de costas. Tentou pelo menos cem vezes, cerrando os olhos* para não ser obrigado a ver as pernas agitadas, só desistindo quando começou a sentir no flanco uma dor tênue e surda que nunca experimentara antes.

'*Ach Gott* [Ah, meu Deus], que trabalho mais cansativo eu fui arranjar! Viajando entra dia, sai dia. Muito mais ansiedades nas viagens que no escritório, a praga de me preocupar com as conexões de trem,

---

* Observação de Nabokov em seu exemplar anotado: "Um besouro normal não tem pálpebras e não pode cerrar os olhos — um besouro com olhos humanos". Sobre a passagem em geral, ele diz: "No original em alemão, essa sequência sonhadora de frases flui em um ritmo maravilhoso. Semidesperto, ele se dá conta de sua agrura sem surpresa, com uma aceitação infantil, e ao mesmo tempo se aferra às recordações humanas, à experiência humana. A metamorfose não chegara ao fim". (N.E.)

as refeições ruins e irregulares, gente encontrada ao acaso que nunca mais será vista, nunca criar uma amizade. Que se dane tudo!' Sentiu uma pequena coceira na pele da barriga; arrastou-se lentamente de costas até o topo da cama para poder levantar a cabeça com mais facilidade; identificou o local da comichão, coberto de pontinhos brancos cuja natureza não conseguia entender, e buscou tocá-lo com uma das pernas, mas a recolheu de pronto porque, ao contato, um calafrio percorreu seu corpo."

Ora, em que tipo de "inseto" foi transformado tão subitamente Gregor, o infeliz caixeiro-viajante? Sem dúvida pertence à linhagem dos artrópodes ("de membros articulados") do qual fazem parte os insetos, as aranhas, os centípedes e os crustáceos. Se as "numerosas perninhas articuladas" mencionadas no começo significam mais que seis, então Gregor não seria um inseto do ponto de vista zoológico. Mas acredito que um homem deitado de costas, ao acordar e descobrir que tem seis pernas vibrando no ar, pode considerar que seis é o bastante para ser chamado de "inúmeras". Por isso, assumiremos que Gregor tem seis pernas, que é um inseto.

A pergunta seguinte é: que inseto? Alguns estudiosos dizem ser uma *barata*, o que obviamente não faz sentido. Uma barata é um inseto com formato chato e pernas grandes, e o corpo de Gregor nada tem de achatado: é convexo nos dois lados, ventre e dorso, e as pernas são pequenas. Sua única semelhança com uma barata está na cor marrom. Isso é tudo. Além do mais, ele tem uma barriga extremamente convexa, dividida em segmentos, e costas duras e abauladas, sugerindo a existência dos estojos de asas. Nos besouros, esses estojos escondem delicadas asinhas que podem se expandir e carregá-los ao longo de quilômetros em um voo bastante acidentado. Curiosamente, o besouro Gregor nunca percebeu que tinha asas debaixo do duro invólucro de suas costas. (Essa é uma interessante observação minha que vocês devem guardar por toda a vida: alguns Gregors, alguns Joes e algumas Janes não sabem que têm asas.) Ademais, ele possui fortes mandíbulas, que usa para fazer girar a chave na fechadura enquanto se ampara nas pernas de trás, o terceiro e poderoso par de pernas. Daí se deduz que seu corpo mediria cerca de noventa centímetros. No curso da história, ele gradualmente se acostuma a usar essas extremidades — pés e antenas. Esse besouro marrom, convexo e do tamanho de um cachorro é bem largo. Imagino que tenha a seguinte aparência:

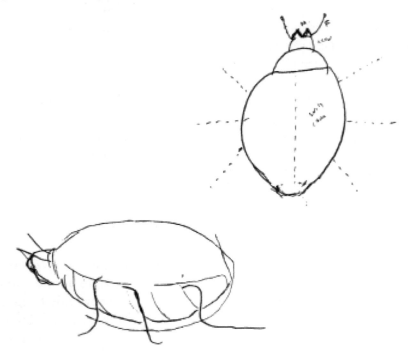

No original em alemão, a velha arrumadeira o chama de *Mistkäfer* — besouro rola-bosta. É óbvio que a boa senhora está lhe dando esse nome só para ser simpática. Tecnicamente, ele não é um besouro rola-bosta. É simplesmente um besouro. (Devo acrescentar que nem Gregor nem Kafka viram esse besouro com total clareza.)

Examinemos mais de perto a transformação. A mudança, embora chocante e notável, não é tão estranha quanto possa parecer à primeira vista. Um observador de bom senso (Paul L. Landsberg em *The Kafka Problem*. Ed. Angel Flores, 1946) comenta: "Quando vamos para a cama em um local desconhecido, é comum termos um momento de pasmo ao acordar, uma repentina sensação de irrealidade, e essa experiência deve ocorrer muitas e muitas vezes na vida de um caixeiro-viajante, um modo de vida que torna impossível qualquer senso de continuidade". O senso de realidade depende da continuidade, da duração. Afinal, acordar como um inseto não é muito diferente de acordar como Napoleão ou George Washington. (Conheci um homem que acordou como imperador do Brasil.) Por outro lado, o isolamento e o afastamento da chamada realidade são aquilo que, em última análise, caracteriza constantemente o artista, o gênio, o descobridor. A família Samsa em torno do fantástico inseto nada mais é do que a mediocridade circundando o gênio.

Parte 1

Vou falar agora de estrutura. A primeira parte da história pode ser dividida em sete cenas ou segmentos:

CENA 1: Gregor acorda. Está só. Já se transformou em um besouro, porém os novos instintos de inseto ainda se misturam com suas impressões humanas. A cena termina com a apresentação do elemento de tempo ainda humano.

"Olhou para o despertador que tiquetaqueava sobre a cômoda. Meu Deus!, pensou. São seis e meia, e os ponteiros se movem sem fazer ruído, já passava mesmo da meia hora, era quase um quarto para as sete. Será que o despertador não tinha tocado? [...] O próximo trem saía às sete, e, para pegá-lo, teria de correr como um louco, as amostras não tinham nem sido embaladas e ele próprio não estava se sentindo especialmente repousado e ativo. E, mesmo se apanhasse aquele trem, não evitaria uma reprimenda do chefe, uma vez que o mensageiro da firma, tendo esperado pelo trem das cinco, já haveria comunicado faz tempo sua ausência." Pensa em alegar que estava doente, mas conclui que o médico da companhia de seguro certificaria que gozava de perfeita saúde. "E estaria muito errado nessa ocasião? Gregor de fato se sentia muito bem, exceto por um torpor que era totalmente supérfluo após um sono tão longo, e estava até mesmo incomumente faminto."

CENA 2: Os três membros da família batem às portas do seu quarto e lhe falam, respectivamente, do corredor, da sala de visitas e do quarto de sua irmã. Os familiares de Gregor são parasitas que o exploram, o comem por dentro. Essa é a coceira do besouro em termos humanos. A ânsia patética de encontrar alguma proteção contra a traição, a crueldade e a sujeira é o que deu origem à sua carapaça, seu invólucro, que de início parece duro e seguro, mas posteriormente se revela tão vulnerável como tinham sido sua carne e seu espírito humano doentios. Qual dos três parasitas — pai, mãe e irmã — é o mais cruel? No começo parecia ser o pai, porém ele não é o pior: é a irmã, de quem Gregor mais gosta, mas que o trai a partir da cena da mobília no meio da história. Na segunda cena surge o tema das portas: "Ouviram-se batidas cautelosas à porta que ficava atrás da cabeceira da cama. 'Gregor', disse uma voz — a de sua mãe —, 'são quinze para as sete. Você não tem que pegar um trem?'. Que voz carinhosa! Gregor teve um choque ao ouvir sua própria voz lhe respondendo, sem dúvida sua própria voz, mas, na verdade, com um persistente e lamentável chiado. [...] 'Sim, sim, obrigado, mamãe, já estou me levantando.' A porta de madeira entre eles deve ter evitado que a mudança em sua voz fosse notada do outro lado. [...] No entanto, aquela breve troca de palavras fizera com que os outros membros da família reparassem que Gregor ainda estava em casa, ao contrário do que esperavam, e em uma das portas laterais seu pai bateu de leve, mas com o punho. 'Gregor, Gregor', ele disse, 'o que está acontecendo com você?'. E, após uma pequena pausa, repetiu em tom mais firme: 'Gregor! Gregor!'. Na outra porta lateral, sua irmã perguntava baixinho, com uma voz chorosa: 'Gregor? Você está bem? Precisa de alguma coisa?'. Ele respondeu a ambos ao mesmo tempo: 'Estou quase pronto', esforçando-se para soar tão normal quanto possível ao enunciar cada palavra com toda a clareza e deixar longas pausas entre elas. Com isso, seu pai voltou ao café da manhã, porém a irmã sussurrou: 'Gregor, abra a porta, ande'. Todavia, como não tencionava abrir a porta, ele agradeceu o fato de ter, em suas viagens, adquirido o hábito de trancar as portas durante a noite, mesmo em casa".

CENA 3: A provação de sair da cama quando um homem planeja e um besouro age. Gregor ainda pensa no seu corpo em termos humanos, mas agora a parte de baixo de um ser humano é a traseira de um besouro, e a cabeça e o tórax de um ser humano são a parte superior de um besouro. Um homem de quatro imagina ser o equivalente a um besouro sobre as seis pernas. Sem ainda compreender isso de todo, ele tenta com persistência se pôr de pé sobre o par de pernas traseiras. "Pensou que seria capaz de sair da cama começando pela parte inferior do corpo, mas esse segmento de baixo, que ainda não vira e por isso não tinha ideia de como fosse, comprovou ser difícil demais de mover, lento demais; quando por fim, furioso, reuniu todas as forças e se atirou temerariamente para a frente, calculou mal a direção e se chocou com força contra o pé da cama. A dor lancinante que sentiu o fez saber que agora a parte de baixo era provavelmente a mais sensível. [...] Mas então disse a si mesmo: 'Antes de quinze para as sete sem falta tenho que estar fora desta cama. Seja como for, a essa altura alguém terá vindo do escritório para perguntar o que aconteceu comigo, porque abrem antes das sete'. E começou a balançar todo o corpo em uma sequência de solavancos a fim de se lançar para fora da cama. Caso conseguisse fazer isso, poderia evitar de ferir a cabeça se a mantivesse em um ângulo agudo ao cair. Suas costas pareciam ser duras e provavelmente não sofreriam ao tombar sobre o tapete. Sua maior preocupação era o barulhão que não teria como impedir e deveria causar ansiedade, se não terror, do outro lado das portas. Fosse como fosse, precisava correr o risco. [...] Ignorando o fato de que todas as portas estavam trancadas, deveria mesmo pedir ajuda? Malgrado sua infelicidade, Gregor não foi capaz de suprimir um sorriso ao pensar nisso."

CENA 4: Ele ainda está lutando quando reaparece o tema da família, ou o tema das muitas portas; no curso dessa cena, ele por fim cai da cama, com um baque surdo. A conversa se assemelha um pouco a um coro grego. O chefe do escritório de Gregor foi mandado para saber por que ele até agora não se apresentou na estação. Essa implacável pressa em verificar o comportamento de um funcionário negligente tem todas as características de um pesadelo. As conversas através das portas, como na segunda cena, voltam a ocorrer. Notem a sequência: o chefe do escritório fala com Gregor da sala de visitas, situada à esquerda; Grete, a irmã, fala do quarto à direita; a mãe e o pai se unem ao chefe do escritório na sala de visitas. Gregor ainda consegue falar, mas a voz é cada vez mais indistinta, as palavras logo se tornando incompreensíveis. (Em *Finnegans Wake*, escrito vinte anos depois por James Joyce, duas lavadeiras que conversam de uma margem para a outra de um rio são gradualmente transformadas em um maciço olmo e em uma pedra.) Gregor não entende por que sua irmã, no quarto à direita, não se juntou aos demais. "Talvez tivesse acabado de sair da cama e nem começara a se vestir. Ora, por que ela estava chorando? Porque ele não se levantou a tempo e abriu a porta para o chefe do escritório, porque corria o risco de perder o emprego, porque o dono da firma começaria a perseguir seus pais outra vez devido às velhas dívidas?" O pobre Gregor está tão acostumado a ser um mero instrumento usado pela família que a questão da pena nem se coloca: ele não tem a menor esperança de que Grete possa sentir pena dele. Mãe e filha se chamam através das portas de um lado e do outro do quarto de Gregor. A irmã e a empregada são instruídas a buscar um médico e um serralheiro. "Mas Gregor agora estava bem mais calmo. As palavras que pronunciara se haviam tornado aparentemente incompreensíveis, embora lhe parecessem bastante claras, mais claras até do que antes, talvez porque seus ouvidos tivessem se acostumado com o som delas. Fosse como fosse, as pessoas agora achavam que havia algo de errado com ele e estavam prontas a ajudá-lo. A certeza positiva com que essas primeiras medidas tinham sido tomadas o confortou. Ele se sentiu mais uma vez parte do gênero humano e ficou confiante nos grandes e notáveis resultados que decorreriam da ação do médico e do serralheiro, sem contanto saber distinguir precisamente os dois."

CENA 5: Gregor abre a porta. "Gregor empurrou a cadeira devagar até a porta, largou-a e se apoiou na porta — as solas nas extremidades das perninhas eram algo pegajosas — e descansou por um momento após todo aquele esforço. Tratou então de girar a chave na fechadura usando a boca. Infelizmente, parecia que não possuía dentes — com o que segurar a chave? Por outro lado, contudo, suas mandíbulas eram sem dúvida muito fortes; com a ajuda delas, conseguiu fazer a chave se mover, desconsiderando o fato de que certamente estava machucando alguma parte da boca porque uma secreção marrom escorria sobre a chave e pingava no chão. [...] Como precisava puxar a porta para si, ainda estava oculto quando a escancarou. Teve de se esgueirar lentamente em torno da metade mais próxima da porta dupla, fazendo isso com grande cautela para evitar que caísse de costas ali mesmo no limiar. Executava ainda essa difícil manobra, sem tempo para observar nada mais, quando escutou o chefe do escritório soltar um agudo 'Oh!' — que soou como o vento rugindo — e então o viu, de pé junto à porta, cobrindo a boca aberta com uma das mãos e recuando aos poucos como se impelido por uma pressão invisível mas constante. A mãe — com os cabelos ainda totalmente desgrenhados apesar da presença do chefe do escritório — de início torceu as mãos e olhou para o marido, após o que deu dois passos na direção de Gregor e desabou no chão em meio às saias que se abriram, o rosto inteiramente oculto no peito. Com uma expressão feroz, o pai cerrou os punhos como se tencionasse jogar Gregor de volta para dentro do quarto; varreu depois com um olhar perplexo a sala de visitas, cobriu os olhos com as mãos e chorou tanto que os soluços sacudiram seu corpanzil."

CENA 6: Gregor tenta acalmar o chefe do escritório para não perder o emprego. "'Bem', disse Gregor, sabendo perfeitamente que era a única pessoa que havia mantido sua compostura. 'Vou me vestir imediatamente, embalar as amostras e me pôr a caminho. O senhor permite que eu vá? Como pode ver, não sou teimoso e estou pronto a trabalhar; a vida de caixeiro-viajante é dura, mas não poderia viver sem ela. Para onde o senhor está indo? Para o escritório? Sim? O senhor contará toda a verdade sobre este episódio? Uma pessoa pode ficar incapacitada por algum tempo, mas essa é justamente a hora de se lembrar dos serviços que prestou e levar em conta que, mais tarde, quando a incapacidade for superada, ela sem dúvida vai trabalhar com empenho e concentração ainda maiores'." Mas o chefe do escritório, horrorizado e como se estivesse em transe, segue aos tropeços rumo à escada a fim de escapar. Gregor começa a caminhar na direção dele — um toque maravilhoso — usando o par de pernas inferior dos três que possui, "porém imediatamente, ao buscar maior apoio, Gregor tombou sobre todas as pernas e soltou um débil grito. Mal havia caído, sentiu pela primeira vez naquela manhã uma sensação de conforto físico, porque as pernas encontravam um terreno sólido sob elas; eram totalmente obedientes, como notou com alegria, e até se esforçavam para conduzi-lo na direção que quisesse. Ele ficou tentado a crer que estava prestes a encontrar um alívio final para todos os seus sofrimentos". Sua mãe se põe de pé em um salto e, ao se afastar dele, derruba o bule sobre a mesa e o café derrama no tapete. "'Mamãe, mamãe', disse Gregor baixinho, erguendo a vista para ela. Por um instante, o chefe do escritório sumira de sua mente; em vez disso, ele não conseguiu deixar de fechar as mandíbulas com um forte estalo ao ver o café que continuava a correr. Isso fez com que sua mãe gritasse de novo." Gregor, procurando agora pelo chefe do escritório, "deu um salto para tentar alcançá-lo; o chefe do escritório deve ter adivinhado sua intenção, porque pulou vários degraus e desapareceu. Gritava ainda exclamações de nojo que ressoavam por toda a escada".

CENA 7: O pai enxota brutalmente Gregor de volta para o quarto, batendo os pés e brandindo uma bengala em uma das mãos e um jornal na outra. Gregor tem dificuldade em vencer a porta parcialmente aberta, mas, forçado pelo pai, tenta entrar, porém fica preso. "Um lado do seu corpo se ergueu, formando um ângulo com o batente, machucando bastante seu flanco e salpicando a porta branca de horríveis manchas. Logo se viu entalado, incapaz de se mover por conta própria, as pernas de um lado tremelicando no ar, as do outro dolorosamente prensadas contra o assoalho. Então seu pai, com um forte empurrão por trás, o liberou e fez com que caísse dentro do quarto, sangrando abundantemente. Alcançando a maçaneta com a bengala, o pai bateu a porta com violência às suas costas, e afinal se fez silêncio."

Parte 2

CENA 1: Primeira tentativa de alimentar o coleóptero Gregor. Graças à impressão de que sua condição era um tipo de doença grave, mas não sem esperança, capaz de ser superada com o tempo, ele de início é submetido à dieta de um ser humano enfermo e descobre que lhe foi oferecido leite. Continuamos cientes daquelas portas se abrindo e fechando sorrateiramente na penumbra. Os passos leves da irmã, vindo da cozinha e atravessando o corredor até sua porta, despertaram Gregor, e ele percebe que uma tigela com leite foi posta dentro do quarto. Uma de suas perninhas foi ferida no encontro com o pai; vai melhorar, mas nessa cena ele manca e a arrasta sem uso atrás de si. Em matéria de besouros, ele é bem grande, porém menor e mais frágil que um ser humano. Gregor se encaminha para o leite. Infelizmente, enquanto sua mente ainda humana aceita com avidez a noção daquele pão branco embebido no leite adocicado, o estômago e as papilas gustativas do besouro rejeitam a refeição de um mamífero. Embora muito faminto, o leite lhe é repugnante, e ele rasteja de volta para o meio do quarto.

CENA 2: Continua o tema das portas e se firma o tema da duração. Começamos a acompanhar um dia comum e o final da tarde de Gregor durante aquele inverno fantástico de 1912, bem como sua descoberta da segurança proporcionada pelo sofá. Mas tratemos de ver e ouvir com Gregor através da fresta na porta da sala de visitas que fica à esquerda. Seu pai costumava ler em voz alta os jornais para a mulher e a filha. Na verdade, isso foi interrompido, e o apartamento se mantém silencioso apesar da presença dos moradores, mas em geral a família está se adaptando à situação. Ele é o filho e irmão vitimado por uma transformação monstruosa que deveria fazê-los sair às ruas pedindo ajuda em meio a gritos e lágrimas, em uma compaixão desvairada — mas ei-los aqui, os três filisteus, levando as coisas de mansinho.

Não sei se vocês leram nos jornais, faz alguns anos, sobre a adolescente e o rapaz que mataram a mãe da moça. Começa com uma cena bastante kafkiana: a mãe chegou em casa e encontrou no quarto a filha com o rapaz, e ele a golpeou várias vezes com um martelo e a arrastou para longe. Mas, como a mulher ainda se debatia e gemia na cozinha, o rapaz disse à namorada: "Me dá aí esse martelo. Acho que vou ter que acertar ela outra vez". Mas, em vez disso, a moça lhe dá uma faca e ele atinge a mulher muitas vezes até matá-la — provavelmente achando que tudo aquilo não passava de uma história em quadrinhos: você ataca uma pessoa, ela vê uma porção de estrelas e pontos de exclamação, mas pouco a pouco se recupera na próxima tira. No entanto, na vida física não há uma próxima tira, e logo o casal de jovens precisou fazer alguma coisa com a mãe morta. "Ah, gesso! Vai dissolver ela todinha!" Naturalmente, ideia maravilhosa — pôr o corpo na banheira e cobrir com gesso, e estamos conversados. Enquanto isso, com a mãe coberta de gesso (que não produz o efeito desejado, talvez o tipo errado tenha sido usado), o rapaz e a moça dão várias festas regadas a cerveja. Tremenda diversão! Deliciosa música "enlatada" e deliciosa cerveja em lata. "Ei, gente, mas vocês não podem usar o banheiro. O banheiro está uma bagunça!"

O que estou tentando mostrar é que, na assim chamada vida real, às vezes encontramos uma semelhança com a situação fantástica criada por Kafka. Notem a curiosa mentalidade dos idiotas em Kafka, que se divertem com o jornal da tarde malgrado o fantástico pavor no meio do apartamento. "'Que vida tranquila nossa família tem levado', disse Gregor para si próprio; e lá, imóvel, fitando a escuridão, sentiu-se muito orgulhoso por haver proporcionado tal tipo de vida para os pais e a irmã em um apartamento tão bom." No aposento de teto alto e poucos móveis, o besouro começa a dominar o homem. O quarto, "no qual ele tinha de se manter deitado no chão, causava-lhe uma apreensão um tanto inexplicável porque o ocupara durante os últimos cinco anos — e em uma ação quase inconsciente, a que não faltou uma ligeira sensação de vergonha, escafedeu-se às pressas para baixo do sofá, onde de imediato se sentiu confortável, embora seu dorso ficasse um pouco apertado e não fosse possível levantar a cabeça. Só lamentava que o corpo, largo demais, não coubesse por inteiro debaixo do sofá".

CENA 3: A irmã de Gregor traz uma variedade de alimentos. Retira a tigela com leite, usando um pano para não pegá-la com as mãos, pois fora tocada pelo monstro repulsivo. Entretanto, ela é uma criaturinha esperta, aquela irmã, porque traz uma ampla escolha — legumes podres, queijo velho, ossos cobertos de molho branco rançoso — e Gregor se precipitou sobre aquela festança. "Um depois do outro, e com lágrimas de satisfação nos olhos, devorou rapidamente o queijo, os legumes e o molho; por outro lado, a comida fresca em nada o atraía e, como até seu cheiro fosse insuportável, ele na verdade arrastou para mais longe as coisas que podia comer." A irmã gira a chave na fechadura devagar, alertando-o para a necessidade de se afastar, e recolhe os restos, enquanto Gregor, entupido de comida, tenta se esconder sob o sofá.

CENA 4: Grete, a irmã, ganha em importância. É ela que alimenta o besouro; só ela entra no seu antro, suspirando e fazendo um ocasional apelo aos santos — trata-se de uma família muito cristã. Em uma maravilhosa passagem, a cozinheira se ajoelha diante da sra. Samsa e suplica que a deixem ir embora. Com os olhos marejados, agradece aos membros da família por permitirem que se vá — como se fosse uma escrava liberada — e, sem que lhe peçam, faz um juramento solene de que nunca dirá uma palavra a ninguém sobre o que está acontecendo na casa. "Gregor era alimentado uma vez bem cedo pela manhã enquanto os pais e a arrumadeira dormiam, e uma segunda vez depois que todos tinham almoçado, pois nessa hora os pais tiravam uma soneca, e a criada recebia ordens da irmã para fazer alguma coisa na rua. Não, é óbvio, que os outros desejassem que ele morresse de fome, mas talvez não suportassem saber mais sobre suas refeições além daquilo que fosse comentado em uma conversa geral; talvez, também, a irmã desejasse poupá-los sempre que possível dessas pequenas ansiedades, uma vez que já sofriam demasiado com a situação."

CENA 5: Essa é uma cena bem inquietante. Sabe-se que, quando era humano, Gregor foi enganado pela família. Ele aceitara o emprego terrível naquela firma de pesadelo por querer ajudar o pai, que cinco anos antes fora à bancarrota. "Eles simplesmente se acostumaram com aquilo, tanto a família quanto Gregor; o dinheiro era recebido com gratidão e dado de boa vontade, mas não havia nenhuma efusão sentimental. Ele só continuara íntimo da irmã, mantendo o plano secreto de mandá-la no ano seguinte para o Conservatório, a despeito da grande despesa que isso acarretaria e que precisaria ser arcada de alguma outra forma, pois ela, ao contrário de Gregor, amava a música e tocava violino lindamente. Durante suas breves estadas em casa, a Escola de Música era mencionada com frequência nas conversas com a irmã, mas sempre apenas como um belo sonho que nunca seria realizado, e seus pais desencorajavam até essas referências inocentes ao assunto; no entanto, Gregor tomara uma decisão firme e tencionava anunciar o fato com a devida solenidade no dia de Natal." Gregor agora ouve seu pai explicar "que uma pequena soma em investimentos, bem pequena na verdade, sobrevivera ao naufrágio de suas finanças e havia até crescido um pouco porque os dividendos não haviam sido tocados desde então. Além disso, o dinheiro que Gregor trazia para casa todos os meses — ele só ficava com uma pequena parte — nunca fora utilizado inteiramente, representando agora um pequeno capital. Detrás da porta, Gregor sacudiu a cabeça com entusiasmo, feliz com a comprovação daquela inesperada poupança e previdência. Na verdade, ele poderia ter pagado um pouco mais das dívidas do pai ao dono da empresa com aquele dinheiro extra, tornando assim mais próximo o dia em que teria condições de largar o emprego, mas sem dúvida o pai arranjara as coisas de um modo melhor". A família acredita que essa soma deva ser guardada para um momento de necessidade, mas, por enquanto, como enfrentar as despesas da casa? O pai não trabalhava havia cinco anos, e não se pode esperar que faça muito. A asma da mãe a impediria de trabalhar. "E seria justo que a irmã batalhasse pelo pão de cada dia, ela que era uma criança de dezessete anos cuja vida até então fora tão agradável, consistindo em se vestir bem, dormir até tarde, ajudar nos afazeres domésticos, desfrutar de algumas diversões modestas e, acima de tudo, tocar violino? De início, sempre que se mencionava a necessidade de ganhar dinheiro, Gregor se afastava da porta e se atirava no sofá de couro fresco ao lado, fervendo de vergonha e desespero."

CENA 6: Começa um novo relacionamento entre irmão e irmã, dessa vez tendo a ver com a janela em vez da porta. Gregor "tomava coragem e, em um esforço imenso, empurrava uma poltrona até a janela, trepava nela e rastejava até o peitoril; apoiado na poltrona, encostava-se nas vidraças, obviamente relembrando a sensação de liberdade que sempre lhe vinha ao olhar para fora de uma janela". Gregor, ou Kafka, parece pensar que a ânsia de se aproximar da janela era uma recordação da experiência humana de Gregor. Na verdade, trata-se de uma reação típica dos insetos à luz, razão pela qual encontramos todo tipo de bichinhos empoeirados perto dos vidros das janelas, uma traça caída de costas, um pernilongo avariado, pobres insetos presos em uma teia em algum canto, uma mosca zumbindo enquanto ainda tenta vencer o vidro. Como a visão humana de Gregor está se tornando menos nítida, ele não pode enxergar bem nem o outro lado da rua. O detalhe humano é dominado pela ideia geral do inseto. (Mas não sejamos insetos. Analisemos primeiro todos os pormenores da história: a ideia geral chegará por si só quando obtivermos toda a informação necessária.) Sua irmã não entende que Gregor manteve um coração humano, a sensibilidade humana, um senso humano de decoro, de vergonha, de humilhação e de orgulho patético. Ela o perturba horrivelmente por causa do barulho e da pressa com que abre a janela para deixar entrar ar fresco e não se dá ao trabalho de ocultar seu nojo pelo cheiro pavoroso em sua toca. Ela também não esconde seus sentimentos quando de fato o vê. Certo dia, cerca de um mês após a metamorfose de Gregor, "quando por certo já não havia nenhuma razão para ainda se assustar com sua aparência, ela entrou um pouco mais cedo que de costume e o encontrou olhando para fora da janela, totalmente imóvel, e parecendo por isso algo fantasmagórico. [...] Alarmada, deu um salto para trás e fechou a porta com estrondo; um estranho bem poderia pensar que ele estava à espreita com a intenção de mordê-la. Obviamente, ele de pronto se escondeu sob o sofá, mas teve de esperar até o meio-dia antes que ela voltasse, parecendo mais incomodada que de hábito". Essas coisas ferem, e ninguém entendia como o feriam. Em uma curiosa demonstração de sentimento, a fim de poupá-la de sua visão repugnante, Gregor certo dia "carregou um lençol nas costas até o sofá — em um trabalho que lhe tomou quatro horas — e o arrumou lá de modo que o escondesse completamente mesmo que ela se abaixasse. [...] Gregor chegou a ter a impressão de haver captado um olhar agradecido ao levantar o lençol um pouquinho com a cabeça a fim de observar como ela reagia ao novo arranjo".

Cumpre notar como nosso pobre monstrinho é bom e atencioso. Sua condição de besouro, embora distorcesse e degradasse seu corpo, parecia fazer brotar nele toda a sua doçura humana. Seu total desprendimento, sua preocupação constante com as necessidades dos outros, contra o pano de fundo de seu tétrico tormento, é posto em grande relevo. A arte de Kafka consiste, por um lado, em ir acumulando os traços do inseto em Gregor, todos os tristes detalhes de seu disfarce como inseto, e, por outro lado, manter vívida e límpida perante os olhos do leitor a doce e sutil natureza humana de Gregor.

CENA 7: Aqui tem lugar a mudança dos móveis. Dois meses se passaram. Até agora só sua irmã o visita. Mas, Gregor diz a si próprio, minha irmã não passa de uma criança que assumiu a tarefa de cuidar de mim apenas por um impulso infantil. Mamãe deveria entender a situação melhor. Por isso, nesta sétima cena, a mãe asmática, frágil e mentalmente confusa entra em seu quarto pela primeira vez. Kafka prepara a cena cuidadosamente. Para se divertir, Gregor criara o hábito de andar pelas paredes e pelo teto, a felicidade máxima, embora tão pobre, que sua condição de besouro pode lhe oferecer. "Sua irmã logo notou a nova distração que Gregor descobrira — ele deixava marcas da substância pegajosa em suas solas por onde rastejava — e teve a ideia de lhe dar maior amplitude de movimento retirando os móveis que o atrapalhavam, em especial a cômoda e a escrivaninha." Assim, a mãe é trazida para ajudar na remoção da mobília. Ela chega à porta com exclamações de alegre entusiasmo por ver o filho, em uma reação incongruente e automática que é substituída pelo silêncio quando penetra no cômodo misterioso. "Como era natural, a irmã de Gregor foi na frente para ver se estava tudo bem antes de deixar a mãe entrar. Às pressas, Gregor puxou o lençol para baixo e o franziu mais para dar a impressão de que fora jogado acidentalmente sobre o sofá. E dessa vez não espreitou por baixo do pano, renunciando ao prazer de ver sua mãe, estava satisfeito apenas de saber que ela por fim viera visitá-lo. 'Entre, ele não está à vista', disse a irmã, por certo puxando-a pela mão."

As mulheres lutam para mover a mobília pesada, até que a mãe expressa um pensamento de certo modo humano, ingênuo porém amável, débil porém não desprovido de sentimento, ao dizer: "Não parece que ao retirar a mobília estamos lhe mostrando que perdemos a esperança de que ele um dia se cure e que o estamos simplesmente abandonando à própria sorte? Acho que seria melhor deixar o quarto como sempre foi, de modo que, quando ele voltar para nós, encontre tudo igual e possa esquecer com mais facilidade o que aconteceu nesse período". Gregor se divide entre duas emoções. Sua condição de besouro sugere que um aposento vazio com paredes nuas seria mais conveniente para rastejar — tudo de que precisaria seria um cantinho para se esconder, seu indispensável sofá —, mas, fora isso, não necessitaria de todos aqueles confortos e enfeites humanos. Entretanto, a voz de sua mãe o faz lembrar-se de sua formação humana. Infelizmente, a irmã desenvolvera uma curiosa autoconfiança e passara a se considerar, em comparação com os pais, uma autoridade no trato de Gregor. "Outro fator pode ter sido também o temperamento entusiástico de qualquer adolescente, que procura se satisfazer em todas as oportunidades possíveis e agora estimulava Grete a exagerar o horror do estado do irmão a fim de fazer mais em favor dele." Esta é uma nota curiosa: a irmã dominadora, a irmã forte dos contos de fadas, a bela intrometida que controla o bobo da família, as orgulhosas irmãs de Cinderela, o cruel emblema da saúde, juventude e beleza que desabrocha em uma casa marcada pelo pó e pelo desastre. Por isso, finalmente decidem retirar as coisas, porém têm de batalhar de verdade com a cômoda. Gregor se encontra em um terrível estado de pânico. Ele mantinha naquela cômoda sua serra tico-tico, com a qual fazia coisas quando estava em casa, seu único passatempo.

CENA 8: Gregor tenta salvar ao menos o quadro na moldura que fizera com sua querida serra tico-tico. Kafka varia seus efeitos fazendo com que todas as vezes em que é visto pela família o besouro seja mostrado em uma nova posição ou em novo lugar. Aqui, sem ser visto pelas duas mulheres que lutam com a escrivaninha, Gregor corre do esconderijo e sobe pela parede para se postar sobre o quadro, sua barriga quente e seca encostada no vidro refrescante. A mãe não é de grande ajuda na remoção da mobília e precisa ser apoiada por Grete, que permanece forte e saudável, mas tanto o irmão como os pais estão prestes (após a cena do bombardeio com as maçãs) a mergulhar em um sonho sombrio, em um estado de torpor e decrepitude; no entanto, Grete, com a sólida saúde de sua rosada juventude, trata de mantê-los de pé.

CENA 9: Apesar dos esforços de Grete, a mãe avista Gregor, "um enorme vulto marrom contrastando com o florido papel de parede; e, antes de estar realmente certa de se tratar de Gregor, gritou em uma voz rouca: 'Ai, meu Deus, ai, meu Deus!', e desabou de braços abertos no sofá, ficando de todo imóvel. 'Gregor!', gritou a irmã, sacudindo o punho e o encarando com ar zangado. Era a primeira vez que se dirigia diretamente a ele desde a metamorfose". Ela correu até a sala de visitas em busca de alguma coisa para reanimar a mãe. "Gregor também quis ajudar — ainda havia tempo para salvar o quadro —, mas penou para se descolar do vidro; correu então atrás da irmã até o outro quarto, imaginando poder aconselhá-la como de costume, porém teve de ficar inutilmente atrás dela; enquanto isso, Grete remexeu em vários frascos e, ao se virar, teve um sobressalto ao vê-lo: uma garrafinha caiu ao chão e se quebrou, um caco cortou o focinho de Gregor e uma substância corrosiva salpicou seu corpo; sem perder mais um segundo, Grete recolheu todos os frascos que foi capaz de carregar e correu para sua mãe, fechando a porta violentamente com o pé. Gregor se encontrava agora separado da mãe, que talvez estivesse morrendo por culpa sua; não ousava abrir a porta com medo de afugentar a irmã, que precisava cuidar da mãe; só lhe restava esperar; mas, aflito com o remorso e a preocupação, começou a rastejar de um lado para outro, por cima de tudo, paredes, móveis e teto, até que finalmente, em desespero, quando todo o cômodo parecia girar a seu redor, caiu no meio da grande mesa." Há uma mudança na posição respectiva dos vários membros da família. A mãe (no sofá) e a irmã estão no quarto do meio; Gregor está no canto do quarto à esquerda. E pouco depois seu pai chega em casa e entra na sala de visitas. "Por isso, [Gregor] escapou para a porta do quarto e ali se agachou a fim de mostrar ao pai, tão logo saísse do vestíbulo, que seu filho tinha a louvável intenção de entrar imediatamente e que não era necessário enxotá-lo até lá, pois bastaria que a porta fosse aberta para que ele desaparecesse em um segundo."

CENA 10: Chega-se agora ao episódio em que as maçãs são atiradas. O pai de Gregor mudou e agora goza de grande poder. Em vez do homem que ficava prostrado na cama e era quase incapaz de acenar com o braço a fim de cumprimentar alguém, e quando saía arrastava os pés laboriosamente apoiado em uma bengala: "Agora, lá estava ele em boa forma, trajando um belo uniforme azul com botões dourados do tipo usado pelos contínuos dos bancos; sua volumosa papada se projetava por cima da gola alta e rígida do dólmã; sob as espessas sobrancelhas, os olhos negros faiscavam, lançando olhares vivos e penetrantes; os cabelos brancos, antes em desalinho e agora bem lisos, eram repartidos no meio por lustrosa risca traçada com precisão. Em um gesto largo, atirou sobre um sofá no outro lado da sala o quepe com um monograma dourado, provavelmente o símbolo de algum banco, e, com as abas do dólmã empurradas para trás e as mãos enfiadas nos bolsos das calças, avançou com uma expressão feroz na direção de Gregor. Muito possivelmente nem ele próprio sabia o que faria; de todo modo, levantou os pés mais alto que de costume, e Gregor ficou pasmo com o tamanho da sola de seus sapatos".

Como sempre, Gregor demonstra tremendo interesse no movimento das pernas humanas, nos maciços pés humanos, tão diferentes de suas frágeis extremidades. Temos uma repetição do tema da câmera lenta. (O chefe do escritório, arrastando os pés ao recuar, se movera em câmera lenta.) Agora, pai e filho percorrem vagarosamente um círculo na sala: na verdade, toda a operação não chegava a parecer uma perseguição porque se fazia bem devagar. Mas então o pai começa a bombardear Gregor com os únicos projéteis que a sala de visitas podia proporcionar — maçãs, pequenas maçãs vermelhas —, e Gregor é tangido de volta ao quarto do meio, de volta ao âmago de sua condição de besouro. "Uma maçã atirada sem muita força roçou o dorso de Gregor e caiu ao chão sem causar nenhum dano. A que se seguiu imediatamente, porém, penetrou no meio de suas costas; Gregor desejava se arrastar à frente, como se aquela surpreendente e incrível dor pudesse ser deixada para trás; entretanto, tinha a impressão de estar pregado ao chão e desmoronou, perdendo os sentidos. No seu último olhar consciente, viu a porta do quarto sendo aberta e a mãe correndo à frente da filha, que a seguia aos berros. Vinha nas roupas de baixo porque a filha desabotoara seu vestido para permitir que ela respirasse mais livremente e se recuperasse do desmaio; viu a mãe avançando em direção ao pai, deixando cair atrás de si as anáguas afrouxadas, tropeçando nelas, mas caindo nos braços do marido, em completa união com ele — porém aqui a visão de Gregor começou a falhar —, trançando as mãos atrás de seu pescoço e implorando pela vida do filho."

Assim termina a parte II. Tratemos de resumir a situação. A irmã se tornou francamente antagônica ao irmão. Talvez o tivesse amado antes, mas agora o vê com repugnância e raiva. Na sra. Samsa, há uma batalha entre a asma e a emoção. Trata-se de uma mãe bastante convencional, com um amor automático pelo filho, mas em breve veremos que ela também está pronta a abandoná-lo. O pai, como se observou, atingiu um ponto máximo de impressionante força e brutalidade. Desde o começo ele ansiara por ferir fisicamente o filho indefeso, e agora a maçã que atirou ficou encravada na carne de besouro do pobre Gregor.

Parte 3

CENA 1: "O grave ferimento que o incapacitou por quase um mês — a maçã continuou encravada em seu corpo como uma lembrança visível da agressão porque ninguém se aventurou a retirá-la — pareceu fazer com que até seu pai se lembrasse de que Gregor era um membro da família, malgrado seu atual aspecto infeliz e repelente, não devendo por isso ser tratado como um inimigo: pelo contrário, o dever familiar impunha que superassem a repugnância e exercessem muita paciência." O tema da porta é retomado porque agora, à noite, é mantida aberta aquela que liga o quarto às escuras de Gregor à sala de visitas iluminada. Na cena anterior, o pai e a mãe tinham atingido um ponto máximo de energia, ele em seu resplandecente uniforme atirando aquelas bombinhas vermelhas, emblemas de fecundidade e virilidade; e ela de fato empurrando móveis apesar de seus frágeis brônquios. No entanto, após atingirem aquele píncaro, há uma queda, um enfraquecimento. Dir-se-ia mesmo que o pai está prestes a se desintegrar e se tornar um besouro debilitado. Pela porta aberta parece passar uma curiosa corrente. A condição de besouro de Gregor dá a impressão de ser contagiosa e de haver infectado o pai, a julgar por sua fraqueza, desmazelo e sujeira. "Logo depois do jantar, o pai adormecia na poltrona; a mãe e a irmã exigiriam silêncio uma da outra; a mãe, inclinando-se para perto da lâmpada, costurava para uma firma de roupas de baixo; a irmã, que conseguira um emprego como vendedora de loja, estudava estenografia e francês à noite para ter melhores oportunidades no futuro. Às vezes o pai acordava e, sem ter a menor noção de que dormira, dizia para a mãe: 'Como você está costurando hoje!', voltando de imediato a dormir, enquanto as duas mulheres trocavam um sorriso cansado.

O pai insistia em manter o uniforme mesmo em casa; o roupão ficava pendurado inutilmente no cabide enquanto ele dormia vestido dos pés à cabeça onde quer que se sentasse, como se pronto para o serviço a qualquer momento e até ali às ordens de seu superior. Em consequência, o uniforme, que para começar não era novo, foi se sujando, malgrado todo o desvelo da mãe e da irmã para o manterem limpo, e Gregor com frequência passava toda a noite contemplando os bem polidos botões dourados, mas também as numerosas manchas de gordura na roupa dentro da qual o velho dormia sentado em extremo desconforto, mas, não obstante, muito tranquilamente." O pai sempre se recusava a ir para a cama ao chegar a hora, apesar de todos os estímulos oferecidos pela mãe e pela irmã, até que o levantassem pelas axilas da poltrona. "E, apoiado nas duas, erguia-se com dificuldade, como se fosse um grande fardo para si mesmo, permitindo que o levassem à porta e só então as dispensando com um aceno de mão a fim de seguir sozinho, enquanto a mãe largava a costura, e a filha, a caneta, para ajudá-lo no resto do caminho." O uniforme do pai se assemelha bastante a um grande mas manchado escaravelho. Sua família cansada e com tantos afazeres é obrigada a levá-lo de um aposento para o outro e pô-lo na cama.

CENA 2: Prossegue a desintegração da família Samsa. A criadinha é mandada embora e contratada uma arrumadeira, criatura enorme e ossuda a quem caberá fazer o serviço pesado. Vocês devem ter em mente que na Praga de 1912 era muito mais difícil limpar e cozinhar do que em Ithaca, em 1954. Eles são obrigados a vender várias joias de família. "Mas o que lamentavam mais era o fato de não poderem mudar do apartamento que consideravam demasiado grande na situação atual por não saberem como transportar Gregor. Todavia, Gregor sabia perfeitamente que a consideração por ele não era o principal obstáculo para a mudança, pois eles bem podiam levá-lo em uma caixa adequada com furos para a entrada de ar; o que realmente os impedia de se mudarem para outro apartamento era o total desalento que sentiam, a crença de que tinham sido vítimas de uma desgraça que nunca ocorrera com nenhum de seus parentes ou conhecidos." A família é totalmente egotista e não tem mais forças após realizar suas obrigações cotidianas.

CENA 3: Um último lampejo de recordações humanas vem à mente de Gregor, acionado pela ânsia ainda viva de servir à família. Ele se lembra até de vagas namoradas, "mas nenhuma delas podia ajudá-lo e à sua família, pois nem havia como entrar em contato com elas, e ele ficou feliz quando se desvaneceram". Essa cena é dedicada sobretudo a Grete, que agora se tornou claramente a vilã da história. "Sua irmã não mais pensava em lhe trazer alguma coisa especial para agradá-lo, mas, pela manhã e ao meio-dia, antes de sair para o trabalho, empurrava às pressas com o pé para dentro do quarto qualquer comida disponível, limpando tudo à noite com uma vassourada, tivessem os alimentos sido apenas provados ou, como na maior parte das vezes, permanecido intocados. A limpeza do quarto, que agora só fazia à noite, não podia ser executada com maior rapidez. Manchas de poeira cobriam as paredes, aqui e ali se viam bolas de pó e sujeira no chão. De início, Gregor costumava se postar em algum canto particularmente sujo quando sua irmã chegava, como que a censurá-la com sua posição. Entretanto, ele podia se sentar ali por semanas sem conseguir que ela fizesse esforço algum para melhorar a situação; via a sujeira tão bem quanto ele, mas simplesmente decidira deixar tudo como estava. Apesar disso, com uma irritabilidade que era algo novo e parecia haver infectado toda a família, ela, ciumenta, se arrogava o direito de ser a única pessoa a cuidar do quarto de Gregor." Certa vez, quando a mãe faz uma faxina completa no quarto usando vários baldes de água — a umidade perturba Gregor —, ocorre uma grotesca briga na família. A irmã explode em lágrimas enquanto os pais a observam atônitos, sem saber o que fazer; "então eles também entraram em ação; o pai admoestando à direita a mãe por não ter deixado a limpeza do quarto de Gregor por conta da irmã; à esquerda, dizendo aos gritos à filha que ela nunca mais teria permissão de limpar o quarto de Gregor; enquanto a mãe tentava puxar o pai para o quarto de dormir a fim de controlar sua agitação, a irmã, com o corpo agitado pelos soluços, socava a mesa com seus pequenos punhos; e Gregor soltou um silvo alto de raiva porque nenhum deles pensou em fechar a porta a fim de poupá-lo daquele espetáculo tão barulhento".

CENA 4: Estabelece-se uma curiosa relação entre Gregor e a arrumadeira ossuda, que, em vez de ficar assustada, acha muita graça nele, de fato gostando dele. "Venha cá, seu velho besouro rola-bosta", diz ela. E chove lá fora, talvez o primeiro sinal da primavera.

CENA 5: Chegam os três indivíduos barbudos que alugam um quarto e insistem em que tudo seja muito limpo e organizado. Trata-se de verdadeiros autômatos; as barbas são uma máscara de respeitabilidade, mas de fato aqueles senhores de aparência séria são patifes da pior espécie. Nessa cena ocorre uma grande modificação no apartamento. Os hóspedes ficam com o quarto dos pais na extremidade esquerda do apartamento, para além da sala de visitas. Os pais se transferem para o quarto da irmã à direita do quarto de Gregor; Grete precisa dormir na sala de visitas e agora não tem mais um aposento seu, pois os hóspedes fazem as refeições na sala e ali ficam antes de ir dormir. Além disso, os três hóspedes barbudos trouxeram para o apartamento alguns móveis. Eles têm uma adoração diabólica pela arrumação superficial, e todas as coisas de que não necessitam são postas no quarto de Gregor. Isso é justo o contrário do que aconteceu com a mobília na cena 7 da parte 2, quando houve uma tentativa de retirar tudo do quarto de Gregor. Lá ocorreu a maré vazante da mobília, e agora vem a maré enchente trazendo em seu bojo o refugo marítimo; e, muito curiosamente, Gregor, embora bastante doente com a ferida purulenta causada pela maçã e passando fome, encontra algum prazer em rastejar por todo aquele lixo poeirento. Nesta quinta cena da terceira parte, quando acontecem todas as mudanças, descreve-se a alteração nas refeições da família. Os movimentos mecânicos dos autômatos barbudos são igualados pela reação automática dos Samsa. Os hóspedes "tomaram posição na cabeceira da mesa à qual antes Gregor, seu pai e sua mãe faziam as refeições, abriram os guardanapos e empunharam facas e garfos. De imediato sua mãe surgiu na outra porta com uma travessa de carne, seguida de perto pela irmã com um prato empilhado de batatas, dos quais subia uma grossa coluna de vapor. Os hóspedes se curvaram sobre a comida como se antes desejassem examiná-la; o do meio, que parecia ter ascendência sobre os outros dois, cortou uma fatia da carne na travessa, sem dúvida para ver se estava macia ou se deveria ser mandada de volta para a cozinha. Como se mostrou satisfeito, a mãe e a irmã de Gregor, que olhavam ansiosamente, respiraram aliviadas e começaram a sorrir". Assim como Gregor tinha intenso interesse por grandes pés, agora desdentado ele também se interessa por dentes. "Era notável para Gregor que, entre os vários ruídos que vinham da mesa, ele sempre podia distinguir o som dos dentes mastigando, como se isso fosse um sinal de que com as mandíbulas desguarnecidas, mesmo que elas fossem da melhor qualidade, não dava para comer nada. 'Estou com bastante fome', disse Gregor para si próprio com tristeza, 'mas não desse tipo de comida. Esses hóspedes estão se fartando de comer, e eu morrendo de inanição!'."

CENA 6: Nesta grande cena musical, os hóspedes ouviram Grete tocando violino na cozinha e, em uma reação automática ao valor de entretenimento da música, sugerem que ela toque para eles. Os três hóspedes e os três membros da família Samsa se reúnem na sala de visitas.

Sem querer antagonizar os amantes da música, desejo indicar que, em geral, a música, tal como percebida por seus consumidores, pertence a uma forma mais primitiva e animalesca na escala das artes que a literatura ou a pintura. Estou me referindo à música de maneira ampla, e não em termos da criação individual, da imaginação e da composição, todas elas capazes evidentemente de rivalizar com a arte da literatura e da pintura, mas sim em termos do impacto que a música exerce no ouvinte médio. Um grande compositor, um grande escritor e um grande pintor são irmãos. Porém, acho que o impacto que a música exerce sobre o ouvinte, em uma forma generalizada e primitiva, é inferior ao impacto de um livro médio ou uma pintura média. O que tenho em mente é, sobretudo, o efeito calmante e entorpecedor que a música tem sobre certas pessoas, como a transmitida pelo rádio ou por discos fonográficos.

Na história de Kafka, trata-se apenas de uma mocinha arranhando um violino, o que corresponde no conto à música comercial de hoje. O que Kafka sentia sobre a música em geral é o que acabei de descrever: sua qualidade animalesca de aturdir, de entorpecer. Essa atitude deve ser levada em conta ao se interpretar uma frase importante que foi mal compreendida por vários tradutores. Literalmente: "Seria Gregor um animal para ser tão afetado pela música?". Isto é, se em sua forma humana não ligara muito para a música, nessa cena, na condição de besouro, ele sucumbe: "Sentiu como se estivesse se abrindo diante dele o caminho para o alimento desconhecido pelo qual tanto ansiava". A cena prossegue assim. A irmã de Gregor começa a tocar para os hóspedes. Gregor é atraído pelo som e, na verdade, enfia a cabeça para dentro da sala de visitas. "Ele quase não se surpreendia com a crescente falta de consideração para com os outros; houve tempo em que se orgulhava de ser respeitoso. E, no entanto, dessa vez tinha mais razão do que nunca para se esconder, pois, devido à quantidade de poeira que se acumulara em seu quarto e ficava suspensa no ar após o menor movimento, ele também estava coberto por completo: cotões, cabelos e restos de comida o seguiam, grudados a seu dorso e flancos; sua indiferença a tudo era grande demais para que virasse de costas e se esfregasse no tapete, como antes fazia várias vezes por dia. E, malgrado seu estado, nenhum pingo de vergonha o impediu de avançar mais um pouco sobre o assoalho imaculado da sala de visitas."

De início ninguém o percebeu. Os hóspedes, desapontados em sua expectativa de ouvir uma boa execução ao violino, estavam agrupados junto à janela, sussurrando entre si e esperando que a música terminasse. Entretanto, para Gregor sua irmã estava tocando lindamente. Ele "arrastou-se um pouco mais para a frente e encostou a cabeça no chão a fim de que seus olhos se encontrassem com os dela. Seria Gregor um animal para ser tão afetado pela música? Sentiu como se estivesse se abrindo diante dele o caminho para o alimento desconhecido pelo qual tanto ansiava. Estava decidido a rastejar até alcançar a irmã, puxando-a pela saia para fazê-la saber que devia vir para seu quarto com o violino porque ninguém ali era capaz de apreciar sua execução como ele apreciaria. Nunca a deixaria sair de seu quarto, pelo menos enquanto estivesse vivo; sua aparência horrível se tornaria, pela primeira vez, uma vantagem: vigiaria todas as portas ao mesmo tempo e cuspiria nos intrusos. A irmã não necessitaria de nenhuma restrição. Ela ficaria de livre e espontânea vontade; se sentaria ao lado dele no sofá e se inclinaria para ouvi-lo confessar que tivera a firme intenção de mandá-la para o Conservatório e que, não fosse pela desgraça que o acometera, no Natal anterior — certamente o Natal já havia passado, não? —, ele teria anunciado a decisão à família sem admitir a menor objeção. Depois dessa confissão, sua irmã ficaria tão emocionada que cairia em prantos, e Gregor se ergueria até a altura de seu ombro e a beijaria no pescoço, livre de fitas e golas desde que começara a trabalhar fora".

De repente, o hóspede do meio vê Gregor, e o pai, em vez de enxotá-lo, tenta acalmar os três e (em uma inversão de sua conduta prévia) "abrindo os braços, buscou fazê-los voltar para o quarto que ocupavam, ao mesmo tempo que impossibilitava que vissem Gregor. Eles agora começam a ficar de fato zangados por causa do comportamento do velho ou por haverem enfim entendido que tinham um vizinho como Gregor no apartamento. Pediram-lhe explicações, agitaram os braços como ele, cofiaram nervosamente a barba e com muita relutância recuaram em direção ao quarto". A irmã corre para o quarto dos hóspedes e rapidamente faz as camas, mas "o velho parecia estar mais uma vez tão possuído por sua incontrolável autoconfiança que esquecia todo o respeito devido aos hóspedes. Continuou a tangê-los até que, já na porta do quarto, o hóspede do meio bateu fortemente o pé no chão e o fez parar. Levantando a mão e olhando também para a mãe e a irmã, declarou: 'Permito-me anunciar que, devido às repugnantes condições reinantes nesta casa e nesta família' — nesse ponto cuspiu no chão com enfática brevidade — 'estou encerrando o aluguel do quarto. Claro que não vou pagar um tostão pelos dias que passei aqui; pelo contrário, vou pensar seriamente em entrar com uma ação de perdas e danos baseada em argumentos que — creiam em mim — serão facilmente suscetíveis de prova'. Parou de falar e olhou bem à frente, como se esperasse alguma coisa. Na verdade, seus dois amigos de pronto entraram na liça com as seguintes palavras: 'Nós também estamos dispensando o quarto'. Ao que o hóspede do meio pegou a maçaneta e bateu a porta com estrondo".

CENA 7: A irmã é totalmente desmascarada; sua traição é absoluta e fatal para Gregor. "'Não vou pronunciar o nome do meu irmão na presença dessa criatura e, por isso, tudo que digo é que temos de nos livrar dela', disse agora a irmã explicitamente para o pai porque a mãe estava tossindo demais para ouvir uma palavra. 'Ele vai ser a causa da morte de vocês dois, vejo isso claramente. Quando se tem de trabalhar tão duro quanto todos nós trabalhamos, não podemos aguentar esse tormento adicional em casa. Pelo menos, eu não suporto mais.' E caiu em um pranto tão apaixonado que suas lágrimas caíam no rosto da mãe, que as enxugava mecanicamente." Pai e filha concordam em que Gregor não pode compreendê-los, tornando impossível qualquer acordo com ele.

"'Ele precisa ir', gritou a irmã, 'é a única solução, papai. Você simplesmente tem de esquecer que aquilo é o Gregor. O fato de que acreditamos nisso por tanto tempo é a causa de todos os nossos problemas. Mas como pode ser Gregor? Se realmente fosse, Gregor teria entendido faz muito tempo que as pessoas não podem viver com tal criatura e teria ido embora por conta própria. Então eu não teria um irmão, mas poderíamos continuar a viver e honrar sua memória. Assim, essa criatura nos persegue, expulsa os hóspedes, obviamente deseja tomar conta de todo o apartamento e nos fazer dormir na rua'."

Que ele desapareceu como irmão humano e deve agora desaparecer como besouro representa para Gregor o último golpe. Dolorosamente, porque se encontra tão fraco e ferido, rasteja de volta para o quarto. Na soleira, volta-se para trás e seu último olhar recai sobre a mãe, que de fato estava quase dormindo. "Mal entrou no quarto, a porta foi rapidamente fechada e trancada à chave. O ruído repentino às suas costas o assustou tanto que as perninhas fraquejaram. Sua irmã é quem havia demonstrado tanta pressa. Tinha ficado a postos e dera um ágil salto à frente. Gregor nem a ouvira se aproximar, e agora ela gritou para os pais 'até que enfim!' ao girar a chave na fechadura." No aposento às escuras, Gregor descobre que não é capaz de se mover, embora a dor pareça estar passando. "A maçã apodrecida e a área inflamada em suas costas, toda coberta de poeira, quase não o incomodavam mais. Pensou na família com ternura e amor. A decisão de que precisava desaparecer lhe era mais cara, se possível, que a própria irmã. Deixou-se ficar em um estado de vaga e tranquila meditação, até que o relógio da torre deu três horas. Voltou a se conscientizar dos primeiros clarões daquele mundo que ficava além da janela. Depois sua cabeça pendeu irresistivelmente para o chão e de suas narinas escapou o último e tênue sopro de vida."

CENA 8: O corpo seco de Gregor é descoberto na manhã seguinte pela arrumadeira, e um grande e cálido sentimento de alívio invade o mundo de inseto daquela desprezível família. Eis um ponto a ser observado com cuidado e carinho. Gregor é um ser humano em um disfarce de inseto; sua família é composta de insetos disfarçados de seres humanos. Com a morte de Gregor, suas almas de insetos repentinamente entendem que estão livres para se divertir. "'Grete, entre um pouquinho conosco', disse a sra. Samsa* com um sorriso trêmulo, e Grete, sem

---

* No exemplar anotado, Nabokov observa que, após a morte de Gregor, não se fala mais de "pai" e "mãe", e sim de sr. e sra. Samsa. (N.E.)

deixar de rever o cadáver, seguiu os pais até o quarto." A arrumadeira escancara a janela, e há algum calor no ar: é o fim de março, quando os insetos despertam da hibernação.

CENA 9: Temos uma visão maravilhosa dos hóspedes que pedem mal-humoradamente pelo café da manhã, mas, em vez disso, lhes é mostrado o cadáver de Gregor. "Por isso entraram e ficaram em torno dele, com as mãos enfiadas nos bolsos de seu paletó ordinário, no meio do quarto já banhado de luz." Quais as palavras-chave aqui? Ordinários e sol. Como no final feliz de um conto de fadas, o sortilégio é dissipado com a morte do feiticeiro. Os hóspedes são vistos como gente comum, não mais ameaçadora, enquanto por outro lado a família Samsa volta a ascender. Ganha em poder e exuberante vitalidade. A cena termina com uma repetição do tema da escada, assim como o chefe do escritório recuara em câmera lenta, agarrando-se ao corrimão. Recebendo ordens do sr. Samsa de se retirarem, os hóspedes ficam arrasados. "No vestíbulo, os três recolheram os chapéus dos ganchos e as bengalas do porta-guarda-chuvas, curvando a cabeça em silêncio ao saírem do apartamento." Lá vão eles agora, três hóspedes barbudos, autômatos, bonecos de corda, enquanto a família Samsa se debruça sobre a balaustrada para vê-los partir. A escada, descendo pelo centro do prédio, imita de certo modo as pernas articuladas de um inseto. E os hóspedes desaparecem por momentos para ressurgirem de novo à medida que descem mais e mais, de patamar em patamar, de articulação em articulação. Em determinado ponto, cruzam com o entregador do açougue, que sobe trazendo sua cesta e é visto, primeiro abaixo deles e depois acima, exibindo com orgulho os bifes suculentos e os deliciosos miúdos — carne crua vermelha, o criadouro de moscas gordas e lustrosas.

CENA 10: A última cena é soberba em sua irônica simplicidade. Os raios de sol da primavera iluminam a família Samsa enquanto seus membros escrevem três cartas — articulação, pernas ligadas, pernas felizes, três insetos escrevendo três cartas — de pedido de desculpas a seus empregadores. "Decidiram passar o resto do dia descansando e fazendo mais tarde um passeio; não apenas mereciam uma pausa no trabalho, realmente necessitavam dela." Quando se despede após completar suas tarefas matinais, a arrumadeira dá um sorrisinho amistoso ao informar à família: "'Não precisam se preocupar em como se livrar daquilo ali no outro quarto. Já cuidei disso'. A sra. Samsa e Grete voltaram a se curvar sobre suas cartas, como se preocupadas; o sr. Samsa, que percebeu o desejo dela de começar a contar tudo em detalhes, interrompeu-a com um gesto decisivo. [...]

'Ela será despedida hoje à noite', disse o sr. Samsa, sem obter resposta da mulher nem da filha, porque a arrumadeira parecia haver perturbado de novo a compostura que mal haviam conquistado. As duas se levantaram, foram até a janela e lá ficaram em um abraço bem apertado. O sr. Samsa se voltou em sua poltrona para vê-las e as observou calado por algum tempo. Em seguida disse: 'Agora vamos, já chega. O que passou, passou. E vocês podiam mostrar alguma consideração comigo'. As duas obedeceram de imediato, correndo para ele e o acariciando, para então terminarem rapidamente suas cartas.

Depois, saíram juntos de casa, coisa que não acontecia havia meses, e foram de bonde para o campo. A quente luz do sol alegrava o bonde, do qual eram os únicos passageiros. Recostando-se confortavelmente nos assentos, examinaram suas perspectivas futuras, que, em uma análise mais profunda, pareceram não ser nada más, uma vez que os empregos que haviam conseguido, e que nunca tinham discutido entre si, eram todos admiráveis e promissores. Na situação atual, a mais importante melhoria no curto prazo resultaria obviamente da mudança para outra casa: eles queriam um apartamento menor e mais barato, porém também mais bem situado e mais fácil de cuidar do que o que ocupavam por escolha de Gregor. Enquanto conversavam sobre isso, ocorreu quase no mesmo instante ao sr. e à sra. Samsa, ao se darem conta da crescente vivacidade da filha, que, malgrado todo os desgostos dos últimos tempos que a tinham empalidecido, ela desabrochara em uma bela moça. Ficaram mais silenciosos e, quase inconscientemente, trocaram olhares de total concordância, tendo chegado à conclusão de que em breve seria tempo de encontrar um bom marido para ela. E foi como uma confirmação de seus novos sonhos e excelentes intenções que, ao final do passeio, a filha se levantou antes deles e espreguiçou seu corpo jovem".*

✳

Permitam-me resumir os diversos temas principais do conto:

1. O número *três* desempenha um papel considerável na história. O conto é dividido em três partes. Três portas dão acesso ao quarto de Gregor. Sua família consiste em três pessoas. Três empregadas domésticas aparecem no curso da história. Três hóspedes têm três barbas. Três membros da família Samsa escrevem três cartas. Tomo bastante cuidado para não superestimar a importância desses símbolos, pois, uma vez que se destaque algum símbolo do âmago de um livro, perde-se todo o prazer. A razão é que há símbolos artísticos e há símbolos banais, artificiais e até idiotas. É possível encontrar numerosos desses símbolos ineptos nas abordagens psicanalíticas e mitológicas da obra de Kafka, na mistura tão na moda de sexo e mito que exerce tamanha atração para as mentes medíocres. Em outras palavras, os símbolos podem ser originais e podem ser imbecis e triviais. E o valor abstrato e simbólico de uma realização artística nunca deve prevalecer sobre sua bela e incandescente vida.

Por isso, o significado emblemático ou heráldico, e não simbólico, está na ênfase dada ao número *três* em *A metamorfose*. Na verdade, ele tem um significado técnico. A trindade, a trinca, a tríade e o tríptico constituem óbvias formas de arte tais como, por exemplo, três pinturas que retratem a juventude, os anos maduros e a velhice, ou qualquer outra matéria trinitária. Um tríptico é uma pintura ou entalhe em três compartimentos que são dispostos lado a lado, e esse é exatamente o efeito que Kafka obtém, por exemplo, com os três quartos no início da história — sala de visitas, quarto de Gregor e quarto da irmã, com o de

---

* "A alma morreu com Gregor; o saudável e jovem animal assume o controle. Os parasitas engordaram comendo Gregor." Comentário de Nabokov no exemplar anotado. (N.E.)

Gregor no centro. Além disso, um padrão triplo sugere os três atos de uma peça teatral. Por fim, cumpre observar que a fantasia de Kafka é enfaticamente lógica; nada pode ser mais característico da lógica que a tríade de tese, antítese e síntese. Assim, limitaremos o símbolo de Kafka do três à sua importância estética e lógica, desprezando totalmente quaisquer fabulações que os mitólogos sexuais leiam no conto seguindo as instruções do curandeiro de Viena.

2. Outra linha temática se encontra no tratamento das portas, a abertura e o fechamento de portas que estão presentes ao longo de todo o conto.

3. Uma terceira linha temática se refere às oscilações no bem-estar da família Samsa, o estado sutil de equilíbrio entre a condição florescente deles e a condição patética e desesperada de Gregor.

Há alguns outros subtemas, mas os examinados acima são os únicos essenciais para a compreensão da história.

Vocês terão notado o estilo de Kafka. Sua clareza, a entonação precisa e formal em notável contraste com a matéria de pesadelo do conto. Nenhuma metáfora poética ornamenta a história severamente simples em preto e branco. A limpidez de seu estilo realça a riqueza sombria da fantasia. Contraste e unidade, estilo e assunto, método e trama estão perfeitamente integrados.

James Joyce (1882-1941)

ULYSSES (1922)

James Joyce nasceu em 1882, na Irlanda, de onde saiu na primeira década do século 20 para viver como expatriado na Europa continental até sua morte na Suíça, em 1941. *Ulysses* foi escrito entre 1914 e 1921 em Trieste, Zurique e Paris. Começou a ser publicado em 1918 na *Little Review*. É um livro volumoso, com mais de 260 mil palavras. É também um livro rico, com um vocabulário de cerca de 30 mil palavras. O cenário de Dublin é construído em parte com informações fornecidas pela memória do exilado, mas se baseia, sobretudo, no *Thom's Dublin Directory*, ao qual os professores de literatura, antes de analisarem *Ulysses*, recorrem em segredo a fim de impressionar seus alunos com o conhecimento que o próprio Joyce acumulou graças àquele cadastro. Ao longo do livro, ele também se utilizou de um exemplar do jornal dublinense *Evening Telegraph* da quinta-feira 16 de junho de 1904, que custava meio *penny* e que, entre outras matérias, cobriu naquele dia a corrida de cavalos Ascot Gold Cup (vencida pelo azarão Jogafora), um terrível desastre nos Estados Unidos (o incêndio do paquete de cruzeiros turísticos General Slocum) e uma corrida automobilística que fazia parte da Gordon Bennett Cup, realizada em Homburg, Alemanha.

Ulysses é a descrição de um único dia, 16 de junho de 1904, uma quinta-feira, nas vidas entrecruzadas e separadas de diversos personagens que andam, tomam conduções, sentam-se, conversam, sonham, bebem e executam numerosas atividades fisiológicas e filosóficas, de importância variada, durante um dia em Dublin e as primeiras horas do dia seguinte. Por que Joyce escolheu esse dia em particular, 16 de junho de 1904? Em uma obra bem-intencionada mas bastante medíocre, *Fabulous Voyager: James Joyce's Ulysses* (1947), o sr. Richard Kain nos informa que nesse dia Joyce conheceu sua futura esposa, Nora Barnacle. E isso nos basta em matéria de observações sentimentais.

Ulysses consiste em uma miríade de cenas que envolvem três personagens centrais; desses, o dominante é Leopold Bloom, um pequeno homem de negócios na área de publicidade, para ser exato um agente de anúncios. Em certa época trabalhara para a firma de materiais de escritório Wisdom Hely como caixeiro-viajante de mata-borrões, mas agora estava oferecendo por conta própria anúncios sem muito sucesso. Por razões que mencionarei adiante, Joyce lhe atribuiu a origem de judeu húngaro. Os dois outros personagens principais são Stephen Dedalus, que Joyce já utilizara em *Retrato do artista quando jovem* (1916), e Marion Bloom, Molly Bloom, a esposa de Leopold. Se ele é o protagonista central, Stephen e Marion são os painéis laterais em um tríptico: o livro começa com Stephen e termina com Marion. Stephen Dedalus tem como sobrenome o nome do criador mítico do labirinto de Cnossos, a cidade real da antiga Creta, e de outros aparatos fabulosos, como as asas usadas por ele e seu filho Ícaro. Stephen Dedalus, de 22 anos, é um jovem professor de Dublin, intelectual e poeta, que como estudante fora submetido à disciplina de uma educação jesuíta e agora reage com violência contra ela, porém tem uma natureza essencialmente voltada para a metafísica. Trata-se de um jovem bastante dado à abstração, dogmático até quando bêbado, um livre-pensador aprisionado dentro de si próprio, autor de brilhantes e repentinos aforismos, fisicamente débil e tão mal-lavado quanto um santo (seu último banho foi em outubro e estamos em junho), um moço amargo e frágil — nunca visualizado de modo claro pelo leitor, uma projeção da mente do autor mais do que um novo ser vibrante criado pela imaginação de um artista. Os críticos tendem a identificar Stephen com o próprio Joyce quando jovem, mas isso é uma bobagem. Como disse

Harry Levin, "Joyce perdeu a religião, mas manteve suas categorias", o que também se aplica a Stephen.

Marion (Molly) Bloom, a mulher de Leopold, é irlandesa pelo lado do pai e judia espanhola pelo da mãe. Se Stephen é intelectual e Bloom um homem instruído, Molly Bloom é definitivamente simplória e bem vulgar. Mas os três personagens têm um quê artístico. No caso de Stephen, o artístico é quase bom demais para ser verdadeiro — a gente nunca encontra alguém na "vida real" que possua algo que ao menos se aproxime do perfeito controle artístico sobre sua fala cotidiana que Stephen supostamente tem. Bloom, que teve uma boa formação educacional, é menos artista que Stephen, mas é muito mais artista do que os críticos foram capazes de discernir: na verdade, como explicarei mais tarde, seus processos mentais vez por outra são muito semelhantes aos de Stephen. Por fim, Molly Bloom, malgrado sua falta de brilho, malgrado o caráter convencional de suas ideias e sua vulgaridade, é capaz de revelar uma rica reação emocional às coisas superficialmente encantadoras da vida, como veremos na última parte de seu extraordinário solilóquio com que o livro se encerra.

Antes de analisar o conteúdo e o estilo do livro, tenho ainda algumas coisas a dizer sobre o principal personagem, Leopold Bloom. Quando retratou Swann, Proust criou um indivíduo com características únicas e particulares. Swann não é um clichê literário nem racial, embora seja filho de um corretor de valores judeu. Ao compor a figura de Bloom, a intenção de Joyce foi situar entre irlandeses nativos de sua Dublin alguém tão irlandês quanto ele, mas que fosse também um exilado, uma ovelha negra no rebanho, como Joyce era. Por isso, a fim de caracterizar o estranho no ninho, ele desenvolveu o plano racional de selecionar o tipo do Judeu Errante, uma figura de exilado. No entanto, mostrarei adiante que Joyce é por vezes pouco sutil ao acumular e enfatizar o que se costuma chamar de traços raciais. Outra consideração a respeito de Bloom: as muitas pessoas que tanto escreveram sobre *Ulysses* são seres muito puros ou muito depravados. Inclinam-se a ver Bloom como um homem muito comum, segundo era aparentemente a intenção de Joyce. É óbvio, contudo, que no domínio sexual Bloom, se não se encontra à beira da insanidade, representa um bom exemplo clínico de extrema preocupação e perversão sexuais com toda espécie de curiosas complicações. Claro, seu caso é estritamente heterossexual — e não homossexual, como no da maioria das senhoras e dos senhores em Proust (*homo* em grego significa "mesmo", e não "homem" em latim, como pensam alguns alunos) —, mas, dentro dos amplos limites do amor de Bloom pelo sexo oposto, ele se permite ações e sonhos que são certamente subnormais no sentido zoológico e evolucionário. Não vou aborrecê-los com uma lista de seus curiosos desejos, porém direi o seguinte: na mente de Bloom e no livro de Joyce, o tema do sexo se vê continuamente misturado e entrelaçado com o tema da latrina. Deus sabe que não tenho a menor objeção à franqueza nos romances. Pelo contrário, sinto falta de mais franqueza, e a que nos é proporcionada se tornou convencional e corriqueira, na linha dos autores vistos como durões, os queridinhos dos clubes de livros e das suas associadas. Mas me oponho ao seguinte: supõe-se que Bloom seja um cidadão bem comum, e não é verdade que a mente de um cidadão comum esteja concentrada incessantemente em atividades fisiológicas. Oponho-me ao fato de ser algo contínuo, não ao aspecto repugnante. Toda essa carga patológica parece artificial e desnecessária naquele contexto específico. Sugiro que os mais sensíveis de vocês deem o necessário desconto à preocupação peculiar de Joyce.

Ulysses é uma estrutura esplêndida e permanente, porém foi ligeiramente superestimada pelo tipo de crítico que está mais interessado em ideias, generalidades e características emocionais que na obra de arte em si. Devo alertá-los em especial para a necessidade de não ver as perambulações sem rumo e pequenas aventuras de Leopold Bloom em um dia de verão em Dublin como uma paródia próxima da *Odisseia*, com o publicitário desempenhando o papel de Odisseu, também conhecido como Ulisses, um homem de muitos recursos, e sua mulher adúltera como a casta Penélope, enquanto a Stephen Dedalus é dado o papel de Telêmaco. Sem dúvida existe um eco homérico muito geral e muito vago no tema das andanças sem destino de Bloom, como sugere o título do romance, e há várias alusões clássicas entre muitas outras ao longo do livro; mas seria uma total perda de tempo buscar paralelos precisos em cada personagem e cada cena. Não há nada mais tedioso que uma longa e persistente alegoria baseada em um mito bem conhecido; e, depois que a obra foi publicada de forma seriada, Joyce imediatamente eliminou os títulos pseudo-homéricos dos capítulos quando viu o que eles estavam provocando em tediosos intelectuais e pseudointelectuais. Outra coisa: um chato chamado Stuart Gilbert, enganado por uma lista brincalhona compilada pelo próprio Joyce, descobriu em cada capítulo o domínio de um órgão específico — ouvido, olho, estômago etc. —, porém tratemos de ignorar também esse tipo de absurdo maçante. Toda arte é em certo sentido simbólica, mas dizemos "Para, ladrão!" ao crítico que deliberadamente transforma o símbolo sutil de um artista em uma alegoria pedante e medíocre — as mil e uma noites em uma convenção de maçons.

Qual é então o tema principal do livro? Muito simples.

1. O passado irrevogável. O filho pequeno de Bloom morreu havia muito tempo, mas a visão dele permanece em seu sangue e seu cérebro.

2. O presente ridículo e trágico. Bloom ainda ama a mulher, Molly, porém permite que o destino assuma o controle. Sabe que, às 4h30 da tarde daquele dia de meados de junho, Molly será visitada pelo charmoso Boylan, seu empresário e agente musical — mas nada faz para impedi-lo. Busca cuidadosamente afastar-se do caminho do destino, porém de fato, durante todo o dia, está sempre muito perto de esbarrar em Boylan.

3. O futuro patético. Bloom também fica se encontrando com outro jovem, Stephen Dedalus, e aos poucos se dá conta de que isso pode corresponder a mais uma pequena atenção do destino. Se sua mulher precisa ter amantes, Stephen, sensível e artístico, seria melhor que o vulgar Boylan. Na verdade, Bloom especula pateticamente que Stephen poderia ensinar Molly e ajudá-la a pronunciar palavras italianas em sua profissão de cantora de ópera, exercendo uma influência benéfica em matéria de refinamento.

Este é o principal tema: Bloom e o destino.

Cada capítulo é escrito em um estilo diferente, ou melhor, com a predominância de um estilo diferente. Não há nenhuma razão especial para que seja assim — por que um capítulo deve ser narrado de forma direta, outro por meio do gorgolejar de um fluxo de consciência e um terceiro sob o prisma da paródia? Não há nenhuma razão especial, mas é possível argumentar que essa constante mudança de pontos de vista transmite um conhecimento mais variado, lampejos vívidos e frescos vistos de um lado ou de outro. Se vocês já tentaram ficar de pé e curvar a cabeça a fim de olhar para trás entre seus joelhos, com o rosto ao contrário, terão visto o mundo de um modo totalmente diverso. Tentem na praia: é muito engraçado ver as pessoas andando quando as enxergamos de cabeça para baixo. Com cada passo, elas parecem estar arrancando os pés da cola da gravidade sem perder a dignidade. Bem, esse truque de alterar o modo de ver, de mudar o prisma e o ponto de vista, pode ser comparado à nova técnica literária de Joyce, ao tipo de artifício original que nos permite ver um mundo mais novo e menos convencional.

Os personagens são constantemente reunidos durante suas perambulações ao longo de um dia em Dublin. Joyce nunca perde o controle sobre eles. De fato, vêm e vão, se juntam e se separam, voltam a se encontrar como partes vivas de uma composição, em uma espécie de dança lenta do destino. A recorrência de vários temas é um dos traços mais notáveis do livro. Tais temas são muito mais explícitos, muito mais deliberadamente seguidos que aqueles que identificamos em Tolstói ou em Kafka. Todo o *Ulysses*, como nos damos conta aos poucos, é uma tessitura deliberada de temas recorrentes e a sincronização de eventos triviais.

Joyce adota três estilos principais:

1. O Joyce original: direto, lúcido, lógico e sem pressa. Esse estilo forma a coluna vertebral do capítulo 1 da primeira parte e os capítulos 1 e 3 da segunda parte; trechos lúcidos, lógicos e sem pressa ocorrem em outros capítulos.

2. Palavreado incompleto, rápido e fragmentário transmitindo o chamado fluxo de consciência ou, melhor dizendo, as pedras em que a consciência vai pisando ao fluir. Exemplos disso podem ser vistos na maioria dos capítulos, embora geralmente associados apenas aos principais personagens. Uma análise desse recurso será feita em conexão

com seu exemplo mais famoso, o solilóquio final de Molly no capítulo 3 da terceira parte; no entanto, vale adiantar aqui que ele exagera o lado verbal do pensamento. Pensamos não apenas em palavras, mas também em imagens, e o fluxo de consciência pressupõe uma corrente de palavras passíveis de serem registradas: é difícil, contudo, acreditar que Bloom estivesse o tempo todo falando consigo próprio.

3. Paródias de várias formas não ligadas aos romances: manchetes de jornal (capítulo 4 da segunda parte), perguntas e respostas no formato do catecismo (capítulo 12 da terceira parte). Paródias também de estilos e autores literários: o narrador burlesco do capítulo 9 da segunda parte, o tipo de autor que escreve para revistas femininas no capítulo 10 da segunda parte, uma série de autores específicos e períodos literários no capítulo 11 da segunda parte, e linguagem jornalística elegante no capítulo 1 da terceira parte.

A qualquer momento, ao mudar de estilo ou mesmo dentro de determinada categoria, Joyce pode intensificar um estado de espírito ao introduzir um toque lírico e musical, com aliterações e efeitos melodiosos, em geral a fim de transmitir emoções carregadas de desejos. Um estilo poético está frequentemente associado a Stephen, porém um exemplo de Bloom ocorre quando ele joga fora o envelope em que viera a carta de Martha Clifford: "Passando por baixo do arco da ferrovia ele puxou o envelope, rasgou-o rápido em farrapos que espalhou na rua. Os farrapos voaram trêmulos, afundaram no ar ensopado: um branco tremular depois afundaram todos".* Ou, algumas frases depois, o fim da visão de uma enorme inundação de cerveja derramada "serpeando por baixios de lama sobre toda a terra chã, preguiçoso rodamoinho empoçado de bebida portando consigo flores folhamplas de sua espuma". Em outras ocasiões, contudo, Joyce recorre a toda espécie de artifícios verbais, tais como trocadilhos, transposição de palavras, ecos verbais, monstruosas ligações de verbos ou a imitação de sons. Nesses casos, como nas excessivas alusões locais e nas ex-

---

* Essa e todas as demais citações nesta seção foram extraídas de: Joyce, James. *Ulysses*. Tradução de Caetano W. Galindo. São Paulo: Penguin Classics Companhia das Letras, 2012. (N.T.)

pressões em língua estrangeira, uma obscuridade desnecessária pode ser produzida por detalhes não esclarecidos suficientemente e apenas compreensíveis pelos entendidos.

Primeira parte, capítulo 1

TEMPO: Por volta das oito da manhã, quinta-feira, 16 de junho de 1904. LUGAR: Baía de Dublin, Sandycove, Torre Martello — uma estrutura que existe de fato e se parece com uma torre de xadrez atarracada, parte de uma série de pequenos fortes defensivos construídos para proteger o país da invasão francesa na primeira década do século 19. O estadista William Pitt, o jovem Pitt, mandara erguer essas torres, diz Buck Mulligan, "quando os franceses se fizeram ao mar". (Há uma canção que diz "Ah, os franceses estão no mar [continua em irlandês] lamenta a pobre velhinha", isto é, a Irlanda.) No entanto, continua Mulligan, a Torre Martello é o *omphalos* entre as torres, o umbigo, o centro do corpo, o ponto de partida e o ponto central do livro, também associado ao oráculo de Delfos na Grécia antiga. Stephen Dedalus, Buck Mulligan e o inglês Haines moram nesse *omphalos*.

PERSONAGENS: Stephen Dedalus, um jovem dublinense, de 22 anos, estudante, filósofo e poeta. Recentemente, no começo de 1904, voltou de Paris, onde passara cerca de um ano. Nos últimos três meses dá aulas na Dingy's School, recebendo no dia seguinte ao meio do mês um salário de 3,12 libras, ou menos de 20 dólares em meados do século passado. Voltara de Paris por causa de um telegrama do pai que dizia: "Mãe morrendo volte pai", e fica sabendo ao chegar que ela sofria de câncer. Quando a mãe lhe pediu que se ajoelhasse enquanto faziam uma oração para os moribundos, ele se recusou — e essa recusa é o que explica o mórbido e profundo sofrimento de Stephen ao longo do livro. Ele colocara sua recém-descoberta liberdade espiritual acima do último desejo da mãe, de seu último alívio. Stephen renunciou ao catolicismo no seio do qual fora criado, voltando-se para a arte e para a filosofia em uma busca desesperada por algo que preenchesse o vazio deixado pela fé no Deus dos cristãos.

Os dois outros personagens masculinos que aparecem no primeiro capítulo são Buck Mulligan ("Malachi Mulligan, dois dátilos... Mas tem um toque helênico"), estudante de medicina, e Haines, um inglês, aluno de Oxford, que está de visita a Dublin para estudar o folclore local. O aluguel da torre é de 12 libras por ano (60 dólares à época), que vem sendo pago até agora por Stephen, pois Buck Mulligan não passa de um alegre parasita e aproveitador. Em certo sentido, ele é uma paródia e sombra grotesca de Stephen, pois, se este é o tipo de jovem sério com a alma torturada, para quem a mudança ou perda de fé representa uma tragédia, Mulligan, em contraste, é um indivíduo feliz, robusto, blasfemo e vulgar, um falso pagão grego, com uma memória maravilhosa, um amante de passagens literárias dramáticas. No início do capítulo, trazendo uma tigela com espuma para se barbear sobre a qual estão atravessadas uma navalha e um espelho, ele surge no topo da escada fazendo um arremedo da missa, a cerimônia que comemora na Igreja Católica o sacrifício do corpo e do sangue de Jesus Cristo em forma de pão e vinho. "Elevou a vasilha e entoou:

— *Introibo ad altare Dei.*

Detido, examinou o escuro recurvo da escada e invocou ríspido:

— Sobe, Kinch. Sobe, seu jesuíta medonho."

O apelido de Mulligan para Stephen é Kinch, que no dialeto local significa "gume de faca". Sua presença e tudo em sua pessoa são opressivos e repugnantes para Stephen, que no correr do capítulo lhe diz o que tem contra ele. "Stephen, deprimido pela própria voz, disse:

— Você lembra o primeiro dia em que eu fui à sua casa depois da morte de minha mãe?

Buck Mulligan fechou rápido a cara e disse:

— O quê? Onde? Eu não me lembro de nada. Eu só lembro ideias e sensações. Por quê? O que foi que aconteceu pelo amor de Deus?

— Você estava fazendo chá, Stephen disse, e eu cruzei o patamar para buscar mais água quente. A sua mãe e uma visita saíram da sala-destar. Ela perguntou quem estava em seu quarto.

— É? Mulligan disse. O que foi que eu disse? Eu não me lembro.

— Você disse, Stephen respondeu: *Ah, é só o Dedalus; a mãe dele morreu estupidamente.*

Um rubor que o fez parecer mais jovem e mais atraente subiu à bochecha de Buck Mulligan.

— Eu disse isso mesmo? ele perguntou. E daí? O que é que tem?

Ele se livrava nervoso de seu constrangimento.

— E a morte é o quê, ele perguntou, a da tua mãe ou a tua ou a minha? Você viu só a tua mãe morrer. Eu vejo gente apagando todo dia na *Mater* e no *Richmond* e cortada em tripas na sala de vivissecção. É uma coisa estúpida e só. Simplesmente não importa. Você não quis se ajoelhar pra rezar pela tua mãe no leito de morte quando ela pediu. Por quê? Porque você tem o maldito do sangue jesuíta, só que injetado ao contrário. Pra mim é tudo uma piada, e estúpida. Os lobos cerebrais dela não estão funcionando. Ela chama o doutor sir Peter Teazle e colhe amores-perfeitos da colcha. É animar a coitada até acabar tudo. Você contrariou o último desejo dela à beira da morte e ainda assim se aborrece comigo porque eu não sou gemebundo que nem uma carpideira contratada no *Lalouette*. É um absurdo! Digamos que eu tenha dito isso. Eu não quis ofender a memória da tua mãe.

O discurso o levara à coragem. Stephen, cobrindo as feridas escancaradas que as palavras lhe deixaram no peito, disse muito friamente:

— Eu não estou pensando na ofensa à minha mãe.

— Em quê, então? Buck Mulligan perguntou.

— Na ofensa a mim, Stephen respondeu.

Buck Mulligan girou nos calcanhares.

— Ah, sujeitinho impossível! exclamou."

Buck Mulligan não apenas paralisa o *omphalos* de Stephen, tem também um amigo dele se hospedando lá — Haines, o turista literário inglês. Não há nada de especialmente errado com Haines, porém, para Stephen, ele é tanto um representante da odiada e usurpadora Inglaterra quanto um amigo do usurpador privado Buck, cujos borzeguins e culotes de segunda mão cabem bem em Stephen, mas que tenciona se apropriar da torre.

AÇÃO: A ação do capítulo tem início com Buck Mulligan se barbeando — e tomando emprestado, para enxugar a navalha, o lenço de Stephen sujo com ranho esverdeado. Enquanto Mulligan se barbeia, Stephen reclama da permanência de Haines na torre. Em meio a um sonho,

Haines balbuciou em voz alta algo sobre atirar em uma pantera negra e Stephen tem medo dele. "Se ele fica eu saio." Há alusões ao mar, à Irlanda, outra vez à mãe de Stephen, às 3,12 libras que a escola lhe pagará. Depois, Haines, Mulligan e Stephen tomam o café da manhã em uma cena muito apetitosa. Uma velha mulher traz leite, e ocorre uma deliciosa troca de observações. Os três saem para a praia. Mulligan logo mergulha no mar, e Haines em breve o seguirá, uma vez digerido o café da manhã, mas Stephen, que odeia a água tanto quanto Bloom a ama, não toma banho. Pouco após, Stephen se afasta de seus dois companheiros a caminho da escola, não muito distante, onde leciona.

ESTILO: Os capítulos 1 e 2 da primeira parte são escritos no que chamarei de estilo normal, isto é, uma narração ordinária, um Joyce lúcido e lógico. Na verdade, aqui e ali o fluxo da prosa narrativa é interrompido momentaneamente pela técnica do monólogo interior, que, em outros capítulos, tantas vezes corta e turva a dicção do autor; aqui, porém, predomina o fluxo. Um breve exemplo do fluxo de consciência ocorre na primeira página, quando Mulligan está prestes a se barbear. "Ele olhou de canto ao alto e soltou um longo assovio baixo, um chamado, então suspendeu-se um instante em enlevada atenção, regulares dentes brancos brilhando cá e lá em pontos dourados. Chrysostomos. Dois assovios fortes e estridentes cruzaram a calmaria." Vê-se aqui um recurso tipicamente joyciano que será repetido e desenvolvido no curso do livro. Crisóstomo, "boca de ouro" em grego, é obviamente João, patriarca de Constantinopla no século 4º. Mas por que o nome aparece? Muito simples: é o fluxo de pensamento de Stephen interrompendo a descrição. Stephen vê e ouve Buck assobiando no poço da escada a fim de acordar Haines — depois parando, muito concentrado —, Stephen vê o dente de Buck com a obturação de ouro brilhando ao sol — ouro, boca dourada, o oráculo Mulligan, orador eloquente —, e uma rápida imagem do patriarca da igreja lampeja na mente de Stephen, após o que a narrativa é de pronto retomada com Haines assobiando de volta. Buck reputa isso um milagre e diz a Deus para cortar a corrente.

Isso é simples, havendo outros exemplos igualmente simples no capítulo, mas logo encontraremos interrupções mais enigmáticas da narrativa pelo fluxo de ideias de Stephen. Stephen acabou de pronunciar um de seus maravilhosos aforismos que fascinam Mulligan. Apontando para o espelhinho quebrado que Buck usa para se barbear e foi roubado do quarto de uma empregada, Stephen diz em tom amargo: "É um símbolo da arte irlandesa. O espelho rachado de uma criada". Mulligan sugere que Stephen venda esse aforismo para Haines, o "oxfordiano bovino",* por um guinéu, acrescentando que ele, juntamente com Stephen, deveria helenizar a Irlanda com pensamentos agudos e brilhantes. Agora vem o fluxo de Stephen: "O braço de Cranly. Seu braço". Uma primeira leitura de *Ulysses* dificilmente ajudará aqui, mas, em uma segunda, saberemos quem é Cranly, mencionado mais tarde, um falso amigo de juventude de Stephen que costumava levá-lo às corridas de cavalo — "me levou para enriquecer rápido, caçando seus favoritos [...] entre o clamor dos corretores de apostas em seu assédio", como Mulligan agora sugere que fiquem ricos vendendo tiradas brilhantes: "Justo Rebelde um para um: dez para um o resto. Jogadores de dados e mágicos mãosleves sem nos deter ultrapassávamos atrás dos cascos, dos bonés e jaquetas competindo, e a mulher caradecarne, senhora de um açougueiro, fuçando sedenta seu gomo de laranja". A senhora é prima em primeiro grau de Marion Bloom, um primeiro olhar de relance sobre essa mulher sensual.

Outro bom exemplo do fluxo de ideias de Stephen nesse primeiro e fácil capítulo ocorre quando ele, Mulligan e Haines estão terminando o café da manhã. Mulligan se voltou para Stephen e disse:

"— Sério, Dedalus. Eu estou liso. Corre lá pro teu michê da escola e me volta aqui com algum dinheiro. Hoje hão de beber os bardos, e celebrar. A Irlanda espera que cada homem neste dia cumpra com o seu dever.

— Por falar nisso, Haines disse, levantando, eu tenho que visitar a biblioteca nacional de vocês hoje.

— Primeiro o nosso mergulho, Buck Mulligan disse.

Ele se virou para Stephen e perguntou suave:

---

* O "bovino" decorre de um jogo de palavras, uma vez que "ox ford" significa o local raso onde o gado atravessa o rio; no caso da cidade onde está localizada a famosa universidade, trata-se do rio Tâmisa. (N.T.)

— É hoje o dia do teu banho mensal, Kinch?

Então disse a Haines:

— O bardo imundo faz questão de se banhar uma vez ao mês.

— Toda a Irlanda é banhada pela corrente do golfo, Stephen disse enquanto deixava mel escorrer em uma fatia de pão.

Haines do canto onde atava frouxo um lenço no colarinho solto da camisa de tênis falou:

— Eu pretendo fazer uma compilação dos seus ditos, se você me permitir.

Falando comigo. Eles se lavam e se limpam e se esfregam. Remorsura do inteleito. Consciência. E no entanto eis uma mancha.

— Aquela do espelho rachado da criada ser o símbolo da arte irlandesa é boa demais".

O pensamento de Stephen percorre o seguinte trajeto: o inglês está falando comigo. Os ingleses tomam banho de tina e se esfregam porque têm sentimento de culpa com relação aos países que oprimem, e Stephen se lembra de Lady Macbeth e de sua consciência pesada — entretanto aqui está uma mancha de sangue que não conseguem retirar se lavando. *Agenbite of inwit* significa, no inglês do final da Idade Média, o mesmo que, em francês, *remords de conscience*, a mordida da consciência, o remorso. (Trata-se do título de um ensaio religioso do século 14.)

Obviamente, a técnica desse fluxo de pensamento tem a vantagem de ser breve. Constitui uma série de mensagens curtas anotadas às pressas pelo cérebro. Porém, exige do leitor mais atenção e empatia que uma simples descrição do tipo: Stephen se deu conta de que Haine falava com ele. Sim, pensou, os ingleses se lavam um bocado, talvez tentando apagar a mancha em sua consciência que o velho Northgate chamou de *agenbite of inwit* etc.

Pensamentos íntimos que afloram à superfície quando provocados por uma impressão exterior conduzem a conexões verbais significativas na mente de quem pensa. Por exemplo, vejam como a noção do mar leva aos pensamentos mais ocultos dentro da alma torturada de Stephen. Ao se barbear, Mulligan lança um olhar sobre a baía de Dublin e observa em voz baixa: "Meu Deus [...] não é que o mar é bem aquilo que o Algy [*isto é, Algernon Swinburne, um poeta inglês menor e*

pós-romântico] diz? Uma doce mãe cinzenta?". [*Notem a palavra 'doce'.*]
Nossa doce mãe imensa, ele acrescenta. "Nossa mãe poderosa." Depois
se refere à mãe de Stephen, ao sinistro pecado de Stephen. "A tia acha
que você matou a tua mãe", ele diz. "'Mas um gracioso lindo!', murmu-
rou consigo mesmo." E Stephen ouve a voz bem alimentada; e a mãe e
o murmúrio se misturam ao mar agridoce, e há outras fusões. "O anel
da baía e horizonte continha opaca massa verde de líquido." Isso é
transposto internamente pelo pensamento de Stephen para "a vasilha
de porcelana branca [que] ficara ao lado de seu leito de morte contendo
a bile verde estagnada que ela arrancara do fígado podre em ataques
de vômito em altos gemidos". A doce mãe se torna a mãe amarga, a bile
amarga, o amargo remorso. Então Buck Mulligan enxuga a navalha no
lenço de Stephen: "'Ai, coitado do irmãodasalmas!', disse [Mulligan]
numa voz doce. 'Eu preciso te dar uma camisa e uns portamelecas.'".
Isso liga o mar, esverdeado como o ranho, à bile verde na tigela. E a
tigela de bile e a tigela de barbear e o formato arredondado da baía,
lágrimas amargas e muco salgado, todos se fundem por um instante
em uma só imagem. Isso é Joyce no que ele tem de melhor.

Aliás, reparem no termo "irmãodasalmas". O símbolo de um pobre
coitado e de um cão abandonado ficará vinculado a Stephen ao longo
do livro, assim como o símbolo de um gato fofo, um leopardo com
patas macias, estará ligado a Bloom. E isso me leva ao ponto seguinte:
o pesadelo de Haines com a pantera negra de certo modo prenuncia
para Stephen a imagem de Bloom, que ele ainda não encontrou, mas
que seguirá silenciosamente suas pegadas, uma sombra negra, suave e
felina. Vocês notarão também que Stephen teve um sonho inquietante
naquela noite — viu um levantino lhe oferecer uma mulher enquanto
Bloom também sonhou com Molly em trajes turcos em um mercado
de escravas.

Primeira parte, capítulo 2

TEMPO: Entre nove e dez do mesmo dia. Sendo uma quinta-feira, meio
feriado, as aulas terminam às dez, seguindo-se imediatamente o jogo
de hóquei.

AÇÃO: Stephen está dando uma aula no curso intermediário sobre história antiga. "— Você, Cochrane, que cidade o chamou?

— Tarento, professor.

— Muito bem. O que mais?

— Teve uma batalha, professor.

— Muito bem. Onde?

O rosto do menino perguntava cegamente à janela cega."

O fluxo de pensamento de Stephen assume o controle. "Fabulado pelas filhas da memória. E no entanto foi de algum modo se não como a memória fabulou. Uma frase, então, de impaciência, o baque das asas do excesso de Blake. Ouço a ruína de todo o espaço, vidro estilhaçado e alvenaria desmoronada, e o tempo uma lívida flama final. O que nos resta então?"

Em um átimo, enquanto um aluno se cala ao sofrer um branco mental, o vívido pensamento de Stephen evoca a torrente da história, vidros estilhaçados, paredes se esboroando, a chama azulada do tempo. Então, o que resta? Aparentemente o conforto do esquecimento:

"— Eu não lembro o lugar, professor. 279 a.C.

— Ásculo, Stephen disse, lançando um olhar para o nome e a data no livro escornado de escaras" (livro de história marcado com letras vermelhas, sanguinolento).

Um dos alunos, que está comendo biscoitos com recheio de figo, faz um trocadilho infame: Pirro — píer. Stephen formula um de seus típicos epigramas. O que é um píer? Uma ponte desapontada. Nem todos os alunos entendem isso.

Ao longo do capítulo, os acontecimentos na escola são interrompidos ou, melhor dizendo, comentados pelo fluir mental de Stephen. Ele pensa em Haines e na Inglaterra, na biblioteca em Paris onde leu Aristóteles "abrigado do pecado de Paris, noite após noite". "A alma é de certa forma tudo que existe: a alma é a forma das formas." O tema principal do próximo capítulo é que a alma constitui a forma das formas. Stephen inicia uma adivinhação.

O galo cantou,
O céu azulou,

E os sinos de bronze
Bateram as onze.
É hora do incréu
Seguir para o céu.

Às onze da manhã, Patrick Dignam, um amigo de seu pai, será enterrado, porém Stephen está obcecado com a recordação da morte recente da mãe. Ela foi enterrada naquele cemitério; no enterro de Dignam, seu pai será visto soluçando ao passar diante do túmulo de sua mulher, mas Stephen não comparecerá ao funeral de Paddy Dignam. Ele responde à charada: "A raposa enterrando a avó debaixo de um azevinho".

Continua a se angustiar com sua mãe e sua culpa: "Uma pobre alma que se foi para o céu: e em uma charneca sob estrelas piscantes uma raposa, catinga carmim da rapina no couro, com impiedosos olhos cintilantes raspava a terra, ouvia, raspava a terra, ouvia, raspava e raspava". O sofista Stephen é capaz de provar qualquer coisa, por exemplo que o avô de Hamlet é o fantasma de Shakespeare. Por que o avô, e não o pai? Por causa da avó, que para ele significa a mãe no verso sobre a raposa. No capítulo seguinte, Stephen, passeando na praia, vê um cachorro, e as ideias do cachorro e da raposa se fundem quando o cão escava a areia, em um gesto típico de raposa, e escuta com atenção porque enterrou alguma coisa, sua avó.

Enquanto os meninos jogam hóquei, Stephen conversa com o diretor da escola, o sr. Deasy, e recebe seu salário. Estudem o modo lindamente detalhado como Joyce descreve a transação. "Puxou de dentro do casaco uma carteira presa por uma tira de couro. Que se escancarou aberta e de onde retirou duas notas, uma de metades coladas, largando-as cuidadosamente sobre a mesa.

— Duas, disse, recerrando e recolhendo a carteira.

E agora sua caixa-forte para o ouro. A mão constrangida de Stephen movia-se sobre as conchas empilhadas na fria urna de pedra: búzios e conchas, conques, cauris e mariscos zebrados: e esta, vorticosa como o turbante de um emir, e esta, vieira de Santiago. Tesouro de um peregrino velho, tesouro morto, conchas ocas.

Um soberano caiu, novo e luzidio, na penugem macia do forro da mesa.

— Três, o sr. Deasy disse, revirando seu cofrinho na mão. São umas coisinhas bem úteis de se ter. Veja só. Aqui vão os soberanos. Aqui vão os xelins, as de 6 pence, as meias-coroas. E aqui as coroas. Veja.

Fez pular dali 2 coroas e 2 xelins.

— Três e doze, ele disse. Acho que o senhor vai ver que está certinho.

— Obrigado, senhor, Stephen disse, recolhendo o dinheiro com uma pressa tímida e pondo tudo em um bolso das calças.

— Mas não há de quê, o sr. Deasy disse. O senhor fez por merecer.

A mão de Stephen, livre de novo, voltou às conchas ocas. Símbolos também de beleza e de poder. Calombo no bolso. Símbolos conspurcados por cobiça e miséria."

Vocês observarão com um pequeno toque de prazer a vieira de Santiago, protótipo de um bolinho em Proust, a madeleine, *la coquille de Saint Jacques*. Essas conchas eram usadas como moeda pelos africanos.

Deasy lhe pede que leve uma carta que datilografou a fim de ser publicada no *Evening Telegraph*. O sr. Deasy, um filisteu metido a besta, não muito diferente do monsieur Homais no livro de Flaubert *Madame Bovary*, nela discute pomposamente uma enfermidade local que atinge o gado. Deasy emprega bom número de clichês políticos insultuosos, atacando as minorias como é costume entre os filisteus. A Inglaterra, ele diz, "está nas mãos dos judeus. [...] Pode apostar que enquanto estamos nós aqui parados os mercadores judeus já estão no seu trabalhinho de destruição". Ao que Stephen muito sensatamente retruca que um comerciante é alguém que compra barato e vende caro, seja judeu, seja gentio: uma resposta maravilhosamente acachapante ao antissemitismo burguês.

Primeira parte, capítulo 3

TEMPO: Entre dez e onze da manhã.

AÇÃO: Stephen caminha na direção da cidade pelo calçadão da Sandymount junto ao mar. Ele será entrevisto depois, ainda andando com passos firmes, ao nos dirigirmos para o funeral de Dignam, quando

Bloom, Cunningham, Power e Simon Dedalus, pai de Stephen, seguem em uma carruagem para o cemitério; e o encontraremos mais uma vez em seu primeiro destino, a redação do jornal (*Telegraph*). Enquanto caminha pela praia, Stephen medita sobre diversas coisas: "Inelutável modalidade do visível", *inelutável* significando "que não pode ser superado" e *modalidade*, "a forma em contraste com a substância"; as duas velhas que vê, ambas parteiras; a semelhança entre a bolsa do catador de conchas e a da parteira; sua mãe; seu tio Richie; vários trechos da carta de Deasy; Egan, o revolucionário irlandês no exílio; Paris; o mar; a morte de sua mãe. Ele vê dois outros catadores de conchas, um casal de ciganos (*egípcios* significa "ciganos"), e sua mente imediatamente lhe fornece exemplos da gíria dos malandros e ciganos.*

> *Brancas ganchorras, vermelha a buraca*
> *Fizeste, e teu aspecto é já formoso.*
> *Dormece esta vegada com teu raca,*
> *No abraço da desora com seu gozo.*

Um homem se afogara recentemente, o que já fora mencionado pelos barqueiros quando Mulligan e Haines tomavam banho de mar enquanto Stephen os observava; trata-se de um personagem que reaparecerá. "Cinco braças lá. Cobrem teu pai cinco braças. À uma ele disse. Encontrado afogado. Maré alta na barra de Dublin. Levando a sua frente leva leve de pedrisco, cardumóveis de peixes, conchas tolas. Um corpo surgindo salbranco do refluxo, boiando para a terra, uma ia uma vinha uma toninha. Lá está ele. Enganchem rápido. Embora jaza no fundo das águas. Pegamos. Cuidado agora.

Saco de gascadáver encharcando na salmoura nauseabunda. Um tremor de peixotes, gordos de um pitéu esponjoso, irrupção pelas fendas da braguilha abotoada. Deus vira homem vira peixe vira barnacle

---

* Fui procurar essas palavras no mesmo dicionário especial em que Stephen e Joyce as acharam: *mort* significa mulher; *bing awast, to Romeville* — ir para Londres; *wap* — amor; *dimber wapping dell* — mulher bonita e carinhosa; *fambles* — mãos; *gan* — boca; *quarrons* — corpo; *couch a hogshead* — deitar; *darkmans* — noite.

vira montanha de plumas. Alentos mortos eu vivo respiro, passo pisando pó morto, devoro os despojos urinosos de todos os mortos. Içado rijo por sobre a amurada ele lança ao alto o hálito do fedor de sua cova verde, o leproso furo do nariz roncando para o sol. [...]

Meu lenço. Ele jogou. Eu lembro. Eu não peguei do chão?

Sua mão tateou inutilmente os bolsos. Não, não peguei. Melhor comprar um.

Depositou a meleca seca retirada da narina em uma ponta de pedra, cuidadosamente. De resto, olhe quem quiser.

Atrás. Talvez haja alguém.

Virou o rosto por sobre um ombro. Olhando passante. Movendo-se pelo ar as vergas altas de um trimastro, adriçadas as velas nas cruzetas, arribante, a montante, silente semovendo, um navio em silêncio."

No capítulo 7 da segunda parte, ficamos sabendo que se trata da escuna *Rosevean*, de Bridgwater, carregada de tijolos. Ela traz Murphy, que se encontrará com Bloom no abrigo dos cocheiros, como dois navios que se cruzam no oceano.

Segunda parte, capítulo 1

ESTILO: Joyce lógico e lúcido.

TEMPO: Oito da manhã, sincronizado com a manhã de Stephen.

LUGAR: Eccles Street, número 7, onde mora o casal Bloom na parte noroeste da cidade; a Upper Dorset Street fica bem perto.

PRINCIPAIS PERSONAGENS: Bloom; sua mulher; figuras incidentais: o açougueiro de carne de porco Dlugacz, tal como Bloom de ascendência húngara, e a empregada doméstica da família Wood, que mora na casa ao lado, a de número 8. Quem é Bloom? É o filho de um judeu húngaro, Rudolph Virag (que quer dizer "flor" em húngaro e mudou o nome para Bloom por significar o mesmo em inglês), e de Ellen Higgins, mistura de sangue irlandês e húngaro. Trinta e oito anos, nascido na cidade de Dublin em 1866. Frequentou uma escola dirigida por certa srta. Ellis, depois um curso ginasial tendo Vance como professor, terminou os estudos em 1880. Devido a uma nevralgia crônica e à solidão depois da morte de sua esposa, o pai de Bloom se suicidou em 1886. Bloom encontrou Molly, filha de Brian Tweedy, quando fizeram par em uma brincadeira de cadeiras musicais na casa de Mat Dillon. Casaram-se em 8 de outubro de 1888, quando ele tinha 22 anos e ela, 18. A filha do casal, Milly, nasceu em 15 de junho de 1889; o filho Rudy, nascido em 1894, morreu com apenas onze dias de vida. Inicialmente, Bloom empregou-se como agente da firma de materiais de escritório Wisdom Hely's, tendo também trabalhado para uma empresa de marchantes no mercado de gado. Morou em Lombard Street entre 1888 e 1893, em Raymond Terrace entre 1893 e 1895, em Ontario Terrace em 1895 e, por algum tempo antes disso, no hotel City Arms e depois na Holies Street em 1897. Em 1904 o casal mora no número 7 da Eccles Street.

A casa é estreita, com duas janelas dando para a rua em cada um dos três andares. O imóvel já não existe, porém de fato estava vazio em 1904, no ano em que Joyce, quinze anos depois e após se corresponder com sua tia Josephine, o escolheu para o casal Bloom que inventara. Quando certo sr. Finneran o alugou, em 1905, jamais poderia ter imaginado (diz minha informante Patricia Hutchins, que escreveu um livro encantador intitulado *James Joyce's Dublin* [1950]) os fantasmas literários que tinham vivido ali. O casal ocupa dois aposentos no primeiro andar (se visto da rua Eccles; no segundo, se visto dos fundos) do prédio alugado de três andares (se visto da rua), com a cozinha no porão (ou primeiro andar, se visto dos fundos). A sala de estar é o primeiro aposento, o quarto vem depois e atrás existe um pequeno jardim. Só há água encanada fria e nenhum banheiro, mas um lavabo no primeiro patamar da escada e uma privada cheirando muito a mofo no jardinzinho. Os dois andares de cima estão vazios à espera de inquilinos — na verdade, o casal pôs, na moldura da janela da sala da frente, um cartão em que se lê "apartamentos não mobiliados".

AÇÃO: Bloom, na cozinha do porão, prepara o café da manhã para sua mulher enquanto fala carinhosamente com o gato; depois, enquanto a chaleira é posta de lado no fogão, "fosca e atarracada, de bico embeiçado", ele caminha até o vestíbulo e, tendo decidido comprar um rim de porco, diz a Molly, através da porta do quarto de dormir, que vai dar um pulo na esquina. Recebe como resposta um muxoxo macio e sonolento: "Mn". Há um papel preso na tira interna de couro de seu chapéu: "A inscrição suarenta na copa de seu chapéu lhe disse muda: Plasto's, alto nível em chap" (o suor havia apagado o "éus"). Trata-se de um cartão de visita com o nome falso de Henry Flower, que no próximo capítulo ele usará na agência dos correios de Westland Row a fim de coletar uma carta de Martha Clifford, pseudônimo, com quem vem mantendo uma correspondência clandestina que teve origem na coluna de casos sentimentais do *Irish Times*. Ele esqueceu a chave, deixada no bolso das calças que usa todos os dias porque hoje está envergando um terno preto devido ao funeral de Dignam, o qual terá lugar às onze da manhã. No entanto, não se esqueceu de transferir para o bolso do lado uma batata que carrega como amuleto, um talismã, a panaceia da pobre mãe. (Muito depois, ela o salva de um bonde que espalha areia.) Seu fluxo de consciência desliza entre várias pedrinhas de pensamento. "Guardarroupa rangente. Pra que incomodar. Ela se virou toda sonolenta àquela hora. Fechou a porta da entrada atrás de si muito silenciosamente, mais, até que a folha se apoiasse suave no batente, tampa inerte. Parecia fechada. Tudo bem até eu voltar, pelo menos." Ele dobra a esquina da Dorset Street, cumprimenta o vendeiro — "tempo lindo" — de passagem, entra no açougue e nota que a empregada do vizinho está comprando linguiça no balcão. Será que ele e Dlugacz, ambos de origem húngara, devem se saudar como compatriotas? Bloom adia isso mais uma vez. Não, outro dia. Lê o anúncio de uma firma de frutas na Palestina, e sua mente vaga rumo ao Oriente. Surge a nuvem que opera a sincronização: "Uma nuvem pôs-se a cobrir o céu inteiro lenta inteiramente. Cinza. Longe". Stephen viu a mesma nuvem antes do café da manhã: "Uma nuvem começou a cobrir o sol lenta, toldando a baía de um verde mais fundo. Restava atrás dele, vasilha de águas amargas". O verde é uma recordação amarga na mente de Stephen, o cinzento da nuvem lhe sugere um local desolado, um deserto no Oriente que nada tem a ver com os pomares verdejantes do anúncio.

Volta com o rim; enquanto isso, o correio veio com duas cartas e um cartão-postal. "Ele parou e os recolheu. Sra. Marion Bloom. Seu coração veloz ficou lento de pronto. Letra segura. Sra. Marion." (A caligrafia do sobrescrito é ousada, a sra. Marion também é ousada.) Por que seu coração teve um sobressalto? Bem, como saberemos em breve, a carta é de Blazes Boylan, o empresário de Marion. Ele virá por volta das quatro com o programa da próxima turnê, e Bloom pressente que, se ele, o marido, não interferir e se mantiver distante durante a tarde, aquele será um momento crucial: Boylan se tornará amante de Molly. Atentem para a atitude fatalista de Bloom: "Um suave incômodo, arrependimento, escorreu-lhe pela espinha. Aumentando. Vai acontecer, sim. Prevenir. Inútil: não posso agir. Lábios leves doces de menina. Vai acontecer também. Sentiu o incômodo que escorria espalhar-se sobre si. Inútil agir agora. Lábios beijados, beijando beijados. Lábios cheios e grudentos de mulher".

A outra carta e o cartão são de Milly, a filha de Bloom, então morando em Mullingar, condado de Westmeath, Irlanda central. A carta é para ele; o cartão para a mãe, agradecendo o presente de aniversário no dia 15 de junho, uma linda caixa de bombons. Milly escreve: "Tudo está supimpa para mim no ramo da fotografia agora". Quando Mulligan nadava depois do café da manhã, um jovem amigo lhe disse que recebera um cartão de Bannon, em Westmeath: "Diz que achou uma coisinha linda por lá. Garota da foto, diz ele". A carta de Milly continua: "Vai ter um concerto no Greville Arms no sábado. Tem um estudante que vem aqui às vezes chamado Bannon os primos dele ou alguma coisa assim são figurões ele canta a música do Boylan [...] sobre aquelas meninas da praia". Em certo sentido, Blazes Boylan, o amante de Molly às quatro horas, representa para Bloom o mesmo que Buck Mulligan representa para Stephen — um alegre usurpador. Todas as peças de Joyce se encaixam: Molly, Bannon, Mulligan, Boylan. Vocês desfrutarão de páginas maravilhosamente artísticas, uma das melhores passagens em toda a literatura, quando Bloom leva o café da manhã para Molly. Como Joyce escreve lindamente!

"— De quem era a carta? ele perguntou.

Letra segura. Marion.

— Ah, o Boylan, ela disse. Ele vem trazer o programa.

— O que é que você vai cantar?

— *La ci darem* com o J. C. Doyle, ela disse, e *A velha e doce canção do amor*.

Seus lábios cheios, bebendo, sorriram. Cheiro meio rançoso que o incenso deixa no dia seguinte. Como água de flor apodrecida.

— Quer que abra a janela um pouquinho?

Ela meteu uma fatia de pão dobrada na boca, perguntando:

— Que horas é o enterro?

— Às onze, eu acho, ele respondeu. Eu não vi o jornal.

Seguindo-lhe o dedo que apontava ele apanhou uma perna de suas calçolas sujas de cima da cama. Não? Então, uma liga cinza retorcida enlaçada em uma meia: amarrotada, sola brilhante.

— Não: aquele livro.

Outra meia. A anágua.

— Deve ter caído, ela disse.

Ele tateou aqui e ali. *Voglio e non vorrei*. Fico imaginando se ela pronuncia isso direito: *voglio*. Na cama não. Deve ter escorregado pra baixo. Ele se abaixou e ergueu a sanefa. O livro, caído, estatelado contra o bojo do penico meandralaranjado.

— Deixa ver, ela disse. Eu deixei marcado. Tem uma palavra que eu queria te perguntar.

Ela engoliu um gole de chá da xícara segura pela nãoasa e, depois de limpar prontamente no cobertor as pontas dos dedos, começou a procurar no texto com o grampo até chegar à palavra.

— Mete em quê? ele perguntou.

— Aqui, ela disse. O que é que isso quer dizer?

Ele se inclinou para baixo e leu junto a seu polegar de unha pintada.

— Metempsicose?

— É. Como é que ela chama pros íntimos?

— Metempsicose, ele disse, cerrando o cenho. É grego: vem do grego. Quer dizer transmigração das almas.

— Com a breca! ela disse. Fala em língua de gente.

Ele sorriu, espiando de esguelha o olho irônico dela. Os mesmos olhos jovens. A primeira noite depois das charadas. Dolphin's Barn. Ele virou as páginas sujas. *Ruby: o orgulho do picadeiro*. Olá. Ilustração. Italiano feroz com um rebenque. Deve ser Ruby o orgulho do nua ali no chão. Lençol cortesia da casa. *O monstro Maffei desistiu e arremessou de si sua vítima com uma imprecação.* Crueldade por trás disso tudo. Animais dopados. O trapézio no Hengler. Tive que olhar pro outro lado. Turba boquiaberta. Arrebente o pescoço que a gente arrebenta de rir. Famílias inteiras. Desossados desde jovens pra se metempsicosarem. Que a gente vive depois da morte. A nossa alma. Que a alma do homem depois que ele morre. A alma do Dignam [...].

— Você já terminou esse aqui?

— Já, ela disse. Não tem nenhuma senvergonhice. Ela está apaixonada pelo primeiro sujeito desde o começo?

— Não li. Quer outro?

— Quero. Pega outro do Paul de Kock. Nome bonito que ele tem.*

Ela pôs mais chá na xícara, observando seu fluxo inclinada.

Preciso renovar aquele livro da biblioteca da Capel Street ou eles vão escrever pro Kearney, o meu fiador. Reencarnação: é essa a palavra.

— Tem gente que acredita, ele disse, que a gente continua vivendo em outro corpo depois da morte, que a gente já viveu antes. Eles chamam isso de reencarnação. Que todo mundo já viveu na terra milhares de anos atrás ou em algum outro planeta. Eles dizem que a gente esqueceu. Tem gente que diz que lembra das vidas passadas.

O leite estagnado tecia espirais talhadas por todo o chá dela. Melhor lembrá-la da palavra: metempsicose. Um exemplo é que ia ser melhor. Um exemplo.

O *Banho da ninfa* sobre a cama. Distribuído de brinde com o número de páscoa da *Photo Bits*: esplêndida obra-prima em bela paleta de cores. Chá antes de você colocar o leite. Não muito diferente dela com o cabelo solto: mais esbelta. Três e seis eu paguei na moldura. Ela disse que ia ficar bonito em cima da cama. Ninfas nuas: Grécia: e por exemplo todo mundo que viveu naquela época.

Ele voltou as páginas.

— Metempsicose, ele disse, é como os gregos chamavam antigamente. Eles acreditavam que você podia virar um bicho ou uma árvore, por exemplo. O que eles chamavam de ninfas, por exemplo.

---

* Jogo de palavras com "cock", que em inglês tem o significado vulgar de pênis. (N.T.)

A colher dela parou de mexer o açúcar. Encarava direto em frente, inalando pelas narinas arqueadas.

— Tem um cheiro de queimado, ela disse. Você deixou alguma coisa no fogo?

— O rim! ele gritou de repente."

Igualmente artístico é o fim do capítulo, quando Bloom sai pela porta dos fundos que dá para o jardim a fim de ir à privada. O chapéu fornece o vínculo para algumas reflexões. Ele ouve mentalmente o sino da barbearia de Drago (que, entretanto, fica na Dawson Street, bem longe na direção sul) — e mentalmente vê Boylan, com a cabeleira castanha reluzente e bem escovada, saindo de lá após tê-la lavado. Isso sugere a Bloom uma visita aos banhos da Taro Street, embora ele termine indo aos da Leinster Street.

Na cena belamente descrita que se passa na privada, Bloom lê em uma revista o conto "Matcham's Masterstroke", cujos ecos reverberarão aqui e ali ao longo de todo o livro. Bloom tem mesmo um quê de artista, como se vê na dança das horas que ele imagina em seu cálido assento. "Horas do entardecer, meninas de gaze cinza. Horas da noite daí pretas com adagas e meiasmáscaras. Ideia poética rosa, daí dourado, daí cinza, daí preto. E ainda é verossímil também. Dia, daí a noite.

Ele rasgou metade da estória especial bruscamente e se limpou com ela. Então prendeu a calça, abotoou-se e prendeu os suspensórios. Puxou a sacolejante porta balouçante da privada e surgiu das trevas para o ar.

Na luz clara, de corpo mais leve e mais fresco, ele examinou com cuidado a calça preta, a barra, o joelho, o jarrete do joelho. Que horas é o enterro? Melhor descobrir no jornal."

O relógio dá um quarto para as nove. Dignam será enterrado às onze.

Segunda parte, capítulo 2

TEMPO: Entre dez e onze da manhã de 16 de junho.

LUGAR: Várias ruas ao sul do Liffey, o rio que corta Dublin de oeste para leste.

PERSONAGENS: Bloom; um conhecido, M'Coy, que o para na rua e pede que ele registre seu nome como tendo comparecido ao funeral de Dignam, pois estará ausente devido a "um caso de afogamento em Sandycove que pode aparecer e aí o legista e eu temos que ir até lá se o corpo for encontrado". A mulher de M'Coy é cantora, porém não tão boa quanto Marion Bloom. No fim do capítulo, outro personagem fala com Bloom na rua: Bantam Lyons, que comentarei adiante em conexão com o tema da corrida de Ascot.

AÇÃO E ESTILO: Bloom é visto de início no cais sir John Rogerson, que se estende ao sul do Liffey e que ele alcançou a pé vindo de sua casa na Eccles Street, a 1,6 quilômetro a noroeste do rio. No caminho, comprou um matutino, o *Freeman*. O fluxo de consciência é o principal recurso nesse capítulo. Do cais, Bloom caminha para o sul em direção à agência dos correios, transferindo o cartão de visita da tira de couro do chapéu para o bolso do colete. Partindo da janela da Oriental Tea Company, seus pensamentos flutuam para um mundo de fragrâncias e flores. Nos correios o espera uma carta da desconhecida Martha Clifford, que nunca encontraremos. Enquanto Bloom fala na rua com M'Coy, seu olhar inquieto enxerga uma mulher que se prepara para subir em uma carruagem. "Olha lá! Olha lá! Seda relance rica meia branca. Olha lá!" Os tornozelos eram vistos com menos frequência em 1904 do que hoje. Mas um pesado e chacoalhante bonde se interpõe entre o olho atento de Bloom e a senhora. "Perdi. Maldito carachata barulhento. Parece que me isolaram. Morrer na praia. Anda sempre assim. Bem na hora. A moça no corredor na Eustace Street. Segunda-feira acho que foi ajeitando a liga. A amiga cobrindo a exibição da. *Esprit de corps*. Então, está olhando o quê aí de boca aberta?"

Descendo agora a Cumberland Street, Bloom lê a carta de Martha. Sua vulgaridade sentimental lhe afeta os sentidos, e seus pensamentos buscam satisfações amenas. Ele passa sob um viaduto ferroviário. A imagem dos barris de cerveja, o principal item de exportação de Dublin, é sugerida pelo trovejar do trem acima de sua cabeça, assim como o mar sugeriu barris de cerveja preta a Stephen ao caminhar pela praia. "Em taças de rochas derrama: derruba, derrama, derrega; saltava em barris. E, acabado, cessa sua fala. Flui rumorejando, ancho fluindo, espumempoça flutuante, flor desabrochando." Isso se aproxima muito da visão de Bloom da cerveja correndo: "Um trem que entrava estrondou pesado sobre sua cabeça, vagão por vagão. Barris se batiam em sua cabeça: a cerveja fosca jorrava agitada ali dentro. Saltaram as esquiças e imensa maré fosca vazou, fluindo junta, serpeando por baixios de lama sobre toda a terra chã, preguiçoso rodamoinho empoçado de bebida portando consigo flores folhamplas de sua espuma". Trata-se de outra sincronização. Cumpre notar que esse capítulo termina com a palavra *flor*, em um parágrafo sobre Bloom no banho, que guarda certa relação com a visualização de Stephen do homem afogado. Bloom prevê: "Viu seu tronco e seus membros marolondulados sustentados. Boiando leves para cima, amarelimão: seu umbigo, botão de carne: e viu os negros cachos emaranhados de seu tufo flutuando, flutuantes pelos do caudal em torno do murcho pai de milhares, uma lânguida flor flutuante". E o capítulo se encerra com a palavra *flor*.

Continuando a descer a Cumberland Street depois de ler a carta de Martha, Bloom entra por um momento em uma igreja católica. Seus pensamentos continuam a fluir. Minutos depois, por volta das dez e quinze, caminha pela Westland Row até uma farmácia a fim de encomendar certa loção para as mãos usada por sua mulher. Óleo de amêndoa doce e tintura de benjoim, além de água de flor de laranjeira. Compra um sabonete e diz que volta depois para pegar a loção, porém se esquece de fazê-lo. O sabonete, contudo, será um personagem importante na história.

Neste ponto desejo analisar dois temas do capítulo — o sabonete e a Ascot Gold Cup. O sabonete é da firma Barrington, com aroma de limão-doce e custa 4 *pennies*. Depois do banho de Bloom e a caminho do funeral na carruagem, o sabão está guardado no bolso de trás das calças. "Eu estou sentado em alguma coisa dura. Ah, aquele sabonete no bolso de trás. Melhor mudar ele dali. Espere uma oportunidade." Isso ocorre quando chegam ao cemitério de Prospect. Ele sai e só então transfere o sabonete, grudado em papel, do bolso de trás para o bolso interno, onde guarda o lenço. Na redação do jornal, depois do enterro, pega o lenço, e aqui o tema do aroma de limão se mistura com a carta de Martha e a infidelidade de sua mulher. Depois, no início da tarde, perto da biblioteca e do museu na Kildare Street, Bloom vê de relance Blazes Boylan. Por que o museu? Bem, Bloom tinha decidido, por pura curiosidade, investigar os detalhes anatômicos de deusas de mármore. "Chapéu de palha à luz do sol. Sapato marrom. Barra italiana. É sim. É sim.

Seu coração latejou mole. À direita. Museu. Deusas. Desviou para a direita.

Será. Quase certo. Não vou olhar. Vinho no rosto. Por que foi que eu? Muito tonto. É, é sim. O jeito de andar. Não veja. Continue.

Dirigindo-se ao portão do museu com longos passos volantes ele ergueu os olhos. Prédio elegante. Sir Thomas Deane projetou. Não está me seguindo?

Não me viu quem sabe. Luz nos olhos.

O trêmolo de sua respiração vinha à tona em suspiros curtos. Rápido. Estátuas frias: calmo lá. A salvo rapidinho.

Não, não me viu. Passa das duas. Bem no portão.

Meu coração!

Seus olhos pulsantes olhavam fixamente para as curvas de pedra creme. Sir Thomas Deane era a arquitetura grega.

Procurar alguma coisa que eu.

Sua mão apressada entrou rápida em um bolso, tirou, leu desdobrado Agendath Netaim. Onde será que eu?

Ocupado procurando.

Meteu de volta logo. Agendath.

De tarde ela disse.

Eu estou procurando aquilo. Isso, aquilo. Tente em todos os bolsos. Lenç. *Freeman*. Onde foi que eu? Ah, sim. Calça. Carteira. Batata. Onde será que eu?

Pressa. Ande devagar. Momentinho mais. Meu coração.

Sua mão à procura do onde será que eu pus achou no bolso do quadril sabonete loção tenho que ir lá buscar papel tépido grudado. Ah, sabonete aqui! Isso. Portão.

A salvo!"

Às quatro horas da tarde, o sabonete está pegajoso em seu bolso, e mais tarde, no tremendo misto de pesadelo e comédia que se passa à meia-noite na casa de má fama, surge um sabonete de limão novo e limpo irradiando luz e perfume, uma lua perfumada em um anúncio que adquire vida celestial, e o sabonete na verdade canta enquanto ruma para seu paraíso publicitário.

Eu e o Bloom somos um belo par;
Ele ilumina a terra e eu limpo o ar.

A apoteose do tema do sabonete pode ser vista como correspondendo a um *sabonete errante*: ele é finalmente usado por Bloom em casa para lavar as mãos sujas. "Tendo acomodado a chaleira meiocheia nas brasas já ardentes, por que ele retornou à torneira indacorrente?

Para lavar as conspurcadas mãos com um tablete parcialmente consumido do sabão aromalimão de Barrington, ao qual ainda aderia algum papel (comprado treze horas antes disso por 4 *pence* e ainda por pagar), na fresca água fria sempremutável e nuncamutável e secá-los, rosto e mãos, em um longo pano de juta com bordas vermelhas passado por sobre um rolo rolante de madeira."

No final do capítulo 2 da segunda parte, o releitor descobrirá com surpresa a razão de ser de um tema que está presente ao longo de todo o livro — a corrida de cavalos chamada Ascot Gold Cup, que terá lugar às três horas da tarde de 16 de junho de 1904 no Ascot Heath, em Berkshire, Inglaterra. O resultado da corrida chega a Dublin uma hora depois, às quatro. Essa corrida realmente ocorreu com os cavalos mencionados no livro. Numerosos dublinenses estão apostando nos quatro concorrentes: Maximum Segundo, um cavalo francês e vencedor no ano anterior; Zinfanel, favorito depois de sua exibição na Coronation Cup em Epsom; Sceptre, que é a escolha do editor de esportes Lenehan; e por fim Jogafora, o azarão.

Vejamos agora a evolução do tema no curso do livro. Como disse, ele começa ao final do segundo capítulo de Bloom: "Em sua axila, a voz e mão do Garnizé Lyons disseram:

— Oi, Bloom, o que é que você me conta? Esse é de hoje? Deixa ver um minutinho.

Raspou o bigode de novo, cacilda! Lábio comprido e frio o de cima. Pra parecer mais novo. Ficou foi com cara de doido. Mais novo que eu.

Os dedos amarelos de unhas pretas do Garnizé Lyons desenrolaram o bastão. Precisa se lavar também. Tirar a sujeira mais grossa. Olá, freguesa, tem usado o sabonete Pear? Caspa pelos ombros. O couro cabeludo precisa de uma loção.

— Quero dar uma olhadinha naquele cavalo francês que corre hoje, o Garnizé Lyons disse. Cadê o desgraçado?

Ele farfalhava as páginas plissadas, espichando o queixo no colarinho alto. Comichão de barbeiro. Colarinho apertado vai perder cabelo. Melhor deixar o jornal com ele pra largar do meu pé.

— Pode ficar, o sr. Bloom disse.

— Ascot. Taça de ouro. Espera, o Garnizé Lyons balbuciou. Só um segundinho. Máximo Seg.

— Eu estava justamente indo jogar fora, o sr. Bloom disse.

O Garnizé Lyons levantou os olhos de repente e lançou um olhar fraco.

— Como é que é? sua voz aguda disse.

— Eu disse que você pode ficar com o jornal, o sr. Bloom respondeu.
— Eu estava indo jogar fora naquela horinha mesmo.

O Garnizé Lyons duvidou por um instante, olhando: depois empurrou as folhas esparramadas de volta aos braços do sr. Bloom.

— Vou arriscar, ele disse. Toma, obrigado.

Saiu apressado na direção da esquina do Conway. Vai com Deus, patureba".

Além da bela exibição da técnica do fluxo de pensamento, o que deveríamos enfatizar nessa passagem? Dois fatos: 1) que Bloom não tem o menor interesse naquela corrida (e talvez nem conhecimento dela); e 2) que Bantam Lyons, um mero conhecido, se equivoca ao achar que o comentário de Bloom é uma recomendação para jogar no cavalo Jogafora [*Throwaway*].* Além de não se importar com a Ascot Gold Cup,

---

* Joyce faz aqui um trocadilho: *Throwaway* significa "descartável" e *throw away* significa "jogar fora". (N.T.)

Bloom permanece serenamente inconsciente de que sua observação foi mal interpretada como um palpite.

Voltemos à evolução do tema. A edição sobre turfe do *Freeman* sai ao meio-dia, e o editor de esportes, Lenehan, escolhe Sceptre, um palpite que Bloom ouve na redação do jornal. Às duas, Bloom está de pé diante de um balcão comendo alguma coisa junto a um sujeito muito obtuso, Nosey Flynn, que fala sobre o páreo. "O sr. Bloom, mascando de pé, assistia a seu suspiro. Cheirão chapetão. Falo daquele cavalo que o Leneham? Ele sabe já. Melhor deixar ele esquecer. Vai lá perder mais. O tolo e o seu dinheiro. Gotinha de orvalho descendo de novo. Deve ter um nariz frio pra beijar uma mulher. Ainda assim vai que elas gostam. Barba pinicando elas gostam. O nariz frio dos cachorros. A velha sra. Riordan com o skye terrier de barriga roncando no hotel City Arms. Ganhando carinho no colo da Molly. Ah, o cachorrãozãozão-auauauauau!

Vinho molhava e amaciado rolava miolo de pão mostarda um átimo insípido queijo. É um bom vinho. Estou sentindo melhor o gosto porque não estou com sede. O banho é claro faz isso. Uma mordida só ou duas. Daí lá pelas seis eu posso. Seis, seis. O tempo já vai ter passado daí. Ela..."

Chegando ao bar após a partida de Bloom, Bantam Lyons sugere a Flynn que tem um bom palpite e vai apostar 5 libras, mas não menciona Jogafora, dizendo apenas que foi Bloom quem lhe deu a indicação. Quando o editor de esportes Lenehan entra em uma loja de apostas para saber qual a cotação inicial de Sceptre, lá encontra Lyons e o dissuade de apostar em Jogafora. No grande capítulo que se passa no hotel Ormond por volta das quatro da tarde, Lenehan diz a Blazes Boylan estar seguro de que Sceptre vai ganhar em um galope ligeiro, e Boylan, a caminho do encontro com Molly Bloom, admite que fez uma fezinha como presente para uma amiga (Molly). O telegrama com o resultado está para chegar a qualquer momento. No capítulo do bar Kiernan, o editor de esportes Lenehan entra no estabelecimento e anuncia com voz triste que Jogafora ganhou "pagando vinte pra um. Um tremendo azarão... Fraqueza, teu nome é *Cetro*". Vejam agora como, por obra do destino, tudo isso afeta Bloom, que não tem o mínimo interesse na Gold Cup.

Bloom deixa o bar Kiernan para ir ao Tribunal de Justiça em uma missão de boa vontade (referente ao seguro de vida de Pat Dignam, o amigo recém-falecido), e Lenehan, no bar, comenta:

"— Eu sei aonde ele foi, o Leneham falou, estalando os dedos.

— Quem? eu falei.

— O Bloom, ele falou, o negócio do tribunal é fachada. Ele botou umas moedas no Jogafora e foi recolher os shekels.

— Aquele cafre de olho branco? o cidadão falou, que nunca apostou em um cavalo só de raiva.

— É pra lá que ele foi, o Leneham falou. Eu encontrei o Garnizé Lyons indo apostar naquele cavalo só que eu fiz ele desistir e ele me disse que o Bloom que deu a dica. Eu aposto o que vocês quiserem que ele levou 100 xelins para 5 com essa. Ele é o único sujeito de Dublin que se deu bem. Um azarão.

— Ele é que é um merda de um azarão, o Joe falou."

O *eu* no capítulo passado no bar Kiernan é um narrador anônimo, um bêbado estúpido e confuso com instintos assassinos. Irritado com os modos gentis e a sabedoria de Bloom, esse narrador anônimo está agora enfurecido com a suspeita de que um judeu ganhou 100 xelins a cada 5 por apostas no azarão Jogafora. O narrador anônimo vê com prazer a balbúrdia que se segue quando um indivíduo agressivo (o assim chamado cidadão do capítulo) joga uma lata de biscoitos em Bloom.

O resultado da corrida aparece mais tarde no *Evening Telegraph* que Bloom lê no abrigo dos cocheiros ao fim de seu longo dia. Ali há também um relato do funeral de Dignam e a carta de Deasy — um jornal resumindo os acontecimentos do dia. Por fim, no penúltimo capítulo do livro, quando Bloom chega em casa, notamos duas coisas: 1) ele encontra, na bancada do aparador da cozinha, quatro pedaços de dois boletos vermelhos de apostas que Blazes Boylan, em um acesso brusco de raiva, rasgara durante a visita a Molly ao saber que Sceptre não ganhara; e 2) Bloom reflete com satisfação que nada arriscara, não ficara desapontado e também não incentivara Flynn, na hora do almoço, a apostar em Sceptre, a escolha de Lenehan.

✳

Nesse ponto, entre os capítulos 2 e 3 da segunda parte, eu gostaria de dizer algumas palavras sobre o caráter de Bloom. Uma de suas características principais é a bondade com relação aos animais, a bondade com relação aos fracos. Embora tenha comido com satisfação o órgão de um animal no café da manhã, o rim do porco, e sinta bastante fome ao pensar em um prato de sangue adocicado e fumegante, malgrado esses gostos algo grosseiros ele abriga uma compaixão intensa pelos animais maltratados ou feridos pelos homens. Pode-se notar esse tipo de atitude benevolente no café da manhã em relação à gatinha preta: "O sr. Bloom observava curioso, carinhoso, a maleável forma preta. Limpo de se ver: o brilho da pelagem luzidia, o tufo branco embaixo do rabo, os olhos verdes lampejantes. Ele se curvou até ela, de mãos nos joelhos.

— Leite pra gatinha, ele disse.

— Mrqnhao! a gata gritou".

Igualmente o carinho com os cachorros, quando, por exemplo, ele se recorda a caminho do cemitério do cão de seu falecido pai, Athos: "Coitado do Athos! Seja bom com Athos, Leopold, é o meu último desejo". E a imagem de Athos na mente de Bloom é a de: "Bicho quieto. Os cachorros dos velhos normalmente são". Em termos de valores artísticos e humanos, seu relacionamento com os animais compete com a simpatia de Stephen pelos cachorros, como na cena da praia de Sandymount. Bloom sente uma pontada de dor e ternura quando, após seu encontro com M'Coy e perto do abrigo dos cocheiros, ele passou pelos pangarés fatigados que comiam nos embornais. "Ele se aproximou e ouviu um crocar de aveias douradas, os dentes tascando suaves. Seus olhos cheios cabríticos assistiam a sua passagem, por entre o doce fedor avenado do mijo de cavalo. O Eldorado deles. Papalvos coitadinhos! Não sabem e não ligam pra mais nada com o nariz comprido enfiado na cevadeira. Cheios demais para falar. Pelo menos eles ganham comida direitinho e pousada. Castrados além disso: um toco de gutapercha preta balançando murcho entre as ancas. Pode ser que eles continuem felizes desse jeito. Uns coitados de uns bichos bonzinhos eles parecem. Ainda assim o relincho deles consegue ser bem irritante". (O curioso interesse de Joyce pela bexiga é compartilhado por Bloom.) Em sua compaixão pelos animais, Bloom até mesmo alimenta as gaivotas, que eu pessoalmente considero aves maldosas com olhos de bêbado, havendo outros exemplos de generosidade para com os animais em todo o livro. Ao passar antes do almoço diante do Parlamento irlandês, ele vê um bando de pombos, e o tom de sua definição, "sua festinha depois das refeições", corresponde exatamente ao das elucubrações de Stephen na praia: "Os prazeres simples dos pobres" (uma distorção irônica da obra de Thomas Gray *Elegy Written in a Country Churchyard*, 1751), quando um cachorro, ao ser chamado, levanta a pata traseira e "urinou rápido em uma pedra não cheirada".

Segunda parte, capítulo 3

ESTILO: Joyce lúcido e lógico, com os pensamentos de Bloom sendo facilmente seguidos pelo leitor.

TEMPO: Logo depois das onze.

LUGAR: Bloom pegou um bonde na casa de banhos da Leinster Street para ir à residência de Dignam no número 9 da Serpentine Avenue, a sudeste do Liffey, de onde sairá o cortejo fúnebre. Em vez de seguir imediatamente na direção oeste para o centro de Dublin e depois noroeste para o cemitério de Prospect, o cortejo atravessa a Irishtown e faz uma curva para nordeste e depois outra para oeste. Trata-se de um velho costume levar o corpo de Dignam inicialmente através da Irishtown, subindo a Tritonville Road ao norte da Serpentine Avenue, e só depois tomar o rumo oeste seguindo pela Ringsend Road e New Brunswick Street, para então cruzar o rio Liffey, virar na direção noroeste e chegar ao cemitério.

PERSONAGENS: Cerca de uma dúzia de pessoas, entre as quais, no banco de trás de uma carruagem para quatro passageiros, Martin Cunningham, um homem bom e gentil, ao lado de Power, que irrefletidamente fala de suicídio na presença de Bloom; sentados à frente deles estão o próprio Bloom e Simon Dedalus, pai de Stephen, um indivíduo espirituoso, feroz, excêntrico e inteligente ao extremo.

AÇÃO: A ação nesse capítulo é muito simples e fácil de seguir. Prefiro discuti-la do ponto de vista de certos temas.

O pai de Bloom, judeu húngaro (cujo suicídio é mencionado nesse capítulo), casou-se com uma moça irlandesa, Ellen Higgins, uma protestante de ascendência húngara e cristã por parte de pai. Por isso, Bloom foi batizado como protestante e só depois se converteu ao catolicismo a fim de se casar com Marion Tweedy, igualmente de ascendência húngara e irlandesa. Entre os antepassados de Bloom há também um soldado austríaco louro. Malgrado tais complicações, Bloom se considera judeu, e o antissemitismo é uma sombra que paira constantemente sobre ele ao longo do livro. Ele está sempre ameaçado de ser insultado e ferido, até mesmo por pessoas de outra forma respeitáveis, sendo visto como um estranho no ninho. Pesquisando o assunto, descobri que em 1904, quando tem lugar nosso dia em Dublin, o número de judeus que viviam na Irlanda montava a 4 mil em uma população total de 4,5 milhões de habitantes. O preconceito raivoso ou convencional está presente na maioria das pessoas que Bloom encontra no curso de seu perigoso dia. Na carruagem que segue para o cemitério, Simon Dedalus ridiculariza abertamente Reuben J. Dodd, um agiota judeu cujo filho quase se afogou. Bloom se esforça para ser o primeiro a contar a história a fim de exercer algum controle e evitar alusões injuriosas. O tema da perseguição racial nunca abandona Bloom: até mesmo Stephen Dedalus, no penúltimo capítulo, o ofende rudemente com uma canção em que é parodiada a balada do século 16 sobre o jovem São Hugo de Lincoln, que teria sido crucificado por judeus no século 12.

A sincronização é um recurso, e não um tema. Ao longo do livro, as pessoas esbarram umas nas outras — os caminhos se cruzam, divergem, voltam a se cruzar. Saindo da Tritonville Road para a Ringsend Road, os quatro homens na carruagem ultrapassam Stephen Dedalus, o filho de Simon, que vai a pé de Sandycove para a redação do jornal, percorrendo a maior parte do caminho tomado pelo cortejo fúnebre. Depois, na Brunswick Street, não longe do Liffey, justamente enquanto Bloom reflete sobre aonde Boylan irá naquela tarde, Cunningham vê Boylan na rua, o qual recebe os cumprimentos dos companheiros de Bloom na carruagem.

No entanto, o homem da capa de chuva marrom é um tema. Entre os personagens incidentais do livro há um que merece o interesse especial do leitor joyciano, pois não preciso repetir que cada novo tipo de escritor desenvolve um novo tipo de leitor; todo gênio produz uma legião de jovens que sofrem de insônia. A figura incidental mas muito importante que tenho em mente é o homem da capa de chuva marrom, mencionado de um modo ou de outro onze vezes no livro sem que se conheça seu nome. Tanto quanto eu saiba, os críticos não entenderam sua identidade. Vejamos se seremos capazes de identificá-lo. Ele é visto pela primeira vez no enterro de Paddy Dignam; ninguém sabe de quem se trata, seu aparecimento é repentino e inesperado, e durante aquele longo dia o sr. Bloom regressará em pensamento a esse pequeno mas irritante mistério — quem era o homem da capa de chuva marrom? Ele surge no cemitério da seguinte forma. Bloom está pensando sobre o falecido Dignam enquanto os coveiros trazem o caixão até a beira da sepultura e passam as tiras para baixá-lo à cova. "Enterrando. [...] Ele não sabe quem está aqui e nem dá a mínima." Nesse ponto, Bloom passa os olhos ao redor para ver quem está lá e tem sua atenção atraída ao deparar com uma pessoa que não conhecia. O fluxo de pensamento toma novo rumo. "Agora quem é aquele indivíduo caresquálida ali com uma capa mackintosh? Mas quem é ele que eu quero saber? Mas eu dava um prêmio pra quem me dissesse. Sempre aparece alguém que você nem imaginava." Esse pensamento se dispersa, e ele começa a contar o pequeno número de pessoas presentes ao enterro. "O senhor Bloom mantinha-se bem para trás, chapéu na mão, contando as cabeças expostas. Doze. Eu sou o treze. Não. O camarada da mackintosh é o treze. Número da morte. De onde ele foi me aparecer, diacho? Que ele não estava na capela eu sou capaz de jurar. Superstição boba essa do treze." Sua mente enivereda por outros caminhos.

Então, quem é o sujeito alto e magro que parece ter surgido do nada no instante mesmo em que o caixão de Patrick Dignam desce à sepultura? Prossigamos na investigação. No final da cerimônia, Joe Hynes, o repórter que está anotando os nomes dos presentes, pergunta a Bloom: "Mas me conte, Hynes disse, você conhece aquele sujeito com a, sujeito que estava ali com a...". Mas nesse momento repara que o sujeito desapareceu e a frase fica inconclusa. O que falta, sem dúvida, é a menção à *capa de chuva*. Hynes recomeça: "O sujeito lá com a...". Mais uma vez não termina e olha em torno. Bloom fornece o fim da frase: "Mackintosh. É, eu vi [...] Cadê ele agora?". Hynes não entende e pensa que o homem se chama Macintosh,* que ele anota (comparem isso com o tema do cavalo Jogafora). "M'Intosh, Hynes disse, rabiscando, eu não sei quem ele é. É esse o nome dele?" Hynes se afasta, olhando em volta a fim de verificar se lhe escapou alguém. "Não, o sr. Bloom começou, virando e se detendo. Escuta, Hynes!

Não ouviu. E daí? Pra onde foi que ele sumiu? Nem sinal. Bem justo o. Alguém aqui viu. Ficou invisível. Senhor meu, onde é que ele foi parar?" Nesse instante os pensamentos de Bloom são interrompidos quando um sétimo coveiro chega a seu lado para pegar uma pá.

Na última seção do capítulo 7 da segunda parte, dedicado à sincronização das várias pessoas nas ruas de Dublin por volta das três horas da tarde, encontramos outra referência ao homem misterioso. O vice-rei e governador da Irlanda, a caminho da inauguração da feira de caridade Mirus em favor do hospital Mercer (é nesse local que, ao cair da noite, há uma exibição de fogos de artifício registrada no capítulo 10), passa com sua comitiva por um rapaz cego. Depois, "Na Lower Mount Street um pedestre com uma capa mackintosh marrom, comendo pão seco, passou ligeiro e intocado pelo caminho do vicerrei". Que novas pistas são acrescentadas aqui? Bem, o homem existe; afinal de contas, é um indivíduo vivo, é pobre, caminha com passos leves, de algum modo lembra Stephen Dedalus pelo ar desdenhoso e distante. Mas obviamente não se trata de Stephen. A Inglaterra e o vice-rei o deixam incólume — a Inglaterra não é capaz de incomodá-lo. Um ser vivo e ao mesmo tempo tão leve quanto um fantasma — afinal de contas, quem é ele?

A próxima menção surge no capítulo 9 da segunda parte, quando o gentil e bondoso Bloom é importunado no bar de Kiernan por um

---

* Ocorre aqui mais um jogo de palavras. O termo *macintosh* ou *mackintosh* designa hoje uma capa de chuva de tecido impermeável feito com borracha e inventado em 1824 por Charles Macintosh, cujo sobrenome não é incomum na Escócia. (N.T.)

indivíduo agressivo, o cidadão anônimo, e o horrível cachorro que pertence ao avô de Gerty. O judeu Bloom, em um tom muito grave e delicado (que em outras partes do livro o ergue acima de seu nível físico), diz: "'E eu também pertenço a uma raça', o Bloom falou, 'que é odiada e perseguida. Ainda hoje. Agora mesmo. Neste mesmo instante'". O cidadão zomba dele:

"— Por acaso você está falando da nova Jerusalém? o cidadão falou.

— Eu estou falando de injustiça, o Bloom falou [...]

— Mas não adianta, ele falou. Força, ódio, história, isso tudo. Isso não é vida pros homens e mulheres, ódio e xingamento. E todo mundo sabe que é exatamente o contrário disso que é a vida de verdade."

O que é isso, pergunta Alf, que serve no balcão. "Amor, o Bloom falou." Incidentalmente, esse é o eixo central da filosofia de Tolstói — a vida humana e o amor divino. As mentes mais simples no bar entendem por amor algo sexual. No entanto, em meio a várias afirmações: "O guarda 14A ama Mary Kelly. Gerty McDowell ama o menino que tem uma bicicleta. [...] Sua Majestade o Rei ama Sua Majestade a Rainha" etc., nosso homem misterioso reaparece por um momento. "O homem da capa mackintosh marrom ama uma mulher que está morta." Reparem que aqui ele é posto em forte contraste com o policial e até mesmo com "o velho sr. Verschoyle da corneta acústica [que] ama a velha sra. Verschoyle do olho zarolho". Um quê poético foi acrescentado ao homem misterioso. Mas quem é ele, que aparece em pontos cruciais do livro: a morte, a opressão, a perseguição, a vida, o amor?

No capítulo 10, ao final da cena de masturbação na praia e durante os fogos de artifício na feira de caridade, Bloom se recorda por instantes do homem da capa de chuva marrom que viu junto ao túmulo; e, no capítulo 11, pouco antes das onze horas, quando fecha o bar situado entre uma maternidade e uma casa de má fama, o homem misterioso é visto de relance em meio ao nevoeiro mental causado pelo álcool. "Credo em cruz, que diabo que é aquele sujeito com a capa mequintoche? Dusty Rhodes. Olha as indumentas do tipo. Pelo amor! Quê que ele tem? O que a Luzia ganhou atrás da horta. Brodo, do Jaime. Tá mais é precisado. Sabe o senmeia? Sujeitinho rampeiro lá na malucolândia?

Dvérach! Achava que ele tinha era um depósito de chumbo no pênis. Bissoluta locura. Bartle Pão, ele, a gente que diz. Aquele, senhor, foi outrora próspero cidadão. Um homem maltrapilho, sem eira nem beira, que casou com uma donzela, que o mundo já esquecera. Bateu as botas, ela. Ei-la-li o amor perdido. Mackintosh ambulante do cânion solitário. Vira e engole. Olha a agenda. Olho nos polícia. Como? Viu ele hoje num enreto? Amigo seu esticou as canelas?" A passagem, bem como toda a última cena do capítulo, é desnecessariamente obscura, porém há claras referências ao homem tomando com avidez uma sopa de Bovril, a seus sapatos cobertos de pó, às meias rasgadas e a um amor fracassado.

Um homem com uma capa de chuva marrom desponta na cena do bordel, capítulo 12, em meio a um exagero grotesco de pensamentos fragmentários que circulam pela mente de Bloom, pensamentos esparsos atuando no palco mal iluminado de uma comédia de pesadelo. Esse capítulo não deve ser levado a sério, como também não devemos levar a sério a breve visão do homem da capa de chuva marrom que o denuncia como filho de uma mãe cristã: "Não acreditem em uma só palavra do que ele diz. Esse homem é Leopold M'Intosh, o notório incendiário. Seu verdadeiro nome é Higgins". A mãe de Bloom, que se casou com Rudolph Virag, de Szombathely, Viena, Budapeste, Milão, Londres e Dublin, recebeu ao nascer o nome de Ellen Higgins, segunda filha de Julius Higgins (nascido Karoly — húngaro) e Fanny Higgins, nascida Hegarty. No mesmo pesadelo, o avô de Bloom, Lipoti (Leopold) Virag, aparece vestindo diversos casacos sobre os quais usa uma capa de chuva marrom obviamente tomada por empréstimo do homem misterioso. Quando, depois da meia-noite, Bloom pede café para Stephen em um abrigo de cocheiros (capítulo 1 da terceira parte), ele pega um exemplar do *Evening Telegraph* e lê o relato do funeral de Patrick Dignam escrito pelo repórter Joe Hynes: da lista consta, em último lugar, o nome de M'Intosh. Por fim, no capítulo 2 dessa última parte, o qual é composto sob a forma de perguntas e respostas, lê-se o seguinte: "Que enigma autoenredado Bloom [ao se despir e recolher suas roupas], voluntariamente aprendendo, não compreendeu?

Quem era M'Intosh?".

Essa é a última vez que ouvimos falar do homem da capa de chuva marrom. Sabemos quem é ele? Acho que sim. A pista é dada no capítulo 4 da segunda parte, a cena na biblioteca. Stephen discute Shakespeare e afirma que o próprio autor está presente em suas obras. Shakespeare, ele diz com grande ênfase, "escondeu o seu próprio nome, um belo nome, William, nas peças, um faxineiro aqui, um palhaço ali, como um pintor da antiga Itália coloca o rosto em um canto escuro da tela", e isso é exatamente o que Joyce fez, pintando seu rosto em um canto escuro dessa tela. O homem da capa de chuva marrom, que circula ao longo do sonho do livro, é ninguém menos que o próprio autor. Bloom vê de relance seu criador!

Segunda parte, capítulo 4

TEMPO: Meio-dia.

LUGAR: Redações dos jornais *Freeman* e *Evening Telegraph*, na Coluna de Nelson, o centro da cidade ao norte do Liffey.

PERSONAGENS: Entre eles, Bloom, que foi cuidar da publicação de um anúncio de Alexander Keyes, uma loja de venda de bebidas ou um pub de alta classe. (Mais tarde, no capítulo 5, ele irá à Biblioteca Nacional a fim de obter o desenho das duas chaves cruzadas com a legenda "casa das chaves" que é o nome do parlamento de Manx — uma alusão à independência política da Irlanda.) Stephen vai à mesma redação com a carta de Deasy sobre a febre aftosa, porém Joyce não faz com que Bloom e Stephen se encontrem. No entanto, Bloom tem consciência da presença de Stephen; e outros cidadãos que voltaram do cemitério com Bloom, inclusive o pai de Stephen, são vistos de passagem no jornal. Entre os jornalistas está Lenehan, que propõe uma adivinhação: "Que ópera é casada com o arroz do castelo?". Resposta: A Rosa de Castela (Arroza de Castela).

ESTILO: As seções do capítulo recebem títulos cômicos em uma paródia das manchetes de jornal. O capítulo me parece mal equilibrado, com uma contribuição de Stephen pouco espirituosa. Ele pode ser lido sem maior atenção.

Segunda parte, capítulo 5

TEMPO: Depois de uma da tarde.

LUGAR: Ruas ao sul da Coluna de Nelson.

PERSONAGENS: Bloom e várias pessoas que ele encontra ao acaso.

AÇÃO: Saindo da Coluna de Nelson, Bloom caminha para o sul, na direção do rio. Um sujeito de ar lúgubre da Associação Cristã de Moços põe um panfleto, "Elias vem aí", "em uma mão que era do sr. Bloom". Por que essa construção estranha? Porque, para alguém que distribui panfletos, cada mão é apenas mais um objeto no qual se deve depositar alguma coisa: o fato de que a mão pertence ao sr. Bloom é irrelevante. "Conversas francas.

Blo... Eu? Não.

Bloco Jovem do Sangue do Cordeiro.

Lentos, seus pés caminhavam-no riorrumante, lente. Você está salvo? Todos são lavados pelo sangue do cordeiro. Deus quer vítima de sangue. Parto, hímen, mártir, guerra, pedra fundamental, sacrifício, holocausto de rim, altares dos druidas. Elias está chegando. Dr. John Alexander Dowie, restaurador da igreja no Sião, está chegando.

Está chegando! Está chegando!! Está chegando!!!

Todos são muito benvindos".

Em breve conheceremos o destino do panfleto, considerado *descartável*.

A caminho do almoço na cidade, Bloom passa por algumas pessoas. A irmã de Stephen está do lado de fora do estabelecimento do leiloeiro Dillon vendendo algumas coisas antigas. Stephen e suas quatro irmãs são órfãos de mãe e muito pobres, o que parece não importar ao pai, um velho egoísta. Bloom entra na ponte O'Connell e vê gaivotas voando em círculos. Ainda traz na mão o panfleto entregue pelo indivíduo da Associação Cristã de Moços anunciando que o evangelista dr. Dowie falará a respeito da vinda de Elias. Bloom agora o amassa até transformá-lo em uma bolinha, que joga da ponte para ver se as gaivotas vão pegá-la. "Elias trintedois pés p/seg. está vindo." (Bloom em uma tirada científica.) As gaivotas a ignoram.

Sigamos em breves traços a evolução do tema de Elias e do destino do panfleto ao longo de três capítulos. Ele caiu no rio Liffey e será importante para marcar a passagem do tempo. Iniciou sua viagem rumo a leste e ao oceano por volta da uma e meia. Uma hora depois, flutuando lentamente no Liffey, passou por baixo da ponte Loopline, dois quarteirões a leste do ponto de partida. "Um esquife, panfleto jogado fora, Elias está chegando, leve descia o Liffey, sob a ponte Loopline, voando pelas corredeiras onde a água batia em torno dos pierespontes, navegando para Leste por quilhas e correntes de âncoras, entre a velha doca da aduana e George's Quay." Após alguns minutos, "por North Wall e sir John Rogerson's Quay, com quilhas e correntes de âncoras, navegando rumo Oeste, navegava um esquife, panfleto jogado fora, agitado pela esteira do ferry, Elias está chegando". Por fim, pouco depois das três horas, chega à baía de Dublin: "Elias, esquife, leve panfleto jogado fora, navegava para leste por flancos de navios e pescadores com puçás, por entre um arquipélago de rolhas, além da New Wapping Street passando pelo ferry de Benson, e pela trimastro Rosevean, escuna de Bridgewater com tijolos". Mais ou menos ao mesmo tempo, o sr. Farrell, momentos antes de passar rente ao jovem cego, franze a testa "para o nome de Elias anunciado no Metropolitan Hall", onde o evangelista vai falar.

Em outro tema sincronizador, um cortejo de homens-sanduíche com aventais brancos se aproxima vagarosamente de Bloom nas cercanias da Westmoreland Street. Bloom está ruminando a iminente traição de Molly e ao mesmo tempo pensando em anúncios. Viu um cartaz em um mictório — "proibido pregar cartazes" — que algum engraçadinho havia modificado para "proibido pegar rapazes". Isso faz Bloom refletir apavorado: e se Boylan tiver gonorreia? Aqueles homens-sanduíche que fazem propaganda da loja de materiais de escritório Wisdom Hely também vão atravessar o livro. Na mente de Bloom, estão associados a seu passado feliz quando trabalhava na Hely durante os primeiros anos de casado.

No mesmo capítulo 5, Bloom, a caminho do almoço, encontra-se com uma antiga namorada, que então se chamava Josephine Powell e é agora a sra. Denis Breen. Ela lhe diz que algum piadista anônimo mandou para seu marido um cartão-postal gozador com a mensagem "R.I.P.". Bloom muda de assunto e pergunta à sra. Breen se tem visto a sra. Beaufoy. Ela o corrige, você quer dizer Purefoy, Mina Purefoy. O lapso verbal se deve a Bloom haver misturado o nome de Purefoy com o de Philip Beaufoy, o sobrenome pseudoelegante do sujeito que escreveu o delicioso "Matcham's Masterstroke" [O golpe de mestre de Matcham] nas páginas de *Titbits* [Petiscos] que ele levou para a latrina depois do café da manhã. Ao falar com a sra. Breen, Bloom até se recorda de parte de uma passagem. A informação de que Mina Purefoy está em uma maternidade enfrentando um parto muito difícil sugere ao solidário Bloom uma visita ao hospital, o que ele faz oito horas depois, no capítulo 11, para saber como ela está. Uma coisa leva a outra nesse livro maravilhoso. E o encontro com Josephine Powell, agora a sra. Breen, provoca em Bloom uma série de reminiscências, o passado feliz quando conheceu Molly e o presente feio e amargo. Lembra-se de uma noite recente em que ele, Molly e Boylan caminhavam ao longo do rio Tolka, perto de Dublin. Ela cantarolava sem pronunciar nenhuma palavra. Talvez tenha sido então que seus dedos e os de Boylan se tocaram, e uma pergunta foi feita e respondida com um sim. A mudança em Molly, a mudança no amor dos dois, havia ocorrido dez anos antes, em 1894, depois da morte do filhinho com alguns dias de vida. Ele pensa em dar de presente a Molly uma alfineteira, quem sabe no seu aniversário, em 8 de setembro. "As mulheres não pegam alfinete do chão. Diz que rompe o am." O *or* em *amor* foi cortado para mostrar o que acontece. Mas ele não pode evitar seu caso com Boylan. "Inútil voltar. Tinha que ser. Diga tudinho."

Bloom entra no restaurante Burton, porém, como está apinhado de gente, muito barulhento e sujo, decide não comer lá. No entanto, como sempre cuidadoso para não ofender ninguém, nem mesmo o malcheiroso Burton, Bloom faz uma pequena encenação cortês. Ele "levantou dois dedos em dúvida aos lábios. Seus olhos disseram:

'Aqui não. Não estou vendo ele'".

Uma pessoa inventada, um pretexto para sair de lá, o maneirismo de um Bloom muito bondoso e muito vulnerável. Esse é um prenúncio de seus gestos no final do capítulo, quando dá de cara com Boylan e finge estar procurando alguma coisa nos bolsos de modo a parecer que não o viu. Por fim, come alguma coisa no pub de Byrne, na Duke Street — um sanduíche de gorgonzola e uma taça de borgonha — e lá conversa com Nosey Flynn, sendo a Gold Cup o assunto do dia. Saboreando o cintilante vinho, Bloom pensa no primeiro beijo que Molly lhe deu, nas samambaias agrestes da colina Howth, em uma baía ao norte de Dublin, nos rododendros e em seus lábios e seios.

Continua a andar, agora em direção ao Museu de Arte e à Biblioteca Nacional, onde deseja examinar certo anúncio em um velho exemplar do jornal *Kilkenny People*. "Na Duke Lane um terrier voraz vomitava um quimo doente e caroçudo no pavimento e o lambia com prazer renovado. Empanturrado. Voltou pra dizer oi depois de já ter digerido completamente o conteúdo. [...] O sr. Bloom cabotava desconfiado. Ruminantes. Seu segundo prato." Na mesma linha, o pobre Stephen vai regurgitar brilhantes teorias literárias na cena que se passa na biblioteca. Descendo a rua, Bloom pensa no passado e no presente, e se *teco* na ária de Don Giovanni significa "hoje à noite" (não significa isso, e sim "contigo"). "Podia comprar uma daquelas anáguas de seda pra Molly, da cor das ligas novas."* Mas a sombra de Boylan, das quatro horas quando faltam apenas duas, intervém. "Hoje. Hoje. Não pensar." Ele finge não ver Boylan passando.

Mais perto do fim do capítulo, vocês notarão a primeira aparição de um personagem menor que atravessará vários capítulos como um dos muitos agentes sincronizadores do livro; isto é, personagens ou coisas cuja mudança de lugar marca o fluxo do tempo ao longo daquele dia. "Um rapazote cego estava parado percutindo o meio-fio com sua bengala fina. Nenhum bonde à vista. Quer atravessar.

— Você quer atravessar? o sr. Bloom perguntou.

O rapazote cego não respondeu. Seu rosto parede cerrrou-se fraco. Movia incerto a cabeça.

— Você está na Dawson Street, o sr. Bloom disse. A Molesworth Street está do outro lado. Você quer atravessar? O caminho está livre.

---

* As ligas novas de Molly são cor de violeta, como ficamos sabendo durante a fantasia oriental de Bloom naquela manhã, quando foi comprar o rim para o café da manhã. (N.E.)

A bengala afastou-se trêmula para a esquerda. O olho do sr. Bloom seguiu sua linha e viu de novo a carroça da tinturaria estacionada na frente do Drago [o barbeiro]. Onde eu vi o cabelo brilhantinado dele [Boylan] bem quando eu estava. Cavalo cabisbaixo. Cocheiro no John Long's. Matando a sede.

— Tem uma carroça ali, o sr. Bloom disse, mas não está andando. Eu te levo pro outro lado. Você quer ir para a Molesworth Street?

— Quero, o rapaz cego respondeu. South Frederick Street. [*Na verdade ele ruma para a Clare Street.*]

— Vamos, o sr. Bloom disse.

Ele tocou delicado o cotovelo magro: e então pegou a inerte mão vidente para guiá-la adiante. [...]

— Obrigado, senhor.

Sabe que eu sou homem. Voz.

— Certo agora? Primeira à esquerda.

O rapazote cego percutiu o meiofio e seguiu seu caminho, recolhendo a bengala, tocando de novo."

Tendo de novo atravessado o Liffey através de outra ponte por volta da uma e meia, Bloom segue para o sul, encontra-se com a sra. Breen, e logo depois ambos veem o louco sr. Farrell, que passa por eles caminhando rapidamente. Depois de almoçar no pub de Byrne, Bloom continua a andar, agora na direção da Biblioteca Nacional. É ali, na Dawson Street, que ajuda o rapaz cego a atravessar a rua, o qual segue na direção leste rumo à Clare Street. Enquanto isso, Farrell, que tomou a Kildare Street e chegou à praça Merrion, deu meia-volta e passa raspando pelo rapaz cego. "Ao marchar pela fachada odontológica do sr. Bloom [*outro Bloom*] o balanço de sua capa esfregou-se rudemente, desviando-a, em uma exígua bengala que tateava e seguiu sua varredura, tendo esbofeteado um corpo raquítico. O rapazote cego virou seu rosto débil para a forma que desfilava.

— O diabo que te carregue, desgraçado, ele disse amargamente, seja quem for! É mais ruim das vista que eu, seu filho bastardo de uma puta!"

Assim, a loucura e a cegueira se encontram. Pouco depois, o vice-rei, vindo de carruagem para inaugurar a feira de caridade, "passou por um rapazote cego na frente da Broadbent's". Mais tarde ainda, o rapaz cego será visto tateando com sua bengala no caminho de volta rumo ao hotel Ormond, onde estivera afinando o piano e havia esquecido o diapasão. Por volta das quatro, vamos ouvir as pancadinhas da bengala que se aproximam ao longo do capítulo sobre o Ormond.

Segunda parte, capítulo 6

TEMPO: Por volta das duas horas.

LUGAR: Biblioteca Nacional.

PERSONAGENS: Stephen enviou a Buck Mulligan um telegrama dando a entender que lhe cederia a torre e, no meio-tempo, discute Shakespeare na biblioteca com alguns escritores e intelectuais que fazem parte do grupo denominado Irish Revival. Entre eles, Thomas Lyster (nome verdadeiro), aqui chamado de bibliotecário quacre porque usa um chapéu de abas largas a fim de esconder uma cabeçorra calva; nas sombras, George Russell, conhecido autor irlandês identificado pelo pseudônimo literário A. E., um homem alto e barbudo que vestia roupas feitas em casa e que Bloom viu de relance no capítulo anterior; John Eglinton, um puritano alegre; o sr. Richard Best, que fica confuso com a cama de segunda categoria que Shakespeare deixou para sua viúva Anne Hathaway (esse Best é retratado como um homem de letras pouco profundo e convencional); e logo depois chega, com um colete amarelo, o gozador Malachi Mulligan, que acabou de receber o telegrama enigmático de Stephen.

AÇÃO: Stephen, discorrendo sobre Shakespeare, afirma: 1) que o Fantasma em *Hamlet* é de fato o próprio Shakespeare; 2) que Hamlet deve ser identificado com Hamnet, o filho pequeno de Shakespeare; e 3) que Richard Shakespeare, irmão de William, teve um caso com Anne, a mulher de Shakespeare, o que explica o tom amargo da peça. Quando lhe perguntam se acredita em sua própria tese, Stephen imediatamente diz que não. Tudo é embaralhado no livro.* A discussão nesse capítulo é algo mais divertido de ser escrito por um autor do que lido por um leitor, razão pela qual não precisamos examinar seus detalhes.

---

* Em uma passagem omitida logo a seguir, Nabokov escreveu: "Aqueles que, por

Todavia, é nesse capítulo passado na biblioteca que Stephen pela primeira vez atenta para Bloom.

Joyce entrelaçou as trajetórias de Stephen e Bloom muito mais intimamente do que em geral se imagina. A conexão tem início no livro muito antes que Bloom cruze com Stephen nos degraus da biblioteca. Começa em um sonho. Embora seja verdade que muito pouco tenha sido escrito sobre o verdadeiro Joyce, Joyce o artista, ninguém notou ainda que, tal como no romance *Anna Kariênina* de Tolstói, há em *Ulysses* um importante sonho duplo, isto é, duas pessoas tendo o mesmo sonho ao mesmo tempo.

Em uma passagem anterior, enquanto Mulligan se barbeia, Stephen se queixa de que Haines o acordou durante a noite falando alto sobre os tiros que deu em uma pantera negra. A pantera negra conduz a Bloom, vestido de preto, o felino gentil. O tema tem a seguinte evolução. Andando pela praia após ser pago por Deasy, Stephen observa os catadores de conchas e o cachorro deles, o qual acabou de gozar um dos prazeres simples dos pobres ao erguer a perna sobre uma pedra. Lembrando-se da adivinhação que propusera aos alunos acerca da raposa, o fluxo de consciência de Stephen é inicialmente afetado por sua culpa: "Suas pataspés então espalharam areia: depois as patasmãos patinharam e cavaram. Alguma coisa que enterrou ali, sua avó. Escavava a areia, patinhando, cavando e parou para ouvir o ar, raspou de novo a areia em uma fúria das garras, cedo cessando, um pardo, uma pantera, gerado em drudaria, abutrando os mortos.

Depois que ele [Haines] me acordou ontem à noite o mesmo sonho ou será que não? Espera. Corredor aberto. Rua de rameiras. Lembre. Harun al-Raschid. Está se quasificando. Aquele homem me levou, falava. Eu não estava com medo. O melão que tinha ele segurava no meu rosto. Sorria: aroma frutacreme. Era essa a regra, dita. Entra. Vem. Tapete vermelho estendido. Você vai ver quem".

---

curiosidade artística, lerem o capítulo 12, sobre a casa de má fama, encontrarão, em determinado momento, Bloom se vendo em um espelho embaixo do reflexo de um cabide com uma galhada de veado — e o rosto do corneado é momentaneamente
→ identificado com o de Shakespeare —, os dois temas, da traição a Bloom e da traição a Shakespeare, unindo-se no espelho de uma prostituta". (N.E.)

Ora, esse é um sonho profético. Mas cumpre reparar que, no fim do capítulo 10 da segunda parte — um capítulo em que Bloom também está em uma praia —, ele se recorda breve e vagamente do sonho que teve na mesma noite em que Stephen teve o seu. No começo, esse fluxo de pensamento, atraído por um anúncio, paira acima de sua antiga namorada, a agora envelhecida e pouco atraente sra. Breen, com o marido que foi objeto de uma zombaria e consultou um advogado sobre a injuriosa mensagem anônima que recebeu. "Calçolas femininas de flanela cinza, 3 xelins o par, pechincha incrível. Feiosa e amada, amada pra sempre, dizem. Feia: mulher nenhuma acha que é. Amem, mintam e sejam belos pois amanhã morreremos. Ver ele às vezes andando por aí tentando descobrir quem lhe pregou a peça. R.I.P.: rip. Destino é o que é. Ele, não eu. Loja também percebida várias vezes. Parece praga. Sonhei ontem à noite? Espera. Alguma coisa confusa. Ela estava com uma chinela vermelha. Turca. De calças curtas." E então sua mente envereda por outra direção. No capítulo 11, sobre a maternidade, outra referência é introduzida sorrateiramente, embora sem nenhum detalhe: "Bloom estando lá graças a um langor que sentira mas de que já se recuperara, tendo nesta noite sonhado uma estranha estória com sua senhora madame Moll usando chinelos vermelhos e calçolas masculinas turcas o que é considerado por aqueles que de tal arte sabem como sendo sinal de mudança [...]".

Assim, na noite de 15 para 16 de junho, Stephen Dedalus, na sua torre em Sandycove, e o sr. Bloom, no leito conjugal de sua casa na Eccles Street, sonham o mesmo sonho. Qual a intenção de Joyce ao criar esses sonhos gêmeos? Ele quer mostrar que, em seu sonho oriental, Stephen predisse que um estranho sombrio lhe ofereceria os encantos opulentos de sua mulher. Esse estranho sombrio é Bloom. Vejamos outra passagem. Durante sua caminhada antes do café da manhã para comprar o rim, Bloom é assaltado por uma visão oriental bem semelhante: "Em algum lugar no oriente: manhã cedo: partir ao nascer do sol, ir dando a volta na frente, ganhar um dia de vantagem. Fizesse isso pra sempre nunca ia ficar nem um dia mais velho teoricamente. Caminhar por uma praia, terra estranha, chegar ao portão de uma cidade, o guarda ali, milico de carreira também, o bigode do velho

Tweedy [pai de Molly] apoiado em uma como que uma lança comprida. Vagar por ruas toldadas. Rostos turbantados passando. Cavernas escuras de lojas de tapetes, homenzarrão, Turko, o terrível, sentado pernacruzada fumando um cachimbo espiral. Gritos de vendedores na rua. Beber água aromatizada com ervadoce, *sorbet*. Vagar o dia todo por ali. Podia encontrar um ou outro ladrão. Bom, é conhecer. Seguindo para o pordossol. As sombras das mesquitas ao longo das colunas: sacerdote com um pergaminho enrolado. Um tremor das árvores, sinal, o vento do entardecer. Eu sigo. Céu dourado desbotando. Uma mãe observa da porta de casa. Chama as crianças pra dentro no seu idioma negro. Muro alto: além, cordas tangidas. Céu da noite e lua, violeta, cor das ligas novas da Molly. Cordas. Ouça. Uma menina tocando um daqueles instrumentos como é que chama: saltério. Eu passo".

Por volta das duas horas, Bloom visita a Biblioteca Nacional; Stephen, saindo na companhia de Mulligan, pela primeira vez naquele dia vê Bloom, a quem só conhece ligeiramente. Reage assim ao ver o estranho do sonho: "Um homem saiu por entre eles, curvando-se, cumprimentando.

— Bom dia de novo, Buck Mulligan disse.

O pórtico.

Aqui eu observei os pássaros em busca de augúrios. Aengus dos pássaros. Vão, vem. Ontem à noite eu voei. Voei fácil. Homens espantados. Rua de rameiras depois. Um melão frutacreme ele me estendia. Entre. Você vai ver.*

— O judeu errante, Buck Mulligan sussurrou com um pavor de histrião. Você viu o olhão dele?", e faz uma piada obscena. Algumas linhas abaixo: "Costas escuras seguiam à frente deles. Passo de pardo, desce, sai pelo portão, sob farpas levadiças.

Eles seguiram".

As costas negras de Bloom. Os passos de um leopardo. A ligação se completa.

---

* Em seu exemplar anotado, Nabokov observa na margem desse parágrafo: "Stephen se lembra de seu sonho no momento em que nota Bloom curvando a cabeça, fazendo um cumprimento". (N.E.)

Mais adiante, no capítulo de pesadelo passado no bordel, encontramos um eco do sonho gêmeo de Bloom e Stephen. O roteiro é o seguinte: *"(Ele [Bloom] olha para cima. Junto a sua miragem de tamareiras uma bela mulher com trajes turcos está diante dele. Opulentas curvas enchem sua calça escarlate e sua blusa, rajada de ouro. Larga faixa amarela cinge-lhe o corpo. Um borgo branco, roxo à noite, cobre-lhe o rosto, deixando livres apenas os grandes olhos escuros e o cabelo coráceo)"*. Bloom exclama: "Molly!". Pouco depois na mesma cena, Stephen diz para uma das moças: "Ouçam minhas palavras. Eu sonhei com uma melancia", ao que ela retruca: "Vá para o exterior e ame uma estrangeira". Os melões com os quais Stephen sonhou, originalmente as suculentas frutas que lhe foram oferecidas, são por fim identificadas como as curvas generosas de Molly Bloom no capítulo 2 da terceira parte, composto em forma de perguntas e respostas: Bloom "beijou os roliços melões amarelos de belos olores e anelos dos quadris dela, em cada roliço hemisfério melônio, em seu sulco amarelo e belo, com obscura prolongada provocativa melanobelorosa osculação".

Os sonhos gêmeos de Stephen e Bloom se comprovam proféticos porque, no penúltimo capítulo do livro, Bloom tenciona fazer exatamente aquilo que o estranho no sonho de Stephen desejava — isto é, Bloom quer aproximar Stephen e Marion, sua mulher, como forma de afastar Boylan, um tema que é especialmente enfatizado no capítulo que transcorre no abrigo dos cocheiros ao se iniciar a terceira parte.

Segunda parte, capítulo 7

Esse capítulo consiste em dezenove seções.
TEMPO: Cinco minutos para as três.
LUGAR: Dublin.
PERSONAGENS: Cinquenta personagens, inclusive todos os nossos amigos e suas várias atividades dentro dos mesmos limites temporais, por volta das três horas da tarde de 16 de junho.
AÇÃO: Os trajetos desses personagens se cruzam e recruzam em um intrincadíssimo contraponto — um desenvolvimento monstruoso dos temas em contraponto de Flaubert, como na cena da feira agrícola

em *Madame Bovary*. O recurso aqui é a sincronização. Começa com o padre jesuíta Conmee da igreja de São Xavier, na Upper Gardiner Street, um padre otimista e elegante, combinando lindamente este mundo e o outro, e termina com o vice-rei e governador da Irlanda atravessando a cidade em sua carruagem. Seguimos o padre Conmee em suas atividades, abençoando um marujo com uma perna só, falando com vários paroquianos enquanto caminha e passando diante da funerária O'Neill, até que, na ponte Newcomen, pega um bonde que o leva à parada de Howth Road, em Malahide, nordeste de Dublin. Era um dia encantador, brilhante e otimista. Em um campo, um jovem com o rosto bem avermelhado surgiu de uma abertura na cerca viva, sendo seguido por uma jovem que trazia na mão um punhado de margaridas balançando no topo de suas hastes. O jovem, um estudante de medicina que mais tarde ficamos sabendo se chamar Vincent Lynch, ergueu o boné abruptamente; a jovem se curvou também abruptamente e, com gestos lentos e cuidadosos, retirou da saia leve um galho fino que nela se grudara (que escritor *maravilhoso*!). O padre Conmee abençoa os dois com ar compenetrado.

A sincronização tem início na segunda seção. Na funerária O'Neill, próxima da ponte Newcomen, Kelleher, o assistente do dono que se ocupou do enterro de Dignam, fecha seu livro de contabilidade diário e conversa com o mesmo policial que cumprimentou o padre Conmee ao passar por ali pouco antes. A essa altura, o padre John Conmee já chegou à ponte Newcomen e agora (sincronização!) sobe no bonde em meio às frases que se referem a Kelleher. Repararam na técnica? São três horas da tarde. Kelleher expele um jato silencioso de suco de feno (produzido pela folha de capim que vinha mastigando enquanto conferia as cifras em seu livro de contabilidade quando o padre Conmee passou um momento antes diante da loja) ao mesmo tempo que, em outra parte da cidade (seção 3), cinco quilômetros a noroeste, um braço branco e generoso (de Molly Bloom) atira de uma janela na Eccles Street uma moeda para o marujo com uma perna só que acaba de entrar naquela rua. Molly está se arrumando para o encontro com Blazes Boylan. Também ao mesmo tempo, J. J. O'Molloy fica sabendo que Ned Lambert chegou ao armazém com um visitante, o que será tratado na seção 8.

Não há aqui tempo nem espaço para rever todos os detalhes dos mecanismos de sincronização nas dezenove seções desse capítulo. Basta examinarmos os mais importantes. Na seção 4, Katy, Boody e Maggy Dedalus, as três irmãs mais moças de Stephen (ele tem quatro ao todo), regressam da loja de penhores sem um tostão, enquanto o padre Conmee, caminhando pelos campos de Clongowes, sente coceira nos tornozelos, mal protegidos pelas meias finas, ao roçá-los nas hastes dos capins recém-cortados. Onde anda o amassado bote de Elias? Encontre-o. Qual criado toca que sineta? O sujeito na sala de leilões da Dillon.

Por volta das 15h15 começamos a seguir Blazes Boylan, que iniciou sua pequena viagem rumo à casa de Molly Bloom, aonde chegará às 15h45 em uma carruagem aberta de duas rodas. Mas ainda não são nem três horas (e no caminho ele vai passar pelo hotel Ormond); na loja Thornton, manda que um entregador leve frutas à casa de Molly, o que tomará dez minutos se ele for de bonde. A essa altura, os homens-sanduíche da Hely passam em frente à loja de frutas. Bloom está agora debaixo do Merchant's Arch, perto da ponte Metal, e com as costas cobertas pelo paletó negro se curva sobre a banca de um vendedor de livros. O final da seção revela a origem, na loja de frutas, do cravo vermelho que Boylan vai carregar entre os dentes, mordendo sua haste, ao longo do capítulo. No momento em que consegue que o cravo lhe seja dado de graça, ele também pede para usar o telefone, como saberemos mais tarde, a fim de chamar sua secretária.

Stephen continua a caminhar. Nas proximidades do Trinity College, encontra-se com seu antigo professor de italiano, Almidano Artifoni, e conversam animadamente naquele idioma. Artifoni acusa Stephen de sacrificar a juventude por seus ideais. Um sacrifício sem derramamento de sangue, diz Stephen sorrindo. A sétima seção é sincronizada com a quinta. A srta. Dunn, secretária de Boylan, está lendo um romance ao atender a chamada que ele faz da loja de frutas. Ela diz a Boylan que o editor de esportes Lenehan o procurou e estará no hotel Ormond às quatro. (Vamos encontrá-los lá em um capítulo posterior.) Nesta seção ocorrem duas outras sincronizações. O disco que corre por uma ranhura e causa pasmo nos espectadores ao parar no número *seis* se refere a uma máquina de apostas que o agenciador de jogo Tom Rochford exibe mais adiante na seção 9. E seguimos os cinco altos homens-sanduíche com seus chapéus brancos que, tendo chegado ao final do trajeto, mais além da Monypeny Corner, fazem uma curva sem romper a fila indiana e tomam o caminho de volta.

Na seção 8, Ned Lambert, juntamente com Jack O'Molloy, mostra ao reverendo protestante Love seu armazém, que fora no passado o salão do conselho da abadia de Santa Maria. Nesse momento, o padre Conmee passava na estradinha onde a moça, acompanhada do estudante de medicina, retira o galho fino de sua saia. Isto é a sincronização: enquanto tal coisa acontece aqui, tal outra acontece lá. Pouco depois das três (seção 9), o agenciador de apostas Rochford faz uma demonstração a Lenehan de seu aparelho, e o disco, correndo pela ranhura, para no número seis. Simultaneamente, passa por ali Richie Goulding, um oficial de Justiça e tio de Stephen, com quem Bloom jantará no hotel Ormond no capítulo seguinte. Lenehan deixa Rochford com M'Coy (que pedira a Bloom que registrasse seu nome no enterro de Dignam por não ter podido comparecer), e ambos visitam outro agenciador de apostas. A caminho do hotel Ormond, depois de parar na loja de Lynam para saber quanto Sceptre estava pagando, eles observam o sr. Bloom "*Leopoldo* ou *Brota o Centeio*", brinca Lenehan. Bloom está passando os olhos pelos livros na banca de rua. A caminhada de Lenehan rumo ao hotel Ormond é sincronizada com o gesto de Molly Bloom ao repor o cartão, anunciando um apartamento não mobiliado, que se deslocara da beirada da janela quando ela jogou a moeda para o marinheiro com uma perna só. Como ao mesmo tempo Kelleher estava conversando com o policial, e o padre Conmee pegara um bonde, concluímos, com um toque de prazer artístico, que as seções 2, 3 e 9 ocorreram simultaneamente em lugares diferentes.

Depois das três horas, o sr. Bloom, que até então vinha examinando sem pressa os livros para alugar, por fim resolve levar para Molly *Sweets of Sin* [Doçuras do pecado], um romance americano ligeiramente picante nos moldes antigos. "Ele leu onde caiu seu dedo:

'*Todos os dólares que lhe dava seu marido eram gastos nas lojas em vestidos maravilhosos e babados caríssimos. Para ele! Para Raoul!'*.

Isso. Esse. Aqui. Tente.

'*Sua boca colou-se à dele em um voluptuoso beijo ardente enquanto as mãos dele buscavam suas opulentas curvas dentro do penhoar.'*

Isso. Leve esse. Ponto final.

'*Estás atrasada', ele disse rispidamente, encarando-a com um penetrante olhar de suspeita.*

A bela mulher deixou cair a manta forrada de negro, exibindo seus ombros de rainha e suas carnes ofegantes. Um sorriso imperceptível brincava em torno de seus lábios perfeitos no que ela se virou para ele calmamente."

Dilly Dedalus, a quarta irmã de Stephen, que ficara nas vizinhanças da casa de leilões Dillon desde que Bloom a vira lá por volta da uma hora, ouve o sininho de mão do leiloeiro soar a cada venda. Aparece seu pai, Simon Dedalus — duro, egoísta, inteligente e com dotes artísticos —, de quem Dilly consegue extrair uma moeda de 1 xelim e outra de 1 *penny*. Isso é sincronizado com a partida do cortejo do vice-rei de Parkgate, Phoenix Park, o subúrbio mais a oeste de Dublin, rumo ao centro da cidade, isto é, na direção leste para Sandymount a fim de inaugurar a feira de caridade. Ele atravessa toda a cidade de oeste para leste.

Pouco depois das três, Tom Kernan, comerciante de chá, caminha feliz com a encomenda que acabou de receber. Trata-se de um protestante pomposo e rechonchudo, ao lado de quem Bloom ficou durante o enterro de Dignam. Kernan é um dos poucos personagens menores do livro cujo fluxo de consciência é apresentado em pormenores nessa seção de número 12. Na mesma seção, Simon Dedalus encontra na rua o padre Cowley, com quem tem um relacionamento íntimo. Elias passa flutuando à frente do cais sir John Person, e o cortejo do vice-rei percorre o Pembroke Way. Kernan deixa de vê-lo por pouco.

Na seção seguinte, poucos minutos depois de Bloom, é a vez de Stephen parar nas bancas de livros da Bedford Row. O padre Conmee está agora atravessando a pé o vilarejo de Donnycarney, lendo as Vésperas. Dilly, a irmã de Stephen, com seus ombros altos e vestido mambembe, para perto dele. Ela comprou um manual de francês para principiantes com uma das moedas que arrancou do pai. O distraído Stephen, embora totalmente consciente da pobreza das quatro irmãs mais moças que ele, não se lembra de que ainda tem ouro no bolso, o que sobrou de seu salário como professor. Em um capítulo posterior, ele se mostrará pronto, quando bêbado, a dar aquele dinheiro sem razão nenhuma. A seção termina com a pena que sente por Dilly, a repetição do *agenbite*, remorso, coisas que tínhamos conhecido no capítulo 1 da primeira parte.

Na seção 14, Simon Dedalus e o padre Cowley voltam a se cumprimentar, e a conversa entre os dois é registrada. O padre está tendo dificuldades financeiras com o agiota Reuben J. Dodd e com seu senhorio. Aparece Ben Dollard, um cantor amador que está tentando ajudar o padre Cowley a evitar a bancarrota. O sr. Cashel Boyle O'Connor Fitzmaurice Tisdall Farrell, um cavalheiro de boa estirpe mas totalmente louco, falando sozinho e com os olhos vidrados, desce em passos largos a Kildare Street; trata-se do homem que passou por Bloom quando ele conversava com a sra. Breen. O reverendo Love, que visitou o armazém-abadia com Lambert e O'Molloy, é identificado como sendo o senhorio do padre Cowley que cobra na Justiça os aluguéis atrasados.

A seguir, Cunningham e Power (também presentes ao funeral) discutem sobre o fundo em favor da viúva de Dignam, para o qual Bloom contribuiu com 5 xelins. O padre Conmee é mencionado, e somos apresentados a duas moças que servem no bar, as srtas. Kennedy e Douce, que retornarão no capítulo 8. O vice-rei cruza agora a Parliament Street. Na seção 16, o irmão do patriota irlandês Parnell joga xadrez em um café onde Buck Mulligan o aponta a Haines, o estudante de folclore da Universidade de Oxford. Os dois falam sobre Stephen. Sincronizado nessa seção está o marinheiro com uma perna só, grunhindo uma canção e avançando aos solavancos pela Nelson Street enquanto balança o corpo com o auxílio das muletas. E o panfleto amassado sobre Elias se encontra na baía com o Rosevean, um navio que regressava ao porto de origem.

Na seção 17, surgem o professor de italiano de Stephen e Farrell, o cavalheiro louco de nome longo. Cedo nos damos conta de que o mais importante agente sincronizador em todo o capítulo é o jovem cego, o afinador de pianos, a quem Bloom ajudou a cruzar a rua no rumo leste por volta das duas horas. O doido Farrell caminha agora pela Clare Street na direção oeste, enquanto o rapaz cego vem pela mesma rua na direção contrária, ainda sem saber que deixou o diapasão no hotel Ormond. Em frente ao número 8, onde fica o consultório de um dentista também chamado Bloom e já mencionado na descrição do cortejo fúnebre, que não é parente de Leopold, o tresloucado Farrell quase esbarra no corpo frágil e vulnerável do rapaz cego, que lhe lança invectivas.

A seção 18 é dedicada ao filho do falecido sr. Dignam, Patrick Jr., um menino de uns doze anos que segue na direção oeste pela Wicklow Street carregando os filés de porco que lhe mandaram buscar. Ele vai bem devagar e vê na vitrine de uma loja a fotografia de dois pugilistas que lutaram recentemente, em 21 de maio. O capítulo 9 traz uma deliciosa paródia da descrição jornalística de uma luta de boxe. O redator esportivo preocupa-se em variar os adjetivos em uma das mais engraçadas passagens desse livro espirituoso: o lutador é por ele chamado de mascote de Dublin, sargentão, artilheiro, soldado, gladiador irlandês, *redcoat*,* dublinense, carrasco de Portobello. Na Grafton Street, a mais elegante rua de Dublin, o filho de Dignam nota uma flor vermelha na boca de um sujeito muito bem-vestido — obviamente Blazes Boylan. Podem-se comparar os pensamentos do garoto sobre seu pai recém-falecido com os de Stephen acerca de sua mãe no primeiro capítulo. Na última seção, o cortejo do vice-rei assume uma existência vívida, desempenhando um papel fundamental ao pôr em foco todas as pessoas que seguimos nas seções anteriores, além de algumas outras que saúdam o vice-rei ou o ignoram. Aparecem Kernan, Richie Goulding, as moças do bar do Ormond, Simon Dedalus (que cumprimenta o vice-rei com um gesto servil em que baixa o chapéu até quase o chão), Gerty MacDowell (que encontraremos no capítulo 10 sentada em uma pedra), o reverendo Hugh Love, Lenehan e M'Coy, Nolan, Rochford,

---

* *Red coat*, ou *redcoat*, designa um soldado do Exército britânico devido aos uniformes vermelhos que eram usados no passado. (N.T.)

Flynn, o alegre Mulligan e o sério Haines, John Parnell (que não ergue os olhos do tabuleiro de xadrez), Dilly Dedalus com seu livro de francês, o sr. Menton com olhos como ostras, a sra. Breen e seu marido, os homens-sanduíche. Com um chapéu de palha, terno cor de anil, gravata azul-celeste e o cravo entre os lábios, Blazes Boylan segue a caminho do hotel Ormond e de lá para a Eccles Street, lançando olhares concupiscentes para as damas nas carruagens; e o louco Cashel Boyle O'Connor Fitzmaurice Tisdall Farrell observa com um potente binóculo, mais além das carruagens, alguém na janela do consulado austro-húngaro. Além desses, Hornblower (o porteiro do Trinity College que Bloom encontrara a caminho da casa de banhos), o filho de Paddy Dignam, dois catadores de conchas e Almidano Artifoni. O cortejo, rumando para a Lower Mount Street, passa pelo afinador de pianos cego, que ainda prossegue na direção leste, embora dentro em breve, recordando-se de que esqueceu o diapasão no último emprego, deva retomar a direção oeste para chegar ao hotel Ormond. Consta também da lista o homem da capa de chuva marrom, James Joyce, o mestre da sincronização.

Bloom dá de cara com Boylan três vezes durante o dia (às onze, às duas e às quatro) em três lugares distintos, mas em nenhuma das vezes Boylan vê Bloom. A primeira ocorre no capítulo 3 da segunda parte, na carruagem em que ele segue para o enterro com Cunningham, Power e Simon Dedalus, pouco depois das onze, quando Bloom enxerga os cartazes da ópera, em cores brilhantes mas úmidos, perto do Queen's Theatre. Ele vê Boylan saindo do restaurante Red Bank, especializado em frutos do mar, e, enquanto os outros o cumprimentam, examina as unhas. Boylan repara no cortejo, mas não naquela carruagem.

A segunda vez ocorre no capítulo 5 da segunda parte, quando Bloom entra na Kildare Street a caminho da Biblioteca Nacional pouco depois das duas após ter visto o jovem cego andando na direção da Frederick Street "quem sabe pro piano da academia de dança do Levinston", onde, se realmente foi até lá, não precisou do diapasão porque ainda o vemos rumando para leste no capítulo 7. Bloom vê Boylan — "Chapéu de palha à luz do sol. Sapato marrom"

— e inflete rapidamente para a direita, entrando no museu ligado à biblioteca.

A terceira ocorre no capítulo 8 da segunda parte, quando Bloom atravessa o cais Ormond (após cruzar a ponte Essex vindo do cais Wellington, da margem norte para a margem sul do Liffey) com o propósito de comprar papel de notas na loja Daly; ele volta a cabeça e vê Boylan em uma elegante carruagem de aluguel vindo pelo caminho que acabara de percorrer. Boylan, que se encontrará rapidamente com Lenehan, entra no bar do hotel Ormond. Bloom decide entrar no restaurante com Richie Goulding, que encontrou por acaso na porta. Bloom observa Boylan de lá. Faltam poucos minutos para as quatro, e Boylan logo depois sai do bar do Ormond rumo à Eccles Street.

Segunda parte, capítulo 8

Os personagens no capítulo 8 são os seguintes:

1. Nos bares do hotel:

duas moças — Lydia Douce, de cabelos cor de bronze, e a loura Mina Kennedy;

"as botas", um atrevido jovem que lhes serve o chá;

Simon Dedalus, pai de Stephen;

o editor de turfe Lenehan, que chega logo depois para esperar por Boylan;

o próprio Boylan a caminho do encontro com Molly;

o gordo Ben Dollard e o magro padre Cowley, que se juntam a Simon Dedalus ao piano;

o sr. Lidwell, um advogado que faz a corte à srta. Douce;

Tom Kernan, o pomposo comerciante de chá;

há também dois senhores anônimos que bebem cerveja em canecas;

e por fim, no fecho do capítulo, o afinador cego de pianos retorna para buscar seu diapasão.

2. No restaurante contíguo, encontram-se o garçom Pat (careca e surdo), Bloom e Richie Goulding. Eles ouvem as canções vindas do bar, e Bloom vê de relance as moças que lá trabalham.

No curso do capítulo 8, sente-se a aproximação de três pessoas antes que de fato entrem no hotel Ormond: Bloom, Boylan e o jovem cego em busca do diapasão. As batidas de sua bengala na calçada — seu leitmotiv — são ouvidas no meio do capítulo e podem ser encontradas aqui e ali, aumentando nas páginas seguintes, até serem registradas quatro batidas. Simon Dedalus nota o diapasão sobre o piano. A aproximação do jovem é refletida na vitrine da loja Daly, e finalmente: "Tap. Um jovem adentrava um solitário salão Ormond".

Não apenas se sente a vinda de Bloom e Boylan, mas a própria ida. Boylan, depois de conversar sobre cavalos de corrida com Lenehan, bebendo lentamente um gim demasiado doce, e de observar a tímida srta. Douce imitar um despertador fazendo com que sua liga estalasse na coxa, vai embora movido pela impaciência de chegar à casa de Molly; mas Lenehan vai com ele, pois deseja lhe falar sobre Tom Rochford. Enquanto os que bebem permanecem no bar e os que comem, no restaurante, seu tilintar é captado ao se afastar tanto por Bloom quanto pelo autor, e seu avanço no cabriolé até a Eccles Street é pontuado por observações do tipo "Tine retine gingava", "Tinido gingava no cais. Rojão [Boylan] estirado sobre rodas saltitantes", "Pelo Bachelor's Walk, passeio dos Solteirões, balanginga tine o Rojão Boylan, solteiro, ao sol, no cio, os quartos luzidios da égua a trote, chapada do chicote, sobre rodas saltitantes: estirado, bensentado, blasonando impaciência, ousadardente" e "Pelo caramelo de abacaxi da Graham Lemon's, pelo elefante de Elvery o tine e sacode". Movendo-se menos rápido que a mente de Bloom, "Tine junto a monumentos de sir John Gray, Horatio monomãoníaco Nelson, o reverendo padre Theobald Matthew, gingou conforme dito anteriormente agora há pouco. A trote, no cio, sentadocioso. *Cloche. Sonnez la. Cloche. Sonnez la*. Mais lenta a égua subia a colina junto à Rotunda, Rutland Square. Lenta demais para Boylan, rojão Boylan, impaciência Boylan, jogava a égua". Depois, "Tine para a Dorset Street" e, chegando mais perto, "Um carro de praça, número trezentos e vintequatro, conduzido por Barton James residente do número um Harmony Avenue, em Donnybrook, em que ia um passageiro, um jovem cavalheiro, vestido com elegância em um terno azulíndigo de sarja feito por George Robert Mesias, corte e costura, estabelecido no número cinco Eden Quay e usando um chapéu de palha muito *chic*, comprado de John Plasto, no número um Great Brunswick Street, chapeleiro. Ãh? É ele que tine que joga e retine. Perto dos tubos luzidios de Agendath da loja de porco de Dlugacz trotava uma égua de quartos elegantes". O tinido se impõe mesmo no fluxo de pensamento de Bloom ao escrever uma carta de resposta a Martha: "Tine, está de pau duro?" porque ele vem seguindo mentalmente o avanço de Boylan. De fato, na sua imaginação febril, ele imagina que Boylan chega e faz amor com Molly antes que isso aconteça. Enquanto Bloom ouve a música vinda do bar e as palavras de Richie Goulding, seus pensamentos vagam, e uma parte é "o cabelo dela pesadoadoadoandoondoonduon-dulado" — significando que, na mente apressada de Bloom, os cabelos dela já foram desfeitos pelo amante. Na verdade, a essa altura Boylan apenas entrou na Dorset Street. Por fim, Boylan chega: "Tin tom topa parou. Sapato dândi castanho do dândi Boylan meias celestes relógios prestes já descem à terra. [...]

Estapeia uma porta, de um tapa batido, bateu o bastante, bate alto o bastão bate altivo, carcará cacareja, cacareja bicho macho. Cococock".

Duas canções são cantadas no bar. Primeiro, Simon Dedalus, um cantor maravilhoso, interpreta a ária de Lionel "Tudo agora está perdido" de *Martha*, uma ópera francesa com libreto em italiano composta pelo alemão Von Flotow em 1847. O "tudo está perdido" reflete perfeitamente os sentimentos de Bloom em relação a sua mulher. No restaurante ao lado, Bloom escreve uma carta para sua misteriosa correspondente Martha Clifford em termos tão recatados quanto os usados por ela, acrescentando uma pequena ordem de pagamento bancário. Ben Dollard canta então uma balada, "The Croppy Boy", que se inicia assim:

Bem no começo da primavera,
Os pássaros pipilavam e cantavam docemente,
Variando as notas de árvore em árvore,
E a canção que cantavam era sobre a Irlanda livre.

(*Croppy* era o nome dado aos rebeldes irlandeses de 1798 que cortavam o cabelo bem curto [*cropped*] em homenagem à Revolução Francesa.)

Bloom sai do hotel Ormond antes que termine a cantoria, seguindo para a agência de correios mais próxima e de lá para um pub onde combinou se encontrar com Martin Cunningham e Jack Power. Seu estômago começa a roncar. "Coisa gasosa aquela sidra: prende além disso." No cais ele enxerga, com um chapéu de palha preto usado pelos marinheiros, uma prostituta que conhece, e a evita. (Naquela noite ela vai dar uma olhada rápida no abrigo dos cocheiros.) Seu estômago ronca outra vez. "Deve ser a sidra ou quem sabe o *borg*" que ele tomou no almoço. Esses roncos são sincronizados com a conversa patriótica no bar de onde ele saiu, até que as palavras se misturam inteiramente com o estômago de Bloom. Bloom vê um retrato do patriota irlandês Robert Emmet na vitrine da loja Lionel Marks enquanto os homens no bar começam a falar dele, fazendo um brinde a Emmet no exato momento em que entra o jovem cego. Eles citam: "Homens de bem, homens que nem vocês", de um poema, "The Memory of the Dead" [Recordação dos mortos], escrito em 1843 por John Kells Ingram. As frases em itálico que acompanham as dificuldades internas de Bloom representam as últimas palavras de Emmet, que Bloom vê embaixo do retrato: "Ondosobloom, sebondosobloom examinava últimas palavras. Suavemente. *Quando meu país assumir seu lugar entre.*

Prrprr.

Deve ser o bor.

Fff! Uu. Rrpr.

Nações da terra. Ninguém atrás. Ela já passou. *Então e somente então.* Bonde. Kran, kran, kran. Boa oport. Está vindo. Krandlkrankran. Certeza que é o borgon. Sim. Um, dois. *Que meu epitáfio seja.* Karaaaaaaa. *Escrito. Tenho.*

Pprrpffrrppfff.

Dito".

Malgrado sua genialidade, Joyce tinha uma inclinação perversa por coisas repugnantes, e é diabolicamente típico dele terminar um capítulo repleto de música, emoção patriótica e uma canção sobre o amor desenganado com a liberação de gases intestinais que combinam a última palavra de Emmet com o murmúrio de satisfação de Bloom, "*Dito*".*

Segunda parte, capítulo 9

O narrador anônimo, um cobrador de dívidas, depois de conversar fiado com o velho Troy da Polícia Metropolitana de Dublin, encontra-se com outro amigo, Joe Hynes, o repórter que anotou os nomes das pessoas presentes ao enterro de Dignam, entrando os dois juntos no pub de Barney Kiernan. Lá nos deparamos com o vilão do capítulo, identificado apenas como "cidadão", que está acompanhado do cachorro sarnento e feroz, chamado Garryowen, que pertence a seu sogro, Giltrap. Giltrap é o avô pelo lado materno de Gerty MacDowell, a jovem que será a mais importante personagem do próximo capítulo, no qual se recorda do adorável cachorro do vovô. Pareceria, assim, que o cidadão é o pai de Gerty MacDowell. No capítulo precedente, Gerty tivera sua visão do cortejo do vice-rei obstruída por um bonde quando levava a correspondência do escritório onde trabalhava. (A firma lidava com cortiça e linóleo.) No capítulo seguinte, descobrimos que seu pai, um beberrão, não pôde comparecer ao funeral de Dignam porque sofria de gota.

O capítulo 9 se passa por volta das cinco horas, e somos levados a crer que a gota do cidadão MacDowell não o impede de ir mancando até seu pub predileto, onde o cobrador de dívidas e o repórter se juntam a ele no bar, sendo-lhes servidas três grandes canecas de cerveja amarga por Terry O'Ryan. Alf Bergan descobre Bob Doran roncando em um canto. Conversam sobre o falecido Dignam, e Bergan mostra uma peça curiosa, a carta ao chefe de polícia, com o pedido de emprego de um carrasco especializado em enforcamentos. Nesse momento, Bloom chega

---

* No exemplar anotado, Nabokov observa: "Além disso, o 'que meu epitáfio seja' liga-se ao famoso *limerick* sobre os gases sendo liberados, e o 'dito' termina o capítulo em mais de uma maneira". (N.E.)

ao bar procurando por Martin Cunningham. Dois outros personagens entram, Jack O'Molloy, que ficamos conhecendo na redação do jornal e no armazém de Ned Lambert, bem como o próprio Lambert. A eles se juntam John Wyse Nolan e Lenehan, o editor de turfe, tristonho por haver perdido ao apostar em Sceptre. Bloom vai ao tribunal, ali perto, a fim de ver se Cunningham está por lá; antes que volte, Martin Cunningham aparece no pub com Jack Power. Bloom regressa ao pub e os três saem de lá de carruagem rumo ao noroeste de Dublin, onde fica a residência de Dignam, na extremidade sudeste da baía. A visita à viúva de Dignam e as conversas sobre o valor do seguro que ela deve receber são de alguma forma eliminadas da mente de Bloom.

Os temas desse capítulo se desenvolvem no bar antes da partida de Bloom e consistem na Ascot Gold Cup e no antissemitismo. Uma discussão preconceituosa sobre o patriotismo, que Bloom tenta em vão conduzir de forma racional e benevolente, é transformada em uma briga pelo cidadão. Um quê de paródia, uma imitação grotesca de feitos legendários, está presente em todo o capítulo e termina com o cidadão atirando uma lata vazia de biscoitos na carruagem que se afasta.

Segunda parte, capítulo 10

TEMPO: Entre a altercação no bar Kiernan, por volta das cinco horas, e o capítulo 10 há um período não definido que inclui um deslocamento de carruagem e a visita à viúva de Dignam no leste de Dublin, não longe de Sandymount, mas a visita não é descrita. Quando a ação é retomada no capítulo 10, o sol já se põe por volta das oito horas.

LUGAR: A praia de Sandymount, na baía de Dublin e ao sudeste da cidade, onde Stephen caminhara pela manhã, bem próximo da igreja Estrela do Mar.

PERSONAGENS: Três moças estão sentadas em uma pedra: duas delas têm seus nomes revelados de imediato. Cissy Caffrey: "Moça de coração mais honesto jamais viveu neste mundo, sempre com um sorriso nos olhos aciganados e uma palavra faceciosa nos lábios vermelhos de cereja, uma garota adorabilíssima". O estilo é uma paródia deliberada das revistas femininas e da prosa comercial na Inglaterra. Edy Boardman é baixinha e míope. O nome da terceira moça, a mais importante do capítulo, é conhecido na terceira página — "Mas quem era Gerty?". E aqui ficamos sabendo que Gerty MacDowell, que estava sentada junto a suas companheiras, mas perdida em pensamentos, "era com toda justiça o mais belo espécime da cativante feminilidade irlandesa que se pode desejar", uma excelente imitação das descrições convencionais. Cissy Caffrey está acompanhada de dois irmãos menores, Tommy e Jacky, gêmeos, "mal haviam completado seus quatro aninhos" e naturalmente com cabelos encaracolados; e Edy Boardman está com seu irmão em um carrinho de bebê. Há ainda outra pessoa presente, sentada em uma pedra em frente das moças. Ela é mencionada na terceira e oitava páginas, mas só depois é identificada como sendo Leopold Bloom.

AÇÃO: É difícil separar a ação nesse capítulo de seu estilo muito especial. Em resposta à simples pergunta sobre o que acontece no capítulo, pode-se dizer simplesmente: os dois garotinhos brincam, brigam e voltam a brincar; o bebê gorgoleja e chora; Cissy e Edy cuidam dos respectivos irmãos; Gerty sonha acordada; vozes cantam na translúcida igreja que fica ali perto; o sol se põe; começam os fogos de artifício na feira de caridade (para a qual se dirige o vice-rei); Cissy e Edy, levando as crianças, correm pelo calçadão para ver os fogos distantes por cima das casas. Mas Gerty não as segue de imediato: se elas eram capazes de correr como cavalos, Gerty podia continuar sentada e ver dali mesmo. Bloom, sentado em uma pedra, vem olhando fixamente para Gerty, que, malgrado a sua modéstia de mocinha, sabe perfeitamente o que significam aqueles olhares, e por fim se inclina para trás produzindo uma despudorada exibição de ligas enquanto "um foguete saltou e bum com bom tom som de estrondo Oh! então a bengala estourou e foi como um suspiro de Oh! e todos gritaram Oh! Oh! em êxtases e jorrou dela uma corrente de fios de cabelo de chuva dourada e se espalharam e ah! eram estrelas verdejantes de orvalho e dourado, Oh tão lindas! Oh, suaves, delicadas, suaves!". Pouco depois, Gerty se levanta e se afasta lentamente pelo calçadão. "Ela caminhava com certa dignidade tranquila porque Gerty MacDowell era [...].

Bota apertada? Não. Ela é coxa! Oh!

O sr. Bloom ficou olhando enquanto ela saía coxeando. Coitadinha!"

ESTILO: O capítulo consiste em duas partes totalmente diferentes do ponto de vista técnico. Em primeiro lugar, enquanto as três moças se encontram na praia, sentadas nas pedras, elas e os irmãos são descritos em uma paródia contínua da prosa das revistas femininas ou romances para moçoilas, com todos os clichês e falsas elegâncias daquele gênero.* Na segunda parte, o fluxo de consciência de Bloom assume o controle; no estilo abrupto a que já estamos acostumados, segue-se uma mistura de impressões e recordações até o final do capítulo.

A paródia está repleta de lugares-comuns muito engraçados, com chavões sobre a vida elegante e exemplos de pseudopoesia. "O entardecer estival começara a envolver o mundo em seu misterioso abraço. [...] o último reluzir do dia fugaz brilhava ainda encantador sobre mar e areia [...] e, com não menos importância, sobre [...]

As três amiguinhas estavam sentadas nas pedras, aproveitando o espetáculo do crepúsculo e a brisa que estava fresca, mas não fria demais. Muitas e muitas vezes vinham até tal ponto, recanto favorito, para um dedo de prosa junto às ondas rebrilhantes e para discutir questões feminis." (Todo o linguajar supostamente elegante é típico do estilo da revista *House Beautiful*.)

A própria construção é convencional: "Pois Tommy e Jacky Caffrey eram gêmeos, mal haviam completado seus quatro aninhos e eram gêmeos muito barulhentos e mimados às vezes mas apesar de tudo uns menininhos muito queridos com rostos animados e felizes e um jeitinho muito cativante. Estavam mexendo na areia com as pazinhas e os baldes, construindo castelos como fazem as crianças, ou brincando com a grande bola colorida que tinham, contentes a mais não poder". O bebê é obviamente rechonchudo e "o jovem cavalheiro ria que era um encanto". Não apenas ria, mas ria que era um encanto — como a frase é bem apanhada! Vários desses clichês elegantes, escolhidos a dedo, são encontrados em cada uma das vinte páginas dessa parte do capítulo.

---

* Nabokov acrescentou uma observação a lápis: "Isso foi escrito há cinquenta anos. Hoje corresponderia às histórias sobre secretárias louras e executivos com cara de garotões que constituem o tipo de baboseira publicado pelo *Saturday Evening Post*". (N.E.)

Quando falamos de clichê, estereótipo, frase banal e pseudoelegante, temos plena consciência de que, ao ser usada pela primeira vez na literatura, a expressão era original e tinha um significado vívido. Na verdade, tornou-se um chavão porque seu significado era no início tão brilhante, claro e atraente, razão pela qual foi empregada tantas vezes que se tornou um lugar-comum. Podemos por isso definir os clichês como fragmentos de prosa morta e de poesia apodrecida. No entanto, a paródia sofre interrupções. O que Joyce faz aqui é permitir que esse material morto e podre revele vez por outra sua fonte, seu frescor original. Aqui e ali a poesia ainda está viva. A descrição da missa na igreja, ao atravessar transparentemente a consciência de Gerty, tem uma beleza real e um encanto ao mesmo tempo luminoso e patético. O mesmo se dá com a delicadeza do pôr do sol e, naturalmente, a descrição dos fogos de artifício — a passagem crucial citada acima é de fato suave e bela: o frescor da poesia ainda conosco antes que se transforme em clichês.

Joyce, porém, consegue fazer algo ainda mais sutil. Vocês observarão que, quando o fluxo de consciência de Gerty começa a correr, tais pensamentos dão grande ênfase à sua dignidade pessoal e às roupas elegantes, pois ela segue fervorosamente as modas sugeridas pelas revistas *Woman Beautiful* e *Lady's Pictorial*: "Uma bela blusa de um azul cintilante que ela mesma tingira com pigmentos Dolly (porque segundo a *Lady's Pictorial* o azul cintilante deveria ser muito usado), com uma elegante abertura em Vê até a divisão e bolso para lenço (no qual ela mantinha sempre um chumaço de algodão com a fragrância de seu perfume favorito porque o lenço estragava o caimento) e uma saia tresquartos marinho aberta do lado exibiam à perfeição sua graciosa silhueta esguia" etc. No entanto, quando nos damos conta, juntamente com Bloom, de que a pobre moça é aleijada, os próprios chavões de seu pensamento adquirem um quê patético. Em outras palavras, Joyce se mostra capaz de construir algo real — pena, compaixão — a partir das fórmulas mortas que parodia.

Joyce vai até mesmo mais longe. Enquanto a paródia desliza no seu admirável curso, o autor, com um impulso demoníaco de diversão, conduz a mente de Gerty rumo a vários assuntos de cunho fisiológico que, obviamente, jamais seriam mencionados no tipo de romance açucarado que condiciona sua consciência. "Seu talhe era esguio e gracioso, tendendo até à fragilidade mas aquelas cápsulas de ferro que andava tomando fizeram-lhe um bem incrível muito melhor que as pílulas para senhoras da viúva Welch e ela estava muito melhor daqueles corrimentos que tinha antes e daquela sensação de canseira." Ademais, quando ela repara no cavalheiro em luto profundo com "a estória de uma dor... gravada em seu rosto", lhe ocorre uma visão romântica. "Aqui estava aquilo com que tanto sonhara. Ele era o que importava e havia alegria em seu rosto porque o desejava por ter instintivamente sentido que ele era diferente de todos. O coração da meninamoça corria todo para ele, seu marido ideal, porque ela soube de pronto que era ele. Se ele sofrera, mais vítima do pecado que pecador, ou mesmo, mesmo, se houvesse ele próprio pecado, sido um homem perverso, ela não se importava. Mesmo se ele fosse protestante ou metodista ela poderia facilmente convertê-lo se ele a amasse de fato... Então quiçá ele a pudesse abraçar carinhoso, como um homem de verdade, apertando seu corpo macio contra o torso, e amá-la, sua menininha mais queridinha, apenas pelo que ela era." Não obstante, essa visão romântica (que não para aí) é seguida em sua mente por ideias bem realistas acerca do cavalheiro impertinente. "As mãos e o rosto dele se moviam e um tremor tomou o corpo dela. Ela se reclinou para trás inteira para olhar para cima onde espocavam os fogos e segurou o joelho com as mãos para não cair para trás olhando para cima e ninguém estava lá para ver somente ele e ela quando ela revelou inteiras daquele jeito suas graciosas pernas lindamente torneadas, sedosas e suaves, delicadamente redondas, e ela parecia poder ouvir o arquejar de seu coração, seu alento ríspido, porque sabia da paixão de homens como aquele, de sangue quente, porque Bertha Supple um dia lhe contara como segredo mortal e fez que jurasse que nunca sobre o inquilino que ficou na casa deles na Câmara dos Distritos Populosos que tinha fotos recortadas de jornais daquelas bailarinas e dançarinas de cancã e ela disse que ele fazia uma coisa que não era das mais bonitas que dava para imaginar por vezes na cama. Mas isso era completamente diferente de uma coisa dessas porque havia uma enorme diferença porque ela quase podia senti-lo puxar seu rosto para junto dele e o primeiro toque cálido de seus belos lábios. Além disso tinha absolução desde que você não fizesse aquela outra coisa antes de casar."

Não é preciso dizer muito sobre o fluxo de pensamento de Bloom. Vocês compreendem a situação fisiológica — amor a distância (*bloomismo*). Reconhecerão o contraste estilístico entre a descrição do pensamento de Bloom, impressões, recordações, sensações, e a paródia cruel dos romances para donzelas na primeira parte do capítulo. Seus pensamentos, como morcegos, vibram e avoejam para cá e para lá no lusco-fusco. Sempre está presente, é claro, o pensamento sobre Boylan e Molly, havendo também a menção ao primeiro admirador de Molly em Gibraltar, o tenente Mulvey, que a beijou junto ao muro dos jardins mouriscos quando ela tinha quinze anos. Também nos damos conta, com uma pontada de pena, que Bloom de fato reparou nos jornaleiros, no capítulo sobre a redação do jornal, que imitavam seu andar na rua perto da Coluna de Nelson. A definição altamente artística feita por Bloom de um morcego ("Parece um homenzinho de capa com umas mãozinhas minúsculas") é de todo encantadora, assim como é encantador e artístico o pensamento sobre o sol: "Encarar sol por exemplo que nem a águia daí olhar pra um sapato vê um borrão mancha amarelenta. Quer colocar a sua marca registrada em tudo". Isso é tão bom quanto algo vindo de Stephen. Bloom tem mesmo algo de artista.

O capítulo termina com Bloom cochilando por alguns minutos, enquanto o relógio sobre a lareira na casa do padre (finda a missa na igreja) proclama com seu cuco, cuco, cuco* a condição de Bloom como corno. Ele acha muito estranho que seu relógio de pulso houvesse parado às quatro e meia.

Segunda parte, capítulo 11

TEMPO: Por volta das dez da noite.
LUGAR: A primeira linha significa em irlandês: "Vamos para o sul [do

---

* "Corno" em inglês é *cuckold*, derivado do fato de que a fêmea do cuco troca frequentemente de macho e põe seus ovos no ninho de outros pássaros. (N.T.)

Liffey] para a Holles Street", e é para lá que Bloom vaga. No segundo parágrafo, o trocadilho com Horhorn se refere ao diretor da maternidade na Holles Street, sir Andrew Horne, uma pessoa real. E, no parágrafo seguinte, em "Upa, meninim, upa!", ouvimos uma parteira erguendo um bebê recém-nascido. Bloom vai ao hospital visitar a sra. Purefoy em trabalho de parto (a criança nasce no transcorrer do capítulo). Bloom não pode vê-la, mas, em vez disso, toma cerveja e come sardinhas no refeitório do hospital.

PERSONAGENS: A enfermeira Callan com quem Bloom conversa; o médico-residente, Dixon, que já havia tratado Bloom por causa de uma picada de abelha. Agora, em consonância com o tom grotescamente épico do capítulo, a abelha é promovida a um assustador dragão. Há também vários estudantes de medicina: Vincent Lynch, que nós e o padre Conmee vimos por volta das três com uma moça em um campo dos subúrbios, Madden, Crotthers, Punch Costello e Stephen muito bêbado, todos sentados à volta de uma mesa quando Bloom se junta a eles. Pouco depois, Buck Mulligan aparece com seu amigo Alec Bannon, o Bannon que enviou o cartão-postal no primeiro capítulo dizendo que se sentia atraído por Milly, a filha de Bloom, em Mullingar.

AÇÃO: Dixon se afasta do grupo para atender a sra. Purefoy. Os demais continuam sentados, bebendo. "Galante espetáculo deveras aos olhos se oferecia. Crotthers lá estava ao pé da mesa com seus vistosos trajes das terras altas, seu rosto a brilhar graças ao ar salobro do Mull de Galloway. Ali também, a sua frente, estava Lynch cuja figura portava já os estigmas de precoce depravação e prematura sabedoria. Junto do escocês estava o lugar destinado a Costello, o excêntrico, enquanto ao lado dele sentava-se em impassível repouso a forma atarracada de Madden. A cadeira do residente de fato restava vaga diante da lareira mas em cada um de seus flancos a figura de Bannon trajando seu conjunto de explorador de calça curta de tuíde e borzeguins de couro de vaca salgado contrastava agudamente com a elegância amarelopálida e os modos citadinos de Malaquias Roland St. John Mulligan. Por fim à cabeceira da mesa estava o jovem poeta que encontrava refúgio de seus labores pedagógicos e perquirições metafísicas na amigável atmosfera de socrática discussão, enquanto a sua direita e esquerda acomodavam-se o irreverente áugure, cheirando ainda ao hipódromo, e aquele vigilante viajor, marcado pelo pó da estrada e do combate e maculado pela lama de indelével desonra, mas de cujo firme e constante coração armadilha alguma ou risco algum ou ameaça ou degradação algumas podiam jamais apagar a imagem daquela voluptuosa formosura que a inspirada pena de Lafayette debuxara para eras ainda por vir."

Nasce o filho da sra. Purefoy. Stephen sugere que todos se desloquem para o bar Burke. A algazarra no bar é descrita de uma forma em que vejo refletido o estilo grotesco, inflado, fragmentado, imitativo e recheado de trocadilhos do romance seguinte e último do autor, *Finnegans Wake* (1939), um dos maiores fracassos literários de todos os tempos.

ESTILO: Citando Richard M. Kain no livro *Fabulous Voyager* (1947): "O estilo desse capítulo é uma série de paródias da prosa inglesa, desde o anglo-saxão até a gíria moderna. [...].*

Pelo que isso possa valer, são as seguintes as paródias mais importantes já identificadas: anglo-saxão, Mandeville, Malory, prosa elisabetana, Browne, Bunyan, Pepys, Sterne, romance gótico, Charles Lamb, Coleridge, Macaulay, Dickens (uma das mais exitosas), Newman, Ruskin, Carlyle, gíria moderna, oratória evangélica.

Como os estudantes de medicina vão beber à custa de Stephen, a prosa se desfaz em sons fragmentários, ecos e palavras pela metade — refletindo o estupor da intoxicação".

Segunda parte, capítulo 12

Não conheço nenhum crítico que tenha compreendido de forma correta esse capítulo. Naturalmente, rejeito de todo a interpretação psicanalítica porque não pertenço à seita freudiana com seus mitos tomados por empréstimo, guarda-chuvas de qualidade inferior e sombrias escadas dos fundos. Considerar esse capítulo como as reações da bebedeira ou da lascívia no subconsciente de Bloom é impossível pelas seguintes razões:

---

* Nabokov acrescenta: "E não é um sucesso". (N.E.)

1. Bloom está inteiramente sóbrio e temporariamente impotente.

2. Bloom não tem como saber o número de acontecimentos, personagens e fatos que aparecem como visões nesse capítulo.

Proponho que se considere o capítulo 12 uma alucinação do autor, uma divertida distorção de seus vários temas. O próprio livro está sonhando* e tendo visões; esse capítulo é apenas um exagero, a evolução em forma de pesadelo de seus personagens, objetos e temas.

TEMPO: Entre onze e meia-noite.

LUGAR: A Nighttown começa na entrada da Mabbot Sreet, no leste de Dublin, ao norte do Liffey e perto das docas, aproximadamente a 1,5 quilômetro da Eccles Street.

ESTILO: Uma comédia de pesadelo, que implicitamente reconhece ter origem nas visões constantes do conto de Flaubert "A tentação de Santo Antônio", escrito cinquenta anos antes.

AÇÃO: A ação pode ser dividida em cinco cenas.

CENA 1: *Principais personagens*: Dois soldados ingleses, Carr e Compton, que agredirão Stephen mais tarde, na quinta cena. Há uma prostituta que se faz passar pela inocente Cissy Caffrey do capítulo 10, além de Stephen e seu amigo, o estudante de medicina Lynch. Os dois soldados já na primeira cena provocam Stephen: "Abram alas pro pastor". "Ó de lá, pastor!" Stephen se parece com um padre, pois está de luto por causa da mãe. (Tanto Stephen quanto Bloom vestem roupas pretas.) Outra prostituta se parece com Edy Boardman. Estão presentes também os gêmeos Caffrey: meninos de rua, fantasmas que se parecem com os gêmeos, subindo pelos postes de iluminação. Vale notar que essas associações de ideias não ocorrem na mente de Bloom, que havia reparado em Cissy e Edy na praia, mas não participa dessa primeira cena, enquanto Stephen, que lá está, nada pode saber sobre Cissy e Edy. O único acontecimento real nessa cena é o fato de que Stephen e Lynch estão rumando para uma casa de má

---

* Em outra parte, Nabokov observa sobre essa passagem: "Bernard Shaw escrevendo sobre *Ulysses* em carta para Sylvia Beach, sua editora, a definiu como um devaneio — mas o registro genuíno de uma fase repugnante da civilização". (N.E.)

reputação em Nighttown depois que os outros, inclusive Buck Mulligan, se dispersaram.

CENA 2: Bloom aparece em um palco que representa uma esquina torta com lampiões fora de prumo; ele está ansioso por causa de Stephen e o vem seguindo. O começo da cena é a descrição de uma entrada real: ofegante por ter corrido atrás de Stephen, Bloom efetivamente compra um pé de porco e uma pata de carneiro no açougue Othousen, por pouco não sendo atingido por um bonde. Surgem então seus pais mortos — essa é uma alucinação do autor e de Bloom. Várias outras mulheres conhecidas de Bloom, incluindo Molly, a sra. Breen e Gerty, também aparecem nessa cena, bem como o sabonete de limão, as gaivotas e outros personagens incidentais, dentre os quais até Beaufoy, o autor do conto publicado na revista *Titbits*. Há também fantasias religiosas. Vale lembrar que o pai de Bloom era um judeu húngaro que se converteu ao protestantismo, enquanto a mãe de Bloom era irlandesa. Bloom, que nasceu como protestante, foi batizado como católico. Ele é, aliás, maçom.

CENA 3: Bloom chega ao bordel. Zoe, jovem prostituta com uma combinação cor de safira, o recebe à porta, na Lower Tyrone Street, um marco na cidade que não existe mais. Pouco depois, na alucinação do autor, Bloom, o maior reformador do mundo (uma alusão a seus interesses em vários projetos cívicos), é coroado imperador pelos cidadãos de Dublin, a quem ele explica suas iniciativas em favor da regeneração social, mas então é denunciado como um libertino diabólico e por fim proclamado mulher. O dr. Dixon (residente da maternidade) lê seu boletim médico: "O professor Bloom é um exemplo acabado do novo homem feminil. Sua natureza moral é simples e cativante. Muitos descobriram ser ele um homem querido, uma pessoa querida. Trata-se de um camarada esquisito no todo, retraído ainda que não fraco mentalmente no sentido médico. Escreveu uma carta muito bonita, um verdadeiro poema, ao missionário da corte da Sociedade de Proteção ao Clérigo Reformado que esclarece tudo. Ele é praticamente um total abstêmio e posso afirmar que dorme em uma manjedoura de palha e tem a mais espartana alimentação, ervilhas de mercearia secas e frias. Ele usa um cilício no inverno e no verão e fustiga-se todo sábado. Foi, ouvi dizer, outrora um malcriado de primeira classe no reformatório Glencree. Um outro relato declara ter sido ele uma criança muito póstuma. Peço clemência em nome da mais sacra palavra que nossos órgãos vocais jamais foram chamados a pronunciar. Ele está pra ter neném.

(*Comoção e compaixão generalizadas. Mulheres desmaiam. Um americano rico arrecada dinheiro na rua para Bloom.*)".

Ao final da cena, Bloom, na realidade do livro, segue Zoe e entra no bordel em busca de Stephen. Descobrimos agora como funciona a maquinaria do capítulo. Este ou aquele detalhe da realidade surge de repente e assume uma existência complexa; uma alusão começa a viver por conta própria. Assim, a conversa "real" entre Zoe e Bloom na porta do bordel é interrompida a fim de interpolar a Ascensão e Queda de Bloom antes de sua entrada na casa.

CENA 4: Na casa de má fama, Bloom se encontra com Stephen e Lynch. Ocorrem diversas visões. O autor faz surgir o avô de Bloom, Leopold Virag. Bella Cohen, a corpulenta cafetina com um bigodinho bem visível, evoca, em outra alucinação do autor, os pecados anteriores de Bloom e, em uma divertida troca de sexos, é horrivelmente cruel com o impotente Bloom. Aparecem também ninfas das águas e cachoeiras com o tema musical líquido de que Joyce tanto gostava. Tem início um pequeno período de realidade. Bloom retoma de Zoe seu talismã, a batata. Stephen tenta esbanjar seu dinheiro. (Notem que nem Stephen nem Bloom têm o menor interesse nas mulheres que os cercam.) Bloom consegue recuperar o dinheiro e o guarda para Stephen. Uma libra e 7 xelins. "Não faz a mais remota diferença", diz Stephen. Seguem-se outras alucinações do autor — até Boylan e Marion comparecem em uma visão. Na vida real da cena, Stephen imita de forma muito cômica a pronúncia parisiense do inglês. As alucinações do autor começam a atacar Stephen, cuja mãe se faz presente.

"A MÃE: (*Com o sutil sorriso da loucura da morte.*) Eu um dia fui a bela May Goulding. Estou morta.

STEPHEN: (*Horrorizado.*) Lêmure, quem és? Não. Que truque de bichopapão é esse?

BUCK MULLIGAN: (*Balança o enroscante sino da gorra.*) Brincadeira! O Kinch irmãosdasalmas matou a desalmada. Ela abotoou a casaca. (*Lágrimas de manteiga derretida caem de seus olhos sobre o* scone.) Nossa grande e doce mãe! *Epi oinopa ponton.*

A MÃE: (*Aproxima-se mais, respirando sobre ele suave seu alento de cinzas úmidas.*) Todos têm que passar por isso, Stephen. Mais mulheres que homens no mundo. Você também. A hora vai chegar.

STEPHEN: (*Voz embargada de pavor, remorso e horror.*) Eles estão dizendo que eu te matei, mãe. Ele ofendeu a tua memória. Foi o câncer, não eu. Destino.

A MÃE: (*Uma verde linha de bile escorrendo de um canto da boca.*) Você cantou aquela música pra mim. *O amargo mistério do amor.*

STEPHEN: (*Ansiosamente.*) Me diga a palavra, mãe, se você sabe agora. A palavra que todos os homens conhecem.

A MÃE: Quem te salvou na noite que você saltou no trem em Dalkey com o Paddy Lee? Quem teve pena de você quando você estava triste entre os estranhos? A oração é todopoderosa. Oração pelas almas que sofrem no manual das Ursulinas, e indulgência de quarenta dias. Se arrependa, Stephen.

STEPHEN: Monstro! Hiena!

A MÃE: Eu rezo por você no meu outro lugar e mundo. Pede pra Dilly fazer pra você aquele arroz cozido toda noite depois do teu estudo. Tantos anos eu te amei, ah meu filho, meu maisvelho, quando você estava dentro da minha barriga."

Como isso continuava, Stephen quebra a lâmpada com sua bengala.

CENA 5: Stephen e Bloom saem do lupanar e estão na Beaver Street, perto da casa de má reputação. Stephen, ainda bêbado, fala excitadamente em voz alta, e dois soldados ingleses, Carr e Compton, decidem que ele insultou o rei Eduardo VII (que também aparece nas alucinações do autor). Um deles, Carr, ataca Stephen e o derruba ao chão. Aparecem guardas. Isso é real. Também na realidade, Kelleher, o assistente do dono da funerária, por acaso se encontra nas redondezas e ajuda a convencer os guardas de que Stephen apenas tomou umas e outras, sabe como são os rapazes. No final da cena, Bloom se curva sobre Stephen ainda caído, que murmura: "Quem? Vampiro pantera negra", e cita fragmentos do poema de Yeats "Who Goes with Fergus". O capítulo termina com Bloom tendo uma alucinação em que aparece seu filho morto, Rudy, como um duende de onze anos, uma criança levada por alguma fada má, que olha nos olhos de Bloom sem vê-lo e beija a página do livro que ele está lendo da direita para a esquerda.

Terceira parte, capítulo 1

TEMPO: Depois da meia-noite.

LUGAR: Ainda perto de Nighttown, nas vizinhanças da Amiens Street, nordeste de Dublin, perto das docas e da alfândega; depois, o abrigo para cocheiros próximo à Butt Bridge, dirigido supostamente por Skin-the-Goat Fitzharris, que participou do assassinato político no Phoenix Park. Fitzharris foi um dos chamados Invencíveis, que em 1882 mataram lorde Frederick Cavendish, secretário-chefe, e Thomas H. Burke, subsecretário. Fitzharris era apenas o cocheiro da carruagem, e nem temos certeza de que se trata mesmo dele.

PERSONAGENS: Bloom e Stephen, que finalmente se veem a sós na noite dublinense. Entre os personagens noturnos que encontram ao acaso, o mais vívido é o marujo de barba ruiva Murphy, que volta de viagem no Rosevean, o navio de três mastros que Elias encontrara quando por fim chegou à baía.

ESTILO: A maior parte do capítulo é mais uma vez uma paródia, a imitação de um estilo jornalístico elegante com clichês masculinos substituindo aqueles típicos das revistas femininas que vimos no capítulo dedicado a Gerty MacDowell, com o qual guarda outras semelhanças.

AÇÃO: Ao longo do capítulo, o bondoso Bloom faz o possível para tratar Stephen como um amigo, porém é visto por ele com uma indiferença ligeiramente desdenhosa. Nesse capítulo e no seguinte, Joyce esboça e ilustra de modo cuidadoso as várias diferenças em matéria de caráter, educação, gostos etc. entre Bloom e Stephen. Tais diferenças superam em muito a principal similaridade que decorre do fato de ambos haverem rejeitado a religião de seus pais.* No entanto, os aforismos metafísicos de Stephen mantêm certa relação com as tiradas pseudocientíficas de Bloom. Ambos possuem olhos e ouvidos apurados, ambos amam a música, ambos reparam em detalhes tais como gestos, cores e sons. Nos acontecimentos daquele dia, uma porta desempenha um papel curiosamente semelhante na vida dos dois — e, se Bloom tem o seu Boylan, Stephen tem o seu Mulligan. Ambos guardam fantasmas em seus respectivos passados, paisagens retrospectivas de dor e traição. Tanto Bloom quanto Stephen sofrem de solidão; no entanto, Stephen é solitário não porque lutou contra as crenças de sua família, revoltou-se contra o lugar-comum etc., e certamente não devido (como Bloom) a alguma condição social, mas porque foi criado pelo autor como um gênio em floração, e o gênio é por necessidade solitário. Ambos veem na história seu inimigo — injustiça para Bloom, uma prisão metafísica para Stephen. Ambos são seres errantes e exilados. Por fim, em ambos corre o sangue inventivo de James Joyce, o criador deles.

Em suas dissimilaridades, em uma definição grosseira, Bloom é uma pessoa instruída e Stephen um intelectual. Bloom admira a ciência e a arte aplicadas; Stephen, a arte e a ciência puras. Bloom se delicia em ler a coluna "Acredite se quiser"; Stephen é o autor de profundos aforismos filosóficos. Bloom é o homem da água encanada; Stephen, da pedra opalescente. Há também contrastes emocionais. Bloom é o materialista bondoso, modesto, emotivo; Stephen,

---

* Em seu exemplar anotado, Nabokov assinala no capítulo seguinte o fim do exame por Bloom do conteúdo da segunda gaveta, que contém um envelope endereçado "A meu querido filho Leopold", quando evoca recordações das últimas palavras de seu pai. Joyce pergunta: "Por que Bloom vivenciou um sentimento de remorso?", e responde: "Porque por imatura impaciência ele tratara com desrespeito certas crenças e práticas". À margem, Nabokov observa: "Comparar com Stephen". A passagem continua: "Tais como?
A proibição do uso de carne e leite em uma mesma refeição: o simpósio hebdomadário de excompatriotas coexreligionários mercantis perfervidamente concretos, incoordenadamente transcendentes: a circuncisão dos rebentos homens: o caráter sobrenatural da escrita judaica: a inefabilidade do tetragrama: a santidade do sabá. Como lhe pareciam hoje essas crenças e práticas?
Não mais racionais do que haviam então parecido, não menos racionais do que hoje pareciam outras crenças e práticas". (N.E.)

o asceta, duro, brilhante, um amargo egotista que, ao rejeitar seu Deus, também rejeitou a humanidade. A figura de Stephen é feita de contrastes. Ele é fisicamente repugnante mas intelectualmente atraente. Joyce enfatiza sua covardia física, a sujeira, dentes ruins, modos desleixados ou nojentos (toda a questão do lenço encatarrado e depois, na praia, a falta de um lenço), a lascívia e a pobreza humilhante com todas as suas implicações degradantes. No entanto, em contrapartida a tudo isso, há sua mente superior e arrojada, sua imaginação criativa e encantadora, seu referencial fantasticamente rico e sutil, seu espírito livre, sua integridade e sua autenticidade orgulhosas e impregnáveis que exigem coragem moral, sua independência levada ao ponto da obstinação. Se há um toque de filisteu em Bloom, há algo de fanatismo impiedoso em Stephen. As perguntas de Bloom repletas de solicitude e de ternura paterna, Stephen retalia com seus duros aforismos. Bloom diz na elegante linguagem jornalística do capítulo:

"— Eu não pretendo presumir poder te dar ordens em nenhuma medida mas por que você saiu da casa de seu pai?

— Para procurar o infortúnio — foi a resposta de Stephen". (Incidentalmente, vale observar a variedade de sinônimos para *ele disse*: observou, respondeu, retrucou, repetiu, comentou, ousou sugerir etc.)

Então, Bloom, que tem muita vergonha da superficialidade de sua cultura e tenta ser tão simpático quanto possível com Stephen, sugere, em uma conversação pouco focada, que o país de qualquer pessoa é aquele lugar onde ela pode viver bem se estiver disposta a trabalhar, uma abordagem simples e prática. Estou fora, responde Stephen. Trabalho no sentido mais amplo, Bloom se apressa a explicar, trabalho literário... os poetas têm tanto direito de viver por conta de seu cérebro quanto os camponeses pela força de seus braços: ambos pertencem à Irlanda. Você imagina, retruca Stephen com um sorrisinho, que eu possa ser importante porque pertenço à Irlanda, mas suspeito que a Irlanda possa ser importante porque pertence a mim. Bloom fica muito surpreso e acha que houve um mal-entendido. Stephen diz rudemente: "Nós não podemos mudar de país. Vamos mudar de assunto".

No entanto, o principal assunto do capítulo é Molly, que encontraremos em breve no último capítulo do livro. Com um gesto similar ao do velho lobo do mar exibindo um cartão-postal com peruanos ou a tatuagem em seu peito, Bloom mostra a Stephen a fotografia dela: "Cuidadosamente evitando um livro em seu bolso *Doçuras do,* que lembrava-o falando nisso daquele livro da biblioteca da Capel Street com a data vencida, ele tirou sua carteira e, virando os diversos conteúdos que continha rapidamente, finalmente ele. [...]

— Você considera, por falar nisso, ele disse, pensativamente selecionando uma foto desbotada que pôs sobre a mesa, este aqui um tipo espanhol?

Stephen, obviamente interpelado, baixou os olhos para a foto que mostrava uma senhora de tamanho considerável, com seus carnudos encantos abertamente à mostra, como estivesse na plena floração da feminilidade, com um vestido de noite de corte ostensivamente decotado para a ocasião para fornecer generosa amostra de seu colo, com mais do que uma visão dos seios, os lábios cheios separados, e uns dentes perfeitos, de pé próxima, com ostensiva gravidade, de um piano, em cujo apoio estava 'Na velha Madri', uma balada, que tinha lá sua beleza, que estava então mais do que na moda. Seus (os da senhora) olhos, negros, grandes, olhavam para Stephen, a ponto de sorrir diante de algo a ser admirado, sendo Lafayette da Westmoreland Street, principal artista fotográfico de Dublin, o responsável pela estética execução.

— A sra. Bloom, minha esposa a *prima donna,* madame Marion Tweedy, Bloom indicou. Tirada já há alguns anos. Em ou perto de noventesseis. Ela era bem assim na época".

Bloom descobre que Stephen jantou pela última vez na quarta-feira. Certa noite Bloom levou para casa um cachorro (raça desconhecida) com uma pata machucada, e agora decide levar Stephen para a Eccles Street. Embora Stephen demonstre certa resistência e nenhum entusiasmo, Bloom o convida para sua casa a fim de tomar uma xícara de chocolate. "A minha mulher, ele compartiu, mergulhando *in medias res,* teria um imenso prazer em travar conhecimento com você já que ela tem uma ligação passional com todo tipo de música." Eles vão juntos até a casa de Bloom — o que nos leva ao capítulo seguinte.

Terceira parte, capítulo 2

Segundo Kain, "a falta de foco intencional do capítulo precedente é agora reduzida ao tom de todo impessoal de perguntas formuladas de modo científico e respondidas de forma igualmente fria". As perguntas são feitas no modelo dos catecismos, e o linguajar é mais pseudocientífico do que científico. Recebemos um bom volume de informações e de recapitulação, sendo talvez mais aconselhável analisar esse capítulo sob a perspectiva dos fatos que contém. Trata-se de um capítulo muito simples.

Quanto aos fatos, muitos são elaborados ou recapitulam informações já contidas no livro, porém alguns são novos. Por exemplo, duas perguntas e respostas sobre Bloom e Stephen:

"Sobre o que deliberou o duunvirato durante seu itinerário?

Música, literatura, a Irlanda, Dublin, Paris, amizade, a mulher, prostituição, nutrição, a influência da luz a gás ou da luz de lâmpadas a arcovoltaico ou incandescentes sobre o crescimento de árvores paraheliotrópicas circunstantes, cestos de lixo de emergência expostos pela prefeitura, a Igreja Católica Romana, o celibato eclesiástico, a nação irlandesa, a educação jesuíta, carreiras, o estudo da medicina, o dia passado, a maléfica influência do prèssabá, o colapso de Stephen.

Teria Bloom descoberto fatores comuns de similaridade entre suas reações respectivamente semelhantes e dissemelhantes à experiência?

Ambos eram sensíveis a impressões artísticas musicais em preferência a plásticas ou pictóricas. [...] Ambos obdurados por precoce treinamento doméstico e por hereditária tenacidade de resistência heterodoxa professavam sua descrença em várias doutrinas religiosas ortodoxas, nacionais, sociais e éticas. Ambos admitiam a influência alternadamente estimulante e obtundente do magnetismo heterossexual".

O repentino interesse de Bloom (para o leitor) por obrigações cívicas, exposto nessa conversa com Stephen no abrigo dos cocheiros, é revelado por uma pergunta e resposta que datam de um debate que ele teve com várias pessoas já em 1884 e em várias outras ocasiões até 1893.

"Sobre o que refletiu Bloom a respeito da sequência irregular de datas 1884, 1885, 1886, 1888, 1892, 1893, 1904 antes da chegada deles a seu destino?

Ele refletiu que a progressiva expansão do campo de desenvolvimento e da experiência individuais era regressivamente acompanhada por uma restrição do domínio correlato das relações interindividuais."

Chegando ao número 7 da Eccles Street, Bloom se dá conta de que esqueceu a chave, deixada em outra calça. Ele pula a grade, ganha acesso à cozinha do porão pela área onde é guardada a louça e então:

"Que discreta sucessão de imagens distinguiu enquanto isso Stephen?

Reclinado contra as grades da área ele distinguiu através dos transparentes vidros da cozinha um homem regulando uma chama de gás 14 CD, um homem acendendo uma vela, um homem retirando uma de cada vez suas duas botas, um homem saindo da cozinha segurando uma vela de 1 CD.

E o homem ressurgiu alhures?

Depois de um lapso de quatro minutos o cintilar de sua vela fez-se discernível através da bandeira semicircular semitransparente de vidro sobre a porta de entrada. A porta de entrada girou gradualmente em torno de seu eixo. No espaço aberto do limiar o homem reapareceu sem o chapéu, com a vela.

Stephen obedeceu a seu sinal?

Sim, entrando silenciosamente, ele ajudou a fechar e taramelar a porta e seguiu silenciosamente ao longo do vestíbulo as costas e os pés valgos do homem e sua vela acesa passando pela fresta iluminada de uma porta à esquerda e cuidadosamente descendo uma escadaria em curva de mais de cinco degraus para a cozinha da casa de Bloom".

Bloom prepara o chocolate para os dois, havendo várias referências à sua apreciação por aparelhos domésticos, charadas, artefatos inteligentes, jogos de palavras (como nos anagramas feitos a partir de seu nome), o poema acróstico que mandara para Molly em 1888 ou a canção que começara a compor e não completara para uma das cenas da pantomima de Natal *Simbad, o marujo* do Gaiety Theatre. A relação entre a idade dos dois é dada: em 1904, Bloom tem 38 anos e Stephen, 22. Conversas e lembranças são tratadas nas páginas seguintes. Ficamos conhecendo quem eram seus pais e até os fatos bem patéticos sobre o batismo de cada um.

Ao longo do capítulo, ambos têm plena consciência das diferenças raciais e religiosas, e Joyce enfatiza um pouco demais essa consciência. Fragmentos de versos do hebreu antigo e de antigos idiomas irlandeses são citados pelo convidado para o anfitrião, e por este para o convidado.

"O conhecimento que cada um deles possuía dessas línguas, a extinta e a rediviva, era teórico ou prático?

Teórico, estando confinado a certas regras gramaticais de acidência e de sintaxe e praticamente excluindo o léxico."

A próxima pergunta é: "Que pontos de contato existiam entre essas línguas e os povos que as falavam?". A resposta revela a existência de um vínculo natural entre judeus e irlandeses pelo fato de que ambas são raças subjugadas. Após uma alocução pseudointelectual sobre os tipos das duas literaturas, Joyce termina a resposta: "a proscrição de seus costumes nacionais em leis penais e atos de indumentária judaica: a restauração em Chanah David do Sião e a possibilidade da autonomia ou devolução política irlandesa". Em outras palavras, o movimento em favor de uma terra para os judeus se fixarem equivale à luta pela independência da Irlanda.

Porém, surge então a religião, aquilo que mais os divide. Em resposta a dois versos de lamentação que Bloom cita em hebreu, e sua paráfrase do restante, Stephen, com seu habitual e cruel descuido, recita uma pequena balada medieval sobre a filha de um judeu vestida de verde que atrai o menininho católico São Hugo para sua crucificação, depois analisando-a de um ângulo metafísico absurdo. Bloom se sente ofendido e entristecido, mas ainda se apega à sua curiosa visão de Stephen ("Ele viu em uma leve forma jovem masculina e familiar a predestinação de um futuro") como alguém capaz de ensinar a Molly as pronúncias italianas corretas e talvez se casar com sua filha, a loura Milly. Bloom sugere que Stephen passe a noite na sala de visitas:

"Que proposta fez Bloom, diâmbulo [que anda de dia], pai de Milly, sonâmbula [que anda enquanto dorme], a Stephen, noctâmbulo [que anda de noite]?

De que passasse em repouso as horas intervenientes entre a quintafeira (*de jure*) e a sextafeira (*de facto*) em um cubículo improvisado no apartamento imediatamente acima da cozinha e imediatamente adjacente ao apartamento noturno de seus anfitrião e anfitriã.

Quais várias vantagens resultariam ou poderiam ter resultado de um prolongamento de tal improvisação?

Para o convidado: segurança de domicílio e reclusão para estudo. Para o anfitrião: rejuvenescimento da inteligência, satisfação vicária. Para a anfitriã: desintegração da obsessão, aquisição de correta pronúncia italiana.

Por que essas diversas contingências provisionais entre um hóspede e uma anfitriã podiam não necessariamente precluir ou serem precluídas por uma permanente eventualidade de união reconciliatória entre um menino de escola e uma filha de judeu?

Porque o caminho até a filha passava pela mãe, o caminho até a mãe, pela filha".

Temos aqui uma alusão velada ao pensamento obscuro de Bloom de que Stephen seria um amante melhor para Molly do que Boylan. A "desintegração da obsessão" se refere presumivelmente a Molly se desinteressar de Boylan, e a resposta seguinte, embora possa ser lida com toda a inocência, pode também carregar um significado oculto.

O oferecimento é recusado, mas aparentemente Stephen concorda em treinar a mulher de Bloom na pronúncia em italiano, conquanto a proposta e sua aceitação sejam formuladas de um modo curiosamente problemático. Logo depois Stephen se prepara para partir.

"Para qual criatura foi porta de ingresso a porta de egresso?

Para uma gata.

Que espetáculo se lhes antepôs quando eles, primeiro o anfitrião, depois o convidado, emergiram silenciosos, duplamente escuros, da obscuridade por uma passagem que ia dos fundos da casa para a penumbra do jardim?

A celestárvore de estrelas prenhe de úmido fruto azulnoturno." Ambos, por um momento, veem o céu da mesma maneira.

Depois que se separam, nunca saberemos como e onde Stephen passou o resto da noite. Já são quase duas da madrugada, mas ele não irá para a casa de seu pai nem para a torre de tijolos, cuja chave cedeu a Mulligan. Bloom está algo inclinado a permanecer do lado de fora e esperar pela aurora, mas pensa melhor e volta para dentro de casa, quando temos uma descrição da sala de visitas e, mais tarde, um maravilhoso catálogo dos livros que possui, refletindo claramente sua cultura aleatória e uma mente ávida. Ele faz um balanço, item por item, das despesas e receitas de 16 de junho de 1904, com um saldo de 2 libras, 19 xelins e 3 *pennies*. Cada entrada foi descrita no curso de suas perambulações naquele dia. Após a famosa descrição das duas gavetas que ele examina, temos certas recapitulações em relação aos cansaços do dia:

"Que passadas causas consecutivas, antes de se pôr de pé prèapreendidas, de fadiga acumulada, antes de se pôr de pé, silentemente recapitulou Bloom?

O preparo do desjejum (oferenda queimada): congestão intestinal e premeditada defecação (Santo dos Santos): o banho (rito de João): o enterro (rito de Samuel): o anúncio de Alexander Shawes (Urim e Tumim): o almoço insubstancioso (rito de Melquisedeque): a visita ao museu e biblioteca nacional (lugar santo): a caça ao livro pela Bedford Row, Merchant's Arch, Wellington Quay (Simhat Torah): a música no hotel Ormond (Shir Hashirim): a altercação com um truculento troglodita no estabelecimento de Bernard Kiernan (Holocausto): um período lacunar que incluía uma viagem de carro, uma visita a uma casa enlutada, uma despedida (o deserto): o erotismo produzido pelo exibicionismo feminino (rito de Onã): o prolongado trabalho de parto da sra. Mina Purefoy (Terumá): a visita à desregrada casa da sra. Bella Cohen, 82 Lower Tyrone Street, e subsequentes querela e encontro casual na Neaver Street (Armagedom): a perambulação noturna até o e a partir do abrigo do cocheiro, ponte Butt (expiação)".

Bloom passa da sala de visitas para o quarto, que é belamente descrito no que tange às roupas de Molly espalhadas por toda parte e à mobília. As luzes estão acesas, Molly cochila. Bloom entra na cama.

"O que seus membros, quando gradualmente estendidos, encontraram?

Roupa de cama nova e limpa, odores adicionais, a presença de uma forma humana, feminina, dela, a impressão de uma forma humana, masculina, não dele, algumas migalhas, flocos de carne enlatada, requentada, que removeu."

Sua entrada na cama de casal acorda Molly:

"O que se seguiu a essa ação silente?

Sonolenta invocação, menos sonolenta recognição, incipiente excitação, catequética interrogação".

À questão, implícita, "o que você andou fazendo o dia todo?", a resposta de Bloom ocupa um espaço extraordinariamente pequeno comparado com as extensas meditações de Molly no capítulo seguinte. Ele de propósito omite qualquer menção a três coisas: 1) a correspondência clandestina entre Martha Clifford e Henry Flower; 2) a altercação no bar Kiernan; e 3) sua reação onanística à exibição de Gerty. Ele conta três mentiras: 1) que estivera no Gaiety Theatre; 2) que ceara no hotel Wynn; e 3) que a razão de haver trazido Stephen para a casa por pouco tempo se deveu ao fato de ele ter sofrido uma concussão provocada por um movimento em falso durante uma exibição de ginástica após o jantar. Como se vê depois no monólogo mental de Molly, Bloom também lhe conta três coisas verdadeiras: 1) sobre o funeral; 2) sobre haver se encontrado com a sra. Breen (a amiga de Molly que antes se chamava Josie Powell); e 3) sobre seu desejo de que Stephen lhe desse aulas de italiano.

O capítulo termina com Bloom caindo aos poucos no sono.

"Em que postura?

Ouvinte [Molly]: reclinada semilateralmente, à esquerda, mão esquerda sob a cabeça, perna direita estendida em uma linha reta e descansando sobre a perna esquerda, fletida, na atitude de Geia-Tellus, realizada, recumbente, plena de semente. Narrador: reclinado lateralmente, à esquerda, com pernas direita e esquerda fletidas, o dedoindicador e o polegar da mão direita descansando na ponte do nariz, na atitude representada em uma fotografia instantânea feita por Percy Apjohn, o meninomem exausto, o homenino no ventre.

Ventre? Exausto?
Ele repousa. Viajou.

Com?
Simbá dos sete Mares e Limbá dos sete Lares e Bimbá dos sete Bares e Pimbá dos sete Pares e Guimbá das sete Gares e Dimbá dos sete Dares e Timbá dos sete Tares e Himbá dos sete Hares e Quimbá dos sete Quares e Rimbá dos sete Rares e Zimbá dos sete Zares e Jimbá dos sete Fares e Wimbá dos sete Nhares e Nimbá dos sete Yares e Ximbá dos sete Phthares.

Quando?
Rumo à cama escura tinha um ovo redondo quadrado de dodó da roca do Simbá dos sete Mares na noite da cama de todos os dodós das rocas de Escurimbá dos Diassolares.

Onde?"
Não se ouve nenhuma resposta. Mas devia ser: em lugar nenhum, ele dorme.

Terceira parte, capítulo 3

São duas horas da madrugada, ou pouco mais. Bloom, na posição fetal, caiu no sono, mas Molly fica acordada ao longo de quarenta páginas. O estilo é um continuado fluxo de consciência que corre pela mente melodramática, vulgar e febril de Molly, a mente de uma mulher bastante histérica, com ideias convencionais, mais ou menos morbidamente sensual, com um forte veio musical e a capacidade bem anormal de rever toda a sua vida graças a uma ininterrupta torrente verbal interna. Uma pessoa cujos pensamentos seguem às cambalhotas com tal ímpeto e consistência não é normal. Os leitores que desejarem quebrar o fluxo desse capítulo precisam usar um lápis bem apontado a fim de separar as frases, tal como ilustrado na citação que abre o capítulo: "Sim / porque ele nunca fez uma coisa dessa / de me pedir café na cama com dois ovos / desde o hotel City Arms quando ele ficava fingindo que ficava de cama com uma voz de doente / posando de príncipe pra se fazer de interessante praquela velha coroca da sra. Riodan que ele achava que tinha bem na palma da mão e ela não deixou nem um tostão pra gente / tudo pras missas pra ela e a alma dela / maior mãodevaca do mundo sempre foi / tinha medo até de gastar 4p pro álcool metilado dela / me contando todas as mazelas / ela tinha era muito blablablá sobre política e os terremotos e o fim do mundo / deixa a gente se divertir um pouquinho antes / Deus que ajude o mundo se todas as mulheres fossem do tipo dela / malhando os maiôs e os decotes / que claro que ninguém ia querer que ela usasse / acho que ela era toda santa porque nenhum homem ia olhar pra ela duas vezes / tomara que eu nunca fique que nem ela / não sei como é que ela não queria que a gente cobrisse a cara / mas era uma mulher benheducada com certeza / e aquele palavrório dela de sr. Riodan pra cá e sr. Riordan pra lá / acho que ele ficou foi feliz de se ver livre dela / e o cachorro dela cheirando as minhas partes e sempre fuçando pra entrar debaixo da minha anágua especialmente naqueles dias / ainda assim eu gosto disso nele [Bloom] / educado com as velhinhas assim e os garçons e os mendigos também / não é à toa que ele se orgulha mas não sempre" etc.

Os leitores ficam demasiado impressionados com o artifício do fluxo de consciência. Sugiro as seguintes considerações. Primeiro, o recurso não é mais "realista" ou "científico" do que qualquer outro. Na verdade, se alguns dos pensamentos de Molly fossem descritos em vez de serem registrados, isso nos pareceria mais "realista", mais natural. O fato é que o fluxo de consciência constitui uma convenção estilística porque obviamente não pensamos continuamente utilizando palavras — pensamos também com o uso de imagens; mas a passagem de palavras a imagens só pode ser registrada em palavras diretas se for eliminada a descrição, como aqui. Outra coisa: algumas de nossas reflexões vão e vêm, outras ficam; elas por assim dizer se imobilizam, amorfas e preguiçosas, e leva algum tempo para que pensamentos grandes ou pequenos contornem, ao fluir, esses obstáculos mentais. A desvantagem de simular um registro do pensamento reside em toldar o elemento temporal e depender demasiado da tipografia.

Essas páginas joycianas têm exercido enorme influência. Nessa sopa de letras muitos poetas menores foram gerados: o tipógrafo do grande James Joyce é o avô do pequenino sr. Cummings. Não devemos ver no fluxo de consciência tal como composto por Joyce um acontecimento natural. Ele só é uma realidade na medida em que reflete as elucubrações de Joyce, a mente do livro. Esse livro é um mundo novo inventado por Joyce. Nesse mundo, as pessoas pensam com o uso de palavras, de frases. Suas associações mentais são ditadas em especial pelas necessidades estruturais do livro, pelos propósitos e planos do autor. Devo também acrescentar que, se algum editor introduzir marcas de pontuação no texto, os devaneios de Molly não se tornariam menos divertidos ou musicais.

Há uma coisa que Bloom disse a Molly pouco antes de cair no sono, uma coisa que não consta do relatório feito ao lado da cama, uma coisa que deixou Molly muito chocada. Antes de dormir, Bloom calmamente lhe pediu que levasse o café da manhã para ele na cama no dia seguinte — com dois ovos. Agora que a crise da traição de Molly terminou, ouso dizer que o mero fato de saber de tudo e aceitar tacitamente a situação, além de permitir que na próxima segunda-feira sua mulher dê continuidade àquele sórdido caso com Boylan, faz Bloom decidir que de algum modo ele ficou em uma posição superior e passou a ter certo poder sobre Molly — não precisando se dar ao trabalho de levar o café da manhã na cama para ela. Que Molly o traga para ele na cama.

O solilóquio de Molly começa com sua surpresa irritada diante daquele pedido, ao qual retorna várias vezes ao longo do monólogo. Por exemplo, "aí ele me começa com isso de dar ordem e pedir ovo e chá e Findon Haddy e torradinha com manteiga já estou vendo que ele vai ficar no trono igual o rei da terra socando o lado errado da colher na cabeça do ovo sei lá onde que ele aprendeu essa [...]". (Vocês terão notado que Bloom tem uma queda por todos os tipos de pequenos artefatos especiais, por truques metódicos. Graças ao solilóquio, ficamos sabendo que, quando Molly estava grávida, ele tentou usar o leite dela em seu chá, e obviamente sua posição ao dormir e outros pequenos hábitos, tal como se ajoelhar diante do penico, lhe são muito peculiares.) Molly não consegue tirar da cabeça o pedido do café da manhã, agora com ovos recém-postos — "e aí chá com torrada pra ele com manteiga dos dois lados e ovos frescos estou achando que eu não sou mais nada" —, e mais tarde "e eu é que vou ter que ficar me virando lá na cozinha pra fazer o café de sua majestade enquanto ele fica enroladinho que nem uma múmia será que eu vou mesmo alguém aí já me viu correndo [...] mostre um pouco de atenção e eles te tratam que nem merda [...]". No entanto, a ideia se firma, e Molly reflete que "eu ia adorar uma bela de uma pera suculenta agora pra derreter na boca que nem quando eu tinha desejos aí eu faço lá os ovos e o chá dele na xícara bigodeira que ela deu pra ele pra deixar a boca dele maior imagino que ele ia gostar do meu creme do bom também [...]", decidindo ser muito carinhosa com Bloom e conseguir que ele lhe dê um cheque no valor de algumas libras.

No curso do solilóquio, o pensamento de Molly se desloca entre as imagens de diversas pessoas, homens e mulheres, mas uma coisa podemos assinalar desde logo: o volume de meditação retrospectiva que ela dedica ao novo amante, Boylan, é bem inferior à qualidade e à quantidade de pensamentos dedicados ao marido e a outras pessoas. Eis aqui uma mulher que algumas horas atrás teve uma experiência física brutal, porém mais ou menos satisfatória, mas seus pensamentos são ocupados por recordações corriqueiras que com frequência se referem ao marido. Ela não ama Boylan: se ama alguém, esse alguém é Bloom.

Tratemos de analisar rapidamente essas páginas bastante sortidas. Molly aprecia o respeito que Bloom tem por mulheres mais velhas, bem como sua delicadeza com garçons e pedintes. Sabe da fotografia indecente de um toureiro e uma mulher com trajes de freira espanhola que Bloom guarda na escrivaninha; e suspeita que ele andou escrevendo uma carta de amor. Medita sobre as fraquezas dele, descrendo de algumas coisas que lhe contou sobre seu dia. Relembra em detalhe um caso que Bloom começou a ter com uma empregada deles e que nunca foi adiante: "que nem aquela vagabunda daquela Mary que estava com a gente no terraço Ontario usando enchimento naquela bunda falsa pra deixar ele excitado já não me basta ter sentido o cheiro daquelas mulheres pintadas nele uma ou duas vezes eu tive uma suspeita fazendo ele chegar perto de mim quando eu achei aquele cabelo comprido no casaco dele sem contar aquela quando eu entrei na cozinha ele fingindo que estava tomando água 1 mulher não chega pra eles era tudo culpa dele e claro estragando as empregadas e aí inventando que ela podia comer com a gente na mesa no natal vê se pode ah não muito obrigada não na minha casa [...]". Por um momento, seus pensamentos recaem sobre Boylan, quando ele primeiro lhe apertou a mão, tais pensamentos se mesclando com fragmentos de letras de canções como costuma acontecer em suas elucubrações, conquanto depois volte a Bloom. Pormenores de desejadas manobras sexuais atraem a sua atenção e ela se recorda de um padre com jeitão viril. Parece estar comparando os modos peculiares de Bloom, os modos delicados de um gói inventado (preparando o tema de Stephen), e as vestimentas do padre que cheiram a incenso — aparentemente comparando tudo isso com a vulgaridade do comportamento de Boylan: "eu fico imaginando se ele ficou satisfeito comigo uma coisa que eu não gostei foi ele me dar um tapa no traseiro quando estava saindo tão familiar no corredor por mais que eu tenha rido eu não sou cavalo nem burro ou por acaso sou [...]". Ela deseja, pobre mulher, ser tratada com muita ternura. O perfume da forte bebida que Boylan tomara no bar do Ormond está ainda presente em seu hálito, e ela se pergunta o que teria sido: "eu queria provar aquelas bebidas caras verdes e amarelas de rica que aqueles sujeitos de porta de teatro bebem de cartola", e os restos de carne enlatada que Bloom encontrou na cama são agora explicados: "ele estava dando tudo que podia pra não cair no sono depois da última vez depois que a gente tomou o vinhodoporto com a carne enlatada estava com um belo gostinho salgado". Ficamos sabendo que o trovão da tempestade, que ouvimos com Bloom no capítulo sobre a maternidade, acordou Molly de seu primeiro sono depois da partida de Boylan, em mais uma sincronização joyciana. Ela se lembra de diversos detalhes fisiológicos referentes à relação sexual com Boylan.

Seus pensamentos se voltam para Josephine Powell, agora a sra. Breen, com quem Bloom se encontrou durante o dia. Ela sente ciúme por saber do interesse de Bloom por Josie antes que se casassem, imaginando que ele possa ter continuado a existir. Depois relembra como era

Bloom antes do casamento e suas conversas, sempre em um nível cultural superior ao dela. Recorda-se do pedido de casamento que ele fez, mas suas lembranças de Bloom naquela época se misturam à satisfação ciumenta com o casamento infeliz de Josie, cujo marido doidivanas é bem capaz de ir para a cama calçado com as botas enlameadas. Um assassinato, uma mulher que envenenou o marido, também é relembrado, e com isso voltamos ao início de seu romance com Bloom e a um cantor que a beijou, à aparência de Bloom então, o chapéu marrom e o cachecol de cores vivas como o de um cigano. Depois, em conexão com as primeiras relações sexuais com Bloom, menciona-se pela primeira vez um certo Gardner, que antes fora amante dela sem que Bloom o soubesse. Ouvimos reminiscências de seu casamento com Bloom, e das oito papoulas que lhe mandou porque ela nascera em 8 de setembro de 1870 e o casamento teve lugar em 8 de outubro de 1888, quando ela tinha dezoito anos, uma bela ninhada de *oitos*. Gardner é evocado mais uma vez como um amante melhor do que Bloom, e seus pensamentos se voltam para o próximo encontro com Boylan, às quatro da tarde de segunda-feira. Há alusões a coisas que conhecemos, tais como o vinho do Porto e os pêssegos que Boylan lhe mandou, as irmãs de Stephen Dedalus voltando da escola, o marujo com uma perna só cantando sua canção e recebendo de Molly uma moeda atirada pela janela.

Pensa na planejada turnê de concertos, e a ideia de uma viagem de trem a faz lembrar um incidente divertido: "aquela vez indo pro concerto Mallow em Maryborough [Bloom] pedindo sopa pelando pra nós dois aí a campainha tocou e lá me vai ele andando pela plataforma com a sopa derramando por tudo e tomando de colherada a audácia do indivíduo e o garçom atrás dele fazendo um escândalo desgraçado berrando e aquela confusão pro trem partir mas ele não queria pagar até acabar de tomar os dois cavalheiros no vagão de terceira classe disseram que ele estava mais do que certo e estava mesmo ele é tão cabeçadura às vezes quanto mete alguma coisa na cachola pelo menos ele conseguiu abrir a porta do vagão com o canivete ou eles iam ter levado a gente pra Cork acho que fizeram de vingança contra ele ah eu adoro gingar em um trenzinho ou em um carro com umas almofadinhas macias eu fico imaginando será que ele [Boylan] vai pegar de primeira classe pra mim ele pode querer fazer no trem dando uma bela de uma gorjeta pro guardinha [...]". Gardner — o tenente Stanley Gardner —, que morreu de infecção intestinal na África do Sul cinco anos atrás, assim como o último beijo que trocaram, são lembrados de forma encantadora: "era um sujeito lindo de cáqui e era o tantinho certo mais alto que eu tenho certeza que era corajoso também ele disse que eu era linda naquela noite que a gente deu um beijo de despedida na eclusa do canal minha beleza irlandesa ele estava pálido de empolgação por que estava indo...". Voltamos a Boylan e a alguns detalhes repugnantes desse e de outros ardentes atos sexuais, assim como da raiva de Boylan, "um perfeito diabinho uns minutos depois que voltou com a edição extra rasgando os bilhetes e relampejando porque perdeu 20 pratas ele disse que perdeu por causa daquele azarão que ganhou e metade ele apostou no meu nome por causa da dica do Lenehan xingando até a quinta geração aquele parasita [...]". Ela se recorda como Lenehan "ficou tomando liberdades comigo depois do jantar Glencree na volta aquela longa viagem sacolejante pela montanha featherbed depois do lorde prefeito ficar me olhando com aquele olho imundo", um episódio que ele contou alegremente a M'Coy. Peças de lingerie são lembradas, assim como a visita do príncipe de Gales a Gibraltar, onde ela passou a infância e juventude: "ele esteve em Gibraltar no ano que eu nasci aposto que achou uns lírios por lá também onde ele plantou a árvore ele plantou mais que isso na vida dele bem podia ter plantado em mim também se tivesse ido um pouquinho antes aí eu não ia estar aqui desse jeito...". Assuntos de dinheiro vêm à tona: Bloom "devia mandar passear aquele Freeman com os trocadinhos que ele arranja por lá e entrar em algum escritório ou uma coisa assim onde tivesse um salário regular ou um banco onde pudessem colocar ele em um trono pra contar dinheiro o dia inteiro claro que ele prefere ficar à toa pela casa e você sem poder nem se mexer com ele por toda parte [...]". Detalhes fisiológicos e anatômicos se seguem aos borbotões, havendo até uma sugestão de *metempsicose*, a palavra sobre a qual ela perguntara a Bloom ao lhe trazer o café da manhã enquanto lia: "e aquela palavra mete alguma coisa com cose e ele me veio com uns travalínguas sobre encarnação ele nunca consegue explicar alguma coisa simplesmente de um jeito que um cristão entenda aí ele vai e me queima o fundo da frigideira tudo por causa do Rim dele [...]". Mais fisiologia e anatomia, um trem apita na noite. De volta a Gibraltar e a uma amiga, Hester Stanhope (cujo pai flertara ligeiramente com Molly), e então a foto de Mulvey, aquele que fora seu primeiro amor. São mencionados os romances *A pedra da Lua* (1868), de Wilkie Collins, e *Moll Flanders* (1722), de Defoe.

Seguem-se referências a símbolos, mensagens e cartas, até se chegar à carta de amor do tenente Mulvey, a primeira que ela recebeu, ainda em Gibraltar: "Eu queria puxar conversa com ele quando vi ele me seguindo pela Calle Real na vitrine da loja aí ele só me deu um cutucão quando ia passando nunca imaginei que ele ia escrever pra marcar um encontro fiquei com aquilo dentro do corpete da combinação o dia inteiro lendo e relendo em cada canto e em cada buraco enquanto o papai estava em treinamento pra descobrir pela caligrafia ou a linguagem dos selos cantando eu lembro será que hei de usar a rosa branca eu queria avançar aquele relógio idiota pra perto da hora ele foi o primeiro que me beijou embaixo do muro mourisco meu namoradinho quando menino nunca passou pela minha cabeça o que um beijo era até ele botar a língua na minha boca a boca dele era adoçadinha de jovem eu encostei o joelho nele umas vezes pra aprender o caminho que eu disse pra ele que estava noiva de farra do filho de um nobre espanhol chamado Don Miguel de la Flora e ele acreditou que eu ia casar com ele dali a três anos [...]". Flora se parece muito com Bloom, a quem naturalmente ela ainda não conhecia, mas "toda piada tem um fundo de verdade há uma flor que brota [...]". Segue-se uma descrição bem detalhada de seu primeiro encontro amoroso com o jovem Mulvey, embora ela tenha dificuldade de se lembrar de seu primeiro nome: "Molly querida ele me chamava como que era o nome dele Jack Joe Harry Mulvey será que sim acho que tenente que ele era [...]". Suas associações desconexas de ideias saltam dele para o fato de que ela se divertia usando seu boné pontudo, e daí para um velho bispo que discursava sobre a função superior das mulheres, mencionando "as mocinhas que agora andavam de bicicleta e usavam bonés pontudos e as calças de mulher que eles chamavam de Bloomers que Deus lhe dê juízo e pra mim mais dinheiro imagino que seja por causa dele o nome eu nunca achei que ia ser o meu nome esse Bloom [...] a senhora está uma flor a Josie dizia depois que eu casei com ele [...]". E de volta a Gibraltar, às pimenteiras e álamos que lá havia, a Mulvey e Gardner.

Outro apito de trem. Bloom e Boylan, Boylan e Bloom, a turnê de concertos, e mais uma vez de volta a Gibraltar. Ela supõe que já passe das quatro horas, mas o relógio mostra depois que são duas e pouco. O gato é lembrado e depois os peixes — Molly gosta de peixe. Recorda-se de um piquenique com o marido e pensa sobre a filha, Milly, e os dois belos tapas na orelha que lhe deu por ser insolente. Visualiza Bloom trazendo Stephen Dedalus para dentro da cozinha e logo depois se dá conta de que sua menstruação começou. Levanta-se da cama, que emite tinidos. A repetição da palavra *devagar* meia dúzia de vezes se refere ao temor de que o utensílio sobre o qual se agacha poderá quebrar-se sob seu peso — tudo isso bem desnecessário. Bloom, como ficamos sabendo, ajoelha-se diante dele em vez de se sentar. Um último "devagar" e ela retorna à cama. Mais pensamentos sobre Bloom e depois sobre o funeral de Dignam, que ele presenciou. Através da bela voz de Simon Dedalus somos conduzidos a Stephen Dedalus, que, segundo Bloom lhe contou, viu sua foto. Rudy teria hoje onze anos. Ela tenta visualizar Stephen, que viu quando menino. Pensa em poesia — tal como a entende — e imagina um caso amoroso com o jovem Stephen. A vulgaridade de Boylan é evocada em contraste, assim como, uma vez mais, seus recentes ardores. O marido dorme com os pés onde deveria estar a cabeça. Ele gosta desse jeito: "ah tira essa carcaça imensa daqui pelo amor do Xisto", reflete Molly. Stephen, órfão de mãe, volta a seus pensamentos: "ia ser muito divertido se ele ficasse mesmo com a gente por que não tem o quarto lá em cima vazio e a cama da Milly no quarto dos fundos ele podia escrever e estudar naquela mesa lá escrever até acabar e se ele [Stephen] quiser ler na cama que nem eu já que ele [Bloom] está fazendo café pra 1 pode fazer pra 2 o que eu sei é que inquilino assim da rua eu não vou pegar pra ele se ele aceitar ficar em uma espelunca que nem aqui eu ia adorar uma conversa comprida com uma pessoa inteligente e benheducada eu ia precisar comprar uma bela de uma chinela vermelha que nem as que aqueles turcos de fez vendiam [*o sonho gêmeo de Bloom e Stephen!*] ou amarela e um belo penhoar semitransparente que eu estou tão precisada [...]".

O café da manhã que ela deverá preparar para Bloom continua a habitar seus pensamentos, misturado a outros itens bem conhecidos — Bloom e as coisas que ele desconhece, Stephen (a sexualidade vulgar de Boylan agora deixada de lado), e Mulvey, e Gibraltar — e na última ladainha da romântica Molly antes que também durma: "bateu um quarto isso lá são horas imagino que eles devem estar acabando de levantar na China agora ajeitando as trancinhas pra encarar o dia logo as freiras vão tocar o ângelus elas não tem ninguém chegando pra estragar o sono delas a não ser um ou outro padre de vez em quando pro ofício noturno o despertador do vizinho quando o galo se arrebenta de tanto cantar deixa ver se eu consigo pegar no sono 1 2 3 4 5 [...] melhor baixar a luz e tentar de novo pra eu poder levantar cedo eu vou passar na sra. Lambe já perto do Findlater e pedir pra eles mandarem umas flores pra gente colocar por aqui caso ele traga ele pra casa amanhã hoje quer dizer não não sextafeira é dia de azar primeiro eu quero dar um jeito na casa pelo menos parece que brota pó nas coisas acho que quando eu estou dormindo aí a gente pode tocar e cantar e fumar cigarro eu posso acompanhar ele primeiro eu tenho que limpar as teclas do piano com leite o que é que eu vou usar será que hei de usar a rosa branca ou aqueles bolinhos chiques da Lipton eu adoro o cheiro de uma loja grandona grãfina custa 7 e 1 e 2 a libra ou aqueles outros com cereja dentro e açúcar corderrosa a 11 p duas libras claro que uma bela planta pra pôr no meio da mesa isso eu consigo mais barato no espera onde é que fica eu vi não tem muito tempo eu adoro flor eu ia adorar entupir a casa de rosa Deus do céu não tem nada igual à natureza as montanhas virgens e aí o mar e as ondas quebrando e aí o interior lindo com os campos de aveia e de trigo e tudo quanto é coisa e aquele gado bonito tudo andando de um lado pro outro isso faz um bem pra alma ver rio lago e flor tudo quanto é tipo de forma cheiro e cor saltando até das valas prímula e violeta é a natureza e por mais que eles digam que Deus não existe eu não dou dez merréis de mel coado por toda essa sabedoria deles por que que eles não me vão lá e criam

alguma coisa eu sempre perguntava pra ele os ateus ou sei lá que nome
que eles se dão vão lá tirar as cracas primeiro depois saem berrando
atrás do padre e eles lá morrendo e por quê ora porque eles ficam com
medo do inferno por causa da má consciência deles pois sim eu conheço bem os tipos quem foi a primeira pessoa no universo antes de existir alguém que fez isso tudo que ah isso eles não sabem e nem eu está
vendo é que nem eles tentarem fazer o sol não nascer amanhã o sol
brilha por você ele disse no dia que a gente estava deitado no meio dos
rododendros no morro Howth com o terno cinza de tuíde e o chapéu
de palha no dia que eu fiz ele me pedir em casamento sim primeiro eu
dei pra ele um pouquinho do pão de gergelim que estava na minha boca
e era ano bissexto que nem agora [...] sim ele disse que eu era
uma flor da montanha sim e a gente é flor mesmo nós todas o corpo de
uma mulher sim taí uma verdade que ele disse na vida e o sol brilha por
você hoje sim foi por isso que eu gostei dele porque eu vi que ele entendia ou sentia o que uma mulher é eu sabia que sempre ia poder passar
a perna nele e eu dei todo o prazer que eu pude dando corda até ele
pedir pra eu dizer sim e primeiro eu não respondia e fiquei olhando pra
longe pro mar e o céu eu estava pensando em tanta coisa que ele não
sabia o Mulvey e o sr. Stanhope e a Hester e o papai e o velho capitão
Groves e os marinheiros brincando de lenço atrás e simão mandou e
tirando água do joelho que nem eles diziam lá no píer e o sentinela na
frente da casa do governador com aquele treco em volta do capacete
branco aqueles xales e os pentes altos e os leilões de manhã os gregos
e os judeus e os árabes e sabe Deus mais quem de tudo quanto é canto
da Europa e a rua Duke e a feira de aves tudo cacarejando na frente da
Larby Sharon e os burrinhos coitados escorregando meio dormindo e
aqueles vultos de capa dormindo na sombra na escada e as rodas grandes dos carros de boi e o castelo de milhares de anos sim e aqueles
mouros bonitos tudo de branco e com uns turbantes que nem reis pedindo pra gente sentar na minúscula lojinha deles e Ronda com as janelas velhas das posadas uns olhos de relance uma gelosia escondida
pro amante dela beijar o ferro e as lojas de vinho metade abertas de
noite e as castanholas e a noite que a gente perdeu o barco em Algeci-
ras o vigia de um lado pro outro tranquilo com o lampião e ah tal ter-

rível torrente profunda ah e o mar o mar carmim às vezes que nem fogo e aqueles poentes deslumbrantes e as figueiras nos jardins de Alameda sim e aquelas ruelas esquisitinhas todas e as casas rosas e azuis e amarelas e os roseirais e os jasmins e gerânios e cactos e Gibraltar eu menina onde eu fui uma Flor da montanha sim quando eu pus a rosa no cabelo que nem as andaluzas faziam ou será que hei de usar uma vermelha sim e como ele [Mulvey] me beijou no pé do muro mourisco e eu pensei ora tanto faz ele [Bloom] quanto outro e aí pedi com os olhos para ele pedir de novo sim e aí ele [Bloom] me perguntou se eu sim diria sim minha flor da montanha e primeiro eu passei os braços em volta dele sim e puxei ele pra baixo pra perto de mim pra ele poder sentir os meus peitos só perfume sim e o coração dele batia que nem louco e sim eu disse sim eu quero Sim".

Sim: Bloom na manhã seguinte tomará seu café na cama.

A arte da literatura e o bom senso

Vez por outra, quando o fluxo de tempo se transforma em uma torrente lodosa e a história inunda nossos porões, pessoas sérias e bem-intencionadas tendem a examinar a inter-relação entre um escritor e a comunidade nacional ou universal; e os próprios escritores começam a se preocupar com suas obrigações. Estou me referindo a um tipo abstrato de escritor. Aqueles que conseguimos visualizar melhor, em particular os mais velhos, têm muito orgulho de seus dotes ou estão demasiado reconciliados com a mediocridade para se preocuparem com obrigações. Veem com grande clareza, a meia distância, o que o destino lhes promete — um pedestal de mármore ou um nicho de plástico. Mas tomemos um escritor que de fato reflete e se preocupa. Sairá ele da concha para inspecionar o céu? Que tal um papel de liderança? Será ele um ser com facilidade de socialização? Deveria sê-lo?

Há muito de positivo em misturar-se de tempos em tempos com a multidão, e o autor precisa ser muito tolo ou míope para renunciar aos tesouros da observação, do humor e da compaixão que pode profissionalmente obter mediante um contato mais próximo com seus semelhantes. Do mesmo modo, para certos autores mentalmente confusos, tateando em busca do que esperam ser temas mórbidos, pode ser uma boa cura voltarem a se encantar com a doce normalidade de suas pequenas cidades natais ou conversarem em dialetos apostróficos com os homens musculosos que trabalham a terra, se tal tipo ainda existe. No entanto, levando tudo isso em consideração, eu ainda recomendaria, não como uma prisão para o escritor e sim apenas como um endereço fixo, a muito difamada torre de marfim, desde que, naturalmente, tenha um telefone e um elevador, caso seu morador de repente decida dar uma saidinha para comprar o jornal vespertino ou receba um amigo para jogar xadrez, este último de certo modo sugerido pela forma e textura da moradia se ela fosse esculpida. Trata-se, portanto, de um lugar fresco e aprazível, com uma bela vista panorâmica, repleto de livros e diversos artefatos úteis. Mas, antes de construir uma torre de marfim, o autor deverá se dar ao trabalho inevitável de matar um bom número de elefantes. O belo espécime que tenciono matar para satisfazer aqueles que desejem ver como isso é feito constitui, por acaso, uma incrível cruza de elefante e cavalo. Seu nome é... bom senso.

No outono de 1811, Noah Webster, avançando sistematicamente nas palavras iniciadas em C, definiu *commonsense* como "bom senso, senso comum [...] livre de qualquer viés emocional ou de sutileza intelectual [...] senso de cavalo (*horse sense*)". Essa é uma opinião bastante elogiosa da criatura, uma vez que a biografia do bom senso constitui uma leitura dolorosa. O bom senso derrubou muitos gênios delicados cujos olhos se deliciaram cedo demais com o raio de luar de alguma verdade prematura; o bom senso, com um simples coice, cobriu de pó os mais lindos quadros não convencionais porque uma árvore azul pareceu uma loucura a suas patas bem-intencionadas; o bom senso estimulou nações horríveis mas fortes a aniquilar seus vizinhos lindos mas frágeis no momento em que a história lhes ofereceu uma oportunidade que seria ridículo não explorar. O bom senso é em essência imoral porque os princípios morais básicos da humanidade são tão irracionais quanto os ritos mágicos por eles gerados desde os mais nebulosos primórdios da civilização. No que tem de pior, o bom senso é o senso tornado vulgar, barateando confortavelmente tudo que ele toca. O bom senso é quadrado, enquanto todas as mais essenciais visões e valores da vida são lindamente redondos, tão redondos quanto o universo ou os olhos de uma criança em sua primeira visita a um circo.

É instrutivo pensar que não há uma única pessoa nesta sala, ou mesmo em qualquer aposento do mundo, que, em certo ponto bem escolhido no espaço-tempo histórico, não será assassinada ali mesmo, aqui e agora, por uma maioria que se crê dona do bom senso e sente um ódio que é justificado por seus padrões morais. A cor do credo, das gravatas, dos olhos, dos pensamentos, dos modos e da fala de cada indivíduo certamente sofrerá, em algum ponto do espaço e do tempo, uma objeção fatal por parte de alguma turba que odeia aquele matiz específico. E quanto mais brilhante o homem, quanto mais incomum, mais próximo ele estará do paredão. A estranheza e o perigo sempre andam juntos. O humilde profeta, o feiticeiro em sua caverna, o artista indignado e o colegial inconformado compartilham todos do mesmo perigo sagrado. E, sendo assim, tratemos de bendizê-los, de louvar os seres não convencionais porque, na evolução natural das coisas, o macaco talvez não houvesse se transformado no homem caso não tivesse aparecido um ser estranho na família. Qualquer pessoa cuja mente seja suficientemente orgulhosa para ter filhos que não sejam idênticos a ela carrega em segredo uma bomba no fundo de seu cérebro; por isso sugiro, só por divertimento, que pegue essa bomba particular e a jogue com cuidado sobre a cidade-modelo do bom senso. Na luz fúlgida da explosão que se segue, aparecerão muitas coisas curiosas; nossos sentidos mais raros suplantarão por breve espaço de tempo o ser vulgar e dominante que aperta o pescoço de Simbad na luta entre o eu adotado e o eu íntimo. Estou misturando metáforas de forma triunfante porque é exatamente para isso que elas servem quando seguem o curso de suas conexões secretas — o que, do ponto de vista de um autor, é o primeiro resultado positivo da derrota do bom senso.

O segundo resultado está em que a crença irracional na bondade do homem (que aqueles personagens burlescos e fraudulentos chamados Fatos teimam tão solenemente em negar) se torna algo muito maior do que a base insegura das filosofias idealistas. Ela se transforma em uma verdade sólida e iridescente. Isso significa que a bondade se torna a parte central e tangível de nosso mundo, que à primeira vista parece difícil de ser conciliado com o mundo moderno dos editores de jornais e outros brilhantes pessimistas que lhe dirão ser, na melhor das hipóteses, ilógico aplaudir a supremacia do bem quando algo chamado Estado policial, ou comunismo, está tentando transformar o globo em 510 milhões de quilômetros quadrados de terror, estupidez e arames farpados. E eles podem acrescentar que é uma coisa sorrir feliz ao contemplar um universo privado no confortável abrigo de um país sem guerra e bem alimentado, e outra muito diferente tentar manter a sanidade mental enquanto prédios desmoronam na noite tumultuosa e pontuada por gemidos. Mas, no mundo enfática e teimosamente irracional que estou anunciando como um lar para o espírito, os deuses da guerra são irreais não porque estão convenientemente distantes no espaço físico da realidade de uma lâmpada de leitura e da solidez de uma caneta, mas porque não consigo imaginar (e isso é dizer muito) as circunstâncias que poderiam perturbar o mundo lindo e adorável que persiste em silêncio, enquanto posso imaginar muito bem que meus companheiros de sonho, milhares dos quais vagam pela Terra, se aferram aos mesmos padrões irracionais e divinos durante as mais sombrias e chocantes horas de perigo físico, dor, poeira e morte.

O que exatamente significam esses padrões irracionais? Significam a supremacia do detalhe sobre o geral, da parte mais viva sobre o conjunto, da pequena coisa que um homem observa e saúda com um gesto amistoso do espírito enquanto a multidão a seu redor está sendo impelida por algum impulso comum em direção a algum objetivo comum. Tiro o chapéu para o herói que corre para dentro de uma casa em chamas a fim de salvar o filho do vizinho; mas aperto sua mão se ele se arriscou a gastar cinco segundos preciosos para encontrar e salvar, juntamente com a criança, seu brinquedo predileto. Lembro de um cartum em que um limpador de chaminés cai do telhado de um alto prédio e, reparando durante a queda fatal que uma palavra fora grafada de modo equivocado, pergunta-se por que ninguém tinha pensado em corrigir o erro. Em certo sentido, estamos todos despencando em direção à morte desde o andar mais alto, o de nosso nascimento, até as lápides do cemitério, enquanto, junto a uma imortal Alice no País das Maravilhas, nós nos admiramos com os desenhos na parede que passam em velocidade diante de nossos olhos. Essa capacidade de se maravilhar com bobaginhas — a despeito do perigo iminente —, esses apartes da mente, essas notas de pé de página no livro da vida são as formas mais elevadas de consciência, e é nesse estado de espírito puerilmente especulativo, tão diferente do bom senso e de sua lógica, que sabemos que o mundo é bom.

Nesse mundo divinamente absurdo do cérebro, os símbolos matemáticos não prosperam. Suas combinações, por melhor que funcionem, por mais que imitem corretamente as convoluções de nossos sonhos e os quanta de nossas associações mentais, nunca poderão exprimir o que é de todo estranho à natureza deles, já que a mais sublime delícia de uma mente criativa é a supremacia concedida a um detalhe aparentemente incongruente sobre uma generalização aparentemente dominante. Quando o bom senso é expulso junto com sua calculadora, os números deixam de perturbar a mente. As estatísticas suspendem as saias e se retiram muito irritadas. Dois mais dois deixa de ser quatro porque não é mais necessário que isso aconteça. Se isso ocorria no mundo lógico mas artificial que abandonamos, era apenas uma questão de hábito: dois mais dois era quatro do mesmo modo que se espera que os convidados para um jantar somem um número par. Mas convido meus números para um piquenique alucinante, e então ninguém se importa se dois mais dois for cinco, ou cinco menos alguma fração antiquada. Em certo estágio de sua evolução, o homem inventou a aritmética com o objetivo puramente prático de estabelecer alguma ordem humana em um mundo que sabia ser guiado por deuses que ele não podia impedir de criarem as maiores confusões quando assim desejassem. Ele aceitou o inevitável indeterminismo que os deuses vez por outra provocavam, chamou-o de mágica e com calma começou a contar as peles que trocara por outras coisas fazendo marcas de giz na parede da caverna. Os deuses poderiam se intrometer, porém ao menos ele estava decidido a seguir um sistema que inventara justamente para ser capaz de segui-lo.

Então, com o passar de milhares de séculos, os deuses se aposentaram com uma pensão mais ou menos adequada, e os cálculos humanos se tornaram mais e mais acrobáticos, a matemática transcendeu sua condição inicial e se transformou, por assim dizer, em uma parte natural do mundo ao qual antes fora apenas aplicada. Em vez de ter números baseados em certos fenômenos a que eles por acaso se adequavam, e isso porque nós próprios por acaso éramos compatíveis com o padrão que eles reproduziam, o mundo inteiro gradualmente passou a se basear em números, e ninguém parece haver se surpreendido com o estranho fato de que a rede externa passou a ser o esqueleto interno. Na verdade, cavando um pouco mais fundo próximo à cintura da América do Sul, um geologista de sorte pode algum dia descobrir, quando sua pá retinir ao se chocar com outro metal, o sólido aro em volta do equador. Há uma espécie de borboleta em cuja asa traseira uma grande mancha imita uma gota de líquido com tão fantástica perfeição que uma linha é ligeiramente deslocada no ponto exato em que cruza aquela parte da asa, ou, melhor dizendo, passa embaixo dela: essa parte da linha parece ter sido afetada pela refração, como teria sido no caso de uma verdadeira gota globular através da qual estivéssemos observando o desenho da asa. À luz da estranha metamorfose sofrida pela ciência exata ao deixar de ser objetiva para ser subjetiva, o que nos impede de supor que certo dia uma gota real houvesse caído e de alguma forma tivesse sido filogeneticamente preservada sob a forma de uma mancha? Mas talvez a consequência mais engraçada de nossa extravagante crença na existência orgânica da matemática tenha sido demonstrada alguns anos atrás, quando um astrônomo audaz e engenhoso pensou em chamar a atenção dos habitantes de Marte, caso existisse algum, fazendo com que longas linhas de luz, com vários quilômetros de comprimento, representassem uma demonstração geométrica simples, partindo da hipótese de que, se pudessem perceber que sabíamos como os triângulos se comportam (coisa que eles não sabiam), os marcianos concluiriam que seria possível estabelecer contato com aqueles inteligentíssimos telurianos.

Nesse ponto, o bom senso volta furtivamente e em um sussurro rouco diz que, queira eu ou não, um planeta mais outro perfaz dois planetas, e 100 dólares é mais do que 50. Caso eu retruque que, tanto quanto sabemos, o outro pode ser um planeta duplo, ou que uma coisa chamada inflação já conseguiu fazer cem valer menos que dez no curso de uma noite, o bom senso me acusará de substituir o concreto pelo abstrato. No entanto, uma vez mais, esse é um dos fenômenos essenciais do tipo de mundo que os estou convidando a inspecionar.

Eu disse que esse mundo era bom — e a "bondade" é algo irracionalmente concreto. Do ponto de vista do bom senso, por exemplo, o fato de uma comida ser "boa" é tão abstrato quanto ela ser "má", pois ambas as qualidades não podem, em uma avaliação sensata, ser vistas como objetos tangíveis e completos. Todavia, quando executamos o necessário truque mental, que é equivalente a aprender a nadar ou atirar uma bola com efeito, nós nos damos conta de que a qualidade de ser "bom" é algo redondo e cremoso, com o rosto belamente avermelhado, algo em um avental limpo com braços nus e cálidos que nos acalentaram e consolaram, em outras palavras, alguma coisa tão real como o pão ou a fruta a que se referem os anúncios; e os melhores anúncios são feitos por gente esperta, que sabe como dar partida nos foguetes das imaginações individuais, um conhecimento que constitui o bom senso da propaganda usando os instrumentos da percepção irracional para atingir seus fins perfeitamente racionais.

Já a "maldade" não pertence a nosso mundo interior; foge a nosso alcance; a "qualidade de ser mau" é efetivamente a falta de alguma coisa, e não uma presença malévola; assim, sendo abstrata e incorpórea, ela não ocupa·nenhum espaço real em nosso mundo interior. Os criminosos costumam ser pessoas sem imaginação, pois seu crescimento, mesmo seguindo as linhas insatisfatórias do bom senso, os teria impedido de praticar o mal ao revelar a seus olhos mentais uma gravura retratando algemas; e, por sua vez, a imaginação criativa os levaria a buscar uma válvula de escape na ficção, com os personagens de seus livros fazendo com maior competência o que eles próprios poderiam executar de modo medíocre na vida real. Na falta de uma imaginação real, eles se contentam com banalidades idiotas, tais como dirigir gloriosamente em Los Angeles o carrão roubado na companhia daquela gatona que os ajudou a assassinar o dono do veículo. É fato que isso pode se transformar em arte quando a pena do autor estabelece as conexões necessárias, mas, por si próprio, o crime é o triunfo máximo da falta de originalidade e, quanto mais exitoso, mais imbecil ele parece. Eu jamais admitiria que a função de um autor fosse aperfeiçoar os costumes morais de seu país, propondo sublimes ideais enquanto trepado em um caixote vertiginosamente alto, prestando primeiros cuidados médicos ao lançar numerosos livros de segunda categoria. O púlpito do escritor é muito periclitante, e aquilo que os críticos chamam de "um vigoroso romance" é em geral uma pilha mal equilibrada de chavões ou um castelo de areia em uma praia apinhada de gente, havendo poucas coisas mais tristes do que contemplar sua vala cheia de lama se dissolver quando os veranistas já se foram e as ondas frias e cinzentas vêm mordiscar as areias solitárias.

No entanto, há uma melhoria que um escritor de verdade traz para o mundo a seu redor mesmo que não tenha a menor ideia do que está fazendo. As coisas que o bom senso rejeitaria como idiotices sem propósito ou exageros grotescos em direções irrelevantes são usadas pela mente criativa de modo a tornar absurda a injustiça. Transformar o vilão em palhaço não constitui um objetivo declarado do escritor autêntico: o crime é uma triste farsa mesmo que o fato de enfatizar isso possa ajudar a comunidade; em geral ajuda, mas esse não é o propósito direto ou o dever do escritor. O brilho no olho do autor quando vê o lábio caído de um assassino imbecil, ou observa o grosso indicador de um tirano profissional explorando uma copiosa narina na solidão de seu suntuoso quarto de dormir, esse brilho é o que pune o criminoso mais seguramente que a pistola de um conspirador que chega na ponta dos pés. E, ao contrário, não há nada que os ditadores odeiem mais do que aquele brilho impregnável, eternamente elusivo e eternamente provocador. Uma das principais razões pelas quais o muito galante poeta russo Gumilev foi morto pelos capangas de Lênin uns trinta anos atrás foi que, durante toda a provação, no gabinete sombrio do promotor público, na cela de tortura, nos longos corredores que levavam ao caminhão, no caminhão que o levou ao local da execução, até naquele lugar onde só se ouvia o arrastar das botas do incompetente e soturno pelotão de fuzilamento, o poeta nunca deixou de sorrir.

O fato de que a vida humana não passa de uma primeira prestação da alma (que ressurge em outras edições), e que o segredo de cada indivíduo não se perde no processo de dissolução sofrido na Terra, torna-se algo mais que uma conjectura otimista, e até mesmo mais que uma questão de fé religiosa, quando nos lembramos de que só o bom senso rechaça a imortalidade. Um escritor criativo, criativo no sentido particular que estou tentando transmitir, não pode evitar o sentimento de que, ao rejeitar o mundo do evidente, ao se aliar ao irracional, ao ilógico, ao inexplicável e ao que é fundamentalmente bom, ele está executando algo semelhante, de modo rudimentar, ao que [*faltam duas páginas*] sob os céus cinzentos de Vênus.

O bom senso me interromperá neste ponto para dizer que uma intensificação dessas fantasias pode conduzir à loucura total. Mas isso só é verdadeiro quando o exagero mórbido de tais fantasias não está vinculado ao trabalho frio e deliberado de um artista criativo. Um louco reluta em se olhar no espelho porque o rosto que vê não é o seu: sua personalidade foi decapitada; a do artista é incrementada. A loucura nada mais é que um fragmento enfermo do bom senso, enquanto o talento é a grande sanidade da mente — e o criminologista Lombroso, ao buscar encontrar afinidades entre os dois, se deu muito mal por não compreender as diferenças anatômicas entre a obsessão e a inspiração, entre um morcego e um pássaro, um graveto morto e um bicho-pau. Os lunáticos são lunáticos apenas porque desmembraram total e descuidadamente o mundo que conhecemos, porém não possuem a força — ou a perderam — para criar um novo mundo tão harmonioso quanto o antigo. Em contraste, o artista desconecta aquilo que quer e, ao fazê-lo, não deixa de saber que algo dentro dele tem consciência do resultado final. Quando examina sua obra-prima completa, percebe que, qualquer que tenha sido a cerebração inconsciente ocorrida durante o mergulho criativo, esse resultado final deriva de um plano definitivo que estava contido no primeiro choque, assim como se diz que o desenvolvimento futuro de um ser vivo está contido nos genes da célula germinativa.

Desse modo, a passagem do estágio dissociativo para o associativo é marcada por uma espécie de excitação espiritual expressa de modo muito vago pela palavra *inspiração*. Um passante assobia uma melodia no justo instante em que você vê o reflexo de um galho em uma poça, a qual, por sua vez e ao mesmo tempo, lhe traz à memória a combinação de folhas verdes e úmidas e passarinhos irrequietos em algum antigo jardim, e o velho amigo, morto faz tempo, de repente surge do passado, rindo e fechando seu guarda-chuva ainda pingando. A coisa toda dura um segundo radioso, o movimento das impressões e imagens é tão rápido que você é incapaz de conferir as leis precisas que regem seu reconhecimento, formação e fusão — por que esse conjunto e não outros, por que esse som e não outro —, e como exatamente todas aquelas partes se correlacionam; é como um quebra-cabeça que se arrumasse em um instante em seu cérebro com o próprio cérebro incapaz de observar como e por que as peças se encaixam, e você tem a sensação arrepiante de algo mágico, de alguma ressurreição interna, como se um homem morto fosse revivido com uma poção brilhante preparada rapidamente em sua presença. Esse sentimento está na base do que chamamos de inspiração — algo que o bom senso precisa condenar. Isso porque o bom senso explicará que a vida na Terra, da craca ao ganso, e do mais humilde verme à mais linda mulher, derivou de um lodo coloidal carbonáceo ativado por fermentos quando a Terra estava convenientemente se resfriando. O sangue pode perfeitamente ser o oceano siluriano correndo em nossas veias, e estamos todos prontos a aceitar a evolução ao menos como uma fórmula modal. Os camundongos do professor Pavlov, que saltavam ao som de um sininho, ou os ratos que giravam do dr. Griffith podem agradar às mentes práticas, e as amebas artificiais de Rhumbler talvez sirvam como bons bichinhos de estimação. No entanto, uma vez mais, uma coisa é buscar os elos e os estágios da vida, e outra bem diferente tentar compreender o que a vida e o fenômeno da inspiração realmente são.

No exemplo que escolhi — melodia, folhas, chuva —, sugere-se uma forma de excitação comparativamente simples. Muitas pessoas que não são necessariamente escritores têm familiaridade com tais experiências; outras apenas não se dão ao trabalho de observá-las. No exemplo, a memória desempenhou um papel essencial embora inconsciente, e tudo dependeu da perfeita fusão entre o passado e o presente. A inspiração do gênio acrescenta um terceiro ingrediente: é o passado, o presente e o futuro (seu livro) que se mesclam em uma súbita centelha; assim, pode-se perceber o ciclo inteiro do tempo, que é outra maneira de dizer que o tempo deixa de existir. É a sensação combinada de ser penetrado por todo o universo e de você próprio se dissolver no universo que o envolve. É o muro da prisão do ego subitamente desmoronando com o não ego vindo de fora às pressas para salvar o prisioneiro — que já está dançando fora da cela.

A língua russa, que em geral é comparativamente pobre em termos abstratos, fornece definições para dois tipos de inspiração, *vostorg* e *vdokhnovênie*, que podem ser parafraseadas como "êxtase" e "retoma-da". A diferença entre elas é em essência "climática", a primeira sendo quente e breve, e a segunda, fria e continuada. A espécie a que até ago-ra nos referimos é a chama pura do *vostorg*, o êxtase inicial, que não tem nenhum propósito consciente, mas que é fundamental para ligar a demolição do velho mundo com a construção do novo. Quando chega o momento certo e o escritor começa a escrever o livro, ele dependerá do segundo tipo de inspiração, sereno e constante — o *vdokhnovênie*, o companheiro fiel que o ajuda a recapturar e reconstruir o mundo.

A força e a originalidade envolvidas no espasmo inicial de inspira-ção são diretamente proporcionais ao valor da obra que será escrita. No ponto mínimo da escala, uma modesta excitação pode ser sentida por um escritor menor que, por exemplo, repare na conexão interna entre uma chaminé de fábrica fumegante, um arbusto de lilás raquítico no quintal e uma criança pálida; mas a combinação é tão simples, a simbologia tripla tão óbvia, a ponte entre as imagens tão gasta pelos pés de peregrinos literários e carroças cheias de chavões, e o mun-do deduzido tão semelhante ao mundo médio, que a obra de ficção a ser acionada terá necessariamente um valor pouco significativo. Por outro lado, não quero dar a impressão de que o impulso inicial para uma bela obra literária sempre resulte de algo visto, ouvido, cheirado, provado ou tocado durante perambulações ao léu de algum intelectual que ama as artes. Embora não seja de desprezar que cada um desenvol-va a arte de repentinamente formar padrões harmoniosos a partir de filamentos muito diversos, e embora, como no caso de Marcel Proust, a ideia de um romance possa derivar de sensações tão reais quanto a dissolução de um bolinho na boca ou o desnível de uma laje onde se pisa, seria descabido concluir que a criação de todos os romances de-veria se basear em alguma notável experiência física. A ânsia original pode abrir numerosos caminhos dependendo dos diferentes tempe-ramentos e talentos; pode ser a série cumulativa de vários choques praticamente inconscientes, ou pode ser uma inspirada combinação de diversas ideias abstratas sem um pano de fundo físico bem definido. Porém, de um modo ou de outro, o processo ainda pode ser reduzido à forma mais natural da excitação criativa — uma súbita e vívida imagem construída em um lampejo a partir de unidades dissimilares que são apreendidas de um só golpe em uma explosão estelar da mente.

Quando o escritor se prepara para executar seu trabalho de reconstrução, a experiência criativa lhe diz o que deve evitar em certos momentos de cegueira que acometem por vezes até os maiores autores, quando os gordos e verrugosos diabretes das convenções sociais ou os untuosos demônios chamados de "tapa-buracos" tentam subir rastejando pelas pernas da escrivaninha. A chamejante *vostorg* cumpriu sua função e a fria *vdokhnovênie* pôs os óculos. As páginas permanecem em branco, mas há um sentimento milagroso de que todas as palavras lá estão, escritas com tinta invisível e clamando para se tornarem visíveis. Se quiser, você pode revelar qualquer parte da fotografia, pois a ideia de sequência realmente não existe na perspectiva do autor. A sequência só ocorre porque as palavras precisam ser escritas uma após a outra em páginas consecutivas, do mesmo modo que a mente do leitor precisa de tempo para percorrer o livro ao menos da primeira vez em que o lê. O tempo e a sequência não podem existir na mente do autor porque nenhum elemento temporal ou espacial presidiu a primeira visão. Se a mente fosse construída em bases ópticas e um livro pudesse ser lido como uma pintura é vista, isto é, sem trabalhar da esquerda para a direita e sem o absurdo de conter inícios e fins, esse seria o modo ideal para se apreciar um romance, pois assim o autor o viu no momento de sua concepção.

Por isso, ele agora está pronto para escrever, totalmente equipado. Sua caneta está adequadamente cheia, a casa silenciosa, o fumo e os fósforos reunidos, a noite apenas no começo... e o deixaremos nessa situação agradável ao sairmos pé ante pé; fechada a porta, trataremos de afastar da casa, com toda a firmeza, o cruel monstro do bom senso que vem se arrastando pelos degraus para dizer em voz chorosa que o livro não está destinado ao grande público, que o livro nunca, nunca vai... E nesse instante, antes que ele deixe escapar a palavra *v-e-n-d-e-r*, o falso bom senso deve ser morto a tiros.

L'envoi

Para alguns de vocês, pode parecer que, nas condições muito irritantes do mundo de hoje, seria uma perda de energia estudar literatura, em particular estudar a estrutura e o estilo. Sugiro que, para certo tipo de temperamento — e todos nós temos temperamentos distintos —, o estudo do estilo pode sempre parecer uma perda de tempo sob quaisquer circunstâncias. Não obstante, me parece que em todas as mentes, sejam elas mais inclinadas ao artístico ou ao prático, sempre existe uma célula receptiva para coisas que transcendem os graves problemas do cotidiano.

Os romances que aqui absorvemos não lhes ensinarão nada que vocês possam aplicar a algum problema óbvio da vida. Não ajudarão no escritório, no campo de treinamento do Exército, na cozinha ou no quarto do bebê. Na verdade, o conhecimento que venho buscando compartilhar com vocês é puro luxo. Não os ajudará a entender a economia social da França ou os segredos do coração de uma mulher ou de um jovem. No entanto, pode ajudá-los, se seguiram minhas instruções, a sentir a satisfação pura que uma obra de arte inspirada e precisa propicia; e essa satisfação, por sua vez, contribui para criar uma sensação de conforto mental mais genuíno, o tipo de conforto que sentimos quando nos damos conta de que, malgrado seus erros e tropeços, a textura interna da vida constitui também uma fonte de inspiração e precisão.

Durante o curso, tentei revelar o mecanismo desses maravilhosos brinquedos — obras-primas literárias. Procurei fazer de vocês bons leitores, que leem livros não com o objetivo pueril de se identificarem com os personagens, não com o objetivo juvenil de aprender a viver, e não com o objetivo acadêmico de se permitir generalizações. Tentei ensiná-los a ler livros pelo prazer de conhecer suas formas, suas visões, sua arte. Busquei ensiná-los a sentir o calafrio da satisfação artística, a compartilhar não as emoções das pessoas no livro, mas as emoções de seu autor — as alegrias e as dificuldades da criação. Não conversamos em torno de livros, sobre livros: fomos diretamente ao centro desta ou daquela obra-prima, ao coração pulsante da matéria.

O curso agora chega ao fim. O trabalho com esse grupo foi uma associação especialmente agradável entre a fonte de minha voz e um jardim de ouvidos — alguns abertos, outros fechados, muitos bastante receptivos, uns poucos apenas ornamentais —, porém todos humanos e divinos. Alguns de vocês continuarão a ler grandes livros, outros deixarão de ler grandes livros depois de se formarem; e, caso alguém se creia incapaz de desenvolver a capacidade de derivar prazer da leitura de grandes artistas, essa pessoa então não deveria mesmo lê-los. Afinal, há outros prazeres e emoções em diversas áreas: a excitação da ciência pura é tão prazerosa quanto a da arte pura. O mais importante é sentir aquele formigamento em qualquer campo do pensamento ou da emoção. Corremos o risco de perder o melhor da vida se não soubermos como sentir tal formigamento, se não aprendermos a nos erguer só um pouquinho acima do que somos no dia a dia a fim de provar os mais raros e maduros frutos da arte que a mente humana tem para nos oferecer.

Apêndice

Seguem-se exemplos das perguntas feitas por Nabokov nos exames relativos aos romances *A casa soturna* e *Madame Bovary*.

A CASA SOTURNA

1. Por que Dickens precisou dar a Esther três seguidores (Guppy, Jarndyce e Woodcourt)?
2. Comparando lady Dedlock com Skimpole, em qual dos dois o autor teve mais sucesso?
3. Analise a estrutura e o estilo de *A casa soturna*.
4. Analise a casa de John Jarndyce. (Calandras? Pássaros surpresos?)
5. Analise a visita a Bell Yard (os filhos de Neckett e o sr. Gridley).
6. Dê ao menos quatro exemplos do "tema da criança" em *A casa soturna*.
7. A personalidade de Skimpole também é representativa do tema da criança?
8. Que tipo de lugar era a Casa Soturna — dê ao menos quatro detalhes descritivos.
9. Onde estava situada a Casa Soturna?
10. Dê ao menos quatro exemplos das imagens dickensianas (comparações, epítetos vibrantes etc.).
11. Como o "tema do pássaro" se vincula a Krook?

12. Como o "tema do nevoeiro" se vincula a Krook?
13. O estilo de que autor nos vem à mente quando Dickens eleva sua voz?
14. Como evolui a história da beleza de Esther no correr do romance?
15. Apresente o esquema estrutural de *A casa soturna* em termos de seus principais centros temáticos e as interconexões entre eles.
16. Que emoções Dickens esperava que o leitor (menor ou maior, gentil ou crítico) derivasse de *A casa soturna*?
17. Um aspecto da abordagem de Dickens é a individualização dos personagens mediante seus modos e maneirismos na fala: selecione três personagens de *A casa soturna* e descreva como falam.
18. O lado social ("classe alta" versus "classe baixa" etc.) é uma das fraquezas de *A casa soturna*. Quem era o irmão do sr. George? Que papel ele desempenhou? Um bom leitor deveria pular essas páginas mesmo se elas são fracas?
19. Relacione alguns detalhes da Casa Soturna de John Jarndyce.
20. Analise o estilo de Dickens e o da sra. Allan Woodcourt.
21. Siga a trajetória do sr. Guppy ao longo de *A casa soturna*.

MADAME BOVARY

1. Qual a versão de Homais sobre o envenenamento de Emma? Descreva o fato.
2. Descreva em breves palavras o uso por Flaubert da técnica do contraponto na cena da feira do condado.
3. Analise os recursos usados por Flaubert no capítulo da Mostra Agrícola (agrupamento de personagens, interconexão de temas).
4. Responda às cinco questões seguintes:
5. Quem escreveu *Génie du christianisme*?
6. Qual foi a primeira impressão que Léon teve de Emma?
7. Qual foi a primeira impressão que Rodolphe teve de Emma?
8. Como Boulanger transmite sua última carta para ela?
9. Quem foi Félicie Lempereur?

10. Há numerosas linhas temáticas em *Madame Bovary*, tais como "Cavalo", "Padre de Plástico", "Voz", "Os Três Doutores". Descreva esses quatro temas em poucas palavras.

11. Dê alguns detalhes do tema do "contraponto" nos seguintes cenários: a) O Leão Dourado; b) A Mostra Agrícola; c) A Ópera; d) A Catedral.

12. Analise o uso por Flaubert da palavra "e".

13. Que personagem em *Madame Bovary* se comporta de modo muito semelhante a um personagem de *A casa soturna* em circunstâncias similares? A pista temática é "devoção".

14. Há uma atmosfera dickensiana na descrição feita por Flaubert da infância de Berthe? (Seja específico.)

15. Os traços de Fanny Price e Esther são pouco nítidos, o que não ocorre com Emma. Descreva seus olhos, cabelos, mãos e pele.

16. a) Você diria que Emma era uma pessoa dura e pouco profunda?

17. b) "Romântica", mas não "artística"?

18. c) Ela preferia uma paisagem com ruínas e vacas a uma que não contivesse referência alguma a seres humanos?

19. d) Ela gostava de lagos nas montanhas com ou sem um bote solitário?

20. O que Emma lia? Relacione ao menos quatro obras e seus autores.

21. Todas as traduções de *Madame Bovary* estão repletas de erros. Você corrigiu alguns deles. Descreva os olhos de Emma, suas mãos, guarda-sol, penteado, roupas e sapatos.

22. Siga a trajetória do vagabundo quase cego ao longo do livro.

23. O que torna Homais ridículo e repugnante?

24. Descreva a estrutura do capítulo sobre a Mostra Agrícola.

25. Que ideal Emma almejava? Que ideal Homais almejava? Que ideal Léon almejava?

26. Embora a construção de *A casa soturna* marque uma grande melhoria em relação às obras anteriores de Dickens, ele ainda se viu obrigado a aceitar as exigências da publicação seriada. Flaubert ignorou todas as questões extrínsecas à sua arte ao escrever *Madame Bovary*. Mencione alguns dos pontos estruturais em *Madame Bovary*.

Índice onomástico

Ada (*A casa soturna*), ver Jarndyce, Ada

Adolphe (Constant), 62

Albertine [Simonet] (*Em busca do tempo perdido*), 264, 284, 291, 297

Alemanha, 67, 343

Alexandre II, czar, 18

Alexandre III, czar, 18

Almas mortas (Gógol), 8, 177, 221, 231, 273

Andrei, príncipe (*Guerra e paz*), 273

Anna (*A metamorfose*), 312

Anna Kariênina (Tolstói), 8, 20, 45, 259, 263, 283, 389

Aristóteles, 357

Ascot Gold Cup [corrida de cavalos], 343, 369, 371-3, 405

Atlantic Monthly, The [revista], 25

Austen, Jane, 7, 11, 16, 23, 28, 31, 36, 43-5, 47-51, 53-4, 57, 62-3, 68, 71, 76, 80, 83, 90, 94-5, 97, 99-102, 104, 162n, 170

Bachmátchkin ("O capote"), 309

Balbec (*Em busca do tempo perdido*), 268, 300-1

Bannon, Alec (*Ulysses*), 364, 411

Barbary, sra. (*A casa soturna*), 133, 143, 150-1, 158

Barnacle, Nora, 344

Baudelaire, Charles, 289

Bayerischer Rundfunk [TV], 22

BBC (British Broadcast Corporation), 23

Beaufoy, Philip (*Ulysses*), 385, 414

Bergotte (*Em busca do tempo perdido*), 281

Bergson, Henri, 261

Berlim (Alemanha), 20, 22, 24, 310

Berthe (*Madame Bovary*), 188, 200, 455

Bertram, Edmund (*Mansfield Park*), 51, 56, 58, 63, 74, 88

Bertram, Julia (*Mansfield Park*), 63-4, 68, 74, 98

Bertram, lady (*Mansfield Park*), 46-7, 49-50, 58, 63-4, 74, 76, 85, 88, 94-6; ver também Ward, Maria

Bertram, Maria (*Mansfield Park*), 56, 58, 63-4, 68, 70, 74, 93, 98

Bertram, sir Thomas (*Mansfield Park*), 43, 45-6, 49, 51-2, 64-5, 71, 74

Bertram, Tom (*Mansfield Park*), 65-6, 68, 71, 74, 88

Biblioteca Nacional da Irlanda, 382, 386-8, 391, 399

Binet (*Madame Bovary*), 200, 218

Bishop, Morris, 25

Blake, William, 357

Bleak House (Dickens), ver casa soturna, A

Bloch (*Em busca do tempo partido*), 282

Blok, Aleksandr, 19

Bloom, Leopold (*Ulysses*), 8, 15, 28, 344-7, 349, 353, 356, 360-4, 367-436, 391n, 438

Bloom, Milly (*Ulysses*), 344, 362, 364, 411, 423, 435

Bloom, Molly [Marion] (*Ulysses*), 12, 344-5, 347, 349, 354, 356, 361-4, 368, 373-4, 384-6, 392-5, 402, 410, 422-4, 426-31, 434-6

Boardman, Edy (*Ulysses*), 405-6, 413

Bois de Boulogne (Paris), 12, 297

borboletas na arte, As (Nabokov), 27

Boulanger, Rodolphe (*Madame Bovary*), 187n, 191, 194, 200, 202, 205, 454

Bournemouth (Inglaterra), 230

Bournisien, padre (*Madame Bovary*), 190, 220

Bovary, Charles (*Madame Bovary*), 176-81, 183-4, 187-92, 195-6, 198-204, 212, 216, 220, 222-4, 226-9

Bovary, Emma (*Madame* Bovary), 27, 141, 173, 175-95, 197-208, 210-22, 224-9, 248, 454-5

Bovary, Héloïse (*Madame Bovary*), ver Dubuc, madame

Boylan, Blazes (*Ulysses*), 15, 347, 364, 367, 370, 373-4, 377, 384-7, 392-4, 398-401, 410, 415, 418, 424, 429-32, 435-6

Boythorn [Lawrence] (*A casa soturna*), 137, 146, 151, 158, 161

Breen, sra. (*Ulysses*), 385, 387, 390, 397, 399, 414, 426, 431

Brod, Max, 310

Browne, Thomas, 24, 412

Browning, Elizabeth, 19

Bucket, detetive (*A casa soturna*), 105-6, 113, 121n, 132, 139-40, 154, 157-9, 167

Bunyan, John, 412

Burke, Thomas H., 412, 417

Byron, [George Gordon] lord, 43

Caffrey, Cissy, 405-6, 413

Caffrey, Jack, 407, 413

Caffrey, Tommy, 407, 413

Callan, enfermeira (*Ulysses*), 411

Cambridge (Inglaterra), 21-2, 24

caminho de Guermantes, O (Proust), 260, 284

caminho de Swann, No (Proust), 8, 12, 260, 263, 284, 297, 299

Canção do último menestrel (Scott), 60-1

"capote, O" (Gógol), 8, 305-6, 308-9

Carlos Magno, imperador, 288

Carlyle, Thomas, 120, 134-5, 137, 164, 168, 412

Carpaccio, Vittore, 289

Carstone, Richard (*A casa soturna*), 114

casa soturna, A [*Bleak House*] (Dickens), 8-9, 19, 23, 36, 95, 101-3, 106-7, 127, 141-2, 171, 174, 199, 240, 453-5

castelo, O (Kafka), 310

Catedral de São Marcos (Veneza), 300

Cattley, William, 295

Cavendish, Frederick, 417

Cervantes, Miguel de, 127, 128, 141

Chadband, Raquel (*A casa soturna*), 106, 158

Chadband, reverendo (*A casa soturna*), 106

Champs-Élysées (Paris), 294-6

Charles (*Madame Bovary*), ver Bovary, Charles

Charlus, sr. de (*Em busca do tempo perdido*), 287

Chateaubriand, François-René de, 211n

Chesney Wold (*A casa soturna*), 139, 161, 145, 157, 160, 165-6

Clifford, Martha (*Ulysses*), 349, 363, 368, 402, 426

Coavinses [Charley ou Neckett] (*A casa soturna*), 105, 125

Cocteau, Jean, 261

Cohen, Bella (*Ulysses*), 415, 425

Coleridge, S. T., 231, 412

Colet, Louise, 195, 201-2, 210

Collins, Wilkie, 434

Combray (*Em busca do tempo perdido*), 187, 264, 268, 275-80, 283-5, 290-1, 294-5, 297, 300, 302

conde de Monte Cristo, O (Alexandre Dumas), 20

Conmee, John, padre (*Ulysses*), 393-7, 411

Constant [de Rebecque], Benjamin, 62

Convite para uma decapitação (Nabokov), 23

Cordélia (*Rei Lear*), 305

Corot, Jean-Baptiste Camile, 275

corsair, The [Byron], 43

Costello, Punch (*Ulysses*), 411

Cowley, padre (*Ulysses*), 396-7, 400

Cowper, William, 24, 59, 61

Crabbe, George, 24

Cranly (*Ulysses*), 354

Crawford, Henry (*Mansfield Park*), 53-6, 58, 60-5, 69-70, 72-5, 77-83, 85, 87-8, 92-3

Crawford, Mary (*Mansfield Park*), 48, 53-5, 58, 62-4, 67, 69-70, 73-9, 81-3, 85, 87-91, 93, 96-7, 99
Creta, ilha de (Grécia), 344
"Croppy Boy, The" (*Martha*), 402
Crotthers (*Ulysses*), 411
Crusoé, Robinson (*Robinson Crusoé*), 248
Cunningham, Martin (*Ulysses*), 360, 376-7, 397, 399, 403, 405

Da Vinci, Leonardo, 275
"dama do cachorrinho, A" (Tchekhov), 20
Dandieu, Arnaud, 262
Danvers Carew, sir (*O médico e o monstro*), 243, 249, 255
Dawson Street (Dublin), 367, 386-7
Deasy, sr. (*Ulysses*), 11, 358-60, 374, 382, 389
Dedalus, Boody (*Ulysses*), 394, 432
Dedalus, Dilly (*Ulysses*), 396, 399, 416, 432
Dedalus, Katy (*Ulysses*), 394, 432
Dedalus, Maggy (*Ulysses*), 394, 432
Dedalus, Simon (*Ulysses*), 360, 376-7, 396-402, 435
Dedalus, Stephen (*Ulysses*), 15, 28, 344, 346-7, 350-1, 354, 377, 379, 390, 400, 415-6, 432, 435
Dedlock, lady (*A casa soturna*), 102, 105-7, 111, 116, 138-40, 142, 144-5, 147, 151, 154-61, 165, 167-9, 453
Dedlock, sir Leicester (*A casa soturna*), 106-7, 138, 159, 168
Defoe, Daniel, 434
Derozerays, monsieur (*Madame Bovary*), 206, 209
desastres de Sofia, Os (Condessa de Ségur), 20
Dicionário de Ciência Médica, 178
Dickens, Charles, 11, 16, 19, 23, 28, 31, 41, 44, 50n, 54, 95-6, 101-4, 106-7, 109, 115-7, 119-22, 125, 127-8, 131-2, 134, 136, 142-5, 147, 151-6, 158-60, 163, 165-8, 171-2, 174, 192, 240, 309, 412, 453-5
Dignam, Patrick (*Ulysses*), 358-9, 363, 366-8, 374, 376, 378, 381, 393, 395-7, 404-5, 435
Dignam, Patrick Jr. (*Ulysses*), 398-9
Dixon, dr. (*Ulysses*), 411, 414
Dlugacz (*Ulysses*), 361, 363, 402
Dollard, Ben (*Ulysses*), 397, 400, 402

Dom Quixote (*Dom Quixote de La Mancha*), 128, 151
Dostoiévski, Fiódor, 21, 105
Douce, Lydia (*Ulysses*), 397, 400-1
Dreyfus, caso, 282
Dublin (Irlanda), 8, 30, 343-6, 348, 350-1, 355, 360-2, 367-8, 371, 374, 376-7, 379, 381, 384-6, 392-3, 396, 398, 404-5, 413-4, 417, 420-1
Dubuc, madame (*Madame Bovary*), 176, 179-81
Dupuis, Léon (*Madame Bovary*), 191, 194

Eccles Street (Dublin), 361-2, 368, 393, 399-401, 413, 420, 422
Eduardo VII, rei, 416
Elegy Written in a Country Churchyard (Gray), 376
Em busca do tempo perdido (Proust), 12, 187, 260-3, 278
Emma (*Madame Bovary*), ver Bovary, Emma
Emmet, Robert, 403-4
Enciclopédia Britânica, 176
Enfield, Richard (*O médico e o monstro*), 237, 240-2, 245-9, 256, 309
Essays in the Art of Writing (Stevenson), 232n, 244n
Estados Unidos, 7, 24, 30, 46, 153, 295, 343
Eulalie (*Em busca do tempo perdido*), 280, 282
Evening Telegraph, The [jornal], 343, 359, 374, 381-2
Evguêni Oniéguin (Púchkin), 30

Fabulous Voyager: James Joyce's Ulysses (Kain), 344, 412
Fala, memória (Nabokov), 19-20
Fanny (*Mansfield Park*), ver Price, Fanny
Farrell (*Ulysses*), 384, 387, 397, 399
Faulkner, William, 28
Fet, Afanasi, 21
Finnegans Wake (Joyce), 30, 170, 318, 412
Flaubert, Gustave, 13, 16, 19-20, 22, 28, 30, 35, 54n, 141, 160, 173-5, 179-81, 185, 188, 190-5, 197, 199-204, 206, 209-11, 217-8, 221, 223-6, 311, 359, 392, 413, 454-5
Flite, srta. (*A casa soturna*), 106-16, 120, 130, 149, 154

Flower, Henry (*Ulysses*), 363, 426
Fogg, Phileas (*A volta ao mundo em oitenta dias*), 19
Fogo pálido (Nabokov), 30
France, Anatole, 281
Françoise (*Em busca do tempo perdido*), 269, 271, 278-80, 282, 284
Freud, Sigmund, 28, 227-8, 311
Frozen Sea, The (Neider), 311
fugitiva, A (Proust), 260

Gardner, Stanley (*Ulysses*), 432-3, 435
Geneviève de Brabant, 269, 288
Génie du christianisme (Chateaubriand), 454
George, sr. (*A casa soturna*), 113, 135, 139, 145, 150, 154-9, 172, 454
Gibraltar (Grã-Bretanha), 410, 433-6, 438
Gilbert, Stuart, 347
Gilberte (*Em busca do tempo perdido*), ver Swann, Gilberte
Giotto, 281
Goethe, J. W., 23
Gógol (Nikolai), 9, 21, 25, 160, 174, 177, 221, 265, 266, 273, 305-6, 308-9
Gordon Bennett Cup [corrida automobilística], 343
"Gossip on Romance, A" (Stevenson), 248
Goulding, Richie (*Ulysses*), 395, 398, 400, 402
Goulding, May (*Ulysses*), 415
Grafton Street (Dublin), 398
Grandes esperanças (Dickens), 19
Gray, Thomas, 376
Green, Henry, 22
Grete (*A metamorfose*), 311-2, 318, 323, 327-8, 332-4, 338, 340
Gridley, sr. (*A casa soturna*), 108, 112-3, 115, 453
Griffith, Edward, 448
Guermantes, princesa de (*Em busca do tempo perdido*), 12, 263, 265, 269, 279, 281, 283, 287-9, 299
Guermantes, príncipe de (*Em busca do tempo perdido*), 265, 283, 299-300
Guerra e paz (Tolstói), 20, 273
Guillaumin, monsieur (*Madame Bovary*), 218
Gumilev, Nikolai, 446

Guppy [sr. William] (*A casa soturna*), 106, 116-20, 139, 144-5, 148, 158, 168, 453-4
Gwynn, Stephen, 231n, 247

Haines (*Ulysses*), 350-7, 360, 389, 397, 399
Hamlet (*Hamlet*), 358, 388
Hamlet (Shakespeare), 80, 388
Hathaway, Anne, 388
Hawdon, capitão [*ou* Nemo] (*A casa soturna*), 106, 116, 138, 140, 146, 149, 158, 172
Hawthorne, Nathaniel, 31
Hegel, G. F. W., 309
Heine, Heinrich, 22
Henry (*Mansfield Park*), 76n
Hertfordshire (Inglaterra), 139-40
Higgins, Ellen (*Ulysses*), 361, 377, 381
Hippius, Vladimir, 21
Hitler, Adolf, 30
Homais, monsieur (*Madame Bovary*), 175, 186, 188-90, 193, 195-7, 200, 204, 209, 216-8, 223-4, 359, 454-5
Homburg (Alemanha), 343
Homero, 23, 127, 266
Horácio [Quinto Horácio Flaco], 23
Hortense (*A casa soturna*), 107, 128n, 138-9, 154-8
Housman, Alfred Edward, 104
Hugh Love, reverendo (*Ulysses*), 398
Hugo de Lincoln, São, 377
Hugo, Victor, 185
Humbert Humbert (*Lolita*), 30
Hutchins, Patricia, 362
Hyde, Edward (*O médico e o monstro*), 19, 230, 234-8, 240, 241-50, 252-6, 258, 306, 309
Hynes, Joe (*Ulysses*), 378, 379, 381, 404

Ícaro, 344
Idler, The (Johnson), 24
Inchbald, Elizabeth, 24, 67
Infância (Gógol), 174
Inglaterra, 36, 46, 51, 62, 65, 84, 153, 162, 352, 357, 359, 371, 379, 405
Ingram, John Kells, 403
Introduction to Proust (Leon), 264
Irlanda, 194, 343, 350, 353-5, 364, 377, 379, 382, 393, 402, 419, 421, 423
Ithaca (EUA), 30, 332

James Joyce's Dublin (Hutchins), 362
Jane Austen, a Survey (Linklater), 68
Jarndyce, Ada (*A casa soturna*), 105, 107, 109-10, 112, 115, 121n, 132, 148-9, 151, 154-5, 168-9, 171
Jarndyce, John (*A casa soturna*), 107, 122, 132, 138, 150, 152, 154-5, 159, 453-4
Jarndyce, Richard (*A casa soturna*), 105, 107, 109, 110, 112, 113, 115, 121, 123, 129, 131, 132, 133, 144, 148, 149, 151, 154, 155, 162, 163, 169, 171
Jarndyce, Tom (*A casa soturna*), 115, 165
Jekyll, dr. Henry (*O médico e o monstro*), 9, 19, 230-2, 234-8, 240, 242-50, 252-9, 306, 308-9
Jellyby, Caddy (*A casa soturna*), 112
Jellyby, Peepy (*A casa soturna*), 144
Jellyby, sra. (*A casa soturna*), 105, 133, 144, 165
Jesus Cristo, 192, 351
Jo (*A casa soturna*), 106-7, 128-9, 131, 133-8, 146, 150, 154, 156, 168
João Crisóstomo, São, 353
Jobling, Tony (*A casa soturna*), ver Weevle
Johnson, Samuel, 24, 96, 170
Joyce, James, 7, 9, 11, 14-6, 21, 23, 28, 30, 88, 170, 194, 209, 269, 318, 343-5, 347-9, 353, 356, 358, 360-2, 364, 372, 376, 382, 389-90, 399, 403, 408, 415, 417-9, 423, 429
Justin (*Madame Bovary*), 181, 192-3, 214, 216, 220

Kafka Problem, The (Landsberg), 314
Kafka, Franz, 9, 13, 16, 23, 30, 263, 305-6, 308-11, 314, 322, 325-7, 335, 341-2, 348
Kain, Richard M., 344, 412, 421
Kariênina, Anna (*Anna Kariênina*), 20, 259
Keats, John, 19, 23
Kenge Conversinha (*A casa soturna*), 110, 143, 155
Kennedy, Mina (*Ulysses*), 397, 400
Kernan, Tom (*Ulysses*), 396, 398, 400
Kiernan, Bernard [Barney] (*Ulysses*), 379, 404, 425
Kildare Street (Dublin), 370, 387, 397, 399
Kinch (*Ulysses*), ver Dedalus, Stephen
Kind der Liebe, Das (Von Kotzebue), 67
Knossos (Creta), 344
Kotzebue, August Friedrich Ferdinand, 67

Krook (*A casa soturna*), 105, 107, 109-10, 112, 114-7, 119-21, 138-9, 158, 168-9, 453-4

Lamartine, Alphonse de, 178, 185, 217
Lamb, Charles, 412
Lambert, Ned (*Ulysses*), 393, 395, 397, 405
Landsberg, Paul L., 314
Lanyon, dr. [Hastie] (*O médico e o monstro*), 235, 245, 249-52, 256
Larivière (*Madame Bovary*), 192
"Lay of the Last Minstrel" (Scott), 24
Lear, rei (*Rei Lear*), 305
Lefrançois, madame (*Madame Bovary*), 200
Legrandin, sr. (*Em busca do tempo perdido*), 279, 284
Lempereur, Félicie (*Madame Bovary*), 454
Lenehan (*Ulysses*), 371, 373-4, 382, 394-5, 398, 400-1, 405, 433
Lênin, Vladimir Ilitch, 446
Leningrado [São Petersburgo], 18
Leon, Derrick, 13, 264, 275, 303
Léonie, tia (*Em busca do tempo perdido*), 277-8, 280, 282, 284
Levin, Harry, 345
Lheureux, monsieur (*Madame Bovary*), 192, 201, 204-5, 217, 219
Liérmontov, Mikhail, 21
Lieuvain, conselheiro (*Madame Bovary*), 206, 209
Liffey, rio (Irlanda), 367-8, 376-7, 382, 384, 387, 400, 411, 413
Lincoln's Inn Hall (Londres), 108, 110
Little Review, The [revista], 343
Lohengrin (Wagner), 289
Lolita (Nabokov), 24, 26, 30
Londres (Inglaterra), 16, 36, 50, 77-8, 80, 82-3, 85, 87-8, 90, 93, 104, 108, 110, 125, 128, 135, 140, 150, 155, 158, 161, 164-5, 172, 231-2, 237, 240, 244, 247, 309, 360, 381
Lover's Vows (Inchbald), 24
Lucia di Lammermoor (Donizetti), 211
Luís Filipe I de França, 174-6
Lynch, Vincent (*Ulysses*), 393, 411, 413, 415
Lyons, Bantam [Garnizé] (*Ulysses*), 368, 371-4

Macaulay, Thomas Babington, 412
Macbeth, Lady (*Macbeth*), 355
MacDowell, Gerty (*Ulysses*), 398, 404, 406, 417
Madame Bovary (Flaubert), 8, 10, 16, 19, 28-9, 35, 45, 141, 173-5, 180, 193, 199, 214n, 225n, 227, 231, 359, 393, 453-5
Madden (*Ulysses*), 411
Malory, Thomas, 412
Mandelstam, Óssip, 20
Mandeville, Bernard, 412
Mann, Thomas, 26, 28, 310
Mansfield Park (Austen), 8-10, 16, 23-4, 39, 41, 43-50, 52, 54n, 65, 74-5, 83-4, 89-90, 94, 96, 101, 104, 111, 141, 193
Marion Bloom (*Ulysses*), *ver* Bloom, Molly
Martha (Friedrich von Flotow), 402
Martinville (*Em busca do tempo perdido*), 290, 300, 302
Marx, Karl, 175
médico e o monstro, O (Stevenson), 8, 230-1, 305-6, 308
Melville, Herman, 31
"Memory of the Dead, The" (Ingram), 403
Méséglise (*Em busca do tempo perdido*), 264, 284
metamorfose, A (Kafka), 8, 22, 23, 30, 263, 305-6, 308, 310-1, 341
miseráveis, Os (Victor Hugo), 20
Moll Flanders (Defoe), 434
Moncrieff, C. K. Scott, 16, 260
Morghen, Rafaello Sanzio, 275
morte de Ivan Ilitch, A (Tolstói), 8
Moscou (Rússia), 8
Mrosóvski, Peter, 21
Muir, Edwin e Willa, 16, 22
Mulligan, Buck (*Ulysses*), 350-5, 360, 364, 388-9, 391, 397, 399, 411, 414, 418, 425
Mulvey, tenente (*Ulysses*), 410, 434-6
Murphy (*Ulysses*), 361, 417
Murry, Middleton, 262n
Murza, Nabok, príncipe, 18
Musset, Alfred, 213

"Nabokov at Cornell" (Bishop), 25
Nabokov, Dmitri, 16
Nabokov, Dmitri Nikolaevich, 18
Nabokov, Vera, 8n, 9-10, 16, 21
Nabokov, Vladimir Dmitrievich, 18
Nabokov-Wilson Letters, The, 23

Napoleão Bonaparte, 46, 176, 315
Napoleão III, 174
Neckett (*A casa soturna*), *ver* Coavinses
Neider, Charles, 311
Nemo (*A casa soturna*), *ver* Hawdon, capitão
New Yorker, The [revista], 25
Nikolai Gógol (Gógol), 8
Norris, sr. (*Mansfield Park*), 51-2, 54, 57
Norris, sra. (*Mansfield Park*), 46-50, 52, 54, 57-8, 63-4, 66, 72, 76, 83, 91-2, 95-6, 98
Northampton (Inglaterra), 45-6, 53
Nouvelle Revue Française, La [revista], 23

O'Molloy, Jack (*Ulysses*), 395, 397, 405
Oblónski, príncipe (*Anna Kariênina*), 247
Odisseia (Homero), 127, 346
Odisseu, *ver* Ulisses
Orgulho e preconceito (Austen), 23
original de Laura, O (Nabokov), 27

Pack my Bag (Green), 22
Pardiggle, sra. (*A casa soturna*), 105, 133, 168
Paris (França), 14, 21, 24-5, 41, 62, 187, 200, 202, 211, 213, 222, 261, 268, 280, 283, 294-5, 343, 350, 357, 360, 421
Paris Review, The [revista], 21
Parnell, John (*Ulysses*), 397, 399
"Parting Hour, The" (Crabbe), 24
Pavlov, Ivan, 448
pedra da Lua, A (Collins), 434
Pepys, Samuel, 412
pequena Dorrit, A (Dickens), 23
pessoa em questão, A (Nabokov), 30
Phoenix Park (Dublin), 396, 417
Pimpinela Escarlate (*Pimpinela Escarlate*), 19
"Pipe of Tobacco, A" (Browne), 24
Piper, Alexander James (*A casa soturna*), *ver* Queixoso
Piper, sra. (*A casa soturna*), 170
Pitt, William, 350
Playboy [revista], 19
Pnin (Nabokov), 30
Poe, Edgar Alan, 19
Poole (*O médico e o monstro*), 242, 247, 249-50, 257-8, 309
Portsmouth (Inglaterra), 54n, 83-5, 87, 90, 95-6, 104, 162n

Poussin (*Em busca do tempo perdido*), 294

Powell, Josephine (*Ulysses*), *ver* Breen, sra.

Power, Jack (*Ulysses*), 360, 376, 397, 399, 403, 405

Praga (República Tcheca), 24, 310-1, 332

Price, Fanny (*Mansfield Park*), 39, 43, 46, 75-6, 83-4, 141, 150, 162n, 455

Price, Mary (*Mansfield Park*), 54n, 76

Price, William (*Mansfield Park*), 51, 74-9, 83-4, 97

Primeira Guerra Mundial, 260

Prince (*A casa soturna*), 112

prisioneira, A (Proust), 260

processo, O (Kafka), 310

Proust, Marcel, 11-3, 16, 22, 187, 194, 224, 260-3, 265-6, 270, 272-4, 278-83, 290-2, 295, 299, 345, 359, 449

Púchkin, A., 21, 25, 28

Purefoy, Mina (*Ulysses*), 385, 411-2, 425

Queixoso (*A casa soturna*), 170-1

Rei Henrique VIII (Shakespeare), 24, 80

Rei Lear (Shakespeare), 80

Reid, Mayne, 20

Retrato do artista quando jovem (Joyce), 344

Revolução Francesa, 120, 403

Revue de Paris [revista], 174, 214n

Rhumbler, Ludwig, 448

Rilke, Rainer Maria, 310

Rimbaud, Arthur, 19

Robert Louis Stevenson (Gwynn), 231n

Robert, Hubert, 275

Rostov, conde (*Guerra e paz*), 273

Rostov, Natasha (*Guerra e paz*), 274

Rouen (França), 30, 174, 178, 189, 191, 199-200, 203, 209, 211, 214, 216-8, 222, 226, 228

Rushworth, sr. (*Mansfield Park*), 56-8, 60-1, 63-4, 70, 72, 75, 79, 87, 92, 96

Rushworth, sra. [mãe] (*Mansfield Park*), 47, 87, 91, 93

Ruskin, John, 412

Rússia, 18, 20, 22, 30, 41, 51, 174-5, 194, 196

Saint-Euverte, sra. de (*Em busca do tempo perdido*), 262

Saint-Hilaire, igreja de (*Em busca do tempo perdido*), 279

Salambô (Flaubert), 30

Samoa, ilhas, 259

Samsa, Gregor (*A metamorfose*), 27, 30, 311-2, 315, 332, 334, 339, 341

Samsa, sr. (*A metamorfose*), 315, 332, 334, 338n, 339-41

Samsa, sra. (*A metamorfose*), 315, 323, 330, 332, 334, 338-41

Sand, George, 275

São Petersburgo, 8, 18-20

Scott, Walter, 24, 43, 60-1, 185

Shakespeare, Richard, 388

Shakespeare, William, 18, 23, 80, 191, 358, 382, 388-9

Shaw, Bernard, 413n

Sherlock Holmes, 19, 155, 283

Skimpole [Harold] (*A casa soturna*), 105, 107, 122-6, 128-33, 139, 453

Skin-the-Goat Fitzharris (*Ulysses*), 417

Smallweed, família (*A casa soturna*), 105, 107, 115, 121n, 140, 158, 169, 172

Snagsby, sr. (*A casa soturna*), 164-5

Sodoma e Gomorra (Proust), 260

"sofá, O" (Cowper), 59

sombra das raparigas em flor, A (Proust), 260

Sterne, Laurence, 24, 62, 308, 412

Stevens, Wallace, 29

Stevenson, Robert Louis, 9-10, 16, 23, 31, 230-2, 234, 238, 240-2, 245-9, 259, 265, 306, 308-9

Suíça, 14, 197-8, 343

Summerson, Esther (*A casa soturna*), 107, 130-1, 152

Swann, Charles (*Em busca do tempo perdido*), 262, 264, 268-71, 273, 275, 278, 280-3, 291-2, 294-7, 300-1, 345

Swann, Gilberte (*Em busca do tempo perdido*), 264, 268, 281, 284, 286-7, 294-7, 301

Swann, Odette [*ou* Odette de Crécy] (*Em busca do tempo perdido*), 262, 264-5, 280, 287, 291-2, 294-5, 298-9

Swinburne, Algernon, 355

Tangle, sr. (*A casa soturna*), 108, 164, 169

Tansonville (*Em busca do tempo perdido*), 264, 268, 284, 301

"Task, The" (Cowper), 24, 59

Tchekhov, Anton, 8n, 19-20, 194
Telêmaco (*Odisseia*), 346
Tellier (*Madame Bovary*), 201, 204
tempo redescoberto, O (Proust), 12-3, 260, 263, 299
Thom's Dublin Directory, 343
Thomson, Clara Linklater, 68, 80n
Torre Martello (*Ulysses*), 350
Tostes (*Madame Bovary*), 174, 176, 178, 186, 188, 224
Trieste (Itália), 14, 343
TriQuarterly [revista], 25
Tulkinghorn, sr. (*A casa soturna*), 105-6, 134, 138-40, 154-8, 164-5
Turguêniev, Ivan, 21
Turner, William, 275
Tuvache, madame (*Madame Bovary*), 218-9
Tuvache, monsieur (*Madame Bovary*), 208-9, 224

Ulisses (*Odisseia*), 127, 346
Ulysses (Joyce), 8, 11-2, 16, 21, 29, 343-6, 348-9, 354, 389, 413n
Universidade Cornell (EUA), 7-9, 17, 23, 25, 28, 30, 263
Universidade de Oxford (Inglaterra), 17, 22, 351, 397
Universidade Harvard (EUA), 8, 24
Universidade Stanford (EUA), 7
Utterson, Gabriel John (*O médico e o monstro*), 231, 237-8, 240-50, 252, 256-8, 306, 309

Vaubyessard, castelo (*Madame Bovary*), 187, 189, 218, 227
Veneza (Itália), 268, 300, 303
Verdurin, sra. (*Em busca do tempo perdido*), 262, 265, 292

Verlaine, Paul, 19
Vholes, sr. (*A casa soturna*), 105, 150, 165
viagem sentimental pela França e pela Itália, Uma (Sterne), 24, 62, 111, 308
Viena (Áustria), 310, 342, 381
Vinteuil (*Em busca do tempo perdido*), 283, 292, 300
Virag, Leopold (*Ulysses*), 381, 415
volta ao mundo em oitenta dias, A (Júlio Verne), 20
Vrónski, conde (*Anna Kariênina*), 259, 283

Ward, Frances (*Mansfield Park*), 46
Ward, Maria (*Mansfield Park*), 45-6, 48, 93, 96-8; *ver também* Bertram, lady (*Mansfield Park*)
Washington, George, 315
Waverley (Scott), 43
Webster, Noah, 440
Weevle (*A casa soturna*), 116-8, 120, 168
Wellesley College (EUA), 7, 9, 17, 24-5
Wells, H. G., 19
Wetzsteon, Ross, 25
Wilson, Edmund, 19, 23-4, 105
Woodcourt, dr. Allan (*A casa soturna*), 105, 107, 113, 130, 133, 135, 147, 149-50, 153, 164, 453-4
Wound and the Bow, The (Wilson), 105

Yates, sr. (*Mansfield Park*), 54n, 65-6, 69, 71-2, 85, 90, 92
Yonville (*Madame Bovary*), 174, 176, 178, 186-7, 188, 193, 195, 200, 202, 216, 218, 223, 228
Yorkshire (Inglaterra), 153

Zoe (*Ulysses*), 414-5
Zurique (Suíça), 14, 343

Sobre o autor

Vladimir Nabokov (1899-1977) nasceu em São Petersburgo. Depois da Revolução Russa, mudou-se com a família para a Alemanha, em 1919. Estudou literatura francesa e russa no Trinity College, em Cambridge (Inglaterra). Em 1940, emigrou para os Estados Unidos, onde deu aulas de literatura em várias universidades, como Stanford, Cornell e Harvard.

Considerado um dos mais importantes escritores do século 20, além de *Lolita*, sua obra mais conhecida, é autor de *Fogo pálido*, *Ada ou ardor*, *Desespero*, *A defesa Lujin*, *Machenka*, entre outros.

A marca FSC® é a garantia de que a madeira utilizada na fabricação do papel deste livro provém de florestas gerenciadas de maneira ambientalmente correta, socialmente justa e economicamente viável e de outras fontes de origem controlada.

Copyright © 1980 Espólio de Vladimir Nabokov
Copyright do prefácio do editor © 1980 Fredson Bowers
Copyright da introdução © 1980 John Updike
Publicado em acordo especial com HarperCollins Publishers LLC

Todos os direitos reservados. Nenhuma parte desta obra pode ser reproduzida, arquivada ou transmitida de nenhuma forma ou por nenhum meio sem a permissão expressa e por escrito da Editora Fósforo.

Título original: *Lectures on Literature*

EDIÇÃO E PREPARAÇÃO Três Estrelas
COORDENAÇÃO EDITORIAL Juliana de A. Rodrigues
ASSISTÊNCIA EDITORIAL Mariana Correia Santos
REVISÃO Eduardo Russo
ÍNDICE ONOMÁSTICO Três Estrelas e Maria Claudia Carvalho Mattos
PRODUÇÃO GRÁFICA Jairo Rocha
CAPA Alles Blau
IMAGEM DO AUTOR The Vladimir Nabokov Literary Foundation
PROJETO GRÁFICO DO MIOLO Alles Blau
EDITORAÇÃO ELETRÔNICA Página Viva

Dados Internacionais de Catalogação na Publicação (CIP)
(Câmara Brasileira do Livro, SP, Brasil)

Nabokov, Vladimir Vladimirovich, 1899-1977
 Lições de literatura / Vladimir Nabokov ; tradução Jorio Dauster ; edição, prefácio e notas Fredson Bowers ; introdução John Updike. — São Paulo : Fósforo, 2021.

 Título original: Lectures on Literature
 ISBN: 978-65-89733-18-8

 1. Ficção — Século 19 — História e crítica 2. Ficção — Século 20 — História e crítica I. Bowers, Fredson. II. Updike, John. III. Título.

21-67014   CDD – 809.3

Índice para catálogo sistemático:
1. Ficção : História e crítica   809.3

Cibele Maria Dias — Bibliotecária — CRB/8-9427

Editora Fósforo
Rua 24 de Maio, 270/276
10º andar, salas 1 e 2 — República
01041-001 — São Paulo, SP, Brasil
Tel: (11) 3224.2055
contato@fosforoeditora.com.br
www.fosforoeditora.com.br

Este livro foi composto em GT Alpina
e GT Flexa e impresso pela Ipsis
em papel Pólen da Suzano para a
Editora Fósforo em junho de 2021.